Volker Kutscher
MARLOW

Volker Kutscher
MARLOW

Der siebte Rath-Roman

PIPER

Mehr über unsere Autoren und Bücher:
www.piper.de

ISBN 978-3-492-05594-9
© Piper Verlag GmbH, München, 2018
Satz: Tobias Wantzen, Bremen
Gesetzt aus der Goudy Old Style
Druck und Bindung: GGP-Media GmbH, Pößneck
Printed in Germany

*I am quite sure that I have no race prejudices,
and I think I have no colour prejudices nor caste prejudices
nor creed prejudices. All that I care to know is
that a man is a human being – that is enough for me;
he can't be any worse.*
MARK TWAIN

Eine andere Geschichte

Marlow, Großherzogtum Mecklenburg-Schwerin
Sonntag, 28. Juli 1918

Das Gut liegt nicht allzu weit außerhalb der Stadt. Außerhalb von Marlow, einem kleinen, verschlafenen Nest im Mecklenburgischen, das sich nur deshalb Stadt nennen darf, weil es vor Hunderten von Jahren, aus Gründen, an die sich niemand mehr erinnert, irgendwann einmal die Stadtrechte erhalten hat. Das Meer ist nicht weit, doch die meisten Marlower haben es nie gesehen, die wenigsten sind überhaupt je aus ihrem Städtchen hinausgekommen. Bis der Krieg die jungen Männer in alle Himmelsrichtungen getrieben hat. Doch auch von den Soldaten, die Marlow dem Weltkrieg geopfert hat, haben nur die wenigsten das Meer sehen dürfen, der Großteil ist in Eisenbahnwaggons zur Front gekarrt worden, direkt in den Schlamm der Schützengräben, in dem die allermeisten dann auch verreckt sind.

So gesehen hast du Glück gehabt: Obwohl in Marlow geboren, bist du herausgekommen, hast einen großen Teil deiner Jugend am anderen Ende der Welt verbracht, die Zeit danach in der Schweiz, im Internat, und an der Universität. Dann kam der Krieg, auch für dich, doch du hast ihn überlebt, bislang, obwohl an der Ostfront, wohin es dich verschlagen hat, genauso gestorben wird wie an der Westfront.

Und nun hat ausgerechnet der Krieg dich wieder zurückgebracht; deine Sanitätskompanie ist von der Front ins Reservelazarett Pasewalk verlegt worden. Nicht Mecklenburg, sondern Pommern, aber nah genug, dass die Gerüchte dich erreichen konnten. Von der chinesischen Hure in Marlow und ihrem Bastard. Und dass Gott sie in seiner Gerechtigkeit gestraft habe mit einer schlimmen Krankheit.

Schon als du die Geschichte das erste Mal hörtest, hat sie dich elektrisiert, und als du dann nachgefragt hast, jedoch nichts Genaueres in Erfahrung bringen konntest, wusstest du, dass du hinfahren musst. Nach Marlow. Nach Altendorf.

Es ist bereits dunkel, als du das Gut erreichst. Du parkst vor dem Haupthaus und steigst aus dem Automobil. Während du wartest, dass jemand auf dein Klopfen reagiert, lässt du deinen Blick über den Hof wandern, der dir in den ersten Jahren deines Lebens so etwas wie Heimat gewesen ist und den du eigentlich niemals wiedersehen wolltest. So wenig wie du das Land hinter der Küste wiedersehen wolltest. Das Schicksal hält sich nicht immer an solche Pläne. Und der Krieg noch weniger.

Du hörst Schritte, und dann steht der alte Engelke in der Tür, eine Laterne in der Hand, und blinzelt den späten Besucher an. Engelke, der einzige, der Gut Altendorf immer treu geblieben ist, auch in den Jahren, als der Gutsherr in Tsingtau weilte, im Schutzgebiet Kiautschou.

Die Miene des Alten ist unergründlich, nur ein leichtes Zucken der Augenbrauen verrät dir, dass er dich erkannt haben muss, doch ob diese Regung Erschrecken ausdrückt, ob sie Überraschung zeigt oder etwas völlig anderes, vermagst du nicht zu sagen.

Für einen Moment glaubst du, Engelke werde die Tür sofort wieder zuschlagen. Dann aber macht der Alte den Mund auf.

»Der junge Herr! Welche Überraschung! Ich wusste gar nicht, dass Sie ...«

»Ist sie hier?«

»Wie meinen?«

»Sie ist hier, nicht wahr? Er hat sie aus Tsingtau mitgebracht! Ich weiß es.«

»Sie sollten mit Ihrem Herrn Vater reden, junger Herr, ich werde ...«

Du drängst dich an dem Alten, der vergeblich versucht, dich aufzuhalten, vorbei in die Halle.

»Sag mir, wo sie ist, Engelke! Bring mich zu ihr!«

»Nicht hier, Herr, nicht hier.«

Engelke zerrt dich am Ärmel wieder aus der Halle, ihr verlasst das Haus. Vor der Tür deutet der Diener mit seiner Laterne quer über den Hof, als wäre es ihm peinlich.

Nicht zu glauben. Vater hat sie mit nach Deutschland genommen, doch er lässt sie nicht im Herrenhaus wohnen. Nicht einmal jetzt, wo sie krank ist. Du nimmst dem Alten die Laterne ab und stiefelst zu den Gesindehäusern hinüber, die sich im Mondschatten des Herrenhauses ducken wie schüchterne Kinder. Bevor du das erste Haus erreichst, zerschneidet ein unmenschlich hoher Schrei die Nacht. Du erstarrst für einen Moment, dann läufst du umso schneller, läufst über den Hof, hinüber zu dem kleinen Häuschen, aus dem der Schrei gekommen ist, und stürzt hinein ohne anzuklopfen.

Sie liegt in der Schlafkammer, im Schein einer Petroleumlampe. Ihr Sohn, von dem du schon gehört, den du aber nie gesehen hast, sitzt neben dem Bett und hält ihre Hand, schaut auf, als du den Raum betrittst. Ihr Gesicht glänzt vor Schweiß und ist vom Schmerz gezeichnet. Kaum zu glauben, dass sie gerade einmal Mitte dreißig ist, so zerfurcht wirken ihre Züge, so tief haben sich die Falten in ihre Haut gegraben. Und doch schimmert ihre Schönheit durch all dieses Leid hindurch.

»*Du* bist es«, sagt sie, und es hört sich an, als traue sie ihren Sinnen nicht.

Ihr Deutsch ist makellos, ohne jeden Akzent, das hat dich früher schon erstaunt. Gleichwohl hat sie es nie geschafft, dir auch nur ein einigermaßen passables Mandarin beizubringen, obwohl genau das ihre Aufgabe war.

Du hast geglaubt, sie nie wiederzusehen, aber vergessen hast du sie nie.

»Chen-Lu«, sagst du und nimmst ihre Hand. »Was ist mit dir? Du bist krank.«

»Entschuldige. Aber manchmal tut es so weh!«

Und ihr schmerzzerfurchtes, schweißglänzendes Gesicht bringt tatsächlich ein Lächeln zustande. Sie schaut den Jungen an.

»Geh schlafen, Kuen-Yao«, sagt sie. »Der Mann hier ist ein guter Freund.«

Der Junge schaut dich an, mit einer Mischung aus Misstrauen und Zuneigung. Über seine unergründlich dunklen Augen huscht ein kleiner Schimmer der Hoffnung. Dann steht er auf und verlässt den Raum.

»Dein Sohn?«

Sie nickt.
»Ein hübscher Junge.«
»Nicht wahr?« Sie lächelt. »Ach, Magnus! Ich mache mir Sorgen um ihn. Wer soll sich um ihn kümmern, wenn ich nicht mehr da bin? Er ist erst elf.«
»Red doch nicht so.«
»Doktor Erichsen sagt, man kann es nicht heilen. Es ist in der Leber. Es wuchert überall.«
Du lässt dir dein Erschrecken nicht anmerken. »Warum ist der Doktor nicht hier?«, fragst du. »Welche Medizin gibt er dir?«
Ihr Blick weist zum Nachttisch. Dort liegt ein Röhrchen Aspirin neben einem Wasserglas.
»Das ist ein Witz! Du brauchst stärkere Schmerzmittel.«
»Ach, es hilft doch eh nichts mehr.« Wieder lächelt sie. »Wie schön, dass du hier bist. Ich dachte, ich würde dich nie wiedersehen.«
Du nimmst ihre Hand. »Ich bin Arzt«, sagst du. »Das heißt: Noch nicht ganz. Sanitätsfeldwebel, das Studium muss ruhen, wenn das Vaterland ruft. Aber ich weiß, was dir hilft. Ich ... Warte!«
Du gehst hinaus zum Auto. In deiner Arzttasche, die du immer mit dir führst, muss noch eine Ampulle sein. Das wichtigste Medikament, das ihr im Krieg habt. Als du in die Stube zurückkehrst, merkst du, dass sie wieder Schmerzen leidet und den Schrei nur mit Mühe unterdrücken kann. Du beeilst dich, die Spritze aufzuziehen. Ihre Haut ist so dünn und durchscheinend, dass du nicht einmal nach der Vene tasten musst. Du kannst förmlich zusehen, wie das Morphin sich in ihrem Körper ausbreitet und den Schmerz vertreibt. Die verkrampften Muskeln lösen sich, die Anspannung weicht aus ihrem Gesicht.
»Es wird alles gut«, sagst du, obwohl du weißt, dass es nicht stimmt.
Sie nickt. Obwohl sie weiß, dass du lügst.
Ihre Gesichtszüge werden immer entspannter, ihr Lächeln so gelöst, dass man meinen könnte, sie sei auf dem Weg der Genesung. Aber das ist sie nicht. Sie spürt lediglich keine Schmerzen mehr.
Mehr kannst du nicht für sie tun. Kann niemand für sie tun. Und Doktor Erichsen, dieser Quacksalber, hat ihr selbst das ver-

weigert. Vielleicht auch nur, weil es ihm niemand bezahlen will. Aspirin! Wie lächerlich! Dieser Dreckskerl hätte Chen-Lu einfach elendig und qualvoll verrecken lassen.

Du streichelst ihr die Stirn und bleibst am Bett sitzen, bis sie in den Schlaf fällt. Bevor du das Haus verlässt, schaust du noch nach dem Jungen. Auch der schläft tief und fest. Wieviel Schlaf die Krankheit den beiden wohl schon geraubt hat?

Du bringst die Arzttasche zurück ins Auto und gehst zum Herrenhaus. Diesmal klopfst du nicht, du öffnest die schwere Tür und gehst hinein, die Laterne leuchtet dir den Weg. Du findest deinen Vater im Salon, die Füße hochgelegt, derweil Engelke ihm gerade Wein nachschenkt.

»Magnus«, sagt er und richtet sich auf, »kommst du doch noch zu mir! Und ich dachte schon, die kleine Hure ist dir wichtiger als der eigene Vater.«

Du fragst dich, ob der Alte immer schon so zynisch und verbittert war oder ob ihn erst der Tod seiner Frau, nur wenige Monate nach eurem Eintreffen in China, zu dem misanthropischen Ekel gemacht hat, das jetzt vor dir sitzt. Das letzte Mal gesehen hast du ihn vor zehn Jahren ungefähr. Im Schutzgebiet, im Hafen von Tsingtau. Friedrich Larsen winkte nicht einmal, als sein Ältester an Bord des Dampfers ging, der ihn zurück nach Europa und ins Internat bringen sollte, weit weg von jeglicher Versuchung, weit weg von der jungen Frau, in die sich der Sechzehnjährige bis über beide Ohren verliebt hatte.

Vielleicht ist Vater tatsächlich beleidigt, dass sein Ältester ihn seither niemals besucht hat. Nicht einmal, als der kaiserliche Forstinspektor Friedrich Larsen wenige Monate nach Kriegsausbruch von japanischen Truppen aus dem Schutzgebiet vertrieben wurde und nach Mecklenburg zurückkehren musste. Das alles hast du erst viele Monate später aus einem knapp gehaltenen Feldpostbrief erfahren. Auch, dass deine Brüder inzwischen eingezogen waren. Nach wenigen Monaten gefallen sind. Aber dass sie Chen-Lu mit nach Deutschland genommen haben, das hat dir der Alte verschwiegen.

Und jetzt sitzt er da und trinkt, gibt unflätige Bemerkungen von sich, trinkt und lacht, während nebenan ein Mensch dem Tod entgegensieht.

»Warum bringt ihr sie nicht ins Herrenhaus? Warum ist Doktor Erichsen nicht hier? Sie hat Schmerzen!«

»Ins Herrenhaus? Mein Gott, Magnus, sie ist keine Larsen, sie ist eine Bedienstete. Natürlich bleibt sie im Gesindehaus. Ihr Geschrei ist auch so schon laut genug.«

»Sie liegt im Sterben, verdammt!«

»So ist das eben. Wenn der Herr beschlossen hat, eines seiner Schäfchen zu sich zu holen, was kann der Mensch da ...«

»Halt deinen Mund, ich kann dein bigottes Gerede nicht ertragen! Redest du so auch über deine Söhne, die im Krieg geblieben sind?«

Friedrich Larsen erhebt sich aus seinem Sessel und greift zu einem Krückstock. Das Gehen fällt ihm schwer.

»Bigott?«, sagt er, als er vor seinem Ältesten steht. »Wer hat sich denn all die Jahre um sie gekümmert? Hat den Scherbenhaufen zusammengekittet, den der liebe Herr Sohn hinterlassen hat?«

»Du hast mich weggeschickt! Ans andere Ende der Welt!«

Der Alte tritt ganz nah an dich heran, so nah, dass du den Alkohol riechen kannst.

»Wenn dir immer noch so viel an der kleinen Hure liegt«, zischt Friedrich Larsen, »dann kümmere dich doch selbst um sie. Und ihren kleinen Bastard. Aber dieses Haus betrittst du nie wieder! Verstanden?« Und damit weist er zur Tür. »Geh! Verschwinde! Ich will dich nicht mehr sehen.«

Du drehst um und würdigst deinen Vater keines weiteren Blickes.

Du weißt, du wirst dein Elternhaus nie wieder betreten. Du weißt, du wirst wiederkommen.

ERSTER TEIL

Samstag, 24. August, bis Samstag, 31. August 1935

1

Als Gerhard Brunner aus dem Bahnhof trat und in den wolkenbetupften Spätsommerhimmel blickte, fühlte er sich, als sei er gerade erst in der Stadt angekommen. Und ein bisschen so war es ja auch: Der Mann, der da auf dem Askanischen Platz stand, wie aus dem Ei gepellt in seinem sommerhellen Dreiteiler, sah völlig anders aus als der, der den Bahnhof gut zehn Minuten zuvor betreten hatte. Brunner genoss dieses Gefühl. Ein anderer zu sein. Vielleicht hatten sie ihn auch deshalb für diese Aufgabe ausgewählt. Weil er es liebte, in die Haut eines anderen zu schlüpfen, weil er es so glaubhaft erscheinen ließ, ein anderer zu sein. Dass er einen Schlag bei Frauen hatte, spielte natürlich auch eine Rolle. Aber das Entscheidende war die absolute Vertrauenswürdigkeit, die er ausstrahlte.

Auch Irene vertraute ihm, und das war das Wichtigste, wichtiger noch als ihre Liebe, die allein nichts ausgerichtet hätte. Liebe machte blind, aber sie löste niemandem die Zunge, das vermochte allein das Vertrauen. Brunner hatte viel Zeit und Geduld investiert, um Irenes Vertrauen zu gewinnen, und jetzt zahlte sich das endlich aus. Führte aber auch zu ungeahnten Schwierigkeiten. Bei ihrem letzten Treffen hatte sie tatsächlich das Thema Heirat angesprochen, vorsichtig zwar, aber unmissverständlich. So war das wohl in der heutigen Zeit, in der Frauen sich nicht schämten, auch selbst die Initiative zu ergreifen. Er war nicht darauf eingegangen, aber er hatte die Sache am nächsten Tag gleich mit seinem Vorgesetzten besprochen, und der hatte sich bereiterklärt, die nötige Summe für einen Verlobungsring bereitzustellen. Eine Investition, die sich auszahlen dürfte. Die Frage war nur, wie lange Brunner die Hochzeit würde hinauszögern können. Denn dazu war er, bei aller Liebe, nun doch nicht bereit.

Er kramte ein paar Münzen aus seinem Portemonnaie. Von

einer der Blumenfrauen, die im Schatten der Vorhalle ihre Ware feilboten, erstand er einen hübschen Strauß roter Rosen, dann machte er sich, die Blumen in der Hand, die Aktentasche unterm Arm, auf den Weg zum Taxistand.

Der Lindwurm der wartenden Kraftdroschken glänzte in der Sonne. Brunner steuerte den ersten Wagen in der Reihe an, doch dessen Fahrer winkte ab, der zweite ebenso, der dritte wickelte gerade eine Stulle aus dem Butterbrotpapier und bedachte den an die Scheibe klopfenden Fahrgast mit einem Achselzucken. Berliner Taxifahrer waren eigen, diese Erfahrung hatte Brunner schon oft genug machen dürfen: Wenn sie eine Pause einlegen wollten, dann machten sie die und ließen sich dafür im Zweifel sogar eine Fuhre durch die Lappen gehen.

Weiter hinten in der Reihe stand ein Chauffeur neben seiner Kraftdroschke und winkte. Na also, dachte Brunner. Der Mann wirkte trotz seiner einladenden Geste zwar nicht gerade freundlich, doch war Freundlichkeit auch eine Gabe, die man von einem Berliner Taxifahrer nicht unbedingt erwarten durfte. Hilfsbereit war der Mann gleichwohl, er lüftete seine Chauffeursmütze und öffnete dem Fahrgast beflissen die Tür. Brunner warf die Aktentasche in den Fußraum und ließ sich in die Lederpolster fallen. Den Blumenstrauß legte er neben sich auf die Rückbank.

»Wilmersdorf«, sagte er, als der Taxifahrer hinter dem Steuer saß. »Rüdesheimer Platz.«

Der Fahrer nickte, startete den Motor und legte den Gang ein. Brunner lehnte sich zurück, nestelte eine Ernte 23 aus der Schachtel und steckte sie an.

Gemächlich zockelte das Taxi die Möckernstraße hinunter, in einem Schneckentempo, das Brunner nervös machte. Er hatte es wirklich nicht eilig, nicht sonderlich jedenfalls, doch ein solches Geschleiche konnte er einfach nicht ertragen. Normalerweise hetzten Berliner Taxifahrer durch die Straßen ihrer Stadt, als seien sie auf der Flucht, doch dieser hier fuhr, als wäre er auf dem Weg zu seinem Zahnarzt und wolle am liebsten niemals ankommen.

Brunner klopfte gegen die Trennscheibe. »Drücken Sie ruhig mal ein bisschen auf die Tube«, sagte er, im freundlichsten Tonfall, zu dem er trotz seiner Gereiztheit imstande war. »Soll Ihr Schaden nicht sein.«

Der Fahrer reagierte nicht. Weder sagte er etwas, noch fuhr er schneller. Mit sturem Blick unterquerte er die Hochbahn am Landwehrkanal.

Die Fahrbahn der Möckernbrücke vor ihnen war völlig frei und bot keinerlei Anlass, sie mit höchstens zwanzig Stundenkilometern zu überqueren. Sie wurden so langsam, dass sie sogar von einem Radfahrer überholt wurden, dann von einer anderen Kraftdroschke, und Brunner wünschte sich, er säße im überholenden Taxi und nicht in diesem. Warum nur war er ausgerechnet an diesen Lahmarsch geraten? Irene konnte ruhig eine Weile warten, so etwas schadete nicht, er wusste, dass sie ihn umso inniger empfangen würde, wenn er sich ein wenig verspätete. Wichtiger war es, die Post noch rechtzeitig vor der nächsten Leerung am Rüdesheimer Platz einzuwerfen. Er nutzte den Briefkasten dort, so oft es ging; die Kästen in der Nähe des Büros und rund um den Anhalter Bahnhof waren nicht sicher. Das Forschungsamt hörte nicht nur Telefone ab.

»Haben Sie Petersilie in den Ohren, Mann?«, herrschte er den Fahrer an. »Nun fahren Sie schon schneller! Wofür bezahle ich Sie eigentlich?«

Der Fahrer drehte sich kurz um und schaute ihn an, wachsbleich im Gesicht, Schweißperlen auf der Stirn, dabei war es gar nicht mehr warm, die Sonne war hinter den Wolken verschwunden.

»Oder geht es Ihnen nicht gut?«, fragte Brunner.

»Wie?«

Die Stimme des Fahrers klang heiser und, ganz im Gegensatz zu seiner Fahrweise, seltsam gehetzt, fast hektisch.

»Sie sehen krank aus. Wenn Sie sich nicht wohl fühlen, fahren Sie doch rechts ran und ruhen sich aus. Ich finde schon eine andere Taxe.«

»Nein, nein!«

Der Fahrer schüttelte den Kopf, derart energisch, als könne er sich alles vorstellen, nur eines nicht: rechts ranzufahren und seinen Fahrgast wieder aussteigen zu lassen.

Und endlich, endlich gab er nun Gas. Das Taxi beschleunigte spürbar, Brunner wurde in den Sitz gedrückt. Sie wurden schneller und schneller. Der Taxifahrer schaltete hoch und trat das Gaspedal durch. In halsbrecherischem Tempo rasten sie die Möckernstraße hinunter, dass die Bäume am Straßenrand nur so an ihnen vorbeiflogen. Instinktiv hielt Brunner seinen Hut fest, obwohl das Verdeck geschlossen war. An was für einen Fahrer war er hier verdammt noch mal geraten? Schnecke oder Windhund, und dazwischen gab es nichts? Die Ampel an der Yorckstraße kam in Sicht. Sie sprang gerade auf Rot um, doch der Fahrer machte keinerlei Anstalten, sein Tempo zu verringern.

»Bremsen Sie, Mann! Wir haben Rot!«

Brunner klang panischer, als er wollte, er war dabei, die Beherrschung zu verlieren. Er trat mit seinem Fuß auf eine Bremse, die gar nicht da war, als könne er den Wagen so zum Stehen bringen, doch der überfuhr die rote Ampel und bog auf die Yorckstraße. Autos hupten, es grenzte an ein Wunder, dass sie mit keinem anderen Fahrzeug kollidierten.

Brunners Erleichterung darüber währte nur kurz, denn sein Fahrer gab wieder Gas und raste auf die Yorckbrücken zu. Die Panik kehrte in dem Moment zurück, als Brunner merkte, dass sie die Rechtskurve niemals schaffen würden, die sie nehmen mussten, um dem Verlauf der Straße zu folgen. Der Fahrer machte nicht einmal Anstalten, die Kurve zu fahren, stattdessen steuerte er das Taxi quer über den Fahrdamm durch den Gegenverkehr, löste ein weiteres Hupkonzert aus und nötigte einen Passanten auf dem Gehweg zum Hechtsprung.

»Bremsen Sie doch, Mann! Sind Sie wahnsinnig?«

Brunners Stimme überschlug sich, doch der Fahrer antwortete nicht. Und er bremste nicht. Saß mit weit aufgerissenen Augen und verzerrtem Gesichtsausdruck hinter dem Lenkrad, das er festhielt wie im Krampf und keinen Millimeter bewegte. Bevor Brunner sich erklären konnte, was zum Teufel da gerade passierte, spürte er den Schlag, den der Bordstein ihrem Taxi versetzte, und dann sah er auch schon die Mauer auf sich zukommen, eine jener gelb-roten preußischen Klinkermauern, die er so hasste und von denen es in dieser Stadt so viele gab. Er öffnete die Tür, als gebe es noch irgendein Entkommen, obwohl er ahnte, dass es bereits zu spät war. Den Türgriff in der Hand wandte er den Blick von der heranrasenden Mauer im letzten Moment ab, als könne er das unerbittliche Schicksal durch Wegschauen doch noch besiegen. Das Letzte, was er in seinem Leben sehen sollte, war der Blumenstrauß auf dem Rücksitz, der ihm einen eigentümlichen Trost spendete.

2

Es war einfach nur ekelhaft. Charly wollte eigentlich gar nicht hinsehen, aber der rote Schaukasten befand sich nun einmal direkt gegenüber der Volksbadeanstalt, und in der Spiegelung des Glases konnte sie unauffällig beobachten, was auf der anderen Straßenseite geschah.

Hinter dem Glas jedoch hing die aktuelle Ausgabe des *Stürmer* aus, und die dicken Buchstaben der Schlagzeilen und der antisemitischen Parolen sprangen sie an wie kleine Vampire, die ihre giftigen Zähne in ihre Gedanken schlagen wollten.

Wer gegen den Juden kämpft, ringt mit dem Teufel!
Geht nur zu deutschen Ärzten und Rechtsanwälten!
Ohne Lösung der Judenfrage keine Erlösung des deutschen Volkes!

Es war wie bei einem schrecklichen Verkehrsunfall: Sie schaute hin, obwohl sie eigentlich nicht hinsehen wollte.

Las die Schlagzeile. *Jud Rennert – Der Rassenschänder in Mannheim – Wie er die Notlage einer deutschen Frau ausnützen wollte – Vom Schäferstündchen ins Konzentrationslager*

Und dann die Karikatur auf der Titelseite, die einen mit allen antisemitischen Klischees ausgestatteten unrasierten und offensichtlich wollüstigen Juden an der Hotelrezeption zeigte, in Begleitung einer deutlich jüngeren blonden Frau, und darunter den Text: *Keine Angst, Kindchen, lass mer nur machen, a Hotel is schließlich ka Rasseforschungsinstitut*, es genügt hinzuschreiben »*verheiratet*« *und es Paradies steht uns offen.*

Neben Charly standen Menschen, die diesen antisemitischen, pornographischen und denunziatorischen Schund wirklich lasen und offensichtlich ernst nahmen. Mit zustimmendem Nicken Artikel für Artikel lasen. Und das im roten Wedding.

Da endlich kam die Frau, auf die sie gewartet hatte. Pünktlich wie jeden Sonnabend. Dunkelblauer Rock, grüner Hut. Ging die backsteinerne Fassade entlang, deren strenge Architektur auf den ersten Blick an ein Gefängnis erinnerte, hinter der sich jedoch, wie die Buchstaben über den beiden Eingängen verrieten, die *Volksbadeanstalt Wedding* verbarg. Verschwand dann im Gebäude, nachdem sie sich noch einmal umgesehen hatte.

Charly wartete einen Moment, bevor sie hinüberging. Ganz wohl war ihr nicht bei der Sache, zu groß war die Gefahr entdeckt zu werden, doch ihr Klient bestand darauf. Nachdem sie im Stillen und mit geschlossenen Augen einmal bis hundert gezählt hatte, überquerte sie die Straße und betrat die Badeanstalt durch den rechten Eingang, den für die Damen. Eine unangenehme Schwüle und ein stechender Geruch empfingen sie. Und eine ganz in weiß gekleidete Frau, die im Kassenkabuff saß und ihr ebenso erwartungsvoll wie unfreundlich entgegenblickte.

»Einmal bitte«, sagte Charly und zückte ihr Portemonnaie.

»Einmal wat? Schwimmen? Baden? Brausen?«

Die Frau hinter der Glasscheibe erinnerte mit ihrer stämmigen Gestalt eher an eine Gefängniswärterin als an eine Bademeisterin. Und so hörte sie sich auch an.

»Muss ich das hier entscheiden?«, fragte Charly. »Kann ich nicht einfach rein?«

»Kommt drauf an, wieviel Jeld Sie ausjeben wollen. Schwimmhalle is teurer als Wannenbad, Wannenbad teurer als Brausebad. Aber bei Schwimmhalle is Brause inklusive. Ohne Abbrausen dürfen Se jar nich ins Wasser.«

»Soso.«

»Und? Wat darf's denn sein?«

»Das ist mir jetzt irgendwie peinlich.« Charly schaute sich um, als sei sie noch nie in ihrem Leben in einer Badeanstalt gewesen. »Aber ich bin mit einer Freundin hier verabredet ... Weiß nur nicht genau wo.«

Die Frau an der Kasse sagte nichts, sie guckte nur streng.

»Martha müsste vor wenigen Augenblicken erst gekommen sein«, fuhr Charly fort, »hab sie noch hier reingehen sehen. Hab auch gerufen, aber da war sie schon drinne.« Sie schaute sich um. »Und nun ist sie nirgends zu sehen.«

»Jerade eben hier rin?« Ein kleiner Schleier des Misstrauens

huschte über das Gesicht der Frau; sie schaute Charly prüfend an, ehe sie antwortete. »Is Ihre Freundin so 'ne hübsche Blonde?« Charly nickte und lächelte.
»Die kommt jeden Sonnabend.« Die Kassenfrau riss eine Karte von der Rolle. »Einmal Wannenbad also. Um zusammen zu baden, dafür sind Se aber zu spät. Ick könnte Ihnen die Kabine nebenan jeben.«
»Das wäre nett.«
»Brauchen Se 'n Handtuch?«
»Äh, ja ... bitte.«
»Denn macht det dreißich Pfennije.«
»Bitte.« Charly legte die Münzen in die Durchreiche und bekam im Gegenzug ein weißes Handtuch, eine Eintrittskarte und einen Schlüssel, der mit einer Nummer versehen war.
»Kabine hundertfuffzehn, erstet Oberjeschoss. Die Kollegin zeicht Ihnen den Weg. Is direktemang neben Ihre Freundin. Da können Se sich wenigstens unterhalten, während Se im Wasser liegen.«
Mit dem Handtuch auf dem Arm war Charly schon unterwegs zum Treppenhaus, als sie noch einmal gerufen wurde.
»Frollein?«
»Ja?«. Sie drehte sich um.
»Kenn ick Sie nich irjendwoher?« Die Frau an der Kasse musterte sie eindringlich. »Na sicher, Sie sind bei Blum und Scherer, nich wahr? Anwaltsjehilfin, stimmt's?«
Charly fühlte sich ertappt, aber sie ließ sich nichts anmerken. Sie nickte. Und lächelte.
»War mal bei Ihnen«, fuhr die Kassenfrau fort. »Wejen unsere Mieterhöhung. Wissen Se noch? Der Doktor Scherer hat uns da sehr jeholfen.«
»Freut mich.«
»Jrüßen Se man schön, den Herrn Doktor.«
»Gerne. Von Frau ...«
»Schwaak. Else Schwaak.« Sie lächelte. »Kommen Se nächstes Mal zusammen mit Ihre Freundin, dann kriegen Se 'ne jemeinsame Kabine. Spart baret Jeld.«
Sie zwinkerte verschwörerisch, als habe sie gerade Geheimwissen verraten.

Charly drehte wieder um. Als sie die Treppen hochstieg, endlich außer Sichtweite der Kassenfrau, fluchte sie leise vor sich hin. Das war nur passiert, weil diese dämliche Observierung sie in die Nähe der Kanzlei führte! Ausgerechnet einer Mandantin von *Blum & Scherer* über den Weg zu laufen!

Die Bademeisterin, die sie oben empfing, die Karte kontrollierte und ihr die richtige Kabine zuwies, war weniger redselig. Dafür jünger und hübscher als ihre Kollegin an der Kasse.

»Ick klopfe, wenn Ihre Zeit abjeloofen is. Denn haben Se noch fünf Minuten.«

Das war alles, was sie sagte, als sie Kabine 115 öffnete.

Charly nickte und schloss ab. Während das Wasser in die Wanne lief, schaute sie sich um. Einfache Holzwände trennten die Badekabinen voneinander, Wände, die nicht zum Boden reichten, sondern aufgeständert waren und eine Lücke von einigen Zentimetern ließen, damit man den Fliesenboden besser wischen konnte.

Das einlaufende Wasser machte anständig Lärm. Charly hockte sich auf den Boden und lugte durch den Spalt zu ihrer Linken. Auf dem hölzernen Hocker neben der Wanne lagen ordentlich gefaltete Kleidungsstücke. Sie erkannte den dunkelblauen Rock wieder, den sie eben noch im spiegelnden Glas des Stürmerkastens gesehen hatte. Bis der Rock mit seiner Trägerin im Volksbad verschwunden war, wie jeden Sonnabend. Was Charly bereits gewusst hatte, bevor es die Kassenfrau ihr verraten hatte.

Die Sonnabendnachmittage waren die einzigen dunklen Flecken, die es im Leben von Martha Döring noch gab. Ansonsten wussten sie mehr oder weniger lückenlos Bescheid über den Alltag und die Gewohnheiten der Frau, einer hübschen Mitdreißigerin. Über eine Stunde verbrachte sie jeden Sonnabend in der Badeanstalt, und niemand wusste, was sie dort tat. Dass sie ausgerechnet dort den heimlichen Liebhaber traf, dessen Siegmund Döring, ihr Ehemann, sie verdächtigte und dessentwegen er die Detektei Böhm engagiert hatte, das hielten weder Charly noch ihr Chef Wilhelm Böhm für wahrscheinlich, so streng wurden die Geschlechter hier voneinander getrennt; es gab sogar zwei Schwimmhallen, eine große für die Herren, eine kleinere für die Damen. Deswegen hatten sie bei ihren bisherigen Observierungen immer geduldig im Café gegenüber gewartet, bis Martha Döring wieder aus der Badeanstalt gekommen war, und hatten die Beobachtung erst dann wieder aufgenommen.

Doch das reichte Siegmund Döring nicht. Bei seinem jüngsten Besuch hatte der eifersüchtige Ehemann darauf bestanden, seiner Frau ins Bad zu folgen, also hatte Charly diese Aufgabe übernommen.

Sie holte die kleine Kamera aus der Handtasche und ihren Schminkspiegel, legte den Spiegel auf den Boden und probierte so lange herum, bis der Winkel stimmte und sie die Nachbarkabine, den Stuhl mit der Kleidung und die Kabinentür im Blick hatte, ohne sich auf den Boden hocken zu müssen. Dann setzte sie sich auf den Wannenrand und spannte die Kamera.

Charly kam sich schäbig vor, aber was sollte sie tun? Sie hatte die Spesenrechnung um dreißig Pfennige erhöht, nun brauchte sie auch Beweismaterial. Und wenn es eben der Beweis wäre, dass Martha Döring sich einmal in der Woche ausgiebig ihrer Körperpflege widmete. Vielleicht gab ihr eifersüchtiger Klient dann endlich Ruhe. Charly fand den Kerl unerträglich, aber Männer wie Siegmund Döring brachten der Detektei Böhm nun einmal das Geld.

Die Wanne war beinahe voll, und Charly drehte den Wasserhahn zu. Das Nachplätschern der letzten Tropfen erinnerte sie daran, dass es ratsam wäre, ein paar Geräusche zu machen, die vortäuschten, dass auch in Kabine 115 jemand in der Wanne lag. Sie zog Schuhe und Strümpfe aus und planschte ein wenig herum. Danach musste sie erst einmal das Kameraobjektiv wieder freiwischen. Auch der Spiegel auf dem Boden war beschlagen.

Sie lauschte. Aus der linken Kabine war leises Plätschern zu hören und noch leiseres Summen. Martha Döring schien sich wohlzufühlen. Und Charly saß in der Kabine nebenan auf dem Wannenrand, in der Hand einen Fotoapparat, und fühlte sich völlig fehl am Platz. Vielleicht wäre es sinnvoller, die gut zwanzig Minuten, die ihr noch blieben, für ein Wannenbad zu nutzen und den Fotoapparat wieder einzupacken.

Die warme feuchte Luft machte sie schläfrig, bis ein Klopfen sie hochschrecken ließ. War ihre Zeit etwa schon abgelaufen? Nein, das kam von nebenan, in der Nachbarkabine regte sich etwas. Sie hörte ein Poltern und Plätschern: Martha Döring stieg aus der Wanne.

Charly schaute in den Schminkspiegel und konnte nasse nackte Beine sehen. Hörte, wie der Riegel zurückgeschoben wurde, sah, wie die Tür sich öffnete, dann ein weiteres Paar Beine, Stoffschuhe mit Gummisohle, den Saum eines weißen Kittels. Sie rutschte vom Wannenrand, versuchte, einen günstigeren Blickwinkel zu finden, um das Gesicht der Besucherin zu erkennen. Es war dieselbe Bademeisterin, die ihr die Kabine zugewiesen hatte.

Musste man hier nachlösen, wenn man zu lange badete? Das fragte sich Charly noch, da sah sie, wie die Bademeisterin die Kabinentür wieder zuzog und verriegelte. Von innen.

Die nackten Füße und die weiß beschuhten standen sich für eine Weile gegenüber. Charly lauschte angestrengt, doch kein Wort wurde gesprochen. Sie brachte die Kamera in Anschlag.

Und sah durch den Sucher, was die beiden Frauen machten.

Es war nicht das, was Charly erwartet hatte. Eigentlich hatte sie überhaupt nichts erwartet an diesem Ort. Hatte den Fall für abgeschlossen gehalten, die Eifersucht ihres Klienten für krankhaft und seinen Verdacht für Einbildung. Aber es war keine Einbildung. Martha Döring betrog ihren Siegmund tatsächlich. Allerdings nicht mit einem anderen Mann.

3

Draußen wurde eine Autotür zugeschlagen, und sie schob die Gardine beiseite und schaute hinaus. Zum wievielten Male jetzt eigentlich schon? Irene Schmeling kannte sich selbst nicht wieder. Verhielt sich schon wie die Paulus aus der zweiten Etage, die, ein Kissen unter die Ellbogen gelegt, den halben Tag aus dem Fenster glotzte, weil sie nichts Besseres zu tun hatte.

Die Straße war immer noch leer, bis auf den Kohlewagen, der vor dem Haus gegenüber entladen wurde, die Kinder, die an der Ecke Ahrweilerstraße Nachlaufen spielten, und Doktor Schröder aus der Dritten, der gerade seinen Wagen abschloss.

Weit und breit keine Kraftdroschke. Wo blieb Ferdi nur? Seit sie ihn kannte, war er immer pünktlich gewesen.

Sie wollte es sich nicht eingestehen, aber so langsam fragte sie sich, ob er überhaupt noch kommen würde. Ob sie womöglich zu weit gegangen war beim letzten Mal. Sie hatte das Thema Heirat angesprochen, vorsichtig natürlich und ganz allgemein, doch sein Blick hatte ihr gezeigt, dass er verstanden hatte. Er hatte genickt. Nachdenklich. So, als verstehe er ihre Gedanken. Als wisse er genau, was sie damit sagen wolle. Dass es nun ernst geworden war zwischen ihnen. Und er hatte nicht so ausgesehen, als habe ihn dieser Gedanke erschreckt. Ganz im Gegenteil.

Sie hatte nicht anders gekonnt. Nie hatte sie einen Mann so geliebt wie diesen Handlungsreisenden, den es ein- bis zweimal die Woche nach Berlin verschlug und den sie nun schon seit fast einem Jahr regelmäßig traf.

Und nun? Hatte sie ihn mit ihren unbedachten Worten in die Flucht getrieben? Sie konnte es sich einfach nicht vorstellen. Nicht nach dem Blick, den er ihr zum Abschied zugeworfen hatte. Aus irgendeinem Grund wusste sie, dass er Ringe besorgt hatte. Dass er ihr den ersehnten Antrag machen würde. Sie wusste es einfach.

Und gerade deshalb spürte sie einen Stich im Herzen, wenn sich der Gedanke nach vorne drängte, dass es vielleicht doch nicht so war. Dass er sie sitzengelassen hatte. Dass sie ihn mit ihren Worten, ihren viel zu forschen, einer Frau nicht zustehenden Worten in die Flucht getrieben hatte.

Sie stand am Fenster, schaute auf die Straße, auf der einfach kein Taxi halten wollte, und spürte, wie ihr die Tränen kamen.

Dumme Pute!

Was, wenn sein Zug ganz einfach Verspätung hatte? Sein Taxi im Verkehr steckengeblieben war? Wollte sie ihn dann mit verweinten Augen empfangen? Reiß dich zusammen, Heulsuse!

Eine innere Stimme sagte ihr, dass es nicht sein konnte, dass er sie nie und nimmer einfach so schnöde sitzen ließe. Und je mehr sich diese Zuversicht in ihr festsetzte, desto unbarmherziger wuchs die Sorge, ihm könne etwas zugestoßen sein. Und diese Sorge machte das Warten noch unerträglicher.

Verdammt, werde jetzt nicht hysterisch! Wie oft hat die Reichsbahn Verspätung? Manchmal fallen doch sogar ganze Züge aus! Habe einfach ein wenig Geduld! Er wird schon noch kommen, und dann wird sich alles aufklären! Und reiß dich verdammt nochmal zusammen!

Sie trat vom Fenster zurück und polierte noch einmal die Kaffeetassen, die nun seit über einer Stunde schon auf dem Tisch standen und darauf warteten, gefüllt zu werden.

Der Marmorkuchen, den sie gestern Abend gebacken und für den sie die letzte Ecke Butter geopfert hatte, wurde immer trockener.

4

Schwarzgraues Verdeck, dunkelgrünes Chassis, schwarz-weiße Karostreifen – ohne Frage eine Kraftdroschke. Von dem Wagen war allerdings nur das Heck zu sehen, die vordere Hälfte schien in der Mauer verschwunden zu sein. Als sie die Unfallstelle passierten, konnte Rath erkennen, dass die Kühlerhaube zusammengeschoben worden war, als sei sie aus Pappe.

»Muss ganz schön geknallt haben«, sagte er.

»Ich weiß schon, warum ich kein Taxi fahre«, erwiderte Czerwinski.

Der Kriminalsekretär saß auf dem Beifahrersitz und hielt den Fotoapparat zwischen den Knien. Einen Kofferraum besaß Raths Buick nicht, auch keine Rückbank.

»Na, in 'nem Taxi müsstest du wenigstens die Kamera nicht auf den Schoß nehmen.«

»In 'nem Dienstwagen auch nicht.«

Das Mordauto hätten sie ohnehin nicht bekommen, doch Rath hatte auch keinen anderen Dienstwagen nehmen wollen. Weil er nicht vorhatte, heute noch einmal in die Burg zurückzukehren. Eigentlich wäre er jetzt schon auf dem Weg nach Hause. Hätte er nicht den Fehler begangen, kurz vor Feierabend noch ans Telefon zu gehen. Czerwinski, den er dazu verdonnert hatte mitzukommen, hatte nicht die allerbeste Laune.

Die Kraftdroschke war frontal gegen die massive Backsteinmauer geprallt, die auf Kreuzberger Seite den Beginn der Yorckbrücken markierte, an jener Stelle, wo die breite Yorckstraße einen Rechtsknick machte und sich verjüngte, um auf den nächsten fünfhundert Metern mehr als vierzig stählerne Stege zu unterqueren, sämtliche Schienenstränge, die zum Anhalter und Potsdamer Bahnhof führten. Wie es aussah, war das Taxi, anstatt der Rechtskurve zu folgen, einfach geradeaus weitergefahren.

Rath parkte den Buick am Straßenrand und stieg aus. Rechts neben dem Wrack lagen zwei Leichen auf dem Asphalt, bedeckt von Leinentüchern. Vier, fünf Schupos sicherten die Unfallstelle, wimmelten Neugierige ab, leiteten den Verkehr um und lotsten Fußgänger auf die andere Straßenseite.

»Mach du schon mal ein paar Fotos«, sagte Rath zu Czerwinski, der sich gerade aus dem Beifahrersitz schälte, »ich rede mit den Blauen. Mit ein bisschen Glück sind wir in einer halben Stunde hier wieder weg.«

Der Kriminalsekretär nickte und schulterte die Kamera. Rath zündete sich eine Overstolz an, inhalierte einmal tief und ging hinüber. Ein Hauptwachtmeister, der neben den Leichen stand, schaute ihm erwartungsvoll entgegen. Freute sich wohl schon, den Fall endlich den Idioten von der Kripo zuschanzen zu dürfen. Rath bemerkte einige Blutflecken an der ansonsten blitzsauberen Uniform.

»Wer hat die denn da so ordentlich hingelegt?«, schnauzte er den Blauen an, bevor der den Arm zum Deutschen Gruß heben konnte, und zeigte auf die Leichen. »Schon mal davon gehört, dass bis zum Eintreffen der Kriminalpolizei nichts anzurühren ist?«

»Melde gehorsamst, Kommissar, aber ...«

»Oberkommissar!«

»Melde gehorsamst, Oberkommissar, aber glauben Sie mir: Die Sauerei hätten Sie nicht sehen wollen. Der da ...« Er wies auf eine der beiden Leichen, deren Leinentuch in der Mitte blutigrot glänzte. »... ist förmlich aufgespießt worden. Von der Lenksäule. Ohne Eisensäge hätten wir den nicht aus dem Wagen bekommen.«

»Und der andere?«

»Der lag schon ungefähr da, wo er jetzt liegt. Muss aus dem Wagen geschleudert worden sein, dann gegen die Mauer geprallt, und schließlich auf den Asphalt.«

»Na, jetzt, wo Sie ihn so schön dort drapiert und zugedeckt haben, werden wir das wohl nicht mehr nachvollziehen können.«

»Es gibt einen Zeugen, der ...«

»Die Zeugen werden wir schon noch befragen. Erzählen Sie mir lieber mal, warum Sie die Mordbereitschaft alarmiert haben, anstatt sich selbst um diesen Unfall zu kümmern.«

»Mit Verlaub, wir haben uns gekümmert. Laut übereinstimmender Aussage zweier Zeugen ist die Kraftdroschke ohne erkennbaren Grund gegen die Brückenmauer gefahren. Ungebremst.«

»Na, irgendeinen Grund wird es wohl gegeben haben.«

»Eben. Der Zeuge ...« Der Blaue blätterte in seinem Notizbuch. »... Der Zeuge Doktor Gebhardt sagt aus, der Taxifahrer habe ihn überfahren wollen. Mit voller Absicht. Er spricht von Mordversuch.«

»Mordversuch? Wollen Sie mich veralbern?«

»Ich gebe nur wieder, was der Zeuge gesagt hat. Sagt, es habe nicht viel gefehlt, und er würde tot auf dem Gehweg liegen. Sagt, er habe sich nur mit einem beherzten Sprung retten können.«

»Hm. Und die Toten da? Schon identifiziert?«

»Nur den Fahrer, Oberkommissar. Hatte einen Ausweis in der Joppe. Und einen Führerschein. Hier.«

Rath nahm die Dokumente entgegen. Ein Lichtbildausweis der Vereinigten Kraftdroschkenbesitzer Groß-Berlins, ausgeschrieben auf den Namen *Lehmann, Otto*. Der Mann auf dem Foto trug eine Schirmmütze und mochte etwa vierzig Jahre alt sein. Auf dem Führerschein prangte ein Abzug desselben Fotos.

»Det is der da«, sagte der Schupo und zeigte auf die rechte Leiche. Die mit dem blutdurchtränkten Tuch.

»Und der andere?«, fragte Rath.

»Da ham wer noch nüscht. In seiner Brieftasche war nur Geld. Und ein Schlüssel.«

»Zeigen Se mal.«

Der Schupo reichte ihm ein Portemonnaie, in dem sich knapp dreißig Mark Kleingeld befanden und ein kleiner silbriger Schlüssel. In das Metall war die Nummer 57 eingraviert, sonst nichts.

»Haben Sie 'ne Ahnung von welchem Schließfach der sein könnte?«, fragte Rath. Der Schupo betrachtete den Schlüssel und zuckte die Achseln. »Von überall und nirgends. Irgendein Bahnhof, irgendeine Bank. Vielleicht auch vom Flughafen.«
»Sonst noch was in den Taschen?«
»Ne Schachtel Zigaretten. Ein Feuerzeug. Und das hier.« Der Hauptwachtmeister fummelte ein kleines Etui aus seiner Manteltasche und öffnete es.
»Ein Ring?«
Der Schupo nickte. »Wir vermuten, der Herr war unterwegs zu einer Dame. Haben auch Blumen im Taxi gefunden.«
»Überlassen Sie das Vermuten mal lieber der Kripo«, sagte Rath. »Und sorgen Sie dafür, dass die Asservate ordentlich eingetütet und beschriftet werden.«
»Auch die Zigaretten?«
»Natürlich. Alle.«
»Jawohl, Oberkommissar!«
Der Wachtmeister salutierte.
Rath hockte sich zu der unbekannten Leiche und schlug die Leinendecke zurück. Der Mann war Ende zwanzig, Anfang dreißig und hatte ein hübsches Gesicht, das bis auf eine hässliche Platzwunde nahezu unversehrt geblieben war. In dem feinen Sommermantel wirkte die Leiche sogar beinah elegant, war jedoch so bleich, wie das nur Tote sein können. Außerdem bildeten Kopf und Hals einen ungesund aussehenden Winkel. Genickbruch, vermutete Rath. Und ein paar innere Verletzungen: Aus Nase und Ohren waren kleine, dünne Rinnsale Blut geflossen. Er durchsuchte die Taschen des Toten, konnte jedoch nichts finden außer einem gebrauchten Taschentuch, das die Blauen entweder übersehen oder nicht hatten anfassen wollen. Auch Rath steckte es zurück in die Hosentasche, nachdem er es mit spitzen Fingern auf ein Monogramm oder ähnliche Auffälligkeiten untersucht hatte. Nichts dergleichen. Kaufhausware.

»Mach mal 'n Foto von den beiden hier«, rief er Czerwinski zu, der den Fotoapparat gerade aufs Stativ pflanzte, und zog die Decke von der anderen Leiche. Dieser Mann war wesentlich schlimmer zugerichtet, der Brustkorb, an dem das Leinentuch schon festzukleben begann, eine einzige schwarzrot blutige Masse, aus der vereinzelt das Weiß der Rippenknochen schimmerte. *Die Sauerei hätten Sie nicht sehen wollen.* Rath spürte, wie ihm übel wurde, und bedeckte den offenen Brustkorb, schaute sich das Gesicht des Toten an, das durch unzählige Schnittwunden entstellt war. Die Augen jedoch waren unverletzt geblieben und starrten ins Leere. Trotz der Verletzungen erkannte er den Mann vom Passfoto.

Er deckte die Leiche wieder zu, stand auf und wandte sich noch einmal dem Schupo zu. »Wo ist denn dieser Zeuge, den man angeblich ermorden wollte?«, fragte er.

»Doktor Gebhardt?« Der Hauptwachtmeister zeigte auf zwei Zivilisten, die bei einem Schupo unter der Brücke standen. »Da. Der mit der Brille.«

Rath schnippte seine Zigarette aufs Trottoir und ging hinüber. Er gab sich keine Mühe, seine schlechte Laune zu verbergen. Ein tödlicher Verkehrsunfall war normalerweise keine Sache für die Zentrale Mordinspektion. Wenn der Revierpolizei jedoch, die immer als erste vor Ort war, irgendetwas spanisch vorkam, schaltete sie die Kripo ein. In diesem Fall also ein abstruser Mordvorwurf.

Er trat zu den drei Männern und zückte seine Marke.

»Kriminalpolizei«, sagte er, ohne zu grüßen und sich vorzustellen. Er hasste den Deutschen Gruß, zu den ihn die Dienstvorschriften eigentlich verpflichteten. Da war er lieber unhöflich und grüßte gar nicht. Man musste ja nicht jeden Blödsinn mitmachen, der den Nazis so einfiel.

»Wer von Ihnen ist denn Herr Gebhardt?«, fragte er die Zeugen, obwohl er es bereits wusste.

»*Doktor* Gebhardt«, sagte der Brillenmann. »So viel Zeit muss sein.«

»Mediziner?«

»Wo denken Sie hin? Philologe.«

Gebhardt sagte das, als habe Rath ihn mit seiner Vermutung beleidigt.

»Herr Gebhardt, Sie haben den Kollegen gesagt, man habe Sie töten wollen?«

»So ist es! Ich bin um ein Haar einem Mordanschlag entgangen, Herr Kommissar.«

»*Ober*kommissar. So viel Zeit muss sein.«

Gebhardt stutzte, sagte aber nichts.

»Wer wollte Sie denn ermorden?«, fuhr Rath fort. »Und vor allem: wie?«

Gebhardt wies auf die Leiche des Taxifahrers. Er machte ein Gesicht, als verpetze er jemanden auf dem Schulhof.

»Dieser Mann dort«, sagte er, »ist mit seinem Kraftwagen mit voller Absicht auf den Gehweg gerast. Direkt auf mich zu. Ich konnte mich nur retten, indem ich zur Seite gehechtet bin. Möchte nicht wissen, wieviele blaue Flecken ich mir dabei geholt habe. Und hier – schauen Sie ...«

Er zeigte auf seinen Mantel, dessen rechte Seite völlig verschmutzt war und feucht glänzte.

»Sie haben sich genau an der Stelle befunden, wo das Taxi den Gehweg gekreuzt hat, bevor es gegen die Mauer geprallt ist?«

Gebhardt nickte. »Ich bin sicher, der Mann wollte mich überfahren. Wie grimmig der mich angeschaut hat!«

»Grimmig?«

»Na, eben wie jemand, der einen töten will.«

Rath beherrschte sich. Da stand der Mann, der ihm den Feierabend mit hanebüchenen Mutmaßungen versaut hatte, aber er beherrschte sich.

»Zeigen Sie mir doch bitte, wo genau Sie sich befunden haben, als sich der Unfall ereignete«, sagte er.

»Na, eben dort.«

Gebhardt wies auf den Gehweg knapp neben dem Taxiwrack.

»Und Sie sind in diese Pfütze dort gehechtet?«

Der Zeuge nickte. »Und dann hat es auch schon geknallt.«

»Wenn ich das richtig verstehe, ist der Wagen in gerader Linie vom Fahrdamm über den Gehweg gefahren und dann gegen die Mauer geprallt.«

Gebhardt nickte.

»Vielleicht hat die Lenkung blockiert«, sagte Rath. »Und der Fahrer konnte gar nicht anders, als gegen die Mauer zu fahren.«

»Und warum«, sagte Gebhardt und hob seinen Zeigefinger, »hat er dann nicht gebremst? Sondern im Gegenteil sogar Gas gegeben?«

Rath wandte sich dem anderen Zeugen zu, der ein paar Jahre jünger war als der Doktor und weniger gut gekleidet.

»Können Sie das bestätigen, Herr ...?«

»Brückner, Oberkommissar. Der Schutzmann hier hat meene Personalien bereits ...«

»Nun, Herr Brückner, stimmt das? Hat der Fahrer wirklich Gas gegeben?«

»Jawohl, Oberkommissar. Man hat den Motor richtig aufheulen jehört.«

»Hm«, machte Rath und kratzte sich am Kinn. »Vielleicht hat er in Panik die Pedale verwechselt. Das kommt vor.«

»Nein, nein ...« Gebhardt schüttelte den Kopf. »Herr Oberkommissar, ich bin mir völlig sicher: Der Taxifahrer hat nicht panisch geguckt, sondern grimmig. Der hatte es auf mich abgesehen! Der wollte mich umbringen!«

»Nur war er damit offensichtlich nicht sehr erfolgreich. Schließlich liegt *er* da tot auf dem Pflaster und kein Doktor Gebhardt.«

»Aber erlauben Sie!«

»Nehmen wir mal an, er hätte sich wirklich nur dumm angestellt: Warum hätte er Sie ermorden wollen? Was hatte er für ein Motiv?«

»Was fragen Sie mich? *Sie* sind der Polizist.«

»Kannten Sie den Taxifahrer denn?«

»Woher? Noch nie gesehen.«

»Und warum sollte es ein Mann, den Sie nicht kennen, auf Sie abgesehen haben?«

»Vielleicht waren das ja Kommunisten«, sagte Gebhardt und deutete auf sein Revers, an dem das Parteiabzeichen prangte.

»Ein Kommunist, der bei dem Versuch, ein verdientes Mitglied der Bewegung zu überfahren, sich selbst und auch noch seinen Fahrgast tötet – wollen Sie mir das wirklich erzählen? Wissen Sie eigentlich, welche Konsequenzen das hätte?«

Gebhardt wusste es offensichtlich nicht, er schaute Rath fragend an.

»Wenn Sie, lieber Doktor Gebhardt, allen Ernstes behaupten, dass dieser Verkehrsunfall eigentlich ein politischer Mordanschlag gewesen ist, wäre ich gezwungen, die Gestapo zu alarmieren. Dann müssten Sie den Kollegen in der Prinz-Albrecht-Straße erklären, warum Sie zum Ziel eines politischen Anschlages geworden sind.«

Gebhardt war beim Wort *Gestapo* zusammengezuckt. Auch ein linientreuer Nazi hatte mit der Geheimen Staatspolizei lieber nichts zu tun, wenn es denn irgendwie zu vermeiden war.

»Ich behaupte gar nichts«, sagte er und wirkte deutlich kleinlauter als zuvor, »ich weiß nur, dass der Mann mit Absicht auf den Gehweg gefahren ist. Das konnte man sehen.«

»Und was ist mit Ihnen, Herr Brückner? Konnten Sie das auch sehen?«

»Ick kam ja von da drüben, von der S-Bahn. Hab überhaupt keene Jesichter jesehen.« Der andere Zeuge zuckte die Achseln. »Aber eines kann ick bestätigen: Der hat nicht gebremst, sondern noch Gas gegeben. Is mit 'nem Affenzahn quer über die Straße auf den Gehweg gerast ... Bevor ick verstand, wat da los is, kam ooch schon der Knall. So laut, det gloobt man gar nich. Icke sofort hin, dachte zuerst, diesen Herrn hier hätt's ooch erwischt, aber der lebte ja. Hab noch versucht zu helfen, aber da war nüscht mehr zu machen. Der da auffem Trottoir lag, der war mausetot, is gegen die Mauer geflogen, das hat er wohl nich überlebt. Vom Taxifahrer jar nich zu sprechen, det war ein einzijet Massaker da uffem Fahrersitz. Hab ja ville jesehen im Weltkrieg, aber sowat ... ne! Ja, und dann kam ooch schon die Polente – also: Ihre Kollegen. Und seitdem steh'n wer hier.«

»Vielen Dank erst einmal, die Herren.« Rath gab den Zeugen seine Karte. »Montag um elf erwarte ich Sie beide in meinem Büro. Wenn der Wachtmeister Ihre Personalien hat, können Sie jetzt gehen.«

»Danke, Oberkommissar.«

Brückner tippte an seine Schirmmütze und überquerte die Straße. Gebhardt, der promovierte Querulant, wirkte unschlüssig.

»Was ist denn noch?«, fragte Rath.

»Na, mein Mantel.«

»Wie?«

»Schauen Sie sich den doch mal an.«

»Das habe ich bereits. Der ist schmutzig. Und?«

»Und? Ja, wer zahlt mir denn da die Reinigung?«

»Wenn Sie keine anderen Sorgen haben, können Sie ja mal bei der Taxi-Innung nachfragen.«

Rath ließ den Mann stehen und ging zum Unfallwagen hinüber.

Das Taxi, eigentlich ein stabiler Wagen, war durch den Aufprall auf wenig mehr als die Hälfte seiner Größe gestaucht, die Kühlerhaube eingedrückt, die Vorderachse verbogen und derart unter die Karosserie geschoben, dass von den Vorderrädern kaum noch etwas zu sehen war. Umso unheimlicher wirkte das Heck, das einen völlig unversehrten Eindruck machte. Bis auf die Tatsache, dass sämtliche Fenster zu Bruch gegangen waren.

Czerwinski war mit den Leichen durch und schon dabei, das Wrack von allen Seiten zu fotografieren. Mechanisch und in aller Gemütsruhe, ohne groß nachzudenken, so wie er jeder Arbeit nachging. Der Kriminalsekretär fotografierte auch weiter, als Rath zur Fahrertür ging, um einen Blick in den Wagen zu werfen.

»Mensch, Paul, du sollst nicht mich bei der Arbeit fotografieren, sondern den Tatort! Mach mal 'ne kleine Pause oder such dir ein anderes Motiv.«

Die Entscheidung fiel Czerwinski leicht. Der Kriminalsekretär kramte seine Zigaretten aus dem Mantel und ging zu den Schupos hinüber. Der Dicke liebte Zigarettenpausen.

Der Fahrersitz bot keinen schönen Anblick, er war voller Blut und voller Scherben. Auf dem Gehweg neben dem Auto lag eine blutbeschmierte Metallstange, die eine frische Sägekante aufwies. Rath spürte ein flaues Gefühl in der Magengegend, als er realisierte, dass dies das Stück der Lenkstange sein musste, das die Schupos aus dem Brustkorb von Otto Lehmann gezogen hatten.

Er wandte sich lieber dem Wagenfond zu, der nahezu unversehrt wirkte. Von außen jedenfalls. Vom Sitzpolster der Rückbank war allerdings vor lauter Glassplittern kaum noch etwas zu sehen. Langstielige Rosen verteilten sich im gesamten Fahrgastraum wie ein Mikadospiel. Einige waren auch neben dem Wagen gelandet. Im Fußraum entdeckte er eine schwarzlederne Aktentasche, die unter den Sitz gerutscht sein musste und dort festklemmte. Rath musste kräftig ziehen, um sie zu befreien. Sie sah so gut wie unversehrt aus. Wie zerbrechlich doch so ein Mensch ist, dachte er. Zwei Männer sterben, und diese Tasche bekommt nicht einmal einen Kratzer ab.

Er wischte die Scherben vom Leder und suchte nach einem Namensschild oder ähnlichem, doch alles, was er fand, waren eine Schachtel Asbachbohnen und ein großer brauner Briefumschlag, die sauber voneinander getrennt in der Tasche verstaut waren. Ein frankierter, aber nicht gestempelter Großbrief, adressiert an eine *Familie E. Seitz, Schwabach, Nürnberger Straße 38*. Er drehte den braunen Umschlag mehrfach um, doch nirgendwo war ein Absender vermerkt.

Natürlich durfte er das nicht, dennoch öffnete Rath den Brief kurzerhand. Sollte er dort den Namen des Absenders finden, könnte ihnen das viel Zeit sparen. Und was störte es einen Toten, wenn man dessen Postgeheimnis missachtete? Den Kollegen würde er einfach erzählen, der Umschlag sei durch die Gewalt des Unfalls zerrissen.

So dachte er, während er den Brief öffnete, doch keine Minute später verfluchte er seine Leichtfertigkeit.

Die erste Ahnung, etwas falsch gemacht zu haben, überkam ihn, als er den Aufdruck *Geheime Reichssache* auf den beiden Aktenmappen las, die er aus dem braunen Umschlag zog. Die Ahnung wurde zur Gewissheit, als er eine der Mappen aufschlug und schon beim ersten Überfliegen des Textes auf den Namen *Hermann Göring* stieß.

Verdammt!

Rath klappte die Akte wieder zu, als könne er seine Tat dadurch ungeschehen machen. Sein Atem ging schnell, das Blut schoss ihm in den Kopf, er fühlte sich, als sei er bei irgendetwas erwischt worden. Obwohl niemand sehen konnte, was er da tat und in der Hand hielt.

Geheimakten. Weiß Gott woher. Aber das spielte auch keine Rolle. Ebenso war es völlig unerheblich, dass Rath noch keinen zusammenhängenden Satz gelesen hatte und gar nicht wusste, worum es ging. Er hatte unbefugt geheimes Material geöffnet, das auf irgendeine Weise mit Hermann Göring zu tun hatte, seinem Dienstherrn, dem zweitmächtigsten Mann im Reich.

Am liebsten hätte er den aufgerissenen Umschlag mitsamt den Akten zurück in die Tasche gelegt und so getan, als sei nichts gewesen, aber der geöffnete Brief sprach Bände, und wer würde Rath glauben, dass nicht er den Umschlag geöffnet hatte? Und selbst wenn sie ihm das abnähmen, wer würde ihm glauben, dass er sich den Brief nicht angeschaut habe? Hier ging es nicht mehr um die Verletzung des Briefgeheimnisses, hier ging es um Staatsgeheimnisse. Er hatte eine Akte gesehen, die er niemals hätte sehen dürfen, und er mochte sich nicht vorstellen, was man im neuen Deutschland mit Unbefugten anstellte, die so etwas taten.

Für große Überlegungen war keine Zeit; Rath packte die Pralinenschachtel zurück in die Aktentasche, den Brief steckte er unter seine Weste und knöpfte den Mantel zu. Er war gerade fertig, da hörte er die Stimme von Czerwinski hinter sich.

»Und? Was gefunden, Chef?«

Rath drehte sich um. Der dicke Kriminalsekretär trat seine Zigarette aus und guckte neugierig. Hatte der ihn beobachtet? Unmöglich, Rath hatte sich die ganze Zeit über den Rücksitz gebeugt mit der Wagentür als Sichtschutz.

»Nichts Besonderes«, antwortete er. »Nur eine Aktentasche. Ist alles voller Blumen und Scherben. Fotografier das mal.«

Czerwinski nickte. »Und was is mit der Tasche?« Er zeigte auf den Rücksitz.

»Na, was wohl? Die stellst du sicher, sobald du sie fotografiert hast. Und schau nach, ob du weitere Beweismittel findest, bevor du das Wrack zum Alex bringen lässt.«

»Wie?«

»Mensch, muss ich dir alles erklären? Zur Kriminaltechnik. Die sollen den Wagen auf eventuelle technische Mängel untersuchen.«

Die Enttäuschung war Czerwinski anzusehen. Er hatte gehofft, nach dem Fotografieren in den Feierabend gehen zu können. Rath wusste, dass er sich bei dem Dicken nicht unbedingt beliebt machte, aber er musste ihn loswerden.

»Ich fahr dann schon mal«, fuhr er fort. »Die Familie des toten Taxifahrers informieren.«

»Aber ...« Czerwinski deutete hilflos auf den Buick. »... wie soll ich denn zurück in die Burg kommen?«

»Im Abschleppwagen ist bestimmt noch ein Platz frei.«

Rath tippte an die Hutkrempe.

Czerwinski sagte nichts mehr. Er hob die rechte Hand, ohne Rath noch einmal anzuschauen, und machte sich am Fotoapparat zu schaffen.

Unter der Brücke hatte ein Leichenwagen gehalten, aus dem zwei Herren in Schwarz stiegen. Der Hauptwachtmeister empfing die beiden mit dem Deutschen Gruß, den sie zackig erwiderten. Dann aber schüttelten sich die Männer gegenseitig die Hände wie alte Freunde.

Rath ging hinüber.

»Was soll denn das hier werden?«, fragte er den Schupo.

»Na, kennen Se doch, Oberkommissar«, sagte der Blaue und deklamierte: »Traurichsein hat keenen Zweck, Grieneisen holt die Leiche weg.«

»Das können die Herren gerne tun. Aber die Leichen hier werden nicht zu Grieneisen gebracht, sondern in die Hannoversche Straße.«

»Wie?«

»Schwer von Begriff? In die Gerichtsmedizin. Die Unfallopfer müssen selbstverständlich obduziert werden. Schon vergessen? Das hier ist eine Todesfallermittlung! Das dauert noch etwas, bevor da ein Bestatter ran darf.«

Dem Schupo war anzusehen, wie sehr ihm das gegen den Strich ging, doch er salutierte brav.

»Jawohl, Oberkommissar!«

»Für Botendienste sind wir aber nicht herbestellt«, maulte einer der Bestatter.

»Ich weiß nicht, wer Sie wozu herbestellt hat«, raunzte Rath den Mann an, »aber hier haben Sie gefälligst den Anordnungen der Polizei Folge zu leisten.«

»Und wer bezahlt uns das?«

»Lassen Sie sich die Übergabe der Leichen in der Gerichtsmedizin quittieren, dann können Sie bei der Staatsanwaltschaft einen Antrag auf Kostenübernahme stellen.«

Der Bestatter warf dem Schupo einen missmutigen Blick zu. Dann trottete er mit seinem Kollegen zum Leichenwagen. Die Männer öffneten die Hecktür und holten einen Zinksarg heraus.

Der Blaue schaute drein, als habe er Magenschmerzen. Wahrscheinlich hatte Raths Eingreifen ihn um eine kleine Provision gebracht. Dennoch stand er stramm, als Rath ihn anbellte wie auf dem Kasernenhof.

»Sie sind mir dafür verantwortlich, dass das ordnungsgemäß läuft, Hauptwachtmeister! Am besten, Sie fahren mit in die Hannoversche Straße und kümmern sich persönlich darum.«

»Jawohl, Oberkommissar!«
»Und dann möchte ich Montagmorgen den Unfallbericht der Schutzpolizei auf meinem Schreibtisch sehen. Kann ich mich da auf Sie verlassen?«
»Jawohl!«
»Gut, Hauptwachtmeister. Dann darf ich mich verabschieden. Kriminalsekretär Czerwinski übernimmt den Oberbefehl hier am Tatort.«
»Kriminalsekretär Czerwinski! Jawohl!« Der Schupo salutierte ein letztes Mal und warf dann seinen Arm in die Höhe. »Heil Hitler, Oberkommissar!«
Rath winkelte seinen rechten Arm kurz an und drehte sich wortlos um. Auf dem Weg zu seinem Auto zündete er sich eine Zigarette an. Das Papier unter seiner Weste knisterte so laut, dass er glaubte, jeder müsse es hören. Er war froh, als er endlich hinter dem Steuer saß. Niemand schaute zu ihm hinüber, alles ging seinen gewohnten Gang. Die Bestatter legten die erste Leiche in den Sarg, Czerwinski hatte den Fotoapparat zusammengefaltet und damit begonnen, die Schupos herumzukommandieren. Auf der Windschutzscheibe zerplatzten erste Regentropfen. Rath startete den Motor und warf den Scheibenwischer an.

Er fuhr ziellos durch die Gegend und wusste nicht wohin. Nur dass die Familie Lehmann noch würde warten müssen, bis sie vom tragischen Tod ihres Ernährers erfuhr. Erst einmal hatte er sein Problem zu lösen.

Er brauchte eine ganze Weile, bis er endlich wusste, was zu tun war. Ganz sicher war er sich seines Planes nicht, aber einen anderen hatte er nicht. Der rettende Einfall war ihm beim Anblick eines Postbeamten gekommen, der am Halleschen Tor einen Briefkasten leerte. Kurzerhand besorgte er sich in einem Schreibwarengeschäft in der Lindenstraße ein braunes Großkuvert und eine Briefmarke und fuhr zum Köllnischen Park.

Und da saß er nun. Saß in einer ruhigen Ecke am Parkrand in seinem Auto und starrte auf den zerknitterten, aufgerissenen Umschlag auf seinem Schoß. Der Transport unter der Weste war dem braunen Papier nicht gut bekommen, kein Vergleich zu dem neuen Umschlag, der auf dem Beifahrersitz lag, jungfräulich rein und glatt und leer.

Die Briefmarke klebte bereits, er musste nur noch die Adresse in einer möglichst ähnlichen Schrift auf den neuen Umschlag übertragen, die Geheimakten hineinstecken, das Ganze zukleben und in den Briefkasten dort hinten werfen. Das war sein Plan. Die einzige Möglichkeit, die er sah, um aus der Zwickmühle, in die ihn seine Neugier gebracht hatte, wieder herauszukommen: Nur wenn die Papiere dort ankämen, wo sie ursprünglich auch hatten hingehen sollen, würde niemand Verdacht schöpfen. Seinem ersten Impuls – den brisanten Aktenfund einfach wegzuwerfen, in den nächsten öffentlichen Papierkorb oder in die Spree – hatte er zum Glück nicht nachgegeben.

Er zückte den Tintenkuli, den Charly ihm zu Weihnachten geschenkt hatte, legte den neuen auf den alten Umschlag und wollte gerade ansetzen und die Anschrift kopieren, da nahm ihm ein Schatten das Licht, und der Schreck fuhr ihm in alle Glieder. Da stand ein Spaziergänger direkt neben der Fahrertür, ein Mann, der seinen Hund ausführte. Rath wusste nicht, ob der Hundebesitzer, der seinen Blick jetzt unbeteiligt durch den Park schweifen ließ, überhaupt in den Wagen geschaut hatte, gleichwohl fühlte er sich ertappt. Als sei man ihm jetzt schon auf der Spur.

Er wartete, bis der Mann, der sich noch ein paarmal umdrehte und tatsächlich durch die Autofenster zu schielen schien, im Park verschwunden war, dann steckte er den Stift ein, packte die Kuverts unter den Mantel und stieg aus. Das Backsteingebäude drüben im Park beherbergte eine öffentliche Bedürfnisanstalt, die steuerte er an, legte der Toilettenfrau einen Groschen hin und schloss sich in der nächstbesten Kabine ein. Erst als er saß, holte er die Umschläge wieder hervor.

Hier würde ihm niemand über die Schulter schauen.

Das Imitieren der fremden Schrift ging ihm leichter von der Hand als gedacht. *Schwabach*, wo das wohl lag? Na, hatte ihn nicht zu interessieren. Er verglich die beiden Adressen und war zufrieden. Einer graphologischen Untersuchung würde sein Werk nicht standhalten, aber das musste es ja auch nicht; Briefumschläge landeten doch immer sofort im Papierkorb. Wichtig war, dass der Inhalt dort ankam, wo er hinsollte.

Er holte die beiden grünen Mappen aus dem aufgerissenen Umschlag. Eigentlich hatte er die beiden Akten nur in den neuen

Umschlag legen und den dann zukleben wollen, doch er konnte nicht. Die beiden dunkelgrünen Hefter lagen auf seinem Schoß, und er stierte sie an. Die bettelten doch förmlich darum, aufgeschlagen zu werden. Schritte schreckten ihn auf. Er hörte, wie in der Kabine nebenan die Tür verriegelt und der Klodeckel hochgeklappt wurde.

Hastig steckte er die Akten in den neuen Umschlag, ohne noch einmal hineinzusehen. *Wissen ist Macht*, der alte Wahlspruch seines Vaters kam ihm in den Sinn. Nein, manchmal war Wissen einfach nur gefährlich. Menschen, die zuviel wussten, starben früher. Er leckte die Gummierung an und klebte den Umschlag zu. Nur weg damit!

Rath zog die Kette der Toilettenspülung, steckte sich die Umschläge wieder unter den Mantel, während das Wasser rauschte, und verließ die Kabine. Er wusch sich die Hände wie jeder normale Toilettenbenutzer, bedachte die Toilettenfrau mit einem freundlichen Nicken und ging zurück in den Park. Er vergewisserte sich, dass der Briefkasten am Märkischen Museum auch sonntags geleert wurde, dann warf er den Umschlag ein.

Er fühlte sich ungemein erleichtert, als die metallene Klappe hinunterfiel und den Einwurfschlitz wieder verdeckte, fast so erleichtert wie früher nach dem Beichten, als habe auch dieser Briefeinwurf ihn von allen Sünden befreit. Die Geheimakten aus dem Taxi waren nun wieder ein ganz normaler Brief, einer unter Tausenden, der genau die Reise antreten würde, für die er vorgesehen war. Die ursprüngliche Ordnung war wiederhergestellt, niemand würde etwas merken.

Rath steckte sich eine Overstolz an und ging durch den Park zurück zum Auto. Den alten Umschlag zerknüllte er und stopfte ihn in den nächstbesten Papierkorb.

5

Zwei nackte Arme, die sich um eine weißbekittelte Schulter schlangen. Hände, die einen nackten Rücken streichelten und Pobacken kneteten. Das verzückte Gesicht von Martha Döring, während die Frau in der weißen Kittelschürze ihr den Busen küsste. Beide Frauen in leidenschaftlicher Umarmung, küssend, mit geschlossenen Augen.

Auf den letzten Fotos, die Charly gemacht hatte, sah man noch, wie die Bademeisterin in die Hocke gegangen war und die breitbeinig auf dem Wannenrand sitzende Martha Döring da küsste, wo es Siegmund Döring wahrscheinlich noch nie oder falls doch, dann offensichtlich viel zu selten, getan hatte. Das war der Moment, an dem Charly abgebrochen hatte. Weil sie sich unsäglich schmutzig vorgekommen war.

Nicht weil sie das als schmutzig empfunden hätte, was die beiden Frauen in der Kabine nebenan taten, sondern weil es schmutzig war, die beiden dabei zu fotografieren, bei den intimsten, privatesten Dingen, die zwei Menschen miteinander teilen konnten. Diese Erkenntnis hatte sie so plötzlich überfallen, dass ihr übel geworden war; sie hatte die Kamera eingepackt, Strümpfe und Schuhe wieder angezogen und das Volksbad so überstürzt verlassen, dass sie sogar vergessen hatte, den Stöpsel aus der Wanne zu ziehen.

Sie war die Straße hinabgelaufen, ohne darauf zu achten wohin, hatte sich, ohne auf das Zielschild zu achten, in die nächste Elektrische gesetzt, hatte die Augen geschlossen, bis sie ganz sicher war, dass die Bahn den Wedding weit hinter sich gelassen hatte. Am Rosenthaler Platz war sie schließlich umgestiegen und in den Westen gefahren, aber erst in der Dunkelkammer hatte sie sich wieder beruhigt.

Charly schaltete das Licht ein und nahm die Abzüge aus dem Wasserbad. Sie mochte diese Arbeit, die sie von ihrem ehemaligen Kollegen Reinhold Gräf gelernt hatte, der früher viel für die Mordinspektion fotografiert hatte.

Die Fotos schienen ihr schon fast zu gut gelungen. Selbst die Gesichter waren zweifelsfrei zu erkennen. Wenn Siegmund Döring diese Bilder sähe, würde das für seine Frau nichts Gutes bedeuten. Der Mann war, wie die Nadel an seinem Revers zeigte, Parteigenosse. Eine Frau, die ihn mit einer lesbischen Liebschaft betrog, würde er niemals ertragen. Weibliche Homosexualität war zwar, anders als männliche, nicht strafbar, doch mochte Charly sich nicht ausmalen, wie Döring seine Frau behandelte, sollte er von ihrem Geheimnis erfahren. Männer, die ihre Frauen schlugen, machten sich durchaus einer Straftat schuldig, fanden jedoch vor den allermeisten Richtern Gnade. Und was, wenn die Fotos aus dem Volksbad Eingang in ein solches Verfahren finden würden? Scham und Schande war das mindeste, was Charlys heutiges Tagwerk über Martha Döring bringen würde, wahrscheinlich aber Schlimmeres. Jedenfalls nichts, auf das sie stolz sein konnte.

Nein, so hatte sie sich ihre Arbeit für das Detektivbüro nicht vorgestellt, seit sie sich vor einem Dreivierteljahr auf Böhms Angebot eingelassen hatte. Sie traf sich immer noch regelmäßig mit ihrem früheren Chef und Mentor, auch nach dessen Kündigung, zum Unwillen von Gereon, der in alten Zeiten mit Böhm immer wieder aneinandergeraten war. Vielleicht hatte Gereon es auch übelgenommen, dass Böhm der erste war, dem Charly von ihren gescheiterten Träumen erzählt hatte. Dabei war es Zufall gewesen. Die Verabredung mit Wilhelm Böhm hatte schon festgestanden, bevor Guido Scherer ihr just an jenem kalten Dezembertag eröffnete, dass sie ihren Traum begraben müsse. Dass ihr Referendariat in der Rechtsanwaltskanzlei *Blum & Scherer* keine Anerkennung mehr finden werde, weil das neue Deutschland Frauen den Zugang zum Anwaltsberuf verweigere. Dass sie gar nicht erst zum zweiten Staatsexamen zugelassen werde. Ganz zu schweigen davon, dass keine Frau mehr eine Zulassung als Rechtsanwältin erhalte.

So einsam und verlassen und von aller Welt verraten war Charly sich zuletzt vorgekommen, als sie vor den Trümmern des Hauses gestanden hatte, in dem ihr Vater ums Leben gekommen war. Damals hatte sie sich geschworen, es mit der Welt aufzunehmen, sich nicht und niemals unterkriegen zu lassen. Doch die Welt war hartnäckiger als gedacht.

Sie wusste nicht mehr, welches Gefühl nach dem Gespräch mit

Guido stärker gewesen war, das der Wut oder das der Ohnmacht. Sie war zur vereinbarten Zeit in Böhms Detektivbüro erschienen, immer noch ratlos. Und hatte ihm alles erzählt.

»Es kommen auch wieder andere Zeiten«, hatte Böhm gesagt. »Wir dürfen niemals aufgeben. Irgendwann wird Deutschland Menschen wie uns wieder brauchen.«

Und dieser Satz hatte sie tatsächlich getröstet. Anders als Gereons Reaktion ein paar Stunden später. Er hatte ihr allen Ernstes vorschlagen wollen, zur Kriminalpolizei zurückzugehen. Zu Friederike Wieking und der WKP. »Die untersteht jetzt auch Gennat«, hatte er gesagt. »Dann gehören wir beide zur Kriminalgruppe M. Ich kann ja mal mit dem Buddha reden.«

Er hatte nichts verstanden.

»Zurück zur Polizei? Und sich zum Büttel der Nazis machen?«

»Nicht jeder Polizeibeamte ist ein Büttel der Nazis. Ich bin Mordermittler, und Mord ist Unrecht, ganz gleich, wer gerade regiert.«

Seine alte Leier. Und das Schlimmste war, dass er ja irgendwie sogar recht hatte. Man konnte sich doch nicht völlig aus der Verantwortung stehlen und den Nazis überall das Feld überlassen. Genau deswegen hatte sie Anwältin werden wollen.

Bis die Nazis ihr einen Strich durch die Rechnung machten.

Aber sie war auch lange Jahre keine Polizistin gewesen und hatte dennoch wie eine gearbeitet. Als Stenotypistin bei Wilhelm Böhm und Ernst Gennat in der Mordinspektion. Wer zum Teufel also sollte sie daran hindern, auch als einfache Rechtsanwaltsgehilfin den Menschen zu helfen, denen die Nazi-Regierung zunehmend Schwierigkeiten bereitete: Juden und anderen Nichtariern und sogenannten politisch Unzuverlässigen?

Guido war derselben Meinung, und so hatte sie ihren Schreibtisch in der Kanzlei behalten, arbeitete weiterhin dort, wenn auch nur halbe Tage und für weniger Geld, war aber mit beinahe denselben Dingen beschäftigt wie zuvor als Referendarin.

Und als das Angebot von Böhm kam, hatte sie gehofft, vielleicht auch wieder ein bisschen wie eine Polizistin arbeiten zu können. Bis er ihr den ersten Auftrag überließ und sie merkte, dass es doch eher banale Dinge waren, um die sie sich zu kümmern hatten, nichts, was die Welt besser machen würde. Aber die Überwachung von Martha Döring, vielleicht der elfte oder zwölfte Fall, mit dem Böhm sie betraut hatte, war der erste, der sie komplett am Sinn ihres Tuns zweifeln ließ.

Die Abzüge waren inzwischen trocken, und Charly legte sie in ein Kuvert. Für einen Moment spielte sie mit dem Gedanken, die Fotos einfach wegzuwerfen, Böhm zu erzählen, die Observierung im Volksbad sei ergebnislos verlaufen, doch das brachte sie nicht fertig. Sie vertraute dem Mann, seit er sie damals, als sie völlig verzweifelt war und nicht mehr wusste wohin, als Stenotypistin in den Polizeidienst aufgenommen, von Anfang an aber auch ihre detektivischen Fähigkeiten erkannt und gefördert hatte. Und Böhm vertraute ihr. Sie konnte solche Dinge nicht vor ihm verheimlichen. Sie musste ihm die Fotos zeigen, musste mit ihm darüber reden. Und hoffen, dass er die Sache genauso sah wie sie.

6

Eigentlich hatte er nur kurz in der Carmerstraße vorbeischauen wollen, um Charly zu sagen, dass er noch mal losmüsse und es etwas später werden könne, doch dann hatte er feststellen müssen, dass die Wohnung leer war.

Das kam öfter vor, seit der Junge vor zwei Wochen mit der HJ nach Nürnberg aufgebrochen war, und Rath konnte nicht behaupten, dass er darüber traurig war. Endlich wieder Zeit, die er allein mit seiner Frau verbringen konnte, so hatte er gedacht. Allerdings war Charly seither nicht oft zuhause gewesen. Immer war etwas dazwischengekommen, wenn nicht privat (Charlys alte Freundin Greta, die lange in Schweden gelebt hatte, war seit ein paar Monaten wieder in Berlin), dann beruflich – was ja auch kein Wunder war, wenn jemand gleich zwei Stellen hatte. Anwaltsgehilfin und Privatdetektivin. Nur ihren eigentlichen Berufswunsch hatte Charly ad acta legen müssen; die neuen Bestimmungen ließen keine Frauen mehr im Rechtsanwaltsberuf zu.

Aber warum hatte sie denn auch den Polizeidienst so mir nichts dir nichts quittiert? Das wäre ihre Bestimmung gewesen; Charly war die geborene Kriminalistin. Rath hatte ihr nach dem Aus ihres Referendariats nahegelegt, sich doch einfach noch einmal in der Burg zu bewerben, er werde ein gutes Wort für sie einlegen. Charly hatte ihn nur angeschaut und die Stirn in Falten gezogen, hatte ihn angeschaut mit diesem Blick, den er nicht leiden konnte, mit diesem Blick, der eine Mischung aus Unverständnis und Verachtung ausdrückte, die Rath kaum ertragen konnte. Dann hatte sie sich dafür entschieden, lieber für Wilhelm Böhm zu arbeiten, ihren früheren Vorgesetzten, der ebenfalls vor zweieinhalb Jahren den Polizeidienst quittiert hatte und seither als Privatdetektiv arbeitete. Und ihr früherer Kommilitone Guido Scherer, in dessen Kanzlei sie eigentlich den Rest ihrer juristischen Vorbereitungszeit hatte absolvieren wollen, hatte ihr – wahrscheinlich aus schlechtem Gewissen heraus – angeboten, doch als Anwaltsgehilfin weiterzuarbeiten.

Die Kanzlei hatte geregelte Arbeitszeiten, Böhms Detektei nicht. Und so kam es, dass Charly beruflich meist stärker eingespannt war als ihr Mann. Für Rath waren Überstunden, seit Gennat ihn in der Kriminalgruppe M am ausgestreckten Arm verhungern ließ, so selten wie Schnee im August. Und für Charly waren sie die Regel, seit sie für Wilhelm Böhm arbeitete. Natürlich passte Rath das nicht, doch er konnte nicht meckern, sie brauchten das Geld. Das Oberkommissarsgehalt reichte bei weitem nicht für das teure Leben in Charlottenburg, seit seine anderen Einkünfte weggebrochen waren, die, über die er mit niemandem sprach, nicht einmal mit Charly. Ihr hatte er einfach erklärt, dass das kleine Vermögen, das sein Lieblingsonkel ihm vererbt habe, langsam zur Neige gehe. Und nicht, dass er nach Pankow gefahren war, um den letzten Geldumschlag, den Johann Marlow ihm hatte zukommen lassen, über den Zaun des Marlow'schen Anwesens zu werfen. Zurück an den Absender. Er wusste nicht, ob Marlow oder einer seiner Leute ihn dabei beobachtet hatte, jedenfalls hatte er seitdem von dem Mann nichts mehr gehört. Und auch keine Geldumschläge mehr in seiner Post gefunden.

Er schrieb Charly einen Zettel, den er mit dem Roman beschwerte, der noch auf dem Wohnzimmertisch lag. Gabriele Tergit. Charly lebte auch in ihrer Lektüre mehr in der Vergangenheit, als dass sie die Gegenwart akzeptierte.

Als er das erledigt hatte, überlegte er, ob er sich noch einen Cognac und ein paar von Severins Platten gönnen sollte, bevor er zu der unangenehmen Aufgabe aufbrach, eine Todesnachricht zu überbringen. Er hatte die Cognacflasche gerade aus dem Schrank geholt, da klingelte es an der Wohnungstür.

Er ging in den Flur und öffnete. Im Treppenhaus stand eine schlanke Frau mit stramm frisierten Haaren, die durch dicke Brillengläser erst die Cognacflasche in seiner Hand fixierte und dann ihn. Im ersten Augenblick musste Rath an Fräulein Klefisch denken, seine Blockflötenlehrerin an der Volksschule.

»Heil Hitler«, grüßte die Blockflötenlehrerin. »Peters, Jugendamt Charlottenburg. Bin ich hier richtig bei der Pflegefamilie von Friedrich Thormann?«

»Sind Sie, Gnädigste, sind Sie«, sagte Rath, ohne den Gruß zu erwidern. »Allerdings haben Sie sich vergeblich herbemüht. Der Junge ist nicht da. Ist mit der HJ auf dem Weg nach Nürnberg.«

»Darüber sind wir selbstverständlich im Bilde.« Fräulein Peters zog die Augenbrauen hoch und zückte einen Notizblock. »Es geht auch nur darum, einmal mit Friedrichs Pflegeeltern zu sprechen. Sie sind Gideon Rath, nehme ich an?«

»Gereon.«

»Ein jüdischer Name?«

»Ne. Katholisch. Rheinisch katholisch. Wieso?«

Rath ärgerte sich. Was sollte diese Aushorcherei? Ihm wurde bewusst, welchen Eindruck die Cognacflasche machen musste, und er stellte sie auf den Garderobenschrank. Dann fischte er seinen Mantel vom Haken.

»Das ist dann auch Ihre Konfession, nicht wahr? Römisch katholisch?«

»Müsste doch alles in Ihren Akten stehen. Hören Sie ...«

»Natürlich, Herr Rath, darum geht es auch nicht.« Lächeln stand ihrem Gesicht nicht sonderlich. »Wir wollen uns nur einen persönlichen Eindruck verschaffen, in welcher häuslichen Umgebung Friedrich aufwächst. Wenn ich reinkommen dürfte?«

»Das ist gerade sehr ungünstig.« Rath hielt ihr den Mantel entgegen. »Ich bin auf dem Sprung, wie Sie sehen. Außerdem haben wir das doch alles schon hinter uns. Ein Kollege von Ihnen war damals hier. Da gibt es doch bestimmt Aufzeichnungen.«

»Gewiss. Aber von Zeit zu Zeit müssen wir unsere Kenntnis natürlich auffrischen.«

»Natürlich. Aber nicht heute. Wie ich schon sagte: Ich muss zu einem wichtigen Termin. Beruflich. Ich bin Kriminalbeamter ...«

»Dann lassen Sie sich nicht aufhalten, Herr Rath. Ohnehin wollte ich eigentlich mit Ihrer Gattin sprechen. Das Wirken einer Frau in der häuslichen Umgebung ist doch, wenn Sie verzeihen, viel entscheidender als das des Mannes.«

»Sicher, sicher. Sie müssen es ja wissen.« Rath versuchte ebenfalls ein Lächeln. »Aber auch da muss ich Sie enttäuschen. Meine Frau ist ebenfalls nicht zuhause.«

»Ach, macht sie gerade Besorgungen? Kein Problem, ich kann eine Weile warten.«

»Hören Sie, Fräulein Peters ...« Rath zog sich den Mantel über und griff nach seinem Hut. »... Ihre Standhaftigkeit ehrt Sie, aber sie ist zwecklos. Bis meine Frau nach Hause kommt, das kann noch dauern, sie hat sehr unregelmäßige Arbeitszeiten.«

»Arbeitszeiten?«

Die Mimik der Jugendamtsfrau verrutschte und machte irgendwo zwischen Unverständnis und Empörung Halt. Bevor sie noch mehr sagen konnte, drängte Rath sie beiseite und zog die Wohnungstür zu.

»Wenn Sie mich entschuldigen wollen, Fräulein Peters, aber ich muss jetzt wirklich los. Kommen Sie doch ein andermal wieder. Am besten, Sie rufen vorher an.«

»Anders scheint es bei Ihnen ja auch kaum möglich zu sein!« Fräulein Peters klang nun sehr schnippisch. »Sie hören dann von mir«, sagte sie. »Heil Hitler!«

Und damit drehte sie sich um und ließ Rath stehen. Bevor er den rechten Arm heben und sein *Hei'tler* nuscheln konnte, war sie schon im Treppenhaus verschwunden. Während er ihren Schritten nachhorchte, fragte er sich, was zum Teufel dieser Besuch zu bedeuten hatte. War so etwas wirklich üblich? Oder hatte ihnen jemand das Jugendamt auf den Hals gehetzt? Irgendeiner ihrer tugendhaften Nachbarn, die sich darüber mokierten, dass Charly nicht so oft Fenster putzte, wie das ihrer Ansicht nach nötig wäre? Unwillkürlich zuckte er die Achseln, zündete sich eine Zigarette an und machte sich auf den Weg.

Die Familie Lehmann wohnte in einer Mietskaserne in Kreuzberg zwischen Görlitzer Bahnhof und Spree. Rath musste durch zwei Hinterhöfe und vier Treppen hinauf, ehe er vor der Tür stand. Eine Frau öffnete, deren dunkel umrandete Augen von zu wenig Schlaf kündeten. Sie hielt ein Kind auf dem Arm, ein weiteres an der Hand. Rath fragte sich, welchen Eindruck Frau Lehmann wohl auf Fräulein Peters vom Jugendamt gemacht hätte.

Er fummelte seine Marke aus der Westentasche.

»Rath, Kriminalpolizei. Sie sind Hedwig Lehmann?«

Die Frau nickte.

»Verheiratet mit dem Kraftdroschkenfahrer Otto Lehmann?«

Die Frau nickte noch einmal. Und schaute ihn an wie ein Reh einen Autoscheinwerfer. Als ahne sie etwas. Ob die Schupos vom 31. Revier schon Bescheid gesagt hatten? Oder die Bestatter? Vielleicht gehörte sie auch einfach zu den Menschen, die immer mit dem Schlimmsten rechneten, wenn die Polizei vor ihrer Tür stand.

»Es tut mir sehr leid, Frau Lehmann, aber ich muss Ihnen eine Mitteilung machen ... bezüglich Ihres Mannes ...«

Sie sagte immer noch nichts, starrte ihn bloß an. Rath wollte ihr in Gegenwart der Kinder nicht die ganze Wahrheit sagen.

»Kann ich nicht reinkommen?«, fragte er. »Es wäre besser, wenn ich kurz unter vier Augen mit Ihnen sprechen ...«

Sie trat beiseite, und Rath trat ein. Otto Lehmann schien nicht viel Geld verdient zu haben; die Wohnung machte einen armseligen Eindruck. Es war dunkel und eng und stank, als wäre seit einer Ewigkeit nicht mehr gelüftet worden.

Die Witwe führte ihn in eine Wohnküche. Im Spülstein stapelten sich schmutzige Töpfe und Teller, auf dem Tisch stand ein Korb schmutziger Wäsche.

»Lottchen!«, rief sie nach hinten. Es war das erste Wort, das Rath aus ihrem Mund hörte.

Ein etwa zwölfjähriges Mädchen erschien und lugte schüchtern um die Ecke. Die Frau setzte das Kleinkind, das sie auf dem Arm gehalten hatte, auf den Boden.

»Lottchen, pass doch mal uff die beeden Kleenen uff. Muttern muss mit den Herrn hier sprechen. Jeht runter uffen Hof spielen. Und bring die Wäsche schon mal in die Waschküche. Ick komm dann gleich.«

Das Mädchen nahm ihre jüngste Schwester vom Boden auf, legte die Kleine mitten in die schmutzige Wäsche und nahm den Korb vom Tisch.

»Komm schon, Bubi«, sagte sie zu ihrem Bruder, »fass mit an.«

Der Junge ließ den Rockzipfel der Mutter los, und die beiden Geschwister verließen die Wohnung, den Wäschekorb in ihrer Mitte, in dem die kleine Schwester saß und neugierig über den Rand lugte wie ein Ballonfahrer. Offenbar wurde sie nicht zum ersten Mal so transportiert. Und schien es zu genießen.

Die Frau setzte sich an den Tisch, ohne ihrem Gast einen Platz anzubieten.

»Wat is'n passiert, Herr Kommissar? Wat is'n so schlimm, det ick meene Kleenen wegschicken muss?«

Rath verzichtete darauf, die Frau über seinen Dienstgrad zu belehren. Er rückte einen Stuhl ab und setzte sich zu ihr, den Hut in den Händen.

»Ihr Mann«, begann er, »hatte einen Unfall. Einen beruflichen sozusagen. Mit seiner Kraftdroschke.« Rath räusperte sich. »Aus uns noch unbekannten Gründen hat er die Kontrolle über das Fahrzeug verloren und ist an den Yorckbrücken frontal gegen eine Begrenzungsmauer gefahren.«

Er machte eine Pause, weil es ihm immer am schwersten fiel, die eigentliche Wahrheit auszusprechen. Die, deretwegen er überhaupt hier saß.

»Frau Lehmann, es tut mir leid, Ihr Mann hat den Unfall nicht überlebt.«

Die Witwe, die ohnehin schon gebeugt auf ihrem Stuhl gesessen hatte, sackte in sich zusammen. Ihr Gesicht war so leer, dass es Rath erschreckte. Wenn dort vor fünf Minuten noch ein Rest von Hoffnung oder Zuversicht zu erkennen gewesen sein mochte, so war der jetzt verschwunden.

»Es mag Sie trösten, dass er nichts gespürt hat«, fuhr er fort, »er war auf der Stelle tot.«

Sie beendete ihr Schweigen so abrupt, dass Rath zusammenzuckte.

»Det soll mir trösten?«, fuhr sie ihn an. »Wie soll mir det trösten? Jetze kann ick mir jleich uffhängen. Det Jeld reicht so schon vorne un hinten nich. Wissen Se, wat so'n Taxifahrer verdient in diesen Zeiten? Und nu? Ick hab drei kleene Jören, wie soll ick denn da Jeld verdienen?«

»Ich kann Ihnen Hilfe anbieten, Frau Lehmann. Jemand, der Ihnen beim Beantragen der Witwenrente hilft. Und das Jugendamt könnte schauen, wie es Ihnen mit den Kindern helfen und ...«

»Hören Se doch uff! Det Jugendamt? Sollen meene Kleenen ins Heim? Ne! Nur über meine Leiche!«

»Ich wollte doch nur ...«

»Det is mir scheißejal, wat Sie wollen. Ick will Ihre Hilfe nich! Mir det Jugendamt uff'n Hals hetzen? Darauf kann ick verzichten!«

»Frau Lehmann, ich verstehe, dass Sie erbost sind, aber ...«

»Nüscht verstehen Sie, jar nüscht!« Sie war aufgesprungen und fauchte ihn richtiggehend an. »Und nu scheren Se sich vom Acker. Ick hab zu tun. Lassen Se mir bloß in Ruhe. Und wenn hier eener vom Jugendamt kommt, spring ick aus'm Fenster, det sach ick Ihnen!«

Rath stand ebenfalls auf. »Wenn Sie das nicht wünschen, dann werde ich auch niemanden schicken«, versprach er. »Aber ich fürchte, ich kann Ihnen nicht ersparen, in die Rechtsmedizin zu kommen. Sie müssen Ihren Mann identifizieren ... Vielleicht wollen Sie auch Abschied nehmen. Ich schicke Ihnen am Montag einen Kollegen, der begleitet Sie zum Leichenschauhaus. Dann dürfte es auch nicht mehr lange dauern, bis die Leiche freigegeben ist.«

»Wie: *freigegeben?*«

»Damit Sie ihn beerdigen können.«

»Meenen Se, unsereiner kann sich ne Beerdijung leisten? Sie können ihn jerne behalten. Die Charité zahlt doch sojar dafür, oder?«

Sie sagte das so kalt und herzlos, dass es Rath schauderte. Ihre Geldnot schien deutlich größer zu sein als die Trauer. Rath musste an die Firma Grieneisen denken, die dank des Tipps eines geschäftstüchtigen Wachtmeisters so früh am Unfallort war. An Otto Lehmann würden die wohl kein Geld mehr verdienen.

Er verabschiedete sich und ging nachdenklich die Treppe hinunter. Ob Hedwig Lehmann die Wohnung ohne das Einkommen des Mannes würde halten können? Er wollte sich gar nicht ausmalen, was aus den Kindern werden mochte.

Als er unten aus der Haustür trat, sah er sie auf dem Hof spielen. Bubi schlug mit einem Stock auf die Brennesseln ein, die im Schatten der Brandmauer wucherten, seine Schwestern spielten mit dem Wäschekorb. Die Kleine saß in dem mittlerweile leeren Korb, den die große Schwester auf den Boden gestellt hatte und hin und her schaukelte, während sie hohen Seegang markierte. Die Kleine jauchzte vor Vergnügen. Lottchen hielt kurz inne und winkte Rath zu, als sie ihn erkannte.

Er lächelte und winkte zurück. Und fühlte sich mit einem Mal hundeelend.

7

Es ging wieder weiter. Die Zelte waren abgebaut, die Rucksäcke gepackt, die ganze Truppe stand marschfertig in Reih und Glied in der Morgensonne, und Oberbannführer Rademann ließ seinen Blick über die schnurgerade aufgereihten Hitlerjungen wandern. Es war Rademanns gewohnt harter, strenger Blick, dennoch konnte Fritze ihm den Stolz ansehen, den Stolz auf seine Truppe, den Stolz auf sie alle, die sie dabei waren. Es schien ihm, als ruhe Rademanns väterlich strenger Blick wieder besonders lange auf ihm. Vielleicht, weil der Oberbannführer den eigenen Sohn in ihren Reihen vermisste. Fritze vermisste ihn auch manchmal, immerhin war Atze sein bester Freund, aber so war das eben im Leben.

Rademanns Blick allein reichte, und es wurde so still, dass man nur noch die nahgelegene Saale plätschern und gluckern hörte. Bis ein scharfer Befehl die Stille zerschnitt.

»Aaachtung! Hitlerjungen, stillgestanden!«, schallte die Stimme des Oberbannführers, und alle nahmen unverzüglich Haltung an und waren hellwach.

»Ganze Abteilung liiiinks um!«

Sie kamen aus zwölf verschiedenen Bannen, und dennoch reagierten sie auf Rademanns Befehl in derselben Präzision. Hundert Stiefel knirschten im Kies wie einer.

»Uuund im Gleichschritt marsch!«

Wie eine nicht aufzuhaltende Maschine setzten sie sich in Bewegung. Rademann ließ ein Lied anstimmen, und bald erschollen die ersten Zeilen des Horst-Wessel-Liedes über die Saale, als sie über die Brücke in die Stadt hinein marschierten, die Straßen gesäumt von begeisterten Bürgern, die ihnen zuwinkten, darunter auch einige hübsche Mädels. So war es in jeder Stadt gewesen, die die Berliner Hitlerjungen passiert hatten, so war es auch in Saalfeld. Bald aber wären sie wieder auf dem freien Feld und mitten in der Natur, nur noch begleitet vom Rauschen des Windes und dem Zwitschern der Vögel.

Fritze schaute nach oben. Am Himmel zogen einige Wolken, doch es sah nicht nach Regen aus. Im Gegensatz zu seinen Kameraden machte es ihm nicht viel aus, bei Wind und Wetter unterwegs zu sein und jede Nacht im Zelt zu verbringen, ganz gleich, wie sehr der Regen gegen die Plane prasselte. Er war, verdammt nochmal, ein Kind der Straße; er hatte sich auf den Berliner Straßen durchgeschlagen, einsam und allein und von aller Welt verlassen, dagegen war dieser wohlbehütete Marsch ein Kinderspiel. Sie hatten Zelte, sie hatten Schlafsäcke, sie hatten sogar einen Bagagewagen und eine Feldküche dabei und eigene Sanitäter, sie hätten um die halbe Welt ziehen können, nicht nur bis Nürnberg. Aber was das Beste war: Sie hatten in all den Wochen keinen einzigen Tag Schule.

Wie hatte er sich mit Atze auf den Marsch gefreut! Und nun war der gar nicht dabei. Aber vielleicht war das auch besser so, vielleicht hätte Atze sonst zu einem dieser Jammerlappen gehört, zu den Krücken, die es leider auch gab und die die ganze Gemeinschaft schwächten. Fritze fragte sich manchmal, wie die es überhaupt in ihre Truppe geschafft hatten.

Gegen die Prüfungen für den Reichsparteitagsmarsch nämlich war die Pimpfenprobe, die Atze und er vor einem halben Jahr gemeinsam absolviert hatten, der reinste Spaziergang. Fritze hatte gleichwohl, angefeuert von Oberbannführer Rademann, alle Proben bestanden. Auch um seinen Sohn hatte Rademann sich gekümmert, Atze war dann aber doch noch an der letzten Prüfung gescheitert, dem Gepäckmarsch, 25 Kilometer mit 30-Kilo-Rucksäcken. Sieben Kilometer vor dem Ziel hatte er schlappgemacht, unter Tränen und dem verächtlichen Blick seines Vaters. Dreimal hatte Rademann seinen Sohn gefragt, ob er wirklich aufgeben wolle. Zweimal hatte Atze sich wieder hochgerappelt, beim dritten Mal aber war er richtiggehend zusammengebrochen, hatte nur noch schluchzen können, jedoch keinen Schritt mehr gehen mit dem schweren Rucksack. Erst als der Oberbannführer ihm eine Ohrfeige versetzte, hatte Atze mit dem Schluchzen aufgehört. Ein deutscher Junge weint nicht.

Rademann hatte seinem Sohn den Rucksack abgenommen und war weitermarschiert, mit zwei Rucksäcken und ohne ein weiteres Wort. Und Fritze hatte gemerkt, wie die Verachtung des Oberbannführers für den eigenen Sohn auf alle anderen abfärbte, selbst auf ihn, wo Atze doch sein bester Freund war. Aber eben auch eine Krücke. Und Krücken konnten sie nicht gebrauchen. Was sollten sie denn mit einem anfangen, der nicht einmal 25 Kilometer durchhielt? Sie hatten 37 Marschtage und fast 500 Kilometer zu bewältigen, da konnten sie keine Schwächlinge gebrauchen. Und auch keine Heulsusen.

Ein deutscher Junge weint nicht! Diese Regel stand nirgends geschrieben, aber sie war die wichtigste, und diese Regel beherrschte Fritze besser als alle anderen. Die anderen wussten nicht, wie es war, wenn man keinen mehr hatte und auf der Straße leben musste. Friedrich Thormann wusste es. Und er hatte nicht geweint. Niemals. Jedenfalls nicht dann, wenn andere es hätten sehen können.

Auch seine Kameraden hatten ihn noch nie weinen sehen. Und das würden sie auch niemals. Ehe das geschähe, würde er einen von *ihnen* zum Weinen bringen!

Bei der Verabschiedung in Berlin vor zwei Wochen hatte er einen Kloß im Hals gehabt, aber geweint hatte er nicht. Obwohl ihm danach zumute war. Allein Gereon war mitgekommen, Charly war zuhause geblieben. Wie immer, wenn es um die HJ ging. Und sie hatte ihm mehr gefehlt, als er zugeben mochte. Auch den Riefenstahlfilm hatte er sich mit Gereon allein anschauen müssen, Charly hatte sich geweigert. Und das, wo sie da doch in herrlichen Bildern hätte sehen können, was ihren Jungen erwartete in Nürnberg. Wie stolz einer sein konnte, der dabei war. Oder einer, der seinen Sohn, wenn es auch nur ein Pflegesohn war, dorthin schicken konnte. Charly war nicht stolz. Nie. Auf gar nichts, was er tat. Alles machte sie schlecht, und nie war sie dabei. Nicht als er die Pimpfenprobe mit Bravour bestanden hatte, nicht bei seiner Aufnahme in die HJ an jenem Aprilsonntag; bei keinem Zeltlager, bei keiner Feier, bei gar nichts, was in irgendeiner Weise mit dem Jungvolk oder der HJ zu tun hatte. Und zuhause meckerte sie fast jedesmal rum, wenn er die Uniform trug, dass er nach den Gruppenabenden so oft es ging bei den Rademanns und seinem Freund Atze übernachtete statt zuhause in der Carmerstraße.

Charly hatte sich schon an der Wohnungstür von ihm verabschiedet, Gereon hatte ihn rausgefahren zum Johannis-Friedhof am Plötzensee, wo fast fünfzig Hitlerjungen marschfertig standen, die Uniformen gewaschen und gebügelt. Im Wind wehten die Fahnen aller zwölf Berliner HJ-Banne, und Obergebietsführer Axmann hatte am Grab von Herbert Norkus eine Ansprache gehalten, am Grab jenes Hitlerjungen, den die Kommune vor drei Jahren gemeuchelt hatte. Fritze hatte kaum hingehört, was Axmann über Pflicht und Treue und Glauben und Deutschlands Zukunft sprach, und welches Vorbild Norkus dem deutschen Jungen gebe, er hatte immer nur an Charly denken müssen und versucht, den Kloß in seinem Hals runterzuwürgen, was ihm aber nicht gelungen war.

Wie er seine Kameraden beneidete, die eine richtige Mutter hatten. Und keine Nutte, der ihre Kinder scheißegal waren und von der er nicht einmal wusste, ob sie noch lebte. In Charly hatte er gehofft, eine neue Mutter gefunden zu haben, jedenfalls eine Frau, die sich um ihn kümmerte und der er nicht völlig gleichgültig war. Keine Pflegemutter, die nur so tat, als wolle sie einen aus der Gosse holen und einen am Ende doch im Stich ließ und nur rummeckerte, bei allem, was er tat. Er hasste sie dafür und trotzdem vermisste er sie manchmal so sehr, dass es schmerzte.

Ein deutscher Junge weint nicht!

Was ihn tröstete, war die Kameradschaft der Hitlerjungen. Wie stark er sich fühlte, wenn sie gemeinsam marschierten und sangen. Es war ein gutes Gefühl, ein erhebendes Gefühl. Zu dieser Gemeinschaft zu gehören, ein Teil von etwas Größerem zu sein, Teil eines neuen Deutschlands zu sein, in dem das Volk mehr zählte als der Einzelne, in dem aber der Einzelne sich über sich selbst erheben musste im Dienst für die Volksgemeinschaft.

Das einzige, was Fritze auch in diesen Momenten bedauerte, war, dass Charly kein Teil dieser Gemeinschaft sein wollte. Doch er gab die Hoffnung nicht auf, dass sich das eines Tages vielleicht noch ändern könnte.

8

Das 103. Revier hatte pünktlich geliefert. Der Unfallbericht lag bereits auf dem Schreibtisch, als Rath sein Büro am Montagmorgen betrat. Ohne dass er etwas sagen musste, stellte Erika Voss eine Tasse Kaffee neben die Berichtsmappe.
»Danke, Erika. Hat Czerwinski sich schon blicken lassen?«
»Ist im Labor. Fotos entwickeln.«
»Jetzt erst? Warum hat er das nicht schon Samstag erledigt?«
»Ist wohl spät geworden. Muss ein schlimmer Unfall gewesen sein, hat er erzählt.«
Erika Voss schaute ihn an, als erwarte sie einen weiteren Kommentar oder wenigstens eine kurze Arbeitsanweisung, doch Rath schwieg, und die Sekretärin ging mit der Kaffeekanne zurück ins Vorzimmer und schloss die Zwischentür. Auch so etwas musste Rath ihr nicht erst sagen; die Voss wusste, wann er seine Ruhe haben wollte. Sie kannten sich seit gut sechs Jahren, und manchmal fühlte es sich nicht an wie Chef und Sekretärin, sondern wie ein altes Ehepaar kurz vor der Goldhochzeit.
Er zündete sich eine Overstolz an, trank einen Schluck Kaffee und blätterte durch den Bericht. Die Kollegen waren fleißiger gewesen als gedacht; sie hatten alles vermessen, sogar eine Skizze der Yorckstraße gezeichnet, auf der sie den Kurs des Unfallwagens nachvollzogen hatten. Demnach war das Taxi von der Möckernstraße gekommen und trotz der Rechtskurve, die die Yorckstraße vor den Brücken beschrieb, einfach weiter geradeaus gefahren. Wie mit dem Lineal gezogen: einmal quer durch den Gegenverkehr, über den Gehweg und gegen die Mauer.
Die Revierpolizisten hatten keinerlei Schleuder- oder Bremsspuren gefunden, ein verkehrsbedingtes Ausweichmanöver also

ausgeschlossen, ebenso, dass der Fahrer die Kontrolle über sein Fahrzeug verloren haben könnte. Also vielleicht doch eine Blockade der Lenkung, wie Rath schon am Unfallort vermutet hatte? Aber warum hatte Otto Lehmann dann nicht gebremst? Beide Zeugen sagten aus, dass der Taxifahrer sogar noch Gas gegeben habe, bevor er gegen die Mauer gefahren war. Hatte er im Erschrecken über das blockierte Lenkrad die Pedale verwechselt?

Rath musste an die drei kleinen Kinder denken und an die verzweifelte Witwe. Sollte die Unachtsamkeit eines Automechanikers die Familie Lehmann ins Unglück gestürzt haben? Dann wäre es seine verdammte Pflicht, das herauszufinden, um das Taxiunternehmen oder die Werkstatt oder wen auch immer in Regress nehmen zu können.

Und womöglich war eine weitere Familie betroffen: die des unbekannten Geheimnisträgers, die noch gar nichts von ihrem Unglück wusste. Wenn der Mann denn Familie hatte. Oder nicht eher plante, eine zu gründen. Für irgendwen mussten die Blumen und die Pralinen bestimmt gewesen sein. Rath betrachtete den Ring, den sie bei dem Toten gefunden hatten. Nicht der allerteuerste, aber als solider Verlobungsring würde er durchgehen. Ein junger Mann auf Freiersfüßen, der mit dem unglückseligen Taxifahrer in den Tod gerast war? Dann müsste irgendjemand am Samstag vergebens auf ihn gewartet haben.

Sie könnten ein Foto des Unfallopfers ans Vermisstendezernat geben und hoffen, einen Treffer zu landen. Der einzige Anhaltspunkt, den sie sonst noch hatten, war der Schlüssel. Die Suche nach dem dazu passenden Schließfach war nicht unmöglich, aber aufwendig. Es gab allein neun Fernbahnhöfe in Berlin, gar nicht zu reden von den unzähligen kleineren Stadt- und Vorortbahnhöfen, von denen die meisten ebenfalls über Schließfächer verfügten. Dazu Hotels, Postämter und Banken, die für ihre Kunden Schließfächer vorhielten. Nicht zu vergessen der Flughafen. Eine Heidenarbeit. Und dann, daran mochte Rath überhaupt nicht denken, war nicht einmal ausgemacht, dass der Schlüssel überhaupt von einem Berliner Schließfach stammte. Die Post des jungen Mannes nämlich, das hatte Rath inzwischen nachgeschlagen, ging in ein kleines Städtchen nahe Nürnberg. Eine Information, die er offiziell gar nicht haben durfte.

Er drückte seine Zigarette aus und fragte sich, ob der Brief mit den Geheimakten inzwischen bei seinem Empfänger angekommen war. Augenscheinlich eine private Adresse. Aber was sollte ein Privatmann mit geheimen Informationen über Hermann Göring anfangen? Das hatte mit dem Unfall zwar nichts zu tun, aber die Frage ging ihm nicht aus dem Kopf.

Das Telefon klingelte, und Rath hob ab. Die Voss.

»Was ist denn, Erika?«

»Besuch für Sie, Herr Oberkommissar.«

Die Zeugen? Rath schaute auf die Uhr. »Jetzt schon? Ich hatte die Herren erst für elf bestellt.«

»Keine Herren, eine Dame. Sie sagt, es sei wichtig. Es ist wegen Sonnabend, wegen des Unfalls.«

»Noch eine Zeugin?«

Die Voss zuckte die Achseln. »Sie sagt, sie ist wegen des Autos hier, sie ist ziemlich aufgebracht.«

»Wegen des Autos?« Rath seufzte. »Na gut, schicken Sie die Dame rein.«

Seine Besucherin war eine selbstbewusste Frau von gut dreißig Jahren, und als sie vor ihm stand, fragte sich Rath, woher er sie kannte, doch es wollte ihm nicht einfallen. Wenigstens sagte sie nicht »Heil Hitler«, sondern »Guten Tag«, also sparte auch er sich den Deutschen Gruß.

»Was kann ich für Sie tun, Frau ...«

»Blarr. Elli Blarr. Und Fräulein bitte.«

»Nehmen Sie doch Platz, Fräulein Blarr.«

Die Frau, die darauf bestand ein Fräulein zu sein, zog den Besucherstuhl an Raths Schreibtisch und setzte sich.

»Meine Sekretärin sagt, Sie wollen mich wegen der vorgestern in Kreuzberg verunfallten Kraftdroschke sprechen«, begann Rath. »Was haben Sie mit dem Fahrzeug zu tun?«

»Nun, das ist ziemlich schnell erklärt: Es gehört mir.«

Nun wusste Rath, woher er das Gesicht kannte: aus der Zeitung. Die hatte Elli Blarr eine Geschichte mitsamt Foto gegönnt, auf dem sie selbstbewusst neben einer ihrer Kraftdroschken abgebildet war.

Berlins erste und einzige Taxifahrerin schaute ihn herausfordernd an, als warte sie nur auf irgendeine Äußerung, der sie widersprechen könnte, doch Rath tat ihr diesen Gefallen nicht; er schwieg und wartete ab.

»Ich frage mich«, fuhr Elli Blarr fort, »warum man mich nicht davon in Kenntnis gesetzt hat, dass mein Fahrer einen tödlichen Unfall hatte und mein Fahrzeug einen Blechschaden. Stattdessen lassen Sie den Wagen einfach abschleppen.«

Czerwinski! Rath bereute es bereits, den Dicken zurückgelassen und mit diesen Dingen betraut zu haben.

»Mein liebes Fräulein Blarr ...«, begann er.

»Ich bin nicht Ihr *liebes* Fräulein Blarr!«

»... Fräulein Blarr, Ihr Fahrzeug ist zur kriminaltechnischen Untersuchung konfisziert. Wir hoffen, so die Unfallursache feststellen zu können. Die Möglichkeit eines technischen Defekts ...«

»Was wollen Sie mir da unterstellen? Etwa, dass meine Fahrzeuge nicht anständig gewartet werden?«

»Aber nein, ich ...«

»Ich besitze fünf Kraftdroschken, Herr Kommissar. Haben Sie auch nur die leiseste Ahnung, wie oft ich die auf die Hebebühne stelle? Wagen drei-sechs-drei-zwei-eins ist erst vor vier Tagen einer gründlichen Wartung unterzogen worden.«

»Wagen drei-sechs-wie?«

»Drei-sechs-drei-zwei-eins. Das Unfallfahrzeug. Ein technischer Defekt ist ausgeschlossen!«

Elli Blarr fischte eine Zigarette aus einem kleinen silbernen Etui und entflammte ein Feuerzeug. Sie inhalierte tief, das Nikotin schien sie wieder ruhiger werden zu lassen. Rath schob den Aschenbecher über den Schreibtisch.

»Lobenswert, dass Sie die Wartung Ihrer Fahrzeugflotte so ernst nehmen«, sagte er und steckte sich ebenfalls eine Zigarette an. »Gleichwohl verlasse ich mich da lieber auf meine Fachleute. Bislang sehe ich außer einem technischen Defekt keine plausible Erklärung, warum Ihr Fahrer ungebremst und laut übereinstimmenden Zeugenaussagen sogar mit Vollgas quer über den Fahrdamm und gegen eine Mauer gefahren ist. Haben Sie eine?«

»Wie sollte ich? Ich war ja nicht dabei. Ich kann nur sagen, dass Otto Lehmann einer der zuverlässigsten Fahrer ist, die ich jemals eingestellt habe.«

»Einer der zuverlässigsten Fahrer *war*.« Rath räusperte sich.

»Eine Frau und drei kleine Kinder – Herr Lehmann musste vermutlich viel arbeiten, um über die Runden zu kommen.«

»Was wollen Sie denn damit andeuten?«

»Gar nichts. Aber ich wäre Ihnen dankbar, wenn Sie mir die Dienstpläne der vergangenen – sagen wir: drei Wochen zur Verfügung stellen. Hatte Herr Lehmann vor kurzem noch Nachtschichten zu absolvieren?«

»Wozu wollen Sie das wissen? Glauben Sie, Lehmann wäre am Steuer eingeschlafen?«

»Ich glaube gar nichts. Ich mache nur meine Arbeit, und dazu gehört es, sämtliche Eventualitäten zu berücksichtigen. Also geben Sie mir doch bitte einfach die Schichtpläne.«

Rath zog an seiner Zigarette und beobachtete die Taxiunternehmerin. Elli Blarr wirkte nicht so, als habe sie ein schlechtes Gewissen.

Sie nickte. »Kann ich Ihnen heute noch schicken.«

»Vielen Dank«, sagte Rath. »Hatte Herr Lehmann eigentlich bestimmte Stellplätze, die er regelmäßig aufsuchte?«

»Warum fragen Sie?«

»Ich würde gerne seine letzte Fahrt rekonstruieren. Wir wissen noch nichts über seinen Fahrgast. Der bei dem Unfall leider auch ums Leben kam.«

Sie inhalierte und hob die Schultern. »Otto war überall. Er fuhr dahin, wo die Kunden hinwollten. Wenn er aber mal längeren Leerlauf hatte, stand er meistens am Anhalter Bahnhof.«

Das Telefon klingelte. Rath murmelte ein »Entschuldigung« und hob ab. Die Stimme der Voss.

»Soll ich Sie erlösen, Chef? Einen wichtigen Anruf vortäuschen.«

»Nicht nötig.«

»Kriminalsekretär Czerwinski ist aus dem Labor zurück, mit den Fotos. Wollen Sie die nicht sehen?«

»Natürlich. Kleinen Moment noch. Wir sind hier gleich fertig.«

Er legte auf.

»Was heißt hier fertig?« Elli Blarr schaute ihn empört an. »Sie haben mir immer noch nicht gesagt, wann ich mein Fahrzeug zurückbekomme.«

»Sobald die Untersuchung abgeschlossen ist.«

»Ich brauche den Wagen so schnell wie möglich, damit meine Versicherung den Schaden begutachten kann.«

»Ich tippe mal auf Totalschaden« sagte Rath. »Aber wie wär's, wenn ich Ihrer Versicherung das kriminaltechnische Gutachten zur Verfügung stelle? Damit wäre Ihnen doch sicher geholfen, oder?«

Er stand auf und öffnete die Tür.

»Hm.« Sie drückte ihre Zigarette aus und erhob sich vom Besucherstuhl. »Wenn meine Versicherung das akzeptiert. Ich werde mal nachfragen.«

Als Rath die Taxiunternehmerin durchs Vorzimmer zur Tür begleitete, breitete Czerwinski gerade die Unfallfotos auf dem Schreibtisch aus; ganz oben lagen mehrere Hochglanzabzüge des blutüberströmten Otto Lehmann. Elli Blarr blieb stehen und starrte auf die schwarz-weiße Leiche ihres Fahrers und die klaffende Brustwunde.

»Mein Gott«, sagte sie, »der arme Otto!«

»Er dürfte seine schweren Verletzungen nicht mehr gespürt haben. Wenn Sie das tröstet.« Rath räusperte sich. »Tut mir leid, dass Sie das gesehen haben, aber mein Kollege konnte nicht wissen, dass Sie ...«

»Schon gut.« Sie winkte ab. »So zart besaitet bin ich nicht. Das ist nicht der erste schwere Verkehrsunfall, den ich sehe. Und was meinen Sie, wie viele Männer ich gekannt habe, die im Krieg gefallen sind?«

Rath suchte ein Foto der zweiten Leiche aus dem Stapel.

»Das ist der Fahrgast, der im Unfallwagen saß. Kennen Sie den Mann vielleicht?«

»Ne.« Sie warf einen zweiten Blick auf das Foto und schüttelte den Kopf. »Das Gesicht sagt mir nichts. 'n Stammkunde ist das jedenfalls nicht.«

Neugierig schielte sie an Rath vorbei auf den Schreibtisch und die übrigen Fotos.

»Verdammt«, sagte sie und nahm eines der Fotos in die Hand, die das zerstörte Taxi zeigten, eines, auf dem die zusammengeschobene Motorhaube besonders eindrucksvoll getroffen war, »mit dem Totalschaden dürften Sie wohl recht haben.«

»Wie ich sagte: Wir gehen davon aus, dass der Wagen mit Vollgas frontal gegen die Mauer gefahren ist. Und fragen uns: Warum?«

»Kann ich das mitnehmen?« Sie wedelte mit dem Foto. »Für die Versicherung?«

»Meinetwegen. Wenn es hilft.«

»Wir werden sehen.«

Elli Blarr steckte das Foto in ihre Handtasche und verließ das Büro. Czerwinski starrte ihr mit offenem Mund hinterher.

»Wer war'n das?«, fragte er, kaum war sie draußen.

»Kennste nicht? Stand doch groß in der Zeitung: *Bei diesem Chauffeur ist einem keine Taxe zu hoch.*«

Czerwinski glotzte immer noch verständnislos. Der Mann las offenbar keine Zeitung.

»Elli Blarr«, fuhr Rath fort. »Taxiunternehmerin. Die Frau, die du eigentlich darüber hättest informieren sollen, dass du eines ihrer Fahrzeuge beschlagnahmen lässt.«

»Informieren? Hat mir keiner gesagt, dass ich das tun soll.«

»Dann wird es dich freuen, dass ich dir genau sagen kann, was du heute morgen zu tun hast.« Rath zeigte Czerwinski die Akte. »Erst berichtest du Gennat von unserem Fall. Sag ihm, dass wir die Unfallursache und die Identität des toten Fahrgastes noch ermitteln, dann weiß er, dass wir beschäftigt sind ...«

»Aber ...«

»Und dann sitzt du bitte Punkt elf wieder hier im Büro und sprichst mit den beiden Unfallzeugen. Und danach besorgst du dir ein Fahrzeug und fährst mit der Witwe Lehmann ins Leichenschauhaus, damit sie die Identität ihres Mannes bestätigt.«

»Das auch noch? Aber Chef ...«

Die Gesichtszüge des Kriminalsekretärs rutschten nach unten.

Rath schaute auf die Uhr. »Na, was ist? Die Morgenlage der Kriminalgruppe M beginnt in fünf Minuten. Wenn Gennat eines nicht leiden kann, ist es Unpünktlichkeit.«

Czerwinski gab auf. Er nahm den Unfallbericht entgegen und machte sich auf den Weg.

Rath holte die Zigaretten von seinem Schreibtisch und griff zu Hut und Mantel.

»Sie gehen auch, Chef?«, fragte die Voss. »Wohin denn?«

»Anhaltspunkte suchen. Am Anhalter.«
»Ich versteh nur Bahnhof.«
»Was soll ich sagen, Erika? Damit liegen Sie wie immer genau richtig!«
Mehr tat er nicht, um die Fragezeichen aus ihrem Blick zu vertreiben. Er setzte seinen Hut auf und verließ das Büro.

Eine gute Viertelstunde später war er am Ziel. Er parkte den Wagen vor dem Excelsior und überquerte die Saarlandstraße. Die Kraftdroschken vor dem Anhalter Bahnhof standen aufgereiht wie eine schwarz-grüne Perlenkette. Oder eher wie ein Abakus, dachte Rath, denn immer wieder geriet die Kette in Bewegung, wenn vorne ein Wagen wegfuhr. Er ging zum nächstbesten Taxi und klopfte an die Scheibe.

Der Fahrer öffnete das Wagenfenster. »Ick bin noch nich an der Reihe, Meister«, sagte er. »Bei uns jeht's zu wie in der Volksküche: Immer der Reihe nach. Jehn Se zu dem Kollegen janz vorne.«

Rath beugte sich zum Fenster hinunter. »Ich will nicht mitfahren«, sagte er, »ich habe nur ein paar Fragen.«

»Bin ick vom Fremdenverkehrsamt? Unter den Linden steht'n Auskunftskiosk! Oder fragen Se 'nen Schutzmann!«

»Ich bin sozusagen ein Schutzmann. Nur einer ohne Uniform«, sagte Rath und zeigte seine Marke.

»Mein Freund und Helfer.« Der Fahrer verzog sein Gesicht. »Det hat mir heute noch jefehlt!«

Der Mann legte einen Gang ein, und das Taxi rollte langsam vorwärts. Im ersten Augenblick glaubte Rath, der Fahrer wolle sich aus dem Staub machen, aber dann sah er, dass sich die Taxischlange in Bewegung gesetzt hatte, weil ganz vorne eine Droschke weggefahren war. In Schrittgeschwindigkeit ging es vier, fünf Meter weiter, dann blieb das Taxi wieder stehen.

»Was sollen denn diese Spielchen«, sagte Rath, als er den Wagen wieder eingeholt hatte.

»Nix für ungut, Meister ...«

»Nix Meister. Oberkommissar.«

»Ick muss schon aufrücken, Oberkommissar, sonst bring ick doch allet durcheinander.«

Rath öffnete den Wagenschlag und setzte sich auf die Rückbank.

»Was machen Se denn da?«

»Das sehen Sie doch. Ich steige ein. Dann können Sie schön aufrücken, und wir können uns trotzdem unterhalten.«

»Und die Kollejen denken, ick halt mich nich an die Regeln, weil ick schon eenen hab zusteigen lassen.«

»Erstens wird niemand irgendwas argwöhnen, solange Sie nur schön weiter aufrücken, und falls doch ist mir das, zweitens, herzlich egal.«

»Na, dann fragen Se schon endlich«, maulte der Fahrer.

»Es geht um einen Ihrer Kollegen. Otto Lehmann. Kennen Sie den? Muss hier auch öfter vorm Bahnhof stehen.«

Im Rückspiegel sah Rath, wie der Fahrer das Gesicht verzog und seinen Fahrgast ebenso misstrauisch wie hämisch musterte.

»Sie wissen aber schon, det Otto tot is, wa?«

»Deswegen bin ich hier. Und woher wissen *Sie*, dass Herr Lehmann tot ist?«

»Sowas spricht sich schnell rum unter Kollegen.«

»Das trifft sich gut, dass Ihre Kollegen so mitteilsam sind. Ich suche jemanden, der am Samstagnachmittag hier stand und gesehen hat, wer zu Herrn Lehmann in die Droschke gestiegen ist.«

»Det kann *icke* Ihnen schon mal nich sagen. Ick war Sonnabend jar nich hier. War't det?«

»Nicht ganz«, sagte Rath. »Vielleicht können Sie bei Ihren Kollegen mal nachfragen, wer am Anhalter war. Und wer etwas gesehen hat.«

»Icke? Sie sind doch der Kriminaler. Ick hab eijentlich besseret zu tun.«

»Haben Sie das? Dann geben Sie mir doch bitte mal Ihren Führerschein.«

»Wie?«

»Ich hätte gerne Ihre Fahrerlaubnis.«

»Warum?«

»Ich brauch Ihre Personalien für die Anzeige. Ich muss doch wissen, wer hier gerade die Zusammenarbeit mit der Kriminalpolizei verweigert.«

Der Taxifahrer schaute erschrocken in den Rückspiegel.

»Is ja schon jut. Müssen doch nich allet so ernst nehmen. War doch nur'n Witz.«

»Dass ich Ihren Führerschein einsehen möchte, ist kein Witz.« Rath machte eine unmissverständliche Bewegung mit der rechten Hand.

Der Fahrer brummte noch irgendetwas in seinen Bart, dann aber reichte er das Dokument nach hinten, und Rath notierte sich den Namen.

»So, Herr Lauenburg«, sagte er und reichte den Führerschein mitsamt seiner Visitenkarte zurück nach vorne. »Hier steht, wo Sie mich erreichen können. Wenn Sie einen Kollegen gefunden haben, der Otto Lehmanns letzte Fahrt bezeugen kann, sagen Sie ihm bitte, er soll umgehend in meinem Büro anrufen und mit meiner Sekretärin einen Termin ausmachen. Wenn ich bis morgen Abend nichts gehört habe, werde ich Sie noch einmal besuchen. Und dann werde ich nicht mehr so höflich sein. Verstanden?«

»Aber ...«

»Aber was? Was gibt's denn daran nicht zu verstehen?«

»Is ja jut, is ja jut. Wird erlederitzt. Aber jetzt jehen Se bitte. Ick muss arbeeten.«

Sie waren mittlerweile an der Spitze der Taxischlange angelangt. Ein Mann mit Melone, der nach ordentlich Trinkgeld aussah, öffnete den Wagenschlag und stutzte, als er sah, dass dort schon jemand saß.

»Besetzt«, bellte Rath.

Der Melonenmann schloss die Tür und wandte sich dem zweiten Taxi in der Reihe zu.

»Wat sollen dette?«, empörte sich der Fahrer. »Sie vajraulen mir ja die janze Kundschaft!«

»Was wollen Sie denn mit Kundschaft?«, fragte Rath. »Schon vergessen? Sie sollen Ihre Kollegen befragen!«

»Jetzt?«

»Ja, wann denn sonst? Je früher Sie fündig werden, desto schneller können Sie wieder Geld verdienen. Fangen Sie halt hinten in der Schlange wieder an.«

Mit diesen Worten stieg Rath aus. Einen Moment juckte es ihn, den rechten Arm zu heben und den renitenten Taxifahrer Männchen machen zu lassen, aber dann verzichtete er lieber auf jeglichen Gruß und ging zum Bahnhofsgebäude hinüber.

In der großen Halle, die sich zu den Gleisen hin öffnete, war es angenehm kühl. Das Menschengewimmel und die Lautsprecherdurchsagen weckten das Fernweh in Rath. Er war schon lange nicht mehr aus Berlin rausgekommen. Schon der zweite Sommer ohne Urlaub. Die letzte gemeinsame Reise waren vor über zwei Jahren ihre Flitterwochen gewesen. Jetzt reichte das Geld nicht mehr für so etwas.

Große Schilder wiesen den Weg zu den Schließfächern. Rath schaute sich um. Er fand die Nummer 57 in einer Reihe großer Blechschränke, die wie Spinde aussahen. Deutlich größer als die Schließfächer am Potsdamer Bahnhof. Die blecherne Tür war verschlossen, und Rath kramte den Schlüssel des Toten aus der Tasche. Er passte.

Na, wer sag's denn, dachte er. *Glück muss der Mensch haben!*

Er öffnete das Schließfach und schaute hinein. Im Inneren hing ein großer dunkler Kleidersack. Rath wusste nicht, mit was er eigentlich gerechnet hatte, aber am allerwenigsten wohl damit. Seine Anspannung wich einer gewissen Enttäuschung. Er knöpfte den Kleidersack auf und erblickte schwarzen Kammgarnstoff. Dann silberne Knöpfe. Und schließlich eine rote Armbinde mit einem schwarzen Hakenkreuz im weißen Kreis. Oben am Bügel hing noch eine schwarze Uniformmütze, verziert mit Reichsadler und Totenkopf.

Das Unbehagen, das in ihm hochkroch, war größer noch als das beim Entdecken der geheimen Dokumente. Was Rath da in seinen Händen hielt, war eine akkurat auf den Bügel gehängte SS-Uniform. Und er fragte sich, was zum Teufel die in einem Schließfach des Anhalter Bahnhofs zu suchen hatte.

9

Nun war er also gekommen, der Moment der Wahrheit. Sie legte die Fotos auf den Tisch, eines nach dem anderen, und während sie das tat, schaute Charly ihren Chef an. Wilhelm Böhm ließ sich jedoch nicht anmerken, was er denken mochte.

Das ganze Wochenende hatte Charly mit sich gehadert und sich gefragt, wie sie die Sache angehen sollte, dann aber gemerkt, dass sie gar nicht anders konnte, als mit offenen Karten zu spielen. Mit Gereon hatte sie nicht darüber reden können, schon wegen der gebotenen Diskretion in dieser Sache, doch hatte er für die Dinge, mit denen sie sich beruflich herumschlug, ohnehin wenig Interesse. Immerhin hatte er gemerkt, dass sie mit ihren Gedanken woanders war, und sie hatte Fritze vorgeschoben, um den sie sich Sorgen mache. Was auch stimmte. Allerdings sorgte sie sich nicht, weil er sich auf den langen Marsch nach Nürnberg gemacht hatte, das würde der Junge schon packen, nein, ihre eigentliche Sorge war die, dass die Teilnahme am Reichsparteitag endgültig einen begeisterten Nazi aus ihm machen würde. Und dass er sich endgültig von seinen Pflegeeltern abwenden würde. Nicht ein einziges Mal hatte er sich von unterwegs gemeldet, kein Brief, keine Karte, kein Telefonat. Und er war nun schon zwei Wochen unterwegs.

Auch Guido hatte gemerkt, dass sie heute morgen nicht bei der Sache war, auch ihm hatte sie nichts gesagt. Sie konnte ihrem Vormittagschef doch nicht sagen, dass sie sich Gedanken über ihren Nachmittagschef machte. Sehr begeistert hatten die Anwälte Scherer und Blum ohnehin nicht reagiert, als sie ihnen von ihrem Engagement im Detektivbüro Böhm erzählt hatte. Guido Scherer, ihr alter Kommilitone, hatte jedoch auch nicht viel dagegen sagen können, weil er Charly nach dem Abbruch ihres Referendariats nicht mehr als die magere Halbtagsstelle hatte bieten können.

Seither gehörten die Nachmittage Wilhelm Böhm. Wenn er denn Arbeit für sie hatte. Wie den Fall Döring, der heute sein Ende finden würde, so oder so. Die Observierung im Volksbad Wedding war der letzte Auftrag, den Siegmund Döring ihnen erteilt hatte.

Charly hatte sich schon in der Dunkelkammer geschämt, und jetzt, wo die Bilder auf dem Tisch lagen, schämte sie sich fast noch mehr für das, was sie getan hatte. Wilhelm Böhm schien es ebenso zu gehen. Er hüstelte, als alle Fotos auf dem Tisch lagen. Diese heimlich geschossenen Fotos einer heimlich gelebten lesbischen Liebe schienen ihm peinlich zu sein. Obwohl er es war, der Charly die Kamera in die Hand gedrückt hatte. Aber vielleicht war gerade das ihm peinlich.

»Tut mir leid, Charly«, sagte er. »Ich konnte ja nicht ahnen, dass sich das so entwickelt.«

»Solche Aufträge nie mehr! Ich kann das nicht. Menschen in flagranti fotografieren. Das ist doch keine Detektivarbeit, das ist ...«

»Ich weiß«, sagte Böhm, »das ist miesestes Ausspionieren, schlimmer als Gestapo, Forschungsabteilung und SD zusammen. Aber ich weiß nicht, ob ich uns solche Aufträge ersparen kann. Eifersüchtige Ehemänner oder -frauen sind nun einmal Brot und Butter unseres Geschäfts, ohne die rollt der Rubel nicht.« Er räusperte sich. »Aber eines verspreche ich Ihnen: Wir werden künftig selber entscheiden, wie weit wir gehen wollen, und solche Entscheidungen nicht unseren Klienten überlassen. Schon gar nicht solchen wie Siegmund Döring.«

»Und nun?«

Böhm schwieg.

»Wir können ihm diese Bilder doch nicht ernsthaft vorlegen«, sagte Charly. »Wer weiß, was dann aus der armen Frau wird?«

Er brummte unwirsch vor sich hin. Wilhelm Böhm hasste es, die Wahrheit zu verbiegen, das wusste sie, aber gleichwohl hatte der Mann ein Gewissen. Und sie hoffte inständig, dass das Gewissen in diesem Fall die Oberhand behielt. Zumal Siegmund Döring Parteimitglied war. Und die Partei es war, die Wilhelm Böhm aus dem Polizeipräsidium und dem Beruf geekelt hatte.

»Wir werden«, sagte er schließlich, »diese Fotos verbrennen. Und Herrn Döring sagen, dass nach siebeneinhalb Wochen lückenloser Überwachung jeglicher Verdacht ausgeräumt ist, dass seine Frau sich mit einem anderen Mann trifft. Was ja auch der Wahrheit entspricht.«

»Das heißt: Sie verzichten auf das Erfolgshonorar?«

»Es gibt Wichtigeres im Leben als Geld.«

»Ziehen Sie die Mindereinnahmen von meinem Lohn ab«, sagte Charly.

Er schaute sie an, als habe sie ihm einen unsittlichen Antrag gemacht. »So weit kommt's noch! Sie haben Ihre Arbeit getan und werden dafür auch bezahlt.«

»Für die Firma bleibt dann nicht mehr viel übrig.«

»Wir werden schon nicht verhungern.« Böhm packte die Fotos zusammen. »Setzen Sie mal den Bericht auf und machen die Abschlussrechnung fertig«, sagte er. »Ich kümmere mich um die Fotos und rufe unseren Klienten an.«

Siegmund Döring erschien anderthalb Stunden später in der Kantstraße und reagierte bei weitem nicht so entspannt, wie sie gehofft hatten. Er hatte einen roten Kopf und schlug mit der Faust auf den Tisch.

»Wozu bezahle ich Sie eigentlich?«, brüllte er. »Über Wochen häufen Sie eine immense Spesenrechnung an, ganz zu schweigen von den angeblichen *Arbeits*stunden, um mir dann zu sagen, dass meine Frau rein wie ein Engel ist?«

»Engel sind wir ja wohl alle nicht, Herr Döring«, grunzte Böhm.

Charly konnte sehen, dass ihr Chef sich zusammenreißen musste. Das galt auch für sie. Es war nicht leicht, sich bei diesem cholerischen Giftzwerg zurückzuhalten. Döring arbeitete als Beamter bei der städtischen Müllabfuhr, und so benahm er sich auch. Wie jemand, der nicht viel zu sagen hat, aber gerne herumkommandiert. Typ Feldwebel.

»Nein, fürwahr, das sind wir nicht! Aber meine Frau scheint einer zu sein!«

»Jedenfalls haben wir sie in den vergangenen siebeneinhalb Wochen bei keiner schlimmeren Verfehlung beobachten können. Seien Sie doch froh.«

»Ich bin aber nicht froh! Weil ich einfach glaube, dass Sie Ihre Arbeit nicht gut gemacht haben, Herr Böhm!«

»Hören Sie, Herr Döring, wir haben Ihre Frau mehr oder weniger lückenlos überwacht, der einzige Tabubereich für uns war Ihre Wohnung. Ich dachte, darüber wären wir uns einig, sie nicht in Ihren eigenen vier Wänden zu beobachten.«

»Wieso nicht? Wenn ich nicht da bin?«

»Wir haben genau Buch geführt, wer während dieser Zeiten in Ihrer Wohnung ein- und ausgegangen ist, das können Sie alles im Bericht nachlesen, auf die Minute. Aber selbstverständlich haben wir die Beobachtung jeweils abgebrochen, wenn Sie selbst heimgekehrt sind, Herr Döring.«

»Ich weiß nicht, was Sie gemacht haben und was Sie alles nicht gemacht haben, ich sehe nur, dass Sie keine gute Arbeit abgeliefert haben. Und dass ich nicht gewillt bin, Ihre Rechnung zu bezahlen!«

»Dann muss ich Sie darauf hinweisen, dass wir in diesem Fall den Rechtsweg einschlagen werden.«

Böhm war in der ganzen Zeit völlig ruhig geblieben, doch Döring schnaufte wie ein Stier. Was besonders gut zu hören war, da er nach Böhms letzten Satz nicht gleich wieder aus der Haut fuhr, sondern nachzudenken schien.

»Den *Rechtsweg*?«, sagte er, und es klang eher so, als habe er das Wort ausgespuckt. »Meinetwegen sollen Sie Ihre jämmerlichen Kröten kriegen. Aber unter Vorbehalt!« Döring machte eine dramatische Pause. »Ich werde eine andere Detektei beauftragen. Und sollte die besser arbeiten als die Ihre, dann verlange ich mein Geld zurück. Wenn es sein muss, ebenfalls auf dem *Rechtsweg*! Haben Sie mich verstanden.«

»Klar und deutlich, Herr Döring. Tun Sie, wie Ihnen beliebt. Aber begleichen Sie bitte zunächst einmal die Rechnung.«

Mit einem letzten Schnaufen steckte ihr Klient den Briefumschlag mit der Abschlussrechnung und dem letzten Bericht ein und verließ die Detektei W. Böhm. Mit einem Türenknallen.

Sie schauten ihm schweigend hinterher.

»Das haben wir nun von unserer Menschenfreundlichkeit«, meinte Böhm.

Charly zuckte die Achseln. »Wie wäre es mit einem Kaffee auf den Schreck? Ich lade Sie ein.«

10

Die schwarze Uniform hing hinter Raths Schreibtisch wie eine zu gut gebügelte Vogelscheuche. Und genau diese Wirkung entfaltete sie auch. Nur dass sie nicht Vögel erschreckte, sondern Menschen. Als Erika Voss sich aus der Mittagspause zurückmeldete, um Rath über die Anrufe zu informieren, die in seiner Abwesenheit eingegangen waren – vier von Gennat, einer vom Landeskriminalamt, einer von der Gerichtsmedizin –, war sie beim Anblick der Uniform zusammengezuckt.

»Mein Gott, Chef, sind Sie jetzt etwa in der Schutzstaffel? Davon haben Sie ja gar nichts erzählt.«

»Ist nicht meine. Gehört einem Toten.«

»Unserem Unbekannten?«

»Richtig.«

Dank des Dienstausweises, den Rath in der Brusttasche der SS-Uniformjacke gefunden hatte, war der Unbekannte nun auch keiner mehr. Das Foto unter dem Schriftzug *Schutzstaffel der N.S.D.A.P.* zeigte eindeutig denselben Mann, der das Pech gehabt hatte, im Taxi von Otto Lehmann zu sitzen, als der frontal gegen eine Mauer gerast war. Nur dass er auf dem Foto die schwarze Uniform trug und keinen hellen Sommeranzug. Der Mann hieß Gerhard Brunner, war mit gerade einmal 30 Jahren schon Obersturmführer und bereits vor fünf Jahren in die SS eingetreten. Seine Dienststelle: das SD-Hauptamt in der Wilhelmstraße. Vor gut einem Jahr erst war der parteieigene Sicherheitsdienst von München nach Berlin gezogen und residierte nun im altehrwürdigen Prinz-Albrecht-Palais, in direkter Nachbarschaft zur Geheimen Staatspolizei, die ebenfalls von SD-Chef Reinhard Heydrich geleitet wurde; niemand wusste so genau, welcher Posten Heydrich wichtiger war, oder ob er – wie es in Deutschland mittlerweile üblich war – Partei- und Staatsamt kurzerhand unentwirrbar miteinander verwoben hatte.

Mit der Entdeckung des Dienstausweises war Rath auch klar geworden, was es mit den Geheimakten auf sich hatte. Der SD spionierte den zweitmächtigsten Mann im Staate aus! Aber warum? Als preußischer Innenminister, ergo Polizeichef, war Göring strenggenommen der Vorgesetzte von Heydrich. Und warum gab Brunner die Ergebnisse seiner Arbeit nicht an Heydrich, seinen Chef, weiter, sondern schickte sie per Post an eine Familie Seitz in Schwabach?

Rath zündete sich eine Zigarette an, drehte sich auf seinem Bürostuhl und schaute die Uniform an, als könne die eine Antwort geben auf all die Fragen, die ihm durch den Kopf schwirrten. Doch das tat sie nicht, sie warf lediglich weitere Fragen auf.

Warum zog jemand im uniformverrückten Deutschland seine SS-Uniform aus und versteckte sie in einem Schließfach?

Hatte das mit den Geheimakten in Brunners Aktentasche zu tun? Oder mit dem Blumenstrauß und dem Ring? Bevor der Mann am Anhalter Bahnhof in das Taxi von Otto Lehmann gestiegen war, hatte er sich umgezogen. Warum? SS-Männer genossen doch den größten Respekt im neuen Deutschland. Weil der Frau, zu der er unterwegs war, SS-Uniformen missfielen? Rath konnte sich vieles vorstellen, nicht aber, dass ein SS-Mann mit einer Regimegegnerin anbandelte. Gleichwohl hatte Brunner nicht als SS-Mann auffallen wollen, hatte nicht einmal seinen Dienstausweis mitgenommen, außer den Geschenken nur etwas Bargeld und die Aktentasche mit den Geheimpapieren. Und warum hatte er sich nicht in seinem Büro umgezogen, das fünf Minuten vom Anhalter Bahnhof entfernt lag? Durften die Kollegen das nicht mitbekommen?

All diese Fragen waren gefährlich, und die Antworten darauf wahrscheinlich noch gefährlicher. Zum Glück musste Rath sie nicht beantworten.

Es klopfte an der Tür.

»Ja?«

Czerwinski lugte durch den Türspalt und kam herein. Auch seine Augen weiteten sich, als er die SS-Uniform erblickte. Der Dicke nahm Haltung an, und für einen Moment sah es so aus, als sei er bereit, den Deutschen Gruß zu entbieten. Doch statt »Heil Hitler« kam nur ein simples: »Mahlzeit, Chef« und ein Kopfnicken.

Rath schaute auf die Uhr. »Ein bisschen spät für *Mahlzeit*, Paul«, sagte er.

»Für dich vielleicht, für mich nicht. Erst die Zeugenverneh-

mung, dann mit der Taxifahrerwitwe zur Gerichtsmedizin und zurück nach Kreuzberg. Komme gerade erst von Aschinger.«
»Und?«
»Sauerkraut mit Kasseler.«
»Ich meinte nicht Aschinger. Wie lief die Vernehmung? Hat Frau Lehmann ihren Mann identifiziert?«
»Hat sie.«
»Und die Zeugen?«
»Kein neuer Sachverhalt, aber ein paar neue Einzelheiten. Die Voss hat schon angefangen, die Protokolle ins Reine zu tippen, müsste gleich fertig sein.«
»Und wie war's bei Gennat? Irgendetwas Wichtiges?«
»Der Buddha hat nach dir gefragt. Sonst war nicht viel. S-Bahn-Unglück und Messehallenbrand stehen natürlich immer noch oben auf der Tagesordnung. Dann gab's zwei Selbstmorde und einen Leichenfund im Grunewald. Ich hab Westermann vom Vermisstendezernat ein paar Fotos von unserem Unbekannten gegeben, damit er die mit den offenen Fällen abgleicht. Hat aber nichts gefunden. Entweder kommt der aus einer anderen Stadt oder es gibt keine Menschenseele, die ihn vermisst.«
»Das könnte sich schnell ändern.« Rath zeigte auf die Uniform. »Wenn SS-Obersturmführer Brunner heute nicht dienstfrei hat, dürfte der Sicherheitsdienst ihn in Bälde vermissen.«
»Der Tote aus dem Taxi ist SS-Mann?«
»Die Uniform hing im Anhalter Bahnhof im Schließfach.« Rath zeigte Czerwinski den Ausweis.
»Und nun?«
»Nun sollten wir zusehen, dass wir uns beim SD melden, bevor die sich bei uns melden und mit dem Kollegen Westermann verbunden werden.«
Das Telefon klingelte.
»Wollen wir hoffen, dass sie das nicht schon sind«, sagte Rath und hob ab.
»Oberkommissar Gereon Rath, Mordinspektion.«
»Heil Hitler, Oberkommissar. Sie bearbeiten den tödlichen Unfall Yorckbrücken?«
»Mit wem spreche ich bitte?«
»Doktor Reincke hier. Sie haben mir Sonnabend zwei Leichen

bringen lassen, einen Taxifahrer und seinen Fahrgast. Hat Ihre Sekretärin Ihnen nicht ausgerichtet, dass ich um Rückruf gebeten habe?«

Herbert Reincke war einer der neuen Gerichtsmediziner. Jung und ehrgeizig.

»Richtig«, sagte Rath. »Was gibt's denn? Sagen Sie bloß, Sie haben den Bericht schon fertig? Hätten Sie doch dem Kollegen Czerwinski mitgeben können.«

»Der Bericht? Wo denken Sie hin, den bekommen Sie frühestens morgen. Habe mit der Leichenöffnung erst vor einer Stunde begonnen. Und da habe ich etwas überaus Interessantes entdeckt, das ich Ihnen gerne zeigen möchte. Vielleicht die Antwort auf die Frage nach der Unfallursache.«

Rath horchte auf.

»Hatte der Fahrer einen Herzinfarkt am Steuer?«

»Nicht ganz. Kommen Sie vorbei, und ich zeige es Ihnen.«

Rath seufzte. Reincke mochte neu in der Rechtsmedizin sein, war aber ein ebensolcher Geheimniskrämer wie seine altgedienten Kollegen.

»Also gut, Doktor. Ich bin in einer halben Stunde bei Ihnen.«

Er legte auf. Czerwinski schaute ihn neugierig an.

»Doktor Reincke hat was für uns«, sagte Rath. »Ich fahr raus. Kümmer du dich solange schon mal um den SD. Sag ihnen, dass Obersturmführer Brunner tödlich verunfallt ist. Und frag nach seiner Familie, damit wir die Angehörigen benachrichtigen können.«

Czerwinski schien nicht begeistert, aber er nickte und setzte sich an seinen Schreibtisch.

Rath ging ins Vorzimmer. Seine Sekretärin war immer noch damit beschäftigt, die Vernehmungsprotokolle ins Reine zu tippen.

»Ich fahre zur Gerichtsmedizin, Erika«, sagte er. »Komme danach wahrscheinlich nicht mehr rein.«

Erika Voss schaute von der Schreibmaschine auf.

»Darf ich Sie daran erinnern, dass auch Kriminaldirektor Gennat und das Landeskriminalamt noch auf Rückruf warten?«

Rath nahm Mantel und Hut vom Garderobenständer.

»Sie dürfen, Erika, Sie dürfen. Aber Sie wissen doch: Erst die Arbeit, dann das Vergnügen.«

Herbert Reincke war der jüngste Gerichtsmediziner, mit dem Rath jemals zusammengearbeitet hatte. Kein Vergleich zu dem in Würden ergrauten Doktor Schwartz, der vor zwei Jahren seinen Hut hatte nehmen müssen, weil er jüdisch war, oder zu Doktor Karthaus, der aussah, als habe man sehr altes, dünnes Leder über ein zu großes Drahtgestell gespannt. Reincke wirkte eher wie jemand, der kurz vor dem Abitur stand. Und so viel älter war er auch noch nicht, vielleicht Mitte zwanzig. Junge Leute konnten schnell Karriere machen im neuen Deutschland, auch und gerade in Berufsbereichen, in denen viele erfahrene und verdiente Männer nicht mehr arbeiten durften. Der Wegfall der jüdischen Konkurrenz hatte zu einer regelrechten Schwemme von neuen Ärzten, Rechtsanwälten und Beamten geführt, die eines einte: Sie waren allesamt jung und unerfahren. Und mehr oder weniger überzeugte Nazis.

Reincke schien ein durchaus tüchtiger Arzt zu sein, auch wenn Rath sich fragte, wie ein junger Mensch seine berufliche Erfüllung darin finden konnte, tote Menschen aufzuschneiden. Gleichwohl mochte er den Neuen in der Gerichtsmedizin nicht sonderlich; Herbert Reincke nahm sich manchmal eine Arroganz heraus, die durch nichts gerechtfertigt war, weder durch sein Alter, seine berufliche Stellung oder sonst irgendwas. Bis auf eines: Reincke trug an seinem Revers jene Anstecknadel, die Rath fehlte: das Parteiabzeichen mit dem Hakenkreuz.

Der Doktor saß gerade an seinem Schreibtisch und notierte etwas, als Rath den Obduktionssaal betrat. Reincke stand auf und grüßte mit dem freundlichsten *Heil Hitler*, das Rath jemals gehört hatte.

»Sie haben mir eine Überraschung versprochen, Doktor«, sagte Rath und überging die Begrüßung.

Reincke stand auf.

»Kommen Sie«, sagte er.

An der Rollbahre des toten SS-Manns ging der Gerichtsmediziner achtlos vorüber.

»Bei dem hier ist die Sache klar«, sagte der Doktor nur und würdigte Brunner nicht einmal eines Blickes. »Genickbruch. Der Mann hat zwar weitere Knochenbrüche sowie ein paar Platz- und Schürfwunden davongetragen, aber nur diese eine Verletzung war letal. Das kann ich Ihnen auch sagen, ohne die Leiche zu öffnen.«

Reincke führte Rath zum Obduktionstisch, auf dem die Leiche des Taxifahrers lag. Sie war gewaschen und vom geronnenen Blut befreit, so dass alle klaffenden Schnittwunden genauestens zu erkennen waren. Der durchbohrte Brustkorb war geöffnet, die Rippen, soweit sie noch heil waren, aufgeklappt wie bei einem Brathähnchen. Es sah dort drinnen ziemlich aufgeräumt und leer aus; Rath vermutete, dass Reincke die inneren Organe bereits entnommen und untersucht hatte. Außerdem fehlte die Schädeldecke. Der Geruch von Blut und Desinfektionsmittel stand im Raum. Rath versuchte, vorsichtig zu atmen und an etwas Schönes zu denken.

Reincke hingegen redete so ungerührt, als stünden sie vor einer Schaufensterauslage.

»Dieses Obduktionsobjekt hingegen weist so viele Verletzungen auf, dass man mit dem Zählen kaum nachkommt, und darunter sind mindestens vier, die für sich allein tödlich gewesen wären.«

»Und welche war die entscheidende? Die Lenkstange im Brustkorb?«

»Spielt das eine Rolle?« Der Doktor zog die Stirn in Falten. »Das für Ihre Arbeit interessante Detail habe ich hier ...«

Reincke griff zu einer Metallschale, in der eine grau-weiße Masse lag, an der noch vereinzelte rötliche Blutspuren saßen. Rath starrte auf das Gehirn des Taxifahrers und bereute es nun endgültig, vorhin am Anhalter Bahnhof noch zu Mittag gegessen zu haben.

»Sehen Sie hier ...« Reincke deutete mit dem Skalpell auf eine Stelle, an der die ansonsten perfekte Symmetrie des Hirns durchbrochen war, ein dicker, walnussgroßer, unförmiger Klumpen. »Das ist ein *glioblastoma multiforma*, ein Tumor, und zwar ein äußerst bösartiger.«

Der Doktor schaute ihn erwartungsvoll an, doch Rath konnte nicht folgen. »Ja und?«

»Na, ich habe Ihnen doch gesagt, wenn mich nicht alles täuscht, ist das die Unfallursache, nach der Sie suchen.«

»Wie meinen Sie das?«

»Ein Glioblastom in diesem fortgeschrittenen Stadium und

von dieser Größe«, erklärte Reincke, »kann Ihnen unvermittelt enorme Schmerzen zufügen, ganz zu schweigen, dass es Ihre Sinne und Ihre Wahrnehmung trüben oder gar eine Ohnmacht herbeiführen kann.«

Rath verstand. So einfach war die Wahrheit manchmal. Kein technischer Defekt am Fahrzeug, keine Sabotage, keine Geheimdienstgeschichte.

»Es ist jedenfalls mehr als unverantwortlich«, fuhr der Doktor fort, »dass man einen Mann in diesem Zustand noch hinter das Steuer eines Autos lässt. Der gehörte in ein Krankenhaus, mindestens aber ins Bett.«

Rath fragte sich, warum Hedwig Lehmann ihm nichts von der Krankheit ihres Mannes erzählt hatte. Elli Blarr, Lehmanns Arbeitgeberin, schien auch nichts davon zu wissen. Oder nichts wissen zu wollen.

»Doktor«, fragte er, »kann es sein, dass der Mann noch gar nicht beim Arzt war? Weil er bislang keinerlei Beschwerden spürte?«

»Kann ich mir nicht vorstellen. Da müssen schon einige Symptome aufgetreten sein. Schwindelgefühle, Gedächtnisstörungen, wahrscheinlich auch schon heftige Schmerzattacken.«

Rath nickte und dachte nach. Wer trug die Schuld an dem Unfall? Ein verantwortungsloser Hausarzt? Oder Otto Lehmann selbst, ein schweigsamer Ehemann, der seine gesundheitlichen Probleme für sich behielt anstatt sie mit seiner Frau zu teilen oder zum Arzt zu gehen? Rath fragte sich, ob der Taxifahrer zu den bedauernswerten Zeitgenossen gehörte, die es sich einfach nicht erlauben konnten, auch nur einen Tag ihrer Arbeit fernzubleiben.

»Hätte Lehmann also auf seinen Körper gehört und wäre zuhause geblieben, würde er noch leben.«

»Das würde er, aber ob das besser für ihn gewesen wäre, wage ich zu bezweifeln«, sagte Reincke. »Mehr als zwei, drei Wochen hätte er ohnehin nicht mehr gehabt. Höchstens. Und die Schmerzen sind am Ende unerträglich. Todgeweiht war er sowieso.«

»Hm«, machte Rath und zeigte auf den toten Brunner. »Aber der da, für den wäre es in jedem Fall besser gewesen, Lehmann wäre am Samstag zuhause geblieben.«

11

Er betrachtete sich im Spiegel. Die schwarze Uniform stand ihm gut; ein paar Änderungen hier und da, die der Schneider gerade mit Stecknadeln markierte, dann säße sie perfekt. Nicht dass es ihm darauf ankäme. Aber für den Fall der Fälle, wenn er sie denn einmal anzog, musste sie auch sitzen. Eine schlecht sitzende Uniform flößte keinen Respekt ein. Und Respekt war nun einmal die wichtigste Währung in seiner Welt.

Hätte irgendjemand ihm vor vier, fünf Jahren gesagt, dass er jemals wieder Uniform anlegen würde, und dann sogar eine Nazi-Uniform – ganz gleich ob SA oder SS –, er hätte sein ganzes, nicht unbeträchtliches Vermögen dagegen gewettet. Aber auf eine derart abstruse Idee war natürlich niemand gekommen. Johann Marlow trug Geschäftsanzüge oder Abendanzüge, manchmal auch sportlich legere Anzüge, er trug alles, aber niemals Uniform.

An dieser Einstellung hatte sich bis heute nicht viel geändert, aber zum Eintritt in die SS ehrenhalber gehörte eben auch die schwarze Uniform. Wer im heutigen Deutschland etwas darstellen sollte, musste Uniform tragen.

Marlow hatte, als er sich vor einiger Zeit für fast ein Jahr in die USA zurückgezogen hatte, tatsächlich überlegt, Deutschland für immer den Rücken zu kehren, so viel hatte sich in wenigen Jahren verändert. Die Berolina, auf die er seine Stellung in der Berliner Unterwelt jahrelang gebaut hatte, war zerschlagen worden. Alle Ringvereine waren zerschlagen worden.

Doch was sollte er in den Staaten? In Brooklyn, wo er bei einem Freund untergekommen war, hatten sie ihn zwar geduldet, aber er hatte nie richtig Fuß fassen können. Für die Amis war er als Geschäftspartner nur interessant, solange er in Berlin war. Und in Berlin waren auch all die Kontakte, die er über Jahre hinweg geknüpft hatte, ein engmaschiges Netz an Beziehungen, Freundschaften und Abhängigkeiten, die seine eigentliche Macht ausmachten, mehr noch als sein Geld.

Also war er zurückgekehrt vor einem Jahr, gerade rechtzeitig, um Hermann Lapke, seinen alten Widersacher, den Chef der Nordpiraten, daran zu hindern, die totale Kontrolle über die Berliner Unterwelt zu übernehmen. Denn die gab es, allen gegenteiligen Beteuerungen zum Trotz, natürlich immer noch, auch wenn es keine Ringvereine mehr gab.

Marlow hatte mit Hilfe guter Freunde in Polizei und Regierung alles, was noch übrig war aus den goldenen Jahren in den Zwanzigern, unter seine Kontrolle gebracht, jedes illegale Nachtlokal, jede verbotene Spielhalle und die meisten Bordelle. Und Hermann Lapke hatte er endgültig aus dem Weg räumen lassen. Lapke hatte aufs falsche Pferd gesetzt, auf die SA, in der er seine Nordpiraten überleben lassen wollte, und das hatte ihn in der Nacht der langen Messer, als die halbe SA-Führung über die Klinge springen musste, erst die Gesundheit, dann seine Geheimnisse und schließlich das Leben gekostet.

Eigentlich also konnte Marlow zufrieden sein, denn die Geschäfte liefen gut. Doch er war nicht zufrieden. Seine Stellung im neuen Deutschland war unsicherer als in der Republik. Damals hatte es noch einen Rechtsstaat gegeben, damals hatten seine Anwälte ihn aus jeder brenzligen Situation heraushauen können, zumal er seine Geschäfte über die Berolina abwickelte, zu der er keinen offiziellen Kontakt pflegte, so dass man ihm selbst im Fall der Fälle nie etwas hätte nachweisen können.

Den Rechtsstaat aber gab es nur noch auf dem Papier. Jeder konnte von heute auf morgen in Ungnade fallen, wenn er sich nicht absicherte und aufpasste. Und selbst dann war man nicht sicher. Im neuen Deutschland regierte die Gewalt, im neuen Deutschland regierten Gangster, unberechenbare Gangster, und das war für jemanden wie Marlow, der sich nie einen Gangster nennen würde, es aber liebte, wenn die andere Seite nach berechenbaren Regeln spielte, während er selber seine eigenen Regeln schuf, eine unhaltbare Situation.

Kurz: Er war dabei, sich nach und nach aus seinen alten Geschäften zurückzuziehen und in neue, legale zu investieren. Dank seiner Kontakte wurde er meist früh informiert, wenn irgendwo ein Firmeninhaber das Land verließ und ein Unternehmen zum Schnäppchenpreis zu haben war. Auf diese Weise hatte er bereits ein Möbelhaus, eine Textilfabrik und – als kleine Reminiszenz an seine Vergangenheit – ein Varietétheater erworben. Dass diese Geschäfte alle drei zusammen längst nicht so viel Gewinn abwarfen wie auch nur ein einziger seiner alten Nachtclubs, daran musste er sich gewöhnen. Die Gewinnspannen waren bei legalen Geschäften einfach deutlich niedriger.

Er wusste, dass Legalität allein ihm keine Sicherheit garantierte. Man musste schon etwas darstellen, etwas darstellen in der NS-Bewegung. Und am unantastbarsten waren die Mitglieder der Schutzstaffel. Vor der SS hatte selbst ein gestandener und mächtiger Mann wie Hermann Göring Respekt.

Ein stechender Schmerz durchzuckte sein Handgelenk und riss ihn aus seinen Gedanken.

»Passen Sie doch auf!«

Der Schneider hielt die Stecknadel noch in der Hand und war kreidebleich.

»Entschuldigen Sie vielmals, Gruppenführer! Ich bin untröstlich. Soll ich ein Pflaster ...«

»Na, lassen Se man gut sein, Sie haben mich ja nicht erstochen. Aber nun machen Sie mal Ihre Arbeit hier schnell zu Ende. Ich habe zu tun.«

»Sehr wohl, nur noch zwei drei Nädelchen abstecken, dann haben wir's.«

Bei diesen letzten zwei, drei Stecknadeln (es waren letztlich dann doch vier) ging der Schneider besonders vorsichtig zu Werke.

Mit einer gewissen Erleichterung nahm er seinem Kunden die Uniformjacke ab.

»So, wunderbar. Die Uniform steht Ihnen ausgezeichnet, Gruppenführer. Ich denke, in drei Tagen ist alles fertig, dann können Sie es abholen lassen.«

In drei Tagen. Das passte. In zwei Wochen würde Marlow die Uniform zum ersten Mal anziehen.

12

So früh hatte Rath sich seit Ewigkeiten nicht mehr auf den Heimweg gemacht, und er verspürte nicht den Hauch eines schlechten Gewissens. Immerhin hatte er das Geheimnis dieses scheinbar grundlosen Unfalls gelöst, da hatte er eine kleine Belohnung verdient. Er freute sich auf die Einsamkeit der Carmerstraße, er würde sich einen Cognac genehmigen, ein bisschen Musik hören und sich dann an den Herd stellen, um Charly mit einem Abendessen zu überraschen. Bratkartoffeln mit Spiegelei bekam er ganz gut hin, und er wusste, dass sie das für ihr Leben gerne aß. Ein gemütlicher Abend zu zweit, wie er sich darauf freute. Sie mussten die Zeit nutzen, während Fritze unterwegs war, jeden verdammten Tag, nicht nur die Wochenenden. Ihrer Ehe hatte das Kind im Haus nicht gut getan. Rath war fest davon überzeugt, dass es Fritzes Schuld war, dass ihr Liebesleben in den vergangenen Jahren ziemlich zum Erliegen gekommen war. Und die letzten zwei Wochen hatten das bestätigt. Vielleicht hatte er Charly aus dem Grund nichts vom Besuch der Jugendamtsfrau erzählt. Er ahnte, dass sich da etwas zusammenbraute, dass man ihnen das Pflegekind womöglich wegnehmen könnte, aber wenn er ganz ehrlich war: Er hatte nichts dagegen. Fritze war alt genug. Und trieb sich sowieso die halbe Zeit bei seinem Freund Atze herum.

Er fand einen Parkplatz direkt vor der Haustür, heute war wirklich sein Glückstag. Schon im Treppenhaus empfing ihn das Aroma frisch aufgebrühten Kaffees. Er wunderte sich, dass Charly bereits zuhause war, doch seine Freude darüber erstarb ebenso schnell, wie sie gekommen war, als er aufschloss und einen Mantel und einen Bowler am Garderobenhaken entdeckte. Er kannte nur wenige Menschen, die so eine Melone trugen. Missmutig hängte er seine Sachen daneben und betrat das Wohnzimmer, aus dem er schon im Flur leise Stimmen gehört hatte.

Es war wie befürchtet: Dort, mitten in ihrer guten Stube, saß tatsächlich Wilhelm Böhm, sein früherer Chef in der Mordinspektion. Böhm hatte auf Raths Lieblingssessel Platz genommen, als wisse er genau, wie sehr er den Hausherrn damit ärgern konnte, und nippte gerade an einer Kaffeetasse.

Charly schaute verwundert.

»Gereon! Du schon hier?«

»So sieht es aus. Tag, die Herrschaften. Ich hoffe, ich störe nicht.«

Böhm brummte irgendetwas, das man mit viel gutem Willen als ein *Guten Tag* hätte verstehen können. Charly überhörte den unfreundlichen Ton ihres Mannes und deutete auf die Kaffeekanne.

»Auch eine Tasse?«, fragte sie. »Frisch aufgebrüht.«

Auf dem Wohnzimmertisch stand sogar ein Teller mit Gebäck, es herrschte eine Atmosphäre wie seinerzeit bei den Besprechungen in Gennats Büro. Diese Zeiten waren lange vorbei, für Rath jedenfalls. Wenn er jetzt beim Chef der Mordinspektion antanzen musste, gab es in der Regel nicht einmal mehr eine Tasse Tee, geschweige denn Kaffee oder gar Kuchen.

»Gerne«, sagte er, ohne es zu meinen, und setzte sich, da beide Sessel belegt waren, aufs Sofa. Charly schenkte ihm eine Tasse Kaffee ein, und er kam sich vor, als sei er bei sich selbst zu Besuch.

»Was verschafft uns denn die Ehre Ihres Besuchs, lieber Böhm?«, fragte er.

»Wir haben etwas zu feiern«, antwortete Charly an Böhms Stelle. »Einen Auftrag, den wir erfolgreich abgeschlossen haben.«

»Na, wenn das kein Zufall ist«, sagte Rath und lächelte. »Habe auch gerade einen Fall erfolgreich abgeschlossen. Vielleicht sollten wir eine Flasche Sekt aufmachen.«

Das hatte sarkastisch sein sollen, doch Charly hatte die letzten Worte schon gar nicht mehr gehört.

»Den Unfall?«, fragte sie, noch bevor Rath seinen Satz zu Ende gebracht hatte.

Sie hatte sich schon immer sehr für seine Arbeit interessiert. Wahrscheinlich, weil es früher einmal auch ihre Arbeit gewesen war. Er redete gern mit ihr über solche Dinge, am Wochenende hatte er das noch getan, doch jetzt, in Gegenwart von Wilhelm Böhm, der in der Inspektion A ihrer beider Vorgesetzter gewesen war, verspürte er wenig Lust dazu. Vor allem wollte er nicht, dass Böhm herausbekam, wie belanglos und unspektakulär die Todesfälle waren, die Gennat seinen früheren Liebling Gereon Rath noch bearbeiten ließ.

Er nickte nur und knurrte ein »Mmmmhh«, doch Charly sprach

längst weiter. Dummerweise hatte er ihr vorgestern von der mysteriösen Todesfahrt des Otto Lehmann erzählt.

»Das heißt, ihr habt die Unfallursache herausgefunden!«

Wieder ließ Rath es mit einem Nicken bewenden, seine Frau jedoch ließ sich schon nicht mehr bremsen.

»Lass mich raten: Es war, wie du vermutet hast: ein technischer Defekt.«

Rath schüttelte den Kopf. Er merkte, wie Böhm die Ohren spitzte.

»Mensch, Gereon, nun rede doch! Alles muss man dir aus der Nase ziehen«, sagte sie.

Bevor Rath etwas sagen konnte, wandte sich Charly Böhm zu, dessen Gesicht inzwischen ein einziges Fragezeichen war.

»Ach, entschuldigen Sie, lieber Böhm! Wie rücksichtslos von uns! Sie wissen ja gar nicht, worum es geht.«

Und dann erzählte Charly der Bulldogge, worum es ging. Sie erzählte alles, was Rath ihr am Wochenende zu dem seltsamen Taxiunfall gesagt hatte. Die Aktentasche von Gerhard Brunner und deren Inhalt hatte er glücklicherweise ausgespart. Aber alles andere erzählte Charly jetzt auch Böhm. Bis ins kleinste Detail. Sie hatte ein erschreckend gutes Gedächtnis.

»Hm«, machte Böhm, als sie geendet hatte. »Ein Taxifahrer fährt mit Vollgas frontal gegen eine Mauer, ohne ersichtlichen Grund?«

Charly nickte.

»Ein Selbstmörder?«

»Nein«, sagte Rath. »Der Mann hinterlässt eine Frau und drei Kinder. Außerdem hatte er einen Fahrgast im Wagen.«

Böhm schüttelte den Kopf. »Das ist ja wirklich eine seltsame Geschichte. Vielleicht ein Selbstmörder ohne jegliches Gefühl für seine Mitmenschen ...«

»Interessanter Gedanke«, meinte Charly, »darauf sind wir noch gar nicht gekommen. Ist es das, Gereon?«

Er schüttelte den Kopf.

»Nun sag schon und spann uns nicht länger auf die Folter!« Ihre Stimme klang mittlerweile verärgert. »Du führst dich ja auf wie Doktor Karthaus!«

»Und damit bist du nah dran. Die Gerichtsmedizin hat mich auf die Lösung gebracht.« Rath griff zu seiner Kaffeetasse und trank erst mal einen Schluck. »Der Taxifahrer«, sagte er dann, die Neugier der beiden genießend, »litt an einem Glioblastom.«

Er wartete auf weitere Nachfragen oder zumindest dumme Gesichter, um dann wenigstens ein bisschen auftrumpfen zu können mit seinem neu erworbenen medizinischen Fachwissen, doch Böhm machte ihm einen Strich durch die Rechnung. Er machte kein dummes Gesicht, er fragte auch nicht nach. Stattdessen schien er plötzlich hellwach zu sein und richtete sich in seinem Sessel auf.

»Ein Hirntumor, tatsächlich?« Böhm warf Charly einen kurzen Seitenblick zu, beinahe, als mache er sich Sorgen um sie. »Das heißt also«, sagte er dann, »Sie glauben, dass eine plötzliche Schmerzattacke des Fahrers den Unfall verursacht hat?«

Was für ein Besserwisser, was für ein Spielverderber!

»Das hat mir die Gerichtsmedizin jedenfalls nahegelegt«, sagte Rath. Seine Laune war im Keller. Auch Charly schien diese, wie Rath geglaubt hatte, doch sehr ungewöhnliche Erkenntnis nicht zu überraschen. Sie saß in ihrem Sessel und blickte gedankenverloren vor sich hin.

»Das ist ja seltsam«, sagte sie nur.

»In der Tat«, pflichtete Böhm ihr bei, und es klang, als redeten die beiden von etwas ganz anderem, jedenfalls nicht mehr vom Tod des armen Otto Lehmann. Rath konnte nicht sagen, warum, aber er fühlte sich mit einem Mal ausgeschlossen und versuchte, sich wieder ins Gespräch einzubringen. Schließlich war das sein Fall, über den sie hier redeten.

»Interessanterweise«, sagte er, »scheint die Frau des toten Taxifahrers nichts von der lebensbedrohlichen Erkrankung ihres Mannes gewusst zu haben. Die Todesnachricht war ein Schock für sie. Weniger gefühlsmäßig als pekuniär.«

Böhm nickte, aber Rath hatte nicht den Eindruck, dass er überhaupt noch zuhörte, die ganze Aufmerksamkeit des bulligen Privatdetektivs war nach innen gerichtet. Dann stand er mit einem Mal auf, so abrupt, dass es offensichtlich auch Charly überraschte.

»Meine liebe Familie Rath, es ist schon spät, ich sollte mich verabschieden. Haben Sie vielen Dank für Ihre Gastfreundschaft.« Er schüttelte erst dem Hausherrn die Hand, dann Charly. »Ich melde mich bei Ihnen, Charly, wenn es wieder irgendetwas gibt.

Im Moment sieht die Auftragslage leider eher dünn aus. Das Honorar für den jüngsten Einsatz bekommen Sie dieser Tage per Postanweisung.«

Sie nickte und folgte ihm noch zur Garderobe, wo sie ihm Hut und Mantel reichte. Rath holte die Cognacflasche aus dem Schrank, kaum war die Wohnungstür ins Schloss gefallen.

»Ist es dafür nicht ein bisschen früh?«, fragte Charly, als sie zurückkehrte.

»Auf den Schrecken brauche ich erst mal einen«, sagte Rath.

Er stellte die Cognacgläser samt Flasche auf den Tisch und ließ sich in seinen Lieblingssessel fallen, dessen Polster noch warm war vom letzten Benutzer.

»Du solltest dich langsam mal mit Wilhelm Böhm anfreunden. Der gibt mir nicht nur Arbeit, der ist auch ein Freund. Ein guter Freund. Ich weiß gar nicht, was du gegen ihn hast, jetzt, wo du beruflich nichts mehr mit ihm zu tun hast.«

»Ich habe ihm doch gar nichts getan.«

»Du hast ihm jedenfalls auch nicht das Gefühl gegeben, willkommen zu sein.«

»Ich habe nichts gegen ihn, ich sehe ihn nur nicht gern in meinem Sessel sitzen und in meinem Wohnzimmer.«

»Das ist auch *mein* Wohnzimmer.«

»Entschuldige«, sagte er. »War nicht so gemeint. Aber ich hatte mir das eben anders vorgestellt. Wollte dich überraschen. Abendessen machen. Mit dir ein bisschen feiern, Frau Rath.«

Sie setzte sich zu ihm auf die Sessellehne und zündete sich eine Zigarette an.

»Das können wir gerne tun, Herr Rath. Unseren Fall oder deinen?«

»Wie wäre es, wenn wir einfach das feiern, was wir gerade haben?« Rath stellte die beiden Cognacgläser nebeneinander, schenkte ein und reichte eines davon Charly. »Auf uns, liebe Frau Rath. Und unsere sturmfreie Bude. Kein Fritze, kein Böhm, nur wir zwei Hübschen.«

Als sie einen Schluck Cognac trank und ihn hernach anlächelte, wusste Rath, dass der Abend doch noch schön werden dürfte. Und dass er vorerst nicht zum Spiegeleierbraten kommen würde.

13

Wilhelm Böhm war so in Gedanken, als er auf die Straße trat, dass er zunächst in die völlig falsche Richtung lief. Erst als er bereits am Steinplatz war, fiel ihm ein, dass er im Büro noch etwas zu erledigen hatte. Und das lag in der Kantstraße, ein ganzes Stück hinter dem Savignyplatz. Er kehrte um, passierte das Wohnhaus der Raths, das er gerade eben verlassen hatte, und schüttelte den Kopf über die eigene Zerstreutheit. Aber selten hatte ihn ein Wort derart elektrisiert wie jenes, das Gereon Rath vorhin ausgesprochen hatte.

Glioblastom.

Dieses staubtrocken sperrige medizinische Wort hatte eine Kaskade von Erinnerungen in ihm ausgelöst, die kaum zu bändigen waren. Hatten Besitz von ihm ergriffen, dass er an kaum etwas anderes denken konnte. Er war froh, dass er sich wenigstens noch einigermaßen elegant hatte verabschieden können – obwohl er eine halbvolle Kaffeetasse zurücklassen musste.

Charly würde ihm deswegen schon nicht böse sein. Ihretwegen machte er sich ganz andere Sorgen. Weil sie mit all den Dingen, die ihm durch den Kopf gingen, mehr zu tun hatte, als sie ahnte. Und er war sich nicht sicher, was passieren würde, wenn sie die ganze Wahrheit erfuhr, jene Wahrheit, von der auch Wilhelm Böhm noch nicht wusste, ob es überhaupt eine war oder nur eine bedeutungslose Kette von Indizien und vagen Vermutungen, aus der sich ein ungeheuerlicher Verdacht ableiten ließ. Mehr als ein Verdacht war es nicht, jedenfalls nichts, was vor Gericht oder auch nur vor den Augen des Staatsanwaltes Bestand gehabt hätte. Was auch der Grund war, dass Böhm es nirgends aktenkundig gemacht und mit keinem Kollegen geteilt hatte. Und trotzdem – oder gerade deswegen – ließ es ihn nicht los, so viele Jahre es auch zurückliegen mochte.

Als er noch als Oberkommissar in der Mordinspektion arbeitete, hatte er die Akten in jeder freien Stunde aus der Registratur geholt, hatte sie manchmal sogar mit nach Hause genommen und in den Nächten darüber gebrütet. Ohne dass Ernst Gennat davon wusste. Böhms Verdacht war so schrecklich, so entsetzlich, so ungeheuerlich, dass er mit niemandem darüber reden konnte. Irgendwelche Beweise, die seine Theorie (die jeder Staatsanwalt, den er kannte, als hanebüchen abgelehnt hätte) belastbar hätten stützen können, hatte er in all den Jahren dennoch nicht gefunden.

Jeder Polizeibeamte im Ruhestand – und sei dieser Ruhestand auch ein vorgezogener und viel zu früher – schleppte wohl einen ungeklärten Fall mit sich herum, der ihm keine Ruhe ließ. Der von Wilhelm Böhm lag bereits acht Jahre zurück und verursachte ihm bei jedem Gedanken daran Magenschmerzen. Dabei standen die Akten nicht einmal bei den nassen Fischen – wie sie die ungeklärten Fälle am Alex nannten. Laut Gerichtsmedizin nämlich war die Erklärung für den Tod des Strafgefangenen Anton Bruck, der in der Krankenstation des Zellengefängnisses Moabit im Koma liegend umgekommen war, ein ganz natürlicher. Bei der Obduktion hatte Doktor Schwartz ein Glioblastom im Endstadium entdeckt, einen Hirntumor, von dem weder der Gefängnisarzt noch Brucks Familie etwas gewusst hatten. Dieser Tumor diente Schwartz auch als Erklärung für einen anderen Zwischenfall in Moabit, in den Bruck verwickelt war. Wenige Tage zuvor nämlich hatte der Todgeweihte, gleich am Tage seiner Einlieferung, einen anderen, ihm völlig unbekannten Strafgefangenen – Adolf Winkler, einen Ringbruder – angegriffen und beinahe zu Tode gewürgt. Wenn nicht ein Gefängniswärter eingegriffen und den wie von Sinnen tobenden Bruck mit einem heftigen Schlag außer Gefecht gesetzt hätte.

Was Böhm allerdings stutzig machen sollte, ereignete sich erst zwei Wochen später. Da nämlich kamen zwei Menschen bei einem Gasunglück in einer Weddinger Eckkneipe ums Leben: sowohl der zwischenzeitlich entlassene Ringvereinler Winkler, den Bruck scheinbar grundlos angegriffen hatte, und der Gefängniswärter, der Winkler das Leben gerettet und Bruck ins Koma geschlagen hatte.

Die Kollegen ermittelten eine defekte Gasleitung als Unfallursache, und für den Staatsanwalt war die Sache damit erledigt. Für Böhm hatte sie damit erst angefangen. Weder die Theorie von Doktor Schwartz, der Hirntumor sei sowohl für Brucks unerklärliche Attacke als auch für dessen Tod verantwortlich, konnte er glauben, noch, dass es sich bei der Gasexplosion um einen Unfall gehandelt hatte. Zuviele Zufälle, zuviele Unfälle, zuviele Tote, die miteinander zu tun hatten.

Schließlich hatte Böhm sich derart in die Sache verbissen, ohne auch nur einen Schritt weiterzukommen, dass Ernst Gennat persönlich ein Machtwort gesprochen und ihn zurückgepfiffen hatte. »Ich weiß, die Sache ist tragisch, Böhm«, hatte der Buddha gesagt, »aber wenn der Staatsanwalt eine Akte schließt, ist sie geschlossen. Wir haben andere Todesfälle, um die wir uns kümmern müssen.«

Damals stimmte das, aber jetzt stimmte es nicht mehr. Der Privatdetektiv Wilhelm Böhm hatte im Augenblick nicht mal einen Fall von ehelicher Untreue, um den er sich kümmern musste. Und heute hatte er etwas gehört, das den ungeheuerlichen Verdacht, den er seit acht Jahren mit sich herumschleppte und doch nicht beweisen konnte, wieder befeuerte.

Das Dumme war nur: Er arbeitete nicht mehr in der Burg.

14

Die Kollegen schauten ihn an wie einen Aussätzigen, als er den kleinen Konferenzsaal betrat, jedenfalls kam es ihm so vor. Rath hatte sich selten wie ein vollends akzeptiertes Mitglied in Gennats Mordinspektion gefühlt, seit der Buddha ihn aber von den wichtigen Todesfallermittlungen fernhielt, hatte er bei jeder Gelegenheit, und ganz besonders bei den morgendlichen Besprechungen, das Gefühl, als nähmen ihn die anderen Beamten der Kriminalgruppe M ob seiner belanglosen Fälle nicht mehr ganz ernst. Einzig Kommissar Lange, sein früherer Partner, schien ihm noch so etwas wie Respekt entgegenzubringen, jedenfalls einen ehrlichen Blick und einen freundlichen Gruß. Einen normalen Gruß, keinen deutschen.

Neben Lange nahm Rath denn auch Platz. Heute war er mal wieder selbst zur Morgenbesprechung gegangen, statt Czerwinski zu schicken. Immerhin hatte er einen Ermittlungserfolg vorzuweisen, so etwas präsentierte er lieber persönlich.

Bevor er an die Reihe kam, musste er sich allerdings gedulden.

Im Mittelpunkt sämtlicher Aktivitäten der Kriminalgruppe M – und aufmerksam verfolgt vom Polizeipräsidenten, dem Generalleutnant der Landespolizei und der Hauptstadtpresse – standen derzeit die Ermittlungen zum S-Bahn-Tunnel-Einsturz in der Hermann-Göring-Straße. Die waren in aller Munde und in allen Zeitungen. Bei den Bauarbeiten für die Nord-Süd-Strecke war vor einer Woche nahe dem Brandenburger Tor die Erde ins Rutschen gekommen und der Tunnel auf einer Länge von 50 Metern eingestürzt. Die Bergungsarbeiten, zu denen man auch Bergbauexperten aus dem Ruhrgebiet geholt hatte, zogen sich hin, die ersten Toten waren erst nach Tagen geborgen worden. Auch für die anderen verschütteten Arbeiter – insgesamt wurden an die zwanzig vermisst – gab es nicht viel Hoffnung.

Insgesamt fünf Beamte trugen ihre Berichte vor, die derart mit Fremdwörtern gespickt waren, dass Rath nicht einmal die Hälfte verstand. Jedenfalls schien am Stützwerk der Baugrube nicht alles in Ordnung gewesen zu sein. Gennat machte sich Notizen und sammelte Bauzeichnungen und andere Materialien ein. Rath fragte sich, ob der Kriminaldirektor alles verstanden hatte und welche Erkenntnisse er weitergeben würde. Der Buddha musste Polizeigeneral Kurt Daluege, der die Untersuchungen leitete, einen gelernten Bauingenieur und strammen Nazi, täglich auf den neuesten Stand bringen. Ausgerechnet Daluege, der vor zweieinhalb Jahren zig verdiente Polizeibeamte aus politischen Gründen strafversetzt oder entlassen hatte. Rath ahnte, wie Gennat sich dabei fühlen musste.

Als zweites folgte ein Bericht über den Abschluss der Brandermittlungen auf dem Messegelände, wo nur einen Tag vor dem S-Bahn-Unglück mitten in der Funkausstellung die zentrale Halle IV abgebrannt war, wobei drei Todesopfer zu beklagen waren. Vorsatz oder gar Sabotage schlossen die Brandermittler nach Auswertung aller Zeugenaussagen und Brandexpertengutachten aus; ein technischer Defekt am Stand eines Ausstellers habe die hölzerne Halle in Brand gesetzt.

Dann gab es noch einen Leichenfund in einer Treptower Souterrainwohnung, bei dem alle Umstände auf Suizid hindeuteten, erst dann war Rath an der Reihe. Er hatte nicht den Eindruck, dass ihm noch jemand zuhörte, dennoch berichtete er vom Fortschritt der Ermittlungen, dass es ihm gelungen sei, den unbekannten Fahrgast zu identifizieren und dass es nun auch eine Erklärung für die Ursache dieses scheinbar unerklärlichen Unfalls gebe.

»Mit dem schriftlichen Befund der Gerichtsmedizin ist erst im Laufe des Tages zu rechnen, doch bei meinem Besuch gestern in der Hannoverschen Straße konnte Doktor Reincke mir seine Erkenntnisse schon mitteilen. Demnach litt der Taxifahrer an einem Hirntumor im Endstadium, und genau dieser könnte ursächlich gewesen sein für den Unfall. Entweder in Form einer Schmerzattacke, durch die Otto Lehmann die Kontrolle über Körper und Fahrzeug verloren hat, oder aber durch einen kurzzeitigen Verlust des Orientierungssinnes beziehungsweise einen Anfall von Wahrnehmungsstörung oder Halluzinationen. Welches dieser Erklärungsmuster infrage kommt, lässt sich im Nachhinein natürlich nicht mehr feststellen, jedoch können sie im Ergebnis alle dazu geführt haben, dass Lehmann sein Fahrzeug frontal gegen eine Mauer steuerte.«

Ernst Gennat schien der einzige zu sein, der ihm tatsächlich zugehört hatte.

»Hm«, machte er, nachdem Rath geendet hatte. Immerhin.

»Hätte der Mann nicht«, fragte der Buddha dann, und alle im Saal hörten zu, »wenn er so krank war, in ein Krankenhaus gehört?«

Rath räusperte sich. »Diese Frage habe ich mir auch gestellt, Kriminaldirektor. Es könnte sein, dass Lehmann wegen seiner Beschwerden noch gar keinen Arzt konsultiert hat. Seine Frau jedenfalls wusste nichts von einer Krankheit.«

»Könnte sein, könnte sein ...« Gennat wirkte ungehalten. »Prüfen Sie das doch bitte nach, Oberkommissar. Sollte da irgendein Arzt geschlampt haben, hätten wir ja eine ganz andere Schuldfrage.«

»Natürlich, Herr Kriminaldirektor. Ich wollte die Witwe Lehmann heute sowieso noch einmal besuchen und mich nach dem Hausarzt der Familie erkundigen.«

»Na, dann machen Sie das mal, damit Sie Ihre Akte schließen können. Und dann möchte ich selbige bitte auf meinem Schreibtisch sehen.«

Mehr kam nicht von Gennat, kein Lob, keine Aufmunterung. Die Besprechung war beendet, das allgemeine Stühlerücken begann. Rath machte sich auf den Weg. Draußen vor der Tür passte ihn Kriminalkommissar Westermann vom Vermisstendezernat ab, ein Mann, dessen katzbuckelnde Art er noch nie hatte leiden können.

»Oberkommissar Rath, kann ich Sie kurz sprechen? Nur auf ein Wort.«

»Aber bitte.«

»Wir haben ja gerade gehört, dass Sie Ihren toten Fahrgast identifiziert haben.«

Immerhin, dachte Rath, wenigstens das Vermisstendezernat hatte ihm zugehört. Ausgerechnet Nervensäge Westermann.

»Gleichwohl«, sagte die Nervensäge, »habe ich noch etwas für Sie ...«

»Aha«, machte Rath, den das unbestimmte Gefühl überkam, jemand stehle ihm gerade die Zeit.

»... nur der Vollständigkeit halber«, fuhr Westermann fort, »Ihr Kriminalsekretär Czerwinski hat uns doch gestern dieses Foto gegeben. Zum Abgleich. Mit Vermisstenfällen.«

»Hat er«, sagte Rath. »Ja und?«

»Wir haben nun tatsächlich eine Vermisstenmeldung, die auf die Beschreibung des Toten passt, vielleicht wollen Sie die auch zu Ihren Akten nehmen ...«

Rath lächelte säuerlich. »... der Vollständigkeit halber, meinen Sie?«

»Genau.« Westermann nickte eifrig. »Die Anzeige ist in Wilmersdorf eingegangen, und die Kollegen haben eine Kopie an uns weitergeleitet ...«

»Vielen Dank für Ihre Mühen«, unterbrach Rath, »aber die Sache hat sich erledigt. Wie Sie schon sagten: Die Identität von Gerhard Brunner ist eindeutig belegt. Wir haben sogar einen Dienstausweis mit Foto. Und der Kollege Czerwinski ist gerade dabei, die Angehörigen von Herrn Brunner zu ermitteln.«

Westermann, der bereits im Begriff war, sich abzuwenden, hielt inne und machte ein erstauntes Gesicht.

»Brunner, sagen Sie?«

»Ja. Gerhard Brunner. So heißt der Tote.«

Rath hatte den Namen gerade in der Konferenz nicht genannt.

»Seltsam«, meinte Westermann und schüttelte den Kopf. »In der Wilmersdorfer Anzeige steht, da bin ich ganz sicher, ein anderer Name.«

»Dann ist es wohl auch ein anderer Mann. So ungewöhnlich ist die Personenbeschreibung ja nicht, dass sie nicht auch auf andere zutreffen würde.«

»Das schon«, sagte Westermann, »aber auf dem Foto sieht er schon genauso aus wie auf dem, das Kriminalsekretär Czerwinski uns gegeben hat.«

»Sie haben ein Foto?«

Westermann nickte. »Hat die Zeugin zur Verfügung gestellt. Und die Wilmersdorfer Kollegen wiederum haben es dann mitsamt der Anzeige an uns ...«

»Schon gut«, unterbrach Rath den Umstandskrämer. »Ich habe verstanden: Sie haben ein Foto. Wie wäre es, wenn ich kurz mit Ihnen in Ihr Büro gehe, damit ich einen Blick darauf werfen kann?«

»Sie sollten es nicht nur anschauen, Sie sollten es auch mitnehmen und zu Ihren Akten heften, Oberkommissar!«

»Aber natürlich«, sagte Rath und klopfte Westermann auf die Schulter. »Wie Sie schon sagten: der Vollständigkeit halber!«

15

Manchmal erschien es ihr, als kämpfe sie gegen Windmühlen. Als habe der alte Sisyphos ein beneidenswertes Schicksal verglichen mit dem ihren. An manchen Tagen kam ihr alles so vergeblich vor, dass sie lieber immer und immer wieder einen Fels den Berg hinaufgerollt hätte, als sich auch nur noch mit einer einzigen Akte in diesem Büro zu befassen. Wieder – oder besser: immer noch – hatte sie es mit Bayume Mohammed Husen zu tun. Um den Mann hatte sie sich schon gekümmert, als sie gerade in der Kanzlei *Blum & Scherer* angefangen hatte, damals noch als Referendarin und, wie sie geglaubt hatte, angehende Anwältin.

Bevor die verdammte Regierung die Richtlinien geändert hatte. Hätte man sich denken können. Für die Nazis gehörten Frauen an den Herd und in den Kreißsaal. Hatte sie sich aber nicht gedacht. Auch Guido nicht, der es eigentlich besser hätte wissen müssen, der sich als ihr Arbeitgeber eigentlich besser hätte informieren sollen. Dass er das nicht getan hatte, dafür war sie ihm immer noch ein wenig gram. Manchmal auch mehr als nur ein wenig.

So wie heute. Sie wusste selber nicht, woher ihre schlechte Laune rührte. Aber zu sehen, wie das eigene Land, die eigene Stadt immer mehr zu Zerrbildern dessen wurden, was sie mal waren, das nahm sie mehr mit, als sie sich eingestehen wollte. Und Gereon hatte gar kein Verständnis dafür. Solange man ihn nur in Ruhe ließ, solange im *Kakadu* noch Jazz gespielt wurde und der Cognac schmeckte, war für ihn alles in Ordnung.

Wahrscheinlich tat sie ihm unrecht. Ihm ging es auch nicht sonderlich gut, die Arbeit machte ihm schon lange keinen Spaß mehr. Aber darum ging es vielleicht ja auch nicht bei der Arbeit, es ging ums Geld verdienen. Und Geld war in den letzten Monaten immer knapper geworden, seit die Erbschaft seines Onkels Josef nahezu aufgebraucht war.

Der Fall Husen zog sich in die Länge. Vor über einem Jahr hatte sie angefangen, ihm, der als Askari für Deutschland im Krieg gekämpft hatte, zu helfen, ausstehende Soldzahlungen einzufordern sowie das Ehrenkreuz, das ihm als Kriegsverwundeten zustand. Husen ging es um Anerkennung seines Einsatzes für Deutschland, doch die zuständigen Stellen hatten sich hart gezeigt. Oder für nicht zuständig erklärt. Und taten dies immer noch. Inzwischen lag der Antrag beim Innenministerium, eine Entscheidung jedoch war immer noch nicht gefallen. Charly wusste, dass das eigentliche Problem in Husens Hautfarbe lag. Ein Neger, auch wenn er für Kaiser und Vaterland gekämpft hatte, durfte in Deutschland nichts erwarten. Auch wenn sich die Kolonialverbände auf ihren Versammlungen regelmäßig mit dem exotischen Askari schmückten. Husen besuchte diese Versammlungen nach wie vor, obwohl Charly ihm davon abgeraten hatte: Das verbessere seine Chancen auf Anerkennung kein bisschen. Aber Husen hatte wohl auch andere Gründe, dorthin zu gehen, vielleicht war es eine Art Heimweh.

Obwohl er in Berlin heimisch geworden war, er hatte in Heinersdorf sogar Frau und Kind. Maria, seine Frau, hatte vor einiger Zeit lange im Krankenhaus gelegen, das Angesparte war inzwischen aufgebraucht; Husen ging es nicht mehr nur um die Ehre, es ging ihm jetzt auch ums Geld, um den ausstehenden Sold. Und immer noch war es Charly, die sich um den Fall kümmerte, auch wenn sie eigentlich als Anwaltsgehilfin arbeitete. Aber sie war es, die die Schreiben aufsetzte (und selber tippte), die Guido dann unterschrieb. Nicht nur im Fall Husen. Inzwischen fühlte sie sich wieder wie damals in der Mordinspektion, wo sie eigentlich als Stenotypistin arbeitete (und bezahlt wurde), aber den männlichen Kollegen, gefördert von Böhm und Gennat, gleichwohl bei der Ermittlungsarbeit half. Nur dass sie damals voller Optimismus und Hoffnung gewesen war, weil sie eine berufliche Zukunft gesehen hatte. Die sah sie jetzt nicht mehr.

Eigentlich hatte Guido die Anwaltskanzlei mitten im Wedding aufgemacht, weil er den Ärmsten der Armen helfen wollte, doch so viele arme Schlucker hatten sie nicht mehr unter ihren Mandanten, Husen war einer der wenigen Übriggebliebenen. Guido und sein Kompagnon Manfred Blum leisteten gute Arbeit, und das lockte zunehmend zahlungskräftigere Klientel in die Antonstraße. Was beiden offensichtlich gar nicht so unrecht war. Guido jedenfalls hatte sich schon ein neues Auto geleistet und kam meist gut gelaunt ins Büro. Im Gegensatz zu seiner Anwaltsgehilfin. Die wachsende Beliebtheit der Kanzlei *Blum & Scherer* führte nämlich auch dazu, dass an manchen Tagen in einem fort das Telefon klingelte und sie vor lauter Telefonaten gar nicht mehr dazu kam, ihre eigentliche Arbeit zu machen.

Jetzt ging auch noch die Tür auf, dabei stand der nächste Termin erst für halb elf im Kalender. Also ein unangemeldeter Besucher. Vielleicht ein armer Schlucker, der kein Telefon hatte, um einen Termin auszumachen, wahrscheinlicher aber einer von den reichen Schnöseln, die immer häufiger vorbeischauten und glaubten, so wichtig zu sein, dass so etwas Profanes wie eine Terminvereinbarung für sie nicht nötig sei. Das waren die Schlimmsten.

Doch der Mann, der das geräumige Vorzimmer der Kanzlei betrat und sich vorsichtig und ein wenig schüchtern umschaute, gehörte zu keiner der beiden Gruppen. Charly wusste das, weil sie ihn kannte.

Liang Kuen-Yao.

Der Schatten von Johann Marlow, dem ungekrönten Unterweltkönig von Berlin, dem nicht einmal die neue Regierung das Handwerk hatte legen können. Oder nicht hatte legen wollen.

Charly schluckte und richtete sich auf. Sie fürchtete, jeden Augenblick auch Marlow durch die Tür kommen zu sehen, und das hätte sie nicht ertragen. Nicht nachdem der Mann sie letztes Jahr für ein paar Tage einfach so festgehalten hatte. Als Geisel, um Gereon zu erpressen, wie sie glaubte, obwohl der nie darüber sprach. Unter normalen Umständen hätte sie Marlow dafür angezeigt, doch sie lebten nicht unter normalen Umständen, und Doktor M. hatte zu viele mächtige Freunde, bis in höchste Regierungskreise. Macht war das, was zählte im neuen Deutschland, und nicht der Rechtsstaat, den es nur noch auf dem Papier gab.

Gereon, dessen Verhältnis zu Johann Marlow sie nie ganz ergründen konnte, hatte dem Mann endgültig abgeschworen und ihn schon eine Ewigkeit nicht mehr gesehen. Das hoffte sie wenigstens. Sollte Marlow nun ausgerechnet in *ihr* Büro spazieren? Welche Ironie!

Doch es folgte niemand. Charly starrte so gebannt auf die Tür, dass sie gar nicht merkte, dass Liang inzwischen an ihrem Schreibtisch angekommen war.

»Guten Morgen«, grüßte er. »Entschuldigen Sie, dass ich so unangemeldet hier hereinplatze, Frau Rath.«

»Es wäre besser, Sie hätten sich angemeldet.« Charly versuchte, so sachlich wie möglich zu klingen. »Auf die Gefahr hin, Sie zu enttäuschen, Herr Liang, aber unsere Kanzlei ist derzeit mehr als ausgelastet und kann keine weiteren Mandanten annehmen. Wenn Sie das Herrn Marlow bitte ausrichten? Außerdem liegt unser Schwerpunkt nicht im Strafrecht, wir ...«

»Es geht nicht um Johann Marlow«, unterbrach Liang ihren Redeschwall, »es geht um mich. *Ich* brauche Hilfe.«

Damit hatte sie nicht gerechnet.

»Tut mir leid, aber wie ich schon sagte: Sowohl Doktor Blum als auch Rechtsanwalt Scherer können derzeit keine neuen Mandantschaften übernehmen.«

»Das macht nichts, Frau Rath. Ich möchte auch, dass *Sie* mir helfen, und nicht die Herren Scherer oder Blum.«

Ganz schön hartnäckig, der Kerl.

»Herr Liang, warum sollte ich Ihnen helfen?«, fragte sie und merkte, wie ihre Stimme zitterte bei diesen Worten. Ihr Geist war offensichtlich mutiger als ihr Körper. »Wieso soll ich jemandem helfen, der mich vor einem Jahr noch gefangengehalten hat?«

Er schwieg. Aber seine Augen ruhten auf ihr, schauten sie an, unverwandt; dunkle, tiefe Augen, die einem direkt in die Seele zu blicken schienen.

»Ich dachte, Sie helfen mir, weil ich Ihnen auch schon geholfen habe«, sagte er. »Mit Hannah Singer. Mit Karl Reinhold.«

Dummerweise hatte er recht. Sowohl Hannah wie auch Karl würden nicht mehr leben, wäre Liang nicht gewesen.

»Aber ich ... äh ... ich bin doch gar keine Anwältin. Werde auch nie eine werden.«

Und zum ersten Mal war sie sogar dankbar dafür. Wäre sie sonst als Unterweltadvokatin geendet? Hätte Gangsterbosse und Auftragsmörder raushauen müssen?

Liang schien nachzudenken, diese Auskunft hatte ihn überrascht. »Das macht nichts«, sagte er schließlich, »Sie können mir trotzdem helfen. Sie kennen sich doch in den Gesetzen aus, oder?«

Charly fragte sich die ganze Zeit, was er verbrochen haben mochte. Hatte er jemanden umgebracht? »Ich habe das erste Staatsexamen«, sagte sie, »aber ich bin keine Volljuristin, ich dürfte Sie vor Gericht niemals vertreten.«

»Das müssen Sie auch nicht. Sie müssen mir nur helfen zu heiraten.«

Nun war Charly perplex. Beinah hätte sie gelacht.

»Ich weiß nicht, was ich da groß helfen soll. Sie brauchen eine Braut, zwei Trauzeugen und einen Termin beim Standesamt.«

»Ich war gerade in Pankow auf dem Standesamt. Um das Aufgebot zu bestellen.«

Jetzt erst merkte Charly, wie es hinter der so undurchdringlich scheinenden ruhigen Fassade des Chinesen brodelte. Liang wirkte auf eine gewisse Weise aufgewühlt, als habe irgendetwas ihn sehr, sehr aufgeregt und er müsse alle Kraft aufbringen, sich zu beherrschen.

»Dort hat man mich behandelt wie einen Aussätzigen«, fuhr er fort, »und unter großem Hallo und dem Gefeixe sämtlicher Beamter im Raum das hier zu lesen gegeben. Bevor man mich wieder vor die Tür setzte.«

Er legte eine Zeitung auf den Tisch, das *Berliner Tageblatt* von heute, und schlug eine Seite auf. »Hier«, sagte er und klopfte auf das Papier. »Lesen Sie.«

Und Charly las.

Rasse und Strafrecht – Die Pflicht zur Reinhaltung des Blutes, lautete die Überschrift. Und dann folgte ein Text, der ihr bekannt vorkam, obwohl sie ihn nie zuvor gelesen hatte: *Jeder Verstoß gegen die volksgenössische Pflicht zur Reinhaltung des Blutes ist nach nationalsozialistischer Ansicht Rasseverrat. Der nationalsozialistische Staat, dessen höchste Aufgabe die Erhaltung und Förderung der Rasse als der Grundbedingung aller menschlichen Kulturentwicklung ist, kann und wird sich dieser Aufgabe nicht entziehen, die Volksgemeinschaft vor der Vermischung mit fremden Rassen zu schützen. Die Parteigrundsätze, die nach nationalsozialistischer Anschauung bindendes Recht sind, gestatten einem Deutschen nicht die Eingehung der Ehe mit einem Fremdrassigen. Die strafrechtliche Folgerung daraus ist: Wer gegen das Verbot verstößt, macht sich des Rasseverrats schuldig und wird bestraft. In dem gleichen Maße verstößt natürlich aber auch derjenige Volksgenosse gegen seine Treuepflicht zur Volksgemeinschaft, der außerehelich sich mit einem Fremdrassigen einlässt. Der Fremdrassige kann nach nationalsozialistischer Anschauung niemals Volksgenosse sein, auch wenn er zurzeit noch die deutsche Staatsangehörigkeit besitzt ...*

An dieser Stelle hörte sie auf zu lesen; sie kannte dieses Deutsch nur allzugut, und sie konnte es nicht ertragen. Das Tageblatt zitierte den Artikel eines Juristen der *Akademie für Deutsches Recht*, jener halbstaatlichen Nazi-Einrichtung, die auch angeregt hatte, Frauen künftig nicht mehr für den Rechtsanwaltsberuf zuzulassen.

»Das müssen Sie nicht ernst nehmen«, sagte sie. »Hier ist von *nationalsozialistischer Anschauung* die Rede, nicht von Gesetzen. Die Rechtslage ist eine andere.«

»Das Standesamt Pankow sieht das offensichtlich anders. Und wie soll ich heiraten, wenn die zuständige Behörde sich querstellt?«

»Sie können eine Dienstaufsichtsbeschwerde einreichen.

Manchmal funktioniert so etwas. Wenn Sie überzeugend darlegen, dass der Standesbeamte seine Pflichten gegenüber einem deutschen Staatsbürger verletzt hat.«

»Hm. Ist das nicht so, als würde sich jemand bei der Polizei beschweren, weil ihm die SA übel mitgespielt hat?«

»Wie meinen Sie das?«

»Dass es zu nichts führt, außer dass man sich noch mehr Ärger einhandelt. Außerdem geht das sowieso nicht: Ich bin kein deutscher Staatsbürger.«

Charly war überrascht. Auch wenn er exotisch aussah, sprach Liang akzentfreies Deutsch, und sie hatte immer geglaubt, er sei auch Deutscher. Ein Deutschchinese eben.

»Ich bin in China geboren«, fuhr er fort. »Meine Mutter ist mit mir vor den Japanern nach Deutschland geflohen.«

»Mit der chinesischen Staatsbürgerschaft könnten Sie in der chinesischen Botschaft heiraten, die scheren sich nicht um Rassehygiene.«

»Ich bin auch kein Chinese. Mein Geburtsort ist Tsingtau im damaligen deutschen Schutzgebiet Kiautschou.« Liang zuckte die Achseln. »Für die Chinesen bin ich Deutscher, für die Deutschen Chinese.«

Der Mann saß tatsächlich zwischen allen Stühlen. Fast tat er ihr leid.

»Ich kann Ihnen erst einmal nur folgenden Rat geben: Versuchen Sie es auch bei anderen Standesämtern, vielleicht sind ja noch nicht alle in Berlin so stramm auf Linie und so borniert wie die in Pankow.«

Liang nickte, doch er wirkte nicht sehr optimistisch.

»Tut mir leid«, sagte Charly. »Aber mehr kann ich wirklich nicht für Sie tun. Ich habe keine Verbindungen wie ... Ihr Chef ... Vielleicht sollten Sie den mal fragen, der kennt doch jede Menge wichtige Leute.«

»Das ist mein zweites Problem, Frau Rath. Johann Marlow darf nichts von meinen Plänen erfahren.«

Charly zog die Augenbrauen hoch, sie konnte ihre Überraschung nicht verbergen.

»Doktor M.«, fuhr Liang fort, »darf nicht einmal wissen, dass ich bei Ihnen war.«

Keine Sorge, dachte Charly, von mir erfährt er es bestimmt nicht. Niemand wird das erfahren.

Als Liang aufstand und die Kanzlei endlich verließ, spürte sie eine ungeheure Erleichterung. Und auf der anderen Seite unendliches Mitleid. Der bedauernswerte Kerl schien sich tatsächlich von Johann Marlow lösen zu wollen. Und da würde er womöglich mehr brauchen als nur juristische Hilfe.

16

Das Rheingauviertel war eine bürgerliche Wohngegend im südlichen Wilmersdorf rund um den Rüdesheimer Platz, alle Straßen dort waren nach weinseligen Orten benannt. Rath parkte den Buick in der Deidesheimer Straße und nahm die Vermisstenanzeige vom Beifahrersitz.

Er hatte die Anzeige entgegen der Empfehlung Heinrich Westermanns nicht in die Ermittlungsakte geheftet – der Vollständigkeit halber –, sondern war mit ihr auf Reisen gegangen. Nicht gerade zur Freude von Erika Voss, die allein im Büro gesessen hatte, als Rath von seinem Abstecher beim Vermisstendezernat zurückgekehrt war. Czerwinski sei immer noch beim SD, hatte die Sekretärin gesagt, das dauere wohl länger. Und als sie merkte, dass ihr Chef zu Hut und Mantel griff, hatte sie noch einmal die zahlreichen Anrufer aufgeführt, die seines Rückrufes harrten. »Das werden immer mehr, Oberkommissar; Sie sollten vielleicht ein paar Bürostunden einlegen.«

Rath hatte sie auf den Nachmittag vertröstet. Er hatte Wichtigeres zu tun, als im Büro zu hocken. Die Anrufe konnten warten.

»Schmeling«, hatte Westermann gesagt, als er Rath die Vermisstenanzeige in die Hand drückte. »Wie Max, nur Irene. Aber weder verwandt noch verschwägert, wie die Wilmersdorfer Kollegen sagen.«

Das war mal ein Name, den man sich leicht merken konnte. Irene Schmeling war die Frau, die am Samstagnachmittag vergeblich auf den Mann gewartet hatte, den sie als Ferdinand Heller kannte, der aber, falls sein SS-Ausweis nicht log, in Wahrheit Gerhard Brunner hieß. Das Foto, das Fräulein Schmeling mit Aufgabe der Vermisstenanzeige den Kollegen vom 151. Revier überlassen hatte, ließ keinerlei Zweifel zu: Brunner und Heller waren ein und dieselbe Person. Der Mann auf dem Foto sah nicht nur so aus wie Gerhard Brunner, er trug auch denselben Anzug. Den Sommeranzug, in dem er den Tod gefunden hatte.

In Liebe, Dein Ferdi, stand auf der Rückseite geschrieben.

Rath nahm das Foto aus der Akte, steckte es in den Mantel und stiefelte die Treppen hoch. Irene Schmeling wohnte ganz oben unterm Dach. Bevor er an der Wohnungstür klingelte, richtete er sich noch einmal die Krawatte. Er fühlte sich unbehaglich, Irene Schmeling mochte sich vielleicht Sorgen machen, sonst wäre sie nicht zur Polizei gegangen, aber vom Tod ihres Ferdi ahnte sie nichts. Und noch weniger, dass der eigentlich Brunner hieß und SS-Mann war. Gleich zwei schlechte Nachrichten, die er zu überbringen hatte.

Schon auf der Fahrt nach Wilmersdorf hatte Rath sich gefragt, warum Brunner sich der Dame, der er offensichtlich, darauf deuteten Ring und Blumen hin, einen Antrag zu machen gedachte, unter einem falschen Namen vorgestellt hatte. War der SS-Mann ein Heiratsschwindler? Wenn das seine Dienststelle erführe! Oder seine Ehefrau. Ob er überhaupt eine hatte, wussten sie immer noch nicht. Czerwinski hatte gestern zwar eifrig mit dem Sicherheitsdienst telefoniert, dabei aber nicht einmal Brunners private Lebensumstände in Erfahrung gebracht. Stattdessen saß er nun den ganzen Morgen schon im Prinz-Albrecht-Palais. Der SS war es durchaus zuzutrauen, einem Kriminalbeamten telefonische Auskünfte zu verweigern und ihn stattdessen herzuzitieren, andererseits hatte Umstandskrämerei bei Czerwinski System: Warum eine Arbeit schnell erledigen, wenn das nur hieß, dass man gleich die nächste aufgebrummt bekam? Nach dieser Maxime handelte er. Und gestern hatte Rath dem Dicken verdammt viel aufgebrummt.

In der Wohnung tat sich nichts, er klingelte ein zweites Mal. Als auch nach dem dritten Klingeln niemand öffnete, holte er eine Visitenkarte aus seiner Brieftasche, schrieb eine kurze Nachricht darauf und warf sie durch den Briefschlitz.

Auf dem Weg nach unten begegnete ihm eine Frau, die gerade ihre Einkaufstüten vor der Wohnungstür abstellte und einen Schlüssel aus der Manteltasche fummelte.

»Guten Morgen«, grüßte Rath und blieb stehen. Die Frau beäugte ihn misstrauisch, während sie den Schlüssel ins Schloss steckte. Vielleicht überlegte sie, welcher Gruß hier angebracht sei, entschied sich dann aber für ein einfaches, gegrummeltes: »Morjen.«

»Sagen Sie, gute Frau, wissen Sie zufällig, wo ich das Fräulein Schmeling finden könnte? Oder wann sie wieder nach Hause kommt?«

»Wen?«

»Schmeling. Wie Max. Aber Irene. Von ganz oben.«

»Ach, die Schmeling. Wat wollen Se denn von der? Mit Maxe is die nich verwandt – falls Se billich an Boxkampfkarten kommen wollen ...«

Rath mühte sich ein Lächeln ins Gesicht.

»Ich habe andere Gründe«, sagte er.

»Gründe?«

»Gute Gründe.«

Sie schaute zunächst misstrauisch, dann breitete sich ein verstehendes Grinsen in ihrem Gesicht aus. »Na, wenn det so is. Die Schmeling is Arbeiten. Kommt immer erst spät nach Hause.«

»Wann denn?«

»So jejen sechse.«

»So spät? Da besuche ich Fräulein Schmeling lieber auf der Arbeit, wissen Sie zufällig ...«

Bevor er seine Bitte gänzlich ausgesprochen hatte, brach die Frau in schallendes Gelächter aus.

»Die Schmeling auf der Arbeit besuchen, der is jut«, wieherte sie. »Det müssen Se ...« Wieder wurde sie von einem Lachanfall geschüttelt. »Det müssen Se unbedingt versuchen.«

»Können Sie mir mal verraten, was daran so komisch ist?«

»Na, wenn Se die auf der Arbeit besuchen wollen, brauchen Se aber wirklich gute Gründe. Und gute Beziehungen. Die Schmeling arbeitet beim Herrn Reichsminister. Sie ist Sekretärin von Hermann Göring.«

Rath war nicht ganz bei der Sache, als er wieder in seinen Wagen stieg, und hätte die Vermisstenanzeige beinahe auf dem Wagendach liegen lassen, wo er sie abgelegt hatte, um die Fahrertür aufzuschließen. Seine Gedanken rasten. Er wusste nicht, ob er dem Schicksal danken oder es verfluchen sollte. Dafür, Irene Schmeling nicht angetroffen zu haben. Dem Widerspruch nicht nachgegangen zu sein.

Brunners Geliebte arbeitete als Sekretärin bei Hermann Göring! Natürlich war das kein Zufall. Und Gerhard Brunner kein Heiratsschwindler. Der Mann hatte seinen Charme und was er sonst noch besaß spielen lassen, um an Informationen über den Mann zu kommen, auf den er offensichtlich angesetzt war: Hermann Göring.

Natürlich konnte er das nicht in SS-Uniform tun. Jedermann im Reich wusste, dass sich Göring und SS-Chef Himmler in herzlicher Abneigung zugetan waren. Nachdem sie gemeinsam gegen ihren Rivalen Ernst Röhm vorgegangen waren und diesen im wahrsten Sinne des Wortes ausgeschaltet hatten, war die Rivalität zwischen den beiden mächtigen Männern um so schärfer entbrannt. Seit der SS-Chef den Dicken aus der Verantwortung für die Gestapo gedrängt hatte, wartete der nur auf eine Gelegenheit zur Revanche. Und Himmler baute dem offenbar vor, indem er seinen SD einsetzte, um möglichst viel über den Konkurrenten im Reichsluftfahrtministerium in Erfahrung zu bringen. Einer dieser fleißigen Geheimnissammler war nun tot.

Wenn er daran dachte, war Rath umso froher, dass er Brunners letzte Post noch auf den Weg gebracht hatte. Wer auch immer die geheimen Dokumente erwartete: Es war besser, dass er sie erhielt, als dass sie wegen eines ebenso dummen wie tragischen Unfalls in der Asservatenkammer der Polizei landeten. Oder auf dem Schreibtisch des ermittelnden Oberkommissars Gereon Rath.

Nun verstand er auch, warum Czerwinski solche Probleme mit dem SD hatte. Die im Prinz-Albrecht-Palais mussten aus allen Wolken gefallen sein, als sie erfuhren, dass der Mann, den sie auf Göring angesetzt hatten, bei einem dämlichen Verkehrsunfall ums Leben gekommen war. Deswegen also hatte man den Kriminalsekretär persönlich einbestellt: Der SD wollte wissen, wieviel die Kripo wusste. Zum Glück wusste Czerwinski gar nichts.

Es war bereits Mittagszeit, als Rath in Kreuzberg ankam.

Bis ins Treppenhaus roch es nach Kohlsuppe. Er klopfte trotzdem. Wie schon vor ein paar Tagen öffnete Hedwig Lehmann persönlich, diesmal allerdings ohne Kind im Arm.

Sie verdrehte die Augen, als sie ihn erkannte.

»Lottchen«, rief sie in die Wohnung zurück, »pass uff, det Bubi nich vom Stühlchen kippt. Und klopp ihm auf die Finger, wenn er an die Mettwurst geht! Die verteil ick!« Dann erst wandte sie sich wieder Rath zu. »Wat wollen Sie denn schon wieder? Wir essen jerade. Können Se eenen nich in Ruhe lassen?«

Sie war genauso streitlustig wie beim letzten Mal, doch schien ihre Verzweiflung ebenso verflogen zu sein wie ihre Trauer.

»Nur eine kurze Frage, Frau Lehmann«, begann er, »es geht um die Krankheit Ihres Mannes ...«

Hedwig Lehmann zog die Stirn in Falten und schaute ihn an, als habe er den Verstand verloren, mindestens aber chinesisch gesprochen.

»Wir wissen, dass Ihr Mann schwer krank war«, fuhr Rath fort, »aber wir wissen nicht ...«

»Wie: krank?«, unterbrach sie ihn.

»Nun, das Glioblastom. Es wäre wichtig zu wissen, welcher Arzt ...«

»Gliowie? Wat sollen dette heeßen? Otto war nich krank, der war kernjesund. Hat seit ick ihn kenne niemals nich 'n Schnupfen jehabt oder 'n Husten oder wat weeß ick. Nüscht.«

Hedwig Lehmann schien tatsächlich nichts von der schweren Krankheit ihres Mannes gewusst zu haben. Vielleicht hatte Otto Lehmann nicht einmal selber etwas davon gewusst, sondern sich nur über die schweren Kopfschmerzen gewundert. Und sich dagegen das Schmerzmittel verschreiben lassen, das Doktor Reincke in seinem Blut gefunden hatte.

»Kein Schnupfen«, sagte Rath. »Ihr Mann litt ... Der Gerichtsmediziner hat einen bösartigen Tumor im Schädel Ihres Mannes gefunden. Er hätte nur noch wenige Wochen zu leben gehabt.«

»Na, det is ja tröstlich«, sagte sie, und die Worte klangen wie ausgespuckt. »'n Tumor?«, fragte sie dann, »wat issen det?«

»Eine Art Geschwulst. Krebs. Eine schlimme Krankheit, die ihm Beschwerden bereitet haben muss. Hat Ihr Mann vielleicht ...«

»Ick weeß von nüscht«, unterbrach sie ihn barsch. »Bin ja ooch keene Krankenschwester.«

»Aber vielleicht erinnern Sie sich, ob er in der jüngsten Zeit mal über Kopfschmerzen geklagt hat ...«

»Otto war doch keen Jammerlappen! Kopfschmerzen! Wenn ick det schon höre! Det kann sich unsereins nich leisten, det is wat für feine Herrschaften, die sich dann ins Bette lejen.«

»Aber Sie werden doch ab und zu mal zum Arzt gehen?«

»Als Lottchen Lungenentzündung hatte, da is Doktor Wrede jekommen.«

»Ihr Hausarzt?«

»Wenn Se so wollen.«

»Und wo finde ich den?«

»Na, drüben in der Wrangelstraße. Und nu lassen Se mir endlich in Ruhe. Ick muss mir um meene Kleenen kümmern.«

Rath wusste, was er wissen wollte, und verabschiedete sich. Die Praxis in der Wrangelstraße hatte er schnell gefunden, allerdings war abgeschlossen. Ein Schild verriet, dass die nachmittägliche Sprechstunde um fünfzehn Uhr begänne.

Er beschloss, etwas zu essen. Am Schlesischen Tor entdeckte er ein Restaurant, das sein Vertrauen weckte, und bestellte Deutsches Beefsteak mit Bratkartoffeln. Die Preise waren zivil, also gönnte er sich noch ein Bier. Früher hatte er nicht so auf sein Geld achten müssen, allerdings hatte er sich auch nie eingestanden, dass die größeren Geldbeträge, die er nach kleineren Gefälligkeiten für Johann Marlow in seiner Post fand, nichts anderes waren als Bestechungsgelder. Nun, vor einem Jahr hatte er schmerzhaft erfahren müssen, dass es genau das war, dass er zu einer Marionette in der Hand von Johann Marlow geworden war. Den Tod des Hundes würde er Doktor M. niemals verzeihen, und vielleicht spürte auch Marlow, dass er damit zu weit gegangen war. Jedenfalls hatte er Rath seither nie wieder belästigt. Das letzte Lebenszeichen war jener Geldumschlag gewesen, den Rath in Pankow über den Zaun von Marlows Villa geworfen hatte. Zurück an den Absender.

Er gab kein Trinkgeld, als die Rechnung kam; der Kellner nahm es mit Gelassenheit. Wahrscheinlich waren die hier froh, wenn überhaupt jemand sein Mittagessen bar bezahlte und nicht anschreiben ließ.

Als er die Arztpraxis um kurz nach drei betrat, wollte die Sprechstundenhilfe ihn ins Wartezimmer komplimentieren. Rath zog seine Blechmarke.

»Ist ein Notfall«, sagte er.

»Der Doktor behandelt gerade einen Patienten, aber ich will sehen, was sich machen lässt.« Sie lächelte freundlich. »Wenn Sie solange vielleicht doch Platz nehmen wollen.«

Das Wartezimmer war schon gut gefüllt. Rath setzte sich neben eine hagere, offensichtlich gelbsüchtige Frau von äußerst ungesunder Gesichtsfarbe, und griff zu einer Zeitung. Die Bergung der ersten S-Bahn-Bauarbeiter wurde dort in den pathetischsten Tönen beschrieben. Goebbels hatte ein paar Worte gesprochen, und es las sich, als habe der Propagandaminister die Unfallopfer höchstpersönlich ausgebuddelt. Dann ging es um Rassenhygiene, ein Thema, das immer öfter in den Zeitungen zu finden war. Weil es auch in einem fort Vorträge zu dem Thema gab. Selbst in Doktor Wredes Wartezimmer hing eine Tafel, die den Patienten die typischen Merkmale der unterschiedlichen Menschenrassen erklärte. Ob er Menschen, deren Rasse ihm nicht passte, die Behandlung verweigerte?

Es dauerte ungefähr zehn Minuten, dann bat ihn die Sprechstundenhilfe durch. Im Wartezimmer machte sich Unruhe breit. Die anderen Patienten sahen es wohl nicht ein, dass der, der zuletzt gekommen war, als erster drankam.

Der Hausarzt der Familie Lehmann, *wenn Se so wollen*, war ein eher korpulenter Mann, obwohl er mitten in einem Arbeiterviertel praktizierte und es dort meist mit ziemlich ausgemergelten Patienten zu tun hatte.

»Sie sind von der Polizei, sagt Fräulein Bauer. Was kann ich für Sie tun?«

»Es geht um Otto Lehmann«, meinte Rath. »Sie haben ihn behandelt?«

»Ich muss gestehen, mir sagt der Name jetzt so direkt nichts ...«

Na wunderbar, dachte Rath. *Du verplemperst hier den halben Tag, und am Ende war Lehmann doch nicht beim Arzt. Wie du es Gennat schon gesagt hast.*

»Sie haben mal seine Tochter behandelt. Wegen Lungenentzündung.«

»Ach, die kleine Lotte! Natürlich. Und wie sagen Sie, heißt der Vater?«

»Otto. Otto Lehmann. Von Beruf Taxifahrer.«

Der Arzt hob seine Schultern. »Ich kann mich gerade nicht erinnern. Um was bitte geht es denn? Soll ich in der Patientenkartei nachschauen lassen?«

»Nicht nötig. Ich denke, Sie würden sich an Herrn Lehmann erinnern, wenn er denn bei Ihnen gewesen wäre. Er hatte einen tödlichen Hirntumor.«

»Hatte? Das heißt, der Exitus ist bereits eingetreten?«

Rath nickte.

»Mein Gott! Und was für ein Tumor?«

»Ein Glioblastom.«

»Ich kann mir nicht vorstellen, dass er keinerlei Beschwerden hatte. Bevor so ein Tumor seine letale Wirkung entfaltet, bereitet er Ihnen ungeheure Schmerzen. Ganz zu schweigen von zahlreichen anderen Symptomen. Wahrnehmungsstörungen, Sprachaussetzer, Lähmungen, Ohnmachten.«

»Ich weiß«, sagte Rath. »Der Tumor war auch nicht letal, jedenfalls nicht direkt.«

»Wie meinen Sie das?«

»Herr Lehmann ist mit seinem Taxi an den Yorckbrücken frontal gegen eine massive Stützmauer gefahren. Scheinbar grundlos, doch wir vermuten irgendwelche Folgeerscheinungen des Tumors als Ursache. Auch ein Fahrgast kam dabei ums Leben.«

Der Doktor schüttelte nachdenklich den Kopf. »Das ist ja schrecklich. Und der Mann war gar nicht in Behandlung?«

»Das versuchen wir ja gerade herauszufinden. Seine Frau weiß von nichts. Und Sie sind der Hausarzt.«

»Wäre er mal zu mir gekommen. Aber die meisten Männer hier in dieser Wohngegend scheuen den Gang zum Arzt. Beißen lieber die Zähne zusammen. Da sieht man mal wieder, wohin das führt.«

Als Rath in die Burg zurückkehrte, hing die SS-Uniform nicht mehr am Aktenschrank. Und sein Schreibtisch war leerer, als er ihn in Erinnerung hatte. Dafür saß Czerwinski wieder an seinem Platz.

»Wo ist denn die Ermittlungsakte?«, fragte Rath den Kriminalsekretär.

»Die Akte Lehmann?«

»Welche denn sonst?«

Czerwinski wirkte kleinlaut, als er antwortete. Kleinlaut und schuldbewusst. »Hat der SD mitgenommen. Beides. Die Akte und die Uniform.«

»Wie?«

»Ich sollte doch den SD informieren.«

»*Informieren!* Die sollten die Leiche identifizieren. Uns Brunners Privatadresse nennen. Meinetwegen können sie die Uniform haben, aber doch nicht die Ermittlungsakte.«

»Die haben mir keine andere Wahl gelassen. Zuerst waren wir heute morgen im Leichenschauhaus, alles ganz normal, aber nach der Identifizierung ihres Kollegen haben die mich mit zum SD genommen. Haben mich regelrecht ausgehorcht. Haben nach allem möglichen gefragt, nach jeder Kleinigkeit. Wollten wissen, wie der Unfall passiert ist, ob es Fremdeinwirkungen gab. Was wir bei Brunners Leiche gefunden haben. Aber noch mehr, so hatte ich den Eindruck, wollten sie wissen, was wir über Brunner wissen. Und als ich dachte, ich bin endlich fertig, sind zwei SS-Männer mit mir zum Alex gefahren und haben die Akte mitgenommen. Was sollte ich denn tun?«

Rath ahnte, warum der SD so rabiat vorgegangen war und sich so geheimniskrämerisch gab, doch das konnte er Czerwinski nicht sagen. Auf eine Weise war er froh, den Fall losgeworden zu sein, andererseits konnte er so eine Frechheit nicht auf sich sitzen lassen. Das mochte die SS sein, schön und gut, aber sie waren immerhin noch die Kriminalpolizei. Da konnte man sich nicht einfach Ermittlungsakten unter den Nagel reißen.

»Gut«, sagte er zu Czerwinski. »Du hast ja recht. Aber als Wiedergutmachung kannst du wenigstens die Angehörigen von Brunner informieren. Die Adressen hast du doch jetzt.«

»Ne, eben nich. Die wollten die nicht rausrücken, nicht mal die Adresse von Brunner. Und die Angehörigen benachrichtigt der SD selbst. Das müsse ein SS-Mann machen, haben sie gesagt.«

»Verdammt, Paul! Da hast du dir aber gehörig den Schneid abkaufen lassen!«

»Du hast gut reden, du warst ja nicht hier!« Mit einem Mal war alles Devote aus Czerwinskis Gesichtsausdruck verschwunden. »Weißt du was, Gereon? Wenn du an allem etwas auszusetzen hast, was ich so tu, dann mach deinen Dreck doch alleine!«

Mit einer einzigen Handbewegung hatte der Dicke Hut und Mantel vom Garderobenhaken gerissen, schnappte sich seine Aktentasche und war auch schon durch die Tür. So schnell hatte Rath den Mann noch nie erlebt. Er folgte dem Kriminalsekretär noch bis ins Vorzimmer, konnte ihn aber nicht mehr aufhalten, und nun stand er da mit offenem Mund und starrte auf die Tür, die Czerwinski gerade zugeknallt hatte.

Erika Voss staunte nicht. Sie wirkte eher, als habe sie so etwas kommen sehen, und warf ihrem Chef einen bösen Blick zu.

»Wundern Sie sich nicht, Oberkommissar«, sagte sie, »so etwas passiert, wenn man seine Mitarbeiter zu oft allein lässt.«

»Was soll denn das wieder heißen?«

»Sie lassen uns hier viel zu oft im Regen stehen. Nicht, dass Sie nicht schon immer dazu neigten, aber so schlimm wie im Moment war es noch nie.«

»Das sind aber offene Worte, Erika.«

»Einer muss es Ihnen ja mal sagen.«

»Danke, das weiß ich zu schätzen.«

Rath hielt es für angebracht, kleine Brötchen zu backen.

»Danken Sie mir nicht, ändern Sie was daran. Paul hat recht: Sie waren nicht dabei. Und er hat richtig gehandelt. Mit der SS legt man sich besser nicht an. Schon gar nicht als einfacher Kriminalsekretär.«

»Aber immerhin haben wir einen Polizeipräsidenten, der ebenfalls SS-Mitglied ist. Wollen doch mal sehen. So jedenfalls kann man mit der Kripo nicht umspringen.«

Heinrich Graf Helldorf, ein zackiger Nazi der ersten Stunde, war seit einigen Wochen, genauer: seit sein Vorgänger die antisemitischen Ausschreitungen auf dem Ku'damm nicht in den Griff bekommen hatte, neuer Polizeipräsident von Berlin. Was in gewisser Weise zynisch war, hatte Helldorf doch erst vier Jahre zuvor, damals noch SA-Chef, genau dasselbe auf dem Ku'damm angezettelt. Rath hatte es selbst miterlebt; die Nazis hatten sich ausgetobt, im Sommer 31, noch zu Zeiten der Republik; die Polizei hatte viel zu lange gebraucht, um die Sache unter Kontrolle zu bekommen. Er hatte gedacht, so etwas nie mehr zu erleben. So konnte man sich täuschen. Nun war der Antisemitismus Staatsräson.

»Wo Sie gerade einmal hier sind, Oberkommissar ...« Die Sekretärin holte einen Notizblock hervor, der direkt neben ihrem Telefon lag. »Vielleicht könnten Sie einmal anfangen, die Liste der unerledigten Telefonate abzuarbeiten. Die ist während Ihrer jüngsten Abwesenheit noch länger geworden. Gerade eben erst hat ein Herr Lauenburg angerufen. Ich soll Ihnen sagen, er hätte noch keinen gefunden, würde sich aber weiter umhören. Sei nur eine Frage der Zeit. Was auch immer das heißen soll.«

»Ach, der Taxifahrer vom Anhalter Bahnhof«, sagte Rath. Immerhin einer, der ihn respektierte. Der Mann schien seinen Auftrag ernst zu nehmen. Als er das fragende Gesicht der Voss erblickte, ergänzte er: »Habe den Mann gebeten, einen Kollegen ausfindig zu machen, der eventuell beobachtet hat, wer zu Otto Lehmann in die Droschke gestiegen ist. Ist nicht mehr so wichtig, wir wissen ja jetzt, wer es war.«

Sie nickte zufrieden. Na also, geht doch!, sagten ihre Augen.

»Dann hat Kriminaldirektor Gennat anrufen lassen; er möchte Sie morgen früh nach der Morgenlage unter vier Augen sprechen.«

»Ist notiert«, sagte Rath und zeigte an seine Schläfe.

»Und Oberkommissar Böhm hat angerufen, das ist eine Überraschung, nicht wahr?«

»Oberkommissar a. D.«, verbesserte Rath. »Was wollte denn der?«

»Hat er nicht gesagt. Hat um Rückruf gebeten. Ich habe seine Nummer notiert. Hier ...«

Sie riss einen Zettel aus ihrem Notizblock. Rath nahm das Papier, faltete es und steckte es in seine Jackentasche. *Dieser* Rückruf konnte bestimmt warten. Er fragte sich noch, was Böhm wohl mit ihm bereden wollte, da fuhr Erika Voss auch schon fort.

»Dann das LKA«, sagte sie, »die rufen beinah im Stundentakt an, und Sie haben sich immer noch nicht bei denen gemeldet.«

»Um was geht es denn überhaupt?«

»Das wollte mir die Kollegin nicht sagen. Scheint aber eilig zu sein. Sie hat dringend um einen Termin gebeten, und ich habe jetzt einfach mal einen für Sie ausgemacht.«

»Wie?«

Die Voss blieb ungerührt. »Man erwartet Sie ...« Ihr Finger fuhr über den Kalender, bis sie den Eintrag gefunden hatte. »... um halb fünf.«

»Um halb fünf wann?«

»Heute nachmittag. Sie sollen sich bei Frau Körte melden. Mit der kann ich bald ein Kaffeekränzchen aufmachen, so oft haben wir beide in den letzten Tagen miteinander telefoniert. Beim Duzen sind wir jedenfalls schon.«

»Aber das ist ja schon in einer guten halben Stunde!«

»Sie haben doch gesagt, Sie kommen heute Nachmittag wieder rein. Und Sie sind ja auch tatsächlich hier.«

»Danke, Erika«, sagte Rath. »Sie sind so fürsorglich, ich wüsste wirklich nicht, was ich ohne Sie machen sollte.«

Ihre einzige Antwort war ein müdes Lächeln. Dann wandte sie sich wieder ihrer Arbeit zu.

Eine halbe Stunde später wanderte Rath durch die langen Korridore des Landeskriminalamtes, das ganz oben im Polizeipräsidium untergebracht war, dort, wo früher die Politische Polizei residiert hatte, bevor sie als Geheime Staatspolizei in die Prinz-Albrecht-Straße umgezogen war. In den alten Büros der Politischen hauste nun eine Polizeibehörde, die neben der Gestapo derzeit die kräftigste Aufstockung erlebte. Rath überprüfte die Namen auf jedem Türschild, bis er den gesuchten gefunden hatte. *Körte, Vorzimmer Kriminaldirektor Nebe.*

Die neue Duzfreundin von Erika Voss war die Vorzimmerdame von Arthur Nebe, dem Chef des Preußischen Landeskriminalamtes höchstpersönlich. Und mit einem Mal glaubte Rath zu wissen, warum man ihn so dringend sprechen wollte. Er hoffte jedenfalls, dass dies der Grund war. Was ihn kein bisschen weniger nervös machte, als er an die Tür klopfte, ganz im Gegenteil.

17

Durch die Tür drangen, stark gedämpft, die Geräusche eines gelungenen Abends: Musik und Gelächter, Gläsergeklirr und Stimmengewirr. Hier drinnen aber klirrte nur das Eis in seinem Whiskyglas. Sebald hatte ihm den Stuhl hinter dem Schreibtisch anbieten wollen, aber Marlow hatte darauf bestanden, auf dem Besuchersessel Platz zu nehmen.

Eigentlich hatte er sich hier nie wieder blicken lassen wollen, doch die Umstände ließen ihm keine Wahl. Und es war ihm lieber, Sebald zu besuchen, als dass der ihn besuchte. In der Villa in Niederschönhausen gingen inzwischen wichtige Leute ein und aus, da konnte sich ein halbseidener Kerl wie Winfried Sebald nicht mehr blicken lassen.

Sebald saß hinter dem Schreibtisch auf dem Stuhl des Geschäftsführers, denn das war er inzwischen: der wirkliche Chef und Inhaber des Venuskellers, nicht nur ein Strohmann für die Geschäfte von Johann Marlow. Auf dem großen Tisch, an dem Kuen-Yao früher die Einnahmen gezählt und Buch geführt hatte, saßen zwei Männer, die damit beschäftigt waren, weißes Pulver, das sie von drei verschiedenen Haufen nahmen, miteinander zu vermischen und in kleine Papierbriefchen zu füllen, die sie sorgfältig wogen.

Marlow fand es einfach nur widerlich. Er ließ das Eis in seinem Whiskyglas klimpern und schaute Sebald an. Der Mann hatte Schweißperlen auf der Stirn.

»Schön, dass Sie kommen konnten, Chef.«

»Ich bin nicht Ihr Chef, Sebald. Ich bin ein Freund, der zu Ihnen gekommen ist, weil Sie darum gebeten haben.«

»Natürlich.« Sebald lächelte verlegen. »Schön, dass Sie Zeit finden konnten.«

»Ist es üblich, dass Sie Ihre Besuche empfangen, während in Ihrem Büro Heroin gestreckt wird?«

»Entschuldigung. Natürlich nicht.« Sebald wedelte mit der Hand zu dem großen Tisch hinüber. »Macht mal Pause, Jungs. Geht für 'ne Weile an die frische Luft.«

Die beiden Männer standen auf und gehorchten. Marlow kannte keinen von ihnen.

»Was ist es?«, fragte er. »Milchpulver? Mehl?«
»Mannit und Ascorbinsäure.« Sebald räusperte sich. »Das ist der Grund, warum ich Sie hergebeten habe.« Er zuckte die Achseln. »Jaeger hat nicht geliefert, wir müssen improvisieren.«
»Und den Leuten gestreckten Mist verkaufen? Der Venuskeller hat einen Ruf zu verlieren.«
»Besser man verkauft den Leuten gestreckten Mist als gar nichts. Deswegen habe ich Sie ja angerufen, Marlow. Sie müssen mir helfen.«
»Ich dachte, ich hätte mich klar ausgedrückt: Ich habe mit den Geschäften des Venuskellers nichts mehr zu tun. Und mit der Produktbeschaffung auch nicht mehr, weder für die Straße noch für Ihre Clubs, Sebald.«
»Für die habe ich Ihnen gutes Geld bezahlt. Und da dachte ich ... Wenn Sie mit Jaeger sprechen, vielleicht löst das unser Problem. Oder Sie können mir eine andere Bezugsquelle nennen.«
»Ich bin nicht länger dazu da, Ihre Probleme zu lösen, Sebald.«
»Aber Sie haben doch Kontakte.«
Marlow nahm einen Schluck Whisky. Schmeckte scheußlich, das Zeug. Auch hier schien Sebald zu sparen. Hatte der Idiot in all den Jahren nicht verstanden, warum der Venuskeller solch ein Erfolg war? Weil man den Gästen eben keinen billigen Fusel angedreht hatte. Und noch weniger gestreckte Drogen.

Sein Schweigen machte Sebald nervös.
»Ich brauche nur ein, zwei Adressen. Den Rest erledige ich selbst. Ich ...«
Marlow unterbrach Sebalds Redeschwall mit seinem Whiskyglas, das er direkt neben dessen Kopf gegen die Wand schleuderte; so heftig, dass es zerbarst. Der Mann zuckte zusammen, blickte irritiert auf die Scherben und seinen nassen Ärmel.

Marlow stand auf und zog den Kerl am Kragen aus seinem Geschäftsführersessel.
»Es tut mir weh, mit anzusehen, wie Sie den Venuskeller zugrunderichten, doch das ist Ihre Sache. Merken Sie sich nur zwei Dinge: Erstens: Belästigen Sie mich nie wieder mit Ihren Problemen. Zweitens: Egal was Sie sonst tun, wagen Sie es ja nicht, Ihr gestrecktes Zeug jemals an den Kunden G. zu liefern. Verstanden?«

Sebald nickte eifrig.

»Natürlich. Niemals.«

Marlow ließ den Kragen los, und Sebald zupfte sich den Anzug zurecht, wischte sich die Scherben von der Schulter.

»Ich werde Sie nie wieder belästigen«, sagte er. »Und um den Kunden G. müssen Sie sich keine Sorgen machen.«

»Dann verstehen wir uns ja.«

Marlow ging zur Hintertür.

»Bevor Sie gehen ...« Sebald kam hinter seinem Schreibtisch hervor. »... schreiben Sie mir doch wenigstens einen einzigen Namen auf. Es muss ja kein Drogenhändler sein, niemand aus der Unterwelt. Ich meine Ärzte und Krankenhäuser. So haben Sie damals doch angefangen, oder? Mit Morphin aus Krankenhausbeständen ...«

»Wie ich angefangen habe«, sage Marlow und öffnete die Tür, »das ist eine andere Geschichte. Eine, die Sie nichts angeht.«

18

Er saß auf einem klapprigen Stuhl im überheizten kleinen Konferenzsaal und kämpfte gegen den Schlaf. Es war wie schon beim letzten Mal: Rath musste warten, bis er an der Reihe war. Und er musste lange warten. Wieder einmal. Zunächst wurden in aller Gründlichkeit die neuesten Ergebnisse der S-Bahn-Ermittlungen vorgetragen. Offensichtlich hatte Daluege auf Verhaftungen gedrängt, und so hatten sie, obwohl Gennat, wie er durchschimmern ließ, dies für völlig übereilt hielt, zähneknirschend Haftbefehle für drei verantwortliche Ingenieure beantragt, trotz einer eher dünnen Beweislage. Aber irgendwer ganz oben schien ein paar Sündenböcke zu brauchen, und Daluege musste liefern. Und deshalb musste auch Gennat liefern.

Rath gähnte. Selten hatte ihn die Langeweile der täglichen Morgenlage so angewidert wie heute. Vielleicht weil er wusste, dass er es nicht mehr lange ertragen musste. Es war so lange her, dass er den Versetzungsantrag eingereicht hatte, dass er es schon fast wieder vergessen, jedenfalls alle Hoffnung verloren hatte. Die einzige Antwort war ein formales Schreiben gewesen, das kurz vor Weihnachten den Eingang seines Antrags bestätigt hatte. Sonst nichts. Kein Telefonat, keine Einladung, kein Gespräch, nur Schweigen. Bis gestern.

Sein Name wurde aufgerufen, endlich war er an der Reihe, mal wieder als Letzter. Er stand auf und ging nach vorne ans Pult, um zu referieren.

»Mein Verdacht hat sich bestätigt, Herr Kriminaldirektor«, schloss er seinen kurzen Vortrag, »Otto Lehmann hat niemandem von irgendwelchen Beschwerden erzählt, weder seiner Frau noch seinem Hausarzt. Wahrscheinlich wusste er nicht einmal selbst von seiner tödlichen Krankheit.«

»Mmhh«, machte Gennat. »Dann können wir die Akte wohl zuklappen. Irgendwelche Defekte am Fahrzeug konnten auch nicht festgestellt werden, wenn ich Sie richtig verstanden habe.«

»Nein, Herr Kriminaldirektor.«

»Gut. Dann bringen Sie die Akte bitte gleich mit in mein Büro, Oberkommissar. Wollte ja ohnehin noch ein paar Worte mit Ihnen wechseln.«

Rath räusperte sich. »Mit Verlaub, Herr Kriminaldirektor, aber ich fürchte, das wird nicht möglich sein.«

»Was? Mit mir zu reden?« Gennat wirkte ernstlich überrascht. Einige im Saal grinsten oder lachten verhalten.

»Nein, Kriminaldirektor, das selbstverständlich nicht. Ich fürchte nur, ich werde die Akte nicht mitbringen können. Die hat gestern Nachmittag der SD an sich genommen.«

»Wie bitte?«, fragte Gennat.

Und Rath erzählte die Geschichte. Dass es sich bei dem toten Fahrgast Gerhard Brunner um einen SS-Mann handele und man deshalb dessen Dienststelle in Kenntnis gesetzt habe. Dass diese den Kollegen Czerwinski überrumpelt und sämtliche Unterlagen sowie die SS-Uniform des Toten an sich genommen habe. Natürlich stellte er klar, dass er während dieses Vorfalls nicht im Büro, sondern bei der Witwe Lehmann und deren Hausarzt gewesen sei.

»Ich werde den Kollegen Czerwinski selbstverständlich anweisen, seinen Fehler wiedergutzumachen und die Unterlagen vom SD zurückzufordern.«

»Nichts da werden Sie«, sagte Gennat. Ruhig wie immer, und dennoch war die Schärfe in seinen Worten nicht zu überhören. »Das erledigen Sie mal schön selbst! Sie sind der Chef.«

»Jawohl, Herr Kriminaldirektor.«

»Und wenn die im Prinz-Albrecht-Palais Schwierigkeiten machen sollten, informieren Sie mich. Dann lassen wir das Ganze über den Polizeipräsidenten laufen. Wäre ja noch schöner, wenn wir uns einfach Ermittlungsakten stibitzen lassen. Haben Sie mich verstanden?«

»Jawohl, Herr Kriminaldirektor.«

»Aber bevor Sie zur Wilhelmstraße fahren, kommen Sie bitte noch in mein Büro.«

Nun kam sich Rath endgültig vor wie ein Schuljunge, der vor der ganzen Klasse abgekanzelt und hernach noch zum Direx geschickt wird.

»Jawohl, Herr Kriminaldirektor«, sagte er und gab sich keine Mühe, anders zu klingen, als er sich fühlte.

Seine Laune hatte sich nicht gebessert, als er eine halbe Stunde später in einem der durchgesessenen grünen Polstermöbel in Gennats Büro Platz nahm, während der Buddha in seinem Schreibtisch noch irgendetwas suchte. Trudchen Steiner hatte dem Oberkommissar eine Tasse Kaffee hingestellt, immerhin. Als Rath bewusst wurde, dass dies wahrscheinlich das letzte Mal sein dürfte, dass er in diesem Büro saß und auf diesen Sesseln, überkam ihn unerwarteterweise so etwas wie Wehmut. Er hatte einmal schönere Zeiten erlebt in diesem Präsidium, oder kam ihm das nur so vor? Aber nun konnte er wieder auf bessere Zeiten hoffen.

Gennat hatte endlich gefunden, was er suchte, und setzte sich zu seinem Besuch. Er legte eine Personalakte vor sich auf den Tisch, Raths Personalakte, und räusperte sich.

»Wie Sie ja bereits wissen, Oberkommissar Rath, werden Sie ab dem nächsten Ersten für das Landeskriminalamt arbeiten. Das sind noch genau vier Arbeitstage.«

»Ich war selber überrascht, Kriminaldirektor, dass das nun so schnell gehen soll. Meine Bewerbung liegt dem LKA schon länger vor.«

»Ich weiß.«

»Na, wenigstens habe ich meinen letzten Fall für die Mordinspektion noch aufklären können.«

»Bis auf die Tatsache, dass Sie sich die Akte haben entwenden lassen.«

»Der Kollege Czerwinski ...«

»Schieben Sie das nicht wieder auf Ihren Kriminalsekretär! Sie sind der Ermittlungsleiter.«

»Natürlich, Kriminaldirektor.«

So langsam ging Rath ein Licht auf. Als Gennat ihn vorhin vor allen Kollegen rundmachte und in die Wilhelmstraße schickte, hatte er schon von der Fahnenflucht seines einstigen Lieblings gewusst. Charly hatte immer behauptet, dass er das sei, Gennats Liebling, einige Kollegen auch, die ihn damit aufzogen – gemerkt hatte Rath davon allerdings nichts. Jedenfalls in den letzten Monaten immer weniger.

Und er merkte es auch jetzt nicht. Gennat war kalt wie ein toter Fisch, als er weiterredete, davon sprach, dass Rath sich beim LKA keine Alleingänge mehr erlauben dürfe und ähnliches. Eine kleine abschließende Gardinenpredigt.

Da war der Empfang bei Arthur Nebe gestern ein ganz anderer gewesen. Die Personalakte auf Nebes Schreibtisch hatte Rath zunächst Böses schwanen lassen, denn das LKA war auch für interne Ermittlungen zuständig, doch dann war ihm mit jedem Wort Nebes klarer und klarer geworden, dass man ihn herausgepickt hatte. Dass der LKA-Chef die unbestrittenen Erfolge in Raths Ermittlungsarbeit mehr zu schätzen wusste als die disziplinarischen Einträge in seiner Akte. Das Landeskriminalamt war eine wachsende Behörde und genoss dank Nebes Wirken inzwischen eine ähnliche Reputation wie Gennats Mordinspektion. Wer hier arbeitete, durfte sich darauf etwas einbilden.

Und der Buddha war offensichtlich beleidigt. Benahm sich wie ein enttäuschter Liebhaber, dem man die Frau ausgespannt hatte. Dabei hatte Gennat ihm nach dem Todesfall Juretzka doch selber nahegelegt, die Mordinspektion zu verlassen. Und nun, da Rath dieser Empfehlung endlich folgte, war es ihm auch wieder nicht recht? Oder warum tat Gennat ihm das an? Behandelte ihn an seinen letzten Tagen in der Mordinspektion wie ein Stück Dreck. Schickte ihn zum SD. In die Höhle des Löwen.

Egal. Eine halbe Woche noch. Am Montag, dem zweiten September fünfunddreißig, würde Oberkommissar Gereon Rath an einem Schreibtisch im Landeskriminalamt sitzen und endlich wieder Hoffnung schöpfen für seine Berufslaufbahn. Oberkommissar war er schon, und das LKA böte ihm ausgezeichnete Möglichkeiten, die Leiter, wenn er sich denn bewährte, noch ein bisschen weiter emporzuklimmen. Irgendwann würde auch aus Gereon Rath noch ein Kriminaldirektor werden, wäre doch gelacht! Nebe hatte diesen Dienstgrad bereits jetzt und war keine fünf Jahre älter als er.

Eine Person allerdings kannte Rath, die das alles überhaupt nicht beeindrucken konnte. Und er fragte sich, wie sie die Neuigkeit auffassen würde. Gestern Abend hatte er ihr noch nichts erzählt. Weil er sich die Freude nicht nehmen und sich den Abend nicht verderben lassen wollte. Dass Charly sich mit ihm freute, wagte er gar nicht erst zu hoffen, sie würde das Haar in der Suppe schon finden, und wenn es die Tatsache war, dass Arthur Nebe ein linientreuer Nazi war. Dass er auch einer der besten Kriminalisten am Alex war und das LKA eine Abteilung, in der nur die Besten arbeiteten, diese Argumente zogen bei ihr nicht.

Aber was verstand Charly schon? Sie wusste doch überhaupt nicht mehr, was los war in der Burg und in der Mordinspektion. Wie Gennat ihn am ausgestreckten Arm verhungern ließ. Sie hatte ja nicht einmal mehr die Umstrukturierungen mitbekommen, als die Weibliche Kriminalpolizei zusammen mit der Mordinspektion der neuen Kriminalgruppe M zugeschlagen worden war, deren Gesamtleitung wiederum Ernst Gennat übertragen wurde, ihrem alten Chef und Förderer, der infolgedessen zum Kriminaldirektor befördert worden war. Ob sie ihren unbedachten Schritt, bei der WKP zu kündigen, mittlerweile bereute?

Wenn dem so sein sollte, gab sie es jedenfalls nicht zu. Jedesmal wenn er das Thema anschnitt, reagierte sie außerordentlich gereizt, so dass er es inzwischen ganz bleiben ließ. Charly war in den alten Zeiten stehengeblieben und wollte nichts von Veränderungen wissen, ja sie weigerte sich schlichtweg, Veränderungen überhaupt zu akzeptieren. Zum Beispiel eine neue Regierung, mit der sie sich auch nach fast drei Jahren nicht abfinden konnte. Nun gut, die Nazis hatten Deutschland gehörig umgekrempelt, und auch ihm gefiel längst nicht alles. Aber was sollte man denn tun? Das Leben ging doch weiter! Musste weitergehen.

In der Burg tat es das. Und er, Gereon Rath, war – wer hätte das jemals gedacht? – tatsächlich dabei, Karriere zu machen, jedenfalls ein bisschen.

Gennats Stimme riss ihn aus seinen Gedanken.

»Haben Sie mich verstanden, Oberkommissar?«

»Bitte um Verzeihung, Kriminaldirektor.«

»Wenn die Akte Lehmann komplett und vollständig auf meinem Schreibtisch liegt, dann haben Sie Ihren Fall abgeschlossen, vorher nicht.«

»Natürlich Kriminaldirektor.«

»Und nun scheren Sie sich raus und holen Sie unsere Akte zurück!«

Der Sicherheitsdienst residierte noch ein wenig feudaler als die benachbarte Gestapo. Kein Wunder, war das SD-Hauptamt (eigentlich ein SS-Amt und kein staatliches) doch tatsächlich in einem alten Palais untergebracht. Und die Geheimpolizei nur in einer ehemaligen Schule. Das mochte Zufall sein, die Nachbarschaft aber war gewollt: Reinhard Heydrich, Himmlers Statthalter in Berlin, leitete beide Behörden.

Rath ahnte, was die Voss gemeint hatte, als er den SS-Wachen, die vor den Kolonnaden an der Wilhelmstraße Wache schoben, seinen Dienstausweis zeigte: Die schwarzen Uniformen heischten Respekt, ob man wollte oder nicht. Rath wollte nicht, und dennoch fühlte er sich erleichtert, als er auch den zweiten Wachtposten, der das Portal des Prinz-Albrecht-Palais flankierte, passiert hatte. Schon in der Halle musste er sich mit dem nächsten Schwarzuniformierten herumschlagen, der nicht so einfach zu überwinden war wie die bewaffneten Wachen draußen: mit dem Bürokraten, der am Empfang saß.

Brav zeigte Rath den Dienstausweis und trug seine Angelegenheit vor, erwähnte, dass die Kriminalpolizei selbstverständlich einer Zusammenarbeit mit dem SD aufgeschlossen gegenüberstehe, dass die Ermittlungsakte aber leider noch nicht vollständig sei und er dringende Order habe, die Akte zu vervollständigen, bevor man sie dem Sicherheitsdienst gänzlich überlasse.

Sein Vortrag war, angefangen bei dem wohl strammsten Hitlergruß, den er jemals gezeigt hatte, gespickt mit devoten Speichelleckereien und dem wiederholten Berufen auf die Befehle, die man ihm an übergeordneter Stelle erteilt und die er auszuführen habe; eigentlich eine Mischung, die bei überzeugten Nazis immer funktionierte. Dieser Bürokrat jedoch hörte sich Raths Ausführungen mit stoischem Gleichmut an und sagte dann nur: »Ich werde sehen, was sich in Ihrer Angelegenheit machen lässt.« Sein »Nehmen Sie doch bitte Platz, Oberkommissar Rath«, mit dem er den Bittsteller endgültig abwimmelte, klang so, als seien Nachname und Dienstrang schon die ersten Einträge in jener Akte, die der SD nun über den Kriminalbeamten Rath anzulegen gedenke.

Rath setzte sich auf eine der Holzbänke im Foyer und wartete. Nicht mal Zeitungen hatten sie hier. Aus dem Treppenhaus drangen Hammerschläge an sein Ohr und das Kreischen einer Kreissäge; Geräusche, die nicht gerade zu seinem Wohlbefinden beitrugen. Ohnehin fühlte er sich unbehaglich, den Blicken der Vorüberkommenden ausgesetzt. Als könnten die ihm, allein weil sie beim SD arbeiteten, hinter die Stirn gucken. Als wüssten sie genau, was er dachte. Und dass er vor wenigen Tagen erst unbefugt Einblick in die Geheimakte eines SD-Obersturmführers genommen hatte, so geheim, dass sie nicht einmal den Stempel des Sicherheitsdienstes trug.

Er zündete sich eine Zigarette an. So langsam ahnte er, warum Czerwinski gestern den ganzen Morgen im Prinz-Albrecht-Palais verbringen musste. Und er hatte dem Dicken Faulheit unterstellt. Rath spürte, wie auch ihn das Warten weichklopfte. Selbst die Baugeräusche schienen, so kam es ihm vor, allein diesem Zweck zu dienen.

Genau drei Zigaretten später – Rath war drauf und dran, sich den Bürokraten am Empfangstresen noch einmal vorzunehmen und mit dem Polizeipräsidenten zu drohen – tat sich etwas. Ein drahtiger junger SS-Mann, der aussah, als wolle er noch etwas werden bei der SS und dies sei erst der Anfang, steuerte zielsicher auf den rauchenden Kriminalbeamten zu.

»Oberkommissar Gereon Rath?«, sagte er, und Rath, der sich fragte, woher sie inzwischen an seinen Vornamen gekommen waren, denn er hatte ihn nicht genannt, nickte.

»Heil Hitler, Oberkommissar!«, machte der SS-Jungspund sogleich, zackiger als Rath es jemals bei irgendwem sonst gesehen hatte, »wenn Sie mir bitte folgen wollen? Obersturmbannführer Sowa erwartet Sie.«

Rath drückte seine Zigarette in den Standaschenbecher neben der Bank und stand auf. »Dann sind Sie jetzt also mein Führer ...«, sagte er.

Der Uniformierte verzog sein Gesicht zur Andeutung eines schiefen Lächelns, sagte aber nichts. Der Mann stakste so schnell durch die Halle und die Treppen hoch, dass Rath kaum folgen konnte. Als sie den ersten Stock erreichten, mussten sie einen Umweg nehmen, weil ein Baugerüst den Weg versperrte.

Rath schaute in die Baustelle hinein und erkannte Maurer, die eine neue Wand und sogar eine komplett neue Decke einzogen. Er fragte sich, was der gute Prinz Albrecht wohl dazu gesagt hätte, wenn er gesehen hätte, wie mit seinem Palais umgegangen wurde.

»Sind Ihnen die Räume hier zu hoch?«, fragte er seinen Führer, der nach wie vor keinen Spaß zu verstehen schien.

»Auf diese Weise«, sagte der SS-Mann und drehte sich kurz um, allerdings ohne sein Tempo merklich zu verringern, »gewinnen wir ein komplett neues Stockwerk und haben immer noch eine Deckenhöhe von drei Metern.«

Die altehrwürdige Architektur des Königreichs Preußen genügte den Anforderungen der SS also nicht. Alles mussten die Nazis zu ihren Zwecken umbauen, dachte Rath, während er mit dem SS-Mann Schritt zu halten versuchte. Nach außen wirkte es immer straff und organisiert, aber hinter der Fassade wurde meist improvisiert; da wurde dort etwas angebaut, hier etwas weggerissen, da etwas aus dem Boden gestampft – ein ganzes Land bauten sie auf diese Weise um und taten so, als folgten sie einem großen Plan oder gar der Vorsehung. Es gab nicht wenige, die glaubten das sogar und hielten Adolf Hitler für einen Auserwählten.

Man durfte sich nicht blenden lassen. Rath hatte diesem von sich selbst und seiner Sendung so überzeugten österreichischen Lackaffen noch nie viel abgewinnen können, auch nicht, wenn Hitler eine seiner vielgelobten Reden hielt. Gerade dann nicht, wenn er eine Rede hielt. Für ihn war dieser Mann, dessen Porträts überall an den Wänden hingen, nur einer von viel zu vielen Brüllaffen, die neuerdings in Deutschland das Sagen hatten.

Er erschrak, als sein Führer plötzlich stehenblieb und ihn anschaute, als habe er seine Gedanken gelesen. Doch alles, was der Mann sagte, war: »Warten Sie bitte hier!«

Der SS-Mann ließ Rath stehen, ging noch ein paar Schritte weiter und klopfte vorsichtig an eine Tür. Er lauschte konzentriert und drückte die Klinke erst nach unten, als ein lautes »Ja?« von innen erscholl.

Bevor er etwas sagte, salutierte er zackig. »Der Herr Oberkommissar wäre jetzt hier, Sturmbannführer.«

»Soll reinkommen!«

»Jawohl!« Der SS-Mann drehte zackig rechts um und wandte sich Rath zu. »Sie können ...«

»... reinkommen, ich hab's gehört.«

Rath ging dieses Affentheater, das keinem anderen Zweck diente als ihn zu beeindrucken, gehörig auf die Nerven. Er betrat das Büro, ohne eine weitere Aufforderung abzuwarten.

In dieser Etage waren noch keine Zwischendecken eingezogen worden; der Raum war von imposanter Größe. Zwei Fenster führten zur Prinz-Albrecht-Straße und gaben den Blick auf eine Großbaustelle frei. Das neue Reichsluftfahrtministerium an der Wilhelmstraße, dem das königlich preußische Kriegsministerium hatte weichen müssen. Ob die Nazis damit ihren Friedenswillen, den zu betonen sie nicht müde wurden, unterstreichen wollten? Dagegen sprach, dass sie die allgemeine Wehrpflicht wieder eingeführt hatten. Der erste Jahrgang war bereits zur Musterung gerufen worden.

Hinter dem Schreibtisch saß ein Mann, der einige Jahre jünger sein musste als Rath. Wieder einmal erstaunte es ihn, wie jung die SS war. Und wie schnell man bei dem Verein Karriere machen konnte. Sturmbannführer, das entsprach ungefähr einem Major in der Armee. Und das ungefähr einem Kriminaldirektor bei der Polizei. Mindestens. Selbst SD- und Gestapa-Chef Heydrich war einige Jahre jünger als Rath, der es mit 36 Jahren gerade einmal zum Oberkommissar geschafft hatte.

»Heil Hitler, Oberkommissar!«

»Heil Hitler, Sturmbannführer!«

Rath hasste es, wenn er zum Männchenmachen gezwungen wurde. Schon deswegen konnte er den Mann in der schwarzen Uniform nicht leiden. Sturmbannführer Sowa rollte das R, Rath tippte auf Süddeutschland. Er erkannte die Akte Lehmann, die vor Sowa auf dem Schreibtisch lag, auf dem Pappdeckel prangte die Handschrift der Voss. Das sah doch schon mal ganz gut aus, dachte er. Wenn der SD mauern wollte, hätte er die Akte unter Verschluss gehalten.

»Schließen Sie doch bitte die Tür, Wegener, und lassen uns allein«, sagte Sowa.

Der Adjutant, oder was der Mensch, der Rath hergeführt hatte, sonst sein mochte, salutierte, schlug die Hacken zusammen und gehorchte. Nun waren sie nur noch zu zweit im Raum.

»Nehmen Sie doch Platz, Oberkommissar.«

»Danke, Sturmbannführer.« Rath tat wie geheißen.

»Sie haben also den Unfalltod von Obersturmführer Brunner bearbeitet.«

»Die Akte heißt Lehmann. Für die Kriminalpolizei stehen die Ermittlungen der Unfallursache im Vordergrund, also haben wir uns auf den Taxifahrer, Herrn Lehmann, konzentriert.«

»Ist das eine Aufgabe für Oberkommissare? Den Unfalltod eines Taxifahrers zu untersuchen?«

»Die Aufgaben werden uns zugeteilt, Sturmbannführer. Befehl ist Befehl.« Er räusperte sich. »Und mein jetziger Befehl lautet, die Unfallakte Lehmann zurückzufordern. Erstens ist sie noch unvollständig, wir haben einige Ergänzungen und neue Erkenntnisse, und zweitens bedarf es der Einwilligung der Staatsanwaltschaft, bevor diese Akten an andere Behörden übergeben werden können. Wir haben den SD über den Tod seines Mitarbeiters informiert, nachdem wir dessen Identität festgestellt haben, die Ermittlungen sind aber noch nicht abgeschlossen.«

»Nun«, sagte Sowa, »Scharführer Wegener war da gestern wohl ein wenig übereifrig.« Er schob die Mappe über den Tisch. »Bitte. Wir wollen die Arbeit der Kriminalpolizei selbstverständlich in keinster Weise stören. Wegener muss Ihren Kollegen Czerwinski missverstanden haben; wir gingen davon aus, dass die Ermittlungen abgeschlossen sind.«

»Die Firma dankt«, sagte Rath.

»Gern geschehen.« Sowa lächelte. »Gleichwohl hätte das Sicherheitshauptamt gerne eine Kopie der Akte, sobald diese vollständig ist.«

»Das habe ich nicht zu entscheiden, Sturmbannführer; wenden Sie sich da bitte an den zuständigen Staatsanwalt.«

»Natürlich. Welche Dinge sind denn noch zu klären, wenn ich fragen darf?«

»Unter anderem die Unfallursache«, sagte Rath, »aller Wahrscheinlichkeit ein Hirntumor, der so weit fortgeschritten war, dass er das Fehlverhalten des Taxifahrers verursacht hat.«

»Das steht doch im gerichtsmedizinischen Gutachten. Das kenne ich schon. Fremdverschulden wird ausgeschlossen, nicht wahr?«

»Wir müssen aber noch der Frage nachgehen, ob ein Arzt in dieser Sache fahrlässig gehandelt hat. Otto Lehmann hätte in seinem Zustand niemals hinter dem Steuer sitzen dürfen.«

Sowa nickte und machte sich Notizen.

»Eine weitere Sache, die noch offen ist: Der Kollege Czerwinski war gestern auch hier, um die Privatadresse von Obersturmführer Brunner zu erfragen.«

»Hat Wegener ihm die nicht gegeben?«

»Ich fürchte nein.«

»Hm. Soviel ich weiß, logierte Brunner im Hotel. Seine Familie lebt in Nürnberg.«

»Wenn Sie mir die Adresse bitte zukommen lassen könnten? Für die Akte. Und natürlich müssen wir Brunners Angehörige benachrichtigen.«

»Nicht nötig, Oberkommissar, das haben wir bereits erledigt.«

Das wunderte Rath nicht. Dennoch bedankte er sich artig.

»Und dann«, fuhr er fort, »gilt es noch, einen Widerspruch aufzuklären ...«

Sowa stutzte. »Was für einen Widerspruch?«

»Nun, wir hatten da noch eine Vermisstenanzeige, die sich eindeutig auf den toten Fahrgast bezog, den wir als Gerhard Brunner identifiziert hatten, die aber auf einen völlig anderen Namen lautete.«

»Aha.«

Sturmbannführer Sowa tat gelangweilt, doch Rath wusste, dass das genau die Dinge waren, auf die er lauerte: Was wusste die lästige Kripo über die SD-Tätigkeit des sauberen Herrn Brunner, das war alles, was ihn interessierte. In den Protokollen fanden sich keinerlei Hinweise auf Brunners geheimdienstliche Aktivitäten, nicht einmal ein vager Verdacht. Auch die Tatsache, dass man bei dem Toten keine Geheimakten gefunden hatte, dürfte den SD beruhigt haben. Dennoch traute der Sturmbannführer der Kripo nicht.

»Und was war das für ein anderer Name?«, fragte er.

»Heller. Ferdinand Heller. Seltsam, nicht wahr? Aber dafür gibt es eine Erklärung.«

Sowa sagte nichts, doch es war klar, dass er auf genau diese Erklärung wartete.

Rath ließ sich Zeit. »Sie erlauben doch?«, fragte er und holte das Zigarettenetui aus seiner Jackentasche.

»Bitte!«

Rath klappte das Etui auf und bot auch Sowa eine an, doch der lehnte ab.

»Es wird Sie nicht freuen, das zu hören, Sturmbannführer«, fuhr Rath fort und zündete sich die Zigarette an, »aber ich fürchte, Obersturmführer Brunner hat sich nicht in allen Belangen so verhalten, wie man dies von einem SS-Mann erwarten sollte.«

»Wie meinen Sie das?«

»Nun, wir haben allen Grund zur Annahme, dass es sich bei Ihrem Mitarbeiter um einen Heiratsschwindler handelt. Gehandelt hat.«

»Wie kommen Sie denn darauf?«

Sowa tat überrascht, doch Rath hätte darauf wetten können, dass der Sturmbannführer von Brunners Doppelleben wusste, dass er es womöglich sogar angeordnet hatte, dass es jedenfalls ein dienstliches Doppelleben war, geführt mit dem Ziel, delikate Informationen von einer Sekretärin Hermann Görings zu ergattern.

»Nun«, sagte Rath, »einige Spuren am Unfallort lassen darauf schließen, dass der Obersturmführer auf dem Weg zu einem Schäferstündchen war. Wir haben neben Blumen und Konfekt sogar einen Verlobungsring gefunden. Aber das wissen Sie ja, das ist ja alles in der Unfallakte protokolliert.«

»Hm«, machte Sowa.

»Wie es aussieht, war er auf dem Weg zu einem Fräulein Irene Schmeling, jener Dame, die ihn unter dem Namen Ferdinand Heller kannte und zwei Tage später eine Vermisstenanzeige aufgegeben hat.«

»Schmeling, sagen Sie?«

Sowa sagte das beiläufig, aber Rath war sich nun endgültig sicher, dass der Sturmbannführer den Namen nicht zum ersten Mal hörte. Sondern im Gegenteil den gutaussehenden Obersturmführer auf Görings Sekretärin angesetzt hatte.

»Richtig«, sagte er und zog an seiner Zigarette. »Schmeling. Wie Max.«

»Und Sie waren bei diesem Fräulein Schmeling?«

»Jawohl, Sturmbannführer.«

Sowa hatte sich sehr unter Kontrolle, dennoch konnte Rath das Erschrecken hinter der Maske ahnen.

»Haben die Dame aufgeklärt?«

Wieder zog Rath an seiner Zigarette, bevor er antwortete. Das wäre der Alptraum für den SD, wenn Irene Schmeling erführe, dass ihr Geliebter in Wahrheit ein SS-Obersturmführer und SD-Schnüffler war. Die Geschichte von dem Heiratsschwindler würde sie keine Sekunde glauben. Und Hermann Göring würde, wenn die Sekretärin denn so mutig war, wie ihr Nachname vermuten ließ, umgehend erfahren, dass der SD ihn ausspionierte.

»Ich habe«, sagte er, »Fräulein Schmeling leider nicht angetroffen, werde es aber heute Abend noch einmal versuchen.«

»Das ist nicht nötig, Oberkommissar. Überlassen Sie das dem Sicherheitsdienst. Es war unser Mann, der sich unehrenhaft verhalten hat, also obliegt es auch der SS, die Dame hierüber aufzuklären. Sind Sie sich Ihres Verdachts denn sicher?«

»Es spricht alles dafür, Sturmbannführer. Warum sonst sollte sich Obersturmführer Brunner seiner Uniform im Anhalter Bahnhof entledigen, bevor er Fräulein Schmeling besucht? Und warum sonst sollte er sich einen falschen Namen geben?«

»Ich weiß es nicht. Sagen Sie es.«

Rath wollte es gerade sagen, aber da klopfte es an der Tür und Scharführer Wegener kam herein und schlug die Hacken zusammen.

»Bitte vielmals um Verzeihung, Sturmbannführer, aber Polizeileutnant Pomme bittet um Mitteilung, was er Gruppenführer Heydrich in Sachen Brunner melden soll.«

»Pomme, diese Nervensäge. Der Mann wäre mal besser bei Göring geblieben, hätte er dem auf die Nerven gehen können.«

»Es scheint mir, Gruppenführer Heydrich hat seinem Adjutanten den Befehl erteilt, diese Information einzuholen.«

»Das glauben Sie doch selber nicht. Pomme ist einfach nur viel zu neugierig und mischt sich in Dinge ein, die ihn nichts angehen. Sagen Sie dem Polizeileutnant, der Tod Brunners ist Sache des SD. Ich werde Gruppenführer Heydrich in dieser Sache persönlich Bericht erstatten. Und nicht über den Umweg eines Adjutanten.«

»Jawohl, Sturmbannführer!«

Wegener schlug die Hacken ein zweites Mal zusammen und verschwand.

»Entschuldigen Sie«, sagte Sowa, als sie wieder alleine waren. »Aber man kann sich seine Mitarbeiter eben nicht immer aussuchen.«

»Das kenne ich, ist im Präsidium nicht anders.«

»Diesen Pomme haben wir noch von Göring geerbt. Völlig unfähig der Mann, nicht einmal in der SS.« Er schüttelte den Kopf. »Wo waren wir stehengeblieben?«

»Dass es meiner Ansicht nach keine andere plausible Erklärung für das Doppelleben von Obersturmführer Brunner gibt als die des Heiratsschwindels. Gewissheit erlangen wir natürlich erst, wenn wir Fräulein Schmeling befragt haben.«

»Wie gesagt, Oberkommissar, überlassen Sie das bitte uns. Und seien Sie versichert: Sollte sich Ihr Verdacht bestätigen – und ich stimme Ihnen zu: eine andere Erklärung für den Mummenschanz des Obersturmführers gibt es nicht –, dann werden wir alles tun, um die Ehre von Fräulein Schmeling wieder herzustellen. Und selbstverständlich hat ein Subjekt, das sich als Heiratsschwindler an der deutschen Frau vergeht, die Ehre verspielt, der SS angehören zu dürfen.«

Rath fragte sich, welche Legende der SD dem armen Fräulein Schmeling auftischen würde. Jedenfalls eine, in der mit keinem Wort von der beruflichen Tätigkeit und dem SS-Dienstrang ihres toten Bräutigams die Rede sein würde.

»Wie Sie wünschen«, sagte er. »In diesem Fall darf ich Sie aber bitten, ein Gesprächsprotokoll anzufertigen, das wir der Akte beilegen können.«

»Wenn wir Ihre Kopien bekommen, können Sie gerne die unsere haben und alles zusammenführen.«

Sowa klang nicht so, als meine er das ernst.

»Schön, dass wir uns so schnell einig sind.«

»Aber ich bitte Sie, Oberkommissar! Die Ordnungskräfte im neuen Deutschland müssen doch zusammenarbeiten.«

Das hättet ihr gerne, dachte Rath, *dass die SS eine Ordnungskraft ist.* Für ihn war der schwarze Ableger der SA, der erst vor einem Jahr selbständig geworden war, auch nicht besser als die Nazi-Schlägertruppe, nur etwas eingebildeter und elitärer. Jedenfalls alles andere als eine Ordnungsbehörde. Aber wenn die SS eine Sache übernehmen wollte, dann tat sie das. Kompetenzgerangel zwischen staatlichen und parteieigenen Behörden gehörte zum Alltag im neuen Deutschland, und im Zweifel setzten sich die Parteiinstitutionen durch. Und von denen war die SS mittlerweile die unangefochten stärkste.

»Natürlich«, sagte Rath und klemmte sich die Aktenmappe unter den Arm. »Die Kriminalpolizei dankt dem SD. Ich werde Kriminaldirektor Gennat von Ihrer Kooperationsbereitschaft berichten. Und Ihnen Bescheid geben, sobald die Akte geschlossen ist und beim Staatsanwalt liegt.«

»Vielen Dank, Oberkommissar.«

Der Sturmbannführer stand sogar auf und schüttelte ihm die Hand. Zuckerbrot und Peitsche. Erst einschüchtern, dann freundlich sein.

Als Rath an Sowa vorbei aus dem Fenster schaute, erspähte er auf dem Baugerüst auf der anderen Seite der Prinz-Albrecht-Straße einen weiß uniformierten dicken Mann, in Begleitung eines weiteren Uniformierten und mehrerer Handwerker und Bauarbeiter. Ein seltsames Bild, die saubere weiße Uniform auf dem dreckigen Baugerüst. Und während er Sowa die Hand schüttelte und dem seltsamen Trupp auf der anderen Straßenseite zuschaute, ging Rath ein Licht auf. Sturmbannführer Sowa und seine Mannschaft residierten nicht zufällig in diesem Teil des Prinz-Albrecht-Palais. Von hier hatte man den besten Ausblick auf Berlins derzeit größte Baustelle, den Neubau des Reichsluftfahrtministeriums. Und dessen Bauherr war Hermann Göring – der Dicke, der sich, wie es aussah, just in diesem Moment persönlich vom Fortgang der Bauarbeiten überzeugte.

19

Rath wedelte mit der Aktenmappe wie mit einer Trophäe, als er das Büro am nächsten Morgen betrat.

»Voila, hier ist sie! Die verlorengegangene Akte Lehmann. Zurückerobert vom SD. Geht doch! Auch ohne den Polizeipräsidenten einzuschalten!«

Er legte die Akte auf den Schreibtisch von Erika Voss, doch die ließ sich von seiner guten Laune nicht anstecken.

»Czerwinski noch nicht da?«, fragte Rath und hängte Hut und Mantel auf.

»Schon wieder weg.«

»Und wohin?«

»Hat er nicht gesagt.«

»Ist der etwa immer noch beleidigt?«

Die Sekretärin schaute endlich von der Schreibmaschine auf. »Was heißt beleidigt? Sie haben ihn nun wirklich nicht gut behandelt die letzten Tage. Außerdem ist er ... er ist eher enttäuscht, würde ich sagen. Enttäuscht, dass Sie ...« Sie zögerte.

»Was denn, Erika?«

»Ist es wahr? Sie verlassen uns, Oberkommissar?«

»Sie wissen es schon?«

»Was heißt schon? Zum nächsten Ersten? Das sind noch drei Tage! Also stimmt es?«

»Ja, es stimmt. Ab Montag arbeite ich bei Nebe im LKA.« Er zuckte die Achseln. »Sie wissen doch, wie das ist: So langsam sie mit allem anderen sind, bei Versetzungen sind Behörden immer ganz schnell.«

»Schade«, sagte die Voss nur, und dieses Wort schmerzte ihn mehr als die meisten anderen, die sie hätte wählen können. Wie er sie so da sitzen sah, wurde auch ihm bewusst, wie sehr er sich an sie gewöhnt hatte in den vergangenen Jahren, und wie schwer ihm die Vorstellung fiel, ohne sie auszukommen. Er erzählte irgendetwas von wegen *neue Herausforderungen suchen* und dass das Leben doch immer wieder Veränderungen bereithalte und ähnlichen Schwachsinn. Dass Gennat ihn mehr oder weniger aus der Mordinspektion hinausgeekelt hatte, wollte er natürlich nicht zugeben.

»Das mag ja sein, Oberkommissar«, sagte sie, als er geendet hatte. »Trotzdem finde ich es schade, dass Sie gehen.«

Da war es wieder, dieses Wort. Rath wusste nicht, was er erwidern sollte, er schloss die Tür und setzte sich an seinen Schreibtisch. Daran hatte er überhaupt nicht gedacht. Dass einige Kollegen seinen Wechsel ins Landeskriminalamt bedauern könnten. Auf eine gewisse Weise war er gerührt, mehr als er es sich eingestehen wollte. Er hatte nicht damit gerechnet, dass ihn jemand in der Mordinspektion vermissen würde, auch nicht seine engsten Mitarbeiter. So nett war er mit Erika Voss nicht immer umgegangen. Und mit Czerwinski sowieso nicht.

Rath zündete sich eine Overstolz an und hing seinen Gedanken nach. Er hatte keine schlechten Jahre hier verlebt, gewiss. Aber seit er bei Gennat in Ungnade gefallen war, fühlte sich der Dienst in der Mordinspektion an wie eine Strafe. Nebes LKA bot ihm endlich wieder eine Perspektive. Nicht nur eine Karriereperspektive, nein, auch die Aussicht auf eine Arbeit, die ihm wieder sinnvoll erscheinen, die ihm Spaß machen würde. Und wenn er an den Fall Lehmann dachte, mit seinen fatalen Verstrickungen mit SD und SS und seiner schmutzigen Spionagegeschichte, dann war er froh, den jetzt endlich los zu sein. Ganz gleich, ob Gennat oder dem Staatsanwalt das Ergebnis gefiel, der Deckel würde heute zugeklappt, seine letzte Ermittlung für die Mordinspektion, so schnöde sie auch war, abgeschlossen. Sollte irgendwem das Ergebnis nicht gefallen – nun, es gab genügend Beamte in der Kriminalgruppe M, denen man die Akte in die Hand drücken könnte, aber einem sicherlich nicht: Gereon Rath, denn der wäre weg.

Der Wechsel zum LKA war ein klarer Schnitt; Rath würde alle Akten, die er jemals für Gennat beackert hatte, hinter sich lassen und für immer vergessen. So ein Neuanfang war doch nichts

Schlechtes. Das einzige Schlechte, was blieb, wäre das Kantinenessen.

Das Telefonklingeln unterbrach seine Gedanken. Er hob ab. Es war Erika Voss.

»Ich habe Wilhelm Böhm in der Leitung, Oberkommissar. Lässt sich nicht abwimmeln.«

Der hatte ihm gerade noch gefehlt.

»Sagt Böhm immer noch nicht, was er von mir will?«

»Ne. Nur, dass er Sie sprechen möchte.«

»Sagen Sie ihm, dass ich zurückrufe.«

»Habe ich bereits. Aber darauf lässt er sich nicht ein. Sagt, er bleibt solange in der Leitung, bis Sie das Gespräch annehmen. Hab ihm dummerweise gesagt, dass Sie im Büro sind.«

Rath seufzte. »Na gut, bringen wir's hinter uns.«

Obwohl Wilhelm Böhm ganz offensichtlich ein Anliegen hatte, klang seine Stimme so brummig wie eh und je. Der Mann konnte einfach nicht anders, selbst wenn er freundlich sein wollte.

»Gut, dass ich Sie erreiche, Rath«, knurrte er in den Hörer.

»Was für eine Überraschung, Böhm! Wollte Sie gerade zurückrufen.«

Kurzes Schweigen am anderen Ende. »Ach wirklich?« Böhm konnte eine Höflichkeitslüge nicht einfach als Höflichkeit akzeptieren, er musste sie gleich auf ihren Wahrheitsgehalt abklopfen. »Wie dem auch sei«, fuhr er fort. »Ich habe da eine Bitte, Herr Rath. Sie haben da doch neulich von Ihrem aktuellen Fall berichtet. Der tote Taxifahrer. Der mit dem Hirntumor.«

»Ja?«

»Sie sprachen von seltsamen Umständen. Einem toten Fahrgast. Dass niemand eine Erklärung für die Todesfahrt hatte ...«

»Bis Doktor Reincke den Hirntumor entdeckte.«

»Genau. Und deswegen rufe ich an«, sagte Böhm. »Der Arzt. Können Sie mir den Namen des Arztes nennen, der den kranken Taxifahrer behandelt hat?«

»Nichts würde ich lieber tun, lieber Böhm, aber ich fürchte, das kann ich nicht.«

»Na, nun stellen Sie sich doch nicht so an!«

»Ich kann es nicht, weil es diesen Arzt nicht gibt. Otto Lehmann war nämlich gar nicht in Behandlung.«

»Wie? Der Mann hatte einen Hirntumor!«

»Und hat die damit verbundenen Beschwerden offenbar mannhaft ertragen. Ich habe mit seinem Hausarzt Doktor Wrede gesprochen und der ...«

»Doktor Wrede? Ein Doktor Alexander Wrede?«

Rath musste in seinem Notizbuch blättern.

»Alexander, richtig. Woher kennen Sie den Namen?«

»Mein lieber Rath, das kann ich Ihnen jetzt am Telefon nicht sagen. Nur soviel: Die Umstände dieses Unfalls haben mich an einen Todesfall erinnert, den ich selbst einmal bearbeitet habe und nicht restlos aufklären konnte.«

»Es gibt tatsächlich Todesfälle, die Sie nicht aufgeklärt haben?«

»Sparen Sie sich Ihren Sarkasmus. Niemand in der Inspektion A ...«

»Das heißt jetzt Kriminalgruppe M ...«

»... niemand in der Mordinspektion hat eine hundertprozentige Aufklärungsquote. Aber davon abgesehen: Die Akte steht nicht bei den nassen Fischen.«

»Dann ist sie also aufgeklärt.«

»Für den Staatsanwalt ja. Für Ernst Gennat auch. Für mich nicht.«

Rath kannte das. So gut wie jeder Kriminalbeamte mit mehr als zehn Dienstjahren auf dem Buckel schleppte einen Fall mit sich herum, der ihn nicht losließ. Meist jedoch waren das ungelöste Fälle. Aber das passte zu Böhm, dass der selbst bei einem Fall, mit dessen Aufklärung alle zufrieden waren, noch ein Haar in der Suppe fand. Was Rath auf eine seltsame Weise beruhigte, war die Tatsache, dass Böhm nicht nur anderen, sondern auch sich selbst gegenüber gnadenlos war, wenn es um die Wahrheit ging oder die restlose und zweifelsfreie Aufklärung eines Verbrechens.

»Jedenfalls«, fuhr Böhm fort, »würde ich mir die damaligen Akten gerne noch einmal anschauen; es geht um zwei Fälle aus dem Jahr siebenundzwanzig.«

»Na, dann kommen Sie doch vorbei.«

»So einfach ist das nicht. Ich bin ja, wie Sie wissen, kein Mitarbeiter der Kriminalpolizei mehr. Und darum wollte ich Sie bitten ... Wenn Sie vielleicht in die Registratur ... Ich kann Ihnen die Aktenzeichen geben, das kostet Sie keine zehn Minuten ...«

»Moment mal! Sie wollen, wenn ich Sie richtig verstehe, dass ich Ihnen Akten aus dem Archiv der Kriminalpolizei übergebe?«

»Nur für eine Weile. Dafür interessiert sich sowieso niemand außer mir. Außerdem sind die Fälle abgeschlossen.«

»Sie wissen doch selbst, dass ich so etwas nicht darf, Böhm. Sie sind jetzt Zivilist.«

»Früher haben Sie doch auch nicht danach gefragt, was Sie dürfen und was nicht.«

»Was Ihnen nicht sonderlich gefallen hat, wenn ich Sie daran erinnern darf.«

»Ich bitte Sie nur um einen Gefallen, Rath. Herrjeh! Wenn Sie es nicht für mich tun wollen, tun Sie es wenigstens für Ihre Frau.«

Was sollte denn das heißen? Wollte Böhm ihn erpressen? Damit, dass Charly von den Aufträgen seines Detektivbüros abhängig war? Arschloch!

»Na gut«, knurrte er. »Ich werde mal schauen, was sich machen lässt.«

Der schöne Satz, den er gestern beim SD gelernt hatte, und der zu nichts verpflichtete.

»Danke.« Böhm klang ehrlich erleichtert. Und nicht so, als sei er gerade durch eine niederträchtige Erpressung ans Ziel gelangt. Rath notierte die Aktenzeichen.

»War's das?«, fragte er.

»Sagen Sie Bescheid, wenn Sie alle drei Akten beisammen haben, dann sollten wir uns treffen.«

»Drei? Ich denke zwei?«

»Zwei aus dem Jahr siebenundzwanzig, eine aus dem Jahr fünfunddreißig. Der Taxiunfall.«

»Sie wollen auch meine aktuelle Ermittlungsakte einsehen?«

»Aber das versteht sich doch von selbst. Haben Sie nicht zugehört? Es geht darum, Parallelen zu entdecken. In Doktor Wrede haben wir schon eine gefunden, aber ich hoffe, auf weitere Verbindungen zu stoßen.«

»Da muss ich Sie leider enttäuschen«, sagte Rath, obwohl er es kein bisschen bedauerte. Für seinen Geschmack wurde Böhm mit seinen Forderungen gerade ein bisschen unverschämt. »Die Akte Lehmann ist abgeschlossen, und Ernst Gennat möchte sie auf seinem Schreibtisch sehen.«

»Die Akte ist nicht abgeschlossen, glauben Sie mir. Erklären Sie das Gennat! Aber erzählen Sie ihm nichts von meinem Anruf und meinem Verdacht! Davon darf niemand erfahren. Wirklich niemand, auch nicht Ihre Frau!«

»Und was soll ich Gennat sagen, wenn ich nicht offen sprechen darf?«

»Was weiß ich? Lassen Sie sich etwas einfallen. Irgendeine Unterschrift fehlt. Irgendeine Aussage, die Sie noch brauchen.«

»Tut mir leid, Böhm, aber ich werde die Akte so oder so abgeben. Nächste Woche arbeite ich nicht mehr in der Mordinspektion, dann bin ich beim Landeskriminalamt.«

Für einen Moment herrschte Schweigen am anderen Ende der Leitung.

»Sie gehen zu Nebe?«

»Montag fange ich an.«

»Davon hat Charly mir noch gar nichts erzählt.«

Sie weiß es ja auch noch nicht, dachte Rath.

»Die Versetzung hat sich kurzfristig ergeben. Sie wissen ja, wie das ist. Jedenfalls kann ich Ihnen diese Akte nicht mitbringen.«

»Vielleicht können Sie sich ein paar Notizen machen. Und mir mündlich berichten.«

Böhm spielte sich auf, als sei er immer noch sein Vorgesetzter.

»Ich werde sehen.«

»Kann ich mich auf Sie verlassen, Rath?«

»Natürlich.«

»Gut. Besorgen Sie mir die Akten, dann können wir uns treffen, und ich erkläre Ihnen alles. Sie wissen ja, wie Sie mich erreichen.«

Und damit hatte er aufgelegt.

Rath saß an seinem Schreibtisch und fragte sich, was das zu bedeuten hatte. Der Name eines Arztes und der Name einer Krankheit brachten Böhm dazu, sich längst geschlossene Akten noch einmal anschauen zu wollen?

Für den Staatsanwalt aufgeklärt, für Ernst Gennat auch. Für mich nicht.

Im Grunde konnte Rath seinen früheren Vorgesetzten verstehen. Auch für ihn gab es nichts Schlimmeres als das Gefühl, einen Fall nicht endgültig aufgeklärt zu haben; das Gefühl, dass zu viele Fragen offen blieben. Nichts war schlimmer als die Vorstellung, dass irgendwo da draußen jemand ein Verbrechen begangen hatte und damit durchzukommen drohte. Genau deswegen war er Polizist geworden: Damit diese Leute nicht davonkamen.

Das hieß jedoch noch lange nicht, dass er für Wilhelm Böhm den Laufburschen spielte, nur weil der von ähnlichen Gefühlen geplagt wurde. Die Akte Lehmann wieder aufreißen? Nur weil Wilhelm Böhm schlecht schlief? Nächste Woche wäre er bei Nebe und die Akte bei Gennat. Rath wollte mit diesem Fall nichts mehr zu tun haben. Wollte mit dem SD und der SS nichts mehr zu tun haben. Sollte Böhm doch den Buddha mit seinen Bitten belästigen!

20

Die Elektrische rollte die Hardenbergstraße hinunter. Charly saß auf ihrem Fensterplatz, ließ die Stadt an sich vorüberziehen und dachte nach. Über die Veränderungen, die sich weiter in ihr Leben schlichen. Über all die Träume, die sie in den letzten Jahren hatte aufgeben müssen. Aber vielleicht war genau das ja das Leben: Dass man sich mit den Resten herumschlagen musste, die von all den Träumen übriggeblieben waren.

Sie hatte Anwältin werden wollen und war Anwaltsgehilfin; sie hatte Polizistin werden wollen und half stattdessen einem Privatdetektiv, untreue Ehefrauen auszuspionieren; sie hatte ihrem Vaterland eine treue Dienerin sein wollen und musste stattdessen zusehen, wie dieses Land sich immer mehr in einen Albtraum verwandelte. Eine einzige Farce. Nur konnte sie nicht darüber lachen.

An Gereon schienen all diese Dinge abzuprallen. Er ging zu Nebe. Ausgerechnet Nebe! Keine Frage war der Mann ein guter Kriminalist, aber eben auch einer derjenigen in der Burg, die schon vor 33 Nazi gewesen waren. Ein Antisemit, der sich dennoch vom jüdischen Polizeivizepräsidenten Bernhard Weiß hatte protegieren lassen, ein Verräter, der Dienstgeheimnisse aus dem

Polizeiapparat an seine Nazifreunde ausgeplaudert hatte. All das wusste Gereon, und dennoch hatte er keine Probleme, Ernst Gennat zu verlassen, einen der wenigen anständigen Beamten, die am Alex noch zu finden waren, und zu Nebe zu gehen, zum Landeskriminalamt, das die Nazis gerade zu einer Musterpolizeibehörde ausbauten.

Eine Zeitlang hatte Charly noch gehofft, die Zeiten würden sich irgendwann wieder zum Besseren ändern, doch diese Hoffnung war gestorben. Nein, die Zeiten forderten immer drängender eine Entscheidung. Keine kleine wie die, den Dienst bei der Polizei zu kündigen, die sie vor zweieinhalb Jahren schon getroffen hatte, sondern eine endgültige. Es ging längst nicht mehr nur um den Beruf, es ging um das ganze Leben und wie man es führen wollte. Und ob man das in diesem Albtraum, zu dem Deutschland geworden war, noch führen konnte. Das Warten auf bessere Zeiten jedenfalls war völlig sinnlos. Die würden so bald nicht kommen.

Manchmal wünschte sie sich, sie könnte Gereons Optimismus teilen. Der konnte die negativen Dinge einfach ausblenden. Sich einreden, dass es so schlimm doch gar nicht sei, obwohl es immer schlimmer wurde. Dass das normale Leben weitergehe, trotz der großen Politik. Und dass die Politik sich irgendwann auch wieder ändere, wie sie das doch immer tue. Und wenn nicht, dann ignoriert man sie einfach. Charly konnte nicht so denken. Und sie konnte nicht so leben. Aber sie wusste auch nicht, wie sie in diesem Land sonst leben sollte.

Die Straßenbahn hielt an der Haltestelle Steinplatz. Hier hätte Charly eigentlich aussteigen müssen, doch sie blieb sitzen. Hatte einfach keine Lust, nach Hause zu gehen. Was sollte sie da in der leeren Wohnung, wo niemand auf sie wartete, kein Mann, kein Kind, kein Hund? Tergit lesen? Kästner, Keun, Döblin? Und sich etwas darauf einbilden, verbotene Bücher zu lesen? Wer zum Teufel hatte denn etwas davon? Nicht einmal sie selbst!

An der Gedächtniskirche stieg sie in die Linie 72 und fuhr die Kantstraße hinauf. Mochte er im Moment auch keine Aufträge für sie haben, so hatte er vielleicht doch Zeit für eine Tasse Kaffee. Jedenfalls hoffte sie das. Manchmal hatte sie das Gefühl, Wilhelm Böhm sei der einzige Mensch, mit dem man in dieser Stadt noch normal reden konnte. Mit Gereon, der dem Polizeidienst trotz allem die Treue hielt, ging das kaum noch, mit Guido, und das überraschte sie am meisten, gar nicht mehr. Da waren nur noch Böhm und Greta. Doch ihre Freundin ließ sich immer seltener in Berlin blicken und lebte die halbe Zeit in Stockholm bei ihrer Mutter. Wer konnte es ihr verdenken? Greta konnte noch frei reisen, sie hatte einen schwedischen Pass.

Als sie die Detektei erreichte, fand sie die Bürotür verschlossen. *Bin im Gespräch*, informierte ein kleines gerahmtes Schild. *Haben Sie bitte etwas Geduld oder vereinbaren Sie telefonisch einen Termin unter Bismarck 5734. W. Böhm, private Ermittlungen aller Art.*

Das hängte Böhm immer auf, wenn er Klientenbesuch hatte und potentielle Kundschaft nicht vergraulen wollte. Auf dem Gang hatte er eine kleine Holzbank und einen Aschenbecher aufgestellt. Charly hatte zwar einen Schlüssel, doch wollte sie Böhm nicht stören. Jeder Auftrag war wichtig. Und vielleicht fiele ja auch wieder für sie etwas ab. Sie beschloss zu warten. Jedenfalls eine Zigarettenlänge.

Sie steckte sich eine Juno an, und als ihr langweilig wurde, ging sie hinaus auf die Kantstraße und schaute sich die Schaufenster an. Sie fand nichts, was ihr Interesse geweckt hätte, sogar die Mode wurde immer piefiger. Charly war froh, dass sie fast alle ihre Kleider selber nähte. Und auch ein wenig stolz darauf. Nähen war eine der wenigen typisch weiblichen Begabungen, über die sie verfügte. Ansonsten war sie als Hausfrau eine Katastrophe.

Sie inhalierte tief und genoss die Wirkung des Nikotins. Ein Mann, der vorüberkam, warf ihr einen bösen Blick zu. Inzwischen war es wieder verpönt, wenn Frauen in der Öffentlichkeit rauchten. Selbst in den kleinen Dingen hatten sich die Zeiten nicht zum Besseren gewandelt.

Als die Zigarette runtergebrannt war, machte sich Charly auf den Weg zurück zum Detektivbüro. Das Schild hing immer noch da, schien ein längeres Gespräch zu sein. Eine noch, sagte sie sich und setzte sich auf die Bank. Sie hatte gerade die nächste Juno aus dem Etui genommen, da öffnete sich die Tür, und ein Mann kam heraus, der ein wenig erschrocken zurückzuckte, als er da jemanden auf der Wartebank sitzen sah. Charly war nicht minder erstaunt, als sie den Mann erkannte.

»Doktor Schwartz«, rief sie. »Das ist aber eine Überraschung.«

»In der Tat«, sagte der langjährige Gerichtsmediziner, einer der fähigsten, die sie gekannt hatte, bevor die Nazis ihn aus dem Amt geekelt hatten.

»Freut mich, Sie wiederzusehen, Doktor. Erinnern Sie sich noch?« Charly steckte die Zigaretten weg, stand auf und streckte die Hand aus. »Charlotte Rath – damals noch Ritter.«

Der Mediziner wirkte verwirrt, ergriff aber ihre Hand und schüttelte sie. »Äh, natürlich erinnere ich mich, Fräulein Ritter – äh: Rath. Was für ein Zufall!«

Inzwischen war auch Böhm im Gang erschienen.

»Kein Zufall«, erklärte er, »Frau Rath ist meine Mitarbeiterin.«

»Ach, das freut mich aber.« Böhms Worte schienen Doktor Schwartz zu beruhigen, er schüttelte Charlys Hand gleich noch einmal. »Gleich zwei von Gennats Ex-Leuten, da bin ich ja in den besten Händen.« Er zwinkerte. »Dann bekommen Sie auch alle beide eine Postkarte, wenn wir angekommen sind und alles gut gelaufen ist.«

Charly verstand nur Bahnhof, und Böhm waren die Worte des Doktors auf irgendeine Weise unangenehm.

»Post schicken Sie besser keine, und schon gar keine Karte, darüber haben wir doch schon gesprochen, Doktor«, sagte er schnell und verabschiedete den Mediziner. »Wir sehen uns übermorgen. Auf Wiedersehen.«

Schwartz blieb einen Moment stehen, als wolle er noch etwas sagen, lüftete dann aber seinen Hut und ging die Treppe hinunter. Böhm öffnete die Tür zum Büro und schob Charly sanft aber bestimmt an den Schultern hinein. Kaum waren sie drinnen, schloss er wieder ab. Die Tafel *Bin im Gespräch* hing immer noch draußen.

»Was ist denn los?«, wollte Charly wissen, die es nicht liebte, herumgezerrt oder -gestoßen zu werden.

»Nur zur Sicherheit«, sagte Böhm. »Das sind Dinge, über die man besser nicht zwischen Tür und Angel spricht.«

»Was für Dinge?«

»Na, Dinge halt.«

Böhm schien zu merken, dass er mehr verraten hatte, als er wollte. Und zum Zurückrudern war es zu spät, Charly ließ ihn nicht mehr von der Angel.

»Doktor Schwartz verreist und soll uns keine Post schicken ... Geht er ins Ausland?«

Böhm schwieg.

»Natürlich! Er geht ins Ausland, und Sie helfen ihm dabei! Schwartz will emigrieren! Mit seiner Familie.«

»Ihnen kann man ja doch nichts vormachen«, sagte Böhm. Er wirkte ein wenig resigniert. »Aber man sollte nicht zu laut darüber reden. Obwohl die Nazis sie in ihrer viel beschworenen Volksgemeinschaft nicht dulden und am liebsten gar aus dem Land ekeln würden, ist es für Juden gar nicht so einfach, Deutschland zu verlassen. Erst recht nicht, wenn man auch sein Vermögen mitzunehmen gedenkt und es nicht den Nazis überlassen will. Das Deutsche Reich hat strenge Devisenbestimmungen. Und wenn Sie offiziell auswandern wollen, wird ein Viertel Ihres Vermögens als Reichsfluchtsteuer fällig.«

»Ich wusste gar nicht, dass Sie sich damit so gut auskennen.«

»Tue ich auch nicht. Aber ich kenne einen Bankbeamten, der mir hilft. Und noch ein paar andere Leute. Zwei, drei vertrauenswürdige Personen an den richtigen Stellen, damit kann man auch in diesen Zeiten einiges bewirken.«

»Und mich halten Sie nicht für vertrauenswürdig? Oder warum die Geheimniskrämerei?«

»Charly! Darum geht es doch nicht! Ich wollte Sie da nicht mit hineinziehen. Diese Dinge sind nicht nur illegal, sie sind gefährlich, die können Sie ins Gefängnis bringen. Ich mache Sachen, die ich früher nicht für möglich gehalten hätte; wenn es sein muss, besorge ich sogar falsche Pässe. Ich hatte nicht vor, Sie mit diesen Dingen zu behelligen ...«

»Was heißt behelligen? Verdammt, das ist doch mal endlich etwas Sinnvolles in diesen Zeiten! Besser als untreue Ehefrauen beim Liebesspiel zu fotografieren.«

Auswandern. An genau so etwas hatte Charly vorhin in der Bahn gedacht. Weil sie keinen Sinn mehr darin sah, in ihrem Heimatland und in ihrer Heimatstadt zu bleiben, so sehr sie Berlin auch liebte. Aber da gab es etwas Sinnvolles, das sie tun konnte, das sie nur hier in Berlin tun konnte: Denjenigen beim Ausreisen zu helfen, die das Land *wirklich* verlassen mussten. Die es verlassen mussten, weil sie in *Gefahr* waren.

»Ich weiß nicht, Charly, Sie sagen das so dahin.« Böhm klang skeptisch. »Doktor Schwartz ist nicht mein einziger Klient in diesem Bereich. Und er wird nicht mein letzter sein. Wenn das Ganze auffliegt, droht allen Beteiligten Gefängnis, im schlimmsten Fall das Schafott, wollen Sie das wirklich riskieren?«

»Sie müssen mich nicht aus diesen Dingen heraushalten, weil Sie mich schützen wollen, ich bin alt genug. Und froh, wenn ich in diesem Scheißland endlich mal etwas Sinnvolles tun kann. Lassen Sie mich helfen.«

Sie fragte sich, warum sie das nicht schon früher gesehen hatte, warum Böhm sie erst darauf stoßen musste. Weil sie selbst vor einem Jahr schon einmal versucht hatte, einem untergetauchten Kommunisten zu helfen und das beinahe schiefgegangen wäre? Von Karl Reinhold durfte nie jemand etwas erfahren, auch nicht Böhm. Sie wollte sich gar nicht ausmalen, was er sagen würde, wenn er davon wüsste. Und vor allem, wer ihr damals geholfen hatte. Johann Marlow und sein chinesischer Leibwächter. Dieselben Leute, die sie einen ganzen Tag wie eine Gefangene festgehalten hatten. Dieselben Leute, die sie nun um Hilfe baten.

Da saß er, Wilhelm Böhm, ihr Mentor, der einzige Mann, der sie immer schon gefördert, sie in allem unterstützt hatte, strich sich mit den Fingern durch den Schnurrbart und wirkte reichlich ratlos. Er schaute immer noch einigermaßen griesgrämig drein, was bei ihm aber nichts zu sagen hatte. Meist hieß das nur, dass er gerade angestrengt nachdachte.

»Also gut, Charly«, sagte er schließlich und hielt ihr die rechte Hand hin. »Wir können tatsächlich jede Hilfe gebrauchen. Aber Sie müssen sich darüber im klaren sein, dass Sie niemals jemandem ein Wort davon erzählen dürfen. Nicht einmal Ihrem Mann.«

Charly musste nicht lange überlegen. Sie schlug ein.

21

Rath saß an seinem Schreibtisch und ertappte sich, wie er bereits die Stunden runterzählte. Und von den Stunden die Minuten. Erika Voss war dabei, die letzten Seiten der Akte Lehmann ins Reine zu tippen; in zwanzig Minuten hatte er einen Termin bei Ernst Gennat und wäre den Fall endlich los. Fühlte sich gut an, klar Schiff zu machen. Während die Voss im Vorzimmer der Akte den letzten Schliff gab, war Rath schon dabei, sich durch die Schubladen in seinem Büro zu wühlen, um zu entscheiden, was er mitnähme und was nicht. Morgen würde er seinen Schreibtisch endgültig leerräumen, sich von den Kollegen mit einem kleinen Umtrunk verabschieden und dann der Mordinspektion für immer den Rücken kehren. Ein sauberer Schnitt.

Sogar mit Czerwinski hatte er die Dinge wieder gerade rücken können. Der Dicke saß brav an seinem Schreibtisch und heftete alles, was die Voss in regelmäßigen Abständen hereinbrachte, an den richtigen Stellen in der Akte ab. Heute morgen hatte sich der Kriminalsekretär zurückgemeldet und sein Schmollen beendet. Und Rath hatte erfahren, dass es nicht die Niederlage beim SD oder die schlechte Behandlung durch Rath war, die Czerwinski hatten beleidigt sein lassen, sondern eher das Gegenteil.

Der Dicke fühlte sich von Rath im Stich gelassen. »Alle gehen woanders hin. Bald ist hier überhaupt keiner mehr, den man noch von früher kennt! Erst Böhm, dann Gräf, dann Henning, jetzt auch noch du …«

»Ist doch nur eine Versetzung, Paul. Ich bin ja nicht aus der Welt. In der Kantine laufen wir uns bestimmt noch regelmäßig über den Weg.«

»Ich verstehe das nicht. Was ist denn so schlecht an der verdammten Mordinspektion?«

»Nichts, Paul. Aber manchmal braucht der Mensch eben Veränderung.«

»Ich nicht.«

Das stimmte. Rath kannte keinen Menschen, der so auf das Gewohnte vertraute, auf Rituale und Traditionen, wie Paul Czerwinski. Der Dicke hatte eine Skatrunde, er hatte einen Stammtisch, er wohnte immer noch bei seiner Mutter – in den letzten zwanzig Jahren hatte Paul Czerwinski immer dasselbe Leben geführt, ganz gleich wie die Welt um ihn herum sich veränderte, nicht nur in der Burg, sondern überhaupt, und Rath merkte, wie sehr er ihn darum beneidete. Er selbst versuchte das auch, doch es gelang ihm immer weniger. Mehr und mehr verstand er Charly, die schon vor zwei Jahren über die Regierung Hitler geschimpft hatte. Die Nazis saßen fester im Sattel, als er dies jemals für möglich gehalten hätte, die Mehrheit der Deutschen schien ihnen mittlerweile sogar zuzujubeln. Oder waren es doch größtenteils nur Leute wie er, Gereon Rath, Leute, die einfach ihr Leben weiterleben und sich von den Nazis nicht stören lassen wollten?

Er fragte sich, wie Czerwinski zu den Männern stand, die seit nun fast drei Jahren im Land das Sagen hatten. Ein Nazi war er bestimmt nicht. Aber er lehnte sich auch nicht dagegen auf, sein Hitlergruß wirkte so phlegmatisch wie alles, was er tat, wenn auch immer noch zackiger als der von Rath. Ob Czerwinski auch die Faust in der Tasche ballte? Aber was half das schon? Rath war resignierter, als er sich das selbst eingestehen mochte. Seine Vermutung, dass der Spuk mit den Nazis nur wenige Monate dauern würde, hatte sich nicht bewahrheitet. Und nach wenigen Jahren sah es auch nicht aus.

Gestern Abend hatte er Charly von seiner Versetzung erzählt.

»Schön, dass ich das auch mal erfahre!«

»Du weißt doch, wie schnell so etwas geht in der Burg! Und dass ich mich beworben habe, das habe ich dir schon vor Monaten gesagt.«

»Ja. Und was ich von dieser Bewerbung gehalten habe, das habe ich dir damals auch schon gesagt: Nichts.«

»Verdammt, Charly, was soll ich denn tun? Seit einem Jahr hat Gennat mich kaltgestellt. Du weißt doch, wie so etwas ist. Als du Kommissaranwärterin warst, weißt du noch, wie unglücklich du damals bei der WKP warst? Weil die Wieking dir nur Mist auf den Schreibtisch gelegt hat? Weil es ihr nur darum ging, Jugendbanden zu jagen, die sie zu kommunistischen Widerständlern aufbauschte?«

»Ja, und ich habe meine Konsequenzen gezogen.«

»Nichts anderes habe ich auch getan.«

»Ich habe gekündigt. Und du? Du gehst zu Nebe! Warum nicht zur Gestapo, wie Gräf es gemacht hat? Oder werde doch gleich Leibwächter bei Adolf Hitler!«
»Ja, Nebe ist Nazi. Natürlich ist er das. Ist es das, was dich stört? Das sind inzwischen fast alle Dezernatsleiter in der Burg ...«
»Gennat nicht.«
»Nein, Gennat nicht. Aber Arthur Nebe ist nicht nur Nazi, er ist ein verdammt guter Kriminalist, das ist es doch, was zählt. Und nicht, welches Parteibuch jemand hat.«
»Was heißt: welches? Es gibt nur noch ein Parteibuch, das erlaubt ist. Genau das meine ich.«
Wie immer war es zwecklos, mit ihr über diese Dinge zu sprechen. Erst als er gefragt hatte, wie sie sich das denn vorstelle, finanziell, wie das denn gehen solle, wenn er seine Stelle auch noch kündige, hatte sie eingelenkt. Sie hatten unbestreitbar weniger Geld zur Verfügung als in den Jahren zuvor, und eine Kündigung hätte die Situation wahrlich nicht entspannt. Seine Eltern jedenfalls, obwohl die über einiges Vermögen verfügten, würde Rath niemals anbetteln. Das hätte auch Charly nicht gewollt. Auf eigenen Beinen zu stehen war ihr schon immer wichtig gewesen.
Vielleicht hatte sie aber auch nur eingelenkt, weil sie etwas von ihm wollte. Ob sie Samstag das Auto haben könne, hatte sie gefragt, und dieses Friedensangebot war ihm leichtgefallen. Am letzten Arbeitstag würde er auch mit der BVG in die Burg fahren können. Er hatte nicht einmal nachgehakt, als sie auf seine Frage, wofür sie den Wagen denn brauche, nichtssagend geantwortet hatte, sie müsse etwas für Böhms Detektivbüro erledigen.
Er musste lächeln, als er daran dachte, wie sie sich nach ihrem heftigen Disput wieder versöhnt hatten. Diese Versöhnungen waren immer das Beste. Nur waren sie in all der Zeit, da Fritze nun bei ihnen wohnte, schon über zwei Jahre, so gut wie nie dazu gekommen, da hatte es immer nur für den Streit gereicht. Und wenn es doch einmal dazu hätte kommen können, hatte unter Garantie der Junge gestört. Oder der Hund.
Er schreckte auf, weil irgendetwas auf seine Schreibtischplatte knallte. Die Akte Lehmann.
»Fertig, Gereon.« Czerwinski stand vor ihm. »Sollen wir noch ein Schleifchen für den Buddha drummachen?«

»Nicht nötig, Paul. Ist auch so schon hübsch genug. Dann werd ich Gennat mein Abschiedsgeschenk mal vorbeibringen.«

Obwohl er einen Termin beim Chef der Kriminalgruppe M hatte, musste Rath warten. Er nutzte die Zeit, um noch eine Overstolz zu rauchen, und betrachtete die Akte Lehmann neben sich auf der Holzbank. Gennat würde nichts zu meckern haben, der Staatsanwalt ebensowenig, aber wenn Rath ehrlich zu sich war, musste er sich eingestehen, dass viele Dinge in dieser Akte noch nicht geklärt waren. Die Geheimdiensttätigkeit von Gerhard Brunner war nur ganz allgemein erwähnt, dort, wo es den Beruf des Unfallopfers einzutragen galt. Dass ein Doktor Wrede in irgendeinem von Böhms alten Fällen eine zweifelhafte Rolle gespielt hatte ebensowenig. Was sollte er dem Buddha auch mit Böhms Erblast auf die Nerven gehen, ohne zu wissen, um was es da überhaupt ging?

Das alles war Rath herzlich egal. Hauptsache, er wurde seine letzte Ermittlungsakte für die Kriminalgruppe M heute los und könnte am Montag reinen Gewissens bei Arthur Nebe und dem Landeskriminalamt anfangen. Ein neuer Anfang, ohne irgendwelche alten Sorgen, das war doch ein verlockender Gedanke.

Die Tür öffnete sich, und Trudchen Steiner bat ihn herein. Ernst Gennat saß nicht in seiner grünen Sitzgruppe, sondern hinter seinem Schreibtisch.

»Die Akte Lehmann, Kriminaldirektor«, sagte Rath und legte den Ordner auf den Schreibtisch.

Der Buddha, der noch mit einer anderen Akte beschäftigt war, die aufgeschlagen vor ihm lag, blickte nicht einmal auf.

»Danke«, sagte er nur.

»War mir wichtig, die noch abzuschließen, bevor ich die Mordinspektion verlasse, Kriminaldirektor.«

Rath gab sich bescheiden, weil er mit ein paar warmen Worten rechnete, mit ein paar kleinen Dankesbezeugungen.

Doch da kam nichts dergleichen. Gennat blickte noch einmal von seiner Akte auf und hob verwundert die Augenbrauen.

»Ist noch was, Oberkommissar?«

»Nicht direkt. Aber ich dachte, Sie hätten vielleicht noch ein paar Fragen, Kriminaldirektor. Oder wünschen Sie, dass ich Ihnen die Akte erläutere.«

»Zu meinem großen Glück habe ich in der Schule lesen gelernt«, sagte Gennat. »Da muss ich Sie nicht belästigen, Oberkommissar. Gehen Sie zurück an Ihre Arbeit.«

Das war's also. So sah Raths Abschied von Ernst Gennat nach mehr als fünf Jahren in der Mordinspektion aus.

»Jawohl, Kriminaldirektor.«

Rath stand auf und verabschiedete sich. Mit einem ordentlichen Deutschen Gruß, wie es sich gehörte, weil er wusste, wie sehr Gennat den hasste.

Als er ins Büro zurückkehrte, war Czerwinski schon weg und Erika Voss bereits im Mantel.

»Ah, Oberkommissar, gut dass Sie kommen. Da ist Besuch für Sie.«

»Wo?«

»Wartet draußen im Gang. Wollte unbedingt zu Ihnen.«

Rath ging hinaus und schaute nach. Auf der Holzbank saß eine brünette Mittzwanzigerin mit strenger Frisur, die so unscheinbar wirkte, dass Rath sie tatsächlich übersehen hatte.

»Entschuldigen Sie«, sagte die Brünette und stand auf, »ich wollte nicht lange stören, aber ich suche einen Oberkommissar ...« Sie schaute auf eine Visitenkarte. »... einen Oberkommissar Gereon Rath.«

»Das bin ich«, sagte Rath. »Und in welcher Angelegenheit?«

»Nun ... Sie haben mir Ihre Karte durch den Briefschlitz geworfen. Schmeling ist mein Name ...«

»Wie Max?«, fragte Rath. »Nur Irene?«

»Richtig.«

»Hat man Sie denn noch nicht benachrichtigt, Frau Schmeling?«

»Über Ferdi ... Das heißt ...« Sie schaute auf Erika Voss, die gerade ebenfalls hinausgekommen war, und stockte. »Würde es Ihnen etwas ausmachen, Oberkommissar, wenn wir uns unter vier Augen unterhielten?«

Kurz darauf saßen sie an Raths Schreibtisch. Sein vorletzter Arbeitstag in der Mordinspektion, und er kam als Letzter aus dem Büro. Wie er das nur wieder hinbekommen hatte?

»Danke, dass Sie sich Zeit nehmen«, sagte die Schmeling. »Ihre Kollegen haben leider keine Karte hinterlassen.«

»Meine ... Kollegen?«

»Ja, ein Kriminalsekretär Wegener und noch ein Herr, dessen Name mir gerade nicht einfällt.«

»Sowa?«

»Kann sein. Jedenfalls haben mich die Herren in Kenntnis gesetzt über den Tod von ...«

Sie stockte und fasste sich mit der Linken an die Stirn. Für einen Moment befürchtete Rath, sie würde anfangen zu schluchzen, doch Irene Schmeling hatte sich im Griff.

»Ich weiß inzwischen, dass mein Ferdi ein Heiratsschwindler war und eigentlich ganz anders hieß. Dass er bei Ihnen schon aktenkundig ist und all das ...«

Rath staunte. Obwohl er eigentlich nichts anderes erwartet hatte. Natürlich gaben sich die SD-Leute als Kriminalbeamte aus. Natürlich verschwiegen sie die SS- und SD-Wirklichkeit von Gerhard Brunner. Aber dass sie so dreist logen und dem armen Obersturmführer sogar Vorstrafen andichteten! Ein Heiratsschwindler nämlich war er nicht, jedenfalls kein Bigamist. Gerhard Brunner war Junggeselle, wie Czerwinski inzwischen herausgefunden hatte.

»Was ich sagen möchte, Oberkommissar ... Ich bin hier, weil ich um etwas bitten möchte. Daran habe ich beim Besuch Ihrer Kollegen nicht gedacht ... der Schock war in diesem Moment wohl zu groß.« Sie druckste ein wenig herum, offensichtlich war es ihr peinlich, das auszusprechen, was sie aussprechen wollte. »Was ich Sie fragen möchte, Oberkommissar Rath – ich habe der Polizei ein Foto gegeben, als ich Ferdi – entschuldigen Sie, dass ich ihn immer noch so nenne, aber nun, wo er doch tot ist ... – jedenfalls: Als ich ihn vermisst gemeldet habe, da ...«

Rath ahnte längst, worum es ging, und unterbrach sie.

»Sie möchten das Foto zurück, das Sie uns gegeben haben, Fräulein Schmeling?«, fragte er, und sie nickte dankbar.

»Wissen Sie, ich hätte einfach gerne eine Erinnerung. Trotz allem, was ich jetzt über ihn erfahren habe, war er doch kein schlechter Mensch.«

»Sie haben recht, Fräulein Schmeling, ich fürchte jedoch, das Foto befindet sich in der Akte. Aber ich werde es Ihnen zukommen lassen. Versprochen.«

Sie lächelte, reichte ihm die Hand, um sich zu bedanken und

verabschiedete sich mit einem Knicks. Irene Schmeling arbeitete als Sekretärin bei Hermann Göring und dachte nicht einmal an den Deutschen Gruß. So ganz, dachte Rath, war Deutschland dann wohl doch nicht verloren.

22

Er war schon ewig nicht mehr U-Bahn gefahren. Obwohl er als Polizeibeamter nicht einmal bezahlen musste; es reichte, den Dienstausweis an der Sperre vorzuzeigen. Gleichwohl war er lieber mit dem Auto unterwegs. Aber den Buick hatte Charly in Beschlag genommen. Als Rath am Alexanderplatz aus der Erde stieg, ging er erst einmal zu Tietz. Er sagte immer noch Tietz, obwohl das große Warenhaus am Alex inzwischen *Hertie* hieß. Und der Familie Tietz auch nicht mehr gehörte.

In der Lebensmittelabteilung erstand er zwei Flaschen Sekt, die er mit ins Präsidium nahm. Brettschneider an der Pforte schaute überrascht, als er den Oberkommissar erblickte, und das weniger wegen der Sektflaschen. Es war äußerst selten, dass Rath das Präsidium über den Haupteingang betrat, normalerweise parkte er im Lichthof und ging von dort in sein Büro.

Czerwinski war noch nicht da, aber Erika Voss hämmerte bereits fleißig in die Tasten. Rath grüßte mit einem Kopfnicken.

»Können Sie die irgendwo kalt stellen, Erika?«, fragte er und stellte seiner Sekretärin die beiden Sektflaschen auf den Schreibtisch. Sie hörte auf zu tippen.

»Hm. Beim Erkennungsdienst haben sie jetzt einen elektrischen Kühlschrank; ich seh mal nach, ob da noch Platz ist.«

Sprach's und verschwand mit den Flaschen durch die Tür.

Rath blieb einen Moment stehen und schaute sich um, auf den verwaisten Sekretärinnenschreibtisch, auf die Karteischränke und Regale, die Verbindungstür, die vom Vorzimmer nach hinten führte. Es war ein komisches Gefühl, dieses Büro zum letzten Mal zu betreten, dieses kleine Büro am Ende des Ganges, das er vor fünfeinhalb Jahren von seinem Vorgänger Roeder übernommen hatte. Er legte Hut und Mantel ab und ging zu seinem Schreibtisch. Das Gefühl, heute alles mögliche zum letzten Mal zu tun, machte ihn wehmütiger, als er gedacht hätte. Er setzte sich an seinen Platz und ließ die Gedanken schweifen. Was er in diesem Büro nicht alles erlebt hatte. Mit Charly hatte er sogar einmal …

Und nun war sie schon seit mehr als zwei Jahren nicht mehr bei der Polizei. Vieles hatte sich verändert, und kaum etwas zum Besseren. Reinhold Gräf war der erste Mitarbeiter gewesen, mit dem er sich das Büro geteilt hatte, auch der, mit dem er sich am besten verstanden, mit dem ihn vielleicht sogar so etwas wie eine Freundschaft verbunden hatte. Nun war Gräf beim Gestapa und machte dort Karriere. Danach war Andreas Lange sein Partner gewesen. Immer etwas unterkühlt, der Mann aus Hannover, aber durchaus brauchbar. Nein, mehr als brauchbar; ein verdammt guter Polizist. Leider zu gut; Rath stand nur ein Kriminalsekretär als Partner zu, kein Kriminalkommissar. Und das war der ehrgeizige Lange inzwischen. Aber selbst Czerwinski, seinen dritten Partner und von allen sicherlich der unbegabteste Kriminalist, würde er vermissen, das merkte Rath, als er auf dessen verwaisten Schreibtisch blickte. Czerwinski war einer seiner ersten Duzfreunde in der Mordinspektion gewesen, er kannte ihn schon eine kleine Ewigkeit. Und heute war ihr letzter gemeinsamer Arbeitstag …

Mein Gott, bist du ein sentimentales Arschloch, dachte er, *reiß dich mal zusammen!*

Er musste an Czerwinskis gestrige Worte denken. Der Dicke war wirklich enttäuscht, all seine Kollegen nach und nach weggehen sehen zu müssen. Vielleicht hatte der Kriminalsekretär all die Jahre nur deswegen keine Karriere am Alex gemacht, weil er nicht wollte, dass sich etwas veränderte. Und dann machten die Kollegen Karriere oder hatten andere Interessen und gingen weg. Sich zu wünschen, dass alles beim alten bliebe, war wohl einer der am schwierigsten zu erfüllenden Wünsche überhaupt.

Erika Voss kam zurück und setzte sich an ihren Platz, nahm wortlos die unterbrochene Arbeit wieder auf. Rath machte sich daran, seinen Schreibtisch leerzuräumen. Viel war nicht mehr in den Schubladen; das meiste hatte er gestern bereits mitgenommen.

Gleich noch ein kleiner Umtrunk mit seinen engsten Mitarbeitern, also Paul Czerwinski und Erika Voss, dann wäre das Kapitel Mordinspektion für ihn beendet.

Es ging auf Mittag zu, und Czerwinski war immer noch nicht da. Ob Raths Abschied dem Dicken so sehr aufs Gemüt schlug, dass er krankfeierte?

Anstelle von Czerwinski erschien jemand anderes im Büro, um sich zu verabschieden. Andreas Lange. Rath war gerührt. Er hatte seinem früheren Partner gerade auf ein Glas eingeladen und Erika Voss zum ED-Kühlschrank geschickt, den Sekt zu holen, da klopfte es noch einmal, und Franziska Voss aus dem Personalbüro, die Schwester seiner Sekretärin, kam mit einem kleinen Kuchen durch die Tür, den sie auf den Schreibtisch stellte.

»Der ist von Erika. Sollte eine Überraschung sein. Wo ist sie denn?«

»Sekt holen«, sagte Rath, dem langsam schwante, dass das hier kein Abschied im kleinen Kreis bleiben würde.

Und so war es dann auch.

Als die Voss mit den Sektflaschen zurückkehrte, hatte sie Kronberg und ein paar Kollegen vom ED im Schlepptau. Obwohl sie wohlweislich gleich beide Flaschen mitgebracht hatte, schickte Rath sie mit einem Geldschein los, um Nachschub zu besorgen. Sie war gerade zurück, da erschien doch noch Czerwinski, der seinen alten Kumpel Alfons Henning mitbrachte. Plisch und Plum, so hatte man die unzertrennlichen Kollegen seinerzeit im Präsidium genannt. Der alte Hase Czerwinski hatte sich des als Berufsanfänger zum Alex gekommenen Kriminalassistenten angenommen und ihm ein paar Dinge beigebracht, die man nicht auf der Polizeischule lernte. Schnell hatten sämtliche Vorgesetzte in der Mordinspektion – auch Rath – gemerkt, dass es besser funktionierte, wenn man die beiden zusammen einsetzte, den phlegmatischen Czerwinski und den ehrgeizigen Henning.

Aber dann hatten der Ehrgeiz und die Karriereleiter Alfons Henning schließlich von seinem einstigen Mentor entfernt, und Czerwinski hatte diese Trennung nicht gut verkraftet. Seine Arbeitsmoral, um die es ohnehin nie zum Besten bestellt war, hatte seither noch ein wenig mehr nachgelassen.

»Das ist ja eine Überraschung, Alfons«, begrüßte Rath seinen früheren Kollegen, den er seit fast zwei Jahren nicht mehr gesehen hatte. »Wie läuft's denn so? Immer noch im Einbruchsdezernat?«

»Ne.« Henning grinste. »Seit dem Sommer bin ich einer von Nebes Leuten.«

»Du bist beim LKA?«

Henning nickte und reichte Rath die Hand. »Willkommen im Preußischen Landeskriminalamt, Kollege. Schön, da oben am Montag ein bekanntes Gesicht zu sehen.«

»Da fehlt dann ja nur noch Paul, dann können wir eine kleine Skatrunde aus Ex-Mordermittlern aufmachen«, meinte Rath und zeigte auf Czerwinski.

»Vielleicht sollte ich wirklich einen Versetzungsantrag stellen«, sagte der und erntete überraschte Blicke. Solch ein Satz war aus dem Mund des Dicken bislang unvorstellbar gewesen.

»Wäre einen Versuch wert, Paul«, sagte Henning. »Nebe weiß das Personal von Gennat zu schätzen. Wann immer jemand vom Buddha aussortiert wird, greift er zu.«

Aussortiert. Ein unschönes Wort. Außerdem war es Rath bislang nicht klar gewesen, inwieweit die Kollegen in der Burg von seiner Kaltstellung Notiz genommen hatten. Aber offensichtlich hatten sie.

Erika Voss trommelte mit einem Kaffeelöffel gegen ihr Sektglas, und alle Gespräche verstummten. Dann hielt die Sekretärin eine wohldosierte Rede und überreichte ein kleines Geschenk. »Von uns allen«, sagte sie. »Wir haben gesammelt.«

Rath hatte gar nicht mitbekommen, wie seine Sekretärin sich im Laufe der Jahre zu einer Art Mutter der Kompanie entwickelt hatte. Aber so war es wohl: Erika Voss hatte schon immer die Fäden zusammengehalten.

Sie hatte ihm das hübsch eingewickelte Paket gerade überreicht, da klopfte es, und jemand steckte seinen Kopf durch die Tür, den Rath noch nie zuvor gesehen hatte.

Der Mann, der eine Schirmmütze in seinen Händen hielt, schien überrascht, so viele Menschen in dem kleinen Büro zu sehen. Seine Augen wanderten von einem Gesicht zum nächsten.

»Entschuldigen Sie, wollte Ihre kleine Feier nich stören«, sagte er. »Aber ick müsste zu Oberkommissar Rath. Is der hier irjendwo?«

»Der bin ich«, sagte Rath. »Und mit wem habe ich die Ehre?«

Der Mann wischte sich seine Hand an der Hose ab und streckte sie Rath entgegen.

»Manske, Friedrich«, sagte er. »Da bin ick.«

»Das sehe ich. Aber was wollen Sie?«

»Na, Sie wollten *mir* doch sprechen! Der Manni sacht, ick muss kommen, sonst verliert er seine Lizenz.«

»Manni?«

»Na, der Kollege Lauenburg. Hat Himmel und Hölle in Bewegung gesetzt, bis er mich gefunden hat. Und nu bin ick hier. Die letzte Fuhre von Otto Lehmann – ick kann Ihnen allet erzählen.«

Rath seufzte. Da hatte er dem renitenten Taxifahrer vom Anhalter Bahnhof wohl etwas zu viel Respekt eingebleut.

»Tut mir Leid, Herr Manske, aber Sie kommen etwas spät. Die Unfallakte ist abgeschlossen, Herr Brunner, der Fahrgast bereits identifiziert.«

»Ach so.« Der Taxifahrer schaute enttäuscht. »Da will man der Polizei mal helfen, und dann isset nich nötig. Wissen Se denn ooch, woher Otto den jekannt hat, diesen Brunner? Würde mir interessieren.«

»Wie kommen Sie darauf, dass Herr Lehmann Herrn Brunner gekannt hat?«

»Aber ick dachte, darum jeht's. Nach all dem Theater, das er da vorm Bahnhof veranstaltet hat.«

»Ich fürchte, ich kann Ihnen nicht ganz folgen.«

»Na, vielleicht sollten wir uns dann doch mal unterhalten, wo ick nu schon hier bin.«

Rath seufzte.

»Na gut, aber nicht hier.«

Kurz darauf saß er mit dem Taxifahrer in Vernehmungsraum B, der lag seinem Büro am nächsten. Während die anderen weiterfeierten und seinen Sekt tranken. Eigentlich hatte Rath sich vorgenommen, den Mann nach einer kurzen Befragung auf dem schnellsten Wege wieder loszuwerden, doch dann wurde er stutzig, als Friedrich Manske nach Aufnahme der Personalien mit seiner Aussage begann.

»Otto hatte uns doch jebeten, den Kerl abzuwimmeln. Wollte den Fahrjast unbedingt für sich.«

»Wie bitte?«, fragte Rath, und Erika Voss, die das Gespräch protokollierte, schaute ihren Chef überrascht an. Solche Unterbrechungen waren in einer Vernehmung ungewöhnlich. Normalerweise ließ man die Zeugen erst einmal reden und stellte behutsame Fragen zu bestimmten Einzelheiten oder genauen Abläufen, wenn dies nötig war. Zeigte jedenfalls als vernehmender Beamter nicht offen seine Gefühle, seine Überraschung oder was auch immer, um den Zeugen nicht zu beeinflussen.

Friedrich Manske wirkte tatsächlich ein wenig verunsichert, er ließ seinen Blick zwischen Rath und der Voss, die aufgehört hatte zu schreiben, hin und her wandern, bevor er weitersprach. »Ick sachte, Otto hatte uns jebeten, den Herrn ...«

»Ja doch, ich habe Sie akustisch schon verstanden«, unterbrach Rath den Taxifahrer. »Ich wundere mich nur. Wie hat Herr Lehmann Sie denn gebeten? Und hat er gesagt warum?«

»Ne, so jesprächig war der ja eigentlich nie, der Otto.«

»Dann erzählen Sie doch mal!«

»Gerne. Wenn Se mir lassen.«

Erika Voss unterdrückte ein Grinsen.

»Also«, begann Manske, »Wir standen in der Schlange vorm Anhalter, war Sonnabend, so zwei bis drei Stündchen nach Mittach, da stieg Otto aus seiner Droschke und ging die Reihe entlang. Icke stand vielleicht so unjefähr auf Platz fünfe. Otto sachte jedenfalls: Wenn gleich eener rauskommt, heller Sommeranzug, Aktentasche, dann überlass den doch mir und mach kurz Pause. Und mit dem Satz is er wohl alle Kollegen abjeloofen bis zu seiner Droschke. Unjefähr sieben, acht von uns standen noch vor ihm.«

»Und Sie haben sich nichts dabei gedacht?«

Achselzucken. »Wir ham drüber jesprochen, aber wat sollten wer uns denken? Man tut 'nem Kollegen doch 'n Jefallen, wenn er drum bittet. Otto war beliebt, immer hilfsbereit, is auch mal einjesprungen, wenn Not am Mann war. Und wir wussten ja, det is eng mit seiner Familie. So viele hungrige Mäuler zu stopfen. Und jede Woche hatte er Angst, die Miete nich zusammenbringen zu können.«

»Wussten Sie, dass Herr Lehmann krank war?«

»Krank? Ne, Otto war nie krank. Hatte mal 'n bisschen Malesse mit sein Kopp im Sommer, als es so heiß war. Is ja auch unerträglich, wenn Se mit der Droschke in der prallen Sonne stehen müssen. Kenne 'n Kollegen, der dabei schon 'n Sonnenstich davongetragen hat.«

»Aber deswegen war Herr Lehmann nicht beim Arzt?«

»Na, Sie fraaren aber Sachen! Keene Ahnung. Wahrscheinlich eher nich. Wejen Kopfschmerzen? Da jeht man doch nich zum Dokter!«

»Gut, dann halten wir das so fest«, sagte Rath, an Erika Voss gewandt. »Und Sie, Herr Manske, sind sicher, Otto Lehmann wollte genau diesen einen Fahrgast in sein Taxi bekommen.«

Manske nickte. »Det saach ick doch die janze Zeit!«

Rath schob den Ausweis von Gerhard Brunner über den Tisch. »War es dieser Mann?«

Der Taxifahrer schaute sich das Bild an. »War kein SS-Mann«, sagte er. »War'n Zivilist.«

»Und das Gesicht? Erkennen Sie das?«

Manske zog eine skeptische Miene. »Schwer zu sagen. Könnte jedenfalls sein.«

Rath zeigte ihm eines der Unfallfotos.

Manske nickte. »Ja, doch, det könnte er wirklich sein. Sieht nur 'n bisschen ... Sagen Sie – is der Mann auf dem Foto da tot?«

Rath antwortete nicht und steckte das Foto wieder weg. Friedrich Manske schien ein zuverlässiger Zeuge zu sein, er glaubte ihm das seltsame Spielchen vor dem Anhalter Bahnhof, in das ja auch noch andere Taxifahrer verwickelt waren. Das ließ tatsächlich nur einen Schluss zu: Otto Lehmann hatte sich Gerhard Brunner als Fahrgast ganz bewusst ausgesucht. Ob Lehmann da auch schon gewusst hatte, wo diese Fahrt enden würde?

23

Charly saß hinter dem Steuer von Gereons Buick, zog an ihrer Juno und fühlte sich nicht wohl in ihrer Haut. Sie war nicht gerne in dieser Gegend, der Lenzener Platz war zu nah, doch es ging nicht anders, sie hatte noch einmal zur Volksbadeanstalt Wedding fahren müssen.

Diesmal musste sie wenigstens nicht vor dem Stürmerkasten stehen und warten, sondern konnte im Auto sitzen. Sie hatte sich einen Parkplatz direkt vor dem Dameneingang gesucht. Nun hieß es nur noch warten und rauchen; es konnte nicht mehr lange dauern. Während sie an ihrer Juno zog, hatte sie die Straße über den Rückspiegel im Blick.

Auf der anderen Straßenseite blieben immer wieder Menschen vor dem roten Zeitungskasten stehen und schauten sich an, was das Hetzblatt zu verkünden hatte. Jede Woche eine neue Ausgabe, jede Woche neuer Hass. Wie konnte ein einigermaßen anständiger und vernünftiger Mensch diesen Schmutz lesen, ohne dass ihm schlecht wurde? Ohne dass er merkte, wie verlogen und abgrundtief verdorben dieser von Staats wegen verordnete Antisemitismus war? Unwillkürlich schüttelte Charly den Kopf.

Und dann kam die Frau, auf die sie gewartet hatte. Pünktlich auf die Minute bog eine hübsche Blondine um die Straßenecke, und noch bevor Charly das Gesicht erkannte, war sie sicher, dass sie es war. Hinter ihr gingen eine ganze Menge anderer Menschen, die meisten dürften ebenfalls gerade aus der Straßenbahn gestiegen sein. Vier oder fünf kamen in Frage, doch sie tippte auf den Mann im hellen Trenchcoat mit dem weichen Hut, der seine Hände in den Taschen vergraben hatte und immer mal wieder einen Blick in die Schaufenster warf, die er passierte, ganz gleich, welche Ware die präsentierten. Ansonsten machte er alles richtig, hielt zumindest einen passablen Abstand. Jedenfalls keiner, der so etwas zum ersten Mal machte; wahrscheinlich ein frühpensionierter Polizist so wie Böhm, das waren ja die meisten in ihrem Beruf.

Charly drückte die Zigarette aus und beugte sich über den Beifahrersitz, bis sie den Türgriff erreichte. Sie wartete einen Moment und öffnete die Tür erst, als die Blondine auf gleicher Höhe war.

»Frau Döring?«, rief sie.

Martha Döring, die in ihrer Handtasche bereits nach dem Portemonnaie suchte, drehte sich um und schaute ins Auto.

»Frau Döring, steigen Sie ein. Schnell! Wir müssen hier weg, Sie werden bereits verfolgt.«

Unwillkürlich schaute Martha Döring sich um.

»Wie?«, fragte sie ungläubig.

»Ich erkläre Ihnen alles, aber steigen Sie in drei Teufels Namen ein!«

Martha Döring vergewisserte sich mit einem Blick, dass außer Charly keine weiteren Menschen in dem Auto saßen, dann tat sie endlich wie geheißen. Charly fiel ein Stein vom Herzen. Im Rückspiegel erkannte sie, wie der Mann im Grabenmantel schneller wurde und nun keine Zeit mehr an irgendwelchen Schaufenstern verplemperte. Sie trat aufs Gas, und der Buick schoss auf den Fahrdamm.

»Wer zum Teufel sind Sie?«, fragte Martha Döring. »Und wer zum Teufel soll mich verfolgen? Ich bin doch keine Spionin!«

»Ein Mann im hellen Trenchcoat und dunklem Hut beschattet Sie. Wahrscheinlich ein Privatdetektiv. Und mit hundertprozentiger Sicherheit von Ihrem Mann angeheuert.«

»Wie bitte?«

»Na, schauen Sie in den Rückspiegel. Direkt vor dem Volksbad.«

Der Trenchcoatmann, der es eben noch eilig hatte, war auf Höhe der Badeanstalt stehengeblieben und wurde immer kleiner. Charly glaubte zu erkennen, wie er einen Schreibblock aus dem Mantel holte und etwas notierte.

Martha Döring hatte den Detektiv offenbar ebenfalls gesehen und war für einen Moment sprachlos.

»Haben Sie eine Zigarette?«, fragte sie dann, und Charly reichte ihr die Junoschachtel.

Die blonde Frau zündete sich eine an und inhalierte erst ein paarmal, um sich zu beruhigen.

»Und nun erklären Sie mir bitte, was das alles soll«, sagte sie dann. »Und wer Sie sind.«

»Ich bin ebenfalls Privatdetektivin«, antwortete Charly. »Teilweise jedenfalls. Aber erst einmal muss ich Ihnen ein Geständnis machen. Ich weiß, wen Sie im Volksbad treffen. Und was Sie dort tun.«

Es dauerte einen kleinen Moment, ehe die Überraschung im Gesicht von Martha Döring in blanke Wut umschlug.

»Was soll denn das werden? Wollen Sie mich erpressen, Sie kleines Miststück? Halten Sie sofort an und lassen mich aussteigen! Ich ...«

»So beruhigen Sie sich doch! Niemand will Sie erpressen. Ich will Sie warnen.« Charly schaute in den Rückspiegel, der Detektiv war nicht mehr zu sehen. »Ich weiß, Frau Albrecht wartet im Volksbad auf Sie, aber es ist besser, wenn Sie die heute nicht sehen.«

»Was wissen Sie über Gisela?«, zischte Martha Döring. »Und vor was zum Teufel wollen Sie mich warnen? Ich weiß, dass sie jüdisch ist, aber das fällt ja wohl nicht unter Rassenschande, wenn sich zwei Frauen liebhaben.«

»Frau Döring, ich weiß nur deshalb soviel über Sie, weil mein Chef der erste Privatdetektiv war, den Ihr Mann engagiert hat.«

Die Frau schien langsam zu begreifen, vielleicht war es auch die Wirkung der Zigarette, jedenfalls wurde sie endlich ruhiger und hörte zu. Charly lenkte den Buick aus dem Wedding heraus in Richtung Invalidenstraße. Den Lenzener Platz mied sie.

»Mein Chef und ich waren uns einig, dass wir unsere Erkenntnisse nicht mit Ihrem Mann teilen«, sagte sie. »Mein Chef weiß allerdings nicht, dass ich Sie hier abgepasst habe.«

»Ach? Und warum tun Sie das?«

Martha Dörings Stimme war nun wieder leiser.

»Weil ich Ihren Mann kennengelernt habe. Und weil er – entschuldigen Sie, wenn ich Ihnen zu nahe trete – ein cholerischer, eifersüchtiger Widerling ist. Aber vor allem, weil er angekündigt hat, nicht lockerzulassen und ein neues Detektivbüro zu engagieren. Was er offensichtlich bereits getan hat. Und ich möchte nicht, dass er Ihr Geheimnis entdeckt. Weil ich nicht weiß, was er dann tun wird.«

»Sie haben Gisela und mich beobachtet?«

Charly nickte. Dass sie sogar Fotos gemacht hatte, behielt sie für sich.

»Ihr Mann spürt, dass Sie ihn nicht mehr lieben. Dass Ihr Herz jemand anderem gehört. Er glaubt an einen anderen Mann, und ich frage mich, wie er reagiert, wenn er erfährt, dass es eine andere Frau ist ...«

Plötzlich fing Martha Döring, die vor wenigen Minuten noch so stark und mutig gewirkt hatte, an zu schluchzen wie ein kleines Mädchen. »Das Leben ist aber auch so scheiße«, schimpfte sie, und Charly erkannte, dass es Tränen der Wut waren. Die Wut darüber, nicht das Leben zu führen, das man leben wollte. Etwas, das sie sehr gut nachempfinden konnte.

»Wem sagen Sie das?«

Sie hatten die Invalidenstraße erreicht, und sie fuhr vor dem Naturkundemuseum rechts ran.

»So, Frau Döring«, sagte sie, »hier können Sie in die Elektrische steigen. Dann sind Sie in einer Viertelstunde zuhause.«

»Aber da will ich doch gar nicht hin.«

»Dort hinten steht eine Telefonzelle. Rufen Sie im Volksbad an und erklären Frau Albrecht, warum Sie heute nicht erschienen sind. Aber gehen Sie nicht dorthin, Ihr Verfolger könnte noch da sein. Auf der anderen Straßenseite ist ein Café.«

»Und dann? Wie sollen wir uns denn noch treffen, wenn mein Mann mich beschatten lässt?«

»Ich kann Ihnen keine großartigen Tipps geben. Aber wenn Sie jemals wieder glücklich werden wollen, sollten Sie Ihren Mann verlassen.«

»Mein Mann wird sich niemals scheiden lassen. Eher bringt er mich um.«

»Dann brennen Sie doch einfach durch. Gehen Sie mit Frau Albrecht irgendwohin, wo Ihr Mann Sie nicht findet. Und wo es niemanden stört, dass Sie eine Frau lieben. Und wo es niemanden stört, dass Frau Albrecht Jüdin ist.«

»Und wo soll das sein? Auf dem Mond?«

»In irgendeiner großen Stadt. Nicht Berlin, möglichst weit weg von Ihrem Mann.«

Martha Döring überlegte. So langsam schien sie sich mit dem Gedanken anfreunden zu können.

»Ick hab Freunde in Prag«, sagte sie schließlich. »Da sind ooch keene Nazis.«

Charly nickte. Wie oft sie selbst sich schon vorgestellt hatte, nach Prag zu gehen, wo auch Bernhard Weiß, der ehemalige Polizeivizepräsident, Zuflucht gefunden hatte und Gereons Journalistenfreund Weinert. Eine schöne Stadt. Eine Stadt, in der man Deutsch sprach, und die dennoch demokratisch war. Soviele gab es da nicht mehr. Ob sie Gereon überzeugen könnte, *dort* neu anzufangen? Mit der Hilfe von ein paar Freunden? Auch in ihrem Leben musste jedenfalls etwas geschehen, das stand fest.

»Prag«, sagte sie. »Hört sich doch gut an. Im Ausland sind Sie auch sicher vor Ihrem Mann.«

»Aber nicht vor dem Gerede der Leute.«

»Lassen Sie die Leute reden.« Charly zuckte die Achseln. »Wissen Sie, ich habe auch einmal mit einer Frau zusammengewohnt. Wir hatten keine Liebesbeziehung, Greta war meine beste Freundin, sonst nichts, und dennoch haben die Nachbarn getuschelt. Sollen Sie doch. Aber es waren längst nicht alle, den meisten waren wir einfach egal, die haben uns gar nicht wahrgenommen. So ist das doch in einer Großstadt: die meisten lassen einen in Ruhe. Und um die anderen kümmert man sich einfach nicht.«

Martha Döring lächelte. »Wenn das so einfach wäre.«

»Es ist nicht einfach«, sagte Charly. »Das ist es nie. Aber anders geht es nicht.«

24

Als er in der Bahn saß, holte er die Fotos aus der Tasche und schaute sie lange an, als könnten sie allein durch Anstarren dazu bewegt werden, Antworten zu geben. Gerhard Brunner, einmal als schneidiger SS-Offizier, das andere Mal tot und im Sommeranzug. Was verband diesen Mann, einen Nazi aus dem Süddeutschen, mit dem einfachen Berliner Taxifahrer Otto Lehmann? Warum hatte der Taxifahrer den SS-Mann unbedingt in seine Droschke bekommen wollen? Nur um mit ihm gegen eine Brückenwand zu fahren? War es Lehmanns Absicht, Brunner mit in den Tod zu reißen? Hatte er mit der SS noch ein Hühnchen zu rupfen? Vielleicht war er ja Kommunist, und die Nazis hatten ihm anno 33 übel mitgespielt. Und der als Unfall getarnte Selbstmord wäre eine Amokfahrt und seine späte Rache?

Das waren die Fragen, die Rath sich schon im Präsidium gestellt hatte. Fragen, die er sich eigentlich nicht mehr stellen wollte, weil sie zu einem Fall gehörten, zu dem er keine Fragen mehr stellen wollte. Aber nun waren sie da, die Fragen, und er bekam sie nicht aus dem Kopf.

Und deswegen war der Abschied von den Kollegen schneller erfolgt als geplant. Rath hatte Erika Voss noch das Gesprächsprotokoll ins Reine tippen und Friedrich Manske unterschreiben lassen, dann brav die Runde gemacht und jedem die Hand gegeben, aber er war schon gar nicht mehr bei der Sache, weil die Fragen in seinem Kopf ihm keine Ruhe ließen.

Wie er die Sache auch betrachtete, er konnte sich keinen vernünftigen Reim darauf machen. Alle Antworten, die er hatte, erschienen ihm zu absurd: Otto Lehmann sucht den Freitod, nur um einen persönlichen oder politischen Feind mit in den Tod zu ziehen? Nein, das war einfach zu absurd. Wie Manske gesagt hatte: *Det war eng mit seiner Familie.* Niemals hätte Otto Lehmann seine Frau und seine drei kleinen Kinder mit ihren Geldsorgen zurückgelassen, die nach seinem Tod natürlich noch größer würden, so etwas machte ein Familienvater einfach nicht. Oder etwa doch? War Otto Lehmann die Verzweiflung seiner Frau egal?

Die Bahn hielt am Hochbahnhof Schlesisches Tor, Rath steckte die Bilder wieder in seinen Mantel und stieg aus. Diesmal spielten die Lehmann-Kinder nicht auf dem Hof, Rath sah kein bekanntes Gesicht und ging direkt in die vierte Etage hinauf. Auf sein Klopfen und Klingeln reagierte niemand.

Auch das noch! War er völlig umsonst hier rausgefahren.

Er klopfte bei den Nachbarn. Eine ältere Dame zeigte sich hinter dem Türspalt.

»Ja bitte?«

Rath holte seine Marke aus der Westentasche. »Ich müsste zu Frau Lehmann. Wissen Sie zufällig, wann sie wieder nach Hause kommt?«

»Na, die wird sich hier wohl nicht mehr blicken lassen. Die Familie Lehmann is in diesem Haus Jeschichte.«

»Die Lehmanns wohnen nicht mehr hier?«

Die Nachbarin nickte.

So schnell also konnte es gehen, dachte Rath. So schnell konnte eine Familie aus ihrer Wohnung fliegen, wenn sie mit der Miete im Rückstand war. Dass der Ernährer gerade einen tödlichen Unfall erlitten hatte, konnte einen Berliner Vermieter nicht erweichen. Im Gegenteil, das war ja gerade der Grund: ein paar Mieten im Rückstand, dann die Nachricht vom Tod des Familienvaters –

und schon stand der Gerichtsvollzieher vor der Tür und setzte die Zwangsräumung durch. Die schlimmen Befürchtungen von Hedwig Lehmann schienen Wirklichkeit geworden zu sein.

»Wo sind ...« Rath räusperte sich. Er hatte einen Kloß im Hals und fühlte sich unbehaglich, als sei er persönlich für das Schicksal der Familie Lehmann verantwortlich. »Wissen Sie denn, wo die Ärmsten untergekommen sind?«

Der Nachbarin war das nur ein Achselzucken wert. »Ne. So jesprächig war die Lehmannsche ja nie. Aber Se sind doch 'n Kriminaler, vielleicht fraaren Se mal bei der Firma Hertling nach.«

»Hat Frau Lehmann da gearbeitet?«

»Arbeiten? Mit drei Gören?« Sie schüttelte den Kopf, als sei Rath nicht ganz bei Trost. »Ne, det stand uff dem Umzuchswagen. Hat bis vor zwee Stunden noch unten jeparkt. Paar Möbelpacker ham da allet rinjeräumt, so ville war det ja nich.«

»Wie hieß die Firma noch gleich?«

»Hertling. Gebrüder Hertling. Schreiben Se doch mit, wenn Se allet verjessen!«

Das tat Rath dann auch. Er musste eine ganze Weile laufen, ehe er eine Telefonzelle fand. Eine, in der das Telefonbuch *nicht* geklaut worden war. Er fragte sich, was die Leute in dieser ärmlichen Gegend mit Telefonbüchern wollten.

Er hatte die Firma Hertling schnell gefunden und rief dort an.

»Solche Auskünfte kann ich Ihnen aber nicht geben«, sagte das Fräulein am anderen Ende der Leitung. »Da kann ja jeder kommen und behaupten, er sei Polizist.«

»Ich kann mich ausweisen.«

»Aber schwerlich durchs Telefon, schätze ich.«

»Ich brauche doch nur eine Adresse.«

»Die können Sie auch gerne haben. Wenn Sie vorbeikommen. Und Ihren Dienstausweis mitbringen.«

»Wir drehen uns hier im Kreis, merken Sie das?«

»Heißt das, Sie kommen vorbei? Bismarckstraße vierundvierzig. In Charlottenburg.«

»Ich weiß, wo die Bismarckstraße ist«, knurrte Rath. »Ich wohne da in der Gegend.«

»Na, umso besser für Sie. Ecke Wilmersdorfer. Bis fünfe bin ick noch hier.«

»Wie lautet denn Ihr werter Name?«
»Lieske. Und Ihrer?«
»Rath. Oberkommissar Rath.«
Er verließ die Telefonzelle und ging zurück zum Hochbahnhof. Eine Dreiviertelstunde später stand er vor der Filiale der Firma Hertling an der Ecke Bismarckstraße/Wilmersdorfer Straße. Die Geschäftsräume waren bereits geschlossen, er musste an die Fensterscheibe klopfen. Irgendwo hinten aus dem Halbdunkel kam eine junge Frau mit züchtig frisiertem Blondhaar, die neugierig nach draußen blickte, wo Rath seinen Dienstausweis gegen das Glas drückte.

»Sie kommen aber spät«, sagte die Frau, nachdem sie ihm aufgeschlossen hatte. »Zehn Minuten später, und ich wäre weg gewesen. Dann sind Sie also Herr Rath ...«

»Höchstpersönlich. Und Sie müssen Fräulein Lieske sein.«

»Ebenso höchstpersönlich.«

Sie lächelte, und Raths Wut verrauchte ein wenig.

»Kommen Sie doch rein. Ich hab schon alles rausgesucht. Es ging doch um die Familie Lehmann, nicht wahr, Familie Otto Lehmann?«

»Wobei Otto Lehmann leider nicht mehr unter uns weilt.«

»Das tut mir leid. Geht aber aus dem Terminkalender nicht hervor.« Sie fuhr mit dem rechten Zeigefinger die Seite eines dicken Buches entlang, das aufgeschlagen auf einem Geschäftstresen lag. »Lehmann, hier ist es. Ziemlich kleiner Auftrag. Und kurzfristig. Aber wie der Chef immer sagt: Kleinvieh macht auch Mist.«

»Man verdient eben immer gerne mit, auch bei einer Zwangsräumung, nicht wahr?«

Sie schaute ihn verständnislos an. »Zwangsräumung? Wer erzählt denn sowas? Das war doch keine Zwangsräumung! Der Anruf kam von Frau Lehmann selbst.«

Für einen Moment war Rath überrascht. Aber dann musste er an seine Schwiegermutter denken, die nach dem Tod von Christian Ritter zurück zu ihrer Familie nach Schwiebus gezogen war. Und sich seitdem höchst selten in Berlin aufhielt, ein Umstand, der seiner Ehe eher gut tat.

»Also keine Zwangsräumung, wie auch immer«, sagte er und zückte Stift und Notizblock. »Ich höre.«

»Also: Die Zieladresse war ... Fritz-Reuter-Allee fuffzich.«
»Wo ist denn das?«
»Brauchen Sie auch noch 'n Stadtplan? Hufeisensiedlung. Unten in Britz.«

Rath notierte alles und steckte seinen Notizblock wieder ein. Britz lag weit im Süden der Stadt, aber längst nicht so jotwede, wie Rath befürchtet hatte. Die Familie von Hedwig Lehmann schien aus Berlin zu kommen und nicht aus der tiefsten brandenburgischen Provinz wie die von Luise Ritter.

Fräulein Lieske klappte das Auftragsbuch zu, räumte es in eine Schublade und fischte einen einsamen Mantel von der Garderobe.

»Ich hoffe, die Firma Hertling hat Ihnen helfen können«, sagte sie und zog den Mantel an. »Wenn ich Sie dann bitten dürfte. Ich habe schon seit zwanzig Minuten Feierabend.«

»Natürlich«, sagte Rath. »Nur eine Frage noch: Sie sagen, es war ein kurzfristiger Auftrag. Wann ist er denn eingegangen?«

Sie seufzte, öffnete die Schublade und schlug das Buch noch einmal auf. »Gestern«, sagte sie dann. »Der Anruf kam erst gestern.«

Eine andere Geschichte

Marlow, Großherzogtum Mecklenburg-Schwerin
Mittwoch, 30. Oktober 1918

Du kannst schon gar nicht mehr zählen, wie oft du die gut 140 Kilometer nach Marlow gefahren bist, jedenfalls viel öfter, als deine Vorgesetzten dir Urlaub bewilligt hätten. Du bist dennoch gefahren. Hast dem Jungen beigebracht, wie man eine Morphinspritze verabreicht, und ihm eingeschärft, wie wichtig, wie überlebenswichtig die richtige Dosierung ist. Aber es geht dir nicht um die medizinische Betreuung, du möchtest ganz einfach bei ihr sein, möchtest bei ihr sein, so oft es geht.

Und es ist leichter als gedacht, sich heimlich davonzuschleichen. Das Reservelazarett liegt in Pasewalk, einem Garnisonsstädtchen mitten in Pommern, und wird längst nicht so streng bewacht wie das Feldlazarett an der Ostfront, in dem der Sanitätsfeldwebel Larsen die ersten Kriegsjahre gedient hat.

Allerdings ist schon aufgefallen, dass die Morphinvorräte schneller zur Neige gehen als gewohnt. Bislang hast du das mit der erhöhten Zahl der Verwundeten erklären können, die tagtäglich eingeliefert werden, doch du musst aufpassen. Einmal haben dich die Wachen beinah erwischt, als du gerade aus Marlow zurückgekehrt bist. Die Tasche mit dem Morphin und den Spritzen stand da glücklicherweise bereits in ihrem Versteck, und du konntest ihnen einigermaßen glaubhaft vermitteln, dass du nur einen kleinen Spaziergang gemacht hättest und sie so etwas doch nicht dem Wachhabenden melden müssten. Dein Zwinkern ließ die Wachen glauben, du hättest ein Mädchen besucht (was ja in gewisser Weise sogar stimmte), und sie haben dich mit einem verschwörerischen Grinsen passieren lassen. Im Feldlazarett wärst du nicht so leicht davongekommen.

Überhaupt fällt dir auf, dass es um die allgemeine Wehrmoral nicht mehr zum Besten bestellt ist. Die meisten Soldaten sind den Krieg leid; sie haben es satt, in den von Ratten und Läusen und Schimmel verseuchten und versifften Gräben zu hocken, sich in schöner Regelmäßigkeit mit Granaten zu beschießen oder mit Giftgas einnebeln zu lassen, sie haben es satt, in einem fort Angst um das eigene Leben zu haben, immer wieder Kameraden zu verlieren, ohne dass noch ein Sinn darin zu erkennen wäre. Ohne dass sie nennenswert vorrücken. Oder wenigstens nennenswert zurückweichen. Oder dass überhaupt etwas passiert, außer dass das tägliche Darben und Sterben weitergeht. Die armen Schweine, die in Pasewalk eingeliefert werden, haben zumindest das Glück, dieser Hölle entkommen zu sein. Und beten, der Krieg möge aus sein, bevor sie genesen und man sie wieder dorthin zurückschickt.

Dir ist dieser schleichende Verlust von Moral und Ordnung, der durch die Verwundeten bis zu euch in die Heimat getragen wird, nur recht. Auch du hast ihn längst satt, diesen dämlichen Krieg, in dem du tatsächlich einmal einen Sinn gesehen hast; dein Denken und dein Handeln dreht sich allein noch um Chen-Lu.

Vater hat Wort gehalten, er lässt den verstoßenen Sohn gewähren. Solange du dem Herrenhaus fernbleibst und nur ein bestimmtes Gesindehaus betrittst, macht niemand Anstalten, dich vom Hof zu jagen. Die Arbeiter – einige kennen dich noch von früher – werfen dir misstrauische Blicke zu, wenn du mit der Arzttasche zu Chen-Lu gehst, aber das ist es auch schon. Einmal bist du unverhofft Vater über den Weg gelaufen, der gerade von einem Ausritt zurückkehrte. Friedrich Larsen sagte keinen Ton, hat dich nicht einmal mit Verachtung gestraft, er tat einfach so, als sei da niemand, kein Auto, kein Sanitätsoffizier, kein Sohn. Er stieg ab, übergab sein Pferd dem Stallburschen und verschwand im Herrenhaus.

Das mag jetzt auch schon drei, vier Wochen her sein. Seit jenem Vorfall hast du niemanden aus dem Haupthaus mehr gesehen, weder Vater noch den alten Engelke. Sie bleiben im Haus, wenn der klapprige Opel, den dir dein Freund Wrede immer zur Verfügung stellt (der allein von deinen Ausflügen weiß), dein Kommen ankündigt, auch die Dienstboten verziehen sich, niemand möchte dem verstoßenen Sohn des Gutsherrn begegnen.

Der einzige, der dir entgegenläuft, schon wenn du aus dem Wagen steigst, ist der Junge. So auch jetzt. Wobei es auch schon spät ist, die Arbeiter und ihre Familien liegen längst im Bett.

»Kuen-Yao! Wie geht's deiner Mutter?«

Diese Frage stellst du immer, und meist bekommst du eine fröhliche Antwort. Seit das Morphin die Schmerzen besiegt hat, scheint es ihr tatsächlich besser zu gehen. Du bringst es nicht übers Herz, dem Jungen zu sagen, dass die regelmäßigen Spritzen, die er ihr verabreicht, die schlimme Krankheit nicht heilen werden.

Heute bekommst du keine fröhliche Antwort. Der Junge sagt nichts, sein Blick ist undurchdringlich wie immer.

Du folgst ihm in das kleine Häuschen, und als du sie siehst, wie sie da in ihrem Bett liegt, klapprig und dünn und schwach, nur noch ein Schatten ihrer selbst, da verstehst du den Blick des Jungen, und es zerreißt dir fast das Herz.

»Magnus«, sagt sie, und du erschrickst, wie schwach und brüchig ihre Stimme klingt. »Da bist du ja.«

Du setzt dich zu ihr ans Bett, wie immer, und klappst deine Tasche auf. Du hast neue Morphinampullen mitgebracht, hast die ganze Tasche vollgepackt, soviel, wie nur irgend hineinpasst, weil du dachtest, du müsstest ihr soviel Morphin dalassen wie möglich, bevor sie dir im Lazarett auf die Schliche kommen und der Nachschub versiegt.

»Ich kann nicht lange bleiben«, sagst du. »Sonst sperren sie mich möglicherweise ein. Aber ich habe euch genug mitgebracht für die nächsten Wochen.«

»Nie kannst du bleiben ...«

»Wenn der Krieg vorüber ist, werde ich bleiben. Bei dir und dem Jungen.«

»Dann müsst ihr den Krieg aber auch bald gewinnen, sonst ...«

Sie bricht ab, doch du weißt, was sie sagen will.

»Wir werden den Krieg gewinnen. Bald. Dann gehen wir alle drei hier weg, du, der Junge und ich. Nach Berlin, wo uns niemand kennt, wo wir neu anfangen können.«

Sie lächelt. Als wisse sie, welche Lügen du da gerade erzählst. Und als könne sie dir beide verzeihen. Du streichst ihr durchs Haar, das nass ist vom Schweiß.

»Wann hat der Junge dir die letzte Spritze gegeben?«

»Heute nach dem Mittagessen. Vor dem Schlafengehen brauche ich noch eine. Willst du sie mir geben?«

Du schaust in ihre Augen und hast das Gefühl, in diesem Moment genau dasselbe zu denken wie sie. Ohne dass ihr es aussprecht.

Du nickst nur.

»Magnus?« Sie greift nach deiner Hand. Sie schaut dich immer noch an. »Magnus, du musst mir etwas versprechen.«

Wieder nickst du nur. Hast das Gefühl, keinen Ton herausbringen zu können.

»Du musst mir versprechen, dass du dich um den Jungen kümmerst. Wenn ich nicht mehr bin, hat er sonst niemanden auf der Welt. Hier in Altendorf sind sie nicht gut zu ihm.«

Sie macht eine Pause, und es sieht aus, als fehle ihr die Kraft zum Reden. So weit ist es also schon. Die Krankheit hat schlimmer gewütet, als du es all die Wochen hast wahrhaben wollen.

»Der Junge ist gut in der Schule«, fährt sie schließlich fort. »Auch in den Sprachen. Begabter als du.« Sie lächelt verschmitzt, kichert sogar ein heiseres Kichern, und es versetzt dir einen Stich. Du musst an ihren Unterricht in Tsingtau denken. Wo sie vergeblich versucht hat, dem Sohn des kaiserlichen Forstverwalters Mandarin beizubringen. Eine Vergeblichkeit, die gewiss nicht ihr vorzuwerfen war.

Keine zwölf Jahre zähltest du, als deine Familie Gut Altendorf verließ, damit Friedrich Larsen den Posten des Forstverwalters im Schutzgebiet Kiautschou antreten konnte. Eine Ehre. Ein Abenteuer. Der Sprachunterricht bei Chen-Lu, die Vater auch dolmetschte, ist das einzige, an das du dich aus dieser Zeit gerne erinnerst. Zunächst noch gemeinsam mit deinen Brüdern, doch die waren jung und lernten schnell, so dass sie meist vor der Zeit hinaus zum Spielen geschickt wurden. Du hingegen lerntest langsam und bliebst länger. Sprachst in den Stunden, da ihr allein wart, allerdings mehr Deutsch als Mandarin mit der hübschen Chinesin, obwohl sie dich immer wieder ermahnte. Später haben sie ihr vorgeworfen, den minderjährigen Sohn des Forstverwalters verführt zu haben, doch so war es nicht. Niemand hat niemanden verführt, es hatte sich einfach so ergeben, da waren zwei Seelen, die sich gefunden hatten, und die es nicht störte, dass Chen-Lu eine chinesische Bedienstete und beinahe sechs Jahre älter war und du der Sohn der deutschen Herrschaft und noch ein halbes Kind.

Um einen Skandal zu vermeiden, haben sie dich zurück nach Europa geschickt. Dich auf ein Schweizer Internat gesteckt, dort hast du Abitur gemacht, dann in Greifswald das Medizinstudium aufgenommen. Das einzige, was du noch von Chen-Lu hören solltest, war Vaters lapidare Mitteilung, ein Jahr nach deiner Ankunft im Internat, dass die Dolmetscherin den chinesischen Chauffeur der Familie geheiratet und einen gesunden Jungen zur Welt gebracht habe. Du weißt noch, wie sehr dich die Eifersucht quälte, wie verzweifelt du mit deinem Schicksal gehadert hast, wie wütend du warst. Jung und wütend, solche Männer braucht der Krieg.

Vielleicht hast du deshalb dein Studium nach neun Semestern ruhen lassen und dich zum Militärdienst gemeldet, kaum war der Weltkrieg ausgebrochen. Freiwillig. Du hättest dein Studium beenden können, doch du wolltest nicht. Du wolltest an die Front. Dass sie dich dann, deinen Fähigkeiten entsprechend, in eine Sanitätskompanie gesteckt haben, entbehrte nicht einer gewissen Ironie. Du hast den Tod gesucht, und du hast ihn kennengelernt.

Bei den Sanitätern allerdings kennt man den Tod nur als den der Anderen. Im Lazarett wart ihr zu weit weg von der Front, um zu sterben, aber nah genug, um das Donnern der Artillerie zu hören und deren blutige Ernte regelmäßig einzufahren. Die Toten waren noch die Glücklicheren, schlimmer traf es die armen Teufel, deren Sterben Tage währte. Und am schlimmsten die, die dem Tod zwar von der Schippe sprangen, aber den Rest ihres freudlosen Daseins als körperliche und seelische Krüppel fristen mussten. Die Arbeit hat dich abgestumpft, in einem Maße, wie du das nie für möglich gehalten hättest. Das Geschrei der Verletzten, der Gestank der eiternden Wunden, das tägliche Sterben.

Und jetzt sitzt du hier, am Bett dieser sterbenskranken Frau, und es ist schwerer zu ertragen als alles, was du im Feldlazarett je erlebt hast. Sie hat kaum noch Kraft zu sprechen, aber sie tut es trotzdem, in kurzen, abgehackten Sätzen.

»Ich habe mit Kuen-Yao gesprochen ... Er geht mit dir. Kümmere dich um ihn. Ich habe etwas gespart ... Suche eine gute Schule für ihn, er muss lernen. Sei ihm ... ein guter Vater ...«

Kuen-Yao ist nicht im Raum. Er ist nie im Raum, wenn ihr miteinander sprecht, immer ist er so taktvoll und zieht sich zurück, lässt euch allein. Er respektiert den Mann am Krankenbett seiner Mutter, obwohl ihr ihm nie gesagt habt, wer dieser Mann ist. Er scheint es nicht einmal zu ahnen. Wie soll er auch? Wie soll er sich vorstellen können, dass Friedrich Larsen, der ihn und seine Mutter wie den letzten Dreck behandelt, sein Großvater ist?

»Das werde ich!« Ein Kloß sitzt fest in deinem Hals, doch du sprichst einfach dagegen an. »Ich verspreche dir, das werde ich.«

Ihr zufriedenes Lächeln. »Wenn das so ist«, sagt sie und schließt die Augen, »dann möchte ich jetzt schlafen. Gib mir etwas, damit ich schlafen kann.«

Du ziehst eine Spritze auf und gibst sie ihr, so sanft wie möglich.

»Noch eine«, sagt sie, als du die Nadel aus ihrer Vene ziehst und die Wunde abtupfst.

Sie hätte es nicht sagen müssen, du hast verstanden, was sie von dir verlangt. Vielleicht will sie dich auch nur von der Verantwortung entbinden, will den Befehl selber geben.

»Noch eine«, wiederholt sie, »ich möchte länger schlafen.«

Und du tust wie geheißen. Weil es das Beste ist, das Sinnvollste, das du noch tun kannst.

»Bleib bei mir, wenn ich einschlafe. Halte meine Hand.«

Du nickst. Legst die Spritze weg und ergreifst ihre Hand. Mit der anderen streichelst du ihr Haar, bis sie eingeschlafen ist. Eine Weile atmet sie noch, dann ist es vorbei.

Bis weit nach Mitternacht bleibst du bei ihr sitzen, sitzt am Bett und hältst ihre Hand, betrachtest ihr friedliches Gesicht, in dem immer noch die Spur ihres letzten Lächelns zu sehen ist. Die ganze Zeit hast du das Gefühl, weinen zu müssen, Sturzbäche von Tränen weinen zu müssen, doch du kannst nicht. Deine Augen bleiben trocken.

»Ist sie tot?«

Dein Blick wandert zur Tür. Dort steht der Junge und schaut dich an, dunkel und unergründlich. Er hat wirklich die Augen seiner Mutter.

Du nickst.

Du siehst das Bündel, das Kuen-Yao geschultert hat. Der Junge hat bereits gepackt. Als habe er gewusst, dass seine Mutter heute sterben würde. Wahrscheinlich hat sie selbst es ihm gesagt und ihn darauf vorbereitet, das wäre ihr zuzutrauen.

Du stehst auf und gehst hinaus in die Nacht. Der Geräteschuppen ist immer noch da, wo er schon vor sechzehn Jahren gestanden hat. Du nimmst einen Spaten und eine Spitzhacke, gehst hinüber zu der alten Ulme, in deren Schatten drei Generationen der Familie Larsen beerdigt sind, und fängst an zu graben. In dem sandigen Boden kommst du schnell voran. Einen halben Meter hast du bereits ausgehoben, da hörst du ein metallisch scharfes Geräusch und schaust auf. Da steht der Junge, am anderen Ende der noch flachen Zwei-Meter-Grube, und hat ebenfalls einen Spaten in den Boden gerammt.

Du willst etwas sagen, doch als du Kuen-Yaos Gesicht siehst, weißt du, dass jedes Wort überflüssig wäre. Du würdest ihn nicht wegschicken können, und zum Graben musst du ihn nicht erst anhalten. So grabt ihr also beide, andächtig und schweigend. Nur das Geräusch eurer Spaten ist zu hören und gelegentlich der Wind, der sich im Wipfel der Ulme fängt. Als das Grab ausgehoben ist und ihr zurück in die Hütte geht, redet ihr immer noch nicht. Chen-Lus Leichnam ist bereits in ein schneeweißes sauberes Laken gewickelt. Wieder hast du das Gefühl, dass Kuen-Yao vorbereitet ist, dass er nur den letzten Anweisungen seiner Mutter folgt, dass Chen-Lu ihm das alles aufgetragen hat, dass sie ihm schon vor Tagen gesagt hat, dass sie heute sterben wird.

Ihr Körper ist federleicht. Ihr lasst ihn so langsam und sanft in die Grube sinken, als wolltet ihr sie zum Schlaf betten. Ihr steht eine Weile am Grab und schaut auf das schneeweiße Bündel hinab, das im Mondlicht schimmert. Dann beginnst du, das Grab zuzuschaufeln, und auch der Junge greift zu seinem Spaten.

»Sie braucht einen Grabstein«, sagt der Junge, als ihr fertig seid.
Du nickst.
»Den bekommt sie. Aber nicht jetzt.«
Der Junge schaut dich an. Und du weißt, dass du Wort halten musst.

Ihr bringt das Werkzeug zurück in den Schuppen, Kuen-Yao holt sein Bündel aus der Hütte, du die Arzttasche, dann geht ihr zum Auto und werft euer Gepäck auf den Rücksitz.

Du drehst dich noch einmal um und wirfst einen letzten Blick auf den Gutshof, auf dem du geboren wurdest, und weißt mit einem Mal, dass du hier noch nicht fertig bist. Dass es noch etwas zu tun gibt.

»Setz dich schon mal ins Auto, Kuen-Yao«, sagst du. »Ich bin gleich wieder da.«

Dann holst du den Reservekanister aus dem Kofferraum und gehst zum Herrenhaus hinüber, das in der beginnenden Dämmerung langsam Konturen annimmt. Das Benzin gluckert bei jedem deiner Schritte.

ZWEITER TEIL

Sonntag, 1. September, bis Sonntag, 15. September 1935

25

Natürlich war Charly sauer, als er gleich nach dem Sonntagsfrühstück zu Hut und Mantel griff. Es half nicht einmal, dass er dienstliche Notwendigkeiten ins Feld führte, ein Argument, das sonst immer zog.

»Ach, der arme Herr Rath musste an seinem letzten Arbeitstag für Gennat tatsächlich noch arbeiten? Das tut mir aber leid!«

»Red nicht so! Ich habe mich noch nie vor Arbeit gedrückt.«

»Aber sie immer schon gerne auf den letzten Drücker erledigt.«

»Die Akte Lehmann liegt längst bei Gennat, doch dieser Taxifahrer hat eben eine neue Sichtweise aufgebracht, an die vorher kein Mensch gedacht hat.«

»Ach ja?«

»Ja. Nämlich die, dass sich der Taxifahrer und sein Fahrgast wahrscheinlich gekannt haben. Otto Lehmann hat dafür gesorgt, dass Gerhard Brunner nur zu ihm ins Taxi steigen konnte.«

Charly horchte auf. Das schien auch sie zu interessieren. Auf ihre kriminalistische Neugier war immer Verlass.

»Und nun willst du seiner Witwe also die Fotos zeigen und sie fragen, ob sie diesen SS-Mann kennt.«

»Richtig.«

»Logisch«, sagte sie. »Ich frage mich nur, warum du das nicht gestern schon erledigt hast?«

»Weil ich kein Auto hatte, wenn du dich erinnern möchtest? Weißt du, wie lang das dauert, mit der BVG nach Britz rauszufahren? Das ist eine halbe Weltreise. Und ich bin gestern Abend ohnehin schon kreuz und quer mit Bus und Bahn durch die Stadt gefahren, da ist irgendwann auch mal gut. Konnte ja nicht ahnen, dass die Lehmann mit ihren Kindern binnen einer Woche zur Verwandtschaft zieht, nur weil der Mann stirbt.«

Er stockte, weil er merkte, dass er ein empfindliches Thema angesprochen hatte. Ein Tabuthema im Hause Rath. Natürlich musste Charly nun an ihre eigene Mutter denken. Und an den Tod ihres Vaters. Deswegen hatte er ihr gestern auch nichts von seinen neuen Erkenntnissen erzählt, als er gegen sechs nachhause gekommen war. Klar hätte er da noch mit dem Auto nach Britz rausfahren können, aber das hätte ihnen den Samstagabend verdorben. Dann doch lieber den Sonntagmorgen.

»Ich brauche nicht lange«, sagte er. »Dann hole ich dich ab, und wir machen einen kleinen Ausflug zur Pfaueninsel. Wie wär's? Da waren wir schon viel zu lange nicht mehr. Und da hängen auch keine Hakenkreuzfahnen.«

Sie nickte. Charly war immer noch gereizt, das merkte er, aber auf eine gewisse Weise auch friedlicher, oder eher: zerbrechlicher als vorhin. Er gab ihr einen Kuss und verließ die Wohnung.

Selbst mit dem Auto war es eine halbe Weltreise. Britz lag am südlichen Rand von Groß-Berlin. Die Hufeisensiedlung war vor zehn Jahren ein Vorzeigeprojekt des Magistrats gewesen: Bezahlbare Wohnungen für einfache Leute, und dennoch mit viel Grün.

Rath parkte in der Fritz-Reuter-Allee und schaute sich um. Durchaus eindrucksvoll, die Wohnanlage. Modern und hübsch. Die vierstöckigen Bauten umringten einen hufeisenförmigen begrünten Innenhof, der ungefähr zwanzigmal so groß war wie ein normaler Berliner Hinterhof. Die Hausnummer 48 war eines der Eckhäuser. Auf dem stillen Portier war der Name Lehmann nicht zu finden. Eigentlich klar, dachte Rath, Lehmann war schließlich nicht ihr Mädchenname.

Rath wollte gerade anfangen, die Wohnungen einzeln abzuklappern und sich durchzufragen, da kamen drei Kinder die Treppe hinunter, die er kannte.

»Guten Tag, Lotte«, grüßte er das Mädchen. Lotte trug ihre kleine Schwester auf dem Arm und hielt den Bruder an der Hand. Sie wirkte durchaus fröhlich und grüßte freundlich.

»Heil Hitler, Herr Kommissar.«

Wahrscheinlich hatte sie das in der Schule gelernt. Na, wenigstens streckte sie ihren rechten Arm nicht aus; das ging auch gar nicht, weil sie damit ihre kleine Schwester trug.

»Schön habt ihr's hier«, sagte Rath.

»Ja, nich wahr? Ick hab sogar'n eigenes Zimmer. Und die Kleenen ooch.«

»So viel Platz?« Rath wunderte sich. »Wo wohnt ihr denn jetzt? Bei Oma und Opa? Oder bei einem Onkel?«

Sie schaute ihn erstaunt an. »Opa is doch schon lange tot«, sagte sie nur.

»Ihr wohnt also allein hier?«

»Natürlich nich, wir sind doch noch Kinder!«

»So meinte ich das auch nicht. Aber nur mit eurer Mama, mit sonst niemandem?«

Lotte nickte. »Aber Oma zieht vielleicht zu uns, sagt Mama.«

»Soso. Stand das schon länger fest, dass ihr hier hinziehen wollt?«

»Ne. Aber weil Papa tot ist, wollte Mama schnell raus aus der alten Bude und hat sich umgehört.«

Rath nickte verständnisvoll. »Eure Mutter«, sagte er, »die ist doch zuhause?«

»Schon. Hat sich aber jerade hinjelegt. Mittagsschlaf. Da stören Se besser nicht.«

»Muss ich leider. In welcher Etage noch gleich?«

»Na, die dritte.«

Dort klingelte Rath an der einzigen Tür ohne Namen auf dem Klingelschild. Und löste damit ein Keifen aus.

»Ick hab euch Jören doch jesacht, ihr sollt Muttern mal'n Stündchen in Ruhe lassen, verdammt!«

Hedwig Lehmann schaute mehr als überrascht, als sie die Wohnungstür öffnete und Rath erkannte.

»Wat wollen *Sie* denn hier?«

»Sie haben uns den Umzug gar nicht angezeigt, Frau Lehmann.«

»Muss ick ja wohl ooch nich bei der Kripo. Und det Meldeamt hat heute jeschlossen, wa? Dahin jehn wer nächste Woche. Zufrieden?«

»Ich fürchte nein. Ich müsste nur noch eine Sache klären, die uns Kopfzerbrechen bereitet. Wenn ich kurz reinkommen dürfte? Ich möchte Ihnen ein paar Fotos zeigen ...«

»Fotos?« Sie schaute misstrauisch.

»Geht schnell. Aber das machen wir lieber nicht zwischen Tür und Angel.«

Es war der Witwe anzusehen, dass es ihr nicht passte, den Kriminalbeamten einzulassen, ihr aber auch die Argumente fehlten, ihn abzuweisen. Sie trat beiseite.

Die Wohnküche war deutlich größer und auch heller als die in Kreuzberg. Und aufgeräumter. Viel Zeit zum Unordnung machen hatte Hedwig Lehmann ja auch noch nicht gehabt.

Rath nickte anerkennend. »Hier haben Sie's aber schön getroffen!«

»Hat mir 'n Bekannter vermittelt.«

»Hat die Charité denn schon bezahlt? Für die Leiche Ihres Mannes?«

»Die Charité? Ne, so schnell schießen die Preußen nu ooch wieder nich. Jedenfalls nich, wenn Se Beamte sind. Aber det Jeld kommt. Meen Otto hatte ja diese komische Krankheit, da lassen die sich nich lumpen!«

Rath fragte sich, welcher Wohltäter Hedwig Lehmann unter Vorlage des Charité-Vertrages so viel Geld vorgeschossen hatte, dass sie sich diese Wohnung leisten konnte. Und wie lange das Geld wohl vorhielt. Aber das war nicht sein Bier. Ein bisschen freute er sich sogar für die bärbeißige Witwe, wobei er sich wohl eigentlich eher für die Kinder freute.

Er legte die beiden Fotos von Gerhard Brunner auf den Tisch, die er bereits Friedrich Manske gezeigt hatte.

»Wenn Sie sich diese Lichtbilder einmal anschauen wollen, Frau Lehmann ...«

»Ja?« Sie schaute misstrauisch auf die Fotos. »Wat sollen damit sein?«

»Kennen Sie diesen Mann?«

»Ne. Warum sollte ick?«

»Schauen Sie genau hin.«

»Ne, den kenn ick nich. Wat sollen det?«

»Das ist Gerhard Brunner. Hat Ihr Mann den Namen mal erwähnt?«

»Mein Mann kennt doch keenen von der SS!« Es klang beinahe empört. Jedenfalls empörter, als so ein Satz in der heutigen Zeit klingen durfte.

»Überlegen Sie. War Ihr Mann Mitglied der Bewegung?«

»Ne, mein Otto war keen Nazi. Aber det is ja wohl ooch keen Verbrechen.«

»Hatte er denn in den vergangenen drei Jahren Ärger mit den Ordnungsbehörden?«

»Ob ihn die SA wegjesperrt hat? Oder Ihre Kollegen? Oder die SS? Meinen Sie det?«

»Zum Beispiel.«

»Nix da. Mein Otto hat sich niemals nich wat zuschulden kommen lassen, der war immer sauber!«

»Sie haben also wirklich keine Ahnung, woher Ihr Mann Gerhard Brunner gekannt haben könnte?«

»Sach ick doch. Aber vielleicht können *Sie* mir mal endlich erzählen, wer det sein soll? Sie wissen det doch, oder?«

Rath nickte. »Gerhard Brunner«, sagte er und sammelte die Fotos wieder ein, »war der letzte Fahrgast Ihres Mannes. Der, der mit ihm in den Tod gefahren ist.«

Dieser Satz vermochte, was Rath bislang nicht gelungen war: Hedwig Lehmann zum Schweigen zu bringen.

Ihren Nachwuchs sah er nicht mehr, als er zum Auto zurückging. Hier gab es andere Plätze zum Spielen für kleine Kinder als nur einen Hinterhof. Er zündete sich eine Zigarette an, um besser nachdenken zu können. Wie kam es, dass Hedwig Lehmann, die ihm vor einer Woche noch die Ohren vollgeheult hatte, dass sie sich nun, da ihr Mann nicht mehr da sei und das Geld verdiene, auch gleich umbringen könnte, eine Frau, der er die nackte Angst vor dem Gerichtsvollzieher geglaubt hatte, sich diese Wohnung leisten konnte? Zahlte die Charité wirklich so viel für eine Leiche mit Hirntumor? Vielleicht sollte er sich bei Gelegenheit mal erkundigen.

Dass sie es eilig hatte, aus dem dreckigen Kreuzberger Loch auszuziehen, in dem die Lehmanns in zwei Zimmern zu fünft hatten hausen müssen, konnte er verstehen, doch vor gut einer Woche hatte Hedwig Lehmann noch so geklungen, als drohe ihr und den Kindern die Obdachlosigkeit. Ob ihr Mann mehr auf der hohen Kante hatte als gedacht?

Die Frage, warum Otto Lehmann ausgerechnet Gerhard Brunner in sein Taxi bekommen wollte, würden sie womöglich nie beantworten können. War der Obersturmführer großzügig mit Trinkgeld, und Lehmann hatte ihn schon einmal gefahren? Und an jenem Samstag in den Bahnhof hineingehen sehen? Und gewusst, dass der SS-Mann wenig später als Zivilist wieder herauskommen würde?

Oder hatte Lehmann doch von seiner tödlichen Krankheit gewusst und beschlossen, den eigenen Tod mit dem eines anderen zu verbinden? Eine Art bewusste Amokfahrt sozusagen? Persönliche Motive schloss Rath nach dem Gespräch mit der Witwe weitgehend aus, so dass ein anderes, das er schon ganz zu Anfang im Sinn hatte, sich immer mehr aufdrängte: ein politisches.

Und wenn dem so war, dann hatte Rath einen Fehler gemacht, als er Erika Voss gestern den letzten dienstlichen Auftrag erteilt hatte: das Protokoll der Taxifahrervernehmung an Ernst Gennat weiterzuleiten. Natürlich warf das ein völlig neues Licht auf die Todesfahrt, und der Buddha würde die Akte wieder aufmachen. Blieb nur zu hoffen, dass Gennat die Brisanz erkannte und das Protokoll nicht an den SD weiterleitete. Sturmbannführer Sowa würde Otto Lehmann mit Sicherheit Tötungsabsicht unterstellen, und dann würde die arme Hedwig Lehmann als Witwe eines vermeintlichen SS-Mörders ihres Lebens nicht mehr froh.

Dann fiel ihm ein, dass er Gennat noch gar nicht darüber informiert hatte, dass der SD um eine Kopie der Akte gebeten hatte. Ob es Sowa überhaupt noch interessieren würde, wenn feststand, dass Brunners Spionagetätigkeit geheim geblieben war? Vielleicht würde das Ganze auch einfach versanden, und er hätte sich nichts vorzuwerfen.

26

Sie mussten nicht lange warten, da kam er. Er sah aus, als habe er sich von einem Sektempfang davongestohlen, das Gesicht glänzte hochrot über der schneeweißen Uniform, ein Zeichen von Alkohol. Oder Morphin. Oder – am wahrscheinlichsten – von beidem. Der Dicke wirkte jedenfalls ziemlich aufgekratzt und bester Laune, als er aus dem Dunkel trat, flankiert von einer Handvoll Männer der Landespolizeitruppe General Göring, seiner Prätorianergarde.

Die Leibwache blieb außer Hörweite stehen, während der Reichsminister herantrat. Auch sein eigener Leibwächter hielt sich ein wenig abseits. Obwohl er in fast alles eingeweiht war. Doch das musste Göring nicht wissen, der Dicke war misstrauisch. Und Vier-Augen-Gespräche waren Vier-Augen-Gespräche.

Über ihren Köpfen ragten Gerüste scheinbar endlos in den Nachthimmel. Ihr Treffpunkt war weniger ungewöhnlich als man denken mochte: Die Baustelle des Reichsluftfahrtministeriums lag sozusagen in Görings Hinterhof; von seiner Dienstvilla konnte der Minister ungesehen dorthin gelangen, ohne auch nur ein einziges Mal öffentlichen Raum betreten zu müssen. Keine drei Minuten Fußweg. Sollte er wirklich von einem Empfang kommen, würde man seine Abwesenheit kaum bemerken.

»Guten Abend, Reichsminister«, begrüßte er den Dicken. »Ein kleines Präsent für Sie.«

Göring musste das Paket nicht öffnen, um zu wissen, was es enthielt. Er steckte es in die Innentasche seiner Uniform.

»'n Abend«, sagte er.

Das war eines der wenigen Dinge, die er an Hermann Göring mochte: dass der einen nicht dauernd zum Hitlergruß nötigte. Wahrscheinlich mochte der Dicke den Gruß nur deshalb nicht, weil es nicht *Heil Göring* hieß.

Er hatte noch nie einen Menschen gekannt, an dem Uniformen so lächerlich wirkten wie an diesem. Und dennoch trug Göring selten etwas anderes: jeden Tag eine neue, aber immer Uniform, eine lächerlicher als die andere, behängt mit Orden. Gleichwohl durfte man den Dicken nicht unterschätzen, er war der zweitmächtigste Mann im Deutschen Reich.

»Also?«, fragte Göring nun. Mehr musste er nicht fragen.

»Nichts, Reichsminister. Keine Akten.«

»Sind Sie da völlig sicher?«

»Mein Mann im Präsidium konnte in der Asservatenkammer einen Blick in Brunners Aktentasche werfen. Leer. Laut Protokoll hat die Polizei lediglich eine Schachtel Weinbrandbohnen in der Tasche gefunden.«

»Kein Geheimfach oder so? Irgendwas ins Futter eingenäht?«
»Nichts.«
»Oder haben *Sie* die Akte etwa einbehalten?«
Der Blick des Dicken wurde lauernd. Zuviele Drogen konnten paranoid machen. Und Göring nahm zuviele Drogen.
»Wenn dem so wäre, Reichsminister, dann würde ich jetzt bestimmt nicht hier stehen und Ihnen irgendwelche Geschichten von der Asservatenkammer erzählen.«
»Sondern was?«
»Sondern Sie erpressen. Was denn sonst?«
Erst guckte Göring nur dumm aus der Wäsche, aber dann brach er in brüllendes Gelächter aus.
»Tja«, meinte der Minister schließlich, »dann haben wir wohl Pech gehabt. Aber wenigstens macht uns der Kerl keinen Ärger mehr, das ist die Hauptsache.«
»So ist es, Reichsminister.« Er räusperte sich. »Wenn es Herrn Reichsminister beruhigt: Der SD hat seine Nase ebenfalls in die polizeilichen Ermittlungen gesteckt und Brunners Dossier nicht gefunden.«
»War die SS auch in Brunners Hotelzimmer?«
»Davon ist auszugehen. Aber erst nach meinen Männern. Ich versichere Ihnen: Da ist nichts.«
»Hm, im Prinz-Albrecht-Palais ist auch nichts, wie mein Mann beim SD sagt; dann hat Brunner seine Geheimnisse wohl mit ins Grab genommen. Umso besser.« Göring klopfte ihm jovial auf die Schulter. »Gute Arbeit.«
Er nickte nur bescheiden. Dass Wrede völlig aufgelöst angerufen hatte, weil ein Bulle bei ihm herumgeschnüffelt habe, das erzählte er dem Dicken natürlich nicht. Solche Dinge regelte man, ohne groß darüber zu reden.
»Ach ja«, sagte Göring, »bevor ich's vergesse: Ich habe natürlich auch ein Präsent für Sie.« Er reichte ihm einen Zettel mit einer Firmenadresse. »Der Inhaber wird nach meinen Informationen bald dringend einen Käufer für sein Unternehmen suchen müssen. Versuchen Sie mal Ihr Glück.«
»Ich werde ihm ein Angebot machen, das er nicht ablehnen kann.«
Göring lachte.

»Na dann«, sagte er, »wollen wir mal wieder zurück. Die Nacht ist noch jung.«

Der Dicke drehte um und verschwand wieder in der Dunkelheit, eskortiert von seiner Leibgarde, zurück zu seinem offiziellen Leben.

27

Zehn Minuten vor Dienstbeginn ging er die Treppen des Polizeipräsidiums hinauf, vorbei am ersten Stock, in dem die Kriminalgruppe M untergebracht war, weiter in den zweiten, und dann links den Gang entlang. Das preußische Landeskriminalamt war in den vergangenen Monaten deutlich gewachsen. Und hatte auch mehr Fälle zu bearbeiten als in früheren Jahren. Kriminaldirektor Arthur Nebe, obwohl noch kein Jahr im Amt, hatte immer mehr an sich gezogen und der Behörde inzwischen eine Reputation erarbeitet, die es mit der von Gennats Mordinspektion aufnehmen konnte. Genau das richtige also für einen Neuanfang.

Das Büro, das Nebe ihm genannt hatte, lag fast am Ende des Gangs. Der Raum war mindestens dreimal so groß wie Raths altes Büro eine Etage tiefer, allerdings arbeiteten hier auch nicht nur drei Menschen, sondern ein halbes Dutzend. Gleich zwei Sekretärinnen blickten auf, als er den Raum betrat; hinter deren Schreibtischen standen vier weitere Tische, aber nur einer davon war besetzt. Alfons Henning stand auf, als er Rath erblickte.

»Gereon!«

»Guten Morgen«, sagte Rath.

»Darf ich vorstellen«, erklärte Henning den beiden Damen, »unser neuer Kollege, Oberkommissar Gereon Rath.«

Die Sekretärinnen standen von ihren Stühlen auf, die Brünette eine Idee zackiger als die Blondine.

»Heil Hitler, Oberkommissar«, sagten beide unisono und ließen, beinahe synchron, ihren rechten Arm hochschnellen.

»Hei'«, nuschelte Rath wie üblich und winkelte seine Rechte kurz an.

Das fing ja gut an, dachte er, als er Hut und Mantel an die Garderobe hängte. Erika Voss war nicht so linientreu, dass sie ihm jeden Morgen den Deutschen Gruß abverlangt hatte. Vielleicht sollte er wirklich mal mit Nebe reden, ob es nicht möglich wäre, die Voss ins LKA nachzuholen. Vielleicht wurde ja eine der beiden hier beizeiten schwanger.

Er reichte den Sekretärinnen, die immer noch standen, die Hand. »Freut mich, Sie kennenzulernen«, sagte er. »Mit wem habe ich das Vergnügen?«

»Veronika Ringwald, Oberkommissar«, sagte die Blondine und machte tatsächlich einen Knicks, als sie ihm die Hand schüttelte.

»Paula Lorenz.«

Die Brünette war weniger unterwürfig, schaute Rath sogar ein wenig skeptisch an. Weil ihr die schlampige Art des Rathschen Hitlergrußes missfallen hatte? Er musste auf der Hut sein, er war hier der Neue. Außer Henning kannte er niemanden, wusste nicht, was von den Kollegen zu halten war. Und den Kolleginnen.

Die Sekretärinnen setzten sich wieder und fuhren mit ihrer Arbeit fort, während Alfons Henning den Neuen zu seinem Platz führte.

»Schön, dich hier zu haben, Gereon.« Er zeigte auf den Schreibtisch in der Ecke. »Das hier ist dein neues Reich.«

Der Schreibtisch war aufgeräumter als die anderen im Raum; ein Telefon, ein Stempelhalter mit sieben, acht Stempeln, leere Posteingangs- und -ausgangskörbe, eine Schreibmaschine, die sich allerdings unter einer Schutzhülle versteckte, und ein Aschenbecher.

»Lippoldt und Möller müssten auch gleich kommen, dann sind wir komplett und du kennst alle.«

Und so war es dann auch. Rath hatte seine Tasche gerade abgestellt und als erste Amtshandlung sein Zigarettenetui und sein Feuerzeug auf den Tisch gelegt, da kamen die neuen Kollegen durch die Tür.

Friedrich Lippoldt, seines Zeichens Kriminalassistent, war ein drahtiger Mittzwanziger, der aussah wie ein zu dünn geratener Leichtathlet, Robert Möller hingegen ein leicht untersetzter, gemütlicher Typ, der Rath sofort an Paul Czerwinski erinnerte.

Zwar ein paar Jahre jünger als der, vielleicht Ende dreißig, aber mit demselben Dienstgrad: Kriminalsekretär. Und von derselben Gemütsruhe.

»Was liegt denn so an im Augenblick?«, fragte Rath, nachdem er sich den beiden neuen Kollegen vorgestellt hatte.

»Wir ermitteln schon seit einiger Zeit im Fall der Munitionsfabrik, die vor ein paar Wochen bei Wittenberg in die Luft geflogen ist.«

Rath hatte davon in der Zeitung gelesen. Das größte Sprengstoffwerk des Deutschen Reichs. Es hatte zig Tote gegeben, große Teile der Produktionsanlagen waren zerstört worden.

»Sabotage?«, fragte er.

»Davon geht das Gestapa aus«, sagte Henning. »Die sind gleich ausgeschwärmt und haben erstmal ein paar hundert Kommunisten verhaftet.«

»Aber dennoch ermittelt das LKA?«

»Führerbefehl. Innenminister Frick wollte uns, und das hat er Hitler gesagt. Und gegen den Führerwillen ist auch das Gestapa machtlos.«

Die Kollegen grinsten, auch die Sekretärinnen, sogar die brünette. Obwohl hier wahrscheinlich eine Menge Nazis arbeiten, dachte Rath: Eine Behörde, die in Konkurrenz zur Gestapo steht und die dennoch Protektion von allerhöchster Stelle genießt, das hörte sich doch gut an.

»Und was glaubt das LKA?«, fragte er.

»Wir glauben gar nichts«, sagte Henning. »Hier gelten sämtliche Prinzipien, die du bei Gennat gelernt hast. Nebe ist beim Buddha in die Lehre gegangen.«

»Also zählen nur Fakten, Fakten und Fakten.« Rath grinste. »Sehr schön. Fühle mich schon jetzt wie zuhause.«

»Freu dich nicht zu früh. Um den genauen Hergang der Explosion zu rekonstruieren, haben wir ein paar Chemiker und Physiker angeheuert. Das ist eine harte Materie, das sag ich dir.«

»Keine Zeugen? Damit kann ich mehr anfangen.«

»Unser wichtigster Zeuge lebt, ist aber immer noch vernehmungsunfähig: der Arbeiter, der an dem Bottich gearbeitet hat, der alle weiteren Explosionen ausgelöst hat. Ein Wunder, dass der nicht längst bei den Englein sitzt und Harfe spielt.«

»Du meinst: Wenn es Sabotage war, dann hat der den Saboteur gesehen.«

»Oder sonst etwas, das zu der Explosion geführt hat.«

»Weil er sich eine Zigarette angesteckt hat.«

»Witzbold. Aber du wirst lachen: Auch danach haben wir gesucht. Aber keinen Zigarettenstummel gefunden und auch keine Streichhölzer.«

Henning wuchtete Rath drei schwere Aktenordner auf den Tisch. »Hier«, sagte er. »Zum Einarbeiten. Wenn du irgendwelche physikalischen oder chemischen Fachbegriffe nicht verstehen solltest ...« – Henning zeigte in die Runde. – »Scheu dich nicht zu fragen, hier sitzen mittlerweile lauter Experten.«

Wieder lachten die Kollegen, was Rath mit einem Grinsen quittierte. Hatte die brünette Sekretärin ihn gerade angelächelt? Fräulein Lorenz. Vielleicht fand sie seinen schlampigen Deutschen Gruß ja doch nicht so schlimm.

Als er den ersten Ordner aufschlug, verflog seine gute Laune. Das hier war wirklich starker Tobak. Eigentlich hätte er die Kollegen schon nach den ersten drei Sätzen um Rat fragen müssen, aber diese Blöße wollte er sich nicht geben. Jedenfalls schien die Explosion in den Sammelkästen der Rückstandswäscherei ihren Ausgang genommen haben, soviel verstand er. Ohne zu wissen, was eine Rückstandswäscherei war und wozu die Sammelkästen gut waren. Daraufhin kam es zu einer unglücklichen Kettenreaktion; mehr als 27 Tonnen Sprengstoff explodierten, die Trinitrotoluolanlage, die Nitroglyzerinanlage und die Pirinsäureanlage wurden völlig zerstört. Rath notierte sich sämtliche Fremdwörter. Er ahnte, dass die Kollegen nur darauf warteten, dass er die erste Frage stellte. Er würde sie eine Weile zappeln lassen. Vielleicht erklärte sich die ein oder andere Sache ja auch von selbst.

Das Telefon auf seinem Schreibtisch klingelte, und er wunderte sich. Die Kollegen offensichtlich auch.

Ob Nebe ihn sehen wollte? Er hob ab.

»Rath, Landeskriminalamt.«

Eine Frauenstimme meldete sich.

»Steiner. Guten Morgen, Oberkommissar. Ich verbinde mit Kriminaldirektor Gennat.«

Was der Buddha nur von ihm wollte? Den Abschied von seinem langjährigen Mitarbeiter telefonisch nachholen, weil er es versäumt hatte, das am Samstag persönlich zu tun?

»Guten Morgen, Oberkommissar Rath. Schon eingelebt am neuen Arbeitsplatz?«

»Sitze ja gerade erst einmal eine halbe Stunde am Schreibtisch.«

»Ich auch. Und was finde ich da? Einen Nachtrag zur Akte Lehmann. Ich dachte, die wäre abgeschlossen?«

»Dieser Taxifahrer hat sich Samstag erst gemeldet.«

»Wenn ich das Protokoll richtig verstehe, hat Otto Lehmann alles dafür getan, um Gerhard Brunner als Fahrgast zu gewinnen. Kannten sich die beiden?«

»Diese Frage habe ich mir auch gestellt, Kriminaldirektor. Habe deswegen der Witwe noch einen Besuch abgestattet und ihr die Fotos von Brunner vorgelegt. Sie kannte den Mann nicht und konnte sich auch nicht vorstellen, dass er zum Bekanntenkreis ihres Mannes gehörte.«

»Davon finde ich aber kein Protokoll.«

»Nein, dieses Gespräch hat auch erst gestern stattgefunden.«

»Gestern?«, fragte Gennat.

»Ja.«

»An einem Sonntag?«

»Tja, bis zur letzten Sekunde noch im Dienst der Mordinspektion. Frau Lehmann ist umgezogen, deswegen habe ich sie Samstag nicht mehr erreicht.«

»Sonnabend wären Sie auch noch im Dienst der Mordinspektion gewesen, Oberkommissar, gestern jedoch nicht mehr, da hatten wir bereits den ersten September, und Sie standen unter dem Kommando von Arthur Nebe. Korrekt wäre es gewesen, Sie hätten mich vom Umzug der Witwe Lehmann unterrichtet, damit ich einen meiner Männer hätte hinschicken können.«

»Entschuldigen Sie, Kriminaldirektor, bei allem Respekt, aber das ist doch Haarspalterei. Mein erster Arbeitstag im LKA ist erst heute.«

»Es geht hier nicht um Haarspalterei, sondern um den korrekten Dienstweg, aber mit dem hatten Sie ja schon immer Ihre Schwierigkeiten.«

»Soll ich noch ein Gedächtnisprotokoll von dem Gespräch mit der Lehmann anfertigen, Kriminaldirektor?«

»Nicht nötig, Sie haben es mir ja erzählt, das reicht für einen Vermerk in der Akte. Die jetzt natürlich wieder offen ist, wie Sie sich denken können.«

»Natürlich, Kriminaldirektor.«

»Hätten Sie die besser mal nicht so vorschnell geschlossen. Man könnte ja fast den Eindruck gewinnen, Sie wollten den Fall loswerden.«

»Ich wollte lediglich meine letzte Ermittlung für die Mordinspektion abschließen, Kriminaldirektor.«

»Na, daraus wird jetzt nichts mehr. Das überlassen Sie man uns! Das letzte, was Sie in dieser Sache noch tun können: Wie lautet denn die neue Adresse der Witwe Lehmann?«

Rath gab Straße und Hausnummer durch.

Dann legte er auf und zündete sich vor Ärger erst einmal eine Zigarette an. Selbst jetzt, wo er ihm streng genommen nichts mehr zu sagen hatte, konnte Gennat es nicht lassen, ihn zu maßregeln.

»Der Buddha?«, fragte Henning.

Rath nickte. »Wie das so ist. Du hast das ja mitbekommen, dass sich am Samstag überraschend noch ein wichtiger Zeuge gemeldet hat. Da gibt es noch ein paar Dinge zu klären.«

»Lass die Mordinspektion so viel klären, wie sie will, aber lass dich da bloß nicht einspannen, das sieht Nebe gar nicht gerne.«

»Verständlich.«

Rath vergrub sich wieder in die Akte. Die Kollegen stellten keine weiteren Fragen.

Den restlichen Tag verbrachte Rath, nur unterbrochen von einem gemeinsamen Gang zur Kantine mit den neuen Kollegen, ausschließlich mit dem trockensten und vor allem unverständlichsten Aktenstudium, das ihm in seinem Berufsleben je zwischen die Finger geraten war.

Dabei musste die Explosion gewaltig gewesen sein. Die Zahl der Toten war immer noch nicht genau geschätzt, sie schwankte zwischen 90 und 120. Die gesamte TNT-Anlage der größten Munitionsfabrik des Deutschen Reiches war zerstört, und das in exakt jenem Jahr, in dem die deutsche Regierung sich über die Versailler Bestimmungen hinweggesetzt und die allgemeine Wehrpflicht wieder eingeführt hatte. Kein Wunder, dass die notorisch misstrauischen Beamten der Gestapo von Sabotage ausgingen. Doch außer dass man ein paar hundert Kommunisten (eigentlich ehemalige Kommunisten, denn die Partei gab es ja nicht mehr) festgenommen hatte, konnte die Gestapo keinerlei Ergebnisse vorweisen.

Die beiden Sekretärinnen und Möller waren schon im Feierabend, Henning und Lippoldt warfen sich gerade in ihre Mäntel, und Henning bedeutete dem neuen Kollegen mit einer unauffälligen Handbewegung, die Akte zuzuklappen und sich ebenfalls auf den Heimweg zu machen, als das Telefon auf Raths Schreibtisch zum zweiten Mal an diesem Tag klingelte.

Er schaute den lärmenden Apparat kurz an, dann hob er ab und verabschiedete sich von den achselzuckenden Kollegen mit einer Handbewegung, die nur mit sehr viel gutem Willen als Hitlergruß durchgegangen wäre, und meldete sich.

»Böhm hier. Tag auch. Gar nicht so einfach, Sie aufzuspüren.«

Mit dieser Stimme hatte Rath am allerwenigsten gerechnet. Woher hatte der Mann bloß seine neue Nummer, die hatte ja nicht einmal Charly? Die hatte Rath sich noch nicht einmal selbst notiert. Nun gut, der Mann war Detektiv. Und ehemaliger Polizist.

»Böhm! Das ist aber eine Überraschung! Was kann ich für Sie tun?«

»Das wissen Sie doch. Haben Sie die Akten?«

»Dazu bin ich noch nicht gekommen. Wie Sie ja bereits wissen, bin ich zum Landeskriminalamt versetzt worden. Und hatte die letzten Tage in der Kriminalgruppe M noch viel um die Ohren.«

»Ich habe Ihnen doch die Aktenzeichen genannt. Damit brauchen Sie in der Registratur keine Viertelstunde. Soviel Zeit sollten Sie doch noch aufbringen können. Auch im LKA.« Böhm hielt inne. Er schien gemerkt zu haben, dass er dabei war, sich im Ton zu vergaloppieren. Seine Stimme klang deutlich ruhiger, als er fortfuhr: »Entschuldigen Sie, Herr Rath, dass ich mich so echauffiere. Aber die Sache ist sehr persönlich.«

»Wie sehr einem solch alte ungelöste Fälle zusetzen können, das verstehe ich ja, und ich werde mich auch darum kümmern. Lassen Sie mir noch ein bisschen Zeit.«

»Mit persönlich meine ich nicht mein eigenes persönliches Interesse. Es geht mir vor allem um das persönliche Interesse eines Menschen, der uns beiden sehr am Herzen liegt ...«

»Ich fürchte ich verstehe nicht ...«

Eine ganze Weile herrschte Schweigen am anderen Ende der Leitung. Und als Böhm dann endlich weitersprach, klang seine Stimme so leise und ruhig und friedlich, wie Rath sie noch nie gehört hatte.

»Ich kann Ihnen das am Telefon leider nicht erklären, schon gar nicht, ohne die Akten zur Hand zu haben. Nur so viel: Sollte sich mein Verdacht bestätigen, und einige Einzelheiten Ihres aktuellen Falls geben Anlass dazu, dann betrifft es auch Ihre Frau.«

Rath glaubte, etwas falsch verstanden zu haben. Das konnte doch nicht sein.

»Charly?«, fragte er und merkte, wie ungläubig er klang.

Wieder brauchte Böhm eine Weile, es schien ihm schwerzufallen, diesen Gedanken auszusprechen.

»Ja, Charly. Möglicherweise ist sie in großer Gefahr. Ohne es zu ahnen.«

28

Volle drei Tage Marschpause lagen hinter ihnen, morgen früh erst ging es weiter. Sie waren gut vorangekommen, nur noch wenige Etappen, dann hätten sie es geschafft und würden sich im großen Zeltlager in Fürth mit den anderen HJ-Bannen, die aus dem ganzen Reich losmarschiert waren, vereinen.

Fritze hatte sich in das Zelt zurückgezogen, das er sich mit fünf anderen Berliner Jungen teilte, und packte die Ansichtskarte aus, die er sich bei ihrem Ausflug gestern besorgt hatte. Viel Taschengeld war nicht mehr übrig, aber er brauchte ja auch nicht viel.

Ich will zur schönen Sommerzeit ins Land der Franken fahren, so stand es oben über drei kolorierten Fotos, die aus der Fränkischen Schweiz grüßten.

Er überlegte, was er schreiben sollte. Die jüngsten Eindrücke schildern? Oder doch lieber die Vorfreude auf Nürnberg? Fritze saß allein im Zelt, die anderen Jungen waren draußen und nutzten die freie Stunde vor dem Essenfassen zum Fußballspielen, auch Maxe aus Reinickendorf, mit dem er sich angefreundet hatte und mit dem er sich jeden Abend in den Schlaf quatschte, wie er es früher immer mit Atze getan hatte, wenn er bei den Rademanns übernachtete. Natürlich hätte er auch draußen schreiben können, aber er war lieber im Zelt geblieben; er mochte es nicht, wenn die anderen Hitlerjungen ihn damit aufzogen, dass er schrieb. Schreiben und lesen war hier nicht sehr angesehen.

Schritte näherten sich, und ein Schatten verdusterte das Zelt. Verdammt, konnten die ihn nicht mal in Ruhe lassen! Wahrscheinlich nur ein Kamerad, der irgendetwas holen wollte. Fritze schob Stift und Karte unter seinen Schlafsack.

Die Plane wurde beiseitegeschlagen, und er erkannte seinen HJ-Führer.

»Hitlerjunge Thormann«, sagte Herr Rademann, »ganz allein im Zelt?«

»Jawohl, Oberbannführer.«

»Warum bis du denn nicht draußen bei den anderen?«

»Bin ich gleich. Schreibe nur eben eine Karte.«

»Du schreibst oft. Auch schon an Arthur, wie ich höre.«

Fritze zuckte die Achseln. »Find's schade, dass er nich dabei is.«

»Mitleid ist hier fehl am Platze, Thormann. Das hat Arthur sich ganz allein zuzuschreiben. Hat die Sache nicht ernst genug genommen.«

»Ist ja auch kein Mitleid. Hab ihn nur vermisst. In Berlin sehen wir uns jeden Tag.«

Rademann hockte sich neben ihn und fasste ihn auf das rechte Knie. »Heimweh nach der Reichshauptstadt, Thormann?«

»Nö. Kein Heimweh.«

»Auch nicht nach deinen Pflegeeltern?«

»Nö, Oberbannführer, habe kein Heimweh.«

»Und wem schreibst du da?«

»Meiner Oma. Die freut sich immer so, wenn ick von der HJ erzähle.«

»Deine Oma?«

»Oma Luise.«

»Die Mutter deines Pflegevaters?«

»Meiner Pflegemutter. Aus Schwiebus.«

»Verstehe.« Herr Rademann nickte. »Und nach Hause schreibst du gar nicht?«

»Meine Pflegeeltern machen sich nüscht aus Ansichtskarten«, log Fritze. Dass seine Pflegemutter sogar dagegen gewesen war, dass er mit nach Nürnberg marschierte, das konnte er seinem HJ-Führer kaum erklären. Ohne Gereons energisches Eingreifen hätte er gar nicht mitgedurft.

Wieder nickte Rademann. Wirkte irgendwie nachdenklich, der Oberbannführer.

»Deine Pflegemutter war bei eurer Verabschiedung gar nicht dabei«, sagte er.

Ob Rademann ahnte, dass er damit einen wunden Punkt traf?

»Die konnte leider nich«, sagte Fritze. »Aber is ja auch nich schlimm. Bin ja keen Muttersöhnchen.«

»Natürlich nicht.«

Rademann lächelte und tätschelte sein nacktes Knie. In diesem Moment wünschte Fritze, sie würden lange Hosen tragen bei der HJ. Die Berührung Haut an Haut war ihm irgendwie unangenehm. Obwohl es doch sein HJ-Führer war, und er wusste, dass Herr Rademann große Stücke auf ihn hielt.

»Thormann«, sagte der Oberbannführer nun, »du weißt, dass du mir vertrauen kannst, nicht wahr?«

»Natürlich, Oberbannführer!«

»Wenn es irgendetwas gibt, worüber du reden möchtest, wenn du Probleme hast mit deinen Pflegeeltern, dann musst du dich nicht schämen. Dann kannst du mir das ruhig erzählen.«

Fritze spürte, wie der Kloß in seinem Hals, den Rademann überhaupt erst verursacht hatte, indem er anfing, von Charly zu reden, immer größer wurde.

»Die HJ ist deine Heimat«, fuhr Rademann fort. »Ganz gleich, wo in Deutschland wir gerade sind. Bei uns brauchst du niemals Heimweh zu haben.«

»Hab ich ja auch nicht, Oberbannführer. Hab kein Heimweh. Möchte nur meiner Oma eine Freude machen.«

Rademann schaute ihm lange und tief in die Augen, als glaube er ihm nicht ganz. Dann tätschelte er ein letztes Mal Fritzes Knie und stand auf.

»Dann ist es ja gut, Thormann«, sagte er. »In zehn Minuten will ich dich aber draußen bei den anderen sehen. Ein Hitlerjunge ist kein Stubenhocker!«

29

Er hätte nicht gedacht, jemals wieder für Wilhelm Böhm in die Katakomben hinabzusteigen und alte, verstaubte Ermittlungsakten aus der Registratur zu holen. Schon gar nicht nach Dienstschluss. Doch genau das tat er jetzt. Und er tat es nicht einmal mit Widerwillen. Ganz im Gegenteil, er war richtiggehend im Fieber. Was hatte Wilhelm Böhm gemeint, als er sagte, Charly sei in Gefahr?

Erklären wollte Böhm ihm das nur, wenn er die Akten herbeischaffte. Und so hatte Rath einem Treffen gleich morgen in der Mittagspause zugestimmt. Und Böhm darüber absolutes Stillschweigen versprechen müssen.

Der Beamte in der Registratur schaute ihn neugierig an, als Rath ihm den Zettel mit den Aktenzeichen reichte.

»Genau die drei?«

Rath nickte. »Wieso? Was dagegen?«

»Ne. Ick wundere mir nur. Haben Se Oberkommissar Böhm beerbt oder wat?«

Rath fühlte sich ertappt. »Wie kommen Sie denn darauf?«

»Na, früher hat Böhm diese alten Schätzchen mit schöner Regelmäßigkeit angefordert. Alle paar Monate. Und se denn doch wieder reumütig zurückjebracht.« Der Beamte flüsterte Rath mit Verschwörermiene ins Ohr: »Det sind seine Kellerjeister.«

»Seine was?«

»Kellerjeister. Na, seine persönlichen nassen Fische. Jeder Beamter hat doch irjendeinen Fall, der ihn nicht loslässt. Weil ihn irjendwat daran noch beschäftigt. Weil nich allet uffjeklärt werden konnte oder wat ooch immer. Jedenfalls ...« Er tippte auf den Zettel mit den Aktenzeichen. »... det sind die von Böhm. Spuken bei uns im Keller rum. Und in seinem Kopp.«

Rath beschloss, sich nicht auf das vertrauliche Geplänkel einzulassen. »Na, wenn Sie das sagen. Ich hab jedenfalls noch keine Kellergeister, ich mach nur meine Arbeit.«

»Wie Sie meinen«, meinte der Beamte, leicht beleidigt, und verschwand im Labyrinth der Regale. Keine zwei Minuten später kehrte er mit zwei dicken Aktenmappen zurück, auf denen eine dünne Staubschicht lag, die aufwirbelte, als die Akten auf den Tresen knallten.

»Nur zwei?«, fragte Rath. »Waren doch drei Aktenzeichen.«

Der Beamte pustete den restlichen Staub von der Pappe. »Die Preußen haben schon immer gespart«, sagte er und zeigte auf den Aktendeckel. *12 Js 273/27 (Bruck)* stand dort, und direkt darunter *12 KapJs 274/27 (UT)*. »Da hat der Kolleje Böhm dem Staatsanwalt gleich zwei Ermittlungen rinjeheftet. Hängen wohl auch zusammen.«

»Soso.«

Rath verspürte wenig Lust, mit dem Mann über eventuelle Verbindungen zwischen irgendwelchen Ermittlungen zu reden.

»Die hat die letzten zwee Jahre keener mehr anjerührt«, sagte der Beamte, als er die Aktenzeichen ins Entnahmebuch eintrug. Dann endlich schob er die Akten über den Tresen. »Na denn viel Spaß damit, Oberkommissar.«

Eine Viertelstunde später saß Rath bei Aschinger am Alex und brütete bei einer Tasse Kaffee über den beiden staubigen Mappen. Charly, hatte Böhm ihm eingetrichtert, dürfe um keinen Preis davon erfahren, weder von den Akten noch von ihrer Verabredung. Also hatte Rath lieber zuhause angerufen, Überstunden vorgetäuscht und sich in eine stille Ecke des Lokals zurückgezogen. Um diese Uhrzeit waren hier auch keine Polizisten mehr unterwegs.

Die erste Mappe enthielt eine Unfallursachenermittlung, eine Gasexplosion im Wedding, und war mit so vielen Gutachten und Fremdwörtern gespickt, dass Rath sie beiseitelegte. Nach der Tageslektüre heute hatte er von Physik und Chemie vorerst genug. Die andere Mappe hatte zwar zwei Aktenzeichen auf dem Deckel, war aber ironischerweise die dünnere und enthielt als einzigen gutachterlichen Bestandteil einen Autopsiebericht. Rath freute sich, in einer Ermittlungsakte endlich einmal wieder die Unterschrift von Doktor Schwartz zu sehen. An der Unterschrift von

Böhm, die auch überall zu finden war, weil die Bulldogge in beiden Fällen, die sich kurz nacheinander in der Strafanstalt Moabit ereignet hatten, auch die Ermittlungen leitete, freute Rath nur eines: dass Böhm damals noch ein schnöder Kommissar gewesen war und kein Oberkommissar. Und jetzt war er nicht mal mehr das.

Es ging um Vorfälle im Zellengefängnis Lehrter Straße, dem ältesten Gefängnis Berlins, die sich beide im Mai 1927 ereignet hatten. Der frühere Vorfall war ein Streit unter Strafgefangenen, ein klassischer Fall von gefährlicher Körperverletzung: Ein gerade eingelieferter Häftling, eben jener Tatverdächtige Bruck, dessen Name sich auf dem Aktendeckel fand, war auf den schon länger einsitzenden Chef eines Ringvereins mit dem Messer losgegangen. Der Name des Ringbruders, Adolf Winkler, sagte Rath nichts, wohl aber der des Ringvereins: Es war die *Berolina*, jener Verein, den Johann Marlow für seine schmutzigen Geschäfte nutzte. Und auch ein weiterer Name sagte Rath etwas, der des Gefängniswärters, der die beiden Streithähne getrennt und Winkler damit das Leben gerettet hatte: Christian Ritter. Genauso hieß Charlys verstorbener Vater.

Diese Erkenntnis elektrisierte ihn, und das nicht nur, weil er zu ahnen begann, *wie* persönlich Böhms Kellergeister Charly betreffen mussten, sondern auch, weil sie ihn überraschte.

Er hatte nicht gewusst, dass Christian Ritter Gefängniswärter gewesen war. Charly hatte, wenn sie überhaupt je ein Wort über ihren verstorbenen Vater verlor, immer nur gesagt, dass er als Beamter in Moabit gearbeitet habe. Dass damit das Gefängnis gemeint war, darauf wäre Rath nie gekommen, daran hätte er nicht einmal im Traum gedacht. Er hatte sich immer einen Mann mit Ärmelschonern vorgestellt, der irgendwelche Karteikarten sortiert und Dokumente stempelt. Aber der Alltag von Christian Ritter hatte anders ausgesehen. Ganz anders.

Oberaufseher Ritter hatte die sich bis aufs Blut bekämpfenden Strafgefangenen auseinandergezogen und dem Angreifer, der wie von Sinnen schien, nur mit Hilfe des Schlagstockes Einhalt gebieten können; nach diesem Schlag aber hatte Bruck das Bewusstsein verloren und war nicht mehr aufgewacht. Fünf Tage hatte er noch auf der Krankenstation gelegen, bis man ihn am Morgen des 21. Mai 1927 tot in seinem Bett fand. Mit dem Tod des Tatverdächtigen hatte der Staatsanwalt das Verfahren eingestellt, doch Böhm hatte auch diesen Todesfall untersucht und gegen unbekannt ermittelt. Fremdverschulden konnte er zwar nicht gänzlich ausschließen, die wahrscheinlichste Todesursache aber war – neben eventuellen Spätfolgen des durch den Schlagstock ausgelösten Hirntraumas – eine Geschwulst, die Doktor Schwartz im Kopf des Toten gefunden hatte. Ein Glioblastom. Und in diesem Glioblastom sah Schwartz auch den Auslöser für den scheinbar unerklärlichen und willkürlichen Angriff des bislang unbescholtenen Anton Bruck auf den knast- und kampferprobten Berufsverbrecher Adolf Winkler.

Eine medizinische Erklärung für einen scheinbar unerklärlichen Vorgang ...

Unwillkürlich pfiff Rath durch die Zähne. Er hatte keine Ahnung, was das zu bedeuten hatte und von welchem Verdacht Böhm ihm morgen erzählen würde, aber er wusste jetzt, warum die Bulldogge sich diesen alten Fall wieder vornehmen wollte. Wenn er auf solche Zufälle stieß, wurde auch Raths kriminalistischer Instinkt wach.

Anton Bruck, so lautete der volle Name, ein strafrechtlich bis dahin unbeschriebenes Blatt, war in die Mühlen des preußischen Strafvollzugs geraten, weil er einen Gerichtsvollzieher, der seine Familie vor die Tür setzen wollte, tätlich angegriffen hatte. Böhm hatte auch Protokolle dieser Ermittlungen seiner Akte beigeheftet. Er hatte mit der Witwe des Toten gesprochen und mit dessen Hausarzt. Und der hieß, das überraschte Rath nun schon nicht mehr, obwohl es ihn ebenso elektrisierte wie das Wort Glioblastom, Alexander Wrede.

Er schlug die Akte zu und zündete sich eine Zigarette an. Was für einer Geschichte war Böhm da auf der Spur? Und welche Rolle spielte Charlys Vater? Der Gefängniswärter Christian Ritter, Oberaufseher im Zellengefängnis Moabit. Ein Justizvollzugsbeamter. Rath war sich sicher, dass Charly ihm das nie erzählt hatte, auch wenn sie ihm manchmal den Vorwurf machte, er höre nicht richtig zu. Das mochte sein, aber in Sachen Christian Ritter bekam er regelmäßig spitze Ohren und schnappte alles auf, was es aufzuschnappen galt. Nur war das eben nichts. So gut wie nichts.

Und Raths Versuche, seiner Schwiegermutter bei ihren äußerst seltenen Besuchen in Berlin in dieser Hinsicht ein paar Worte zu entlocken, waren von Charly immer rigoros erstickt worden. So dass er es irgendwann aufgegeben hatte.

Warum vermied sie dieses Thema so sehr, sobald jemand auch nur vage die Sprache darauf brachte? Wo sie ihren toten Vater doch – und das wusste er genau – vergötterte, ihn sozusagen als Leitstern für ihr eigenes Leben im Herzen trug.

Schämte sie sich dafür, dass er diesen Beruf ausgeübt hatte? Das passte nicht zu ihr, Charly schämte sich nicht so schnell. Nein, es hatte andere Gründe, dass sie nie über ihren Vater sprach, und die mussten mit seinem Tod zusammenhängen.

Von dem war in der zweiten Akte die Rede, die eine Gasexplosion am Lenzener Platz zum Gegenstand hatte, am 3. Juni 1927, also nur wenige Wochen nach den Vorfällen in Moabit. Eines der Todesopfer, die in den Trümmern des Hauses geborgen wurden, hieß Christian Ritter.

Aber auch den Namen des zweiten Todesopfers hatte Rath gerade noch in der anderen Akte gelesen: Adolf Winkler, den man eine Woche zuvor, am 27. Mai, aus der Haft entlassen hatte. Das dritte Todesopfer war eine Frau, Mathilde Bremer, die in dem zerstörten Haus eine kleine Eckkneipe betrieben hatte. Alle anderen Opfer waren mit mehr oder minder schweren Blessuren und Verletzungen davongekommen. Die Beamten der Kriminalpolizei, diesmal nicht Wilhelm Böhm, sondern eine Ermittlungsgruppe um Kriminalsekretär Gehrke, schlossen aus den sichergestellten Spuren auf eine defekte Gasleitung im benachbarten Hausflur als Unfallursache. Abschließend wertete Gehrke den Zeitpunkt der Explosion als Glück im Unglück: Nur wenige Stunden später, und die Kneipe hätte viel mehr Gäste gehabt, zudem hätten fast alle Hausbewohner beim Abendessen gesessen; die Zahl der Todesopfer wäre also weit höher ausgefallen. Wen zum Teufel sollte das denn bitte trösten? Rath fragte sich, ob manche Kollegen überhaupt noch merkten, wie zynisch ihre Protokolle klangen.

Er klappte auch den zweiten Aktenordner zu, bestellte noch ein Bier und zündete sich die nächste Zigarette an.

Das also waren Böhms Kellergeister, die Fälle, die den Oberkommissar a. D. selbst nach dem Dienstaustritt nicht mehr losließen. Und in beiden stand Christian Ritter im Mittelpunkt. Charlys Vater bildete sozusagen die Klammer. So wie das Glioblastom diese alten Fälle mit dem Fall Lehmann verband. Und der Name des Arztes. Alexander Wrede.

Das Problem war nur: Die Akte Lehmann war nicht mehr in seiner Hand, auf der saß nun Ernst Gennat.

30

Es war schon seltsam, dass sie sich hier immer noch zuhause fühlte, nach all den Jahren, die inzwischen vergangen waren. Charly saß in dem Sessel, in dem sie immer saß, wenn sie hier zu Besuch war, in dem sie auch schon gesessen hatte, als sie hier noch gewohnt hatte. Ihre Freundin Greta zog die Stirn in Falten. Sie hatten gerade über Gereon geredet. Mal wieder.

»Überstunden, sagst du? Und das glaubst du ihm?«

»Warum sollte ich ihm das nicht glauben?«, sagte Charly. »War heute sein erster Arbeitstag in einer neuen Abteilung. Manchmal kann der liebe Gereon auch ein richtiger Streber sein.«

»Und manchmal auch ein Schwerenöter.«

»Hör auf, Greta, er war bei keiner anderen Frau. Sonst wäre er nicht so enttäuscht gewesen, als ich ihm gesagt habe, dass ich zu dir fahre. Er hatte sich auf etwas anderes gefreut, als zuhause allein Radio zu hören, das konnte ich seinen Augen ansehen.«

»Aber über dich hergefallen ist er nicht.«

»Macht er ja vielleicht noch, wenn ich nach Hause komme.«

Greta stand auf.

»Ein Gläschen Wein zum Abschied? Ich hab noch einen gut gekühlten Riesling.«

»Aber wirklich nur ein Gläschen, bin mit dem Auto hier.«

»Kannst auch hier übernachten. Dein Bett ist frei.«

»Ach: Willst *du* über mich herfallen?«

»Das hättest du wohl gerne.«

Greta setzte einen lasziven Blick auf und ging nach nebenan. Charly grinste und musste daran denken, wie sie der Brettschneider von nebenan tatsächlich ab und an mal das lesbische Paar vorgegaukelt hatten, das die klatschsüchtige Nachbarin in ihnen vermutete. Wie sonst sollte es zu erklären sein, dass zwei junge Frauen gemeinsam eine Wohnung nahmen? Für Frau Brettschneider gab es da keine andere Erklärung.

Greta war in jenen Wochen, in denen alles auseinanderfiel, Charlys ganzes bisheriges Leben, der einzige Rettungsanker gewesen, der sich weit und breit bot. Und bis heute die einzige wirkliche Freundin geblieben. Umso schlimmer, dass sie zuletzt fast ein Jahr bei ihrer Mutter in Stockholm gelebt hatte. Aber die Wohnung in der Spenerstraße hatte sie beibehalten. Und war zurückgekehrt.

Hier hatte Greta sie aufgenommen, als die Gefängnisleitung die Familie Ritter nach dem Tod des Vaters aus der Dienstwohnung gejagt hatte. Gnadenlos. Von jetzt auf gleich standen Charly und ihre Mutter völlig mittellos da. Mutter war zurück nach Schwiebus gegangen, zu ihrer Verwandtschaft, doch dahin wollte Charly nicht, sie wollte überhaupt nicht weg aus Berlin. Als Obdachlose jedoch hätte sie die Aushilfsstelle als Stenotypistin in der Mordinspektion, die ihr Wilhelm Böhm gerade erst verschafft hatte, bestimmt nicht lange behaupten können. Und ohne Stelle erst recht keine Wohnung.

Aus diesem Teufelskreis hatte Greta ihr herausgeholfen. Ohne dass Charly hätte fragen müssen. Was sie auch niemals getan hätte. Was Greta wiederum ahnte. Jedenfalls hatte sie ihr Angebot seltsam formuliert.

»Du ziehst zu mir«, hatte sie gesagt, und natürlich hatte Charly protestieren wollen, sie kam gegen ihren Stolz einfach nicht an, doch Greta hatte sie gar nicht erst zu Wort kommen lassen. »Und wenn du auch nur auf die Idee kommst, nein zu sagen, haue ich dir ein paar in die Fresse!«

Charly war so perplex, dass all ihre bewährten Instinkte und Reflexe, und eben auch ihr Stolz, komplett versagten. Zunächst hatte sie ungläubig geguckt, dann beinah hysterisch gelacht, was überhaupt nicht ihre Art war, und schlussendlich war sie Greta einfach um den Hals gefallen und hatte der Freundin mit ihrem Schluchzen die Bluse ruiniert.

Das erste Mal, dass sie geweint hatte nach dem Tod ihres Vaters.

Nicht einmal auf der Beerdigung hatte sie das. Nicht einmal vor den Trümmern des Hauses, unter denen sie ihn gefunden hatten. Und es war, sie glaubte es manchmal selber nicht, auch das letzte Mal gewesen. Die Trauer um den Tod ihres Vaters war eine trockene, eine staubtrockene. Immer noch war all das irgendwie unwirklich. Als sei das eine ganz andere Welt, das Leben vor dem 3. Juni 1927 und das Leben danach. Und sie ein ganz anderer Mensch. Und sie hatte Angst davor, in diesen anderen Menschen, der sie einmal gewesen war, hineinzuschauen.

Charly zündete sich eine Juno an. Sie mochte einfach nicht daran denken. Diese Welt gab es nicht mehr, die Welt, mit der sie es aufzunehmen hatte, war die Welt danach. Und das hatte sie geschafft, hatte sogar richtiggehend Optimismus entwickelt. Als sie sich im Studium durchboxen musste, als Böhm sie in die erste Mordermittlung einschaltete und nicht nur als Stenotypistin einsetzte, als sie Gereon kennenlernte (ja, der gehörte ebenfalls dazu, auch wenn sie sich manchmal darüber ärgerte), als sie ihr Examen machte, als Professor Heyer sie mit nach Paris nahm, als sie Kommissaranwärterin wurde – alles schien nach vorne zu deuten und kein anderes Gefühl als Hoffnung zu rechtfertigen.

Und dann begann ihr Leben in die andere Richtung zu laufen, beinahe wie ein Film, den man, bevor er am glücklichen Ende angekommen ist, wieder rückwärts auf die Spule laufen lässt: die unsägliche Nazi-Wieking, die Charly aus der Polizei ekelt; der naive Guido Scherer, der eine Referendarin einstellt, ohne sicherzustellen, dass diese auch irgendwann als Anwältin arbeiten kann; Fritze, der einstige Goldjunge, der nur noch die HJ im Kopf hat. Und, und, und ...

Und immer waren es die Nazis, die ihr Steine in den Weg legten. Überhaupt die Regierung Hitler, die mit jedem Jahr schlimmer wurde! Und unangreifbarer! Mittlerweile konnte wirklich nur noch eine Bombe helfen, um diesen Spuk zu beenden, und manchmal schon hatte sich Charly gefragt, ob sie die nicht einfach bauen sollte, wenn es schon sonst keiner tat. Ein Gedanke, der sie erschreckte. Aber noch mehr erschrak sie darüber, dass die Zeiten sie so weit gebracht hatten, überhaupt so zu denken.

Den ersten Hoffnungsschimmer seit Jahren hatte ihr das Gespräch mit Böhm gegeben. Etwas Sinnvolles tun zu können, das war in diesem Land Jahr für Jahr schwerer geworden, aber was Böhm da machte, das *war* sinnvoll, und Charly war entschlossen, ihm zu helfen.

Ein leises Gluckern ließ sie aufschrecken. Sie kam sich ertappt vor.

»Wo warst du denn unterwegs?«, fragte Greta, die gerade begonnen hatte, den Wein einzuschenken. »In einer anderen Welt?«

»So ähnlich?«

»Oder schon im Schlafzimmer?«

»Hör auf.«

»Ich seh's doch deinen Augen an, dass du heute noch Liebe machen willst.«

»Aber nicht mit dir.«

»Aha. Du willst also.«

»Wäre schwangerschaftsmäßig heute jedenfalls günstig.«

»Wie meinst du das? Um schwanger zu werden? Oder um *nicht* schwanger zu werden?«

»Dreimal darfst du raten.«

»Da hat der Herr Rath aber mal wieder Glück gehabt, was? Kommt die treue Gattin doch noch den ehelichen Pflichten nach.«

»Hör schon auf. So schlecht ist unser Liebesleben gar nicht. Wenigstens ein Lichtblick in diesen Zeiten.«

Greta hob ihr Glas.

»Auf Deutschlands Männer«, sagte sie ernst und stieß mit Charly an. »Die Lichtblicke in diesen Zeiten!«

Der Wein schmeckte gut. Wahrscheinlich kein billiger. Greta hatte vermögende Eltern. Und zwei Reisepässe.

»Sag mal ...«, begann Charly.

»Ja?«

»... du warst doch ziemlich lange in Stockholm neulich ...«

»Ja?«

»Jetzt sag nicht dauernd Ja?!«

»Dann hör du nicht dauernd auf zu reden, sondern sag, was du sagen willst. Möchtest du mal mitkommen oder was?«

»Das vielleicht auch. Ist aber nicht so einfach. Ne, was ich dich fragen wollte: Hast du da eigentlich auch Emigranten kennengelernt? Aus Deutschland, meine ich?«

»Meinst du so einen wie Tucholsky?«
»Ne, keinen so prominenten. Ganz normale.«
»Warum fragst du?«
»Einfach so.«
»Willst du auswandern? Da könnte ich dir sicher helfen. Aber so schnell gibt meine Preußin doch nicht auf, oder? Noch halten wir die Stellung hier in Berlin!«
Greta klopfte mit der Faust auf die Tischplatte.
»Natürlich tun wir das. Aber ist es nicht gut, wenn man genügend Leute kennt, die einem im Notfall helfen können? Dass die Richtigen bereitstehen, wenn es schnell gehen muss?«
»Was hast du vor? Willst du Hitler erschießen?«
»Ne. Lieber in die Luft jagen. Das knallt lauter. Und erwischt ein paar Drecksäcke mehr.«
»Hoffentlich lauscht die Brettschneider nicht nebenan an der Wand. Dann haben wir in zehn Minuten die Gestapo hier.«
Charly drückte ihre Zigarette aus, trank ihr Glas leer und stand auf.
»Ne«, sagte sie, »ich hab nichts Dramatisches vor. Wäre aber doch gut, wenn du mir sagen könntest, wen du so alles kennst, der helfen könnte. Kannst ja mal überlegen, wer dir so alles einfällt. Können wir dann beim nächsten Mal drüber reden.«
Es war plötzlich so ernst geworden. Und das bei ihnen, die sie doch meist nur herumalberten und zwischen den Zeilen die ernsten Themen erledigten. Doch das ging eben nicht bei jedem Thema. So gut wie jeder, der heutzutage dauerhaft aus Deutschland ausreiste, tat das nicht freiwillig, sondern weil er Angst um sein Leben oder wenigstens um seine Unversehrtheit hatte.
»Ich werde darüber nachdenken, Charlyschätzchen«, sagte Greta, nahm Charlys Kopf zwischen beide Hände und schaute ihr derart tief in die Augen, als wolle sie die Freundin küssen. Doch das tat sie nicht, sie guckte einfach nur. »Verlass dich auf mich. Ich lass dich in diesem Scheißland nicht allein.«
Kurz darauf saß Charly im Auto und schaute hoch zu dem Fenster, hinter dem sie eben noch am Tisch gesessen hatte. Wieviele Jahre hatte sie zusammen mit Greta in der Spenerstraße gewohnt? Länger jedenfalls als mit Gereon in Charlottenburg.
Sie musste lächeln und wusste eigentlich gar nicht warum.

Dann steckte sie den Zündschlüssel ins Schloss und wollte den Motor starten. Der gab orgelnde und heiser leiernde Geräusche von sich, nur anspringen wollte er nicht. Sie probierte es noch einmal, nahm den Fuß vom Gas, um den Motor nicht aus Versehen absaufen zu lassen – wieder dasselbe: Der blöde Wagen sprang nicht an! Das kam nicht oft vor, aber immer mal wieder. Das Auto wurde auch nicht jünger. Für den Fall, dass der elektrische Anlasser versagte, lag eine kleine Kurbel im Fach unter dem Notsitz.

Sie zog die Handbremse fest, vergewisserte sich, dass das Getriebe auf Leerlauf stand, und stieg aus. Dann klappte sie den Schwiegermuttersitz auf, in dem ihre Mutter tatsächlich einmal gesessen, sich einer Wiederholung seither aber standhaft verweigert hatte. Unter dem Notsitz war die Kurbel verstaut, doch als sie das Fach öffnete, konnte sie zunächst nur Papier ertasten. Staubiges Papier. Sie hielt ihren Fund kurz ins Mondlicht. Zwei offensichtlich bereits angejahrte Strafermittlungsakten, die Gereon hier verstaut haben musste. Typisch! Nahm sich Arbeit mit nach Hause und ließ sie dann im Auto liegen! Warum legte er sie auch ins Gepäckfach und nicht einfach auf den Beifahrersitz?

Mit der Linken tastete sie weiter und fand die Kurbel.

Schon beim ersten Versuch sprang der Motor an.

31

Die Kollegen reagierten ein wenig pikiert, als Rath schon in seiner zweiten Mittagspause im LKA das gemeinsame Essen in der Kantine verweigerte, in Hennings Blick meinte er sogar so etwas wie Enttäuschung zu lesen. Rath musste aufpassen. Er wollte nicht schon in der ersten Woche am neuen Arbeitsplatz als arrogant und einzelgängerisch verschrien sein. Obwohl er genau das in gewisser Weise war, jedenfalls hatte er einen entsprechenden Ruf im Polizeipräsidium, den es loszuwerden galt, und was war für so etwas besser geeignet als ein Neuanfang mit neuen Kollegen. Mit Henning, dem einzigen, der ihn von früher kannte, sollte er möglichst bald mal ein Bierchen trinken gehen und sich etwas besser anfreunden, konnte nicht schaden. Am besten zusammen mit Czerwinski. Plisch und Plum wieder zusammenbringen.

Bevor er in seinen Wagen stieg, schaute er ins Gepäckfach. Die Akten lagen noch da. Auch heute morgen, bevor er von zuhause losgefahren war, hatte er nachgeschaut. Normalerweise ließ er Ermittlungsakten nicht über Nacht im Auto, aber er hatte unter allen Umständen verhindern wollen, dass Charly sie zufällig in der Wohnung fand und neugierige Fragen stellte. Und ausgerechnet gestern Abend hatte sie dann das Auto haben wollen! Glücklicherweise hatte er die Akten nicht einfach auf dem Beifahrersitz liegen lassen, sondern sicher verstaut.

Böhm hatte ihn nach Moabit bestellt, in eine Kneipe unweit des Zellengefängnisses, in einer unwirtlichen Gegend zwischen Bahngleisen, Knast und Kanal, und als Rath dort eintraf, nach gut zehn Minuten Fahrt, kam es ihm eher vor, sein früherer Chef plane ein konspiratives Treffen als ein Gespräch unter ehemaligen Kollegen. Die reinste Ganovenkaschemme.

Böhm saß bereits an einem abgelegenen Ecktisch vor einem Teller Erbsensuppe, als Rath die Kneipe betrat. Die Melone lag neben dem Teller auf dem Tisch, beinahe so, als wage Böhm es nicht, den geliebten Bowler der Garderobe anzuvertrauen. Rath behielt seinen Hut ebenfalls in der Hand und den Mantel an, als er sich zu seinem einstigen Vorgesetzten an den Tisch setzte.

»Mahlzeit, mein lieber Rath«, sagte Böhm, »schön, dass Sie es einrichten konnten. Haben Sie die Akten?«

Mein lieber Rath, so hatte Böhm ihn noch nie genannt. Wortlos legte er die beiden Mappen auf den Tisch.

»Und? Schon einen Blick hineingeworfen?«

Rath nickte und zündete sich eine Zigarette an. »Umso neugieriger bin ich auf das, was Sie mir zu erzählen haben«, sagte er.

Der Wirt kam an ihren Tisch, und Rath bestellte ebenfalls Eintopf. Und ein Bier. Böhm wartete, bis niemand mehr in Hörweite war, dann fuhr er fort.

»Vielleicht können Sie es sich ja schon denken. Warum mich diese alten Fälle nicht ruhen lassen. Vielleicht werden Sie mich auch für verrückt erklären, aber hören Sie mir erst einmal zu. Und Sie müssen mir garantieren, dass Sie niemandem von unserem heutigen Gespräch erzählen, nicht einmal Ihrer Frau. Vor allen Dingen nicht Ihrer Frau!« Böhm schaute ihn ernst an. »Können Sie mir das versprechen?«

Rath wartete einen Moment, denn der Kellner stellte gerade den Suppenteller und das Bierglas auf den Tisch.

»Natürlich«, sagte er dann und trank einen Schluck.

»Gut. Da Sie sich bereits eingelesen haben, wissen Sie ja, wieviele Fragen in all diesen Fällen noch offen sind ...«

»Außer bei der Gasexplosion«, unterbrach Rath, »die ist zweifelsfrei aufgeklärt.«

»Außer bei der Gasexplosion«, echote Böhm. »So sieht es auf den ersten Blick aus. Aber dazu kommen wir später. Erst die Akte Bruck.« Er nahm einen Löffel Suppe, dann fuhr er fort. »Ich war noch Kommissar, als ich in diesem Fall ermittelte – worüber ich übrigens auch Ihre Frau kennengelernt habe, aber das nur am Rande.« Er räusperte sich. »Die Aussage in der Akte, die mit C. Ritter unterschrieben ist, die hat Ihre Frau gemacht.«

»Charly?«

Böhm nickte nur.

»Sie meinen die Aussage, dass sich in der Nacht von Brucks Tod ein Wärter Zutritt zum Gefängnis verschafft hat. Einer, der gar keinen Dienst hatte? Indem er seinem Kollegen einen Geldschein zugesteckt hat?«

»Exakt.«

»Ich hatte gedacht, diese Aussage stammt von Christian Ritter.«

»Das sollen Sie ja auch denken. Das sollen alle denken.«

»Was hat denn Charly mitten in der Nacht vor dem Haupttor von Moabit gemacht?«

Böhm wiegelte ab. »Diese Frage ist nicht von Interesse. Sie war da, und sie hat es gesehen. Punkt. Wie auch immer: Bei diesem Wärter handelt es sich um Kleinschmidt, eben jenen Mann, der den Häftling Winkler ...«

»... genannt *der Schränker*, den Berolina-Chef ...«

»Genau. Den Vorläufer des roten Hugo. Also: Aufseher Kleinschmidt hat Winkler just in dem Moment unbeaufsichtigt gelassen, als der von Bruck attackiert wurde. Doller Zufall, nicht wahr? Wäre Charlys Vater nicht unerwartet vorbeigekommen, hätte Bruck den Ringbruder getötet.«

Böhm machte eine kurze Pause und schaute Rath an, als wolle er sichergehen, dass der auch alles verstand.

»Und genau dieser Kleinschmidt«, fuhr er dann fort, »verschafft sich fünf Tage später, als er eigentlich krankgeschrieben ist, nachts um viertel drei Zugang zum Gefängnis. Genau in jener Nacht, in der Bruck auf der Krankenstation stirbt.«

»Aber in der Akte findet sich dafür doch eine Erklärung.«

»In der Akte findet sich komischerweise für alle seltsamen Umstände – und daran ist diese Geschichte wahrlich nicht arm – eine scheinbar logische Erklärung. Und genau das hat mich stutzig gemacht. Vor allem, als dann, zwei Wochen nach diesen Ereignissen, der Mann, den Bruck eigentlich töten wollte, bei einem Unfall ums Leben kommt. Das waren und sind mir ein paar Zufälle zuviel.«

»Hm. Da haben Sie wohl recht. Der schwache Punkt ist dieser Kleinschmidt. Dem müsste man noch mal aufs Dach steigen.«

»Das hatte ich auch vor. Ein paar Wochen nach der Gasexplosion, als mir immer mehr Zweifel kamen, wollte ich den Mann noch einmal aufsuchen. Dummerweise war auch Kleinschmidt inzwischen tödlich verunglückt.«

»Aber nicht schon wieder eine Gasexplosion?«

»Nein. Diesmal ein schnöder Verkehrsunfall. Direkt vor dem Gefängnistor. Fahrerflucht.«

»Keine Zeugen?«

»Doch. Die haben sich sogar das Nummernschild merken können, aber das verlief im Sande. Der Wagen war schon vier Tage zuvor als gestohlen gemeldet worden.«

»Noch so ein Zufall.«

»Sie sagen es. Alle Menschen, die irgendwie Licht in dieses Dunkel hätten bringen können, seien es Strafgefangene, Gefängniswärter oder sonstige Zeugen, sind inzwischen tot.«

»Außer einer Zeugin«, sagte Rath. »C. Ritter.«

Böhm nickte ernst. »Das ist einer der Gründe, warum Sie mit niemandem darüber reden dürfen.«

»Wie meinen Sie das? Ist Charly in Gefahr?«

»Nicht akut. Und nicht solange alle Welt davon ausgeht, dass es sich bei C. Ritter um Christian Ritter handelt und nicht um Charlotte.«

»Sie meinen ...«

Böhm nickte. »Ja. Ich fürchte, Charlys Vater musste nur deshalb sterben, weil irgendwer ihn für einen Zeugen hielt, der zuviel wusste und beseitigt werden musste.«

»Sie glauben also, dass die Gasexplosion absichtlich herbeigeführt worden ist? Die Kollegen haben nichts gefunden, was auf eine Manipulation hindeu-...«

»Was nicht heißt, dass nicht doch jemand im richtigen Moment für ein künstliches Gasleck gesorgt hat.«

»Das ist sehr spekulativ, lieber Böhm.«

»Genau das sagen Gennat und der Staatsanwalt auch. Und sie haben ja sogar recht. Und trotzdem ist es so ein perfekter Zufall, dass diese Explosion genau diese zwei Menschen trifft, die sowieso ermordet werden sollten, dass ich nicht an einen Zufall glauben kann.«

»Und die Wirtin?«

»Deren Tod hat man in Kauf genommen. Und den Tod weiterer Unschuldiger. Nur eine Stunde später wäre die Kneipe rappelvoll gewesen.«

»Aber dann müsste irgendwer Winkler und Ritter in die Falle gelockt haben.«

»So ist es.« Böhm schob seinen Teller beiseite und steckte sich eine Zigarre an. »Ich weiß nicht, unter welchem Vorwand, aber so muss es gewesen sein. Im Umfeld der Berolina war nicht herauszubekommen, was der Vereinschef im Wedding gesucht haben mochte, fast schon im Gebiet der verfeindeten Nordpiraten. Und im Umfeld von Christian Ritter noch weniger, was der Wärter da gewollt haben konnte. Seine Kollegen haben die Gelegenheit genutzt, den Toten als korrupt darzustellen, als jemanden, der sich mit Berufsverbrechern trifft, aber das glaube ich nicht. Die haben den toten Kollegen benutzt, um von ihren eigenen Verfehlungen abzulenken. Uns war schon länger klar, dass ein erheblicher Teil des Moabit-Wachpersonals auf der Gehaltsliste der Berolina stehen musste, aber ein Mann stand für mich, wenn ich das sagen darf, nie in diesem Verdacht, und das war Christian Ritter.«

»Und seine Familie?«

Erst als die Worte seinen Mund verlassen hatten, wurde Rath klar, dass er da gerade von seiner Frau und seiner Schwiegermutter sprach.

»Luise Ritter ist aus allen Wolken gefallen. Ihre Schwiegermutter, lieber Rath, hat den Lügen seiner Kollegen am Ende geglaubt. Was sollte sie auch tun? Auch die Gefängnisleitung folgte schließlich der Auffassung, dass Christian Ritter postum noch disziplinarrechtlich bestraft gehörte: Luise Ritter wurde die Witwenpension aberkannt, und sie musste von jetzt auf gleich mit ihrer Tochter die Wohnung verlassen.«

»Sie konnten die Ritters doch nicht aus der Wohnung werfen!«

»Sie konnten.« Böhm schob den Vorhang beiseite und zeigte aus dem Fenster. »Es war eine Dienstwohnung. In einem der Beamtenhäuser an der Gefängnismauer drüben, sehen Sie?«

Rath sah. Schlichte, dreistöckige Backsteinhäuser, die sich die Mauer des Zellengefängnisses entlangreihten.

Da also hatte Charly ihre Kindheit verbracht. Hatte Böhm ihn deshalb in diese Kneipe gebeten? Um ihm vor Augen zu führen, woher seine Frau kam? Ob er ahnte, dass Charly ihrem Mann nie etwas aus ihrem Leben vor dem Studium und der Arbeit in der Mordinspektion erzählt hatte?

»Das heißt ... Charly hat nicht nur ihren Vater verloren – sondern saß kurz darauf auch auf der Straße?«

Böhm nickte. »Ein harter Schicksalsschlag für ein neunzehnjähriges Mädchen, nicht wahr? Ich hatte befürchtet, sie zerbricht daran, aber sie hat sich mit aller Gewalt in ihr Studium und in die Arbeit gestürzt. Und ins Leben. Ist auch schon bald wieder tanzen gegangen mit ihrer Freundin.«

»Greta.«

»Richtig. Bei der konnte sie zum Glück unterkommen. Wäre sie damals mit ihrer Mutter nach Schwiebus gegangen, ich fürchte, sie wäre eingegangen wie eine Primel. Die Charly, die wir beide kennen, gäbe es dann nicht.«

Rath wusste nicht, ob er das so sehen wollte. Erstens glaubte er eine andere Charly zu kennen als Böhm. Und zweitens wollte er bestimmt nicht Wilhelm Böhm und Greta Overbeck dafür danken, dass Charly so geworden war, wie sie war und wie er sie kennen und lieben gelernt hatte, ausgerechnet den beiden, die ihn immer so misstrauisch beäugten.

»Charlys neugewonnener Lebensmut hatte jedoch einen Preis«, fuhr Böhm fort. »Sie hat nie getrauert. Sie hat all die Dinge, die im Frühjahr siebenundzwanzig passiert sind, einfach aus ihrer Erinnerung gedrängt. Sie wollte nicht mehr darüber reden, nicht über ihren Vater, nicht wie er gestorben ist. Sie wollte mir nicht einmal sagen, warum er sich in dieser Kaschemme am Lenzener Platz mit Adolf Winkler getroffen hat. Obwohl sie es weiß, da bin ich mir fast hundertprozentig sicher. Und sie weiß auch, dass es keine Bestechlichkeit war.«

»Was war es denn dann? Ihrer Meinung nach?«

»Wenn ich das wüsste, dann hätte ich vielleicht auch einen Beweis und nicht nur Vermutungen.«

»Aber Sie sind nach wie vor sicher, dass hinter all diesen Unfällen, die gar keine sind, ein einzelner Täter steckt?«

»So ist es.«

»Und wer?«

Böhm zog an seiner Zigarre. »Ich habe mir damals, als sich die Ungereimtheiten häuften und zuviele Leute starben, die einfache Frage gestellt, die man sich immer stellen sollte, wenn Menschen sterben: Cui bono?«

»Wem nützt es ...«

Böhm nickte. »Ich glaube, das eigentliche Opfer – und das einzige, bei dem es geblieben wäre, wenn der Zufall nicht Christian Ritter zum falschen Zeitpunkt in den Zellentrakt geführt hätte –, war Adolf Winkler, der Schränker. Wäre der am sechzehnten Mai siebenundzwanzig von Anton Bruck abgestochen oder erwürgt worden oder was auch immer, wäre die Sache damit erledigt gewesen; es hätte keine weiteren Morde gegeben.«

»Und welchen Nutzen hätte Bruck von Winklers Tod gehabt?«

»Bruck war nur das Werkzeug. Der Mann, der am meisten von Winklers Tod profitiert hätte – und ein paar Wochen später ja auch profitierte –, war sein Nachfolger: Hugo Lenz.«

»Der rote Hugo!« Rath pfiff durch die Zähne. »Der wollte Winkler ausschalten, um selbst Berolina-Chef zu werden.«

»Richtig.«

»Aber Lenz ist vor vier Jahren gestorben. Hinter seinem Tod steckten die Nordpiraten. Können die nicht auch Winkler auf dem Gewissen haben?«

Böhm zuckte die Achseln. »Möglich, aber ich glaube es nicht. Das hätte einen Bandenkrieg zwischen der Berolina und den

Nordpiraten nach sich gezogen. Den aber hat Hugo Lenz nicht vom Zaun gebrochen, auch deswegen war er mein Hauptverdächtiger. Und ich muss zugeben, ich habe damals, als Lenz' Leiche in der Mühlendammschleuse auftauchte, wirklich gedacht: Was soll's? Hat der Kerl seine gerechte Strafe gefunden.«

Ein solches Denken hätte Rath dem überkorrekten Böhm, der immerzu auf den Rechtsstaat verwies, niemals zugetraut. Wie man sich irren konnte!

»Aber einer lebt nach wie vor«, fuhr Böhm fort: »der Arzt, der das Mordwerkzeug vermittelt hat ...«

»Ich fürchte, ich kann Ihnen nicht ganz folgen.«

Böhm ignorierte Raths Frage und aschte vorsichtig ab. »Sagen Sie, Oberkommissar, der Fahrgast, der bei jener Todesfahrt ums Leben gekommen ist ... könnten Sie sich vorstellen, dass irgendjemand diesen Mann tot sehen wollte? Und falls ja, könnten Sie sich vorstellen wer?«

»Cui bono, meinen Sie?«, fragte Rath und kratzte sich am Kinn. Natürlich gab es da einige denkbare Mordmotive, wenn er an Brunners Geheimdiensttätigkeit dachte, nur konnte er die Böhm nicht auf die Nase binden.

»Nun«, sagte er also, »Gerhard Brunner war Obersturmführer im SD-Hauptamt. Und es wird wohl immer jemanden geben, dem der Tod eines SS-Mannes nützt.«

Böhm guckte entsetzt. »Mein Gott«, zischte er, »sagen Sie solche Dinge nicht so laut! Sie glauben gar nicht, wieviele Denunzianten in dieser Stadt herumlaufen!«

Rath schaute sich um. Niemand in der Nähe, die Nebentische waren unbesetzt. Dennoch senkte er seine Stimme. »Ich meine ja nur. Nazi-Gegner gibt es immer noch mehr als genug. Es ist ja nicht mehr mein Fall, aber einen Moment habe ich tatsächlich geglaubt, Otto Lehmann habe Gerhard Brunner bewusst mit in den Tod genommen, eine Art kontrollierte Amokfahrt sozusagen. Vielleicht hat er an jenem Tag erst erfahren, dass er nicht mehr lange zu leben hat. Dann ist er zum Anhalter Bahnhof gefahren und hat die Kollegen darum gebeten, ihm Brunner als nächsten Fahrgast zu überlassen, um mit ihm in den Tod zu fahren. Aber Fehlanzeige: Lehmann hatte nie Ärger mit der SS.«

»Moment!« Böhm war ganz aufgeregt, als er Rath unterbrach.

»Der Taxifahrer hat seinen Kollegen gesagt, sie sollen ihm Brunner überlassen?«

»Den Namen hat er nicht genannt, aber er hat ihn beschrieben. Und so ist es dann auch passiert. Hat ein Taxifahrer am Samstag erst bezeugt.«

»Dann«, sagte Böhm und drückte die Zigarre mit einer energischen Bewegung aus, obwohl die noch längst nicht aufgeraucht war, »wird es Zeit, dass Sie endlich meine Theorie zu diesen Ereignissen kennenlernen.«

32

Charly war gerade hinaus auf die Antonstraße getreten und hatte sich auf den Weg zur Straßenbahn gemacht, als sie die schwarze Limousine bemerkte, die ihr im Schritttempo folgte. Sie blickte zur Seite und erkannte den Chinesen hinter dem Steuer.

Was war das? Wollten die sie wieder entführen? Am hellichten Tag? Sie schaute durch die Fenster, konnte außer dem Mann am Steuer aber niemanden entdecken, nicht einmal Johann Marlow. Das Fenster der Beifahrertür war heruntergekurbelt.

»Steigen Sie ein«, sagte Liang.

»Ich wüsste nicht warum.«

»Steigen Sie ein, ich fahre Sie zur Kantstraße.«

Der Gangster wusste schon, wie man Leute beeindruckte. Mal eben so andeuten, dass er genau wusste, wie Charlys Tagesablauf aussah, dass sie nun gerade auf dem Weg zu ihrem Nachmittagsbüro war.

Sie hatte gehofft, den Kerl letzte Woche losgeworden zu sein, hatte gehofft, irgendein Standesamt in Berlin hätte sich seiner erbarmt und ausnahmsweise noch eine Ehe zugelassen, die nicht den nationalsozialistischen Vorstellungen von Rassenhygiene entsprach. Gab es offensichtlich nicht. Obwohl kein einziges Gesetz existierte, das derartiges verbot. Doch die sogenannte Rechtsprechung im neuen Deutschland richtete sich nicht nach Gesetzen.

Sondern nach dem Geist des nationalsozialistischen Staates. Mit so einer Prämisse konnte man jedes Recht beugen.

Sie ging weiter und wollte das schrittfahrende Auto ignorieren, das änderte jedoch nichts daran, dass der Wagen weiter neben ihr rollte. Liang war hartnäckig. Dass die ersten Passanten schon schauten, schien ihm egal zu sein. Was, wenn die Leute die Situation falsch interpretierten und den aufdringlichen Chinesen, der einem deutschen Fräulein nachstellte, gleich in einem Anfall gesunden Volkszorns im Sinne der Rassenhygiene am nächsten Laternenmast aufhängten?

Also gut! Sie blieb stehen, die Limousine ebenfalls. Liang öffnete die Beifahrertür, und Charly stieg ein.

»Nicht dass Sie mich missverstehen«, fauchte sie ihn an, kaum hatte sie Platz genommen und die Tür geschlossen. »Ich steige nur ein, weil Sie so eine Nervensäge sind.«

Liang nickte und gab Gas. Im Rückspiegel meinte Charly zu sehen, wie einer der Passanten die Autonummer notierte, kaum waren sie vorbeigefahren. Deutschland war wirklich zu einem Land voller Denunzianten geworden.

»Es tut mir leid, Frau Rath, dass ich Sie nur auf solch ungewöhnlichem Weg kontaktieren kann, aber ich muss die wenigen Freiräume nutzen, die mir mein Alltag lässt.«

»Die Ihnen Marlow lässt, meinen Sie wohl?«

Er zuckte die Achseln.

»Ich dachte, so kann ich Ihnen einen Gefallen tun. Sie verlieren keine Zeit, kommen pünktlich und bequem in die Detektei Böhm, und wir können uns unterhalten, ohne dass ich noch einmal eines Ihrer Büros aufsuchen muss.«

»Dennoch wäre es mir lieb, wenn wir uns nicht häufiger als nötig träfen.«

»Versprochen.« Er nickte. »Jedenfalls: Ihre Idee mit den Standesämtern hat nicht funktioniert. Es sieht nicht so aus, als würde ich in Berlin heiraten können.« Er schaute sie an. »Dann werde ich nach China gehen. Und dort heiraten. In Tsingtau.«

»Ist das nicht ein bisschen viel Aufwand? Ich denke, Sie sollten es erst einmal in der chinesischen Botschaft versuchen.«

»Ich möchte sowieso nach Tsingtau.«

Charly wunderte sich. »Sie wollen auswandern?«

Liang schaute nach vorne auf den Verkehr und nickte.

»Und Ihre Verlobte?«

»Erst heiraten, dann weg von hier, das war unser Plan. Dann machen wir es eben andersherum. Margot kommt mit mir.«

»Das ist es also, was Ihr Herr und Meister nicht wissen darf«, sagte Charly. »Sie wollen ihn verlassen, und Kündigungen werden in Ihrer Branche nicht so gerne gesehen.«

Liang schwieg.

»Als Staatenloser werden Sie nicht einfach so nach China gehen können, fürchte ich. Was ist denn mit Ihren Eltern? Welche Staatsangehörigkeit haben die?«

»Meine Eltern sind beide tot.«

»Oh, das tut mir leid.«

»Ich weiß nicht, welche Staatsangehörigkeit sie hatten als Einwohner des Schutzgebiets Kiautschou. Mein Vater war Chauffeur des kaiserlichen Forstinspektors in Tsingtau. Japanische Soldaten haben ihn erschossen, als sie die Stadt kurz nach Kriegsbeginn besetzten. Meine Mutter war Dolmetscherin und konnte mit mir und ihrem Dienstherrn nach Deutschland fliehen.«

»Mit dem Forstinspektor.«

»Richtig.«

»Und wann ist Ihre Mutter gestorben?«

»Kurz vor Kriegsende. Krebs. Ich bin dann auf ein Internat gekommen.«

»Nicht in ein Waisenhaus?«

Er schüttelte den Kopf. »Mutter hatte vorgesorgt.«

Charly merkte, dass Liang nicht gern über diese Zeit sprach, und sie konnte ihn nur allzugut verstehen. Es gab Ereignisse im Leben, über die man besser schwieg. Wo nur alte Wunden wieder aufrissen, wenn man darüber redete.

»Wenn ich das richtig in Erinnerung habe, sind alle Bewohner des ehemaligen Schutzgebietes heute chinesische Staatsbürger. Ihre Eltern wären das also auch, hätten sie den Krieg überlebt, und damit auch ihr Sohn. Haben Sie irgendwelche Papiere Ihrer Eltern?«

Liang zuckte die Achseln. »Von meinem Vater gibt es nichts. Vielleicht hatte meine Mutter etwas. Ich glaube, meine Geburtsurkunde habe ich mal in ihren Sachen gesehen.«

»Nehmen Sie alles, was Sie finden können, und gehen damit zur chinesischen Botschaft. Die chinesische Regierung ist derzeit zwar nur eine Marionette, die eigentliche Macht haben Japaner, Russen und Briten, aber für Ihr Vorhaben könnte das sogar von Vorteil sein. Soll ich Ihnen einen Anwalt vermitteln, der das für Sie regelt?«

Liang schüttelte den Kopf.

»Nein.«

»Es ist besser, Sie machen solche Behördendinge nicht allein.«

»Das möchte ich auch nicht. Ich möchte, dass *Sie* das für mich tun.«

Charly war perplex. Verdammt unverfroren der Kerl. Andererseits stand sie wirklich bei ihm in der Schuld. Ohne ihn würden zwei Menschen, an denen ihr viel lag, nicht mehr leben. Und dennoch, auf der anderen Seite ...

»Und wenn ich das nicht möchte?«

»Ich bezahle gut.«

»Das ist es nicht. Es ist nur ... Ich weiß nicht, ob ich das kann nach unserer gemeinsamen Vergangenheit. Sie haben mich gefangengehalten vor einem Jahr. Hätten Sie mich auch umgebracht, wenn Ihr Chef es befohlen hätte?«

Liang schwieg.

»Ich hätte Sie nicht getötet«, sagte er dann. »Und Marlow hätte das auch niemals von mir verlangt.«

Ein Gangster mit einem weichen Herzen? Charly wusste nicht, ob sie das glauben konnte. Liang hatte schon eine ganze Reihe Menschen auf dem Gewissen, von einigen wusste sie es, von anderen ahnte sie es.

»Alles, worum ich Sie bitte, ist dies«, sagte er: »Helfen Sie mir, nach Tsingtau zu gehen und dort mit meiner Frau ein neues Leben zu beginnen. Tun Sie das, und Sie sehen mich nie wieder.«

Charly hatte trotz allem Mitleid mit dem Mann. Obwohl Liang höchstens Ende zwanzig zählen dürfte, wirkte er wie jemand, der schon zehn Leben gelebt hatte. Und bestimmt keine leichten Leben. Auch wenn sie ihn nach dem Tod der Eltern nicht ins Heim gesteckt hatten, sondern in ein Internat. Wer immer das bezahlt hatte ...

Aber Mitleid war kein guter Ratgeber. Sie wollte mit der Welt von Johann Marlow ein für allemal nichts mehr zu tun haben, auch nicht mit seinem Chauffeur und Leibwächter, auch nicht, wenn der hinter dem Rücken seines Chefs das Land verlassen wollte.

»Es tut mir Leid, Herr Liang«, sagte sie also, nachdem sie ihren ganzen Mut zusammengenommen hatte, »aber ich kann das nicht tun, ich kann diesen Auftrag nicht annehmen. Nicht nach alldem, was zwischen mir und Ihrem Chef passiert ist.«

Inzwischen waren sie in der Kantstraße angekommen. Liang schwieg, er fuhr rechts ran, stieg aus und öffnete ihr die Tür wie ein Chauffeur.

»Ich möchte Sie nur um eines bitten«, sagte er, als Charly ausgestiegen war, »denken Sie noch einmal darüber nach. Immerhin können Sie mich auf diese Weise auch los werden.«

Sie wollte es eigentlich nicht, aber sie musste lächeln.

»Sie sind kein Mensch, der schnell aufgibt, kann das sein?«, fragte sie.

Liang sagte nichts, er lächelte auch nicht. Er tippte nur zum Abschied an die Krempe seines Hutes und stieg in den Wagen. Kurz darauf hatte sich die Adler-Limousine in den Nachmittagsverkehr der Kantstraße eingefädelt.

Als Charly den Detekteischlüssel aus ihrem Mantel holte, fiel ihr ein Briefumschlag auf, der vorher nicht darin gewesen war. Vergessene Kanzleipost konnte das nicht sein, die brachte sie immer in einer Aktenmappe zum Postamt. Der weiße Umschlag enthielt auch keinerlei Beschriftung, jedoch knisterte er leise, wenn man ihn bog.

Charly spürte, wie dieses Knistern eine ungeheure Wut in ihr auslöste. Wie sie sie hasste! Diese Arschlöcher, die glaubten, mit ihrem Geld alles kaufen zu können. Liang Kuen-Yao hatte sie bislang nicht dazugezählt, aber offensichtlich war der Chinese keinen Deut besser als sein Herr und Meister.

Sie stopfte den Umschlag in ihre Handtasche und wusste nicht, ob sie ihn jemals öffnen oder aber Liang bei ihrer nächsten Begegnung, die nicht lange auf sich warten lassen dürfte, einfach kommentarlos zurückgeben sollte.

Dann schloss sie auf. Charly war fast zwanzig Minuten früher im Büro als sonst. Wilhelm Böhm saß hinter seinem Schreibtisch und hatte offensichtlich noch nicht mit ihr gerechnet. Er klappte die Akte zu, in der er gerade las.

»Charly! Sie sind aber früh dran!«

Er wirkte beinahe wie ertappt.

»Ein Freund hat mich mit dem Auto mitgenommen«, sagte sie und hängte ihren Mantel auf.

Bruck las sie auf dem Aktendeckel, und ihr wurde klar, dass sie diese Akte schon einmal gesehen hatte: Gestern Abend in Gereons Auto. Unter der Kurbel. Sie hatte noch überlegt, ihm die Ermittlungsakten in die Wohnung mitzubringen, es dann aber vergessen, als sie todmüde in der Carmerstraße angekommen war.

Hatte Gereon diese Akten also gar nicht für sich aus der Registratur geholt, sondern für Wilhelm Böhm? Aber wieso hatte er sie ihr dann nicht einfach mitgegeben? Er wusste doch, dass sie nachmittags immer in die Kantstraße ging.

Böhm öffnete die Schreibtischschublade und legte beide Akten hinein. Es sollte wohl beiläufig aussehen, aber Charly wusste nun, dass auch er ihr etwas verheimlichte. So wie er ihr verheimlicht hatte, dass er alten Freunden bei der Flucht aus dem Reich half. Nur dass er sein Geheimnis diesmal mit Gereon Rath zu teilen schien und nicht mit Doktor Schwartz.

Sie wusste nicht, was es war, der Gedanke an diese ungewöhnliche Allianz wohl kaum, eher wohl das Wissen um den Geldumschlag in ihrer Handtasche, der auf ihre Seele drückte, und der Gedanke an das unvermeidbare Wiedersehen mit Liang, jedenfalls fühlte sie sich mit einem Mal so wacklig auf den Beinen, dass sie sich auf dem Besucherstuhl vor dem Schreibtisch abstützen musste, bevor sie sich hineinsinken ließ.

Böhm war sofort bei ihr. »Ist Ihnen nicht gut, Charly«, sagte er und machte ein besorgtes Gesicht. »Sie sind ja ganz bleich. Soll ich Ihnen ein Glas Wasser holen?«

Sie winkte ab. »Schon gut. Nur ein bisschen blümerant. Wird schon wieder.«

Böhm nickte und ließ sie in Frieden. Das Glas Wasser holte er trotzdem.

Er wartete, bis sie den ersten Schluck getrunken hatte. Dann erst holte er die Auftragsmappe. Zusammen mit Charly ging er die Aufträge durch, die unlängst eingegangen waren, um zu überlegen, wie sie die Arbeit am besten aufteilten. Es war nicht viel. Eine Vermisstensache, bei der die Polizei bislang erfolglos geblieben war, eine Witwe aus Wilmersdorf, die Studenten aus dem benachbarten Wohnheim verdächtigte, ihr die Milch zu stehlen, kaum hatte der Bolle-Fahrer sie vor die Tür gestellt, und – natürlich – mal wieder eine Eifersuchtsgeschichte; diesmal zur Abwechslung eine Frau, die ihren Mann auf Abwegen wähnte. Böhm versprach ihr, dass er sie aus diesem Fall heraushalten werde, und gab ihr die Wilmersdorfer Witwe.

Das war alles. Irgendein Fall, zu dem alte Strafermittlungsakten gehört hätten, war nicht darunter.

33

Es fühlte sich seltsam an, in der Spenerstraße zu parken und diese Treppe hinaufzugehen. Rath hatte lange schon nicht mehr vor dieser Tür gestanden. Vor dieser Tür, hinter der Charly so lange gewohnt hatte. Bis sie zu ihm in die Carmerstraße gezogen war. Er zögerte einen Moment, aber dann klingelte er.

Die Tür der Nachbarwohnung öffnete sich einen Spalt.

»Guten Morgen, Frau Brettschneider«, grüßte Rath und lüftete seinen Hut, »wachsam wie immer? Kein Herrenbesuch, der Ihnen entgeht? Vorbildlich!«

Der Türspalt schloss sich wieder, und nahezu im selben Moment, als seien beide Türen durch einen unsichtbaren Seilzug miteinander verbunden, öffnete sich die Tür, an der Rath geklingelt hatte. Greta Overbeck stand da, im Morgenmantel und mit zerzaustem Haar, und schaute ihn verwundert an.

»Gereon!«

»Komme ich ungelegen?«

»Wie man's nimmt.«

Greta hatte ihn noch nie sonderlich freundlich behandelt, aber immerhin schien sie sich über die Jahre daran gewöhnt zu haben, dass Gereon Rath nun einmal der Mann im Leben ihrer besten Freundin war. Inzwischen sogar der Ehemann.

Rath hatte Charly die letzten Tage mit gänzlich anderen Augen gesehen. Dass sie in solch jungen Jahren – sie war damals noch keine zwanzig – und unter solch dramatischen Umständen ihren Vater verloren hatte und dazu ihre Wohnung und ihr ganzes bisheriges Leben, das war ihm bislang nicht klar gewesen. Er hatte das Gefühl, mit einer ganz anderen Frau verheiratet zu sein als mit der, die er kannte. Gestern Abend musste er sie ein wenig zu auffällig betrachtet haben.

»Ist was?«, hatte Charly gefragt. »Irgendwas mit meiner Frisur?«

Er hatte den Kopf geschüttelt und wieder in die Zeitung geschaut. Sie wieder in ihr Buch.

Am liebsten hätte er sie dazu ausgefragt, sie einfach erzählen lassen, doch so einfach war das eben nicht. Diesen Abschnitt ihres Lebens, diesen Wendepunkt ihres Lebens, wie er jetzt wusste, hatte Charly mit einer hohen schwarzen Mauer umgeben, in der es keine Tür gab und durch die kein Lichtstrahl drang.

Und er kannte nur einen Menschen, der ein wenig Licht in dieses Dunkel bringen könnte. Deswegen war er nach Moabit gefahren, heute vor der Arbeit.

Als er schon damit rechnete, Greta würde ihn abwimmeln, zog sie die Wohnungstür mit einer einladenden Geste auf.

»Na, komm schon rein«, sagte sie. »Bin gerade dabei, Kaffee aufzusetzen.«

Rath folgte ihr in die Wohnung, die ihm immer noch vertraut vorkam und die Greta seit drei Jahren nun schon allein bewohnte. Neben dem Sofa stapelten sich ein paar Bücher, auf dem Tisch standen benutzte Weingläser, über dem Stuhl hing ein champagnerfarbenes Tanzkleid, das Greta mit einer schnellen Handbewegung wegfischte. Nichts hatte sich verändert. Außer dass Charlys Sachen fehlten in der leichten Unordnung, die diese Wohnung immer schon ausgezeichnet hatte.

Er setzte sich an den Küchentisch, holte sein Zigarettenetui aus der Tasche und beobachtete Greta, wie sie mit Kaffeefilter und Wasserkessel hantierte.

»Du wohnst immer noch alleine?«, fragte er und zündete sich eine Overstolz an.

»Ist das der Grund deines Besuchs? Willst du wissen, ob du Charly in die Spenerstraße abschieben kannst?«

Sie stellte die fleckigen Weingläser in den Spülstein und ersetzte sie durch saubere Kaffeetassen. Rath fragte sich, wen sie gestern Abend hier zu Besuch gehabt haben mochte und ob der Besuch womöglich noch in Gretas Bett lag.

»Es geht tatsächlich um Charly«, sagte er.

»Wenn ihr euch streiten solltet, dann erwarte nicht, dass ich für dich Partei ergreife. Da musst du dir jemand anderen suchen. Frag lieber deinen Freund aus Köln.«

»Das ist es nicht. Ich mache mir Sorgen.«

Greta, die gerade den nächsten Schwall kochendes Wasser in den Porzellanfilter goss, zog die Augenbrauen hoch.

»Sie erzählt so wenig«, fuhr Rath fort. »Von früher. Von ihrem Vater. Wie er gestorben ist.«

Greta kam mit der Kanne an den Tisch und schenkte ein.

»Wenn sie so wenig erzählt, dann frag sie doch.«

»Sobald ich das tue, komme ich mir immer vor, als hätte ich ihr einen unsittlichen Antrag gemacht. Von ihrem Vater redet – oder besser: schweigt – sie so, als sei es ein Staatsgeheimnis. Vor kurzem habe ich überhaupt erst erfahren, dass er Gefängnisaufseher war. Manchmal könnte man glauben, Charly schämt sich für ihn. Dabei weiß ich, dass es keinen Menschen gibt, den sie mehr vergöttert.«

»Da hast du recht. Den gibt es auch nicht. Und wenn sie sich schämt, dann nicht für ihren Vater, sondern für sich selbst. Obwohl ich schon hundertmal versucht habe, ihr das auszureden.«

»Sie schämt sich? Warum das?«

»Das kann ich dir nicht sagen.«

Greta fummelte eine zerknitterte grüne Pappschachtel aus ihrem Morgenmantel, klaubte eine Eckstein heraus und zündete sie an.

»Ich kann keine Geheimnisse weitergeben, die Charly mir anvertraut hat und dir offensichtlich nicht«, fuhr sie fort, »aber ich kann dir sagen, wie ich sie damals kennengelernt habe und warum sie hier eingezogen ist.«

»Das wäre doch schon einmal ein Anfang.«

»Christian Ritter, Charlys Vater, kam bei einer Gasexplosion ums Leben, in einer Kneipe im Wedding.«

»Ich weiß. Am Lenzener Platz.«

Sie schaute ihn erstaunt an, dann fuhr sie fort. »Neben seiner Leiche hat man die eines Berufsverbrechers gefunden und daraus eine unehrenhafte Geschichte gedreht, unterstützt von Ritters ehemaligen Kollegen im Zellengefängnis Moabit. Die Einzelheiten kenne ich auch nicht, jedenfalls haben Charly und ihre Mutter nicht nur ihren Vater und Ehemann verloren, sondern kurz darauf auch die Dienstwohnung und die Witwenpension. Luise Ritter ist zurück in ihr Heimatdorf gezogen, Charly zu mir. Wir kannten uns damals erst wenige Wochen. Sie hat nicht viel erzählt, aber ich habe sie selten so unglücklich und gleichzeitig entschlossen gesehen wie in diesen Tagen. Damals hat sie all die Vorsätze gefasst: Juristin zu werden, Polizistin zu werden, all diese Träume, die nun doch zerplatzt sind.«

»Hat Charly jemals eine Andeutung gemacht, der Tod ihres Vaters könne möglicherweise ein Mord gewesen sein?«

Greta schaute ihn erstaunt an. »Nein. Wie kommst du denn darauf? Und setz ihr bloß nicht einen solchen Floh ins Ohr! Das macht es ihr auch nicht leichter, die Wahrheit zu ertragen.«

»Welche Wahrheit denn, verdammt nochmal? Was wirft sie sich vor? Schuld zu sein am Tod ihres Vaters? Ist es das?«

»Verdammt, Gereon, bist du hartnäckig.«

»Wenn es um Charly geht, immer.«

»Ich hoffe, es geht dir wirklich um sie.«

»Liebe Greta, wir beide werden in diesem Leben bestimmt niemals beste Freunde werden, aber ich kann dir sagen, dass wir die beiden Menschen sind, auf die Charly sich in dieser Welt am meisten verlassen kann.«

»Dann«, sagte Greta, »solltest du dir vielleicht einmal darüber Gedanken machen, ob du deine Zukunft wirklich bei der Polizei siehst. Und noch dazu in diesem Land. Und wie Charlys Zukunft an deiner Seite aussehen könnte.«

So kannte er Greta Overbeck am besten: der wandelnde Vorwurf. Aber was wollten sie denn alle von ihm? Er hatte doch nichts anderes gelernt außer Polizeiarbeit. Was sollte er denn tun?

»Charly weiß doch selbst nicht, was sie will«, sagte er.

»Charly wusste sehr genau, was sie wollte. Nur haben die Umstände und die unselige Entwicklung in diesem unserem Land sie nicht gelassen.«

Er drückte seine Zigarette aus. »Danke für den Kaffee«, sagte er. »Und für deine ehrlichen Worte.«

»Immer gerne. Ich habe nichts gegen dich, Gereon Rath, auch wenn du das vielleicht denken magst. Ich möchte nur nicht, dass du Charly unglücklich machst. Und wenn eure Ehe wieder einigermaßen glücklich werden soll, dann braucht ihr eine gemeinsame Perspektive. Wenn ihr die überhaupt jemals hattet.«

»Nicht so einfach in diesem Land«, sagte Rath. »Wie du schon sagst: Die lassen einen nicht immer so, wie man will.«

»Dann muss man sich eben irgendwann entscheiden: Will man sich von den Nazis bis zur Unkenntlichkeit verbiegen lassen oder will man der bleiben, der man ist. Das heißt dann aber auch: Konsequenzen ziehen.«

So scharf hatte Rath noch nie jemanden über die Zustände in Deutschland reden hören. Nicht einmal Charly.

Wahrscheinlich hatte sie recht. Die immer schlimmer werdenden Zustände in diesem Land setzten ihrer Ehe mehr zu als alles andere. Perspektive, das war das Zauberwort. Sie brauchten eine Perspektive. Eine gemeinsame.

Aber erst einmal musste er wissen, was es mit Böhms Theorie auf sich hatte. Wenn die stimmte, dann war die Gefahr für Charly noch nicht vorüber. Sobald irgendjemand in Erfahrung brachte, dass sie die nächtliche Beobachtung im Todesfall Bruck gemacht hatte und nicht ihr Vater. Die Beobachtung, die laut Böhms Theorie nahelegte, dass Wärter Kleinschmidt mitten in der Nacht ins Gefängnis gekommen war, um den Mann, der im Koma auf der Krankenstation lag, den verhinderten Mörder Bruck, mit seinem Kissen zu ersticken. Kleinschmidt, den niemand mehr befragen konnte. Wie so viele, die an dieser seltsamen Geschichte beteiligt waren.

34

Es war wirklich verdammt früh, die Sonne quälte sich gerade erst über den Horizont, konnte sich jedoch wegen der dichten Wolkendecke kaum bemerkbar machen. Halb sechs. Um diese Uhrzeit lag Charly sonst noch im Bett. Aber es half nichts, so früh lieferte die Firma Bolle nun einmal die Milch an ihre Wilmersdorfer Kundschaft aus. Hatte man ihr in der Firmenzentrale wenigstens gesagt. Aber nun wartete sie schon fast eine halbe Stunde, und noch hatte sich kein Milchwagen in der Johannisberger Straße sehen lassen.

Sie stand nicht direkt vor dem Haus der Witwe Rinke, Charly hatte den Buick auf der gegenüberliegenden Seite geparkt, im Schatten der Bäume, die hier nur auf einer Straßenseite gepflanzt waren. Keine Blockbebauung, Einfamilienhäuser und kleine Villen, an der Straßenecke ein Studentenwohnheim – die Witwe Rinke schien mit ihrem verstorbenen Mann einen guten Fang gemacht zu haben; ihr Haus gehörte vielleicht nicht zu den stattlichsten in der Straße, war aber doch eines von der Sorte, von denen Charly wusste, dass sie so etwas niemals bewohnen würde. Große Fenster, kleiner Vorgarten, das beste aber die Lage in dieser ruhigen Straße. Nur dass es hier offenbar Milchdiebe gab.

Herta Rinke hatte die Studenten aus dem nahen Wohnheim im Verdacht, sich immer mal wieder unentgeltlich an der von ihr bestellten Milchlieferung zu bedienen. Vier Flaschen waren das immerhin jeden Morgen. Die trank die Witwe nicht allein, aber sie hatte, wie sie sagte, viele Katzen zu versorgen. Eigentlich eine Bagatelle, deshalb hatte sich die zuständige Wache vom 151. Polizeirevier auch nicht bereit erklärt, die Sache mit größerem Aufwand zu verfolgen, und die fehlenden Flaschen würden die Witwe Rinke auch nicht arm machen, doch gehe es ihr, wie sie sagte, ums Prinzip.

»Seitdem die Studenten da sind, gibt es Probleme. Nicht nur bei mir, überall in der Nachbarschaft. Wir müssen sie auf frischer Tat ertappen.«

Und deswegen saß Charly nun hier. Um die Studenten auf frischer Tat zu ertappen.

Gereon hatte ein bisschen gemeckert, als er ihr schon wieder den Wagen geben sollte. »Kann Böhm nicht mal einen Firmenwagen anschaffen?«, hatte er gemault.

Aber Böhm hatte keinen Firmenwagen, er hatte ja nicht einmal einen Privatwagen. Deswegen hatte Charly diesen Auftrag übernommen: Weil eine Pkw-Observierung nötig war. Sich um diese Uhrzeit in ein Café zu setzen war unmöglich, und wenn man auf der Straße vor irgendwelchen Schaufenstern herumlungerte, machte man sich nur verdächtig. Abgesehen davon hätte es in der Johannisberger Straße weder Schaufenster noch Cafés gegeben. Nicht einmal einen Stürmerkasten.

Im Auto fiel man nicht auf. Die meisten Leute nahmen seltsamerweise gar nicht wahr, wenn in einem parkenden Auto jemand saß. Nur rauchen durfte man nicht, das sah jeder sofort, den Rauch, die Glut.

Also verkniff sich Charly seit einer halben Stunde schon die Juno, auf die sie solch große Lust verspürte. Wie oft sie die Handtasche schon geöffnet und das Etui herausgenommen hatte. Um es dann doch wieder zurückzulegen. Und stattdessen mit dem Geldumschlag zu spielen, der immer noch in ihrer Handtasche lag. Die Versuchung war groß, ihn zu öffnen, doch sie beherrschte sich. Ebenso wie mit den Zigaretten. Eigentlich hätte sie problemlos schon mindestens fünf rauchen können, war doch eh kein Mensch auf der Straße. Aber, so lautete Böhms Argument, es konnte ja jederzeit jemand kommen, und dann ...

Sie hatte den Gedanken noch nicht zu Ende gedacht, da trat tatsächlich jemand auf die Straße. Ein älterer Herr mit weißem Bart, der einen großen schwarzen Hund an der Leine führte, verließ das Nachbargrundstück von Herta Rinke und wandte sich nach links, der Hund trottete brav hinterher. War das ein Bouvier? Charly schaute in den Rückspiegel. Sah fast so aus. Sie musste an Kirie denken, Gereons Hund. Ihr Hund. Vor anderthalb Jahren war das arme Tier von einem Auto überfahren worden, und ihr kamen immer noch die Tränen, wenn sie daran dachte. Sie hatte den Hund wirklich geliebt. Sie alle hatten Kirie geliebt.

Sie musste ihren Blick von dem Hund losreißen, denn aus der anderen Richtung kam nun endlich der Bolle-Lieferwagen um die Ecke. Von Haus zu Haus arbeitete sich der Milchmann voran.

Charly rutschte tiefer in den Sitz, als der Wagen auf ihrer Höhe hielt. Es war, wie Herta Rinke gesagt hatte: Vor ihrer Haustür wurden vier Flaschen abgestellt, vor der des Nachbarn und Hundebesitzers keine. Der hatte wahrscheinlich schon gefrühstückt. Und keine Katzen.

Als der Wagen weitergefahren war, holte Charly die Kamera aus der Handtasche und schlug ihr Notizbuch auf. Sie notierte penibel genau die Uhrzeit und spannte die Kamera. Noch standen da vier Milchflaschen vor der Tür, vielleicht gelang es ihr, den Moment zu fotografieren, in dem sie weggenommen wurden.

Und was, wenn es arme Straßenkinder oder Obdachlose waren, die Herta Rinke die Milch stahlen? Selbst wenn es die Studenten wären – so dicke hatten die es ja auch nicht, wenigstens nicht die, die im Wohnheim lebten. Wieder einmal meldete sich ihr schlechtes Gewissen. Dass eine offensichtlich wohlhabende Frau wie Herta Rinke sich über den Diebstahl von ein paar Flaschen Milch echauffierte – verstehen konnte sie das nicht. Und noch weniger, dass sie der Witwe dabei half, den Übeltäter zu überführen. Aber was sollte sie machen? Mit solchen Sachen verdienten Privatdetektive nun einmal ihre Brötchen.

Sie hielt die vier Milchflaschen im Blick, die Kamera in der Hand, und wartete. Nichts passierte, außer dass es draußen langsam heller wurde und in den Häusern die ersten Lichter angingen. Im Studentenwohnheim waren die Fenster noch dunkel, bei Herta Rinke auch. Der Milchwagen war im Rückspiegel schon längst nicht mehr zu sehen. Vorne beim Wohnheim bog ein schwarzer Hund um die Straßenecke, und kurz darauf auch dessen Herrchen. Der weißbärtige Nachbar und sein Bouvier hatten die morgendliche Runde um den Block beendet. Als er das Haus der Witwe passierte, bog der Hundebesitzer, der mit seinem akkurat gestutzten Bart aussah wie ein pensionierter Geheimrat, ohne auch nur einen Augenblick zu zögern oder zu überlegen, auf den Fußweg, der zur Herta Rinkes Haustür führte, bückte sich kurz, steckte zwei Flaschen Milch in die Manteltaschen, nahm die anderen zwei in die Hand und ging, als sei nichts weiter geschehen, die restlichen Meter zu seinem Haus – ein in allen Belangen stattlicheres Anwesen als das von Herta Rinke – und verschwand mit seiner Beute in der Haustür, ohne sich noch einmal umzudrehen.

Charly war so überrascht, dass sie beinahe vergessen hätte zu fotografieren. Aber sie fotografierte. Wie der Nachbar mit zwei Flaschen im Arm und zweien im Mantel, den Hund an der Leine, aus Herta Rinkes Gartentor trat, wie er zu seinem Haus hinüberging und darin verschwand.

Sie packte die Kamera weg und notierte die Uhrzeit. Bevor sie zurück nach Charlottenburg fuhr, stieg sie noch aus und notierte den Namen, der an der Gartenpforte am Klingelschild stand. *Kommerzienrat E. Böttcher.* Kein Geheimrat, aber so falsch hatte sie mit ihrer Vermutung gar nicht gelegen.

Die Sache war schneller erledigt, als sie gedacht hätte. Um kurz vor sieben parkte sie schon wieder in der Kantstraße. Sie würde sogar noch die Fotos entwickeln können, bevor sie in die Kanzlei fuhr, wer hätte das gedacht? Das tat sie denn auch, ging in die Dunkelkammer und machte ein paar Abzüge. Kommerzienrat Böttcher war auf allen Aufnahmen gut zu erkennen.

Während die Fotos trockneten, tippte sie ihren Bericht in Böhms Schreibmaschine. Auch das war schnell erledigt. Als sie das Blatt aus der Walze nahm, fiel ihr Blick auf die Schreibtischschublade. Auf die obere.

Sie ruckelte ein wenig daran, aber die Schublade war abgeschlossen. Natürlich. Charly wusste, wo Böhm den Schlüssel versteckte, aber sie beherrschte sich. Hielt ihre Neugier im Zaum.

Bruck. Ob Böhm die Akte noch immer dort verstaute? Zusammen mit der anderen, die Gereon ihm gebracht hatte? Oder bildete sie sich das alles nur ein? War das nur ein dummer Zufall, waren die Akten in seinem Auto ganz andere gewesen?

Sie hatte ihn danach gefragt, so beiläufig wie möglich, so allgemein wie möglich. Ob er einem ehemaligen Kollegen wie Böhm einen Gefallen täte, wenn dieser Hilfe aus dem Präsidium bräuchte.

Gereon hatte sie irritiert angeschaut. »Wieso?«

»Nur so.«

»Du weißt doch, wie ich zu Böhm stehe. Soll er Gennat fragen, wenn er was will.«

Das war alles, was er gesagt hatte, und sie war nicht wirklich schlau aus ihm geworden.

Sie kannte ihn nun schon so viele Jahre, doch immer trug er irgendwelche Geheimnisse mit sich herum.

Von Wilhelm Böhm allerdings war sie das weniger gewohnt. Erst sein Geheimnis mit Doktor Schwartz und nun die Akten, über die er nicht mit ihr sprach. *Bruck*. Sie wusste nicht, wohin mit dem Namen. In all den Fällen, die sie mit Böhm zusammen in den letzten Monaten bearbeitet hatte, war er nicht aufgetaucht. Warum machte er so ein Geheimnis daraus? Weil sie in Zeiten lebten, in denen keiner keinem mehr traute? Vielleicht war es das. Auch sie selbst trug mittlerweile doch viel mehr Geheimnisse mit sich herum, als sie das jemals für möglich gehalten hätte.

Charly dachte an den Geldbrief in ihrer Handtasche. Sie hatte das Gefühl, dass sie, sobald sie ihn öffnete und das Geld herausnahm, Liangs Geschäft akzeptiert hatte, ja mehr noch: sich zu seinem Komplizen machte, auch wenn es nur um Staatsbürgerschaft und Auswanderung ging. Also ließ sie den Umschlag geschlossen, hatte ihn gleichwohl sorgfältig abgetastet, weil sie nur zu gern gewusst hätte, wieviel Geld er enthielt. Von der Dicke her schätzte sie den Inhalt auf mindestens fünfzehn, zwanzig Scheine. Fragte sich nur, was für welche. Einige hundert Mark waren es bestimmt. Dieser beschissene Umschlag fühlte sich so verdammt gut an! Wo sie doch mittlerweile jeden Pfennig umdrehen mussten.

Sie fragte sich, und das nicht zum ersten Mal, ob es solche Umschläge waren, die auch Gereons Wohlstand für eine Weile befördert hatten, als er noch mit Marlow zu tun hatte. Und nicht die Erbschaft seines Onkels Josef. Und ertappte sich dann bei dem Gedanken, ob es wirklich so schlimm wäre, einen solchen Umschlag anzunehmen. Liang wollte sie doch nicht bestechen, er wollte, dass sie für ihn arbeitete. Für einen Gangster, der keiner mehr sein wollte.

35

Der Überdruck ließ den Korken aus der Sektflasche ploppen, begleitet vom dazugehörigen Knall und dem Applaus aller, die um ihren Tisch herumsaßen. Rath, der die Flasche geköpft hatte, zwang sich ein Lächeln ins Gesicht und schenkte ringsum ein. Ein Glas, sagte er sich, dann machst du dich auf den Weg. Eigentlich war es der Durchbruch in ihren Ermittlungen, den sie feierten, aber Rath hatte die Gelegenheit genutzt, dies mit seinem Einstand zu verbinden, um den er sich bislang gedrückt hatte.

Die neuen Kollegen feierten alles. Den Geburtstag von Fräulein Lorenz, den diese dazu genutzt hatte, mit ihm Brüderschaft zu trinken (wobei ihm Paula, wie er die Sekretärin nun nennen durfte, ein wenig zu lang in die Augen geschaut hatte), die Einberufung von Klaus, Möllers Ältestem, zur Wehrmacht, und wenn es mal nichts zu feiern gab, dann trank man wenigstens noch ein Feierabendbierchen zusammen in der *Letzten Instanz*, einer Kneipe in der Waisenstraße, nah am Präsidium. Die neuen Kollegen waren so nett, wie man sich das nur wünschen konnte, dennoch fühlte Rath sich wie eingesperrt. Drei Kollegen und zwei Sekretärinnen, die jeden seiner Schritte fürsorglichst überwachten. Die ihn nicht einmal in der Mittagspause und nach Feierabend in Ruhe ließen. Säße er noch in seinem alten Büro in der Mordinspektion, mit Erika Voss und Paul Czerwinski an seiner Seite, er wüsste schon, wie er die Dinge zu regeln hätte, um unabhängig und frei arbeiten zu können. In seinem neuen Büro wusste er das nicht. Und es war auch, wenn er das richtig sah, ein Ding der Unmöglichkeit.

Die gemeinsame Mittagspause hatte er wohlweislich kein weiteres Mal verweigert. Sensible Seelchen, diese LKA-Beamten. Und Rath wollte nicht aus der Reihe tanzen, er wollte den Neuanfang nutzen.

Und heute sah es so aus, als sei ihm dies gelungen. Sie saßen an ihrem Tisch in der *Instanz*, vier Männer und zwei Frauen, und der Mann, auf den sie heute anstießen, hieß Gereon Rath. Und das nicht nur, weil er sich bereiterklärt hatte, die Rechnung zu übernehmen.

Als alle Gläser gefüllt waren, erhob Henning das seine.

»Auf dich, Gereon«, sagte er und prostete ihm zu. Die anderen taten es ihm gleich, und wieder hatte Rath den Eindruck, dass Paula Lorenz ihm bei dieser Gelegenheit ein wenig zu tief in die Augen schaute. Flirtete die Sekretärin mit ihm? Obwohl sie wusste, dass er verheiratet war?

Er verscheuchte diese Gedanken und hob sein Glas.

»Auf die weibliche Kriminalpolizei«, sagte er.

Es war seine Idee gewesen, eine weibliche Kriminalbeamtin ins Krankenhaus zu schicken, die das Schweigen ihres wichtigsten Zeugen hatte brechen können. Der schwer verletzte Arbeiter hatte eingeräumt, was sie schon länger vermutet hatten: Dass er das Entstehen des Feuers gesehen hatte, das alle weiteren Katastrophen ausgelöst hatte.

Sein Säurehandschuh sei ihm versehentlich ins Becken der Rückstandswäscherei gefallen, hatte er der Kriminalbeamtin erzählt. Und dann habe es angefangen zu brennen, einfach so. Er habe es sich auch nicht erklären können, ganz bestimmt habe er nicht am Arbeitsplatz geraucht, das wage keiner von ihnen, das sei doch viel zu gefährlich, das Rauchverbot nehme jeder ernst, der bei der WASAG arbeite.

Es hatte auch niemand rauchen müssen, der Handschuh hatte sich selbst entzündet. Und das lag letzten Endes daran, dass die Firmenleitung zu geizig war, kaputte Handschuhe zu ersetzen. Also hatte sich der Arbeiter seinen löchrigen Asbesthandschuh von seiner Frau zuhause stopfen lassen – mit Baumwolle. So aber war, in Verbindung mit der Säure im Becken, ein mit Schießbaumwolle vergleichbares Gemisch entstanden. Der Handschuh entzündete sich, ließ die Sammelkästen hochgehen, was wiederum eine verhängnisvolle Kettenreaktion auslöste, an deren Ende schließlich 27 Tonnen Sprengstoff explodierten, ein Drittel der Fabrik zerstörten und über hundert Arbeiter töteten.

So konnte Rath eigentlich ganz zufrieden sein mit seiner ersten Arbeitswoche. Allerdings hatte er in vier Tagen nicht einen Augenblick Zeit gefunden, sich nach dem Stand der Akte Lehmann zu erkundigen, hatte lediglich einmal kurz mit Czerwinski sprechen können, als der seinen alten Kumpel Henning besuchte. Demnach sah es nicht so aus, als würde Gennat die Akte noch lange offenhalten.

Zwar spreche alles dafür, dass Lehmann seinen Fahrgast Brunner tatsächlich unbedingt in seine Droschke habe bekommen wollen, hatte Czerwinski erzählt, aber das müsse ja nicht gleich heißen, dass er vorhatte, mit dem Mann in den Tod zu fahren. Czerwinski schien diese Vorstellung für lächerlich zu halten, so hatte er es jedenfalls erzählt. Seine Vermutung: Otto Lehmann sei scharf auf das Trinkgeld von Gerhard Brunner gewesen, den er von früheren Fahrten her kannte und im Bahnhof erspäht hatte. Alle diese Vermutungen und noch ein paar weitere kursierten in der Mordinspektion, und es sah nicht so aus, als sei diese Frage noch befriedigend zu klären. Vor allem aber schien es, als sei diese Frage auch nicht mehr von Wichtigkeit. Die wahrscheinlichste Unfallursache war letzten Endes eine medizinische: das von Doktor Reincke entdeckte Glioblastom.

Natürlich wusste Gennat nicht, was Böhm wusste. Und Böhm nicht, was Rath wusste.

Niemand durfte das wissen. Dass Oberkommissar Gereon Rath das Geheimnis kannte, das in der Aktentasche von Obersturmführer Brunner gesteckt hatte. Am liebsten hätte Rath selbst es vergessen, Brunners Akten jemals in der Hand gehalten zu haben. Der SD verstand keinen Spaß und machte keine Gefangenen, das hatte Heydrichs Truppe vor einem Jahr eindrucksvoll bewiesen, als sie die halbe SA-Führung ohne mit der Wimper zu zucken über die Klinge springen ließ.

Charly hatte ihm gestern eine seltsame Frage zu Böhm und irgendwelchen Gefälligkeiten gestellt, und er fragte sich, ob Böhm sich wohl verplappert hatte. Er hatte geistesgegenwärtig reagiert und auf seine nicht gerade freundschaftliche Beziehung zu Böhm hingewiesen, doch ihre Frage hatte ihn irritiert.

Es fiel ihm schwer zu schweigen. Am liebsten hätte er ihr alles erzählt, hätte sie befragt zu damals, hätte sie getröstet. Hätte versucht, die Last von ihrer Seele zu nehmen, sie von dem Selbstvorwurf zu befreien, sie trüge Schuld am Tod ihres Vaters.

Wenn Böhm recht hatte, war Charly, ohne es zu ahnen, ebenso wie ihr Vater in eine tödliche Intrige verwickelt worden, in der Unterweltgrößen ihre Kämpfe untereinander ausgefochten hatten. Mit Hilfe bestechlicher Justizvollzugsbeamter und eines todkranken Auftragsmörders, der vom einzigen nicht bestechlichen Gefängniswärter an seiner Tat gehindert worden war. Alles andere, was dann passierte, war eine Folge dieser Ereignisse. Viele Menschen waren gestorben. Charly lebte noch.

Er machte sich Sorgen um sie. Fragte sich, ob der Auftraggeber, der für den Tod von Charlys Vater und so vieler anderer verantwortlich war, auch Brunner hatte töten lassen. Diesmal erfolgreich und von einem todgeweihten Taxifahrer. Das hieße aber, dass der Auftraggeber noch lebte. Dass es eben nicht Hugo Lenz, den Böhm im Verdacht hatte, sondern jemand anders war, der aus Todkranken Mordwerkzeuge machte. Jemand, der ebenso quicklebendig war wie der Arzt, der ihm dabei half. Doktor Wrede.

Der Sekt war klebrig und süß, Rath trank dennoch ein zweites Glas, um sich verabschieden zu können, als die Flasche leer war.

»Tut mir leid, Kollegen, ich muss«, sagte er und schaute auf die Uhr. »Wir sehen uns dann morgen.«

Fräulein Lorenzen, die zu duzen Rath immer noch schwerfiel, schaute enttäuscht, die anderen reagierten verständnisvoll.

»Bis morgen, Gereon«, sagte Henning. Die anderen verabschiedeten sich mit einem Nicken, niemand kam auf die Idee, den deutschen Gruß anzuwenden, nicht einmal die Sekretärinnen.

Rath fühlte sich von dem Sekt schon ein wenig angeschickert, als er zu seinem Auto hinüberging, das an den Stadtbahnbögen parkte. Er ließ den Motor an und fuhr los. Endlich allein!

Mochte Gennat den Fall Lehmann auch zu den Akten legen, für ihn war klar, dass er weitermachen musste. Nur durften weder Böhm noch Gennat davon erfahren. Beinahe wie in alten Zeiten. Dämlich nur, dass ihn sein letzter Fall in der Mordinspektion erst jetzt zu interessieren begann, da er keinen Zugriff mehr auf die Akte hatte.

Aber die brauchte er auch nicht, er hatte alle wichtigen Adressen im Kopf. Und wusste, was er zu tun hatte. Er fuhr nach Britz.

Hedwig Lehmann machte aus ihrem Herzen wieder einmal keine Mördergrube.

»Ach ne, Sie schon wieder? Wird man Sie nie los?«

Und sie machte auch keine Anstalten, ihn hineinzubitten.

»Ist das letzte Mal heute, Frau Lehmann, versprochen.«

»Wat wollen Sie denn heute? Ham Se noch mehr Fotos?«

»Ne, keine Fotos, nur eine Frage.«

»Wenn's sein muss.«

»Was«, fragte Rath, »können Sie mir über Doktor Wrede erzählen?«

»Det is'n Arzt. Wat soll ick über den erzählen?«

»Zum Beispiel, wie Sie an ihn geraten sind?«

»Na, Lottchen hatte Lungenentzündung. Hat ick det nich erzählt? Da muss man doch 'n Arzt holen, wa?«
»Und Doktor Wrede ist Ihr Hausarzt?«
»Ne. Wir haben keen' Hausarzt. Lottchen hatte hohes Fieber, da hab ick Otto noch mal losjeschickt nach'm Abendbrot. Wat sollten wer denn machen? Det arme Kind! Hat ja kaum noch Luft bekommen! Wir dachten, die erstickt.«
»Und dann kam Ihr Mann mit Doktor Wrede zurück.«
»Saach ick doch. Wir war'n doch froh, dass er um die Zeit so schnell noch 'nen Doktor ausem Bette klingeln konnte. Da kommt ja ooch nich jeder, kranket Kind hin oder her.«
»Aber Doktor Wrede ist gekommen.« Rath nickte. »Wissen Sie zufällig, wann das war?«
»Na, Sie stellen aber komische Fragen.«
»Sagt meine Frau auch immer. Also: Wann war Lottchen krank?«
»Na, letzten Winter. So Januar, würd ick saaren. Jedenfalls nach Weihnachten.«
»Vielen Dank, Frau Lehmann.« Rath lüftete den Hut. »Dann will ich auch nicht länger stören. Einen schönen Abend noch.«

Die Krankheit der kleinen Lotte lag kein Jahr zurück, und an ein Kind, das beinahe erstickt und zu dem er spätabends gerufen wird, sollte sich doch jeder Arzt erinnern können. Und an den verzweifelten Vater, der ihn gerufen hat, auch.

Je mehr er darüber nachdachte, desto sicherer war Rath, dass der liebe Doktor Wrede ihn nach Strich und Faden belogen hatte. Böhm hatte recht. Der Doktor hatte Otto Lehmann gekannt. Doch hatte er das nicht der Polizei erzählen wollen.

Rath fuhr von Britz direkt nach Kreuzberg, doch der kleine Umweg war vergeblich. Draußen an der Praxistür hing ein Schild, das in Großbuchstaben verkündete:

PRAXIS FÜR ALLGEMEINMEDIZIN DR. WREDE
BLEIBT FÜR DIE DAUER DES REICHSPARTEITAGES
DER FREIHEIT GESCHLOSSEN.

36

Rath kannte den Koffer, der im Flur stand. Ebenso den recht altmodischen Damenmantel, der an der Garderobe hing. So oft kam sie nicht zu Besuch, aber wenn, dann immer mit diesem Mantel und diesem Koffer, und so gut wie immer war es unangekündigt oder kurzfristig. Luise Ritter schien davon auszugehen, dass es ein naturgegebenes Recht war, ihre Tochter und ihren Schwiegersohn zu besuchen, wann immer es ihr passte. Und immer blieb sie über Nacht. Was bedeutete, dass Rath auf dem Sofa übernachtete und Luise Ritter mit ihrer Tochter im Ehebett. Na, jetzt, da Fritze mit der HJ unterwegs war, war wenigstens das Kinderzimmer frei.

Als er seinen Mantel neben den seiner Schwiegermutter hängte, öffnete sich die Wohnzimmertür, und Charly, die ihn offensichtlich gehört hatte, kam ihm entgegen. Sie sagte nichts, aber ihrem gen Zimmerdecke gerichteten Blick und ihrem Achselzucken war zu entnehmen, dass sie sich für das Verhalten ihrer Mutter entschuldigte. Rath nahm sie in den Arm.

»Wir können alle nichts für unsere Eltern«, flüsterte er und küsste sie. »Wie lange?«

Sie reckte Zeige-, Mittelfinger und Daumen in die Höhe. Rath verdrehte die Augen und deutete eine Ohnmacht an. Charly musste grinsen. Seine Schwiegermutter hatte sich also entschlossen, ihnen das ganze Wochenende zu versauen. Bei ihren früheren Besuchen hatte es sich als ganz kommod herausgestellt, dass Luise Ritter sich mit Fritze außerordentlich gut verstand und Rath und Charly so wenigstens stundenweise ein wenig Zweisamkeit ermöglichte. Doch der Junge war nicht da. Rath fragte sich, warum seine Schwiegermutter dann angereist war. Sie musste doch wissen, dass Fritze an dem großen Marsch teilnahm; wochen-, wenn nicht monatelang, seitdem seine Teilnahme feststand, hatte er von nichts anderem erzählt.

Er ging ins Wohnzimmer.

»Luise«, rief er, »wie schön, dich zu sehen!«, so übertrieben laut und freudig, dass er schon befürchtete, sie bemerke es, doch es war wie immer: Luise Ritter merkte gar nichts.

»Gereon«, sagte sie nur und stand von ihrem Sessel auf, den Ausdruck ehrlicher Freude im Gesicht, und machte Anstalten, ihn zu umarmen. Rath ließ es geschehen.

»Was führt dich zu uns, Schwiegermutter? Wir wussten ja gar nicht, dass du uns mal wieder beehrst.«

»Aber ich habe Lotte doch vorhin angerufen, vom Bahnhof aus.«

Das machte sie immer so. Erst anrufen, wenn sie schon in der Stadt war. Weil Anrufe aus Schwiebus angeblich zu teuer waren.

»Soll ich uns eine Kleinigkeit zum Abendbrot kochen, während du das Bett bereitest?«, fragte sie ihre Tochter.

Das hatte Rath ganz vergessen: Luise Ritter hatte noch einen anderen Vorzug außer dem, dass sie gerne auf Fritze aufpasste. Wenn sie kochte, schmeckte es. Immer.

Eine dreiviertel Stunde später saßen sie am Tisch und aßen. Rath hatte zur Feier des Tages (und um sich den Abend ein wenig schön zu trinken) eine Flasche Wein aufgemacht. Charly trank mit, ihre Mutter trank Wasser. Luise Ritter hatte aus den Dingen, die sie in der Küche gefunden hatte, etwas gezaubert. In Speck angebratene Makkaroni mit gerösteten Zwiebeln und Käse. Einfach, aber köstlich. Weder er noch Charly bekamen so etwas hin.

»Mein Zug geht erst Sonntagabend«, sagte sie. »Deswegen dachte ich, das ist doch die Gelegenheit, mal wieder ein Wochenende in der Reichshauptstadt zu verbringen.«

Rath beobachtete Charly. Er wusste, wie sehr sie es hasste, wenn ihre Mutter Berlin als Reichshauptstadt bezeichnete und nicht einfach beim Namen nannte. Für Charly war Berlin einfach Berlin. Der Aspekt, dass die Stadt auch Hauptstadt des Deutschen Reiches war, gereichte ihr nach Charlys Urteil nicht zum Vorteil, ganz im Gegenteil. *Ohne dieses ganze Nazi-Brimborium,* so hatte sie ihm einmal gesagt, *könnte man in dieser Stadt vielleicht noch einigermaßen normal leben.*

Rath war der Meinung, dass man das auch jetzt noch konnte, man musste nur die richtigen Lokale aufsuchen, die Stadt war groß genug, das Nachtleben immer noch lebendig.

»Welcher Zug, Mama?«, fragte Charly. »Du verreist?«

»Habe ich das denn nicht erzählt?« Mit einem Mal wirkte Luise Ritter richtig aufgeregt, beinah wie ein junges Mädchen. »Ich fahre nach Nürnberg! Zum Reichsparteitag! Ich werde den Führer sehen!«

Genau das richtige Thema, um ihnen endgültig den Abend zu verderben. Luise Ritter wusste genau, dass Charly ihre Begeisterung für Adolf Hitler nicht teilte, doch das hatte sie noch nie daran gehindert, das Gespräch immer und immer wieder auf dieses Thema zu bringen. Rath vermutete, anders konnte er sich diese Penetranz nicht erklären, dass sie insgeheim die Hoffnung nicht aufgegeben hatte, die Tochter irgendwann einmal doch noch bekehren zu können. Luise Ritter war eine streitfreudige Protestantin; solche Leute hatten manchmal etwas Missionarisches.

Zu seiner großen Überraschung und Erleichterung blieb Charlys Wutanfall aus. Sie machte nicht einmal eine spitze Bemerkung.

»Dann könntest du ja Fritze besuchen«, sagte sie. »Der Junge ist doch auch in Nürnberg.«

»Natürlich!« Luise Ritter freute sich wie ein kleines Mädchen. »Das haben wir doch alles längst geplant. Auf dem Parteitagsgelände geht das natürlich nicht, da wird ja ein riesiger Rummel herrschen, aber am Donnerstag haben die Hitlerjungen ihren freien Tag, da treffen wir uns in der Nürnberg in der Innenstadt. Es gibt da ein Café, das ...«

»Ihr habt das alles längst geplant?«, unterbrach Charly den Redeschwall ihrer Mutter. »Ja, wann denn das?«

»Naja, eigentlich ist es doch ein wenig kurzfristig. Von meiner Seite wenigstens. Aber wo er mir doch immer so schön schreibt, wie er mit der HJ unterwegs ist, dieses Gemeinschaftserlebnis auf dem Marsch, und wie er sich ausmalt, wie das dann erst in Nürnberg sein wird ... Da habe ich gedacht: Luise, da musst du dabei sein! Deinen Enkel sehen. Und natürlich den Führer. Frau Bongartz ist doch Vorsitzende vom Deutschen Frauenwerk in Schwiebus, die hat ihre Kontakte spielen lassen und mir ...«

»Moment mal, Mama.« Wieder unterbrach Charly ihre Mutter. »Fritze schreibt dir?«

»Aber natürlich. Postkarten von unterwegs. Und sogar einen Brief. Warte mal ...« Sie kramte in ihrer Handtasche. »Hier ist er ... ist schon von vorletzter Woche.«

Sie hielt einen aufgerissenen Briefumschlag in den Händen, aus dem sie eine Ansichtskarte zog, die das Leipziger Völkerschlachtdenkmal zeigte, und dann noch ein Papier, das sie auseinanderfaltete.

»Soll ich mal vorlesen?«, fragte sie und wartete eine Antwort gar nicht erst ab, sondern setzte ihre Lesebrille auf.

»*Liebe Oma Luise ...*«, begann sie. »Er sagt immer Oma zu mir, ist das nicht rührend. Ist wirklich fast wie ein richtiger Enkel.«

Wie sie das sagte, klang es so, als würde sie sich gleichwohl auch leibliche Enkelkinder von ihrer Tochter wünschen. Charly saß da wie versteinert. Rath ahnte, wie sie sich fühlen musste. Fritze war schon seit drei Wochen fort und hatte sich noch kein einziges Mal bei seinen Pflegeeltern gemeldet. Seiner Großmutter aber schrieb er offensichtlich regelmäßig. Sogar lange Briefe.

»Also«, fuhr Luise Ritter fort: »*Liebe Oma Luise, der siebente Marschtag führt uns von Düben nach Wiederitzsch. Ob Regen, ob Sonnenschein: unsere Fahne flattert uns voran. Allen Kameraden ist es bewusst, dass es eine hohe Auszeichnung bedeutet, die Fahnen der deutschen Jugend von Berlin zum Parteitag der Freiheit zu tragen. Über die Chausseen Mitteldeutschlands, durch Wälder und Wiesen, an Dörfern, Städten, Marktflecken und Weilern vorbei geht es flott auf Leipzig zu. Um zwölf Uhr findet der Einmarsch unter Gesang statt. Die Einwohnerschaft grüßt uns und nimmt uns freundlich auf. Wir empfinden mehr und mehr, dass der Adolf-Hitler-Marsch der deutschen Jugend zu einem Begriff geworden ist. Leipzigs HJ erwartet uns: eine Formation gibt uns das Geleit durch die Stadt. Dann geht es weiter fort auf Wiederitzsch zu, wo die Quartiere unserer harren. Das gemeinsame Erlebnis des Marsches durch die deutschen Lande führt die Jungen, die aus verschiedenen Bannen stammen, bald zu engster Kameradschaft zusammen. Gemeinsam ist die Freude – gemeinsam erträgt sich auch die Anstrengung des Marsches leichter. Ein rechtes Wort im rechten Augenblick gibt neue Kraft. Das Erlebnis gemeinsamer Kameradschaft vertieft die Freundschaft, die bald geschlossen wurde.*«

Sie ließ den Brief sinken und schaute auf. »Schreibt er nicht schön?«, fragte sie. »Und es wird noch schöner, richtig poetisch. Hört!« Und sie las weiter, als merke sie gar nicht, wie sehr jeder dieser Sätze ihre Tochter mitten ins Herz traf: »*Die Abendsonne sinkt über ein freundliches Dörfchen hernieder: es ist das Ziel des heutigen Marschtages; während wir unsere Quartiere beziehen, müssen wir daran denken, wo wir morgen Abend rasten werden. Und der nächste Ru-*

hetag, ein Tag des Ausspannens, wird unsere Fahne schon in Zeitz sehen. Mit Deutschem Gruß – Dein Fritze. Pe Es: Oberbannführer Rademann lässt schön grüßen.«

Luise Ritter ließ den Brief sinken und klappte ihre Lesebrille wieder zusammen.

Rath war sprachlos, Charly ebenso. Das war kein lustloser Brief, wie ihn Kinder gezwungenermaßen von unterwegs schrieben, weil die Eltern sie dazu nötigten, das war ein halber Roman. Und das noch freiwillig. Rath spürte förmlich den Schmerz, den Charly empfinden musste. Er war nie wirklich begeistert gewesen von der Idee, ein Pflegekind aufzunehmen (bis auf das Geld, das es dafür gab und das sie mittlerweile gut gebrauchen konnten); sie aber fühlte sich zu dem Jungen, den sie sozusagen aus der Gosse geholt hatte, wirklich und von ganzem Herzen hingezogen. Sie hatte große Hoffnungen in ihn gesetzt und sich gefreut, als er an der Schule Spaß fand und neue Freunde gewann. Seit Monaten versuchte sie zu verhindern, dass die HJ ihn immer mehr in ihren Bann schlug und von seiner Pflegemutter wegzog, und nun musste sie erleben, dass genau das passierte. Dass seine Nazi-Begeisterung stärker war als seine Zuneigung zu ihr, dass er sich lieber den Menschen zuwandte – zum Beispiel Luise Ritter und seinem HJ-Führer Rademann –, die diese Begeisterung teilten.

Er sah Charlys Gesicht an, welchen Stich ihr dieser Brief eines Hitlerjungen an seine Großmutter versetzt hatte. Und Luise Ritter, Charlys eigene Mutter, die diesen Brief vorgelesen hatte und nun wieder zusammenfaltete, merkte mal wieder nichts.

»Wer bekommt da keine Lust«, sagte sie und packte den Umschlag wieder ein, »ebenfalls auf große Fahrt zu gehen! Aber ich alte Frau fahre natürlich mit der Bahn. Nachtzug ab Anhalter Bahnhof. Und Montagmorgen werde ich schon in Nürnberg sein. Wie ich mich auf den Jungen freue. Und natürlich auf den Führer!«

Charly war immer noch nicht in der Lage zu sprechen, und auch Rath wusste nicht, was er sagen sollte.

»Dann hol ich mal den Nachtisch«, sagte Luise Ritter, »es gibt Errötendes Mädchen.«

Das war eine Spezialität seiner Schwiegermutter: mit roter Gelatine angedickte Milch.

Charly hatte sich die ganze Zeit zusammengerissen, doch als ihre Mutter in der Küche verschwunden war, begann sie zu zittern und lautlos zu schluchzen. Er ging zu ihr hinüber und nahm sie in den Arm.

»Was mach ich nur immer alles falsch, Gereon?«, sagte sie, »was mach ich nur immer falsch?«

»Gar nichts, Charly«, sagte er, »gar nichts machst du falsch. Es sind die Zeitläufte, die alles falsch machen, diese beschissenen Zeitläufte.«

37

Wilhelm Böhm musste schmunzeln, als er Charlys Protokoll las. Der große Milchflaschenraub von Wilmersdorf. Ihre Schilderung der Ereignisse las sich so spannend wie ein bewaffneter Banküberfall.

Herta Rinke hatte nicht glauben können, dass ihr Nachbar, der hochanständige Kommerzienrat Böttcher, ein Milchdieb war. Erst die Fotos hatten sie überzeugt. Auf eine Anzeige hatte sie verzichtet, aber sie hatten der alten Dame ansehen können, so sehr sie sich auch zusammenriss, dass ihr Weltbild gehörig ins Wanken geraten war. Und ein bisschen hatte man ihr auch die Enttäuschung darüber angemerkt, gegen das ungeliebte Studentenwohnheim in der Nachbarschaft immer noch nichts in der Hand zu haben.

»Da wohnen sogar Chinesen und Neger«, hatte sie hinter vorgehaltener Hand geraunt, als verrate sie ein Geheimnis.

Deswegen hatte Böhm auch in keinster Weise ein schlechtes Gewissen, als er jetzt die Rechnung für die Witwe aufstellte. Herta Rinke hatte genug Geld, die sollte ruhig zahlen.

Danach musste er noch ein paar Formulare fürs Finanzamt ausfüllen, das mal wieder neugierig war, was man denn in einem Detektivbüro so mache und warum man für diese Arbeit auf die Mitarbeit einer Dame zurückgreifen müsse. Papierkram. Deswegen saß er hier. Weil er das immer spätabends machte, wenn alle

anderen Arbeiten erledigt waren. Ohne Rechnungen gab es kein Geld.
Die Mitarbeit einer Dame. Diese Banausen vom Finanzamt. Er war froh, Charly wieder an seiner Seite zu haben. Sie war einfach eine gute Kriminalistin. Was er, in aller Bescheidenheit, auch von sich selbst sagen konnte. Zwei gute Kriminalisten, die nicht mehr bei der Polizei arbeiten konnten.

Die Detektei warf nicht jeden Monat genügend Geld ab, um sich eine feste Mitarbeiterin leisten zu können, dennoch setzte er Charly so oft ein, wie es nur irgend ging. Was nicht immer leicht war, weil er auch die Büromiete zahlen und genügend Geld für seine eigenen privaten Kosten aus dem Geschäft ziehen musste. Das klappte leidlich gut, dennoch kam er immer mal wieder in Schwierigkeiten. Weil, ganz gleich wie schlecht die Geschäfte liefen, das Finanzamt am Ende auch immer noch seinen Anteil verlangte.

Er faltete die Rechnung und legte sie in einen Briefumschlag. Dann holte er den Schlüssel aus der Blumenvase, wo er ihn immer versteckte, und öffnete die obere Schreibtischschublade. Dort bewahrte er alles auf, was wichtig oder wertvoll war. Die Briefmarken stammten noch aus dem vorigen Jahr und zeigten den ollen Hindenburg. Böhm hätte nie gedacht, dass er dem Reichspräsidenten einmal nachtrauern würde, aber seit dessen Tod fühlte er sich verraten und alleingelassen. Alleingelassen mit diesem Hitler und seinen Nazis.

Böhm legte die Marken zurück, und sein Blick fiel auf die Ermittlungsakten. Seit neulich, Dienstag musste es gewesen sein, hatte er dort nicht mehr hineingeschaut. Dass Charly ausgerechnet an diesem Tag zwanzig Minuten früher als gewohnt ins Büro kommen musste! Er hatte sich ertappt gefühlt, war dennoch so geistesgegenwärtig gewesen, sich nichts anmerken zu lassen, und hatte die Akten einfach in die Schublade gelegt.

Hatte gedacht, damit sei die Sache erledigt. Doch Charly hatte nachgefragt, ein, zwei Tage später. Er hätte es ahnen können: Neugier war eine der Eigenschaften, die sie zu einer guten Detektivin machten.

Was das denn für Ermittlungsakten gewesen seien, die er da in der Schublade habe, hatte sie ganz beiläufig gefragt.

»Ach, ich sollte für Gennat etwas überprüfen«, hatte er geantwortet. »Nicht so wichtig. Schon erledigt.«

»Sie arbeiten noch für die Burg?«

»Ich tue Gennat ab und zu einen Gefallen. Das ist alles.«

Sie hatte es dabei bewenden lassen. Zum Glück. Wilhelm Böhm war im Lügen nicht sonderlich gut.

Er holte die angestaubten Mappen aus der Schublade und schlug die Akte Bruck auf, auch wenn er die beinahe schon auswendig kannte. Es wurde Zeit, dass er da vorankam. Allerdings hatte Rath die Akte Lehmann immer noch nicht herbeigeschafft. Unzuverlässig wie gewohnt, der Mann. Dummerweise war Böhm auf ihn angewiesen. Umso mehr, da die Akte Lehmann nicht vorlag. So musste er sich ganz allein auf die mündlichen Auskünfte und das Erinnerungsvermögen von Gereon Rath stützen, und das ging ihm gehörig gegen den Strich. Aber was sollte er machen? Ihm blieb keine andere Wahl. Außer sich vielleicht doch einmal mit Ernst Gennat auf Kaffee und Kuchen im Josty zu treffen. Über die alten Zeiten zu reden. Und ganz zufällig auf den Fall Lehmann zu sprechen zu kommen. Auf irgendwelche Parallelen zur Todesfallermittlung Bruck.

Aber er wusste ja, wie allergisch der Kriminaldirektor reagierte, wenn er die Worte *Bruck*, *Winkler* oder *Glioblastom* auch nur hörte.

Böhm ging es eigentlich ähnlich, er konnte all diese Worte nicht mehr hören und nicht mehr sehen. Aber nun saß er doch wieder über der alten Akte und ging sie zum x-ten Male durch. Die Attacke auf Winkler, der Tod von Bruck. Er hatte das Gefühl, in einem Film zu sein, der sich beständig wiederholte. Wie oft hatte er schon über dieser verdammten Ermittlungsakte gesessen, die er doch selbst erstellt hatte?

Die Nacht, in der Bruck gestorben war, was war da passiert? Was hatte Wärter Kleinschmidt mitten in der Nacht im Gefängnis zu suchen gehabt? Mit den Kollegen Skat gekloppt, wie er behauptet hatte? Oder in der Krankenstation dem Mann, der Adolf Winkler, den Schränker, töten sollte und dabei versagt hatte, dem gefährlichen Mitwisser Anton Bruck, ein Kissen aufs Gesicht gedrückt?

Und die wichtigste Frage: Wer war der Auftraggeber von Kleinschmidt und Bruck? Die Berolina selbst, von der er Bestechungsgelder annahm? Aber Winkler war der Chef der Berolina ... Und dann der tote SS-Mann ... Otto Lehmann, der Taxifahrer, der ihn in den Tod gefahren hatte ... Alexander Wrede, der dubiose Mediziner ... Todkranke als Mordwaffen ...

Als er zusammenzuckte und aufschreckte, merkte Böhm, dass er dabei gewesen war einzuschlafen. Beinahe wäre er mit dem Kopf auf die Schreibtischplatte geknallt. Verdammt, es ging nicht. Er war zu müde, ihm fielen die Augen zu, es hatte keinen Zweck. Er schaute auf die Uhr. Kein Wunder, es war schon spät. Er legte die Akten zurück, schloss die Schublade sorgfältig ab, steckte den Schlüssel ein und verließ das Büro. Er brauchte dringend Schlaf. Und er durfte nicht vergessen, unterwegs die Rechnung Rinke einzuwerfen, denn ebenso dringend wie den Schlaf brauchte er das Geld.

38

Seine Entscheidung stand fest. Er musste dem Geheimnis des SD auf den Grund gehen, ansonsten käme er nicht weiter. Jetzt galt es nur noch, Arthur Nebe zu überreden. Rath wusste, dass seine Bitte äußerst dreist war, jetzt, da er gerade erst die neue Stelle angetreten hatte, andererseits hatte er ein paar gute Argumente auf seiner Seite, auch wenn die Hälfte davon geheuchelt war. Doch in so etwas hatte er Übung.

Er nahm es als gutes Zeichen, dass Nebe ihn überhaupt empfing und er pünktlich vorgelassen wurde. Um Punkt elf sagte Renate Körte, Nebes Sekretärin: »Der Kriminaldirektor hat jetzt Zeit für Sie, Oberkommissar.«

Nebe saß an seinem Schreibtisch und machte einen ebenso aufgeräumten Eindruck wie sein Büro.

»Oberkommissar Rath! Ich höre, Sie haben sich schon gut eingearbeitet. Das freut mich.«

»Danke, Kriminaldirektor.«

Es war für Rath ziemlich ungewohnt, Nebe mit diesem Titel anzusprechen, überhaupt in ihm jetzt den Vorgesetzten zu sehen;

jahrelang hatten sie beide den Rang eines Kriminalkommissars bekleidet, ohne auf der Karriereleiter auch nur einen Schritt voranzukommen. Bis Nebes Karriere unter der neuen Regierung gezündet hatte wie eine Rakete und er dienstrangmäßig nun sogar schon zu seinem früheren Chef Ernst Gennat aufgeschlossen hatte. Vor noch gar nicht allzu langer Zeit hatten die Kommissare Rath und Nebe in Gennats grünen Polstermöbeln gesessen und in dienstranggebotener Eintracht zu dem Buddha hinaufgeschaut.

»Schön, wenn wir der Gestapo einmal zeigen können, dass nicht alle Verbrechen in diesem Land politisch sind. Und wie gute kriminalistische Arbeit aussieht.«

»Jawohl, Kriminaldirektor.«

»Freut mich jedenfalls, Sie dabeizuhaben, Oberkommissar Rath. Auf gute Zusammenarbeit.«

»Auf gute Zusammenarbeit, Kriminaldirektor.«

»Was kann ich denn für Sie tun, Rath?«

»Es ist mir etwas unangenehm, Kriminaldirektor, aber ... ich möchte um Urlaub bitten. Kurzfristig.«

Nebe zog seine Stirn in Falten. »Am sechsten Arbeitstag schon urlaubsreif? Das sollte Ihnen in der Tat unangenehm sein. Wie kurzfristig denn?«

»Nächste Woche, Kriminaldirektor.«

Nebe zog die Augenbrauen hoch.

»Ausgeschlossen! Sie machen wohl Witze!«

»Nichts läge mir ferner. Es ist nur ... In der Kriminalgruppe M hatte ich Überstunden angesammelt, daher hatte ich dort keine Urlaubsmeldung eingereicht ... Aber angesichts meiner Versetzung hat sich nun eine völlig neue Lage ...«

»Nun kommen Sie doch mal auf den Punkt!«

»Nun, ich bitte um ein paar Tage Urlaub, um nächste Woche am Reichsparteitag der Freiheit teilnehmen zu dürfen, Kriminaldirektor Nebe.«

»Und diesen Wunsch hegen Sie erst seit heute.«

»Nur den Urlaubswunsch, Kriminaldirektor. In der Mordinspektion hätte ich, wie gesagt, nächste Woche Überstunden ausgleichen können, allerdings ist das nun durch meine Versetzung zum Landeskriminalamt ...«

»Sie wissen schon, dass wir hier mit Ihren Überstunden in der

Kriminalgruppe M nichts zu tun haben, die hätten Sie noch bei Gennat abfeiern müssen.«

»Dessen bin ich mir bewusst, Kriminaldirektor. Deswegen bitte ich ja auch jetzt um diese eine Woche Urlaub.«

»Hm ...«

»Sie würden mir wirklich eine große Freude machen, Kriminaldirektor.«

»Hätte Sie so gar nicht eingeschätzt, Rath, wenn ich ehrlich bin.«

»Wie eingeschätzt?«

»Meines Wissens sind Sie kein Parteigenosse.«

»Das nicht. Aber gleichwohl ...«

»Ist auch nicht nötig, um ein anständiger Deutscher zu sein, sage ich immer. Das entscheidet nicht das Parteibuch.«

»Wenn Sie das sagen, Kriminaldirektor.«

Nebe blätterte in einer Mappe vor ihm auf dem Tisch.

»Nun«, sagte er schließlich, »der Zeitpunkt ist günstig; die Arbeit in Sachen WASAG ist ja so gut wie erledigt, der Rest ist überwiegend Schreibarbeit, wie immer. Und das können Sie den Sekretärinnen überlassen. Und der Rest der Truppe ist nächste Woche ja auch an Bord, wie ich sehe.«

Nebe zog ein Formularblatt aus der Schublade, das er ausfüllte und dann unterschrieb.

»Hier«, sagte er und schob das Blatt über den Tisch. »Fahren Sie in drei Teufels Namen nach Nürnberg!«

»Vielen Dank, Kriminaldirektor.«

»Dass Ihnen aber eines klar ist: Das heute ist eine große Ausnahme, eine sehr große! Nur wegen der besonderen Umstände. Ihre nächsten Urlaubsanträge reichen Sie bitte fristgerecht ein.«

»Selbstverständlich, Kriminaldirektor.«

»Schon mal dabeigewesen in Nürnberg?«

Rath verneinte.

»Na«, sagte Nebe, »dann machen Sie sich auf das größte Erlebnis Ihres Lebens gefasst. Sie werden etwas zu erzählen haben, wenn Sie wiederkommen. Sie werden ein anderer Mensch sein.«

Das glaubte Rath weniger, aber er nickte höflich.

Die Hürde zuhause war die größere, das hatte er vorher gewusst: Charly hasste unliebsame Überraschungen. Sie hasste es, vor vollendete Tatsachen gestellt zu werden. Und vor allem hasste sie alles, was mit den Nazis zusammenhing.

»Wie, du fährst nach Nürnberg?«

»Ich fahre Fritze besuchen, einer von uns sollte das tun, und ich kann gerade Urlaub nehmen. Wir sollten uns mehr um den Jungen kümmern. Und das nicht allein deiner Mutter überlassen. Das ist mir klar geworden gestern.«

»Was soll denn das heißen? Nur weil ich diesen Nazi-Firlefanz nicht mitmache, kümmere ich mich nicht um den Jungen?«

»So meine ich das doch nicht. Aber offensichtlich kümmern wir uns nicht so, dass Fritze es für nötig hält, *uns* auch einmal eine Karte von unterwegs zu schreiben. Deine Mutter hat ein halbes Dutzend Karten bekommen und sogar einen Brief.«

»Ja, weil sie die Nazi-Schwärmerei mit ihm teilt. Ihn sogar noch anstachelt. Schlimm genug.«

»Charly, der Junge ist noch ein Kind, alle seine Freunde sind bei der HJ, wie willst du ihm das vorwerfen? Genau das treibt ihn doch weg von uns. Wir sollten schauen, dass wir uns mehr um ihn kümmern. Ich glaube jedenfalls, es ist besser, wenn auch einer von uns nach Nürnberg fährt und sich einmal anschaut, wie es ihm geht.«

»Wenn sie dich überhaupt an ihn heranlassen.«

»Natürlich tun sie das. Die Jungen haben zwischendurch auch Freizeit. Ich werde ihn irgendwo in der Stadt auf ein Eis treffen oder so, genau wie deine Mutter. Und ich werde ihn von dir grüßen, damit er weiß, dass du auch gerne mitgefahren wärest.«

»Das glaubt er doch nie. Erzähl ihm sowas nicht.« Sie schaute ihn an. »Aber grüßen kannst du ihn. Natürlich.«

»Gut. Er wird sich freuen, da bin ich mir sicher. Und bei der Gelegenheit kann ich auch gleich dafür sorgen, dass er den ganzen Zinnober, den sie da veranstalten, nicht so ernst nimmt. Dass das nur hohles Pathos ist.«

»Ach? Deswegen schwärmt er wohl auch so von dem Riefenstahlfilm? Weil er erkannt hat, dass das hohles Pathos ist? Das musst du ihm bei eurem Kinobesuch neulich aber sehr überzeugend dargelegt haben!«

»Mensch, Charly! Du weißt, wie schnell Jungen in dem Alter zu begeistern sind. Aber das lässt auch wieder nach, das sag ich dir.

Wir müssen das nur behutsam angehen. Und ich glaube, ihn in Nürnberg zu besuchen, ist da kein schlechter Anfang. Wenn er glaubt, dass wir sowieso gegen alles sind, was ihm heilig ist, dann kommen wir gar nicht mehr an ihn heran.«

Charly machte nach wie vor ein skeptisches Gesicht, aber sie nickte immerhin.

»Und was machst du den Rest der Zeit?«, fragte sie dann.

»Wie?«

»Na, den Rest der Zeit, wenn du den Jungen nicht siehst?«

»Was weiß ich. Was alle machen. Da wird doch Programm sein.«

»Ja. Nazi-Programm. Da geht's doch nicht um Karussells und Würstchenbuden. Da gibt es Paraden und Reden und Reden und Paraden. Den ganzen Zinnober, wie du es nennst. Musst du doch besser kennen als ich: *Du* warst mit dem Jungen im Riefenstahlfilm, nicht ich.«

»Dann schau ich mir eben Nürnberg an. Soll eine schöne Stadt sein. Werde mir die Zeit da schon vertreiben!«

Charly schwieg. Sie schüttelte nur den Kopf, auf diese arrogante Art und Weise, die Rath so hasste.

»Du ... du fährst auch nach Nürnberg, Gereon?«

Die erstaunte Stimme kam von der Tür. Dort stand Luise Ritter, noch im Mantel, und schaute ihren Schwiegersohn an.

Rath räusperte sich. »Hallo, Luise, fertig mit den Besorgungen?«

Besorgungen machen, so nannte es Luise Ritter, wenn sie eine Runde in der alten Nachbarschaft drehte und ihre Freundinnen besuchte. Und dabei manchmal sogar ab und zu etwas einkaufte.

»Das hast du ja noch gar nicht erzählt!«

»Was?«

»Dass du nach Nürnberg fährst. Da können wir doch zusammen fahren! Kommst du etwa auch mit, Lotte? Welchen Zug nehmt ihr denn?«

Sie war so aufgeregt, dass sie zwanzig Fragen auf einmal stellte.

»Ich bleibe hier«, sagte Charly. »Aber Gereon fährt, du hast richtig gehört.«

Er räusperte sich. »Habe kurzfristig Urlaub bekommen, eigens für den Parteitag.«

»Das ist ja herrlich! Nimmst du auch den Nachtzug?«

»Nein, ich ... äh ... ich fahre mit dem Auto.«

»Ach ... Aber das ist ja ... Vielleicht ...«

Luise Ritter schien nachzudenken.

»Weißt du was?«, sagte sie dann, »ich gehe morgen früh mal zum Bahnhof und schaue, ob sich die Fahrkarte noch stornieren lässt. Wäre doch viel schöner, wenn wir beide zusammen nach Nürnberg fahren, nicht wahr?«

Na prima! Das war ein Ansinnen, das Rath unmöglich ausschlagen konnte. Und zugleich eine Horrorvorstellung: Zusammen mit der eigenen Schwiegermutter über Stunden auf engstem Raum zusammengepfercht.

»Ich ... äh ja, natürlich«, stammelte er und hoffte, ihm möge noch eine Ausrede einfallen, »viel schöner. Ich fahre allerdings erst Montag.«

»Das macht doch nichts. Der Führer wird ja auch erst Dienstag erwartet. Ach, wie schön, Gereon! Da können wir ja die ganze Fahrt über ein kleines Schwätzchen halten.«

Rath zeigte ein zitronensaures Lächeln, während seine Schwiegermutter Hut und Mantel an die Garderobe hängte und in der Küche verschwand. Dann fiel sein Blick auf Charly, die in unverstellter Schadenfreude vor sich hin griente.

»Na, dann viel Spaß euch beiden Hübschen«, sagte sie. »Das wird aber bestimmt ein schöner Ausflug. Da könnt ihr euch ja mal so richtig kennenlernen.«

In der Küche hörte man Luise Ritter mit Töpfen und Pfannen klappern und vergnügt vor sich hin pfeifen.

»Sei still«, sagte Rath. »Oder ich beiß dich!«

»Nur zu, der Herr! Aber nicht wundern, wenn es dann wieder errötendes Mädchen gibt. Diesmal nach meinem Rezept!«

39

Der große Salon war voller SS-Männer. Männer in frisch gereinigten und gebügelten schwarzen Uniformen, die Sektgläser in den Händen hielten und sich zu gedämpfter Musik ebenso gedämpft unterhielten. Johann Marlow ließ seinen Blick über die Runde schweifen und war zufrieden. Seine Gäste fühlten sich wohl.

Vor gut einem Jahr war im Keller dieses Hauses noch ein SA-Sturmführer verblutet, aber das wussten seine Gäste nicht. Und selbst wenn: Einige von ihnen hatten vor einem Jahr selbst ein paar SA-Männer ausgeschaltet. Die SS war eindeutig auf dem Weg nach oben, und das war immer auch die Richtung, die Johann Marlow bevorzugte.

So ein prächtiges Fest hatte die Villa in Niederschönhausen noch nicht gesehen. Eigentlich hatte sie noch nie ein wirkliches Fest gesehen; wenn Johann Marlow etwas zu feiern hatte, dann hatte er das bislang immer in einem seiner Clubs getan. Aber erstens gehörten die ihm nicht mehr, und zweitens hätten die auch nicht den passenden Rahmen für einen Anlass wie diesen geboten.

So hatte er jedenfalls gedacht. Dass SS-Offiziere sich nichts aus leichten Mädchen machten, nichts aus Drogen, nicht einmal aus übermäßigem Alkoholkonsum. In den Augen der deutschen Öffentlichkeit war das schwarze Korps eine Elitetruppe mit Vorbildcharakter, ein ausschweifender Lebenswandel passte nicht in dieses Bild.

So hatte er gedacht. Bis ihn dieser Sturmbannführer auf den *Venuskeller* ansprach. Marlow hatte gedacht, dass er die Ernennung zum SS-Gruppenführer ehrenhalber diversen finanziellen Zuwendungen und den Empfehlungen einflussreicher Geschäftspartner zu verdanken hatte, doch offensichtlich spielten auch andere Aspekte eine Rolle. Wie die, dass er einen illegalen Nachtclub unterhalten hatte. Dabei war sein SS-Beitritt eigentlich als ein Schritt zu mehr Legalität gedacht, und nun zogen sie ihn, ausgerechnet am Abend seiner Aufnahmefeier, genau zu jenen Geschäften wieder zurück, denen er eigentlich entfliehen wollte. Ausgerechnet der *Venuskeller*. Die Keimzelle seines Imperiums. Dass Sebald kein Strohmann mehr war, dass Berlins beliebtester Nachtclub Johann Marlow nicht mehr gehörte, das war diesem Sturmbannführer Sowa offensichtlich noch nicht zu Ohren gekommen.

Jedoch war dessen Anliegen ein anderes, als Marlow vermutet hatte, als er ihn das Wort *Venuskeller* hatte aussprechen hören.

»In Ihrem Etablissement, Gruppenführer, verkehren die feinsten Kreise, sagt man sich.«

»Lassen Sie mich zunächst einmal klarstellen: Es ist nicht mein Etablissement, Sturmbannführer. Die Geschäfte leitet Herr Sebald. Aber was das Publikum angeht, haben Sie recht.«

»Durchaus auch verdiente Nationalsozialisten, erzählt man sich. Bis hin zu Reichsministern.«

»Darüber zu sprechen verbietet mir die Diskretion, Sturmbannführer.«

»Verstehe.« Sowa lächelte anzüglich. »Ich verlange auch nicht, dass Sie darüber sprechen, das möchte ich der Kundschaft des Venuskellers selbst überlassen.« Der Sturmbannführer räusperte sich und senkte seine Stimme. »Könnten Sie sich vorstellen, Gruppenführer, eine streng geheime Operation für den SD durchzuführen?«

Der Sicherheitsdienst! Er hätte es sich denken können. Ausgerechnet der. Mit Heydrichs Leuten wollte er eigentlich nichts zu tun haben. Sollte er eigentlich nichts zu tun haben. Die waren der Feind.

»Nun, ich bin Geschäftsmann, Sturmbannführer. Ich kann mir nicht vorstellen, dass ich mich für irgendeine Geheimoperation eigne.«

»Sagen Sie das nicht. Sie müssen nicht viel tun. Außer dem SD für ein paar Stunden Zugang zu Ihren Räumlichkeiten zu gewähren, damit unsere Techniker in den Séparées versteckte Mikrophone anbringen können. Und uns mitzuteilen, welcher Ihrer Kunden wann welches Séparée genutzt hat.«

»Wie ich schon sagte: Der Venuskeller ist nicht mein Etablissement. Solche Dinge besprechen Sie besser mit Herrn Sebald.«

»Ach, kommen Sie! Bei solch einer Operation ist es ratsam, die Zahl der Eingeweihten möglichst klein zu halten. Erzählen Sie mir nicht, dass Sie keine Befehlsgewalt über diesen Sebald haben, Gruppenführer!«

»Ich werde darüber nachdenken, Sturmbannführer.«

Sowa wollte noch etwas sagen, doch ihr Gespräch wurde gestört. Wie aus dem Boden gewachsen stand plötzlich Kuen-Yao neben ihnen.

»Wenn Sie mich nun entschuldigen wollen, Gruppenführer …«, sagte Sowa und warf Kuen-Yao einen angewidert arroganten Seitenblick zu, »wir können unsere Unterhaltung ja bei geeigneter Gelegenheit fortsetzen.«

Mit diesen Worten drückte er dem Chinesen, als sei dieser ein Kellner, sein Sektglas in die Hand und verschwand.

Marlow kannte das. Meist blieb es bei einem Stirnrunzeln, wenn Liang Kuen-Yao ihn begleitete oder ihn auch nur chauffierte, solch eine Unverschämtheit war selten. Doch auch das nahm zu, seit Deutschland zu einem völlig anderen Land geworden war. Seine neuen Geschäftspartner mochten es nicht, dass ein Nichtarier, wie sie es nannten, in ihren Kreisen verkehrte. Und dass dieser Nichtarier mehr war als nur ein Leibwächter und Chauffeur, das hatten sie schnell mitbekommen; dass Kuen-Yao sozusagen Marlows rechte Hand war, in alle Geschäfte eingeweiht und bereit, jederzeit alles dafür zu tun, was nötig war.

Kuen-Yao stellte das leere Sektglas dem nächsten wirklichen Kellner aufs Tablett, der vorüberkam. So war er, er zeigte keine Regung. Aber Marlow wusste, dass Sturmbannführer Sowa gerade einen Fehler gemacht hatte.

Sie alle machten einen Fehler, wenn sie glaubten, ihn von Kuen-Yao trennen zu können. Je mehr Andeutungen sie machten, über die arische Rasse und wer alles zur deutschen Volksgemeinschaft gehöre und wer eben nicht, desto mehr stand Marlows Entschluss fest, sich von diesem Gerede nicht beeinflussen zu lassen.

Kuen-Yao beugte sich zu ihm. »Er hat gerade anrufen lassen«, flüsterte er, »und lässt sein Bedauern ausrichten. Aber dringende dienstliche Geschäfte machen es ihm unmöglich, an der Feier teilzunehmen.«

Marlow nickte, und Kuen-Yao zog sich wieder zurück.

Einer der Uniformierten, ein Obersturmbannführer, dessen Name Marlow gerade nicht einfiel, gesellte sich mit seinem Sektglas zu ihm.

»Entschuldigen Sie meine Neugier, Gruppenführer Marlow«, sagte er, »aber wer war denn das gerade? Ich meine: der Chinese?«

»Das? Herr Liang. Einer meiner Mitarbeiter.«

»Ah ja!«

»Um präziser zu sein: Mein wichtigster Mitarbeiter.«

Der Obersturmbannführer reagierte wie erwartet. Mit einem Stirnrunzeln.

40

Sie verließen gemeinsam das Haus, wie an einem ganz normalen Montagmorgen, und verabschiedeten sich vor der Haustür. Charly ging wie immer zum Steinplatz, um mit der Elektrischen in den Wedding zu fahren, Rath ging wie immer zu seinem Auto. Nur dass es nicht zum Alex ging. Und dass er nicht allein fahren würde. Luise Ritter hatte es sich bereits auf dem Beifahrersitz bequem gemacht. Der Koffer seiner Schwiegermutter war so groß, dass hinten im Notsitz, wo sie das Gepäck vertäut hatten, nur noch Raths kleine Reisetasche Platz gefunden hatte. Auf ihrem Schoß lag ein Rucksack, den sie bis zum Rand mit Reiseproviant gefüllt hatte. Überwiegend belegte Brote, ein paar hartgekochte Eier, Äpfel, Butterkekse.

Von ihrer Mutter hatte sich Charly noch knapper und nüchterner verabschiedet als von ihrem Ehemann. Rath konnte es ihr nicht verdenken. Dass er seine Schwiegermutter ausgerechnet zum Reichsparteitag der NSDAP kutschieren würde, das hätte er selbst sich nicht einmal in seinen schlimmsten Träumen vorstellen können. Er ahnte, wie sie sich fühlte. Als würden so nach und nach alle Menschen in diesem Land zu Nazis, nur sie nicht.

Aber ich doch nicht, Charly, ich doch nicht, sagte er sich.

Den wahren Grund seiner Reise aber hatte er auch ihr nicht verraten können, die Erklärung, dass er den Jungen besuchen wolle, musste reichen. Aber sie reichte ihr eben nicht, das hatte er ihr angesehen.

Luise Ritter schien von all den Spannungen und der desolaten, fast schon verzweifelt zu nennenden Gemütslage ihrer Tochter nichts bemerkt zu haben.

»Ach, ist das nicht herrlich?«, sagte sie, kaum hatte Rath den Wagen gestartet. »Wir beide unterwegs auf großer Reise?«

»Herrlich«, antwortete Rath und fuhr los.

Schon auf der AVUS packte sie die erste Stulle aus, dabei hatten sie vor nicht einmal einer Stunde erst gefrühstückt.

»Auch ein Brot?«, fragte sie, doch Rath lehnte dankend ab.

Als er sich – sie waren schon hinter Beelitz, so lange hatte er sich beherrscht – die erste Zigarette ansteckte, begann sie gleich wild mit den Armen zu wedeln, als sei im Auto ein Feuer ausgebrochen.

»Entschuldige, Gereon«, sagte sie, »aber würde es dir etwas ausmachen, rechts ranzufahren und die Zigarette draußen zu rauchen? Ich kriege sonst kaum noch Luft. Außerdem stinkt das.«

Also fuhr Rath rechts ran und rauchte die Zigarette am Straßenrand. Kam sich vor wie ein Vollidiot.

In dieser Weise ging es weiter, Kilometer für Kilometer, und Rath fragte sich mehr und mehr, warum er seine Schwiegermutter nicht einfach hatte Zug fahren lassen. Das Schlimmste aber war, dass Luise Ritter die halbe Zeit irgendwelche Stadtsilhouetten erkannte oder allein schon die Namen auf den Straßenschildern sie an irgendetwas erinnerten.

»Wittenberg«, rief sie dann. »Hier hat die HJ auch Rast gemacht!« oder »Der Tagebau Bergwitz. Das da muss die Förderbrücke sein. Wie riesig die ist! *Wie ein stählerner Drache*, hat Fritze geschrieben.«

Rath ahnte langsam, wieviele Briefe und Karten der Junge seiner Großmutter geschickt hatte.

Als sie Leipzig hinter sich gelassen hatten, begegneten ihnen auf ihrer Strecke immer wieder Baustellen der Reichsautobahn, und auch bei deren Anblick geriet Luise Ritter regelmäßig aus dem Häuschen.

»Wie gewaltig das alles ist! Was das deutsche Volk zu vollbringen imstande ist, wenn es nur den richtigen Führer hat!«

Das war der Moment, in dem Rath der Kragen platzte. »Entschuldige, liebe Luise, aber da muss ich dich korrigieren. Die erste Autobahn Deutschlands hat jemand anders bauen lassen.«

»Ach? Und wer? Hindenburg?«

Sie fühlte sich überhaupt nicht angegriffen, sie fragte ganz unschuldig und neugierig.

»Nein.« Rath schüttelte den Kopf. »Nicht Hindenburg. Konrad Adenauer. Zwischen Köln und Bonn. Und die Pläne für das Reichsautobahnnetz lagen schon zu Zeiten der Republik in den Schubladen der Planer.«

»Ja, in den Schubladen! So kennt man das aus der Systemzeit! Aber jetzt, jetzt werden sie Wirklichkeit!«

Auf eine gewisse Weise konnte Rath ihre Begeisterung sogar

verstehen. Das Band der Bauarbeiter, das da über mehrere Kilometer Länge synchron vor sich hin schaufelte, das war schon ein beeindruckendes Bild. Wobei Rath sich fragte, ob ein paar Bagger dieselbe Arbeit nicht effektiver hätten erledigen können. Aber so waren alle zufrieden: Die Männer vom Reichsarbeitsdienst hatten das Gefühl, wieder ein nützlicher Teil der Volksgemeinschaft zu sein, und die Reichsautobahngesellschaft, ein Ableger der Reichsbahn, sparte mit den billigen Arbeitskräften wenn auch keine Zeit, so doch viel Geld.

Das Teilstück zwischen Leipzig und Halle, das sie querten, war sogar schon fertig, die Autobahn allerdings so leer wie der Flughafen Tempelhof bei Windstärke zehn. Kein einziges Fahrzeug weit und breit.

»Der Führer scheint seiner Zeit ja verdammt weit voraus zu sein«, kommentierte Rath die verwaiste Betonpiste.

»Nicht wahr?«

Luise Ritter verstand keine Ironie, Rath hätte es wissen müssen. War vielleicht auch besser so.

»Ach, lieber Gereon! Ich hoffe ja so sehr, dass wenigstens du meine Lotte zur Vernunft bringen kannst. Wo sie auf ihre Mutter nun gar nicht mehr hört.«

Sie holte ein hartgekochtes Ei aus ihrem Rucksack und begann es zu pellen.

»Lotte hängt ja noch so sehr an der Systemzeit«, fuhr sie fort. »Wo doch nun inzwischen auch für den Letzten klar sein dürfte, dass dies nur eine böse Verirrung der deutschen Geschichte war. Dass wir in Adolf Hitler unseren Führer und unsere Bestimmung gefunden haben.«

Da war es wieder, dieses schwärmerische Gesicht, bei dem Charly, jedenfalls wenn Hitler damit gemeint war, regelmäßig an die Decke ging, und das auch Rath kaum ertragen konnte. Er fragte sich nicht zum ersten Mal, wie eine derart dumme Frau – denn das war Luise Ritter: gutmütig, aber dumm – eine solch kluge Tochter hatte zur Welt bringen können, und für Rath war Charly nicht nur klug, für ihn war sie die klügste Frau der Welt. Christian Ritter, über den in der Familie niemand sprach, weder die Mutter noch die Tochter, musste ein außerordentlich intelligenter Mann gewesen sein, um mit dieser Frau so eine Tochter zu zeugen.

»Was ich dich schon immer mal fragen wollte, Luise ... wie hast du eigentlich deinen Mann kennengelernt?«

Sie winkte ab und kicherte wie ein Backfisch. »Aber Gereon! Über so etwas spricht man doch nicht!«

»Na komm! Bleibt doch in der Familie!«

Sie kicherte noch einmal, errötete sogar leicht, aber dann begann sie zu erzählen.

»Ich war gerade aus Schwiebus gekommen, muss so um neunzehnhundert gewesen sein, und hatte eine Anstellung in Berlin angetreten. Als Haushälterin bei Gefängnisdirektor Norten in Moabit. Und dann stand da eines Tages dieser junge Wärter vor der Tür.«

»Und das war er?«

Sie nickte. »Und ein paar Tage später hat er meinen Feierabend abgewartet und mich fürs nächste Wochenende zum Tanzen eingeladen.«

»Und du bist hingegangen.«

Wieder nickte sie. »Christian war ein sehr adretter Mann. Sehr korrekt und zuvorkommend. Ja, und dann haben wir auch bald geheiratet.« Sie schaute ihn an. »Das ging schneller damals als heutzutage. Auch mit den Kindern.«

Das war natürlich wieder ein Wink mit dem Zaunpfahl, den Rath geflissentlich ignorierte. Aber der Plural irritierte ihn.

»Charly hat Geschwister?«, fragte er. Und dachte an ein schwarzes Schaf der Familie, ähnlich wie Severin Rath, über den seine Eltern kein Wort mehr verloren.

»Friedrich, der kleine Engel, ist leider kurz nach der Geburt gestorben. Aber dann hat uns der liebe Gott noch Lotte geschenkt.«

Rath schwieg.

»Charly mochte ihren Vater, nicht wahr?«, fragte er nach einer Weile.

»Natürlich liebt ein Kind seine Eltern.«

»Kannst du dich noch daran erinnern, wie es war, als dein Mann ums Leben gekommen ist?«

»Ach, erinnere mich nicht daran! Schrecklich. Was für ein Glück, dass Lotte schon fast großjährig war und arbeiten konnte. Sonst – mit einem kleinen Kind – gar nicht auszumalen. So konnte ich nach Schwiebus zurück. Für Lotte war zum Glück ja gesorgt.«

»Ich meinte eigentlich, ob du dich erinnern kannst, wie es passiert ist? Was die Polizei dir erzählt hat.«

»Naja, Christian soll sich ja mit diesem Berufsverbrecher getroffen haben, der ihn angeblich bestochen hat. Ich meine: an meinem Haushaltsgeld hab ich davon nichts bemerkt. Weiß der Teufel, was er mit dem Geld gemacht hat.«

»Ja, glaubst du denn wirklich, dass er bestochen worden ist?«

»Wenn die Gefängnisleitung es doch sagt.«

Sie sagte das fast ein wenig pikiert, als gehöre es sich nicht, Entscheidungen der Obrigkeit anzuzweifeln. Dann lieber den eigenen Mann für korrupt halten.

Rath ließ sich nicht beirren und fragte weiter.

»Hat jemand deinen Mann vorher mal bedroht?«

Sie schaute ihn überrascht an.

»Bestimmt mal der ein oder andere Gefangene, das gehörte schon dazu. Aber worauf willst du hinaus?«

»Naja, könntest du dir vorstellen, dass die Gasexplosion damals kein Unfall war, sondern ein Mordanschlag?«

Noch direkter konnte er nicht fragen, Rath hatte jedoch das Gefühl, dass sie alles andere, sei es durch die Blume gesprochen oder sonstwie verbrämt, auch nicht verstehen würde.

Luise Ritter schüttelte unwillig den Kopf.

»Ach das führt doch alles zu nichts! Er ist gestorben damals, das ist gewiss. Und ich und Lotte haben viel Glück gehabt. Ich fühl mich wohl bei meinen Leuten in Schwiebus, und Lotte ist doch auch glücklich mit dir und dem Jungen, oder?«

Sie lächelte beinahe selig, als sie das sagte.

Rath hatte sie gefragt, ob ihr Mann ermordet worden sein könnte, und sie antwortete damit, wie gut es ihr und ihrer Tochter doch gehe. Auch Luise Ritter schien das Geschehen von damals irgendwie zu verdrängen, nur eben auf ihre Art und Weise: fröhlich und ignorant. Und das war für Rath noch schwerer zu ertragen als Charlys Schweigen.

Das viele Reden schien seine Schwiegermutter angestrengt zu haben, sie gähnte herzhaft. Kurz darauf sank ihr Kinn auf die Brust, und sie schlief ein. Als sie leise zu schnarchen begann, klappte Rath sein Fenster hinunter und zündete sich eine Zigarette an.

41

Achthundert Mark. In dem Umschlag waren achthundert Mark, ein kleines Vermögen.

Charly wusste nicht, ob sie sich freuen oder ärgern sollte. Freuen über die enorme Summe. Ärgern über ihre Neugier, ihre Gedankenlosigkeit. Dass sie sich nicht hatte beherrschen können.

Ja, sie hatte Liangs Umschlag schließlich doch geöffnet. Weil sie sich gedacht hatte: Wieso nicht? Wieso, verdammt nochmal, nicht? Sie durfte in diesem Land nicht als Anwältin arbeiten, musste sich als Privatdetektivin mit Belanglosigkeiten und Schmutz abgeben, warum sollte sie da nicht den Auftrag eines Mannes wie Liang annehmen und sich dafür bezahlen lassen? Das war keine Bestechung – sie hatte doch nicht einmal einen Posten, auf dem man sich hätte bestechen lassen können – das war Honorar.

Vielleicht hatte sie sich auch einfach nur gelangweilt und das Kuvert deshalb aufgerissen. Nachdem sie den Wilmersdorfer Milchdieb auf frischer Tat ertappt hatte, gab es in der Detektei vorerst nichts mehr für sie zu tun, und so saß Charly nach dem halben Arbeitstag in der Kanzlei einsam und nutzlos in der Carmerstraße herum. Warum also keinen Auftrag annehmen, der einmal nicht durch Böhm vermittelt war?

Nur die Höhe der Summe machte ihr Bauchschmerzen. Mit so viel Geld hatte sie nicht gerechnet. Andererseits konnten sie es verdammt gut gebrauchen.

Zwischen den Scheinen lag eine Karte mit einer Telefonnummer. Sie fasste sich ein Herz und rief an.

Keine zwei Stunden später saß sie im *Nanking*, einem chinesischen Restaurant in der Kantstraße, in dem augenscheinlich hauptsächlich Chinesen verkehrten. Sie war einer der wenigen europäisch aussehenden Gäste, und auch ihr gegenüber saß ein Chinese. Liang Kuen-Yao hatte sie gleich sehen wollen. Hatte Johann Marlow nicht mehr genug für seinen Fahrer und Leibwächter zu tun? Vielleicht war es aber auch einfach noch zu früh am Tag.

Der Kellner trat an ihren Tisch und sagte irgendetwas auf Mandarin.

»Wissen Sie schon, was Sie essen möchten?«, fragte Liang.

»Was gibt es denn?«

»Ich würde Ihnen die Ente empfehlen.«

»Gut, dann nehme ich die.«

Liang bestellte. Ebenfalls auf Chinesisch. Charly konnte nicht beurteilen, ob er akzentfrei sprach, jedenfalls klang es fließend. Sie war beeindruckt.

»Und?«, fragte er, nachdem der Kellner sich mit einer Verbeugung wieder entfernt hatte, »was haben Sie erreichen können?«

»Das ist ein Missverständnis. Ich habe noch nichts erreicht.« Charly zündete sich eine Juno an. »Ich habe mich gerade erst entschieden, Ihren Auftrag anzunehmen.«

Er schaute sie an. Wie fast immer konnte sie seinen Blick kaum enträtseln, aber eine gewisse Irritation schien schon darin zu liegen, vielleicht sogar so etwas wie Enttäuschung.

»Und für diese Entscheidung haben Sie so lange gebraucht?«

»Ich möchte Ihnen helfen, Herr Liang. Aber dazu muss ich erst einmal ein paar Dinge von Ihnen wissen.«

»Gut. Dann fragen Sie.«

»Jetzt?«

»Natürlich. Oder wollen Sie noch einmal eine Woche warten?«

Charly zog an ihrer Zigarette. Liang Kuen-Yao war offensichtlich ein Mann, der es gewohnt war, die Dinge schnell zu regeln.

»Verraten Sie mir ein bisschen was über Ihre Eltern«, sagte sie. »Wie hieß Ihr Vater noch gleich?«

»Liang ...«

»Genau wie Sie?«

»Sie wissen, dass Liang mein Familienname ist, nicht wahr? Es ist chinesische Sitte, erst den Familiennamen und dann den Vornamen zu nennen.«

»Und der Vorname Ihres Vaters ...«

»Tao.«

»Also Liang Tao.«

»Richtig.«

»Und Ihre Mutter?«

»Chen-Lu. Liang Chen-Lu.«

»Könnten Sie mir das aufschreiben?«

Charly schob ihr Notizbuch über den Tisch, und Liang schrieb beide Namen auf.

»Ich kann es zwar nicht lesen«, sagte sie, »aber können Sie die chinesischen Schriftzeichen danebenzeichnen? Damit ich weiß, wie das aussieht. Im Fall des Falles.«

Er tat auch das und gab ihr das Buch zurück.

»Ihr Vater ist in Tsingtau gestorben, haben Sie gesagt, Ihre Mutter in Deutschland.«

Er nickte.

»Wo da genau?«

»In Mecklenburg. Ein Gut namens Altendorf. Aber das steht nicht mehr.«

»Warum?«

»Abgebrannt.«

Charly machte sich Notizen.

»Sie wollten nach Papieren schauen. Haben Sie etwas gefunden? Eine Heiratsurkunde Ihrer Eltern vielleicht?«

Er schüttelte den Kopf. »Nur meine Geburtsurkunde.«

Charly schaute sich die Urkunde an. Sie war tatsächlich in Deutsch verfasst, obwohl sie am anderen Ende der Welt ausgestellt worden war.

»Kann ich die mitnehmen?«

Er nickte.

Der Kellner kam und brachte das Essen. Charly starrte auf die Holzstäbchen, die er neben den Teller legte, und auf Liang, der diese Stäbchen ganz selbstverständlich in die Hand nahm.

»Ich ...«, sagte sie, »ich fürchte, ich kann mit so etwas nicht umgehen.«

Liang sagte dem Kellner ein paar chinesische Worte, der verbeugte sich und kam kurz darauf mit Löffel, Messer und Gabel zurück. Er legte Charly das Besteck mit einem Blick auf den Tisch, als handele es sich dabei um außerordentlich primitive, barbarische Werkzeuge.

»Guten Appetit«, sagte Liang.

Charly probierte vorsichtig. Und war überrascht. So eine knusprige Ente hatte sie noch nie gegessen. Das Essen schmeckte anders als alles, was sie kannte.

»Was werden Sie jetzt unternehmen«, fragte Liang nach einer Weile.

»Ich werde nach Tsingtau schreiben. Und an den deutschen Kolonialverein. Da kenne ich schon ein paar Leute. Vielleicht finden wir irgendwo die Papiere Ihres Vaters. Oder sogar die Heiratsurkunde. Ihre Mutter hat keine Papiere mit sich geführt?«

»Ich habe nur die Geburtsurkunde gefunden.« Liang zuckte die Achseln. »Wir sind vor den Japanern geflohen. Ich denke mal, da war keine Zeit mehr, alles einzupacken.«

Charly nickte.

»Hören Sie ...«, sagte sie dann, »Ihr Honorar ... Die Summe ist ... wie soll ich sagen ... sehr großzügig.« Sie hüstelte. »Ich habe da Kontakte ... Für das Geld könnte ich Ihnen auch falsche Papiere ...«

»Wenn ich das wollte«, unterbrach er sie, »wäre ich nicht zu Ihnen gekommen, da habe ich meine eigenen Kontakte.«

»Ich dachte nur, es ist so viel Geld ...«

»Machen Sie Ihre Arbeit ordentlich, dann ist es mir das wert. Sie werden Auslagen haben. So würde ich zum Beispiel vorschlagen, dass Sie nach Tsingtau nicht schreiben, sondern telefonieren. Das geht schneller.«

»Ich kann kein Mandarin.«

»Wenn Sie einen Beamten auftreiben können, der vor gut zwanzig Jahren schon in der Kolonialverwaltung gearbeitet hat, dann wird der auch Deutsch verstehen. Probieren Sie's einfach, da werden Sie schon jemanden finden. Sie kennen doch Leute im Kolonialverein.«

»Sie scheinen es sehr eilig zu haben.«

»Drücken wir es mal so aus«, sagte Liang. »Es gibt nicht mehr viel, was mich in diesem Land hält. Aber vieles, was mich hinaustreibt.«

Da geht es ihm ganz ähnlich wie mir, dachte Charly. Sie fragte sich, was in Liangs Leben passiert sein mochte. Oder ob es, ähnlich wie bei ihr, die schleichende Veränderung war, die das Leben in Deutschland immer unerträglicher machte.

Sie legte ihr Besteck auf den Teller.

»Ach, da ist noch eine wichtige Sache, die ich wissen müsste, bevor ich einen Einbürgerungsantrag stellen kann«, sagte sie.

»Ja?«

»Haben Sie irgendwelche Vorstrafen?«

Er schaute sie an, als habe ihn so etwas noch nie jemand gefragt, beinahe entrüstet schaute er. Und schüttelte den Kopf, eher irritiert als verneinend, als könne er den Sinn dieser Frage nicht ganz verstehen.

»Wie kommen Sie denn auf die Idee?«

42

Inzwischen waren alle Vorräte aufgebraucht. Rath hatte sich zwei Käsestullen, einen Apfel und ein gekochtes Ei andrehen lassen, an dem er beinah erstickt wäre; die Kekse hatte Luise Ritter alleine gegessen. Seine Schwiegermutter verfügte über einen gesunden Appetit.

So langsam näherten sie sich ihrem Ziel, Werbetafeln links und rechts der Straße wiesen auf die Ausflugslokale und Sehenswürdigkeiten der Fränkischen Schweiz hin, die Kilometerangaben auf den Hinweisschildern nach Nürnberg wurden immer kleiner.

Und schließlich rollten sie hinein in *die Stadt der Meistersinger und der Reichsparteitage*, wie sie sich auf einem großen Transparent selbst nannte, das an der Stadtgrenze über die Straße gespannt war. Auf der Bayreuther Straße herrschte mehr Verkehr, als Rath das in Nürnberg erwartet hatte. Rechterhand passierten sie gerade eine Parkanlage, links erhob sich eine wuchtige, moderne Kirche, deren burgähnliche Fassade mit Hakenkreuzfahnen behangen war. Und je mehr sie sich dem Stadtzentrum näherten, desto dichter wurden der Fahnenschmuck an den Häusern und der Verkehr auf der Straße.

Luise Ritter hatte den Stadtplan auseinandergefaltet, den sie sich an der letzten Tankstelle besorgt hatten, und versuchte, ihren Schwiegersohn durch die Stadt zu lotsen.

»Dort hinten«, rief sie plötzlich, »dort hinten links. Wöhrder Hauptstraße, das ist es! Da hinein!«

Im letzten Moment betätigte Rath den Winker und hielt an. Es dauerte etwas, bis der Gegenverkehr vorüber war und er abbiegen konnte. Die Gegend, in der die Pension lag, die das Deutsche Frauenwerk in Schwiebus für seine Nürnbergreisenden ausgesucht hatte, wirkte eher kleinstädtisch. Hier würde sich Luise Ritter wohlfühlen, dachte Rath, als er seiner Schwiegermutter mit dem Gepäck die Treppe hinaufhalf.

»Dann mach's gut, Luise. Wann triffst du dich noch gleich mit Fritze?«

»Donnerstag. Da haben die Hitlerjungen freien Ausgang und können die Stadt erkunden. Zwei Uhr im Café Beer. Ludwigstraße.«

»Werd's mir merken.«

Sie drückte ihren Schwiegersohn zum Abschied.

»Heil Hitler, mein Lieber«, sagte sie, als sie wieder von ihm abließ. »Und vielen Dank nochmal.«

»Aber gerne doch.«

Er tippte zum Abschied an den Hut.

Auf den Nürnberger Straßen herrschte mehr Rummel als auf dem Potsdamer Platz. Man merkte, dass die Stadt gerade aus allen Nähten platzte und mehr Besucher hatte, als sie vertragen konnte. Rath parkte vor dem nächstbesten Hotel, das nach zivilen Preisen aussah, doch der Rezeptionist hatte nur ein Bedauern übrig.

»Tut mir leid, der Herr, wir sind komplett ausgebucht.«

»Ich nehme auch die Besenkammer.«

»Wie gesagt: Komplett ausgebucht.«

»Können Sie mir vielleicht ein anderes Hotel empfehlen?«

»Wenn's ned reserviert haben, kann ich Ihnen da wenig Hoffnung machen. Beim Reichsparteitag ist immer alles ausgebucht, das läuft in der Regel über die Partei und ihre Organisationen, für Einzelreisende ist's da eher schwierig. Gehören's denn keinem Verband an, vielleicht sollten's es auf diesem Wege versuchen?«

»Leider nein. Ich bin völlig auf eigene Faust hier.«

Der Mann schaute ihn mitleidig an.

»Also, hier in Nürnberg kann ich Ihnen wenig Hoffnung machen. Vielleicht versuchen's es weiter draußen, vielleicht haben's da mehr Glück.«

Zurück im Buick faltete Rath den Stadtplan auseinander und suchte den Weg nach Schwabach. Wenn schon draußen, dann dort draußen, dachte er. Das Städtchen lag eine halbe Autostunde südwestlich von Nürnberg und wirkte ebenso altfränkisch. Sah aus wie auf einem Bild von Spitzweg. Nur dass der noch keine

Hakenkreuzfahnen gekannt hatte, die auch in Schwabach in großer Zahl und frisch gewaschen an den Fassaden hingen. Die wenigen Hotels hatte Rath schnell abgeklappert. Vergeblich. Auch Schwabach war komplett ausgebucht. Er ließ den Buick dort stehen, wo er ihn zuletzt geparkt hatte, und machte sich zu Fuß auf den Weg, um das Städtchen zu erkunden.

Die Abendsonne tauchte das Fachwerk und die roten Dachziegel in ein warmes Licht. Es gab hier sogar eine Friedrichstraße, die allerdings mit der Berliner Straße gleichen Namens nichts gemein hatte. Genausowenig wie die Nürnberger Straße.

Die Adresse von F. Seitz hatte Rath sich auch deshalb so gut merken können, weil er selbst in Berlin einmal an fast derselben Adresse gelebt hatte; in der Nürnberger Straße bei der Witwe Behnke.

Auf der anderen Straßenseite fand er ein kleines Lokal, in dem er sich einen Fensterplatz suchte und eine Portion Schweineschäuferla bestellte und dazu ein Bier. Nach den Stullen und hartgekochten Eiern seiner Schwiegermutter brauchte er was Richtiges zwischen die Zähne.

Während er auf das Essen wartete und in der Zeitung die neuesten Nachrichten zum Parteitag las, warf er immer wieder einen Blick aus dem Fenster auf die Haustür gegenüber. Überflüssig. Nichts passierte, niemand kam, niemand ging.

Nach dem Essen ging Rath kurzerhand hinüber und klingelte an der Tür. Zunächst dachte er, niemand sei zuhause, doch dann hörte er Schritte, und die Haustür wurde geöffnet; aus der Wohnung wehte ihm der Dunst von frisch angebratenen Zwiebeln entgegen.

Eine hübsche blonde Frau mit strengem Dutt schaute ihn misstrauisch an. Eine gewisse Ähnlichkeit mit Gerhard Brunner war unverkennbar.

»Ja?«

»Entschuldigen Sie die Störung, Frau Seitz. Ich komme aus Berlin. Bin ein Freund und Kollege von Obersturmführer Brunner.«

»Mei Bruder is doch dot!«

Ihre Antwort klang beinahe entrüstet.

»Eben. Und deswegen möchte ich Ihnen mein tief empfundenes Beileid aussprechen. Der plötzliche Tod des Obersturmführers hat uns alle so fassungslos gemacht ...«

»Aber des ham's doch alles schon g'schrieben.«

»Ja, aber es war doch noch niemand von uns bei Ihnen, oder irre ich mich da?«

»Wer ist uns?«

»Na, jemand vom Sicherheitsdienst.«

»Sie san vom SD?«

Sie klang verwundert, und Rath beschloss, auf Geheimniskrämer zu machen.

»Darüber darf ich nicht sprechen, wie Sie verstehen werden. Ich bin eigentlich auch nur hier, um Ihren Mann zu sehen.«

»Erich is fei noch ned hier.«

»Wann erwarten Sie ihn denn zurück?« Er schnupperte. »Gibt doch gleich Abendbrot, nicht wahr?«

»Des kann dauern. Die san edds auf der Zeppelinwiesen. Gibt da noch soviel zu tun.«

»Na, vielleicht können auch Sie mir helfen. Ich bin eigentlich nur wegen der Post hier.«

»Post?« Sie zog die Stirn in Falten und schaute ihn fragend an.

»Ja, Ihr Bruder hat doch noch ... Ich meine, er muss ...«

»Es is besser, Sie gehet wieder, Herr ...«

»Wegener.«

»Hier is kaa Post ned, die Sie ebbes angehn dät, Herr Wegener!«

Und damit schlug sie ihm die Tür vor der Nase zu.

Glückwunsch, Herr Rath! Da haben wir uns aber selten dämlich angestellt!

Wie hatte er sich das auch vorgestellt? Einfach mal nachfragen, ob man die Geheimpapiere des toten Gerhard Brunner einsehen kann?

Ob Brunner seine Schwester und seinen Schwager überhaupt über den brisanten Inhalt seiner Post informiert hatte? Oder ob er einfach nur einen sicheren Aufbewahrungsort suchte, weil er den Mitarbeitern der eigenen Behörde nicht traute? Und sie instruiert hatte, die Briefe bloß keinem Fremden auszuhändigen.

Rath musste sich etwas einfallen lassen. Irgendeinen Weg musste es doch geben, an die Papiere heranzukommen. Er spazierte zurück zum Auto und setzte sich hinein. Die Zeppelinwiese hatte er auf dem Nürnberger Stadtplan schnell gefunden. Einer der Aufmarschplätze für den Reichsparteitag im Südosten der Stadt.

Eine gute halbe Stunde später parkte er an der Rückseite einer großen steinernen Tribüne, die noch imposanter wirkte, als er das Gelände betrat und sie von vorn sah. Der Mittelbau, der an einen Altar erinnerte, bestand aus hellem Kalkstein, der warm in der Abendsonne leuchtete, gekrönt von einem hölzernen Reichsadler, der ein Hakenkreuz in seinen Fängen hielt. Flankiert wurde dieser steinerne Altar von hölzernen Tribünenbauten, vor denen sich ein freies Feld erstreckte, groß wie mindestens zwanzig Fußballplätze, das von weiteren Tribünen und beflaggten Türmen eingefasst war und in dessen Weite sich vereinzelt uniformierte Grüppchen verloren, die alle irgendetwas zu besprechen hatten, so sah es jedenfalls aus. Uniformierte standen neben anderen Uniformierten, zeigten auf irgendetwas und sprachen miteinander, während an den Tribünen und Türmen eine Hakenkreuzfahne nach der anderen entrollt wurde. Das Zeppelinfeld machte sich hübsch für den Reichsparteitag.

Rath hatte sich kaum auf dem Gelände umgeschaut, da wurde er auch schon zurückgepfiffen.

»Hey, Sie! Für Unbefugte verboten! Was wollen's hier?«

Er drehte sich um. Da stand ein SA-Mann, der einen Karabiner auf den Eindringling gerichtet hatte.

»Heil Hitler.« Rath machte brav Männchen und zückte seinen neuen Dienstausweis. »Preußisches Landeskriminalamt.«

Der SA-Mann wusste offensichtlich nicht, was er mit einem Dienstausweis der preußischen Polizei hier in Bayern anfangen sollte.

»Wir sind beauftragt, uns unauffällig anzuschauen«, fuhr Rath fort, »ob auch alle nötigen Sicherheitsvorkehrungen getroffen sind. Führerbefehl!«

Führerbefehl. Das Zauberwort hatte er beim LKA kennengelernt, und die dreiste Lüge hatte Erfolg. Der SA-Mann stand sofort innerlich stramm. Eine Frage hatte er allerdings noch.

»Wieso Preußen?«

»Weil die Reichskanzlei nun mal in Berlin ihren Sitz hat. Und weil wir das uneingeschränkte Vertrauen des Führers genießen.« Rath schaute auf die Uhr. »Sie haben genau dreiundzwanzig Sekunden gebraucht, ehe Sie mich, einen Zivilisten, nach Betreten des Geländes angesprochen haben. Das sind genau zwanzig Sekunden zuviel. Sind Sie sich darüber im Klaren?«

»Mit Verlaub, Oberkommissar, aber der Parteitag hat doch noch gar ned begonne. Ab übermorge werde hier überall in dichde Reihe SA- und SS-Wache stehe und sämtliche Mensche kontrolliere, die das Gelände betrete, ganz glei ob Teilnehmer oder Zuschauer. Ohne Eintrittskarte oder Passierschein kommt hier niemand nei.«

»Na, den Führer werden Sie wohl hoffentlich nicht belästigen.«

»Natürlich ned.«

»Und warum gibt es solche gründlichen Kontrollen nicht bereits jetzt? Stellen Sie sich vor, ich wäre ein Bombenleger. Und könnte hier ungehindert unter der Führertribüne meine Teufelsmaschine installieren.«

»Mit Verlaub, aber das hätten's ned geschafft, Oberkommissar. Wie Sie sehet, *hab* ich Sie ja angesproche. Sie könne unbesorgt sein: Hier gelangt niemand ungesehe aufs Gelände.«

»Das wollen wir auch hoffen. Dann lassen Sie mal nicht nach in Ihrer Wachsamkeit, Scharführer.«

»Jawohl, Oberkommissar.«

»Können Sie mir denn alle Personen nennen, die sich derzeit auf dem Gelände aufhalten?«

»Die meisde scho, denk i.«

»Ist denn Herr Seitz noch auf dem Gelände? Erich Seitz?«

»Wird er wohl. Sein Wage schdeht ja noch da.« Der SA-Mann zeigte auf einen dunklen Lieferwagen, der im Schatten der Tribüne parkte. »Was ist denn mit dem? Ist der etwa verdächtig? Ein Sicherheidsrisiko?«

»Nein, nein. Reine Stichprobe. Wollte nur wissen, ob Sie alles im Blick haben.«

»Natürlich, Oberkommissar. Seitz ist fast jeden Tag auf dem Gelände. Die Beflaggung ist schließlich a wichtige Sachn.«

»Ich sehe, Sie sind Herr der Lage. Danke, Scharführer. Dann gehen Sie weiter Ihrer Arbeit nach, da will ich nicht länger stören. Heil Hitler.«

»Heil Hitler, Oberkommissar!«

Der SA-Mann setzte seine Patrouille fort, und Rath schaute sich den schwarzen Lieferwagen näher an. Hier parkten eine ganze Menge Fahrzeuge am Rande der Wiese, so dass der ihm vorhin gar nicht weiter aufgefallen war. Jetzt aber las er die weiß-rote Schrift auf dem schwarzen Lack: *Deutsche Fahnenfabrik E. Seitz.*

Der Schwager von Gerhard Brunner war also einer von den Gewerbetreibenden, die in den neuen Zeiten gute Geschäfte machten. Fahnen brauchte Deutschland gerade reichlich. Zumal die Hakenkreuzfahne auf der Reichstagssitzung, die für nächsten Sonntag hier in der Luitpoldhalle anberaumt war, per Gesetz zur deutschen Staatsflagge bestimmt werden sollte.

Rath ging zurück zu seinem Buick, setzte sich hinein und rauchte. Nach vier Overstolz sah er den Lieferwagen neben der Tribüne vom Gelände rollen. Er legte den Gang ein und folgte ihm.

Erich Seitz nahm dieselbe Strecke nach Schwabach, die auch Rath genommen hatte, durch ein dunkles Waldgebiet, auf das freies Feld folgte und schließlich die Häuschen von Schwabach. Der Lieferwagen fuhr nicht in die Nürnberger Straße, sondern steuerte ein Gewerbegebäude am Julius-Streicher-Ring an, an dessen Front derselbe Schriftzug zu finden war wie auf dem Lieferwagen. Ein Mann stieg aus, öffnete das Tor und fuhr den Wagen auf den Hof. Dann schloss er das Tor sorgfältig von außen ab, überquerte die Straße und verschwand in einer Gasse. Rath stieg aus dem Wagen und folgte ihm.

Erich Seitz trug nicht einmal Uniform, er war auch kein SS-Mann, wie Rath vermutet hatte, jedenfalls keiner, der beruflich Uniform trug. Ein unverdächtiger Zivilist, bei dem niemand geheime Papiere des SD vermuten würde.

Niemand außer Gereon Rath.

Er folgte dem Mann in einigem Abstand bis zur Nürnberger Straße und beobachtete, wie er in dem Wohnhaus verschwand, an dessen Tür Rath gut zwei Stunden zuvor geklingelt hatte. Noch einmal klingeln wollte er nicht, es reichte ihm zu wissen, dass er dem richtigen Seitz gefolgt war.

Als er zu seinem Auto zurückkehrte, stand die Sonne schon tief, es wurde Zeit, langsam einen Platz zum Schlafen zu finden. Er ließ den Motor an und fuhr aus der Stadt hinaus, bis er das Waldgebiet wieder erreichte. Rath parkte auf einem Wirtschaftsweg, ging zum Pinkeln in den Wald, wusch sich an einem nahgelegenen Bach Hände und Gesicht und ging dann zurück zum Auto. Er holte eine Strickjacke aus der Reisetasche und machte es sich in dem engen Fahrgastraum so gemütlich es eben ging. Er würde schon Schlaf finden, war ja nicht das erste Mal, dass er im Auto übernachtete.

Er lag noch eine Weile wach und schaute in die Dunkelheit. Nun war er also in Schwabach. Lief nicht ganz so, wie er sich das vorgestellt hatte. Aber wann hatte es das je getan?

43

Sie wusste, dass sie diesen Anruf nicht von der Kanzlei aus führen konnte, deswegen hatte sie sich den Wecker gestellt. Auf vier Uhr. In Tsingtau war es jetzt schon elf, dort ging die Sonne sieben Stunden früher auf.

Ein Ferngespräch nach China. Charly hätte nicht gedacht, dass sie jemals in ihrem Leben eines anmelden würde. Und sie wollte gar nicht wissen, wieviel das kosten mochte. Aber das spielte auch keine Rolle. Sie müsste schon einiges anstellen, um die achthundert Mark, die Liang ihr gegeben hatte, auch nur ansatzweise für Spesen auszugeben.

Sie hatte nicht nur einen Namen, sie hatte sogar eine Telefonnummer. Herr Fang Chun hatte vor dem Krieg in der Zivilverwaltung von Tsingtau gearbeitet, die zwar von deutschen Kolonialbeamten geleitet worden war, aber ohne chinesische Mitarbeiter nicht auskam. Neben den rund zweitausend Deutschen im Schutzgebiet mussten schließlich auch zweihunderttausend Chinesen regiert und verwaltet werden.

Im Kolonialverein hatten sie ihr geholfen; dank der Vermittlung durch Mohammed Husen hatte Charly gestern Nachmittag noch mit einem pensionierten Beamten sprechen können, der im Gouverneurspalast von Tsingtau bis 1914 seinen Dienst als Zivilkommissar versehen hatte und der Fang Chung als intelligenten Mitarbeiter schilderte, als einen Mann von rascher Auffassungsgabe, der schnell Deutsch gelernt habe, was die Arbeit im Umgang mit den Chinesen und die Durchsetzung der Chinesenordnung sehr erleichtert habe.

»Eine Disziplin wie ein preußischer Beamter«, so hatte er gelobt.

Die beiden hatten auch nach dem Krieg Kontakt gehalten, und so wusste Charly nicht nur, dass Fang Chun nach wie vor in der Stadtverwaltung von Tsingtau arbeitete, die immer noch im alten Gouverneurspalast untergebracht war, sondern hatte auch eine Telefonnummer, über die sie ihn erreichen konnte. Mehr als sie zu hoffen gewagt hatte.

Das Fräulein vom Amt fragte erst einmal nach, als am frühen Morgen ein Ferngespräch nach China angemeldet wurde. Wahrscheinlich glaubte sie an einen Aprilscherz im September.

»Jawohl, nach China. Nach Tsingtau«, bekräftigte Charly und gab nicht nur die Verbindung zum Gouverneurspalast durch, sondern auch die Durchwahl.

»Legen Sie bitte auf«, sagte die Telefonistin, »und bleiben Sie in der Nähe Ihres Fernsprechapparats. Ich melde mich, sobald die Verbindung hergestellt ist.«

Es dauerte fast zehn Minuten, aber dann klingelte das Telefon auf der Anrichte, und Charly schreckte aus dem Halbschlaf wieder hoch.

»Teilnehmer? Ihre Leitung nach China steht. Ich verbinde.«

Es klickte in der Leitung. Und dann ratterte es.

»Hallo«, rief Charly in den Hörer.

Wieder ratterte es.

»Hallo«, wiederholte sie, noch lauter als zuvor.

»Ni hao«, hörte sie es aus dem Telefon knistern. Die Stimme klang erstaunlich nah, und Charly schämte sich, so gebrüllt zu haben.

»Ni hao«, wiederholte sie und hoffte, damit nichts Falsches gesagt zu haben. »Können Sie mich verstehen? Sprechen Sie Deutsch?«

»Oh. Deutsch! Ja.«

»Herr Fang Chun?«

»Ja. Fang Chun.«

»Charlotte Rath hier. Aus Berlin.«

»Ah, Be'lin!«

Das klang wie eine ferne Sehnsucht.

»Herr Fang, zunächst einmal soll ich Sie von Geheimrat Günther grüßen, Ihrem früheren Vorgesetzten.«

»He" Günthe', oh ja!«

»Ich rufe an, weil ich eine Auskunft von Ihnen brauche. Sie haben unter Zivilkommissar Günther vor dem Krieg in der kaiserlichen Verwaltung von Tsingtau gearbeitet?«

»Ja.«

»Ich vertrete Herrn Liang Kuen-Yao, geboren neunzehnhundertsechs in Tsingtau, und bräuchte Auskünfte über dessen Vater, Herrn Liang Tao. Er war Chauffeur des kaiserlichen Forstinspektors. Sie würden mir einen großen Gefallen tun, wenn Sie nachschauen, ob es in Tsingtau noch irgendwelche Papiere gibt, insbesondere eine Sterbeurkunde. Er ist in den Kriegswirren ums Leben gekommen.«

»Keine Papie'e meh'. Alles ve'b'annt. Ribeng Schibing.«

»Wie?«

»Japanische Soldaten. Alles ins Feue' gewo'fen.«

Charly fühlte sich mit einem Mal sehr müde, und das nicht nur wegen der Tageszeit. Das ging ja gut los. Ein sündteures Telefonat, und alles für die Katz.

Sie wollte sich gerade höflich verabschieden, da fuhr Fang fort.

»Abe' Sie falsch suchen. He" Liang ga' nicht Vate'.«

»Wie meinen Sie das?«

»Alle haben gewusst. Liang mussten hei'aten. Weil He" La'sen so wollte.«

»Herr Larsen?«

»Chef von He"n Liang. Und F'äulein Chen-Lu.«

»Der Forstinspektor ...«

»Ja, Fo'stinspekto'. Leute e'zählen, e' Vate' von Kind.«

Durch die Leitung drang ein Geräusch, das Charly zunächst nicht einordnen konnte, aber dann erkannte sie es: Der ehemalige kaiserliche Kolonialbeamte kicherte.

»Ode' sein Sohn. Inspekto' La'sen hat Sohn weggeschickt, abe' vielleicht wa' nu' eife'süchtig.«

»Sie meinen, der Vater von Liang Kuen-Yao ist entweder der kaiserliche Forstinspektor oder dessen Sohn?«

Wieder hörte sie das seltsame Kichern.

»Alle haben gewusst. Kind wa' Basta'd.«

Charly verabschiedete sich und legte auf. Das Gespräch war auch so schon teuer genug. Und hatte sie keinen Schritt vorangebracht. Außer dass sie nun das offene Geheimnis von Tsingtau kannte. Ob etwas dran war an diesem Gerücht? Liang selbst jedenfalls schien keine Ahnung davon zu haben. Kein Wunder, er war als kleiner Junge nach Deutschland gekommen, da war ihm der Kleinstadttratsch von Tsingtau erspart geblieben.

Sie fragte sich, ob sie ihrem Klienten davon erzählen sollte.

Nicht, bevor du dir hundertprozentig sicher bist, dachte sie. Nicht, bevor du dir hundertzehnprozentig sicher bist.

44

Er wurde durch ein seltsames Geräusch geweckt, ein lautes, hartes, gläsernes Klacken. Rath schlug die Augen auf, konnte durch die beschlagenen Scheiben aber nichts Genaues erkennen. Außer dass irgendetwas dunkles Hartes penetrant gegen das Fahrertürfenster des Buick klopfte.

Er richtete sich auf und öffnete die Tür. Sah einen grün-schwarz uniformierten Mann mit lederner Pickelhaube und hölzernem Schlagstock, der in der Bewegung innehielt, als er Rath erblickte. Vorn an der Pickelhaube prangte das von zwei Löwen flankierte bayrische Rautenwappen.

»Guten Morgen«, sagte Rath und blinzelte in die Morgensonne.

»Heil Hitler«, raunzte der Schutzmann. »Sie san aber ned von hier?«

»Ne. Berlin. Sagt doch auch das Nummernschild.«

»Derf i fragn, was Sie hier dun?«

»Sieht man das nicht?«, sagte Rath. »Schlafen.«

»Klar seh i des, des is aber fei ned erlaubt.«

»Schlafen? Ist in Bayern nicht erlaubt?«

»Nu machen's edds kaa Widdse ned! Sie wisset, des i Sie wegen Landschdreicherei festnehme könnd?«

Rath wunderte sich. Nicht nur darüber, dass in Bayern immer

noch Gendarme mit Pickelhaube herumliefen, sondern auch darüber, dass man hier noch wegen Landstreicherei belangt werden konnte.

»Entschuldigen Sie, ich habe in meinem Auto übernachten müssen, weil in ganz Nürnberg und Umgebung offensichtlich kein Hotelzimmer mehr zu haben ist. Ich bin doch kein Landstreicher!«

»Wenn's kaa Zimmer ned finde, denn müssen's sich halt kümmern. Hier im Auto schlafe, des geht jedenfalls ned.«

»Hören Sie, guter Mann. Sie reden mit einem Kollegen, der den weiten Weg von Berlin bis Nürnberg gemacht hat, weil sein Sohn die Ehre hatte, mit der HJ zum Reichsparteitag zu marschieren. Der Adolf-Hitler-Marsch. Schon davon gehört?«

Der Uniformierte stutzte.

»Ein Kollege?«, fragte er.

»Ja.« Rath zeigte seinen neuen Dienstausweis. »Preußisches Landeskriminalamt.«

Der bayrische Wachtmeister studierte das Dokument. »Preißen?«, sagt er dann, und es klang, als habe er sich nach einer ansteckenden Krankheit erkundigt.

»Jawohl. Bin aber nicht dienstlich hier, sondern privat. Habe keine Herberge mehr gefunden. Aber dass Sie mich deswegen der Landstreicherei bezichtigen, ist absurd. Ich ...«

»Oberkommissar Rath!« Der Wachtmeister nahm Haltung an und sprach sogar Hochdeutsch. »Es wäre mir eine Ehre, Sie für die Dauer des Reichsparteitages beherbergen zu dürfen.«

»Aber ...« Rath war perplex. »Das ist doch nicht nötig, ich könnte mich noch ein bisschen umhören. Bin gestern Abend erst angekommen.«

»Davon abgesehe, dass Sie kaa aanziche freie Besenkammer in und um Nämberch finde werde: kaa Widerrede. Unter Kolleche is so ebbes doch selbstverständlich.« Der Gendarm streckte seine rechte Hand aus. »Draxler, angenehm. Hauptwachtmeister im Dienste der bayrischen Gendarmerie.«

Rath schlug ein. »Danke, Hauptwachtmeister.«

»Dann machen's sich mal frisch, Herr Rath, dann zeig i Ihne den Weg. Wenn wir's zeitig schaffe, macht mei Rosi uns noch a klaans Frühschdügg.«

Wachtmeister Draxler wohnte tatsächlich mitten in Schwabach, nur ein paar Ecken entfernt vom Rathaus am Königsplatz, in dem die Polizeiwache stationiert war. Und seine Frau war ein Sinnbild der treuen deutschen Hausfrau, der es eine Freude war, ihrem Mann und dessen Gast noch ein üppiges Frühstück zuzubereiten.

»Des is der Herr Rath, Rosi. Sei Bua is mit der HJ marschiert. Von Berlin. I dacht, mir gebe ihm d'Kammer vom Schorsch.«

Rosemarie Draxler nickte devot und schenkte den Männern Kaffee ein.

»Unser Bua is eddserdla bei der Wehrmacht«, sagte Draxler stolz.

Rath nickte und wandte sich dem Frühstück zu. Zum Kaffee gab es Brötchen (oder Weggla, wie sie hier sagten) und deftigen Aufschnitt. Irgendwann brutzelte es auf dem Herd, und kurz darauf reichte Rosemarie Draxler den Herren je drei kleine Bratwürste in einem aufgeschnittenen Brötchen.

»Drei in a Weggla«, sagte Draxler. »Des müssen's noch probiere. Dann zeig i Ihnen die Kammer vom Schorsch.«

Gut gesättigt fand sich Rath schließlich in einer fensterlosen Kammer wieder, in der ein großes, weiches Bett stand, daneben eine Frisierkommode mit Waschschüssel und Waschkrug. Über der Tür hing ein großes Kruzifix.

»Fühlen's sich wie zuhause«, hatte der gastfreundliche Hauptwachtmeister gesagt. »I muss edds zurück in'n Dienst. Wenn's irgendwas brauche, fragen's mei Rosi.«

Rath verstaute den Inhalt seiner Reisetasche in dem kleinen Schrank, rasierte sich über der Waschschüssel, zog den Scheitel mit dem nassen Kamm nach und verließ das Haus auf dem schnellsten Weg.

Er wusste nicht so recht, was er von der Gastfreundschaft des fränkischen Kollegen halten sollte. Zwar hatte er nun ein Dach über dem Kopf und ein richtiges Bett, andererseits aber stand er unter Beobachtung und musste dem Wachtmeister den braven Parteitagsbesucher vorspielen.

Auf der Straße fühlte er sich schon wieder freier. Bis er einem marschierenden Bataillon der Wehrmacht Platz machen musste. Zusammen mit den anderen Passanten drängte er sich an den Straßenrand und ließ die uniformierten jungen Männer, die unter ihren Stahlhelmen allesamt heilig ernste Gesichter machten, passieren. Die Schwabacher strahlten, sie schienen sich über die Soldaten in ihrem engen Städtchen zu freuen.

»Das san uns're«, sagte ihm sein Nachbar, dessen Augen vor Stolz blitzten, »der Führer hat uns a Kaserne g'schenkt. Droben am Stadtrand auf der Reit.«

»Soso.«

Rath fragte sich, warum man ihm den Ortsfremden so offensichtlich ansah. Weil er keinen Schnauz trug? Denn das war tatsächlich auffällig hier im Städtchen: Viele Männer trugen ihren Schnurrbart genauso wie Adolf Hitler. Und dennoch sah es so aus, als habe Hitler eher die Schwabacher Männer nachgeahmt als umgekehrt, als sei diese Bartmode hier schon seit Jahrzehnten üblich, wenn nicht seit Jahrhunderten.

Die lauten Stiefel der marschierenden Wehrmacht hinterließen ein ungutes Gefühl bei ihm. Auch in Berlin konnte man nun wieder öfter marschierenden Soldaten begegnen, aber in der Enge dieses kleinen Provinzstädtchens erst begriff Rath, was gerade in Deutschland passierte: Das deutsche Militär war dabei, sich den Rang zurückzuerkämpfen, den es im Kaiserreich bereits innegehabt hatte. Und er konnte nicht sagen, dass ihn das freute. Seine Erinnerungen ans Militär waren keine guten.

Die Schwabacher sahen das offensichtlich anders. Sie waren stolz darauf, wieder ein Garnisonsstädtchen zu sein. Und die Reichsregierung sowieso: Nicht umsonst stand der Reichsparteitag der Freiheit im Zeichen der Wehrmacht; eine große Militärparade auf dem Zeppelinfeld, gefilmt von Leni Riefenstahl, sollte nächsten Montag den Schluss- und Höhepunkt bilden. Und die Schwabacher Garnison übte schon einmal fleißig.

Rath hatte andere Sorgen. Er fragte sich, wie er an Brunners Papiere gelangen sollte. Wie mochte der SD-Mann seinen Schwager instruiert haben? Bloß niemandem die Papiere auszuhändigen? Nicht einmal SD-Männern? Dafür sprach Brunners Misstrauen, die Notwendigkeit, die Akten nicht nur aus dem SD, sondern auch aus Berlin hinauszuschaffen. Hatte Brunner auch Instruktionen für den Fall seines Todes gegeben? Und wenn ja welche? Hatte er seinen Schwager überhaupt in irgendeiner Weise eingeweiht oder ihn schlicht und einfach darum gebeten, die Post aus Berlin an einem sicheren Platz aufzubewahren? Und was wäre für einen Mann wie Erich Seitz ein sicherer Platz? Eher sein Zuhause oder eher seine Firma?

Rath spazierte den Julius-Streicher-Ring hinunter. Oben auf dem Berg konnte er die Kasernengebäude erkennen, auf die man hier so stolz war, große, schmucklose Neubauten, die hell in der Sonne leuchteten. Ob Schorsch Draxler auch dort Dienst schob? Oder ob man ihn weit weg von der Heimat stationiert hatte?

Die Fahnenfabrik wirkte wie ausgestorben. Im Verwaltungstrakt traf er lediglich eine Sekretärin an.

»Des tut mir sehr leid, aber der Herr Seitz is ned da.«

»Wieder auf dem Zeppelinfeld, nehme ich an ...«

»Na, heut am Luitpoldhain! Da ist doch übermorgen Grundsteinlegung!«

»Natürlich. Und auch dafür werden selbstverständlich Fahnen gebraucht.«

»Na freilich. Die Herren vom Verkauf sind leider auch alle unterwegs. Vielleicht kommen's später noch einmal wieder. Sagen wir übermorgen. Dann ist die Arbeit getan.«

»Hören Sie, ich möchte nichts kaufen, ich komme eigens aus Berlin, weil ... Ich bin ... war ein Kollege des Schwagers von Herrn Seitz ...«

»Gerhard!« Unwillkürlich fuhr sie sich mit der Hand vor den Mund.

»Sie kannten ihn?«

»Wir ... ach des is lang her. Unsere Eltern haben in derselben Straßen g'wohnt. D' Gerlinde – also sei Schwester – war ... is mei beste Freundin.«

Rath steckte sich eine Overstolz an. Er musste aufpassen, Schwabach war wie ein Dorf, jeder kannte jeden. Er bot der Sekretärin eine Zigarette an, doch die lehnte ab.

»Wir waren ja beide so stolz auf ihn«, fuhr sie fort und schüttelte den Kopf. »Als er nach München gange is. Und hernach dann nach Berlin. Und dann muss er da so grausig ums Lebe komme.«

Sie sagte das so, als mache sie den Moloch Berlin persönlich verantwortlich für das Ableben von Gerhard Brunner.

»Jaja, die Großstadt«, meinte Rath. Er räusperte sich. »Wenn Sie Gerhard so gut kennen, dann wissen Sie ja vielleicht Bescheid.

Es ist eine delikate Angelegenheit, er hat wichtige Unterlagen zur Aufbewahrung an seinen Schwager geschickt, Unterlagen, die ich nun zurückfordern muss.«

»Hören Sie, Herr ...«

»Wegener. Scharführer Wegener.«

»Hören's, Scharführer, i waaß ned, wovon's reden. Aber wenn's des wirklich so wichtig is, wie's sagen, dann kann ich Ihnen a ned helfen. Selbst wenn i wollt. Aber dann sind die Sachen bestimmt im Tresor, und an den komm i ned ran. Also gedulden's sich doch noch bis übermorgen, dann is der Herr Seitz wieder im Büro.« Sie schaute in einen Terminkalender. »Allerdings nur vormittags; nachmittags besucht er den Parteitag. Soll i Sie eintragen?«

»Nicht nötig.«

Sie stutzte. »Aber, des is ja ... Warum sagen's denn nix?« Sie zog die Stirn in Falten. »Sprechen's so in Rätseln!«

»Wie bitte?«

»Warum sagen's denn nix? Des Sie längst aan Termin haben. Herr Seitz hat Sie persönlich eingetragen. Freitagmorgen, elf Uhr. Hier: *Scharführer Wegener wg. Gerhard.*«

»Natürlich habe ich einen Termin, das müssen Sie mir nicht erst erzählen. Es ist nur: Zufällig konnte ich schon einige Tage früher reisen. Aber wenn Herr Seitz so beschäftigt ist: Kein Problem für mich. Ich komme dann am Freitag wie vereinbart. Habe ohnehin noch auf dem Parteitag zu tun.« Rath aschte ab und stand auf. »Heil Hitler.«

»Heil Hitler.«

Der Deutsche Gruß klang aus ihrem Mund sehr routiniert. Er schien in diesem Büro üblich zu sein.

Als Rath wieder auf der Straße stand, hatte er zwei Erkenntnisse gewonnen. Erstens: Die Akten waren hier. Im Tresor von Erich Seitz. Und das Zweite: Sie wussten Bescheid in Berlin. Oder ahnten jedenfalls, wo die Akten sein konnten, die sie seit dem Tod ihres Obersturmführers Brunner so vermissten. Der SD hatte bereits mit Seitz telefoniert, in drei Tagen würde Scharführer Wegener nach Schwabach reisen. Und das hieß: Rath blieb nicht mehr viel Zeit.

Dennoch musste er sich gedulden, bis die Nacht hereinbrach.

Das üppige Abendessen der Familie Draxler lag ihm immer noch schwer im Magen, als er sich auf den Weg machte, obwohl es schon Stunden zurücklag. Vielleicht tat ein bisschen Bewegung an der frischen Nachtluft da ganz gut. Rath fragte sich, woher Hans Draxler derartige Mengen Schweinefleisch bezog. In Berlin war Fleisch – neben Butter und Schmalz – derzeit absolute Mangelware. Wahrscheinlich war es hilfreich, einen Schlachter oder einen Bauern in der Verwandtschaft zu haben. So war es ja auch schon im Krieg gewesen: Während die Städter sich mit Steckrüben begnügen mussten, hatten die Bauern auf dem Land wie die Maden im Speck gelebt. Und nichts herausgegeben, außer man war bereit, die wertvollsten Familienerbstücke für ein Stück Fleisch herzuschenken.

Dabei war jetzt nicht einmal Krieg, aber Mangel herrschte trotzdem. Und die Regierung tat so, als sei alles in Butter. Obwohl es viel zu wenig Butter gab.

Rath blieb stehen. Vor ihm lag die Mauer der Fahnenfabrik. Er schaute sich um, doch außer ihm war kein Mensch auf dem Julius-Streicher-Ring unterwegs. Kein Wunder, um diese nachtschlafende Zeit. In Schwabach wurden die Bürgersteige schon recht früh hochgeklappt. Das Hoftor hatte er mit Hilfe der Sperrhaken schnell überwunden; er zog es sofort wieder zu, nachdem er hindurchgeschlüpft war, und hatte nun – vor Blicken geschützt durch die Mauer des Firmengeländes – alle Zeit der Welt, um in das Verwaltungsgebäude zu gelangen. Auch das ging leichter als gedacht; da war es tatsächlich schwerer gewesen, sich unbemerkt aus der Kammer und dem Haus der Draxlers herauszuschleichen.

Das Büro des Firmenchefs lag, wie Rath vermutet hatte, direkt hinter dem der Sekretärin, mit der er heute Morgen gesprochen hatte, hinter der gepolsterten Tür. Der ausladende Schreibtisch und die Familienfotos, die darauf standen, ließen keinen Zweifel daran. Auf einem war Erich Seitz mit seiner Frau zu sehen, ein klassisches Hochzeitsfoto, auf dem anderen schauten zwei blondbezopfte Mädchen in die Kamera.

Das Büro unterschied sich von allen anderen Büros, die Rath kannte, vor allem dadurch, dass an allen Wänden Fahnen hingen, was wohl die Leistungsfähigkeit des Unternehmens unter Beweis stellen sollte. Dessen Vielseitigkeit hingegen nicht, denn es waren fast durchweg Hakenkreuzfahnen, die hier hingen und eine seltsame Atmosphäre schafften. Es gab nur wenige Ausnahmen, Fahnen, die irgendwelche Stadtwappen zeigten. Rath tippte auf die von Schwabach, Nürnberg und noch ein paar anderen Städten aus der Umgebung. Kölner oder Berliner Stadtfahnen konnte er nicht ausmachen, aber in Franken schien die Fahnenfabrik Seitz einen großen Kundenkreis zu haben.

Rath klemmte sich die Taschenlampe zwischen die Zähne und durchsuchte die Schreibtischschubladen. Geheimakten fand er keine, damit hatte er auch nicht gerechnet, hatte jedoch wenigstens gehofft, auf so etwas wie einen Schlüssel für den Tresor zu stoßen, von dem die Sekretärin gesprochen hatte. Einen solchen konnte Rath in diesem Büro allerdings nirgends entdecken. Ob der Firmentresor ganz woanders stand? Vielleicht da, wo auch die wöchentlichen Lohngelder ausgegeben wurden? Oder war es einer dieser moderneren Panzerschränke, die man in die Wand einmauern konnte, so dass niemand sie sah?

Rath leuchtete hinter jede Fahne, doch da war nur Tapete, keine Tresortür. Blieben noch die Bilder, die Seitz an den wenigen flaggenfreien Wandabschnitten aufgehängt hatte: ein schon leicht angestaubter Ölschinken hinter dem Konferenztisch, der die Stadtsilhouette Schwabachs zeigte. Und hinter dem Schreibtisch, so dass jeder Besucher des Firmenchefs, ob er wollte oder nicht, die strengen Blicke ertragen musste, die ihm von zwei großen Fotografien entgegenblickten: einmal das für jeden Geschäftsmann (oder jedenfalls für jeden Geschäftsmann, der auch Geschäfte machen wollte) mittlerweile obligatorische Porträt Adolf Hitlers und gleich daneben eine Fotografie des fränkischen Gauleiters Julius Streicher, der noch strenger und vor allem boshafter guckte als sein Führer.

Streicher war Rath vor allem als Herausgeber des *Stürmer* bekannt, aber einmal hatte er den Mann auch unfreiwillig im Radio gehört und ihn mit seinem geifernden Antisemitismus als noch abstoßender empfunden als sämtliche anderen Nazis, die einem aus dem Radio oder den öffentlichen Lautsprechern entgegenbrüllten. Wie diese Kerle redeten! Wie diese spießigen, verklemmten Kleinbürger ihre vor Pathos strotzenden, banalen Sätze mit sich überschlagender Stimme in die Mikrophone bellten!

Was Rath aber am wenigsten verstand: Wieviele Menschen Hitler tatsächlich für einen großen Redner hielten, wieviele ihm richtiggehend verfallen waren. Wie seine Schwiegermutter, die immer einen ganz verklärten Blick bekam, sobald der Name Adolf Hitler fiel oder er irgendwo im Radio sprach.

Der Ölschinken war verdammt schwer. Rath hatte Mühe, das sperrige Bild wieder an seinen Platz zurückzuhängen, nachdem er es einmal vom Haken genommen hatte und dahinter keine Tresortür hatte entdecken können. Auch hinter Hitler klebte nur Tapete an der Wand, hinter dem Porträt von Streicher jedoch sah es anders aus. Tatsächlich! Eine metallene Tresortür. Mit Kombinationsschloss.

Rath stieg von dem Stuhl herunter, den er zu Hilfe genommen hatte, stellte Streicher an die Wand und wandte sich noch einmal dem Schreibtisch zu. Er brauchte keinen Schlüssel, er brauchte eine Zahlenkombination. Hatte er vorhin irgendetwas übersehen? Einen unauffälligen Zettel, auf dem Seitz die Zahlen notiert hatte? Er wühlte sich noch einmal durch die Schubladen, konnte aber nichts dergleichen finden.

Er erinnerte sich daran, dass gute Schränker in der Lage waren, das Einrasten eines solchen Kombinationsschlosses bei den richtigen Zahlen zu hören. Also zog er den Stuhl heran, stellte sich darauf und legte sein Ohr direkt an den kühlen Stahl. Dann drehte er langsam an dem Zahlenrad und hörte es rattern, völlig gleichförmig. Bis er die ganze Zahlenreihe durch hatte. Entweder machte die richtige Zahl kein abweichendes Geräusch, das lauter, hohler, tiefer oder höher geklungen hätte als die anderen, oder aber Rath konnte es einfach nicht hören. Er hielt die Luft an und drehte noch einmal, diesmal langsamer, aber auch das hatte keinen Erfolg. Er war offensichtlich nicht begabt für so etwas. Und einen Schweißbrenner wie die Brüder Sass hatte er auch nicht zur Hand.

Rath fluchte leise. Er ahnte es nicht nur, er wusste es: Hinter dieser Stahltür lagen die Dokumente, die er dringend brauchte, die er durcharbeiten musste, um dem Auftraggeber von Otto Lehmann auf die Spur zu kommen. Und er kam nicht ran.

Verdammt! Warum nur hatte er sie seinerzeit, als er sie in der Aktentasche von Gerhard Brunner fand, nicht einfach behalten? Sie irgendwo versteckt?

Er wusste natürlich warum. Weil er damals nichts von dem ahnte, was er heute wusste. Weil er die geheimen Papiere, die er unbefugt geöffnet hatte, unbedingt hatte loswerden müssen, bevor jemand Verdacht schöpfte. Und nun ging er dieses Risiko ganz bewusst wieder ein. Nur weil es um Charly ging.

War das vernünftig oder war das paranoid? Völlig egal, er konnte einfach nicht anders. Und manchmal war er froh, wenn sein Gewissen, sein Instinkt oder was auch immer es war, ihm solche Entscheidungen abnahm. In so vielen Situationen hätte er sich eine ähnliche Entscheidungssicherheit gewünscht. Dabei wusste er nicht einmal, ob es richtig oder falsch war, was er tat. Er wusste nur, dass er es tun *musste*.

Rath probierte noch ein paar Kombinationen aus. Den Tag der nationalen Erhebung. Nichts. Den Tag des Hitler-Putsches. Fehlanzeige. Führers Geburtstag. Ebenfalls Fehlanzeige. Streichers Geburtstag kannte er nicht, sonst hätte er den auch noch ausprobiert. Oder den von Erich oder Gerlinde Seitz.

Es half nichts, er kam hier nicht weiter, er würde noch einmal wiederkommen müssen. Und diesen Safe irgendwie knacken. Bis Freitag musste er es schaffen. Bis der echte Scharführer Wegener bei Erich Seitz vorsprach und die Dokumente einfordern würde.

Er hängte den glatzköpfigen Gauleiter zurück an seinen Platz, wischte für den Fall der Fälle alles, was er in Seitz' Büro angefasst hatte, mit seinem Taschentuch ab, und verließ das Firmengebäude auf dem schnellsten Wege. Als er durch das Tor wieder auf die Straße trat, wirkte der Julius-Streicher-Ring immer noch wie ausgestorben. Kein Wunder, es war inzwischen auch schon drei Uhr durch.

Gut zehn Minuten später stand Rath wieder vor dem Haus der Draxlers und war niemandem begegnet. Die Haustür war verschlossen, und der Hauptwachtmeister hatte seinem Gast keinen Schlüssel anvertraut, so weit ging die Gastfreundschaft dann doch nicht, doch war das Schloss kein Problem für Raths Sperrhaken. Die schwere hölzerne Tür knarrte nur reichlich laut beim Öffnen, das hatte ihn anderthalb Stunden zuvor beim Verlassen des Hauses schon vor Schreck erstarren lassen. Auch jetzt bewegte er sich ganz langsam und vorsichtig, öffnete die Tür nur so weit, dass er gerade hindurchschlüpfen konnte, dann ließ er sie langsam wieder ins Schloss fallen. Im Inneren der Stube war es stockfinster, doch er wagte es nicht, die Taschenlampe einzuschalten. Schritt für Schritt tastete er sich voran, die Treppe hinauf zu seiner fensterlosen Kammer. Er horchte noch in die Dunkelheit, doch im ganzen Haus war nichts zu hören. Dann hängte er seine Sachen auf den Stuhl neben dem Bett und legte sich hin. Wenig später war er eingeschlafen.

45

Lautes Singen riss ihn viel zu früh wieder aus dem Schlaf. Hauptwachtmeister Draxler bei der Morgentoilette. Kurz darauf strömte der Dunst von gebratenem Speck durchs Haus. Rath tastete nach der Armbanduhr. Halb sieben. Obwohl er am liebsten liegen geblieben wäre, stand er auf, beugte sich über die Waschschüssel und goss sich kaltes Wasser ins Gesicht, kämmte sich die Haare nach hinten und zog sich an.

Kurz darauf saß er dem bereits uniformierten und putzmunteren Hans Draxler am Frühstückstisch gegenüber und gab sich Mühe, ausgeschlafen und hellwach zu wirken. Was er beides nicht war. Während die Frau des Hauses für Nachschub an Ei und Speck und Kaffee sorgte, stellte Draxler unablässig Fragen: nach dem Leben in der Reichshauptstadt, nach der Polizeiarbeit am Alex, vor allem aber nach Raths Plänen für den Tag. Vom nächtlichen Ausflug ihres Gastes schienen beide nichts mitbekommen zu haben, dabei hatte Rath sich für den Fall der Fälle eine Geschichte zurechtgelegt, eine Geschichte, die von Schlaflosigkeit und nächtlichen Spaziergängen handelte, zu denen er ab und zu neige.

So aber musste er die neugierigen Draxlers nur zu seinen Plänen belügen. Er erzählte irgendetwas von Nürnberg, vom Reichsparteitag und vom HJ-Zeltlager, wo er seinen Sohn zu besuchen gedenke.

»Aber die san doch ned in Nämberch, sondern in Färrd. Auf'm Humbser Schbielblads.«

»Fürth, natürlich. Aber das liegt doch alles nah beieinander. Und natürlich schaue ich mir auch Nürnberg an.«

»Ja, des machen's besser! Is aach viel scheener als wie Färrd. Und der Führer is a gestern scho in Nämberch g'landet. Vielleicht ham's ja Glück und sehe ihn. I muss heit leider in Schwabach bleibe. Dienst is Dienst. Aber den Führer werde mer scho noch sehe, gell, Rosi?«

»Aber sicher, Hans! Wie jedes Jahr!«

Das klang wie eine Selbstverständlichkeit, als habe der gemeine Franke das angeborene Recht, einmal im Jahr Adolf Hitler zu sehen. Rath begriff langsam, welchen Stellenwert der Reichsparteitag in dieser Region hatte. Für Menschen wie Hans und Rosemarie Draxler schien das Massenspektakel der Nazis tatsächlich das wichtigste Fest des Jahres zu sein, wichtiger als Weihnachten und Ostern und Christkindelmarkt zusammen.

Nach dem Frühstück verließ er das Haus zusammen mit Draxler, verabschiedete sich vor der Haustür und stieg in seinen Buick. Er bot dem Wachtmeister an, ihn zur Polizeiwache zu fahren, doch Draxler lehnte ab. »Na! So mach i scho auf'm Weg zur Wach mei erste Rund, so muss des sei!«

»Bin beeindruckt, Hauptwachtmeister. Eine geradezu preußische Pflichtauffassung.«

»Na, *preißisch*, sagen's des besser ned. Des is hier kaa Kompliment ned bei uns.«

Dabei sah der Mann mit seinem Schnauz und der Pickelhaube aus wie jemand, der sich aus dem alten Preußen in die neue Zeit verirrt hatte. Nur die Farbe der Uniform stimmte nicht.

Rath winkte Draxler noch einmal zum Abschied, ließ den Wagen an und fuhr los. Obwohl er gar nicht nach Nürnberg wollte. Er fuhr einmal quer durch die Stadt und suchte dann einen Parkplatz am Julius-Streicher-Ring, der weit entfernt von der Polizeiwache am Königsplatz lag, und hoffte, dass die Runden, die Hauptwachtmeister Draxler zu gehen pflegte, ihn nicht auch durch Schwabachs Norden führten.

Den Geburtstag von Julius Streicher, dem Seitz ja offensichtlich besonders verbunden war, hatte Rath schnell ermittelt: Im Schaufenster einer Buchhandlung entdeckte er eine Biographie des glatzköpfigen Gauleiters und ging kurzerhand hinein. Im Laden griff er sich das Buch und tat so, als schmökere er interessiert, so lange, bis er das Geburtsdatum gefunden hatte. Dann enttäuschte er die Buchhändlerin, als er den Schinken kommentarlos wieder weglegte und den Laden verließ. Kaum auf der Straße notierte er die Zahl auf einem Zettel, den er aus seinem Notizbuch riss: 120285. Das war doch schon mal ein Anfang.

Von Erich Seitz und seiner Gattin gab es leider Gottes keine Biographien. Ein Blick ins Melderegister würde helfen, aber wie sollte er den wagen, ohne sich verdächtig zu machen? Zumal das Register aller Wahrscheinlichkeit im Rathaus oder in der Polizeiwache zu finden sein würde, wo sein Gastgeber arbeitete.

Rath bummelte durch die Schwabacher Gassen und überlegte, welche Zahlen er noch sammeln könnte. Gab es ein Stadtgründungsdatum von Schwabach? Die Firmengründung der *Deutschen Fahnenfabrik E. Seitz*. Je mehr Kombinationen er bis zum Abend beisammen hätte, desto besser. Jetzt hatte er Zeit zum Nachdenken, heute Nacht in Seitz' Büro hatte er die nicht.

Er zählte sein Kleingeld und suchte nach einer Fernsprechzelle. Nach und nach telefonierte er sich durch seine kleine Liste. Er rief auch im Rathaus an, doch der Beamte, der über das Schwabacher Melderegister wachte, zeigte sich wenig auskunftsfreudig und verwehrte ihm die Geburtsdaten von Erich Seitz und Gerlinde Seitz, geborene Brunner. Die Industrie- und Handelskammer hingegen erteilte bereitwillig Auskunft über die Firmengeschichte. Demnach war das Unternehmen, das Erich Seitz führte, bereits 1889 gegründet worden, von einem gewissen Nathan Rosenstein unter dem Namen *Schwabacher Fahnenfabrik*. Seitz, der ehemalige Prokurist, hatte das Unternehmen erst im Frühjahr erworben und dezent umgetauft. Rath notierte das Datum: 120535. Und bekam, ohne danach gefragt zu haben, als Bonus sogar noch das Geburtsdatum des neuen Firmeninhabers genannt, das er ebenfalls notierte. 170703.

Er hängte ein und fragte sich, wie Erich Seitz die vormals jüdische Fabrik erworben haben mochte. Mit Sicherheit hatte Seitz von dem Umstand profitiert, dass die Städtchen im Gau Franken dank der Bestrebungen ihres Gauleiters Streicher, für den Antisemitismus sozusagen erste Bürgerpflicht war, alles daran setzten, möglichst bald judenfrei zu werden und sich den jüdischen Bürgern gegenüber dementsprechend benahmen.

Rath griff wieder zum Telefonbuch und suchte nach der Nummer des Stadtarchivs, wo er vielleicht ein paar Daten rund um die Stadtgründung Schwabachs erfragen könnte. Als er kurz aufblickte, entdeckte er eine grüne Uniform, die über den Platz spazierte. Hauptwachtmeister Draxler. Der ihn längst in Nürnberg wähnte. Rath versteckte sich hinter dem Telefonbuch und sah, wie die Pickelhaube sich langsam aber stetig in Richtung Telefonzelle bewegte. Doch dann blieb sie stehen. Rath lugte über den Buchrand. Draxler war von einer Frau aufgehalten worden, die ihn in ein Gespräch verwickelte: Gerlinde Seitz, mit einem Einkaufskorb unterm Arm.

Verflucht! Hätte er sich auch denken können; in diesem verdammten Nest kannte jeder jeden! Was, wenn die beiden ihn erspähten? Gerlinde Seitz sah in ihm den SS-Scharführer Wegener, Draxler den Berliner Kollegen Rath, den er überdies in Nürnberg wähnte. Nicht auszudenken, wenn ihn beide mit unterschiedlichen Namen ansprächen.

Rath klappte den Mantelkragen hoch und zog den Hut tief in die Stirn, dann wartete er auf einen Moment, in dem die beiden in die andere Richtung schauten. Jetzt!

Rasch legte er das Telefonbuch beiseite und verließ die Zelle, in der er sich vorgekommen war wie in einer der gläsernen Werbevitrinen auf dem Ku'damm. Er ging ein Stück über den Platz, huschte in die nächstbeste Gasse und ging zurück zu seinem Auto. Höchste Zeit, hier zu verschwinden.

Nürnberg – die Stadt der Meistersinger und der Reichsparteitage. Mit dieser Parole warb das Fremdenverkehrsamt der Frankenmetropole um Touristen, und das offensichtlich mit großem Erfolg. Schon am Montag, als er mit seiner Schwiegermutter angekommen war, hatte auf den Nürnberger Straßen nicht weniger Verkehr geherrscht als in Berlin, heute jedoch fand Rath die Stadt der Meistersinger und Reichsparteitage derart voller Menschen und Autos und Fuhrwerke, dass er schon am Bahnhof entnervt den nächstbesten Parkplatz ansteuerte. Vor dem Ring staute sich der Verkehr, als stünden sämtliche Ampeln auf Rot und sprängen nicht mehr um. Da war er zu Fuß schneller unterwegs.

Wobei das ein Irrtum war. Denn auch die Gehwege waren so voll, dass es kaum ein Vorankommen gab. Überall drängten sich die Menschen.

»Was ist denn hier los?«, fragte Rath einen Passanten. »Ich denke, der Parteitag findet auf dem Zeppelinfeld statt.«

»Was hier los ist? Sie san mir jo aaner! Der Führer fährt's glei durch die Stadt zum Luitpoldhain. Sichern's sich aan guden Platz, kann i nur raten. Hier wird er auf jeden Fall vorbeikomme, do driebe is der Deutsche Hof.«

»Der Deutsche Hof?«

»Das Hotel des Führers.« Der Passant musterte ihn. »Sagen's, san's zum ersten Mal dabei?«

»Wobei?«

»Na, bestimmt nicht beim Christkindlesmarkt. Beim Reichsparteitag, Mensch! Sie san mir ja wirklich aaner!«

Der Mann schüttelte den Kopf, als habe er noch nie zuvor solch einen Ignoranten gesehen.

Rath versuchte weiterzukommen, irgendwo in dieser Stadt musste es doch noch eine ruhige Ecke geben. Eine freie Telefonzelle. Ein Café mit einem freien Tisch.

All das hoffte er, doch es sah schlecht aus. Alle Telefonzellen, an denen er vorüberkam, waren nicht nur besetzt, davor hatten sich auch schon Warteschlangen gebildet. Und auf den Dächern einiger Telefonhäuschen saßen sogar Menschen. Die Cafés, Kneipen und Restaurants, die am Rande des Weges lagen, den Hitler zu nehmen gedachte – und den offensichtlich jedermann kannte, jedermann außer Rath –, waren allesamt hoffnungslos überfüllt.

Nach Nürnberg fahren, was für eine Schnapsidee! Auf dem Land, in irgendeinem Dorf, in irgendeinem ländlichen Postamt, da hätte er in Ruhe telefonieren können, in Nürnberg war das heute ein Ding der Unmöglichkeit.

Und morgen musste er nochmal hierhin in diesen Rummel. Wollte doch Fritze überraschen, der sich in der Stadt mit Luise Ritter zum Eisessen oder so verabredet hatte.

Plötzlich brach ein unbeschreiblicher Lärm los. Rath konnte

das Geräusch zunächst nicht zuordnen, bis er merkte, dass es die Leute an den Straßenrändern waren, die kreischten, riefen und brüllten und mit einem Mal völlig aus dem Häuschen waren.

»Heil!« oder »Sieg Heil!« war zu hören, aber auch »Der Führer kommt!«, »Da ist er!« oder einfach ein ekstatisches »Er kommt, er kommt!«, alles in allem aber nur unverständliches Durcheinandergerufe und Gebrüll, das sich zu einer ohrenbetäubenden Lautstärke hochschraubte. Die Menschen rechts und links schenkten Rath und ihren sonstigen Mitmenschen keinerlei Beachtung mehr, jedermanns Blick war zur Straße gerichtet, alles drängte hin zur Bordsteinkante, wo stämmige SA-Männer verhinderten, dass die Masse noch weiter nach vorne und auf die Fahrbahn stolperte.

Das hier war schlimmer als der Rosenmontagszug. Und es gab nicht einmal Musik.

In Berlin war Rath allen Nazi-Umzügen oder Aufmärschen nach Möglichkeit aus dem Weg gegangen, und hier in Nürnberg musste er nun mitten hineingeraten.

Er wollte hinaus, wollte in die andere Richtung, doch er wurde ebenfalls nach vorne gedrängt. Und dann sah er, warum die Leute so aus dem Häuschen waren. Ein Konvoi schob sich die Straße hinunter, kaum schneller als Schritttempo, angeführt von einem schwarzen, offenen Mercedes, in dem ein paar Uniformierte saßen. Einer aber stand vor dem Beifahrersitz, hielt sich mit der Linken an der Windschutzscheibe fest und winkelte die Rechte in regelmäßigen Abständen zu jenem Gruß an, der seinen Namen trug.

Da in diesem langsam rollenden Mercedes mit Münchner Kennzeichen stand tatsächlich Adolf Hitler. Höchstpersönlich. In Berlin hatte Rath den Führer und Reichskanzler nie zu Gesicht bekommen, hatte sämtliche Gelegenheiten, ihn zu sehen, sogar bewusst vermieden, aber hier in Nürnberg kam er dem Mann, den viele Deutsche so verehrten, als sei er ein Halbgott, so nah wie wahrscheinlich nie wieder in seinem Leben. Ob Luise Ritter auch irgendwo am Straßenrand stand? Mit ihren Freundinnen vom Deutschen Frauenwerk? Vielleicht. Aber ob sie auch so einen guten Platz hatte wie ihr Schwiegersohn, der nun wirklich direkt an der Bordsteinkante stand, wo die Menge, die ihn rechts und links immer noch umtobte, ihn hingedrängt hatte?

Die Heil-Rufe schwollen an, je näher der schwarze Mercedes kam, und Rath spürte, dass er, wie von einer unsichtbaren Macht getrieben und ohne dies bewusst zu wollen, dabei war, mit den anderen den rechten Arm zu heben, weil hier niemand war, der nicht den Arm hob, weil alle es taten; und er merkte, dass er nicht dagegen ankam. Es war nicht einmal die Angst, verprügelt zu werden, weil er den Deutschen Gruß verweigerte – niemand achtete auf ihn, alle schauten sie nur gebannt auf die Straße und den schwarzen Wagen –, es war etwas anderes, das ihn dazu trieb mitzumachen, etwas, das er sich nicht erklären konnte und das ihm unheimlich war. Und dann hörte er, wie das Wort »Heil« aus seinem Mund kam. Einmal, zweimal, dreimal.

Er, Gereon Rath, der in Berlin den Deutschen Gruß verweigerte und verschlampte, wo immer das nur möglich war, stand hier in Nürnberg am Straßenrand und riss, getragen von der Masse und ihrem Rhythmus, in einem fort den rechten Arm hoch.

Rath wusste nicht, wie lange es dauerte, bis der Spuk vorüber war, dem schwarzen Münchner Mercedes folgten noch etliche andere Wagen, aber irgendwann war er vorüber. Die Wagen waren außer Sichtweite, die Rufe waren abgeebbt, die Leute gingen wieder ihrer Wege. Rath ging nicht, er blieb dort stehen, wo die Menschenmasse ihn vorhin hatte stranden lassen. Wo er mit der Masse gebrüllt und den rechten Arm gehoben hatte, als sei er ein Nazi der ersten Stunde.

Er verstand die Welt nicht mehr. Und hatte sich noch nie in seinem Leben so sehr gehasst.

46

Nie zuvor hatte Guido so ein Theater gemacht, wenn sie sich das Auto von ihm leihen wollte, er hatte sich noch schlimmer angestellt als Gereon. Ein weiteres Zeichen für sie, dass es mit ihrer Freundschaft langsam bergab ging.

Guidos alter Wagen war ein Opel gewesen, vergleichsweise bescheiden, nun aber fuhr er – wie auch sein Kompagnon Blum –

eine Mercedes-Limousine. Um die er offensichtlich besorgter war als um die eigene Seele.

Charly hatte ihm hoch und heilig versprechen müssen, vorsichtig zu fahren und keinesfalls abseits der asphaltierten Straßen. Selbst Kopfsteinpflaster schien er seinem neuen Liebling nicht zumuten zu wollen, wie Charly mutmaßte, als er ihr genau beschrieb, wie sie mit dem Wagen am besten aus dem Wedding herausfände – nur über asphaltierte Straßen.

So langsam fragte sie sich, ob die Antonstraße noch die richtige Adresse und der Wedding noch der richtige Stadtteil war für die Kanzlei *Blum & Scherer*. Und diese Kanzlei für Charlotte Rath noch der richtige Arbeitsplatz.

Das Gut Altendorf lag im tiefsten Mecklenburgischen. Die Fahrt führte sie durch Neustrelitz und die wunderschöne Seenlandschaft, die sie schon von ein paar Ausflügen mit Gereon kannte. Doch am Ziel war sie da noch lange nicht, erst nach über drei Stunden Fahrt war sie endlich da.

Das Gut war nicht ausgeschildert, die Hinweisschilder am Straßenrand nannten lediglich die Entfernung zum nächsten Städtchen. Marlow. Schon beim Kartenlesen hatte Charly sich gewundert, dass es einen Ort dieses Namens gab. Und dass Liang auf einem Hof aufgewachsen war, der in der Nähe eines Städtchens lag, das hieß wie sein heutiger Arbeitgeber. Wenn man einen Gangsterboss denn so nennen wollte.

Sie hielt auf dem Marktplatz, direkt vor dem Rathaus, das aussah, als habe man aus einem Schloss eine Puppenstube gemacht. Oder aus einer Puppenstube ein Schloss. Anstelle von Puppen war das Gebäude jedoch von echten Beamten bevölkert. Die Charly verwundert anschauten.

»Wir haben hier keine Eintragungen über eine Chinesin.«

»Sie hat auf Gut Altendorf gelebt.«

Die beiden Beamten tuschelten leise miteinander.

»Dann muss sie zum Gesinde dort gehört haben«, sagte der eine dann.

»Zum Gesinde ...«

»Keine Ahnung, wen der alte Larsen da so alles angeschleppt hat. War ja selber lange in China, der Mann.« Der Mann senkte seine Stimme. »Und man munkelt, er habe damals noch mehr

mitgebracht als ein paar Souvenirs und ein paar Dienstboten.«
Der Beamte zwinkerte. »Sein eigen Fleisch und Blut, wenn Sie wissen, was ich meine.«

Charly wusste, was er meinte.

Die Neigung zum Tratschen schien in Marlow nicht minder ausgeprägt zu sein als in Tsingtau.

Der Beamte war so nett und beschrieb ihr den Weg zum Gutshof.

»Von den Larsens lebt aber keiner mehr, da haust jetzt nur noch Gesindel.«

Das Versprechen, das sie Guido gegeben hatte, konnte Charly nicht halten. Die Zufahrt zum einstigen Gut Altendorf war ein unbefestigter, staubiger Wirtschaftsweg. Als sie vor dem Stallgebäude hielt, das zwar verfallen war, aber noch stand, war der schwarze Mercedes von einer hellen Staubschicht bedeckt.

Neben dem Stall stand in Reih und Glied ein halbes Dutzend kleine Häuschen, die ehemaligen Gesindehäuser. Ein paar barfüßige Kinder spielten davor auf dem Hof, eine Frau holte Wäsche von der Leine. Alle beäugten sie misstrauisch, als sie aus dem Autor stieg, doch niemand sprach sie an, nicht einmal Charlys freundliches »Guten Tag« wurde erwidert.

Das war also das Gesindel, von dem der Beamte gesprochen hatte. Das sich der alten Gesindehäuser bemächtigt hatte und fernab vom Städtchen lebte. Obdachlose? Zigeuner? Jedenfalls Menschen, mit denen man in Marlow nichts zu tun haben wollte. Gesindel statt Gesinde.

Vom einstigen Herrenhaus standen lediglich die Grundmauern. Einige wenige verkohlte Balken waren noch zu sehen, ansonsten war sämtlicher Schutt abgeräumt. Hier spielten keine Kinder, von diesen Mauern schienen sich die Menschen fernzuhalten. Als brächte die Ruine Unglück.

Im Schatten einer alten Ulme konnte Charly eine Reihe Grabsteine erkennen. Sie ging hinüber. Wohlgeordnet waren hier über Generationen die Gräber der Familie Larsen angelegt, die allerdings schon länger keine Pflege mehr erhalten zu haben schienen, die Grabfelder waren überwuchert, die Grabsteine vermoost. Ein Grab, etwas abseits gelegen und aus der Ordnung fallend, wirkte weniger alt, wenigstens sah der Stein noch ziemlich neu aus. Auch hier wucherte Unkraut auf dem Grab, regelmäßige Pflege schien es nicht zu erhalten. Die Schrift jedoch war deutlich zu lesen.

Liang Chen-Lu
1887–1918

Es gab keinen Zweifel: Charly stand vor dem Grab von Liangs Mutter.

Erst jetzt, als sie sich das Grab genauer anschaute, entdeckte sie, dass inmitten des wuchernden Unkrauts etwas auf dem Grabfeld lag. Ein kleiner Strauß frischer Rosen, höchstens drei, vier Tage alt.

Charly ging zurück zu den Gesindehäusern, vor denen sie geparkt hatte. Die Kinder beäugten den Mercedes aus respektvoller Entfernung.

»Hallo«, rief sie ihnen zu. Drei Kinder liefen weg, eines blieb stehen. Ein Mädchen, das sie neugierig mit schiefgelegtem Kopf anblickte.

»Ich will euch nichts Böses«, sagte Charly, »ich habe nur eine Frage. Hast du vielleicht gesehen, dass jemand die Gräber dort drüben besucht hat?«

Vorsichtiges Nicken.

»Und? Wer war es?«

»Der Mann.«

»Welcher Mann?«

»Der immer kommt.«

»Immer.«

»Sonst kommt keiner.«

»Und wie oft kommt dieser Mann?«

Achselzucken. »Mal so, mal so.«

»Kannst du ihn beschreiben?«

»Er fährt auch so ein Auto.«

»Einen Mercedes?«

»Manchmal.«

»Hat er ... Ist es ... ein Chinese? Hat er so mandelförmige Augen, dieser Mann?«

Das Mädchen schüttelte den Kopf. Dann lief es weg zu den anderen Kindern, sein Mut war offensichtlich aufgebraucht.

Charly wunderte sich. Wer immer es auch gewesen sein mochte, der Blumen auf das Grab gelegt hatte und dies offensichtlich regelmäßig tat, Liang Kuen-Yao war es nicht. Aber wer sonst? Die Larsens, von denen zumindest Vater und Sohn eine Beziehung zu der chinesischen Dolmetscherin gehabt hatten, waren alle tot. Und wen sonst mochte eine Chinesin, die es ins Mecklenburgische verschlagen hatte, hier gekannt haben?

Charly warf noch einen Blick auf die Ruine des Herrenhauses und den seltsamen kleinen, privaten Friedhof. Dann stieg sie wieder in den staubbedeckten Mercedes.

47

Es fühlte sich ein bisschen seltsam an, alles zum zweiten Mal zu tun. Sich zum zweiten Mal aus dem Haus Draxler zu schleichen, zum zweiten Mal über den menschenleeren nächtlichen Julius-Streicher-Ring zu laufen und zum zweiten Mal in dieselbe Firma einzusteigen. Und genau wie in der Nacht zuvor wurde Rath kein einziges Mal gestört. Er wusste nicht, was er davon halten sollte: Wenn die Dinge zu reibungslos liefen, traute er dem Braten nicht. Hatte ihn gestern womöglich jemand beobachtet? Und ihm heute eine Falle gestellt?

Seine Ängste waren unbegründet. Niemand hielt ihn auf, das Firmengebäude war so menschenleer, wie anständige Firmengebäude es um diese Zeit, kurz vor zwei Uhr nachts, sein sollten. Nicht einmal einen Nachtwächter hatten die hier. Aber wer käme auch auf die Idee, Fahnen stehlen zu wollen?

Diesmal fand Rath den Weg sogar ohne Taschenlampe, das fahle Mondlicht, das durch die Fenster schien, reichte, um sich zurechtzufinden. Er hängte das Bild von Julius Streicher ab und faltete seinen Zettel auseinander.

Sechs Kombinationen hatte er aufgeschrieben, und er hoffte inständig, eine davon möge passen.

Er fing mit Seitz' Geburtsdatum an, das schien ihm das Naheliegendste. War aber falsch. Als nächstes das Datum der Firmengründung. Falsch. Das der Firmenübernahme. Nichts. Rath probierte alle drei Zahlen noch einmal, um sicherzugehen, dass er sich nicht irgendwo vertan hatte. Die Tür blieb verschlossen. Streichers Geburtsdatum funktionierte ebenfalls nicht. Die letzten Zahlen, die er noch auf dem Zettel hatte, waren die, die er zu Schwabach gefunden hatte, und eher aus Verzweiflung denn aus Hoffnung gab er auch die noch ein: die urkundliche Ersterwähnung, die Verleihung der Stadtrechte. Das Tresorschloss reagierte wie zuvor: gar nicht.

Verdammt!

Er stellte alle Kombinationen noch einmal ein, konzentrierter diesmal, um völlig sicherzugehen, dann gab er auf. Die richtige Kombination war nicht dabei.

Was sollte er tun? Er konnte doch nicht schon wieder unverrichteter Dinge das Feld räumen.

Rath knipste die Taschenlampe an und schaute sich im Büro um, ob sich hier vielleicht doch noch irgendwelche Anhaltspunkte fänden. Sollte er den Schreibtisch noch einmal durchsuchen? Vielleicht hatte er gestern etwas übersehen. Vielleicht war er doch irgendwo hier versteckt: der Zettel mit der Safekombination.

Er öffnete die obere Schublade, und sein Blick fiel auf die beiden Fotos, die hübsch gerahmt auf der Schreibtischplatte standen, direkt neben dem Posteingangskorb. Erich und Gerlinde Seitz im Hochzeitsstaat, ihre Töchter in Sommerkleidern, schüchtern lächelnd.

Rath schloss die Schublade wieder und nahm das Hochzeitsfoto in die Hand. Ein einfacher, schlichter Rahmen, Stahlspangen und ein Pappdeckel hielten das Bild an seinem Platz. Rath nahm es heraus, und fand auf der Rückseite tatsächlich ein mit Bleistift geschriebenes Datum. *9. März 1927*

Trotz der vielen Fehlversuche, die er schon hinter sich hatte, wusste Rath in diesem Moment instinktiv, dass er auf der richtigen Fährte war. Er ging zum Wandsafe zurück und drehte am Zahlenrad: 09 03 27. Es klickte leise, und die schwere stählerne Tür schwang auf.

Na also!

Er leuchtete mit der Taschenlampe hinein. Nur wenige Bündel

Bargeld, ein paar Verträge. Und unter dem ganzen Krempel fand er drei große braune Briefumschläge. Ohne Absender, adressiert an die *Familie E. Seitz, Schwabach, Nürnberger Straße.*

Bevor Rath eingegriffen und einen Brief postum auf die Reise schickte, hatte Gerhard Brunner also schon zweimal Briefe nach Schwabach geschickt. Ob das ebenfalls Geheimdokumente waren? Keine Zeit, darüber nachzudenken; Rath holte alle drei aus dem Safe.

Er konnte sofort sagen, welche dieser Adressen er selbst geschrieben hatte, das war offensichtlich, wenn man sie mit der Schrift von Gerhard Brunner verglich, die auf den beiden anderen Umschlägen prangte. Ziemlich verräterisch. Und er hatte darauf gesetzt, dass Briefumschläge ohnehin gleich weggeworfen werden, weil doch nur der Inhalt interessiert, und sich bei seiner Fälschung nicht sonderlich viel Mühe gegeben. Anders in diesem Fall – Erich Seitz hatte die Briefe seines Schwagers nicht einmal geöffnet. Hatte Brunner ihm das verboten? Ob Seitz aufgefallen war, dass der letzte Brief in der Reihe eine andere Handschrift getragen hatte?

Rath steckte die drei Kuverts unter seinen Mantel. Dann wischte er mit seinem Taschentuch durch den Tresor und über die Tür, bevor er sie ins Schloss fallen ließ, und schließlich über den Bilderrahmen, als Streicher wieder vor dem Wandsafe hing.

Beinahe hätte er vergessen, das Hochzeitsfoto zurück in den Rahmen zu stecken und wieder an seinen Platz zu stellen. Auch da wischte er alles ab, um keine Spuren zu hinterlassen. Das Foto selbst, das Glas des Rahmens von beiden Seiten, und schließlich, als alles wieder zusammengebaut war, den Bilderrahmen. Als er das Bild mit dem Taschentuch griff, um es zurückzustellen, fiel ihm auf, dass er vergessen hatte, ob das Hochzeitsfoto rechts oder links von dem der Kinder gestanden hatte. Er entschied sich schließlich für links, das schien ihm logischer, von der Reihenfolge her.

Er machte sich auf den Weg zurück in den Hof, schloss alle Türen und wischte auch die Klinken mit dem Taschentuch ab.

Endlich war er wieder auf der Straße. Mit den Händen in den Manteltaschen die großen Umschläge fixierend, die in seinem Hosenbund steckten, schlenderte er zum Haus zurück.

Bevor er hineinging, versteckte er die Papiere in seinem Auto. Im Gepäckfach unter dem Notsitz, das hatte sich bewährt, gleich neben der Anlasserkurbel. So neugierig er auch war, jetzt hatte er nicht die Ruhe, die Umschläge zu öffnen und sich die Papiere anzuschauen, das Risiko war ihm zu groß. Nicht hier, nicht in dieser Kleinstadt, die er nun schleunigst verlassen musste. Morgen würde er sich brav von den Draxlers verabschieden und dann, nachdem er Fritze in Nürnberg getroffen hatte, auf direktem Wege nach Berlin zurückfahren.

Wieder war es kein Problem, die Haustür zu knacken, doch sie knarrte so laut wie gestern, schon bei der kleinsten Bewegung. Rath öffnete die schwere Tür langsam und vorsichtig, und dennoch ließ sie sich einfach nicht geräuschlos öffnen. Naja, gestern war es ja auch noch einmal gut...

»Hände hoch!«

Der Ruf kam von der Treppe.

Rath gehorchte und drehte sich um. Da stand Hans Draxler im Nachthemd und mit Schlafmütze, als sei er einer Bildergeschichte von Wilhelm Busch entsprungen, und legte mit einer doppelläufigen Schrotflinte auf ihn an. Hinter ihm, eine Stufe höher, stand seine Frau, die sich wenigstens einen Morgenmantel übergeworfen hatte.

»Ach, Sie san's!« Draxler ließ das Gewehr sinken. »Was machen's denn um diese Uhrzeit da heraußen?«

Rath nahm die Hände langsam wieder herunter. Er erinnerte sich an die Ausrede, die er sich gestern schon zurechtgelegt hatte.

»Entschuldigen Sie, wenn ich Sie erschreckt habe. Aber ... ich schlafe manchmal schlecht, da hilft ein kleiner Spaziergang an der frischen Luft.«

Draxler schüttelte den Kopf, als wolle er sagen: *Diese Großstädter!*

»Na, dann haben's hoffentlich da heraußen niemanden erschreckt so wie uns. In Schwabach schläft man um diese unchristliche Zeit.«

»In Berlin normalerweise auch.«

»Ja, dann legen's sich mal wieder hin. Ein paar Stündchen Schlaf haben's dann ja noch, gell.«

»Das sollte reichen.«
»Oder wollen's ausschlafen?«
»Aber nicht doch. Ich reise morgen ja schon wieder ab, da würde ich gerne mit Ihnen und Ihrer Gattin frühstücken, Herr Draxler. Und mich für Ihre überaus zuvorkommende Gastfreundschaft bedanken.«
»Ist doch selbstverständlich unter Kollegen.«
»Sagen Sie das nicht. Da gibt es auch andere.«
»Ja, in Berlin vielleicht, aber ned hier in Schwabach. Hier hilft man sich.«
»Ein Hoch auf Schwabach!«
Draxler guckte ein wenig irritiert, als wisse er nicht genau, ob Rath das nun ernst gemeint hatte.
»Na, dann woll'n wir mal wieder schlafen geh'n. Gute Nacht, Herr Rath.«
»Gute Nacht! Frau Draxler, Herr Draxler.«
Rath tippte an seine Hutkrempe. Als er fünf Minuten später in seiner Kammer lag, fluchte er leise vor sich hin. Musste der neugierige Wachtmeister ihn doch noch erwischen! Ausgerechnet heute, wo sonst alles geklappt hatte.

48

Der Mann hatte Angst, das war ihm anzusehen. Nicht nur um seinen Ruf, seine Firma oder sein Vermögen, er hatte Angst um sein Leben oder zumindest um seine körperliche Unversehrtheit. Schien ein Realist zu sein. Das würde die Sache erleichtern. Mit Realisten verhandelte es sich besser als mit uneinsichtigen Sturköpfen.

Johann Marlow wies auf den leeren Ledersessel.
»Nehmen Sie doch Platz, Herr Königsberg. Schön, dass Sie es einrichten konnten. Kann ich Ihnen etwas anbieten? Einen Kaffee vielleicht?«

Joseph Königsberg, ein schmaler Mittvierziger mit runder Brille, warf Kuen-Yao, der ihn in den Salon geführt hatte, einen unsicheren Blick zu und setzte sich. Dafür, dass der Mann ein wohlhabender Textilunternehmer war, machte sein Anzug einen erstaunlich ungepflegten und zerknitterten Eindruck. Ohne Zweifel feinster Zwirn und maßgeschneidert, doch sah es aus, als habe Königsberg mehrere Nächte in seinen Kleidern geschlafen.

»Danke«, sagte er. »Aber ich trinke keinen Kaffee. Ein Glas Wasser wäre recht.«

Kuen-Yao ging zum Barschrank hinüber und schenkte ein. Königsberg nahm das Glas entgegen und trank einen Schluck, als müsse er dringend gegen einen trockenen Mund ankämpfen.

»Wenn ich ehrlich bin, Herr Marlow«, begann er, nachdem er das Glas abgestellt hatte, »weiß ich überhaupt nicht, warum ich hier sitze.«

»Nun, Sie sitzen hier, weil Sie Probleme haben. Und ich Ihnen helfen kann.«

»Diese Behauptungen in der Zeitung, denen dürfen Sie keinen Glauben schenken.«

Jud Königsberg, so nannte der *Stürmer* den Textilfabrikanten in seiner aktuellen Ausgabe. *Jud Königsberg und seine Arbeiterinnen*, lautete die Schlagzeile, *Rassenschande in Berlin – Verbrechen im Privatkontor*.

»Ich bin kein Moralapostel, Herr Königsberg. Ich bin Geschäftsmann. Ich habe von Ihrer Notlage erfahren und möchte Ihnen einen Ausweg aufzeigen.«

»Ich habe doch kein Verhältnis mit meinen Näherinnen. Ich bin glücklich verheiratet.«

»Wie gesagt, das steht hier nicht zur Debatte, Sie müssen sich nicht rechtfertigen.«

»Ich hatte nie Probleme mit der neuen Regierung«, sagte Königsberg. »Der Boykott dreiunddreißig hat uns nicht geschadet, die Kunden kamen trotzdem. Doch jetzt ...« Er zeigte auf den Stürmer. »... seit dieses Schmierblatt all diese Lügen verbreitet ...«

»Sie sollten sich weniger um Ihren Ruf sorgen als um die Tatsache, dass die Gestapo jederzeit bei Ihnen auf der Matte stehen könnte.«

»Sie sind wirklich sicher, dass ich damit rechnen muss?«

»Mein Informant hat daran keinerlei Zweifel gelassen. Irgendjemand hat Anzeige gegen Sie erstattet.«

»Und warum sagen Sie mir so etwas?«

»Weil ich mir ernsthaft Sorgen mache, dass Sie den Ernst der Lage nicht begreifen.«

»Wie meinen Sie das?«

»Herr Königsberg, ich bin Geschäftsmann, kein Politiker. Aber auch ich weiß, dass wir in anderen Zeiten leben als noch vor drei, vier Jahren. Und auch Sie sollten inzwischen gemerkt haben, dass für Ihresgleichen kein Platz mehr ist in Deutschland.«

»Aber ...« Königsberg stockte. »Ick bin doch Berliner! Seit drei Generationen lebt meine Familie hier. Unsere Firma hat Liegenschaften am Hausvogteiplatz und am Werderschen Markt.«

»Das mag ja alles sein, aber das ändert nichts an Ihrer derzeitigen Lage.«

Er bot seinem Gast eine Zigarre an, aber der lehnte ab. Steckte sich stattdessen eine Zigarette an. Kuen-Yao stellte dem Mann einen Aschenbecher hin. Königsberg wirkte irritiert von der Aufmerksamkeit, die ihm zuteil wurde. Vielleicht war es auch die Tatsache, dass er in diesem Haus von einem Asiaten bedient wurde.

»Wenn Sie Deutschland nicht bald verlassen«, fuhr Marlow fort, »geraten Sie in Gefahr, ins Gefängnis geworfen zu werden. Wollen Sie das Ihrer Familie wirklich antun? Ist die nicht schon genug gestraft durch die Zeitungsberichte?«

Königsberg schwieg und zog an seiner Zigarette.

»Ich weiß nicht, was das alles mit meinem Besuch bei Ihnen zu tun hat«, sagte er schließlich.

»Ist das nicht offensichtlich? Ich möchte Ihnen helfen, die nötigen Schritte zu ergreifen.«

»Einen Reisepass beantragen, das kann ich noch alleine.«

»Und genau das sollten Sie eben nicht tun. Wenn Sie jetzt einen Reisepass beantragen, haben Sie in Nullkommanichts das Finanzamt am Hals.«

»Wieso?«

»Schon mal was von der Reichsfluchtsteuer gehört?«

»Natürlich. Hat die Regierung Brüning eingeführt. Anno einunddreißig.«

»Richtig. Um die Kapitalflucht aus dem Deutschen Reich zu unterbinden. Und ich kann Ihnen sagen, dass auch die Regierung Hitler diese Steuer sehr ernst nimmt. Sobald Sie einen Pass beantragen, wird das Finanzamt Charlottenburg einen Sicherheitsbescheid gegen Sie erwirken, da sind die sehr schnell.«

»Was ist das?«

»Sozusagen eine Vorauszahlung der Reichsfluchtsteuer. Dann sind fünfundzwanzig Prozent Ihres Vermögens sofort fällig.«

»Aber so liquide bin ich doch gar nicht. Der Großteil meines Vermögens besteht aus der Firma. Aus Immobilien.«

»Eben. Und da kommt die Firma Marlow Importe ins Spiel.«

»Sie meinen das Angebot, das Sie mir unterbreitet haben.«

»Richtig. Sie überschreiben der Firma Marlow Importe GmbH Ihr gesamtes Bar- und Liegenschaftsvermögen sowie die Firma Königsberg. Im Gegenzug erhalten Sie, sobald Sie an Ihrem neuen Wohnsitz in Zürich angekommen sind, einhunderttausend Schweizer Franken über meinen Mittelsmann.«

»Aber das ist ein Bruchteil meines Vermögens.«

»Haben Sie es immer noch nicht verstanden? Wenn Sie das Land auf dem offiziellen Wege verlassen, werden Steuern fällig, die Sie zwingen, alles zu verkaufen. Zu einem Spottpreis bei der jetzigen Marktlage. Und von dem mickrigen Rest, der Ihnen bleibt, können Sie wegen der Devisenbestimmungen nur ein paar Mark mit ins Ausland nehmen. Ihr sonstiges Vermögen bleibt im Land, Ihre Konten werden gesperrt, die Immobilien enteignet. Dann haben Sie nichts. Ich biete Ihnen mehr als nichts.«

»Sie nutzen meine Situation aus und stellen sich noch als barmherzigen Samariter dar?«

»Ich bin kein Samariter, Herr Königsberg, ich bin Geschäftsmann. Und ich biete Ihnen ein Geschäft an, von dem beide Seiten profitieren. Sie müssen nichts tun, ich befreie Sie von all Ihren Sorgen. Wir kümmern uns nicht nur um alle finanziellen Transaktionen, wir statten Sie und Ihre Familie auch mit den nötigen Papieren für die Ausreise aus. Ohne dass das Finanzamt auf Sie aufmerksam wird.«

»Sie wollen Pässe fälschen?«

»Ich nenne es lieber Papiere besorgen. Wie gesagt, ich biete Ihnen hier nur eine Möglichkeit; Sie können es auch gerne auf Ihre Weise versuchen.«

»Wie soll ich so ein Angebot ablehnen«, sagte Königsberg. Der

Sarkasmus in seiner Stimme war unüberhörbar, aber das war Marlow egal. Hauptsache, der Mann unterschrieb endlich.

Königsberg griff zu dem Füllfederhalter, den Kuen-Yao ihm reichte, und unterschrieb den Vertrag, ohne ihn noch ein weiteres Mal durchzulesen. In dem Blick, den er seinem Vertragspartner dabei zuwarf, war die blanke Verachtung zu lesen. Aber das konnte Marlow ertragen, das nahm er nicht persönlich. Er war Geschäftsmann.

Und diese Art von Geschäften lief wie am Schnürchen. Die eine Hälfte des Gewinns behielt die Firma Marlow Importe ein, die andere Hälfte ging an Hermann Göring. So lautete ihre Vereinbarung seit über einem Jahr, und es funktionierte bestens. Ein Geschäft, bei dem es nur Gewinner gab. Johann Marlow vergrößerte Stück für Stück sein legales Imperium, Göring wurde immer reicher, und selbst ihre Geschäftspartner wie Joseph Königsberg hatten doch etwas davon. Der einzige Verlierer, wenn man es so sehen wollte, war das Finanzamt Charlottenburg.

49

Der Verkehr war nicht ganz so schlimm wie gestern; Rath kam gut voran auf seinem Weg nach Nürnberg. Und mit jedem Meter ging es ihm besser. Er fühlte sich wie befreit, endlich der Obhut der Familie Draxler entkommen zu sein. Am liebsten wäre er direkt nach Berlin zurückgefahren, so groß war nicht nur seine Neugier auf die Papiere in seinem Gepäckfach, so groß war auch die Sehnsucht nach dieser Stadt. Und nach Charly. Immer, wenn er sie ein paar Tage nicht gesehen hatte, merkte er, wie sehr er sie doch brauchte. Und fragte sich umso mehr, warum sie denn nicht die glückliche Ehe führten, die sie eigentlich führen wollten. Obwohl er gar nicht so genau sagen konnte, wie die denn aussehen sollte, diese glückliche Ehe. Vor allem in einem Land, das immer mehr in einen kollektiven Wahn abzudriften schien. Er musste daran denken, wie er selbst gestern in der verzückten Masse gestanden und Hitler zugejubelt hatte, und schämte sich.

Einer der Gründe für die Schieflage ihrer Ehe war natürlich Fritze. Und dessen HJ-Begeisterung, die immer mehr zu einer Nazi-Besessenheit wurde. Im Sommer hatte sein HJ-Stamm sogar bei den Krawallen auf dem Ku'damm mitgemischt, wo jüdische Geschäfte beschmiert und jüdisch aussehende Passanten drangsaliert worden waren. Weil Berliner Juden es gewagt hatten, gegen einen antisemitischen schwedischen Film zu protestieren, der in den Ku'damm-Kinos gezeigt wurde. Das Ganze war so ausgeartet, dass Polizeipräsident von Levetzow am Ende seinen Hut hatte nehmen müssen und durch den Potsdamer Polizeichef Helldorf ersetzt worden war.

Fritze hatte sich durch die HJ und seinen Freund Atze in den letzten Monaten immer mehr von seinen Pflegeeltern entfernt, und nichts, weder Charlys rigorose Strenge noch Raths Methode der lockeren Zügel, hatte verhindern können, dass der Junge die Nazis und das, was sie aus Deutschland gemacht hatten, von ganzem Herzen bewunderte.

Der Abschied von Hans Draxler heute morgen war kurz und herzlich ausgefallen. Den nächtlichen Zwischenfall hatte niemand mehr erwähnt. Rath hatte sich noch einmal durch das viel zu üppige Frühstück gekämpft, dann hatte er den Bocksbeutel aus seiner Reisetasche geholt, den er vorgestern schon besorgt hatte. Frankenwein für Franken, das musste doch passen.

»Als kleines Dankeschön. Für Ihre Gastfreundschaft.«

»Aber des wär doch ned nödig g'wese«, lautete Draxlers höfliche Antwort.

»Sie wisse aber fei scho, des wir kaa Alkohol ned drinke?«, sagte seine Frau. Es waren, soweit Rath sich erinnerte, die einzigen Worte, die er all die Tage aus ihrem Mund gehört hatte.

Draxler hatte die Flasche gleichwohl weggestellt, sich bedankt und ihn vor der Tür verabschiedet.

»Auf Wiedersehen, Herr Draxler. Sollten Sie je nach Berlin kommen und Obdach suchen – ich werde mich gerne revanchieren.«

»Berlin? Na, da ziehe mir kaa zehn Pferde hin.« Draxler schüttelte unwillig den Kopf. »Außerdem: Der Führer kommt doch aanmol im Jahr sowieso zu uns – was solle mir Franke da noch no Berlin fahre?«

»Da haben Sie auch wieder recht.«

Diesmal war Rath wirklich auf dem direkten Weg nach Nürnberg gefahren, nachdem er den Wagen gestartet hatte. Nichts hielt ihn mehr in Schwabach. Er kam gut voran, selbst als er die Stadtgrenzen bereits passiert hatte; die Dinge schienen sich heute mehr auf dem Parteitagsgelände abzuspielen, im Luitpoldhain oder auf der Zeppelinwiese. Rath war froh, dass sich Luise Ritter nicht dort mit Fritze verabredet hatte, sondern in einem Café, er hasste solchen Volksfestrummel.

Er parkte auf dem Schlageterplatz am Rande der Altstadt. Dort ließ die Gauleitung gerade einen Neubau errichten, was potentielle Autoknacker abschrecken dürfte, wie Rath hoffte. Dennoch ließ er seine Reisetasche nicht auf dem Beifahrersitz, sondern packte auch sie nach hinten und schloss den Wagen sorgfältig ab.

Am neuen Reichspostgebäude vorbei ging er hinüber in die Altstadt. Kaum hatte er die betreten, schwoll die Zahl der Passanten schlagartig an. Es waren doch längst nicht alle auf dem Parteitagsgelände. Vielleicht gab es ja wieder eine Kundgebung in der Innenstadt, die die Massen anzog, oder der Führer fuhr mit seinem Auto irgendwo durch – es waren jedenfalls wieder eine Menge Uniformierte dabei, überwiegend SA, aber auch einige Hitlerjungen. Die aber, das wusste Rath, waren nicht dienstlich unterwegs, sondern hatten den Tag, den sie zur freien Verfügung hatten, für einen Abstecher nach Nürnberg genutzt.

All diese uniformierten Menschen und diese Spitzweg-Fachwerk-Romantik – irgendwie passte das nicht ganz zusammen, fand Rath. Aber so sah es wohl aus, das Idealbild vom neuen Deutschland. Und er schwamm mit im Strom, der sich zum Stadtzentrum hin schob. Vor einem großen roten Zeitungsschaukasten geriet die Menge ins Stocken, viele Menschen blieben stehen. Ein Stürmerkasten. Natürlich, die gab es nicht nur in Berlin. Die gab es vor allem in der Provinz. Und in Nürnberg sowieso. Denn dieser hier hing, wie Rath jetzt feststellte, direkt vor dem Redaktionsgebäude. *DER STÜRMER, Schriftleitung,* stand auf einer Messingtafel neben dem Eingang. Ob Julius Streicher hinter einem dieser Fenster da oben saß?

Einen derart großen und gepflegten Stürmerkasten hatte Rath in Berlin noch nie zu Gesicht bekommen. Der Inhalt allerdings war genauso schmutzig, pornographisch und verlogen wie immer, daran konnten auch die frisch geputzten Glasscheiben nichts ändern, hinter denen die aktuelle Ausgabe hing.

Die Zeichnung auf dem Titel zeigte ein Heer leichtbekleideter arischer Damen, über das ein sabberndes jüdisches Monster mit spitzen Fingernägeln Geld regnen ließ. *Unaufgeklärt, verlockt vom Gold – Stehn sie, geschändet, in Judassold. Die Seelen vergiftet, verseucht das Blut – In ihrem Schoß das Unheil ruht.*

So wurde heutzutage also gereimt in Deutschland. Überall im Blatt war von *Rassenschande* die Rede, auf jeder zweiten Seite an Steckbriefe erinnernde Porätfotos jüdischer Männer, denen man genau dies vorwarf, ja, überall im Blatt herrschte das übelste Denunziantentum: *Judenknechte*, Menschen also, die nichts anderes getan hatten, als in einem jüdischen Geschäft einzukaufen, wurden mit vollem Namen genannt und an den Pranger gestellt, Geschäfte mit jüdischen Inhabern aufgezählt, und immer wieder die Namen jüdischer Männer, die vermeintlich Rassenschande mit arischen Mädels getrieben hatten; unzählige kleine Meldungen dieser Art aus dem ganzen Land, gemeldet von fleißigen Stürmerlesern. Und hinter allem dräute angeblich eine jüdische Weltverschwörung, gegen die, so legte es ein Artikel dar, Hass die einzig wirksame Waffe sei.

Es wird dem Stürmer, las Rath, *von dummen Menschen der Vorwurf gemacht, er schreibe »zu scharf«. Er schlage eine Tonart an, die für die »Gebildeten« zu hart wäre. In allen Exemplaren des Stürmer lese man fast nichts anderes als Verbrechen der Juden. Niederträchtige und grauenhafte Verbrechen! Es ist nicht die Schuld des Stürmer, wenn er solche Dinge dem Volke sagen muß. Die Schuld trifft den Weltfeind. Würde der Jude nicht Tag für Tag Verbrechen über Verbrechen begehen, würde er nicht lügen, betrügen, schänden und morden, dann müßte der Stürmer schweigen. So aber muß er dem deutschen Volke die Wahrheit über jene Rasse künden, deren Vater der Teufel ist.*

So rechtfertigte das Blatt den Schmutz, den es verbreitete, so rechtfertigte es sogar den Hass, zu dem es aufrief, als einzig mögliche Reaktion eines jeden guten Deutschen auf die Untaten der Juden. Und ganz gleich, welche Verleumdungen, Gerüchte und Lügen die Redaktion als Wahrheit verkaufte – die Leute, die hier standen, am Stürmerkasten mitten in Nürnberg, schienen es zu glauben. Andächtig standen sie da und lasen und nickten und schüttelten den Kopf.

»So kann es nicht weitergehen«, empörte sich plötzlich einer, und alle schauten ihn an. »Es wird Zeit, dass der Führer der grassierenden Rassenschande endlich Einhalt gebietet!«

Rath hörte zustimmendes Murren, mehr nicht. Vielleicht, weil der Stürmerleser seine Forderung mit einer gelinden Kritik an Adolf Hitler verbunden hatte und sich niemand in die Nesseln setzen wollte.

Die meisten nahmen den Zwischenruf zum Anlass und gingen weiter, machten den nachdrängenden Menschen Platz. Rath ging mit und bog links ab in die Breite Gasse. Hier waren deutlich weniger Menschen unterwegs, der Hauptstrom schob sich weiter zur Pegnitz und zum Adolf-Hitler-Platz. An die eitle Unsitte der Nazis, sich schon zu Lebzeiten in so gut wie jeder deutschen Stadt mit Straßennamen ehren zu lassen, würde Rath sich nie gewöhnen. Nach seinem Verständnis sollte ein Mensch, der auf einem Straßenschild verewigt wurde, zumindest tot sein. Aber das konnte man heute ja auch nicht laut sagen, das wäre als Mordaufruf missverstanden worden.

Der Namenspatron der Ludwigstraße jedenfalls war so tot, wie es sich gehörte. Rath suchte die Adresse, die seine Schwiegermutter ihm aufgeschrieben hatte, doch bevor er die Hausnummer finden konnte, sah er die Leuchtreklame. *Konditorei Café Beer* stand in großen Buchstaben an der Fassade. Rath schaute durch das Fenster, und tatsächlich: Da saßen sie. Fritz in vollem HJ-Ornat vor einem riesigen Stück Apfelkuchen, und daneben eine Luise Ritter, die sichtlich stolz war auf den properen Hitlerjungen an ihrer Seite. Rath betrat den Gastraum, wollte sich eigentlich unbemerkt anschleichen, aber Fritze hatte ihn schon bemerkt.

Der Junge ließ die Kuchengabel fallen und stand auf.

»Mensch, ick gloob's nich! Wat machsen *du* hier?«

Rath glaubte es auch nicht. Luise Ritter hatte tatsächlich den Mund gehalten und nichts verraten.

»Was ich hier mache? Meinen Jungen besuchen, was denn sonst?«

Fritze kam ihm entgegen und schlang seine dünnen Arme um Raths Brust. Der Junge schien richtig gerührt zu sein, er versteckte sein Gesicht, und Rath glaubte zu wissen warum, denn als er kurz zu ihm hinaufschaute, konnte er einen kleinen, kaum merklichen Tränenglanz erkennen. Er hütete sich, den Jungen darauf anzusprechen, Tränen waren für Fritze das Schlimmste. Und auch Rath merkte, dass ihn die plötzliche Umarmung des Jungen mehr rührte als erwartet.

Verdammt, wäre das hier ein ganz normales Pfadfinderlager, dann wäre auch Charly mitgekommen, und sie hätten sich ein paar schöne Tage in Nürnberg gemacht und alle beide den Jungen besucht und zu einem Eis oder Kakao und Kuchen eingeladen. War es aber nicht. Es war ein HJ-Zeltlager. Und der Reichsparteitag der NSDAP.

Rath nahm sich vor, das für eine Weile zu vergessen. Es freute ihn, den Jungen glücklich zu sehen, das war die Hauptsache.

Sie setzten sich an den Tisch, und Fritze machte sich wieder über seinen Kuchen her.

Rath zündete sich eine Zigarette an.

»Mein Gott, bist du so ausgehungert?«, sagte er. »Gibt's bei der HJ nichts? Oder kocht ihr selber?«

»Ne, zum Glück nicht. Wir schnippeln nur Kartoffeln oder so. Den Rest machen die Küchenbullen. Wir haben da einen, der ist echt knorke. Wat der allet aus der Gulaschkanone zaubern kann!«

»Nur keinen Apfelkuchen.«

»Ne, Apfelkuchen und Kakao natürlich nich. Jedenfalls nich im Lager. Aber auf der Zeppelinwiese jibt's allet. Allen möglichen Süßkram. Lebkuchen, Zuckerwatte, was du willst. Musste nur Jeld haben, und Jeld hab ick keens mehr.«

»Na, wie wär's mit ein bisschen extra Taschengeld?« Rath griff in seine Brieftasche und gab dem Jungen einen Fünfer.

»Mensch, Gereon, danke!«

Die Bedienung kam, und Rath orderte einen Kaffee.

»Ich soll dich auch schön von Charly grüßen«, sagte er dann zu Fritze.

Sofort verfinsterte sich das Gesicht des Jungen.

»Danke«, sagte er.

Rath räusperte sich. »Sie hat dich wirklich gern, weißt du? Und vermisst dich kolossal. Willst du ihr nicht mal ne Karte schreiben? Einfach nur ein paar Grüße?«

»Aber sie findet det doch allet dämlich, wat ick hier mache. Die würd doch durchdrehen, wenn se mir hier sehen würde in Uniform. Und dann noch tausend andere Hitlerjungen. Und die janzen Fahnen und allet!«

»Du tust ihr unrecht. Du kannst ihr doch nicht vorwerfen, dass sie kein Nazi ist. Aber natürlich möchte sie wissen, wie's dir geht. Sie hat dich lieb.« Er griff in seine Tasche. »Und deswegen hat sie was für dich besorgt.«

Fritze schaute ungläubig auf das bunte Papier. »Een Jeschenk?«

Rath nickte. »Damit dir nicht langweilig wird.«

Der Junge riss das Papier weg und hielt ein Buch in der Hand. *Das fliegende Klassenzimmer.*

»Mensch, det is ja knorke! Endlich wieder Lesestoff.«

Luise Ritter rümpfte die Nase.

»Erich Kästner? Ist der nicht verboten?«

»Nicht die Kinderbücher«, entgegnete der Junge.

Rath wusste nicht, wer von beiden recht hatte. Aber dass Charly ein Buch aussuchte, das nicht verboten war, jedoch von einem verbotenen Autor stammte, das passte zu ihr.

»Jedenfalls sollte ich dir das unbedingt mitbringen«, sagte er.

Fritze schaute ihn an. »Meinst du wirklich, sie freut sich über 'ne Karte?«

»Das meine ich nicht nur, das weiß ich.«

»Na, dann schreib ick ihr. Wird aber nich ohne HJ abjehen.«

»Hauptsache, sie weiß, wie du so lebst.«

Der Kaffee kam, und Rath trank einen Schluck. Schmeckte besser als der bei den Draxlers.

»Und du, Gereon«, fragte der Junge.

»Wie?«

»Willst *du* denn gar nich wissen, wie ick hier so lebe?«

»Natürlich. Erzähl doch mal.«

»Wie wär's denn, wenn ick's dir zeije?«

»Wie?« Rath wedelte das Streichholz aus.

»Komm doch eenfach mit zum Zeltlager. Du wirst staunen, wie riesig det is. Wieviele wir sind.«

Rath überlegte. So ein Abstecher passte ihm zwar nicht wirklich in den Kram, andererseits war es noch früh am Tag, da könnte er ruhig auch Fritze noch ein Stündchen gönnen. Er merkte, wie gut er sich fühlte, dass der Junge ihn an seinem Abenteuer teilhaben lassen wollte.

»Hm, lässt sich einrichten. Dann fahren wir aber mit dem Auto, ich muss dann gleich weiter nach Berlin. Und du gehst nach hinten in den Notsitz, deine Oma sitzt vorne.«

»Nein, nein, Gereon! Lass den Jungen ruhig vorne sitzen, das macht er doch so gern. Ich kann sowieso nicht mitkommen, wir haben gleich eine DFW-Versammlung.«

»Ach? Das ist ja schade ...«

Raths Bedauern kam nicht gerade aus tiefstem Herzen, eigentlich war ihm das ganz recht, so konnte er sich von seiner Schwiegermutter schon einmal verabschieden.

Das taten sie denn auch kurz darauf, Fritze hatte es eilig, aus dem Café heraus und zurück ins Lager zu kommen. Strammen Schrittes marschierten sie zum Auto.

»Mensch, wie lang is det her«, sagte Fritze, als er auf dem Beifahrersitz Platz genommen hatte. »Det letzte Mal haste mir in Berlin zur Verabschiedung jefahren, und nu sitz ick wieder hier neben dir, nur det du mit dem Auto zum Parteitach jekommen bist und icke zu Fuß.«

Er genoss es sichtlich, wieder Auto zu fahren.

»Braun bist du geworden«, sagte Rath.

»Wenn de so'n paar Wochen immer nur draußen bist, kommt det von janz alleene, wir sind alle braun wie die Neger. Bewegung an der frischen Luft. Tut jut.« Er fixierte Rath. »Sollteste vielleicht ooch mal probieren.«

»Na, für die HJ bin ich ja wohl zu alt.«

»Ersten jeht frische Luft ooch ohne Uniform. Und zweetens sind unsere Oberbann- und Stammführer jenauso alt wie du.«

»Na, dafür eigne ich mich erst recht nicht.«

Fritze musterte ihn. »Du bist wirklich keen Typ für Uniformen, wa?«

»Ich fürchte nein. Vielleicht passe ich deswegen so schlecht ins neue Deutschland.«

»Du passt schon janz jut. Ihr müsst euch nur nich immer so anstellen, du und Charly. Man muss ja nich unbedingt in der Partei sein oder so. Hauptsache, alle helfen mit, unsere Volksjemeinschaft neu aufzubauen.«

Der Junge klang richtiggehend idealistisch.

»Das Schöne ist doch«, fuhr er fort, »dass es in Deutschland jetzt keenen Standesdünkel mehr jibt. Janz jleich, wer de bist und wo de herkommst: Wenn du fleißig und tapfer bist, kannst du allet werden.«

»Na, so ganz egal ist es eben nicht. Juden können zum Beispiel nichts mehr werden, egal wie fleißig und tapfer sie sind.«

»Aber doch nur in Deutschland. Die jehören hier eben ooch nich hin. Sollen se doch nach Palästina jehen und da fleißich und tapfer sein.«

»Viele haben für Deutschland im Krieg gekämpft, die sind patriotischer als so mancher christliche Deutsche.« Rath räusperte sich. Er hätte nicht für möglich gehalten, dass der Junge schon so dachte wie ein richtiger Nazi. »Ich habe jedenfalls nichts gegen Juden«, fuhr er fort. »Habe mit vielen ehrlichen und fleißigen und tapferen jüdischen Kollegen zusammengearbeitet. Nur sind die jetzt leider nicht mehr da.«

»Ick hab ja ooch nüscht gegen Juden! Die jehören bloß nich in unsere Volksjemeinschaft, det is allet. Ick will denen doch nüscht.«

Rath gab es auf, noch länger auf dem Thema herumzureiten.

Fürth lag näher an Nürnberg als gedacht, die beiden Städte gingen beinahe nahtlos ineinander über. Sie fuhren durch irgendwelche Industriegebiete, und Rath bekam überhaupt nicht mit, wann sie Nürnberg verlassen und wann Fürth erreicht hatten. Irgendwann wurden die Fabriken wieder weniger, das war alles. Er folgte Fritzes Anweisungen und parkte.

»Hier isses«, sagte der Junge. »Da hinten jeht's rin.«

Das HJ-Zeltlager befand sich ziemlich zentral in einer Grünanlage am Ufer der Pegnitz.

»Wie kommt ihr denn von hier nach Nürnberg?«, fragte Rath. »Alles zu Fuß?«

Fritze grinste. »Ne. Marschiert sind wir genug. Von hier is nich weit zum Bahnhof. Is übrigens die erste Eisenbahnstrecke Deutschlands.«

Rath zog die Augenbrauen hoch und nickte anerkennend. Der Wissensdurst des Jungen, der Jahre auf der Straße gelebt hatte, erstaunte ihn immer wieder.

Im Schatten eines Baumes stand ein älterer, vielleicht siebzehnjähriger Hitlerjunge auf dem Posten.

»Für Unbefugte kein Zutritt«, sagte er, als Rath mit Fritze auf das Gelände spazieren wollte. Es klang, als wolle er eine Schlägerei anfangen.

»Mensch Kopper! Det is mein Oller! Will ihm nur mal eben det Lager zeigen.«

»Und wenn's der Kaiser von China wäre: Zutritt nur für Angehörige der Hitlerjugend oder anderer Organisationen der nationalsozialistischen Bewegung.«

»Ich bin Kriminalbeamter, reicht das?«, sagte Rath und zeigte seinen Dienstausweis.

Hitlerjunge Kopper prüfte den Ausweis so gründlich, als handele es sich um eine Grenzkontrolle.

»Na gut«, sagte er schließlich, und Rath spürte, wie der kleine Mistkerl die Macht genoss, die ihm sein Posten verlieh. Auf solche Hausmeisterinstinkte setzten die Nazis überall, und der Erfolg gab ihnen recht.

Als sie um die Ecke bogen, wo die ersten Zelte standen, öffnete sich ihnen ein Blick über das ganze Gelände. Rath war beeindruckt, das HJ-Zeltlager wirkte so ordentlich, die Zelte so akkurat im exakt gleichen Abstand aufgestellt, dass es schien, als sei hier eine kleine Zeltarmee zum Appell angetreten.

»Alle Achtung«, sagte Rath. »Das sieht ja aus wie von einem Architekten geplant, eine richtige Zeltstadt.«

»So muss det sein«, sagte Fritze. »Wir sind ja hier nich bei den Hottentotten.«

»Und wie habt ihr das so ordentlich hinbekommen?«

Fritze grinste. »Da kennt der Hitlerjunge ein paar Tricks.«

»Und der Oberbannführer auch«, ergänzte eine Männerstimme.

Rath schaute sich um und erblickte einen uniformierten Mann in kurzen Hosen, der gerade aus einem größeren Zelt trat. Braungebrannt wie alle hier.

»Herr Rademann«, sagte Rath, »Wie klein die Welt doch ist!«

Wilhelm Rademann wohnte in ihrer Nachbarschaft in Charlottenburg und war der Vater von Fritzes bestem Freund. Sowie der HJ-Führer der beiden. Rademanns Sohn allerdings hatte nicht mit nach Nürnberg gedurft, so hatte Fritze es eines Abends erzählt, als sie in der Carmerstraße beim Abendbrot saßen. Und hatte dabei ziemlich traurig geklungen. Umso stolzer war er jedoch darauf, dass er, Friedrich Thormann, zu den wenigen Auserwählten gehörte, die am Marsch teilnahmen.

»Heil Hitler«, sagte Rademann und ließ seinen rechten Arm emporschnellen, was Fritze zackig und beinahe noch im selben Augenblick erwiderte.

»Heil Hitler, Oberbannführer!«

Rath machte notgedrungen ebenfalls Männchen, allerdings mit einiger Verzögerung.

»Hei'tler.«

»Schön, dass Sie nach Nürnberg kommen konnten, Ihren Jungen zu besuchen«, sagte Rademann. »Fritze hat davon gar nichts erzählt.«

»War auch eine Überraschung. Hatte noch Überstunden abzufeiern und konnte mir eine Woche frei nehmen. Gleich geht's aber wieder zurück nach Berlin.«

»Aber der Parteitag hat doch gerade erst angefangen.«

»Ich habe sowieso keine Karten mehr bekommen, ist doch alles ausgebucht. Auch die Hotels. Wollte vor allem den Jungen besuchen.«

»Das ist löblich, aber wissen Sie, das sollten Sie nicht hier auf dem Gelände tun; das Zeltlager ist eigentlich nur für Mitglieder der Hitlerjugend gedacht. Damit die Jungen selbständig werden.«

»Keine Sorge, vom Selbständigwerden möchte ich niemanden abhalten. Wollte ja nur mal kurz schauen, Fritze hat soviel davon erzählt. Ist mächtig stolz auf all das hier, der Junge.«

»Ich hoffe, *Sie* sind auch ein wenig stolz, Herr Rath.«

»Auf meinen Jungen oder auf das Zeltlager?«

»Auf die deutsche Jugend.«

»Natürlich.«

»Bleiben Sie doch noch ein wenig, es lohnt sich. Sonnabend ist unser großer Tag. Drüben im Stadion der Hitlerjugend spricht der Führer zu uns. Dann können Sie mal sehen, wie stramm die HJ aufmarschiert. Eine wahre Freude!«

»Wie gesagt, ich habe mich sehr kurzfristig für die Reise nach Nürnberg entschieden und leider keinerlei Eintrittskarte mehr bekommen können. Und ohne kommt man ja nirgends rein.«

»Kein Problem.« Rademann suchte in seinem Uniformhemd und förderte eine ganze Rolle Karten zutage. Er riss eine ab und reichte sie an Rath weiter. »Hier. Da haben Sie einen prima Platz. Da haben Sie Ihren Jungen im Blick und den Führer gleichermaßen.«

»Mensch, det is ja knorke!« Fritze strahlte. »Mensch, Oberbannführer, da danke ich aber recht schön! Kannste noch bleiben, Gereon! Und sehen, was wir da auf die Beine stellen. Wirst staunen!«

»Äh ja.« Rath merkte, dass ein Rückzieher hier nicht möglich war. Nicht ohne Fritze abgrundtief zu enttäuschen. »Vielen Dank, Herr Rademann.«

»Keine Ursache.« Rademann lächelte. »Ich freue mich doch, wenn ich einem Volksgenossen einen Gefallen tun kann. Hören Sie sich an, was der Führer der deutschen Jugend zu sagen hat. Es lohnt sich.«

»Natürlich.«

»Nur jetzt muss ich Sie bitten, unser Gelände zu verlassen, Herr Rath! Es stehen Exerzierübungen an, da sind wir lieber unter uns. Aber am Sonnabend können Sie sich dann ja alles im Stadion anschauen. Die Jungs marschieren schon wie die Großen, das greift ineinander wie ein Uhrwerk, ein prachtvolles Bild.«

»Das hört sich ja toll an«, sagte Rath, der militärischem Drill noch nie etwas hatte abgewinnen können.

»Das ist es auch, Sie werden sehen.« Rademann lächelte und zeigte in Richtung Ausgang. »Wenn Sie uns aber nun bitte verlassen wollen, Herr Rath ... Die Übungen beginnen gleich.«

»Aber sicher.«

Rath lächelte ebenso freundlich, obwohl er sich nicht helfen konnte: Er mochte den Mann nicht, dessen Sohn Fritze in die HJ und zu den Nazis gelockt hatte. Und er hatte den Eindruck, dass Rademann ihn nicht nur wegen der strengen HJ-Regeln aus dem Lager schickte und weil gleich eine Übung anstand, es ging auch darum, dass er Fritze wieder für sich haben wollte. Der Mann war auf eine gewisse Art und Weise tatsächlich eifersüchtig.

50

Sie war die Einzige, die hier aus dem Bus stieg. Einen Moment war sie unsicher, ob sie richtig war, aber diese Haltestelle hatte der Mann ihr genannt, sie hatte es eigens aufgeschrieben. Hatte vor dem Aussteigen sogar den Busfahrer gefragt, ob es die richtige sei. Und der hatte genickt.

»Denn wünsch ick Ihnen mal 'nen schönen Spazierjang, Frollein. Wo soll's denn hinjehen, wenn ick fraaren darf?«

»Weiß noch nicht. Ich werde abgeholt.«

»Na, denn lässt der Herr Galan hoffentlich nicht allzulange auf sich warten, wa?«

Die Tür hatte sich mit einem Pressluftzischen geöffnet, und nun stand sie hier auf der Havelchaussee, mitten im Grunewald. Der Bus entfernte sich und war bald hinter der nächsten Kurve verschwunden, das Brummen des Dieselmotors wurde immer leiser, und dann war das Zwitschern der Vögel und das leise Rauschen des Windes das einzige Geräusch, das sie noch hörte.

Ein schöner Tag, die Sonne schimmerte durch das Blätterdach. An dieser Haltestelle stiegen, wenn überhaupt, nur Ausflügler aus; Menschen, die zum Schildhorn wollten oder zum Grunewaldturm, zum Havelufer oder sonstwohin. Nur gab es zu solch einer Zeit kaum Ausflügler, Donnerstagnachmittag, kurz vor fünf. Irene Schmeling hatte heute ihren freien Tag, deswegen konnte sie es sich erlauben, mitten in der Woche ins Grüne zu fahren. Und ihre Verabredung offensichtlich auch.

Sie hatte keine Ahnung, wer der Mann war. Sie hatte gedacht, mit ihm vielleicht im selben Bus zu sitzen, und schon während der Fahrt sämtliche männlichen Fahrgäste neugierig betrachtet, aber dann war sie doch die einzige geblieben, die ausgestiegen war. Mit dem Auto konnte er nicht kommen, die Havelchaussee war für Privat-Pkw verboten. Aber vielleicht war er ja auch kein Privatmann, vielleicht war er Polizist. Das erschien ihr am wahrscheinlichsten. Der Anrufer hatte seinen Namen nicht genannt, das sei zu riskant, hatte er gesagt, und sie fragte sich, ob es dieser Oberkommissar war, den sie im Präsidium besucht hatte. Oberkommissar Rath. Jedenfalls nicht dieser Kriminalsekretär, Wegener oder so, der ihr die Nachricht von Ferdis Tod überbracht hatte. Der behauptet hatte, ihr Ferdi sei ein Heiratsschwindler. Er hieße gar nicht Ferdinand Heller, sondern Gerhard Brunner.

Der Anrufer aber hatte genau das Gegenteil gesagt. Gerhard Brunner sei kein Heiratsschwindler und vor allem kein schlechter Mensch gewesen. Dass Brunner ihr seinen wahren Namen vorenthalten habe, sich Ferdinand Heller nannte, das habe andere Gründe, aber darüber könne er nicht am Telefon sprechen. Sie müssten sich treffen, er müsse ihr etwas zeigen, das das Geheimnis von Gerhard Brunner erkläre.

Haltestelle Havelweg, hatte er gesagt, also war sie hier ausgestiegen.

Das Geheimnis von Gerhard Brunner. Sie fragte sich, was das sein mochte. Und ob sie es überhaupt wissen wollte. Scheinbar schon, sonst wäre sie an ihrem freien Tag wohl nicht hier rausgefahren, sondern hätte sich mit Dagmar auf eine Tasse Kaffee am Rüdesheimer Platz getroffen.

Sie war ein paar Minuten zu früh. Es gab hier kein Wartehäuschen, keine Bank und nichts, nur das Haltestellenschild und alle paar Meter eine Gaslaterne. Sie hoffte, der Anrufer möge sie nicht allzulange warten lassen. Oder gar versetzen. Sie kramte ihre Lesebrille aus der Handtasche und schaute auf den ausgehängten Fahrplan. Der nächste Bus fuhr in zwanzig Minuten, wenn bis dahin niemand erschiene, würde sie eben wieder nach Hause fahren.

Sie spürte, wie ihr Denken wieder um selbstprophezeite Enttäuschungen kreiste, und zwang sich, die Sache optimistischer anzugehen. Immerhin war sie an ihrem freien Tag hier rausgefahren, das hätte sie doch wohl nicht getan, wenn sie fest damit rechnen würde, wieder versetzt zu werden.

Und außerdem hatte Ferdi sie ja auch gar nicht versetzt, er war einfach in das falsche Taxi ...

Verdammt, reiß dich zusammen!

Seit Wochen hatte sie das Gefühl, nicht mehr klar denken zu können. Seit jenem Tag, an dem sie vergeblich auf ihn gewartet hatte und dabei schier wahnsinnig geworden war. Wie sie sich alleingelassen, ja, von aller Welt verlassen gefühlt hatte und dann doch zur Polizei gegangen war. Was die Raserei in ihrem Kopf nicht hatte beenden können. Auch nicht, als eines Abends Polizisten in Zivil vor ihrer Tür standen und ihr eröffneten, dass der Mann, den sie zwei Tage zuvor als vermisst gemeldet hatte, den sie aber schon vier lange Tage vermisste, so sehr, wie sie noch nie etwas in ihrem Leben vermisst hatte, dass dieser Mann bei einem tragischen Verkehrsunfall ums Leben gekommen sei. Dass er ein Heiratsschwindler sei, nicht wert, dass man auch nur eine Träne um ihn vergieße.

Das sah sie anders. Sie hatte verdammt viele Tränen um ihn vergossen.

Ferdi war tot, daran gab es nichts zu rütteln. Warum war sie dann hier rausgefahren? Versprach sie sich Trost davon, Dinge von ihm zu erfahren, die sie noch nicht wusste? Dass er kein Heiratsschwindler war? Dass er sie doch geliebt hatte? Dass sie eine gemeinsame Zukunft hätten haben können? Hätten haben können. Wenn er nicht in dieses vermaledeite Taxi gestiegen wäre.

Ein Motor, der aus der Ferne heranbrummte, schreckte sie aus ihren Gedanken. War das schon der nächste Bus? Aber das Fahrzeug, das schließlich hinter der von dichtem Wald gesäumten Kurve sichtbar wurde, war kein Doppeldecker der BVG, es war eine dunkle Limousine.

Ihre Verabredung? Sie schaute auf die Uhr, die Zeit passte. Also doch ein Polizist, hatte sie es sich doch gedacht. Jedenfalls jemand Wichtiges. Jemand, der mit dem Auto auf der Havelchaussee fahren durfte. Irene Schmeling löste sich vom Haltestellenschild, in dessen Schatten sie bislang gestanden hatte, und trat näher an die Straße, um ja nicht übersehen zu werden.

51

Rath hatte den Wagen in Fürth noch einmal volltanken lassen, nun fuhr er die Reichsstraße 2 in Richtung Norden und dachte nach. Das generöse Angebot von Rademann und die großen Augen des Jungen hatten seine Pläne durchkreuzt. Fritzes großer Auftritt im Stadion der Hitlerjugend – davor konnte er sich einfach nicht drücken. Aber was zum Teufel sollte er bis dahin tun? Nach Nürnberg zurück, in diese überfüllte Stadt im Nazitaumel, oder gar nach Schwabach? Das kam überhaupt nicht in Frage. Nicht noch einmal in die Fänge von Hans Draxler, nicht in die Höhle des Löwen.

Spätestens Freitag um elf, wenn Scharführer Wegener im Büro von Erich Seitz saß und sich nach den Hinterlassenschaften von Obersturmführer Brunner erkundigte, würde der Diebstahl auffallen, vielleicht aber auch früher. Vielleicht musste Seitz gerade jetzt, just in diesem Moment, wichtige Verträge oder eine Summe Bargeld aus dem Tresor holen. Würde stutzen, wenn er die Leere bemerkte. Würde zu wühlen beginnen, würde nach seiner Sekretärin rufen, würde Zeter und Mordio schreien und schließlich die Polizei alarmieren, sprich: Hauptwachtmeister Draxler. Nein, Schwabach wäre ein Alptraum.

So also fuhr Rath in die andere Richtung, ohne zu wissen wohin. Nur, dass er bestimmt nicht, obwohl alles ihn dorthin zog, bis Berlin fahren würde. Übermorgen musste er wieder in Nürnberg sein, er hatte es dem Jungen versprochen.

Nach einer guten Stunde hielt er im Schatten eines Baumes auf einer Anhöhe, die ihm eine schöne Sicht weit in die schöne Landschaft bescherte. Der richtige Ort zum Nachdenken.

Die Briefe aus Seitz' Tresor hatte er immer noch nicht geöffnet, vorhin vor der Abfahrt nur kurz kontrolliert, ob sie noch da waren, die drei großen braunen Umschläge neben der Anlasserkurbel. Ob das alle Briefe waren, die Gerhard Brunner jemals nach Schwabach geschickt hatte? Jedenfalls mehr als der eine, den Rath in die Post gegeben hatte.

Er stieg aus und holte seine Beute aus dem Fach unter dem Notsitz. Dann setzte er sich bei offener Tür auf den Fahrersitz und steckte eine Overstolz an, inhalierte einmal tief, bevor er sich ans Werk machte. Als erstes öffnete Rath den Umschlag, den er selbst beschriftet hatte. Wie alte Bekannte rutschten ihm die beiden dunkelgrünen Hefter mit den *Geheime-Reichssache*-Stempeln entgegen. Es war wie ein paar Wochen zuvor an der Unfallstelle: Sobald Rath diese Papiere in der Hand hielt, hatte er das Gefühl, mit seinem Leben zu spielen. Als wären sie irgendwie verflucht. Als er sie damals wieder eintütete, mit einem gewissen Gefühl der Erleichterung, hatte er nicht gedacht, sie jemals wiederzusehen.

Nun aber lagen sie auf seinem Schoß. Rath zog die Fahrertür zu und schlug die obere Mappe auf, es war dieselbe, in die er schon am Unfallort hineingeschaut hatte und die ihm einen Schrecken eingejagt hatte, als er auf den Namen Göring stieß. So war es auch jetzt: Bei jedem Satz, in dem der Name auftauchte, durchzuckte ihn ein Schauder. Rath überflog die Seiten nur, las schnell und quer und längst nicht jede Einzelheit, dennoch bestätigte sich der Verdacht, den er spätestens seit seinem Besuch beim SD hegte: In dieser Akte ging es allein um Hermann Göring und niemand anderen; der Reichsminister war das Zielobjekt, wie Geheimdienstler so etwas nannten. Eine Ordnung oder besondere Stoßrichtung war nicht zu erkennen, die Akte führte alles Mögliche auf: Wie oft der Minister sich außerhalb des Büros mit seinem Staatssekretär Erhard Milch traf, mit wem und wann er sich wo zum Essen verabredete, sogar, was er dort aß. Wann er wo auf Reisen gewesen war und in welchem Hotel er abstieg. Nahezu Görings kompletter Terminkalender der vergangenen zwei Monate. Eine beinah lückenlose Überwachung. Bis zum 23. August.

Die zweite Mappe enthielt eine ganze Reihe Umschläge, in denen stapelweise Fotos steckten: Rath öffnete den ersten und blätterte durch die Fotos: Göring, der die Baustelle des Reichsluftfahrtministeriums besichtigt, Göring bei der Jagd, Göring am Rednerpult – Bilder, wie man sie auch aus den Zeitungen kannte, nichts Aufregendes. Interessanter waren da schon die Fotos aus dem nächsten Kuvert, auch wenn sie manchmal unscharf und unterbelichtet waren. Sie zeigten den Minister beim Essen in irgendwelchen Restaurants, aber auch im privaten Kreis, in seiner Dienstvilla an der Leipziger Straße, in seinem Zufluchtsort Carinhall, beim Gespräch mit anderen Personen oder beim Aussteigen aus schwarzen Limousinen. Offizielle Fotos waren das nicht. Rath steckte alles wieder zurück in die Umschläge und blätterte durch die Akte.

Unter den Schriftstücken in dieser Mappe, allesamt Beobachtungsprotokolle aus Görings privatestem Umfeld, fand er auch eine akribische Beschreibung, die schilderte, wie Hermann Göring, der preußische Ministerpräsident und Reichsluftfahrtminister, der Oberbefehlshaber der neuen Luftwaffe, eine Ration Morphium spritzte, ohne sich die Mühe zu machen, dies vor seinem

Personal und seinen Gästen – allesamt enge Freunde und Vertraute – zu verbergen. Sogar das Hirschnappa-Etui, aus dem der Minister seine Spritze holte, fand Erwähnung. Unverhohlen voyeuristisch dann die Beschreibung, wie ausgewechselt der schwächelnde Göring nach der Injektion war, wie er zu alter Kraft fand und die Unterhaltung wieder an sich riss. Minutiöse Beobachtungen, aussagekräftiger als jede Fotografie, die einen offensichtlich Drogensüchtigen schilderten.

Rath schämte sich fast, solche Dinge lesen zu müssen. Das waren privateste Angelegenheiten, die niemanden etwas angingen. Und er ahnte, wem Brunner solche Informationen zu verdanken hatte: einer Sekretärin namens Irene Schmeling.

Er schüttelte den Kopf. Dass ausgerechnet Hermann Göring Opfer einer solch massiven Bespitzelung geworden war, entbehrte nicht einer gewissen Ironie, war der Reichsminister und Chef der preußischen Polizei doch selbst dafür bekannt, das von ihm schon im April 33 gegründete Forschungsamt im preußischen Staatsministerium für Spitzeldienste einzusetzen.

Obwohl Rath wusste, dass der SD Göring überwachte, hätte er niemals gedacht, dass diese Überwachung derart weit ging. In diesen Dossiers ging es am allerwenigsten um politische oder nachrichtendienstliche Informationen, es war vor allem eine Sammlung mehr oder weniger schmutziger Wäsche: Drogensucht, Korruption, Vetternwirtschaft, alles, was man hatte finden können. War der SD übers Ziel hinausgeschossen und musste die Akten deshalb so gut verstecken? Aus Angst davor, Görings Forschungsamt könne Wind davon bekommen? Wobei Rath auffiel, dass aus der Akte selbst tatsächlich überhaupt nicht hervorging, wer sie angelegt oder auch nur die Überwachung angeordnet hatte. Er fand nichts, keine Unterschrift, keinen Briefkopf, keinen Stempel. Außer dem einen: *Geheime Reichssache.*

Sollte Göring davon erfahren haben, dass man ihn bespitzelt, hätte er also durchaus ein Motiv gehabt, den SD-Mann Brunner aus dem Weg räumen zu lassen. Doch diese Erkenntnis half Rath nicht weiter, denn ein Bindeglied zwischen den beiden Fällen, dem aus dem Jahre 1927 und dem aus dem Jahr 1935, konnte der Reichsminister schwerlich sein. Schwer vorstellbar, dass Göring den Tod eines Ringbruders angeordnet hatte, das sah doch eher nach Unterweltkrieg aus. Und so skrupellos der Minister auch sein mochte, ein Bestandteil der Berliner Unterwelt war er dann nun doch nicht. Aber was sonst zum Teufel verband den Tod des SD-Mannes Gerhard Brunner mit dem Tod des Schränkers und Berolina-Chefs Adolf Winkler acht Jahre zuvor? Welchen gemeinsamen Feind könnten Brunner und Winkler gehabt haben? Oder stimmte Böhms ganze Theorie nicht, sah der Mann schlicht und einfach Gespenster?

Böhm vermutete, dass Hugo Lenz für Winklers Tod verantwortlich war, weil er die Berolina nach dem Tod des Vorsitzenden übernehmen wollte. Cui bono. Zweifellos nutzte auch Göring der Tod des SD-Mannes, der ihn bespitzelte. Aber hatte er wirklich einen todkranken Taxifahrer instrumentalisiert und zur Mordwaffe gemacht?

Ein Ringbruder und ein Reichsminister, das passte doch nicht zusammen. Oder doch? Rath hoffte die Antwort irgendwo in den übrigen Akten zu finden. Er riss den nächsten Umschlag auf.

Als die Sonne unterging und das Licht nachließ, hatte er sich durch die meisten Akten geblättert, doch auf irgendeinen Anhaltspunkt war er nicht gestoßen. Außer dass er jetzt wusste, warum Brunner die Dossiers an seinen Schwager geschickt hatte, anstatt sie im Prinz-Albrecht-Palais zu deponieren. Man hatte Göring nämlich ein paarmal bei Treffen mit Polizeileutnant Kurt Pomme fotografiert, dem Adjutanten von Gestapo-Chef Heydrich, eben jenem Polizeileutnant, über den Sturmbannführer Sowa sich so echauffiert hatte. Pomme schien so etwas wie Görings U-Boot in Heydrichs Behörde zu sein. Nur dass dieses U-Boot jetzt entdeckt war. Und die Geheimdossiers über Göring deshalb im Prinz-Albrecht-Palais nicht mehr sicher.

Und diese Dossiers hatten es wirklich in sich. Es gab so gut wie keinen Aspekt aus dem Leben von Hermann Göring im vergangenen halben Jahr, und sei er noch so schmutzig, der in den Akten nicht aufgeführt war. Selbst Gerüchte wurden aufgegriffen und so minutiös geschildert, als habe Brunner die Dinge selbst erlebt und sich nicht von zum Teil zweifelhaften Informanten erzählen lassen. Dass Göring im Morphiumrausch schon einmal einen Diener verprügelt habe etwa, oder dass sein Staatssekretär Milch, der wichtigste Mann in seinem Luftfahrtministerium, Halbjude sei. Sogar eine Affäre mit der Schauspielerin Käthe Dorsch wurde dem Reichsminister angehängt, obwohl ein paar Seiten zuvor Belege für Görings Impotenz aufgeführt und aufs Widerlichste ausgeschmückt worden waren. Man feuerte von allen Seiten.

Aber das Interessanteste für Rath, die einzige Stelle, an der er innehielt, war, dass Göring von böswilligen Weggefährten auch Kontakte zur Berliner Unterwelt nachgesagt wurden, und das in einem Land, dessen Regierung doch stets behauptete, sie hätte das Berufsverbrechertum mehr oder weniger ausgerottet.

Ob da was dran war? Ob Göring den schmierigen Ganoven und Ringbruder Hugo Lenz gekannt hatte? Rath vermochte sich das einfach nicht vorzustellen. Die Nazis und Ringvereine, das passte nicht zusammen; Lenz und seinesgleichen hatten sich eher dem kommunistischen Milieu verbunden gefühlt.

Während er darüber nachdachte, schoss ihm ein Bild durch den Kopf, doch bevor er es fassen konnte, war es wieder weg. Da war etwas. Etwas, das er vor kurzem gesehen hatte. Er versuchte, es wieder heraufzubeschwören, doch je mehr er es zu fassen versuchte, desto mehr entzog es sich ihm, und schließlich gab er auf. Wenn es wichtig war, würde es ihm schon wieder einfallen.

Er stieg aus und legte die Akten zurück unter die Anlasserkurbel. Es dämmerte bereits, und er war todmüde. Zeit, sich um eine Unterkunft zu kümmern. Er wollte nicht schon wieder eine Nacht im Auto schlafen und am nächsten Morgen vom Dorfgendarm geweckt werden.

Als Rath erwachte, schien die Sonne in sein Zimmer, und er wusste im ersten Augenblick nicht, wo er sich befand. Bis es ihm wieder einfiel. Er hatte gestern Abend einfach den nächstbesten Ort auf der Reichsstraße angesteuert, der kurz hinter einer menschenleeren Autobahnbaustelle auf einer Anhöhe lag. Das Städtchen hieß Pegnitz, wie der Fluss in Nürnberg.

»Bei uns is eigentlich seit Monaten alles ausgebucht. Die Herren Ingenieure, die derunten bei Neudorf die Reichsautobahn bauen«, hatte der Wirt des Gasthofs *Zum Weißen Lamm* erklärt, in dem Rath nach einem Zimmer für die Nacht gefragt hatte. Er hatte sich schon in sein Schicksal gefügt, nie in seinem Leben im Frankenland ein Hotelzimmer zu bekommen, da hatte der Mann noch hinzugefügt: »Aber heid san die Herren alle in Nämberch beim Parteitaach. Da hat der Reichsarbeitsdienst sei Auftritt.«

Rath setzte sich im Bett auf und streckte sich. Er hatte wirklich gut geschlafen, viel besser als bei den Draxlers. Und besser als im Auto sowieso. Er hatte die Gelegenheit genutzt, um seine Reisetasche einmal auszupacken und seine Sachen durchzulüften und die zerknitterten Hemden auf den Bügel zu hängen und zu straffen. Sahen schon wieder ganz ordentlich aus.

Nach dem Frühstück spazierte er durch den Ort, als wäre er ein Sommerfrischler, und schaute sich um. Pegnitz hatte einen schmucken Marktplatz, in dessen Mitte ein kleines historisches Rathaus stand (natürlich Fachwerk), ein neobarockes Kirchlein und vor allem eine landschaftlich reizvolle Umgebung. Die perfekte Sommerfrische. Er wartete bis neun, dann betrat er das kleine Postamt und meldete ein Ferngespräch nach Berlin an. Der Mann am Schalter, der Ärmelschoner trug, etwas, das Rath ewig nicht gesehen hatte, wies ihm eine holzgetäfelte Kabine zu.

Es dauerte nicht lange, dann meldete sie sich. Wie gut es tat, ihre Stimme zu hören.

»Charlotte Rath, Kanzlei Scherer und Blum.«

»Hier ist Al Capone, Chicago. Sagen Sie Rechtsanwalt Scherer, er muss mich raushauen, ich sitze unschuldig im Knast!«

»Gereon?«

»Hey! Dir kann man wirklich nichts vormachen!«

»So kindisch ist auch sonst niemand, den ich kenne.«

»Hoffe, ich störe nicht. Wollte mich nur mal melden bei dir. Fragen, wie's dir so geht.«

Sie klang erstaunlich kühl. »Wie soll's gehen? Allet wie immer. Und bei dir?«

»Hab den Jungen getroffen. Ihm geht's gut, ist braungebrannt. Soll dir schöne Grüße von ihm ausrichten.«

»Wirklich?«

»Ja, wirklich, Charly. Er hat sich riesig über das Buch gefreut. Und er vermisst dich, ob du's glaubst oder nicht.«

»Und du?«

»Na, was wohl? Ich vermiss dich auch. Frag nicht so.«

Das Schweigen am anderen Ende der Leitung verhieß nichts Gutes.

»Du bist jetzt schon seit Montag in Nürnberg. Was zum Teufel machst du da den lieben langen Tag? Lebkuchen essen? Oder gehst du auf diesen verdammten Parteitag? Und schwenkst schön dein Fähnchen, wenn der Führer dich anguckt?«

»Mensch, Charly, ich war noch kein einziges Mal auf diesem blöden Parteitag, den Jungen habe ich in Nürnberg in einem Café getroffen. Zusammen mit deiner Mutter.«

»Schön. Und was hast du die übrigen Tage gemacht?«

»Alles Mögliche, was weiß ich?! Ich habe unseren Jungen besucht, verdammt! Deine Mutter durch die Gegend kutschiert. Mir die Stadt angeschaut. Und ansonsten eben die Zeit totgeschlagen.«

»Es gibt sinnvollere Dinge, die man mit der Zeit tun kann.«

»Ich weiß. Und wenn du hier wärest, wüsste ich auch welche.«

»Du bist wirklich unverbesserlich.«

»Ach Charly, ich habe einfach Sehnsucht nach dir. Wärst am besten mitgekommen.«

»Wenn du Sehnsucht hast, dann komm nach Hause.«

»Ich wär doch schon längst zuhause, aber … Ich muss noch etwas länger bleiben. Samstag ist der große Tag der HJ, dann steht Fritze mit seinen Kumpels vor dem Füh… vor Hitler.«

Charly tat ihm nicht den Gefallen zu antworten.

»Ich habe dem Jungen versprochen, dabei zu sein«, fuhr er fort. »Sein HJ-Führer hat mir eine Karte gegeben, da konnte ich nicht ablehnen.«

»Rademann?«

»Ja.«

»Schön, wenn man Freunde in der Fremde trifft.«

»Was soll das denn heißen? Ich mag den Kerl genausowenig wie du. Aber was sollte ich denn machen? Der Junge stand daneben. Sagen: *Vielen Dank, Herr Rademann, aber das interessiert mich nicht, was mein Junge in Ihrer Scheiß-HJ macht?*«

»Vielleicht hättest du einfach sagen können, dass du in Berlin einen dringenden Termin hast und zurückmusst.«

»Hätte ich sagen können. Hab ich aber nicht. Nicht jeder ist so schlagfertig wie du. Du musst nicht glauben, dass ich mir nichts Schöneres vorstellen kann, als am Samstagmorgen Adolf Hitler zuzuhören.«

»Dann tu's auch nicht. Komm nach Hause.«

»Ach Charly, das kann ich dem Jungen nicht antun. Wenn ich da nicht hingehe, breche ich ihm das Herz.«

Wieder eine Weile Schweigen. »Vielleicht hast du ja recht«, sagte sie dann.

»Ich fahre morgen sofort nach der Veranstaltung los, dann bin ich am Abend noch bei dir.«

»Dann grüß den Jungen von mir. Ich muss jetzt wieder an die Arbeit.«

Rath fühlte sich erleichtert, als er einhängte. Das Gespräch war vielleicht nicht in jeder Hinsicht bestmöglich gelaufen, aber wenigstens hatte er es hinter sich gebracht.

Als er zurück ins Hotel ging, das gleich neben der Post lag, fing ihn der Wirt schon in der Halle ab.

»Entschuldigen's der Herr. Gut, dass i Sie treff. Aber Sie müssen's Ihr Zimmer räumen. Wir erwarten den Herrn Ingenieur Conradi jeden Augenblick zurück, bis dahin müssen mir's wieder herrichten.«

»Aber natürlich.«

Rath hatte völlig vergessen, dass er das Zimmer nur für eine Nacht bekommen hatte. Und nun wieder obdachlos war.

»I hab die Resi angewiesen, Ihre Sachen schon amal zu packen, damit's anfange kann. Da steht Ihre Taschen.«

Rath hatte gestern überlegt, ob er die Akten mit aufs Zimmer nehmen sollte, um noch ein wenig darin zu blättern; nun war er froh, sie im Auto gelassen zu haben.

»Und Sie können mir wirklich kein anderes Zimmer geben?«

»Unmöglich. Die Herren Autobahningenieure kommen's heid alle zurück. Und die wohne scho seid Monade im Weißen Lamm, die kann i ja ned einfach ...«

»Natürlich nicht. Ich dachte ja nur. Eine einzige Nacht noch.«

»Tut mir leid. Vielleicht finden's was in Bayreuth.«

»Was soll ich in Bayreuth? Ich muss morgen früh nach Nürnberg.«

Der Wirt zuckte die Achseln. »Da wünsch ich Ihnen viel Glück. Des macht dann acht Mark bitte.«

Rath zückte sein Portemonnaie. Die wollten ihn tatsächlich loswerden hier, er hatte seine Schuldigkeit getan. Nachdem er ihnen acht Mark unerwartete Einnahmen gebracht hatte.

Rath bezahlte, verzichtete auf ein Trinkgeld, das er unter anderen Umständen sicher gegeben hätte, und brachte seine Reisetasche ins Auto. Dann zündete er sich erst einmal eine Zigarette an und überlegte. Irgendwie stand er mit der fränkischen Hotellerie auf Kriegsfuß, daran gab es nun nichts mehr zu deuten.

52

Man konnte wirklich sagen, dass sie die Woche genutzt hatte. Sie war in der chinesischen Botschaft gewesen, im Kolonialverein, hatte mit Tsingtau telefoniert und war nach Marlow gefahren.

Sie hatte alles getan, um an Dokumente für Liangs Herkunft zu kommen, aber außer seiner Geburtsurkunde hatte sie nach wie vor nichts in der Hand.

Weil es nichts gab. Weil es im Krieg vernichtet worden war.

Nur das Gerücht, dass Liang Kuen-Yao ein Bastard sei, gezeugt vom Chef seiner Mutter oder dessen Sohn, hatte alle Kriegswirren überlebt und sogar die Überfahrt nach Deutschland. Charly hatte beschlossen, dem nicht weiter nachzugehen und Liang nichts davon zu erzählen. Weil es sie in der Sache, Liang die chinesische Staatsbürgerschaft zu verschaffen, auch nicht weiterbringen würde, ganz im Gegenteil.

Viel hilfreicher hingegen war die Information, dass es Japaner waren, die nach dem Abzug der deutschen Kolonialherren im Gouverneurspalast gewütet und dort wichtige Papiere verbrannt hatten. Charly hoffte, dass diese Erklärung die chinesische Botschaft überzeugen würde, auch wenn Liang nicht alle nötigen Dokumente beibringen konnte.

Also saß sie in der Kanzlei *Blum & Scherer* und formulierte auf deren Briefpapier den Einbürgerungsantrag für ihren Mandanten Liang Kuen-Yao. Natürlich war es nicht ihr Mandant, sie war schließlich keine Anwältin, aber sie wollte den Brief auch nicht unterschreiben, das sollte Guido tun. Mit ein wenig anwaltlicher Autorität, da war Charly sicher, hätte der Antrag mehr Chancen auf zügige Bearbeitung, als wenn er von einer dahergelaufenen Frau gestellt würde, die einem chinesischen Freund einen Gefallen tat. Genau diesen Eindruck würde der Antrag nämlich erwecken, auch wenn sie ihn Wort für Wort so formulieren würde, wie sie es nun auf dem Kanzleipapier tat.

Sie hatte lange gebraucht, um Guido zu überzeugen, quälend lange. Natürlich war er noch ein wenig verschnupft wegen des Autos. Nicht aller Staub, den sie aus Marlow mitgebracht hatte, war auf der Rückfahrt nach Berlin verflogen. Ansonsten aber war der Mercedes unversehrt. Und sie hatte ihn sogar volltanken lassen, bevor sie ihn Guido wieder vor die Tür stellte, dabei hatte sie den Wagen nur halbvoll übernommen.

Aber dass er sich so anstellte wegen der Unterschrift, dass er sich erst nach einem quälenden Disput dazu bereiterklärte, dass er es sich selbst dann nicht verkneifen konnte zu betonen, dass er das nicht gerne mache, sondern nur, weil es Charly so wichtig sei – so etwas hatte es früher nicht gegeben. Da hatte er ihr einen Gefallen getan, wenn es nötig war, ohne groß darum herumzureden. Kein gutes Zeichen für die Entwicklung ihrer Freundschaft.

Aber die war ihr vorerst egal. Hauptsache, er unterschrieb. Charly nahm sich den Brief noch einmal vor und las ihn durch. Zunächst hatte sie den eigentlichen Einbürgerungsantrag formuliert und in knappen Worten darauf hingewiesen, warum es geradezu zwingend sei, Liang Kuen-Yao die Staatsbürgerschaft seiner Vorväter zuzuerkennen, sei er doch in Tsingtau geboren, spreche fließend Mandarin und habe sich in Deutschland als erfolgreicher Geschäftsmann (gut, bei dieser Lüge hatte sie ein wenig über ihren Schatten springen müssen) hervorgetan, der seine Übersiedelung nach China plane, um dort eine Familie zu gründen und ein Unternehmen aufzubauen. Hatte dann alle Umstände geschildert, die dazu geführt hatten, dass wichtige Papiere fehlten, hatte auf die Geburtsurkunde verwiesen und genauestens erklärt, warum es nicht möglich war, von den verstorbenen Eltern Liang Kuen-Yaos Papiere beizubringen, auch nicht zu erwähnen vergessen, dass japanische Soldaten bei der Besetzung der Stadt zahlreiche Akten der alten deutschen Kolonialherren vernichtet hatten.

Der Brief las sich gut, und sie war ein kleines bisschen stolz auf sich. Sie würde gleich eine Kopie tippen und ihn Guido zur Unterschrift vorlegen, dann ginge er heute noch in die Post. Alles in allem hatte sie keine dreißig Arbeitsstunden gebraucht, an Unkosten nur die Telefonrechnung und die Benzinkosten, dafür waren achthundert Mark doch eine verdammt gute Bezahlung. Sie wunderte sich, dass sie keinerlei schlechtes Gewissen hatte, aber irgendwie fühlte sie sich inzwischen, als habe sie jeden Pfennig dieser Summe verdient.

Während Gereon in der Weltgeschichte herumgondelte statt zu arbeiten und das Geld aus dem Fenster warf. Sie wollte nicht wissen, was er allein an Hotelkosten so ansammelte, von den Benzinkosten ganz zu schweigen. Und das nur, um den Jungen zu besuchen? Das konnte er ihr doch nicht erzählen.

Und dann rief er auch noch an, um ihr mitzuteilen, dass er ein paar Tage länger bleibe. Angeblich auch wegen des Jungen. Um ihn im Stadion zu erleben. Auch das mochte sie nicht glauben. Da war irgendetwas anderes, das ihn nach Nürnberg getrieben hatte, dafür kannte sie ihn zu gut.

Aber selbst wenn der Besuch im HJ-Stadion nur ein Vorwand war: Charly wusste, wie es auf solchen Veranstaltungen zuging, sie hatte vor einem halben Jahr im Kino, ohne es zu wollen, die Vorschau für diesen Riefenstahlfilm gesehen. Da waren uniformierte Massen, die Hitler zujubelten, das war der Reichsparteitag. Und ihr Junge und Gereon mittendrin. Das konnte er doch nicht wollen, er kannte den Riefenstahlfilm doch auch, hatte ihn sich mit Fritze sogar komplett angesehen.

Oder sollten die Nazis es am Ende tatsächlich geschafft haben? Sollten sie am Ende nicht nur ihrem Jungen, sondern auch ihrem Mann den Verstand mit ihrem Brimborium weichgekocht haben? Gereon war kein Nazi, nein, das bestimmt nicht. Aber dass er der Regierung und der Partei ausgesprochen kritisch gegenüberstand, das konnte man auch nicht gerade behaupten.

53

Es war schon beeindruckend, wie still fünfzigtausend Menschen sein konnten. Vor allem, wenn man bedachte, dass es überwiegend junge Menschen im Alter von zehn bis achtzehn Jahren waren – im schlimmsten Alter also –, die das *Stadion der Hitlerjugend* füllten. Teils standen sie in Marschordnung auf dem Spielfeld, unbeweglich und eisern, teils als Zuschauer auf den Rängen. Rademanns Eintrittskarte hatte Rath einen Platz auf der Haupttribüne beschert, zwar ziemlich am Rand, aber doch auf eben jener Tribüne, auf der die Techniker auch das Mikrophon aufgebaut hatten, durch das *er* zur deutschen Jugend sprechen sollte. Er, auf den sie hier alle warteten wie auf einen Messias.

Auch Rath ließ seinen Blick schweifen, doch er suchte nicht nach Adolf Hitler, er versuchte, Fritze unter den Hitlerjungen auszumachen, die in großen, symmetrischen Blöcken dort aufmarschiert waren, wo sonst Fußball gespielt wurde, und wirkten wie eine kleine Armee. Doch so sehr er auch spähte, es war zwecklos. Da standen Tausende.

Gleichwohl war die Inszenierung, wenn man so etwas denn mochte, perfekt. Selbst das Wetter trug seinen Teil dazu bei. Die Sonne strahlte so hell, als habe auch sie ein NSDAP-Parteibuch, und die wenigen Wolken ließen den Himmel nur umso blauer wirken. Rath fragte sich, ob die schlanken rot-weiß-rot gestreiften Fahnen der Hitlerjugend, die dicht an dicht rings um das ganze Stadion geflaggt waren, auch aus Schwabacher Produktion stammen mochten. Fahnenproduktion war jedenfalls, wenn man sich hier umsah, ohne jeden Zweifel eine Wachstumsbranche in Deutschland. Wie auch Uniformproduktion.

Die schiere Masse hier im Stadion überwältigte, zumal sie sich so diszipliniert und geordnet präsentierte. Auch Rath konnte sich dem Eindruck nicht entziehen, den diese Inszenierung offensichtlich schinden sollte. Es fiel ihm allerdings schwer, deswegen stolz auf Fritze zu sein, auch wenn der Teil des Ganzen war und tagelang dafür exerziert hatte. Er konnte den Jungen in der Menschenmasse da unten ja nicht einmal erkennen. Und dass Fritze ihn sah, hier im Schatten des Tribünendachs, war ebenso unwahrscheinlich. Hätte Rath geahnt, was ihn hier erwartete, er wäre wohl gleich nach Berlin weitergefahren, anstatt zwei weitere Tage und Nächte im Frankenland zu vertrödeln.

Wovon er die letzte mal wieder im Auto verbracht hatte. Etwas anderes war ihm nicht übriggeblieben nach dem Rauswurf in Pegnitz, obwohl er auf der Fahrt zurück in Richtung Nürnberg stur wie ein mechanischer Tourist, den man an einer Feder aufgezogen hatte, sämtliche Gasthöfe, Hotels und Pensionen abgeklappert hatte, an denen die Reichsstraße ihn vorüberführte. Nirgends erfolgreich. Außer in einem Hotel, das einen derart gesalzenen Preis für ein einfaches Einzelzimmer verlangte, dass ihm schlecht wurde. Soviel Geld hätte er nicht einmal gehabt, wenn er kein einziges Mal mehr hätte tanken müssen. Ansonsten waren die Häuser alle belegt. Entweder mit Autobahningenieuren, Reichsparteitagspilgern oder Sommerfrischlern.

Nach der Nacht im Auto war sein Anzug immer noch etwas zerknittert. Das Auffälligste aber war, dass er überhaupt einen trug. Die meisten hier im Stadion, nicht nur die Akteure auf dem Rasen, auch die Zuschauer auf den Rängen, trugen Uniformen. HJ, BdM, SA, SS und Wehrmacht waren vertreten, Zivilisten wie Rath konnte man an beiden Händen abzählen. Wahrscheinlich Presse oder ähnliche ahnungslose Zeitgenossen wie er, die nicht wussten, dass man sich auf dem Reichsparteitag natürlich in Schale warf – und das hieß im neuen Deutschland: in Uniform.

Ob Rademann ihn ganz bewusst so hatte auflaufen lassen? Unter den skeptischen bis feindseligen Blicken der anderen fühlte Rath sich jedenfalls nicht sonderlich wohl. Wenigstens hatte er einen Platz im Schatten, während die uniformierte deutsche Jugend der Sonne ausgeliefert war. Doch die Jungen standen stramm wie beim Fahnenappell und ließen sich auch von der unangenehm schwülen Hitze nicht beirren. Rath versuchte, unter den Bannerfahnen dort unten die der Berliner HJ zu erspähen, doch waren die Zahlen, die auf jeder Fahne über dem Reichsadler prangten, so klein, dass er sie nicht lesen konnte.

Um halb elf kam endlich der, auf den sie hier schon seit Stunden warteten. Adolf Hitler betrat die Tribüne begleitet von seinem Stellvertreter Heß und Reichsjugendführer Baldur von Schirach, der als erstes ans Mikrophon trat.

»*Fünfzigtausend Mann Jungvolk zur Stelle*«, tönte es durch die Lautsprecheranlage. »*Wenn auch hier nur Abordnungen der Hitlerjugend vertreten sind, so steht doch, mein Führer, die ganze junge Generation vor Ihnen.*«

Und als Schirach dann beiseitetrat, um Hitler das Mikrophon zu überlassen, erscholl ein »Heil« durchs Stadionrund, lauter als Rath es bislang jemals gehört hatte. Und schon rissen die Menschen rechts und links von ihm die Arme hoch, ausnahmslos alle. »Heil«, riefen sie. Und noch einmal, als sei Armausstrecken und Rufen eines: »Heil!« »Heil!« »Heil!«

Rath konnte nicht anders, er machte mit. Andernfalls wäre die Meute über ihn hergefallen. So fühlte es sich jedenfalls an. Schon als er den ersten Gruß ausließ, weil ihn der plötzliche Jubelsturm derart überraschte, hatten einige Umstehende böse geguckt. Also machte er mit, hob den Arm und öffnete den Mund, ohne wirklich laut zu rufen, und fühlte sich diesmal noch miserabler als vor ein paar Tagen am Nürnberger Straßenrand.

So langsam wurde die Ahnung zur Gewissheit: Rademann, der eigentlich wissen dürfte, dass Rath kein strammer Nazi war, hatte ihm mit der Eintrittskarte keine Freude machen wollen.

Endlich schwollen die Heil-Rufe ab, und Hitler ergriff das Wort.

»*Deutsche Jugend*«, begann er. »*Zum dritten Male seid ihr zu diesem Appell angetreten, über fünfzigtausend Vertreter einer Gemeinschaft, die von Jahr zu Jahr größer wurde.*« Es fiel Rath schwer, den Worten zu folgen, da war immer soviel heiße Luft in den Hitlerreden, aber alle um ihn herum lauschten so andächtig, als verkünde hier gerade jemand die zehn Gebote oder die Gewinnzahlen der Reichslotterie. Dabei sprach Hitler nur davon, dass Deutschland sich verändert habe, dass Trinkfestigkeit als Ideal des deutschen Mannes ausgedient habe. Wobei Rath sich nicht daran erinnern konnte, dass diese jemals ein Ideal gewesen sei. Ihn hatte allein der Krieg zum Trinken gebracht, sonst gar nichts.

»*Wir sehen heute nicht mehr im damaligen Bierspießer das Ideal des deutschen Volkes*«, tönte Hitlers Stimme, »*sondern in Männern und Mädchen, die kerngesund sind, die straff sind. Was wir von unserer deutschen Jugend wünschen, ist etwas anderes, als es die Vergangenheit gewünscht hat. In unseren Augen, da muss der deutsche Junge der Zukunft schlank und rank sein, flink wie Windhunde, zäh wie Leder und* hart wie Kruppstahl. Wir müssen einen neuen Menschen erziehen, auf dass unser Volk nicht an den Degenerationserscheinungen der Zeit zugrunde geht.«

Einen neuen Menschen. Rath musste daran denken, als er mit Charly darüber gestritten hatte, ob Fritze in die HJ dürfe. »Die machen Lagerfeuer und spielen an der frischen Luft«, hatte er gesagt. Nein, darum ging es nicht, Charly hatte recht, es ging allein darum, immer mehr Nazis zu produzieren.

Und weiter schallte Hitlers Stimme durchs Stadion. »Von einer Schule wird in Zukunft der junge Mann in die andere gehoben werden. Beim Kind beginnt es, und beim alten Kämpfer der Bewegung wird es enden. Keiner soll sagen, dass es für ihn eine Zeit gibt, in der er sich ausschließlich selbst überlassen sein kann. Jeder ist verpflichtet, seinem Volke zu dienen, jeder ist verpflichtet, sich für diesen Dienst zu rüsten, körperlich zu stählen und geistig vorzubereiten und zu festigen.«

Rath fragte sich, ob auch Rademann solche Dinge in Berlin predigte? Ob der Junge solche Worte ernst nahm? Zu gern hätte er jetzt Fritzes Gesicht gesehen, hätte ihn, wenn nötig, wachgerüttelt, aus dieser Trance, die alle hier zu erfassen schien.

Kaum hatte Hitler seine Rede beendet, ging es wieder los mit den nicht enden wollenden Heil-Rufen, und Rath spürte ganz deutlich, wie wenig er hierhin gehörte. Er konnte das nicht mehr. Er wollte und er konnte das nicht mehr. Jedenfalls nicht ohne Brechreiz aus lauter Ekel vor sich selbst. Er drängte sich durch die fanatisierte Menge, die gerade die ersten Zeilen des HJ-Liedes anstimmte, – *Vorwärts! Vorwärts, schmettern die hellen Fanfaren!* – drängte sich vorbei und täuschte Übelkeit vor, eine Übelkeit, die er auf gewisse Weise ja auch tatsächlich verspürte, machte jedenfalls mehr als deutlich, dass er dringend eine Toilette aufsuchen müsse. Die Zuschauer, die immer jünger wurden, je weiter er sich von der Haupttribüne entfernte, machten ihm Platz. Und sangen immer lauter, das ganze Stadion schien den Text zu kennen.

Vorwärts! Vorwärts! Jugend kennt keine Gefahren! Deutschland, du wirst leuchtend stehn, mögen wir auch untergehn ...

Als sich Hitler im Schritttempo mit dem Münchner Mercedes über die Aschenbahn kutschieren ließ, hatte Rath den Ausgang erreicht und holte erst einmal tief Luft. Er fühlte sich wirklich nicht gut, ihm war flau im Magen, und er hatte weiche Knie.

Unter den misstrauischen Blicken der SA-Ordner setzte er sich auf eine schattige steinerne Stufe.

»Is Ihne ned gud?«, fragte einer.

»Nur der Kreislauf«, winkte Rath ab, und es war nicht einmal gelogen, er fühlte sich tatsächlich miserabel. »Nur der Kreislauf. Das Stehen in der schwülen Hitze. Brauche eine kleine Pause.«

Der Ordner schüttelte den Kopf. »Na, in der SA däde mer aanen wie Sie ned brauche. Da müssen's manchmal stundenlang stehn. Bei Wind und Wedder.«

»Ist eben nicht jedem gegeben«, sagte Rath. Er suchte in der Innentasche nach seinem Zigarettenetui. Eine Overstolz half immer. In allen Lebenslagen.

Die Heil-Rufe, die Hitlers Rundkurs durchs Stadion begleiteten und hier draußen noch unheimlicher wirkten als drinnen, ebbten langsam ab. Die Veranstaltung schien sich dem Ende zuzuneigen.

»Hier können's aber fei ned sitze bleibe«, sagte der SA-Ordner. »Hier kommed glei die HJ rausmarschiert.«

»Lassen Sie mir einen Moment, ich werde schon Platz machen«, sagte Rath. »Außerdem ist mein Junge mit dabei.«

»Warum sagen's des ned gleich?«

Der Mann ließ Rath noch eine Weile sitzen, wies ihm dann aber einen Platz an, an dem er sich hinstellen sollte, denn inzwischen hatten sich immer mehr Neugierige eingefunden, die hofften, einen Blick auf Hitler zu erhaschen, oder ihre Kinder im Stadion nicht hatten sehen können. Die SA-Männer brachten Ordnung in das Durcheinander und reihten alle ordentlich am Wegesrand auf, bis es so aussah wie vor ein paar Tagen am Nürnberger Ring. Nur dass hier weit und breit außer dem Stadion keine Gebäude standen. Nur die Zeppelintribüne war in der Ferne zu erkennen und die Buden, die aus dem Reichsparteitag einen kleinen Rummel machten.

Rath musste nicht lang warten, da kamen sie. Kein Hitler im Mercedes, dafür aber ein HJ-Bann nach dem anderen in perfekter Marschordnung. Die Jungen mussten wirklich viel geübt haben, das sah besser aus als bei der Wehrmacht, die Rath vor ein paar Tagen noch in Schwabach hatte marschieren sehen. Jetzt konnte er auch die Zahlen auf den Bannfahnen lesen. Die Charlottenburger 198 war nicht dabei.

Er wollte sich schon mit seiner endgültigen Enttäuschung abfinden, da kamen sie doch noch. Bevor er Fritze in der Truppe ausmachen konnte, erkannte Rath den Mann, dessentwegen er überhaupt hier stand: Wilhelm Rademann. Mit ernstem Gesicht und kurzen Hosen marschierte der HJ-Oberbannführer an ihnen vorbei, schaute weder rechts noch links, und ebenso ernst schauten die Jungs, die ihm folgten. Und da war auch Fritze! Für einen kurzen Moment verflog der heilige Ernst im Gesicht des Jungen, die Mundwinkel bewegten sich nach oben, die Augen strahlten. Fritze musste seinen Pflegevater am Wegesrand erkannt haben, und Rath merkte, wie sehr ihn das freute. Nicht nur freute, sondern rührte. Seit wann war er so verdammt sentimental?

Er wartete noch einen Moment, dann zog er sich unauffällig zurück. Es war Zeit, nach Berlin zurückzukehren. Gleichwohl war er froh, dass der Junge ihn noch gesehen hatte. Er versuchte sich zu orientieren; den Wagen hatte er drüben hinter der Zeppelintribüne geparkt, wie schon bei seinem ersten Besuch hier. Um dorthin zu gelangen, musste er wieder durch die Budenstadt, die sie hier aufgebaut hatten. Es gab Bier- und Bratwurstbuden, aber auch Lebkuchen, Zuckerwatte und andere Süßigkeiten. Fehlten nur noch die Karussells und Schiffsschaukeln, dann wäre es wirklich ein Rummelplatz gewesen.

»Gereon!«

Rath drehte sich um. Da stand Fritze. Diesmal strahlte der Junge wirklich über beide Backen.

»Hey, Großer! Musste nicht mehr marschieren? Oder biste desertiert?«

Fritze salutierte und grinste dabei.

»Melde gehorsamst: Rest des Tages zur freien Verfügung. Zum Abendappell müssen wir im Lager zurück sein.«

»Na, solange kann ich leider nicht mehr hierbleiben. Aber 'ne Bratwurst kann ich dir noch ausgeben, wenn du magst.«

»'n kandierter Appel wär mir lieber, wenn ick ehrlich bin.«

Von wegen *hart wie Kruppstahl*, dachte Rath, als er das Gewünschte bestellte. Kinder blieben eben Kinder. Und als er Fritze, der eben noch ganz beseelt war vom Pathos dieser Veranstaltung, voller Genuss in die Zuckerkruste des süßen Apfels beißen sah, hatte das tatsächlich etwas Beruhigendes. Auch die anderen Hitlerjungen nutzten ihre freie Zeit, um die Süßigkeitenbuden zu belagern. Nur in einem hielten sie sich an Hitlers Vorgaben, an den Bierbuden stand niemand an.

»So, mein Junge«, sagte Rath schließlich. »Nun muss ich aber wirklich los. Berlin wartet.«

»Fahr nur zu. Ick komm schon klar.«

»Weiß ich doch. Freu mich trotzdem, wenn du wieder in Berlin und bei uns bist.«

Fritze nickte. »Is ja bald. Morjen jeht's zurück. Diesmal nich auf Schusters Rappen, sondern mit'n Sonderzuch.«

»Halb acht Anhalter Bahnhof, nicht wahr?«

Fritze nickte und schaute sich um. »Kann mir noch jar nich vorstellen, det denn allet hier vorbei is. Ick hab ja soviel erlebt die letzten Wochen, det jloobste nich!«

»Kannste uns dann ja alles zuhause erzählen. Ich muss jetzt los, hab's Charly versprochen. Von der ich dich natürlich schön grüßen soll.«

»Is meine Karte schon angekommen?«

»Ich werde sie fragen heute Abend.«

Rath drückte den Jungen noch einmal kurz zum Abschied, dann machte er sich auf den Weg zum Auto.

Ja, er war froh, den Jungen gesehen zu haben und dessen Strahlen, aber noch froher war er, Nürnberg und dieses braune Spektakel namens Reichsparteitag nun endlich verlassen zu können. Rath ließ sich von der Menschenmenge treiben, die zur Straßenbahnhaltestelle und zum Bahnhof Dutzendteich pilgerte. An der Zeppelinstraße trennten sich ihre Wege, seiner und der der Menge. Mit dem Auto waren nur die allerwenigstens hier, eigentlich auch kein Wunder bei einem Fest der HJ. Vielleicht hundert Fahrzeuge mochten auf der Zeppelinstraße parken. Rath ging die Reihen entlang und suchte den Buick.

Noch bevor er sein Auto erkannte, sah er einen SA-Mann, der neugierig ins Innere des Wagens lugte. Was wollten die denn jetzt noch von ihm? Hatte er falsch geparkt oder schickte es sich nicht, mit einem amerikanischen Auto zum Reichsparteitag der NSDAP zu fahren?

Als er näherkam, erkannte er ein bekanntes Gesicht unter der Sturmhaube.

»Hauptwachtmeister Draxler! Hätte Sie fast gar nicht erkannt! Das ist ja eine Überraschung. Was machen Sie denn hier?«

»Heil Hitler, Oberkommissar.« Draxler musterte ihn misstrauisch. »I muss mi doch wundern, Ihr Auto hier in Nämberch zu sehe; i dacht, Sie san längsd wieder in Berlin!«

»Tja, wäre ich auch. Aber dann hat der HJ-Oberbannführer meines Jungen mir doch tatsächlich noch eine Eintrittskarte für den großen Tag heute besorgen können. Sogar auf der Haupttribüne.«

Das Misstrauen im Blick von Wachtmeister Draxler wurde nicht kleiner.

»Soso«, sagte er. »Aber warum san's denn ned zurückkomme? Unser Haus schdeht Ihne doch offe.«

»Ich wollte Ihnen nicht länger zur Last fallen.«

»Ja, und wo ham's dann übernachtet? Is doch all's ausg'bucht.«

Draxler musterte Rath. Der zerknitterte Anzug sprach Bände.

»Wenn Sie mir versprechen, mich nicht wegen Landstreicherei festzunehmen, verrate ich's Ihnen: im Auto.«

Draxler schüttelte missbilligend den Kopf. »Da wären's aber doch besser zurückkomme.« Er klang tatsächlich ein wenig beleidigt.

Rath zeigte auf Draxlers Uniform. »Heute im Dienst der Partei unterwegs?«

»Ned nur heut. Auch morgen und übermorgen. Bei der großen Wehrparaden. Da marschierts mei Schorsch mit.«

»Na, da sind Sie gewiss gewaltig stolz.«

»Na, Sie kenned des ja. Wenn man sieht, wie's das eigene Kind plötzlich Uniform trägt ...«

»Und ein bisschen Abwechslung vom Polizeidienst ab und zu kann auch nicht schaden, nicht wahr?«

»Na, wie man's nimmt. Grad jetzt passt's ned so gut. Aber sowas waaß man ja vorher ned.« Draxler zuckte die Achseln. »Eigentlich müsst i in Schwabach sein. I hab aan vertrackten Fall zu lösen.«

»Ach?«

Draxler machte ein wichtiges Gesicht. »Ein Firmeneinbruch.« Er schaute Rath an, als komme ihm gerade ein Gedanke. »Muss in Ihrer letzten Nacht in Schwabach passiert san, die Nacht zum Donnerstag. Sie waren's doch spaziere, weil's ned schlafen konnde – is Ihne vielleicht irgendwas aufg'falle?«

»Aufgefallen?«

»Na, Sie san doch Kollege. Mit scharfem Blick. Ham's was g'sehn?«

Rath schüttelte den Kopf. »Es war dunkel. Alle Gassen menschenleer. Ich hab nix gesehen.«

»Waren's auch am Julius-Streicher-Ring?«

»Kann sein. Weiß nicht, wie die Straßen hießen. So gut kenne ich Schwabach nicht.«

»Und haben kaan Menschen ned g'sehn.«

»Sag ich doch. Keine Menschenseele.«

»Hm«, machte Draxler und dachte nach.

Der Kerl ging Rath mehr und mehr auf den Wecker. Er wollte weg hier aus Nürnberg, wollte nach Berlin. Wollte auf gar keinen Fall an Schwabach erinnert werden. Oder von Wachtmeister Draxler gar als Zeuge vorgeladen werden.

»Wenn's kaan g'sehn haben in der fraglichen Nacht«, sagte der nun, »denn heißt des ja im Umkehrschluss, dass Sie der einzige san, der da unterwegs war.«

»Wie bitte?«

»I maan ...«

»Ich habe Sie schon verstanden. Sie verdächtigen mich, einen Kollegen, einen Einbruchdiebstahl begangen zu haben!«

»Aber na, da verstehn's mi falsch, i ...«

»Wissen Sie, wie ehrabschneidend das ist, so etwas auch nur zu denken?«

»Aber Oberkommissar Rath! Regen's Ihnen doch ned so auf! I hab nur dacht, Sie könnden's vielleicht helfe. Es is halt so: Der Seitz Erich, bei dem's eing'schdiege sind, is in Schwierigkeide. Dem sind wichtige Underlage g'stohle worde. Hängt wohl mit sei Schwager z'samme, der is in Berlin beim SD. Und Herren vom SD san edds in Schwabach und lassed kaan Mensch in Ruh ned.«

Scharführer Wegener war also eingetroffen und ging der Sache nach. Und das nicht allein. Rath durfte auf keinen Fall nach Schwabach, wo er auf viel zu viele bekannte Gesichter stoßen würde; er musste alles hier und jetzt und ein für allemal klären.

»Sie haben meine Ehre beschmutzt, Wachtmeister Draxler«, sagte er. »Und ich bestehe darauf, diese wieder reinzuwaschen. Und zwar auf der Stelle.«

»Wie?«

»Durchsuchen Sie mein Gepäck nach Ihren Akten. Na los!«

Rath schloss den Buick auf, holte seine Reisetasche vom Beifahrersitz und warf sie Draxler vor die Füße. Der Wachtmeister in der SA-Uniform wirkte unschlüssig.

»Na los«, fuhr Rath ihn an.

Und dann begann Draxler in seiner behäbigen Art, Raths Reisetasche auszuräumen und ebenso gemächlich wieder einzupacken, nachdem er nichts Verdächtiges gefunden hatte.

»Es tut mir leid, Oberkommissar«, sagte er. »Ich hab Sie ned verdächtige wolle. Aber Sie habed recht. Um Ihre Ehre wiederherzustelle, muss i Sie gründlich durchsuche.«

»Richtig.«

»I derf Sie denn bidde, sich breidbeinig hinzustelle, die Arme ein wenig abschbreize ...«

»Wie?«

»Na, für eine Leibesvisidadion!«

Rath hatte keine andere Wahl, er tat wie geheißen. Auch diese Aufgabe erledigte Hans Draxler gewissenhaft und gründlich.

»So«, sagte er dann und rieb sich die Hände. »Bleibed nur noch Ihr Fahrzeug, dann san mir durch.«

Und dann beugte er sich in den Wagen, schaute in die Seitentaschen und unter die Sitze, alles quälend langsam. Rath zündete sich eine Zigarette an. Eigentlich wäre er schon auf halbem Weg nach Berlin, doch er musste natürlich dieser Landplage von Landgendarm über den Weg laufen. Ausgerechnet!

»Was is'n des hier hinten?«, hörte er Draxler fragen.

»Der Notsitz. Auch Schwiegermuttersitz genannt.«

Draxler lachte nicht. Mit ernster Miene klappte er den Sitz auf und schaute hinein.

»Da is nix«, sagte Rath. »Das ist nur ein Sitz.«

Draxler beugte sich hinunter, griff in das Gepäckfach unter dem Sitz und holte etwas heraus.

»Und was is des hier?«, fragte er.

»Das sehen Sie doch«, sagte Rath. »Das ist eine Kurbel. Um den Motor zu starten, wenn der elektrische Anlasser mal nicht will.«

Er nahm dem Wachtmeister die Kurbel aus der Hand und verstaute sie wieder im Gepäckfach, das ansonsten völlig leer war.

Dann klappte er den Notsitz zu, trat die Zigarette aus und ging zur Fahrertür.

»Damit wäre diese Angelegenheit für mich erledigt, Wachtmeister Draxler«, sagte er. »Wenn Sie mich dann entschuldigen würden; ich muss wirklich dringend nach Berlin. Meine Frau erwartet mich.«

54

Sie hatte es sich gerade mit einem Glas Wein und dem Keun-Roman bequem gemacht, den sie gestern Abend angefangen hatte, da klingelte es an der Wohnungstür. Charly seufzte und rappelte sich wieder hoch. Ob das schon Gereon war? Eigentlich zu früh. Außerdem hatte er einen Schlüssel. Es sei denn, er wollte sie überraschen mit einem Blumenstrauß oder so.

Draußen im Treppenhaus stand jedoch kein Mann mit Blumen, sondern eine Frau mit Brille.

»Heil Hitler«, sagte die Frau und hob den rechten Arm. »Peters, Jugendamt Charlottenburg.«

Charly ignorierte den Hitlergruß. »Was kann ich für Sie tun, Frau Peters?«, fragte sie, so freundlich, wie sie es gerade hinbekam.

»Fräulein«, korrigierte die Jugendamtsfrau. »Endlich treffe ich mal wieder jemanden an in dieser Wohnung. Sie sind Frau Charlotte Rath, nehme ich an?«

Charly nickte. »Und Sie, Fräulein Peters, haben mir immer noch nicht gesagt, warum Sie hier sind.«

»Hat Ihr Mann Ihnen denn nichts erzählt?«

»Natürlich«, log Charly. »Aber nicht, dass Sie heute vorbeikommen.«

»Na, er wollte ja auch, dass ich mich telefonisch ankündige, aber das geht leider nicht. Wir wollen schon den ganz normalen Alltag der Pflegefamilien kennenlernen. Und kein einstudiertes Theater.«

»Soso.«

»Aber Sie sind wirklich selten zuhause. Viermal schon war ich bei Ihnen und habe umsonst geklingelt.«

»Tja, das mit dem Anrufen ist dann vielleicht gar keine so schlechte Idee, nicht wahr? Mein Mann und ich, wir sind beide berufstätig.«

»Das sagte Ihr Mann schon. Und das Kind?«

»Der Junge ist nicht berufstätig. Der ist in Nürnberg. Beim Reichsparteitag.«

»Das meinte ich doch nicht. Aber ich würde gerne wissen, wer sich um das Kind kümmert, wenn beide Eltern arbeiten.«

»Morgens die Schule, mittags Fritze selbst oder ich, je nachdem, und nachmittags die HJ oder ich, je nachdem.«

Schule und HJ. So etwas wollte die Dame doch hören. Wobei Charly das dumpfe Gefühl hatte, dass Fräulein Peters eigentlich etwas ganz anderes hören wollte, etwas, woraus sie der Familie Rath einen Strick drehen konnte. Warum hatte Gereon denn nicht erzählt, dass das Jugendamt ihnen auf den Zahn fühlte? Hatte er das mal wieder nicht für nötig gehalten?

»Haben Sie etwas dagegen, wenn ich kurz reinkomme?« Das klang nicht wie eine Frage, sondern wie ein Befehl. »Ich würde mir gern einen Eindruck verschaffen, in welcher häuslichen Umgebung Friedrich lebt.«

Charly trat beiseite. »Aber natürlich«, sagte sie und hoffte, Fräulein Peters käme nicht auf die Idee, einen Blick in die Küche zu werfen.

Sie nahm der Dame den Mantel ab und lotste sie gleich ins Wohnzimmer, das war aufgeräumt. Allerdings, daran hatte sie nicht gedacht, stand da ein Glas Wein auf dem Tisch. Und neben dem Glas lag *Das kunstseidene Mädchen*.

»Darf ich Ihnen etwas anbieten, Fräulein Peters?«

»Nicht das, was Sie trinken. Keinen Alkohol bitte. Aber wenn Sie einen Tee hätten ...«

»Könnte ich machen. Nehmen Sie doch Platz.«

Fräulein Peters setzte sich in Gereons Lieblingssessel, die Handtasche auf dem Schoß, ihr Blick fiel auf das Buch.

»Sie lesen Asphaltliteratur«, stellte sie fest.

»Hören Sie, Fräulein Peters, ich werde mit Ihnen bestimmt keinen Disput über meine Lektüre führen. Wenn Sie wissen wollen, was der Junge liest, können Sie gern einen Blick in sein Zimmer werfen. Und ich verspreche Ihnen, verbotene Autoren sind keine darunter.«

Wobei ihr der *Emil* einfiel, den Fritze immer noch schätzte, obwohl die HJ versuchte, den Jungen Erich Kästner madig zu machen. Aber Kästners Kinderbücher waren – im Gegensatz zu all seinen anderen Büchern – nicht verboten.

Sie ging in die Küche, um den Tee zuzubereiten. Dummerweise war keine einzige Tasse mehr sauber, sie hatte seit Tagen nicht gespült. Nachdem sie den Wasserkessel aufgesetzt hatte, suchte sie eine aus dem Stapel, die sie unter kaltem Wasser mit den Fingern reinigte. Der Teekessel wurde bei ihnen nicht oft genutzt, der war sauber. Vielleicht ein wenig verstaubt. Ebenso wie die Teedose. Sie kümmerte sich nicht darum, als ihr mit dem Tee eine dicke Staubflocke ins Teesieb fiel. Mochte Fräulein Peters davon doch die Krätze bekommen!

Was zum Teufel wollte die Frau? Ihnen den Jungen wegnehmen? Wer hatte ihnen verdammt nochmal das Jugendamt auf den Hals gehetzt? Die Morawksi von ganz oben, die sich bei Charly schon mal darüber beschwert hatte, dass die Fenster in der Wohnung Rath seit Wochen nicht mehr geputzt worden seien?

Das Wasser kochte, Charly goss den Tee auf und balancierte das Teegeschirr auf einem Tablett ins Wohnzimmer. Fräulein Peters vom Jugendamt schaute sich gerade die Buchrücken im Wandregal an.

»Der Tee«, sagte Charly, lauter als nötig, und stellte das Porzellan mit einem Klirren auf den Tisch. »Zucker?«

»Ja, bitte.«

Fräulein Peters ließ sich nicht beirren, sie blieb bei den Büchern stehen. Und wieder musste Charly die Schnüfflerin allein lassen. So schnell es ging, kehrte sie mit der Zuckerdose zurück.

»Und Sahne«, sagte Fräulein Peters, die inzwischen bei den Schallplatten angelangt war.

»Tut mir leid. Sahne haben wir keine im Haus. Ebensowenig wie Butter. Gibt's ja auch kaum. Ein bisschen Milch?«

Die Jugendamtsfrau nickte. Hauptsache, sie konnte ihre Nase noch in ein paar andere Schränke stecken, die sie nichts angingen.

Endlich saßen sie am Tisch, und Fräulein Peters rührte drei Löffel Zucker und einen Schuss Milch in ihren Tee. Während Charly zum Weinglas griff. Es wäre ihr auch ziemlich albern vorgekommen, das Glas einfach stehenzulassen, wo es doch auf dem Tisch stand. Außerdem war es schon sechs Uhr durch.

»So, Fräulein Peters, was wollen Sie denn wissen?«, fragte sie und zwang sich ein Lächeln ins Gesicht.

»Oh, nur ein paar Dinge über Ihr Zusammenleben.« Fräulein Peters schlug ein Notizbuch auf. »Friedrich hat ein eigenes Zimmer?«

»Ja. Wir haben das Arbeitszimmer meines Mannes freigeräumt, weil ...«

»Sie haben keine eigenen Kinder?«

»Aber das wissen Sie doch. Das haben wir doch damals vor zwei Jahren alles ausgefüllt.«

»Solche Dinge können sich ja ändern. Sie sind auch nicht ... in Erwartung?«

Charly wollte es nicht beschwören, aber sie hatte das deutliche Gefühl, das Jugendamtsfräulein habe ihr bei den letzten Worten kurz auf den Bauch geschaut.

»Nein. Wir planen derzeit keine eigenen Kinder.«

»Ach? Kann man so etwas planen?«

Je länger Fräulein Peters in Gereons Sessel saß und je mehr Notizen sie in ihr Büchlein kritzelte, desto stärker wurde Charlys Wunsch, diese Frau zu würgen. Oder aus dem Fenster zu werfen. Sie verkniff sich eine Antwort.

»Wo ist denn Ihr Mann gerade?«

»Ebenfalls in Nürnberg«, sagte Charly und ertappte sich dabei, tatsächlich froh darüber zu sein, das jetzt sagen zu können. »Bei Fritze und beim Reichsparteitag.«

Auch das notierte Fräulein Peters.

»Ihr Mann ist Polizeibeamter.«

»Ja.«

»Mitglied der Bewegung?«

»Nein.«

»Was kochen Sie denn so für Friedrich?«

Das Hin- und Herspringen in den Themen schien System zu haben. Und es funktionierte; Charly fühlte sich überrumpelt.

»Och«, sagte sie. »Mal so, mal so. Was gerade im Haus ist. Manchmal macht er sich auch etwas warm.«

»Suppe?«

»Oh ja, gern auch Suppe. Der Junge liebt Eintöpfe.«

»Haben Sie gerade einen gekocht?«

»Im Moment gerade nicht. Meine beiden Männer sind ja nicht im Haus.«

Fräulein Peters klappte ihr Notizbuch zu.

»Gut«, sagte sie und stand auf. Den Tee hatte sie kaum angerührt. »Ich denke, ich habe mir einen ganz guten Eindruck von Ihnen und Friedrichs häuslicher Umgebung machen können. Wenn ich nun noch kurz in sein Zimmer schauen dürfte?«

»Aber selbstverständlich.«

Charly war erleichtert. Fritzes Zimmer war vorbildlich aufgeräumt. Fräulein Peters schaute kurz hinein, warf auch hier einen Blick ins Bücherregal, blieb kurz bei Kästners Emil hängen, und studierte dann die Bilder, die der Junge an die Wände gepappt hatte. Unter anderem eines von Adolf Hitler, das er zur bestandenen Pimpfenprobe bekommen hatte.

»Der Führer«, sagte Fräulein Peters anerkennend. »In Ihrer guten Stube hängt er aber nicht.«

»Wie ich schon sagte: Wir machen uns nicht viel aus Politik«, log Charly. Wobei das für Gereon ja sogar zutraf.

Endlich schien die Jugendamtsfrau genug gesehen zu haben. Sie ging zurück in den Flur und holte ihren Mantel von der Garderobe. Sie stand schon draußen vor der Wohnungstür, als ihr noch etwas einfiel.

»Ach, Frau Rath«, sagte sie, »Sie sind doch berufstätig – ich habe Sie noch gar nicht gefragt, in welchem Beruf. Sie sind Juristin, nicht wahr?«

Charly war sich sicher, dass das eine bewusste Boshaftigkeit war. Dass sie keine Anwältin mehr hatte werden können, wie sie es dem Jugendamt vor zwei Jahren gesagt hatte, das müsste Fräulein Peters eigentlich wissen.

»Ich bin Anwaltsgehilfin«, sagte sie. »Und dann arbeite ich noch in einem Detektivbüro.«

»Als Stenotypistin?«

»Als Detektivin.«

»Ach?«

»Ich kann so etwas. Ich war früher einmal Polizistin. Kommissaranwärterin.«

»An Ihren vielfältigen Fertigkeiten hege ich keinerlei Zweifel, Frau Rath. Haben Sie vielen Dank. Für den Tee und die Auskünfte. War sehr aufschlussreich. Sie hören von uns. Heil Hitler!«

Und wieder schnellte der rechte Arm nach oben. Charly war immer noch so durcheinander, dass sie den Deutschen Gruß beinahe erwidert hätte.

55

Er hatte überlegt zu klingeln, entschloss sich dann im Treppenhaus aber doch noch dazu, sie zu überraschen. So leise wie möglich schloss er die Wohnungstür auf und schlich in den Flur, stellte seine Reisetasche ab und lauschte. Aus dem Wohnzimmer drang leise Musik. Er öffnete die Tür einen Spalt.

Charly hatte sich in ihren Sessel gefläzt und las. Auf dem Tisch stand ein leeres Weinglas neben einer Teetasse, und auf dem Plattenteller drehte sich eine von Severins Platten. Duke Ellington. Seit das Radioprogramm so gut wie keine moderne Musik mehr spielte, hatte auch Charly den Wert von Schellack erkannt.

Er trat in den Raum, nahm Haltung an und salutierte.

»Gefreiter Gereon Rath meldet sich zurück zum Dienst und zu seinen ehelichen Pflichten!«

Charly schaute von ihrem Buch auf und zog die Augenbrauen hoch.

»Gereon!«

»Hast du mit jemand anderem gerechnet?«

Er trat zu ihr, gab ihr einen Kuss und reichte ihr das Paket, das die Verkäuferin so hübsch eingewickelt hatte.

»Ein kleines Souvenir aus Nürnberg. Echte Elisenlebkuchen.«

»Oh, danke. Hatte noch gar nicht mit dir gerechnet.«

Das klang ein wenig frostig. Jedenfalls nicht nach der Wiedersehensfreude, die er erhofft hatte. Was war denn nun schon wieder falsch? Hatte sie einen Blumenstrauß erwartet? Sie stand nicht einmal auf.

»Habe eben auf die Tube getreten, bin ohne Pause gefahren. Bis aufs Tanken. War wohl die Sehnsucht.«

Sie legte ihr Buch beiseite, setzte sich etwas aufrechter in den Sessel und packte das Geschenk aus. Dann schreckte sie zurück, als sei in dem Paket etwas, das nach ihr geschnappt habe.

»Was ist das denn?«

Rath wusste zunächst nicht, wie sie das meinte, denn es war ziemlich offensichtlich, was das war, das Paket roch ja sogar nach Lebkuchen. Dann aber sah er es: Die kreisrunden Elisenkuchen waren mit Hakenkreuzen aus Mandeln verziert. Darauf hatte er beim Kauf gar nicht geachtet. Auch nicht auf die Schrift auf der Verpackung: *Zur Erinnerung an den Reichsparteitag der Freiheit.* Er hatte auf überhaupt nichts geachtet, sondern einfach nur die Verkäuferin gebeten, ein paar leckere Lebkuchen zur Erinnerung an Nürnberg einzupacken. An so etwas hatte er dabei eigentlich nicht gedacht. Hatte auch nicht gewusst, dass es so etwas gab.

»Scheiße. Hab ich nicht gesehen. Entschuldige. Aber in Nürnberg kannst du den Hakenkreuzen tatsächlich kaum entgehen. Die waren da an jeder Ecke.«

»Das glaub ich gern. Hat's wenigstens Spaß gemacht?«

»Was heißt: Spaß gemacht? Ich war da, um den Jungen zu sehen, und der hat sich gefreut. Soll dich übrigens grüßen von ihm.« Er nahm den oberen Lebkuchen und fing an, die Mandeln abzuknipsen. Er zeigte ihr sein Werk. »So. Sieht doch schon besser aus. Könnte ein Kreuz draus machen, dann sind's katholische Lebkuchen.«

»Ich hoffe mal, du hast dich jetzt nicht am künftigen Hoheitszeichen des Deutschen Reiches versündigt.« Sie stellte das geöffnete Lebkuchenpaket neben das Weinglas auf den Tisch.

»Du musst es ja keinem sagen. Auch dem Jungen nicht.«

»Bevor ich's vergesse. Ich soll dir ebenfalls Grüße ausrichten.«

»Tatsächlich?«

»Ja. Schöne Grüße von Fräulein Peters?«

»Von wem?«

»Müsstest sie eigentlich kennen. Sie hat dich schon mal besucht.«

»Keine Ahnung, wen du meinst.«
»Kleiner Hinweis: Jugendamt Charlottenburg.«
Rath setzte sich auf die Sessellehne.
»Ach die!«
»Genau die.«
Er zuckte die Achseln. »Was soll ich sagen? Irgendwann stand da diese Tante vom Jugendamt vor der Tür. Unangekündigt. Hab sie abgewimmelt. War sowieso auf dem Sprung.«
»Wann war denn das?«
»Vor ein paar Wochen eben. So genau weiß ich das nicht.«
Er wusste es ziemlich genau. Es war der Tag des Lehmann-Unfalls.
»Herrgott, Gereon, warum erzählst du mir sowas denn nicht?«
»Was soll ich dir da erzählen? Ich hab sie weggeschickt und gut.«
»Und *gut*? Hast du dir nicht gedacht, dass die irgendwann wiederkommen? Dass ich das wissen sollte?«
»War doch nur ein Routinebesuch, das machen die bei allen Pflegeeltern. Ich hab ihr gesagt, dass Fritze gerade unterwegs ist nach Nürnberg. Sowas macht einen guten Eindruck.«
»Wenn du meinst. Aber vielleicht hättest du auch mir die Chance geben sollen, einen guten Eindruck zu hinterlassen.«
»Das tust du doch immer!«
»Steck dir deine Komplimente sonstwohin!« Charly war laut geworden. »Ich war völlig unvorbereitet. Sie hat gesehen, dass ich Irmgard Keun lese. Dass der Junge Kästner im Regal stehen hat. Dass ich sonnabends allein zuhause Wein trinke. Macht alles keinen guten Eindruck.«
Rath musste daran denken, dass Fräulein Peters ihn mit der Cognacflasche erwischt hatte. Wahrscheinlich hielt sie die Pflegeeltern Rath jetzt für ein Alkoholikerpärchen.
»Sie war eben erst hier?«, fragte er.
Charly nickte.
»Und?«
»Was weiß ich? Keine Ahnung. Aber ich glaube, die wollen uns auf den Zahn fühlen, weil wir keine Nazis sind. Und uns den Jungen womöglich wegnehmen.«
»Das können sie doch nicht. Dann müssten sie ihn ja wieder ins Heim stecken.«

»Eben.«

»Das machen die nicht. Wenn der Junge das nicht will.«

»Da wäre ich mir nicht so sicher. Und wenn Fritze ins Heim zurückmüsste, wäre das eine Katastrophe.«

»Ach Charly! So weit lassen wir es nicht kommen.«

Sie musterte ihn. »Willst du nicht endlich deinen verdammten Mantel ausziehen?«

»Ich dachte eher, dass du deinen verdammten Mantel *anziehst*.«

Er hatte es geschafft, er hatte sie irritiert.

»Ach ja?«, fragte sie.

»Ja. Weil wir ausgehen. Ich lade dich ein. Zur Feier des Tages.«

»Zu welcher Feier denn?«

»Dumme Frage! Was für eine Feier wohl? Eine Wiedersehensfeier!«

Sie schaute ihn an, wie ein unbestechlicher preußischer Beamter schauen mochte, dem gerade ein dicker Geldumschlag über den Schreibtisch geschoben wird, aber Rath ließ sich nicht beirren. Er würde sich das Wiedersehen mit ihr nicht verderben lassen. Schon gar nicht *von* ihr!

»Erst eine Kleinigkeit essen«, sagte er, ging zu ihr hinüber, zog sie vom Sofa hoch und nahm sie in den Arm, begann langsam, sie im Takt der Musik hin und her zu wiegen, »dann ein bisschen tanzen.« Er strich ihr durchs Haar. »Und dann mal sehen ...«

Er merkte, wie sie sich an ihn schmiegte, der preußische Widerstand bröckelte.

»Ich bin doch gar nicht passend angezogen ...«, sagte sie.

»Im Delphi spielt das Orchester Nettelmann, da ...«

»Das Delphi? Gereon, wir müssen sparen!«

»Das können wir immer noch. Morgen kommt der Junge zurück. Heute ist unser letzter freier Samstag. Außerdem ...« Er wedelte mit einem Bündel Banknoten. »... habe ich jede Menge Hotelkosten gespart. Konnte bei einem Kollegen übernachten. Na komm!«

»Aber so kann ich wirklich nicht gehen.«

»Dann zieh das schönste Kleid an, das du im Schrank hängen hast, aber lass uns verdammt nochmal tanzen gehen!«

Sie zögerte immer noch.

»Keine Widerrede, verdammt! Das ist ein Befehl, Frau Rath!«

Da war es endlich, ihr Lächeln, ihr Grübchen. Er küsste sie. Und sie küsste ihn zurück. Das wurde aber auch verdammt nochmal Zeit! Dann war die Platte zuende. Und als er sie umdrehte, war Charly schon im Schlafzimmer verschwunden und zog sich um.

Das Delphi lag an der Kantstraße, direkt neben dem Theater des Westens, und sah aus wie ein ägyptischer Tempel. In den vergangenen Jahren hatte der Laden öfter leergestanden, als dass er in Betrieb gewesen war, doch mittlerweile brummte er. Hier hingen keine Hakenkreuze an der Fassade, man konnte sich fast fühlen wie in alten Zeiten, selbst im Saal, dort saßen höchstens fünf, sechs Uniformierte, die Hälfte davon Wehrmachtsoffiziere, die trugen keine Armbinden. Gleichwohl bemühte sich Rath, dass ihr Tanz sie nicht zu nah an deren Tischen vorbeiführte. Nichts sollte Charlys Laune trüben. Und er selbst hatte in Nürnberg fürs erste genug Hakenkreuze gesehen, sein Bedarf war ebenfalls gedeckt. Auch die Kapelle klang amerikanischer als es in Deutschland mittlerweile üblich war, das lenkte ab. Wenn man die Augen schloss, konnte man sich wirklich in eine andere Zeit versetzt fühlen. Allerdings war Augen schließen beim Tanzen keine gute Idee.

Sie hatten nur eine Kleinigkeit gegessen, sich aber eine Flasche Wein gegönnt. Rath war kein besonders guter Tänzer, hatte sich im Laufe der Jahre, die er mit Charly zusammen war, aber eine ausreichende Routine erarbeitet. Und obwohl er nicht gut tanzte, so tanzte er doch gerne. Mit ihr jedenfalls. Und wenn es half, sie von seinen Sünden abzulenken und auf andere Gedanken zu bringen, dann sowieso.

Nach einer Weile saßen sie, ein wenig außer Puste, wieder am Tisch, und Rath orderte eine zweite Flasche Wein. Charly sah süß aus mit ihren geröteten Wangen und ihrem erhitzten Gesicht. Sie pustete sich eine Haarsträhne aus der Stirn und steckte sich eine Zigarette an. Allein der Anblick machte Rath glücklich. Sie sah gleichermaßen erschöpft und entspannt aus, als sie den Rauch in die Luft pustete.

»Was hast du eigentlich in Nürnberg gemacht?«, fragte sie dann, ohne Vorgeplänkel, aus heiterem Himmel.

»Das hab ich dir doch alles erzählt.«

»Du hast mir so gut wie gar nichts erzählt. Deswegen frage ich ja. Du warst eine ganze Woche in Nürnberg. Das machen ja nicht einmal die strammsten Nazis freiwillig.«

»Mensch Charly, du glaubst doch nicht, dass ich Hitler zugejubelt habe. Ich war da wegen des Jungen.«

Kaum hatte er das gesagt, wurde ihm wieder bewusst, dass er durchaus Hitler zugejubelt hatte, und er schämte sich. Schwor sich, nie wieder solche Nazi-Massenspektakel zu besuchen, sich nie wieder in eine solche Situation zu bringen.

»Ich glaube ja auch nicht, dass du ein Nazi bist«, sagte sie, und Rath betete immer inständiger, dass niemand am Nebentisch irgendwelche Fetzen ihres Gesprächs aufschnappte, »aber ich lass mich auch nicht für dumm verkaufen. Du kannst mir nicht erzählen, dass du eine Woche lang außer den vier, fünf Stunden, die du schätzungsweise mit meiner Mutter und dem Jungen verbracht hast, den lieben langen Tag in Nürnberg herumgelaufen bist und dir fränkisches Fachwerk angeschaut hast.«

Sie klang nicht einmal misstrauisch, einfach nur neugierig, dennoch fühlte Rath sich ertappt und in die Enge gedrängt. Erst recht, als er hörte, was sie noch zu sagen hatte.

»Erzähl mir doch einfach, was du gemacht hast. Hat das irgendetwas mit den Ermittlungsakten zu tun, die du Böhm neulich gegeben hast?«

Für einen Moment saß er da wie erstarrt.

Böhm, dieser Hornochse! Hatte der etwa geplaudert? Sich verplappert? Rath stellte sein Weinglas ab und klaubte, ein wenig umständlich, eine Overstolz aus dem Etui. Auch mit dem Anzünden ließ er sich Zeit.

»Was weißt du darüber?«, fragte er dann. »Über diese Akten?«

»Dann stimmt es also! Du hast ihm die Akten besorgt! Aus der Burg?«

Verdammt, er hatte sich reinlegen lassen! Wie ein Anfänger!

»Ich hab ihm halt einen Gefallen getan. Muss man ja nicht gleich an die große Glocke hängen.«

»Du tust Böhm einen Gefallen?«

»Warum denn nicht?«

Der Kellner kam, schenkte nach und stellte die neue Weinflasche in den Kühler. Rath hob sein Glas, Charly ließ ihres stehen.

Er hatte gehofft, das Thema wäre nun erledigt, doch da hatte er sich zu früh gefreut. Sie löcherte weiter.

»Warum hat Böhm sich denn nicht an Gennat gewandt? Warum macht ihr überhaupt ein derartiges Geheimnis daraus?«

»Was heißt: ihr? *Böhm* wollte die Akten haben, nicht ich. Ist ein alter Fall, der ihn nicht loslässt. Und das soll Gennat nicht wissen, der hat ihn seinerzeit von der Ermittlung abgezogen. Hatte sich wohl irgendwie darin verbissen, die Bulldogge.«

»Nenn Böhm nicht so. Du weißt, dass ich das nicht mag.«

»Tschuldige. War nicht so gemeint.«

»Und was ist das für ein Fall?«

»Was weiß ich?«, sagte er und zuckte die Achseln.

»Erzähl mir nichts, du weißt es ganz genau! Oder willst du mir weismachen, du hättest nicht hineingeschaut?«

»Und wenn schon. Ich kann es dir nicht sagen.«

»Weil du nicht kannst oder weil du nicht willst?«

»Mensch Charly, tu mir einen Gefallen und bohr nicht weiter.«

»Bruck«, sagte sie. »Es geht um einen Fall Bruck, nicht wahr?«

»Verdammt, Charly! Ich habe Böhm hoch und heilig versprochen, nicht mit dir darüber zu sprechen. Und vielleicht hat er ja auch recht.«

»Warum? Geht es um mich?«

Verdammt!

»Nein. Nicht direkt.«

»Was heißt: nicht direkt? Also indirekt?«

Verdammt, verdammt!

»Charly! Mach es mir doch nicht so schwer! Es sind Dinge, die dir zu nahegehen, basta! Mehr musst du nicht wissen.«

»Das entscheidest also du, was ich wissen muss! Ist das so unter Eheleuten?«

»Offensichtlich ist das so! Du entscheidest ja auch, was ich wissen darf und was nicht! Seit wir uns kennen tust du das! Was weiß ich schon über deinen Vater? Nicht einmal, dass er Gefängniswärter war, hast du mir erzählt. Das ist doch nichts, für das man sich schämen muss!«

»Lass bitte meinen Vater aus dem Spiel!«

»Und wie soll ich das? Wenn du genau danach bohrst, verdammt! Immer weiter und immer weiter!«

Er hatte sich in Rage geredet und wartete auf ihre Antwort. Doch da kam nichts mehr. Charly saß da wie vom Blitz getroffen, während die Zigarette in ihrer Hand sinnlos vor sich hin qualmte, und starrte ins Leere. Als habe sie gerade ein Gespenst gesehen. Aber keines, das hier im Delphi herumspukte, sondern eines, das sie in sich selbst, tief drinnen in ihrer Seele, entdeckt hatte.

Als sie wieder sprach, klang es seltsam heiser.

»Glioblastom!«

Sie sagte nur dieses eine Wort. Und saß da und schaute Rath an. Sah aus wie ein verwundetes Reh. War plötzlich total bleich im Gesicht.

»Charly, was ist denn? Geht's dir nicht gut? Sollen wir nach Hause?«

»Glioblastom«, wiederholte sie. »Das ist es. Du hast neulich davon gesprochen. Deswegen hat Böhm dich gefragt.«

»Charly!«

»Warum lasst ihr nicht die Finger von diesen alten Geschichten?« Sie war aufgestanden und sprach so laut, dass sie sogar die Musik übertönte und alle an den Nachbartischen die Ohren spitzten. Und mit jedem Satz wurde sie lauter. »Warum müsst ihr darin herumwühlen? Lasst die Toten doch ruhen! Es gibt nichts, was sie wieder lebendig machen kann!«

Rath war aufgestanden, hatte sie bei den Schultern gefasst und wollte sie beruhigen, doch sie entwand sich seinem Griff und fauchte ihn an.

»Lass mich los, verdammt, lass mich los!«

Dann stieß sie ihn beiseite, dass er beinahe über den Stuhl gestolpert wäre, und rauschte aus dem Saal. Rath wollte ihr folgen, doch der Türsteher am Ausgang hielt ihn zurück, bis ein Kellner mit der Rechnung erschien. Als Rath die beglichen hatte, war Charly längst über alle Berge. Sogar ihren Mantel hatte sie an der Garderobe hängen lassen; er nahm ihn zusammen mit dem seinen in Empfang.

So stand er da, an der Kantstraße, Ecke Fasanenstraße, einen Damenmantel überm Arm, und schaute in die Nacht, einigermaßen ratlos.

Herzlichen Glückwunsch, dachte er, das hast du ja prima hingekriegt!

56

Sie lief und lief und lief und wusste nicht wohin. Sie wusste nicht einmal, was überhaupt mit ihr los war, aber sie hatte an die frische Luft gemusst, hatte da raus gemusst, weg von ihm, weit weg. Weil andernfalls sonstwas passiert wäre. Eine solche enorme Wut wie in diesem Moment, eine solche Wut auf Gereon Rath hatte sie noch nie in sich gespürt, und sie war weiß Gott schon einige Male mehr als nur wütend gewesen auf ihren Mann.

Aber diese Wut, das spürte sie, je weiter sie gelaufen war, richtete sich eigentlich gar nicht gegen ihn, sie richtete sich genauso sehr gegen Böhm, der sie ebenso hintergangen hatte, der ebenso in ihrer Vergangenheit herumwühlte, richtete sich gegen die ganze Welt, in der diese Vergangenheit überhaupt möglich gewesen war. Hätte sie es gekonnt, sie hätte sich und diese Welt in diesem Augenblick in die Luft gesprengt.

Zum Glück konnte sie es nicht, und so blieb ihr nichts anderes übrig, als ihre Wut am Straßenpflaster abzureagieren und zu gehen und zu gehen, immer weiter, immer weiter; immer in Bewegung bleiben, so zügig, dass sie schneller außer Atem war, als wenn sie im *Delphi* geblieben wäre und weiter getanzt hätte. Einerseits wusste sie nicht, was sie denken sollte, andererseits stürzten viel zu viele Gedanken auf sie ein, kaskadenartig, wie Sturzbäche, die durch nichts einzudämmen waren und denen sie schutzlos ausgeliefert war. Es war ihr, als versuche sie gleichermaßen vor diesen Gedanken zu fliehen und sie zu jagen und irgendwie festzuhalten und in ihre Gewalt zu bekommen, diese Gedanken, diese Bilder.

Vater, der in der Tür steht und sich von ihr verabschiedet. Die Trümmer eines Hauses, in dem einmal eine Eckkneipe war, beleuchtet von den Scheinwerfern der Feuerwehr. Zwei Krankenwagen, ein Leichenwagen. Sie selbst, Charlotte, von Vater immer nur Lotte genannt, wie sie ihm rät, die Einladung doch anzunehmen und zu dem Treffen zu gehen. Zu dem Treffen mit einem ehemaligen Strafgefangenen, der sich bei seinem ehemaligen Wärter doch nur dafür bedanken möchte, dass der ihm das Leben gerettet hat. Sie selbst, die an allem schuld ist.

Davor läuft sie weg, seit jener Zeit, seit alle Welt sie Charly nennt und nicht mehr Lotte, läuft und läuft und läuft. Bis zum heutigen verdammten Tag, bis zur heutigen verdammten Nacht, bis ...

Eigentlich hatte Charly geglaubt, ziellos durch die Nacht zu laufen, einfach die schnurgerade neonbunte Kantstraße hinunter, nun aber fand sie sich plötzlich vor einer Adresse wieder, die sie nur allzugut kannte. Fühlte sich wie aus einem Traum erwacht. Und wusste, warum sie hier war.

Detektivbüro W. Böhm sagte das Schild an der Fassade, *Private Ermittlungen aller Art.*

Charly merkte erst jetzt, dass sie ohne Mantel war, sie fror. Aber ihre Handtasche hatte sie dabei. Also auch den Schlüssel.

Es war Sonnabend kurz nach Mitternacht, vielleicht würde sich jemand wundern, wenn in einem Büro um diese Zeit Licht brannte, aber das war ihr egal. Alles war ihr egal. Sie schloss auf und setzte sich an Böhms Schreibtisch. Die Schublade war natürlich immer noch verschlossen, sie stand auf, ging hinüber zur Sitzecke, in der sie ihre Klienten empfingen, nahm die Porzellanblumenvase, die dort auf der Anrichte stand, und stellte sie auf den Kopf.

Nichts passierte. Sie schüttelte das Porzellan, doch es tat sich nichts, kein leises, metallisches Klirren, nichts. Sie schaute in die Vase hinein. Kein Zweifel, die war leer. Was hatte Böhm mit dem verdammten Schlüssel gemacht?

Sie ging zurück zum Schreibtisch, nahm eine Büroklammer, die sie auseinanderbog und mit der sie sich am Schubladenschloss zu schaffen machte. Aber entweder war das Schloss zu kompliziert oder sie hatte einfach nicht die nötige Ruhe, jedenfalls bekam sie das dämliche Ding nicht auf.

Charly fluchte und trat gegen den unschuldigen Schreibtisch. Ihr Blick hastete über die Schreibtischplatte und blieb an Böhms massivem Brieföffner hängen. Es gelang ihr, mit dem Metall in den Spalt zwischen Schublade und Schreibtischplatte zu gelangen, und sie versuchte, das blöde Ding einfach aufzustemmen. Mit Hilfe der Hebelwirkung und ausreichend Wut sollte das doch möglich sein.

Und es war möglich. Holz splitterte, als die dämliche Schublade sich endlich bewegte, die ganze Frontplatte mitsamt Schloss und Riegel war auseinandergebrochen. Es sah aus wie auf einem Schlachtfeld, aber das war ihr herzlich egal, das einzige was zählte, waren die Akten. Die Mappen lagen noch da, wo Böhm sie deponiert hatte. Ermittlungsakten aus dem Jahr 1927.

Hatte sie es geahnt? Vielleicht sogar gewusst?

Doch irgendwas in ihr hatte sich geweigert, dieses Wissen zuzulassen.

Bruck stand unter dem Aktenzeichen auf der oberen Mappe. Der Name hatte ihr nichts gesagt, als sie ihn vor anderthalb Wochen gelesen hatte. Vater hatte selten die Namen von Strafgefangenen erwähnt, wie er ohnehin nur wenig über die Arbeit gesprochen hatte, aber diesen Namen hatte er ihr einmal genannt. *Der Häftling Bruck hat einen anderen Gefangenen umbringen wollen, da bin ich dazwischen. Musste den Schlagstock einsetzen. Seitdem liegt er im Koma.*

Der Zwischenfall, mit dem alles angefangen hatte. Ohne den alles andere nicht passiert wäre. Ohne den Christian Ritter noch leben würde.

Charly schlug die Akte auf und suchte das gerichtsmedizinische Gutachten.

Glioblastom. Da war es. Da stand es wieder, dieses Wort.

Der Häftling Bruck war nach dem Schlagstockhieb des Oberaufsehers Ritter nicht mehr aufgewacht und fünf Tage später gestorben. Ob an dem todbringenden Hirntumor oder an den Folgen des Schlages oder an etwas ganz anderem, das hatte die Gerichtsmedizin nicht mehr feststellen können. Wohl aber gemutmaßt, dass der Tumor den wütenden und sinnlosen Angriff auf Winkler ausgelöst hatte.

Dann erzählt Gereon etwas Ähnliches von einem Taxifahrer, der in den Tod gefahren ist, und Böhm kramt die alte Akte wieder hervor. Warum?

Die zweite Ermittlungsakte war nicht von Böhm geführt, ein Ereignis, zwei Wochen später. Eine Gasexplosion im Wedding.

Sie stieß die Akte von sich und zuckte zurück, als habe das Papier sie gebissen.

Sie mochte nicht daran denken, denn jedesmal, wenn sie daran dachte, sah sie sich am Lenzener Platz stehen, als sei sie eine andere, sah sich vor den rauchenden Trümmern, sah eine Welt zusammenbrechen. Sie hatte gedacht, jener Tag, der Tod ihres geliebten Vaters sei der Tiefpunkt ihres Lebens, doch es war noch nicht zuende.

Nur wenige Tage nach der Explosion tauchten erste Gerüchte auf: Der Oberaufseher Ritter habe sich mit dem Berufsverbrecher Winkler getroffen, weil er bestechlich gewesen sei. Jahrelang schon, so hatten schließlich auch einige Kollegen ausgesagt, habe Ritter von Winkler Geld bekommen, damit diesem die drei Jahre in Moabit so angenehm wie möglich gemacht werden konnten. Die Konsequenz jedenfalls war die postume unehrenhafte Entlassung von Christian Ritter aus dem preußischen Staatsdienst. Die Witwe und die zurückgebliebene Halbwaise hatten das Witwengeld aberkannt bekommen, und keine zwei Monate nach dem Tod von Christian Ritter hatten sie auch die Dienstwohnung räumen müssen.

Luise Ritter war zurück zu ihrer Familie nach Schwiebus gezogen. Charly, die gerade mit dem Studium anfangen wollte, hatte auf der Straße gestanden. Ohne Greta wäre sie damals verloren gewesen. Es war kaum zu ermessen, wieviel sie der Freundin verdankte. Charly hatte keine Ahnung, wie ihr Leben verlaufen wäre, hätte Greta sie damals nicht aufgenommen.

Sie zog die Akte wieder zu sich hinüber. Sie musste all ihre Kraft zusammennehmen und gegen den Widerwillen ankämpfen, diese Akte überhaupt auch nur anzufassen. Dann aber schlug Charly sie auf und begann darin zu blättern, mit eiserner Miene.

57

Er wusste nicht mehr, wo er noch nachschauen sollte. Rath hatte eine geschlagene Stunde damit verbracht, nach ihr zu suchen. Zunächst in der Carmerstraße, dann in den Nachtclubs und Tanzlokalen entlang der Kantstraße und entlang des Kurfürstendamms, hatte sogar in der Spenerstraße angerufen, wo aber niemand abgenommen hatte. Kein Wunder; Greta Overbeck war keine Frau, die an Samstagabenden zuhause saß.

Nachdem er ein zweites Mal in die Wohnung in der Carmerstraße geschaut hatte, beschloss er, noch einmal die Kantstraße hinunterzugehen. Und dann den Ku'damm. Diesmal mit einem Foto, das er in der Wohnung aus dem Rahmen genommen hatte. Rath hatte mittlerweile jede Scheu oder Scham verloren, wildfremde Menschen nach seiner Frau zu fragen. Mochten sie doch mutmaßen, was sie wollten, dass sie ihm durchgebrannt sei oder was auch sonst; er machte sich Sorgen, er wollte verdammt nochmal wissen, wo sie war. Wie es ihr ging.

Mit dem Foto machte er sich weniger lächerlich als befürchtet. Die meisten Leute hielten ihn für einen Polizisten. Und so, als sei er im Dienst, kam Rath sich irgendwann denn auch vor. Weil er all diese Läden völlig vergeblich abklapperte. Kein Mensch hatte Charly gesehen. Er wollte schon umdrehen und an der Wielandstraße zum Ku'damm abbiegen, da kam ihm eine Idee.

Böhms Büro. Das lag doch ganz in der Nähe.

Er trug ihren Mantel immer noch über dem Arm. Als könne der helfen, sie wiederzufinden. Der Betrieb auf der Kantstraße wurde ruhiger, die Passanten weniger; Bekleidungsgeschäfte lösten die Nachtlokale ab. Er blieb stehen. Da war das Gebäude. Und die Messingtafel. *Detektivbüro W. Böhm. Private Ermittlungen aller Art.* Im Bürofenster brannte Licht. Rath stutzte. Das Schlimmste, was ihm passieren konnte, wäre, auf Böhm zu treffen. Auch egal. Dann würde er ihm eben alles erzählen. Von seiner Dusseligkeit. Wobei Böhm auch nicht ganz unschuldig daran war, dass Charly misstrauisch geworden war.

Er hatte Glück, gerade schloss jemand die Haustür auf, mit dem er ins Haus gehen konnte. Ein misstrauischer Zeitgenosse.

»Sie wollen zu wem?«, fragte er.

»Bin ein Kollege von Herrn Privatermittler Böhm«, sagte Rath.

Der Hausbewohner musterte Rath noch einmal gründlich und ging dann seiner Wege.

Die Bürotür, neben der Böhms Firmenschild hing, war nicht abgeschlossen, Rath ging hinein. Bis auf die grüne Schreibtischlampe war alles dunkel, und im Lichtkegel dieser Lampe saß eine Frau im blauen Tanzkleid, zu ihren Füßen eine völlig zertrümmerte Schublade, vor sich auf dem Schreibtisch Akten, in die sie derart vertieft war, dass sie sein Eintreten gar nicht bemerkt hatte.

Er räusperte sich, und sie schreckte auf. Schaute ihn mit großen Augen an. Schien aus einer anderen Welt zu kommen.

»Gereon!«

Immerhin, sie beschimpfte ihn nicht gleich. Schien sich seit dem Vorfall im Delphi beruhigt zu haben. Trotz des Studiums dieser Akten. Oder vielleicht auch deswegen. Vielleicht musste sie sich diesen Dingen endlich stellen und sie nicht ewig wegschieben, als seien sie nie geschehen.

»Du glaubst gar nicht, wo ich dich überall gesucht habe«, sagte er.

»Ich ...«

Sie wusste nicht, was sie sagen sollte. Das hatte Rath noch nicht so oft bei ihr erlebt.

Er zeigte ihr, was er über dem Arm trug. »Hier, dein Mantel.«

Er ging zu ihr hinüber und legte ihr den Mantel über die Schultern. Wie kalt ihre Arme waren.

»Kannst du das?«, fragte er. »Diese Akten lesen?«

Sie nickte und lehnte ihren Kopf an seinen Bauch. Und dann begann sie zu weinen, ganz leise und lautlos, eigentlich war es gar kein richtiges Weinen, da war kein Schluchzen, das sie schüttelte, da waren nur die Tränen, die ihr über die Wangen liefen. Vielleicht war Erleichterung das richtige Wort. Aber vielleicht war sie auch einfach nur froh, dass er da war und sie nicht mehr alleine.

Er wusste es nicht, er streichelte ihr durchs Haar und merkte mit einem Mal, wie müde er war.

Was für ein Tag, was für ein Abend! Was für eine Achterbahnfahrt! Kein Wunder, dass ihn dieses Auf und Ab zwischen Hoffen und Bangen richtiggehend erschöpft hatte. Ihr schien es ähnlich zu gehen. Auch sie wirkte müde und in ihrer Müdigkeit friedfertig. Wahrscheinlich war sie wirklich einfach nur zu erschöpft, um weiter mit ihm zu streiten. Ihm sollte es recht sein.

»Ich glaube, du bist mir eine Erklärung schuldig«, sagte sie.

Er nickte und zeigte auf den ramponierten Schreibtisch.

»Ich fürchte allerdings, dass wir auch Böhm eine Erklärung schuldig sind.«

Sie lächelte. Immerhin.

»Charly«, sagte er, »du hast recht, und ich werde dir auch alles erzählen, selbst wenn Böhm mich deswegen umbringen sollte.«

Er zog sie hoch und nahm sie in den Arm. Sie ließ es nicht nur geschehen, sie schmiegte sich an ihn, als sei er der einzige Mensch auf der Welt, der sie festhalten und vor einem Sturz ins Bodenlose bewahren könne. Als sei sie ein kleines Mädchen, das sich an seinen Vater klammert.

Eine andere Geschichte

Rittergut Libzow bei Stolp, Hinterpommern
Sonntag, 21. März 1920

E igentlich darf es euch gar nicht mehr geben. Nicht eure Uniformen, nicht eure Karabiner, die zu Pyramiden aufgestellt zwischen den Lagerfeuern stehen, und am allerwenigsten euch selbst, die müden Männer, die rund um die Feuer sitzen, die Soldaten der Eisernen Division. Von eurer einst vierzehntausend Mann umfassenden Truppe ist nicht mehr viel übrig. Ihr seid der Rest eines Bataillons von zwölfen, die in Kurland gekämpft haben. Gegen die Bolschewisten, gegen die Letten, gegen alle, die sich euch entgegenstellten. Wenn es sein musste, auch gegen Deutsche.

Dieser Krieg im Baltikum war brutaler noch als der Weltkrieg; das weißt du, weil du beide miterlebt hast. Jeder Zivilist, der euch in die Quere kam, war dem Tode geweiht, ihr habt keine Gefangenen gemacht. Allzuviele in der Eisernen Division sind Sadisten, Verbrecher, Gesindel. Daran hat auch die harte Disziplin nichts geändert, mit der ihr befehligt werdet, keine einzige Exekution hat daran etwas geändert, noch auf dem Rückmarsch ins Reich kurz vor Weihnachten haben einige von euch das Plündern nicht sein lassen können, selbst als ihr euch bereits auf ostpreußischem Gebiet befunden habt. Was eure Zahl weiter dezimiert hat. Kein Pardon. Eiserne Disziplin.

Auf dem Rittergut hier hattet ihr schon vor dem Berliner Abenteuer Quartier genommen, und jetzt ist es eure letzte Zuflucht. Vor Wochen schon hättet ihr nach dem Willen der Reichsregierung die Uniformen ausziehen und als Zivilisten eurer Wege gehen sollen. Doch die meisten von euch wissen nicht wohin, haben nichts anderes gelernt als Krieg. Auch du weißt nicht wohin. Du hast etwas anderes gelernt, du bist Mediziner, doch kannst du nicht als Arzt arbeiten. Jedenfalls nicht offiziell. Und dass du dein Studium nicht abgeschlossen hast, ist dabei nicht einmal das größte Problem.

Der Marsch auf Berlin vor einer Woche war eure große Hoffnung, dass es weitergeht mit dem Kämpfen. Dass ihr diesen Kampf dann genauso verloren habt wie den verdammten Weltkrieg, ohne militärisch je besiegt worden zu sein, das hat die meisten hier mehr getroffen als die Niederlage selbst. Ohne groß auf Widerstand zu stoßen seid ihr in die Reichshauptstadt einmarschiert, habt ein paar Scharmützel gegen Rote gefochten, die keine Chance hatten, das war's. Und dann reichte ein läppischer Generalstreik, um alles zu beenden. Aber vielleicht sind Kapp und Lüttwitz einfach auch nur zu dämlich, der Möchtegernkanzler, der sich schon nach Schweden abgesetzt hat, wie man hört, und der General ohne Plan.

An der Truppe jedenfalls hat es nicht gelegen, die war und ist zu allem bereit. *Baltikumsverbrecher* hat man euch genannt in Berlin. Und wenn du darüber nachdenkst, wenn du dich hier unter den immer betrunkener werdenden Kameraden umschaust, musst du sagen, dass sie auf eine erschreckende Weise recht damit haben.

Dass der Putsch misslungen ist, das ist dir eigentlich schnuppe, du interessierst dich nicht für Politik. Die einzige Sorge, die du hast, die die meisten von euch haben, ist die, dass du nicht weißt, wie es weitergeht, wenn all das hier zuende ist. Und das ist es, es ist vorbei, auch wenn die Männer hier das niemals zugäben. Im Grunde genommen schon, seit die Kämpfe in Berlin gescheitert sind, seit Kapp und Lüttwitz aufgeben mussten.

Berlin. Dort hat das baltische Abenteuer für dich auch angefangen, in einem Büro zwischen Wittenbergplatz und Nollendorfplatz, wo ein Leutnant Männer für den Kampf in Kurland rekrutiert hat – und das nach dem Waffenstillstand in Compiegne, der den Krieg doch eigentlich beenden sollte. Dem hast du, als du dich – ziellos, heimatlos, zukunftslos – in Berlin herumgetrieben hast, nicht widerstehen können. Also bist du zurückgegangen in den Krieg. Vielleicht auch, weil du vergessen wolltest, vergessen musstest.

Nun sitzt du hier mit den anderen am Lagerfeuer, trinkst heißen Grog aus Emaillebechern und weißt, dass es bald vorbei sein wird. Die Eiserne Division existiert längst nicht mehr, die meisten von euch sind mit der Brigade Ehrhardt nach Berlin marschiert und haben sich weiße Hakenkreuze auf ihre Stahlhelme gemalt.

Du hältst dich raus aus so etwas. Hältst dich abseits, beteiligst dich auch jetzt nicht an ihren Gesprächen. Es lohnt nicht, mit betrunkenen Soldaten zu reden, allenfalls kann es sich lohnen zuzuhören. Das ist eine der Lektionen, die du gelernt hast in den letzten Jahren. Und du hast viel gelernt in den letzten Jahren, mehr als dir lieb ist.

Du trinkst einen Schluck Grog und lässt deinen Blick wandern; das Bild erinnert dich trotz der modernen feldgrauen Uniformen an ein Landknechtlager aus dem Dreißigjährigen Krieg, ein Krieg, der diesen Landstrich wesentlich schlimmer heimgesucht hat als der Weltkrieg, dem Pommern lediglich allzuviele Söhne hat opfern müssen. Pommerland ist schon lange nicht mehr abgebrannt. Nirgends ist schwere Artillerie zu sehen, geschweige denn Tanks oder Kraftfahrzeuge. Vor dem Stallgebäude hingegen sind Pferde angebunden, die ihre Hafersäcke leerfressen, und auf dem Hof zwischen Stall und Remise, auf dem ihr lagert, stehen die Gewehrpyramiden in Reichweite, als könne es jederzeit ernst werden und Wallensteins Truppen angreifen.

Ihr erwartet weder Tilly noch Wallenstein, ihr erwartet Kameraden; Kameraden, die ihr noch nicht kennt, die jedoch genauso untertauchen müssen wie ihr. Es sind Männer des Freikorps Roßbach, die den Putsch im Mecklenburgischen unterstützt haben, und nun einen ruhigen Ort brauchen, um den Lauf der Dinge abzuwarten. Und ein Gutshof im hintersten Pommern ist ein perfekter Ort für diesen Zweck.

Ein Ruf der Wache reicht, und alle springen auf, greifen zu den Gewehren; in nullkommanichts sind die Pyramiden abgeräumt und die Männer gefechtsbereit. Man kann nie wissen. Du hast keinen Karabiner, du hast nur deine Ordonanzwaffe. In den vergangenen Jahren hast du mehr schießen müssen als im gesamten Weltkrieg, aber deine Aufgabe ist eine andere; du hast dich um die Verletzten zu kümmern, hast nach Exekutionen, und davon hattet ihr reichlich, den Tod der Delinquenten zu bestätigen. Du bist derjenige, der die Soldaten wieder zusammenflickt, du bist derjenige, der die Schmerzen lindert, und deshalb genießt dein Name Respekt in der Truppe. Deshalb kannst du dir erlauben, dich abseits von den anderen zu halten, eine gewisse Distanz zu waren. Auch weil sie wissen, dass du nicht zögerst, jeden, der sich mit dir anlegen will, in die Schranken zu weisen. Dass du im Schmerzen zufügen ebenso gut bist wie im Schmerzen lindern.

Die Männer, die ankommen, tragen Stahlhelme und sind müde. Angeführt werden sie von einem Leutnant zu Pferde, der arrogant auf die Fußtruppen hinabschaut, ganz gleich, ob es seine eigenen sind oder die, die ihn erwarten. Selbst auf Hauptmann Loerzer, der ihn und die Roßbacher willkommen heißt, schaut er hinab.

Schon die Körperhaltung des Reiters ist dir vertraut vorgekommen, nun erhaschst du einen ersten Blick auf das Gesicht, dessen Schatten im Schein der Lagerfeuer tanzen. Du kennst dieses Gesicht und willst den Kopf senken, doch eure Blicke haben sich bereits gekreuzt.

Du suchst dir einen Platz weitab von den anderen, weitab von der Truppe, weitab von den Offizieren. Beobachtest aus der Ferne, wie sich die fremden Soldaten zu deinen Kameraden gesellen, wie der Leutnant vom Pferd steigt und es einem Stallburschen übergibt, wie er die Reithandschuhe auszieht und sich von Hauptmann Loerzer berichten lässt, als sei er ein General und nicht der Rangniedrigere. Standesdünkel. Leutnant von Bülow entstammt einem alten, weitverzweigten Adelsgeschlecht.

Du sitzt am Feuer und ziehst an der Pfeife, die du dir gerade angezündet hast, wartest darauf, dass der Abend vorübergeht. Überlegst, was zu tun ist. Du musst gehen, hättest die Truppe längst verlassen sollen; die Situation ist ähnlich wie vor anderthalb Jahren, die Dinge sind in Auflösung begriffen, niemand hätte dir eine Träne nachgeweint, wärest du einfach in Berlin geblieben und hättest die Uniform ausgezogen, niemand sich auf deine Fährte gesetzt. Nur hattest du nicht gewusst wohin, also bist du mit ihnen zurück nach Pommern gezogen.

Es knirscht im Kies, schwere Stiefel nähern sich. Reitstiefel. Leutnant von Bülow stellt sich neben dich und schaut ins Feuer. Dir bleibt nichts anderes übrig, du stehst auf und salutierst. Von Bülow mustert die Sanitätsuniform. So überheblich und so despektierlich wie er alles und jeden mustert.

»Sanitäter, was?«

»Jawohl, Leutnant.«
»Name? Dienstrang?«
»Sanitätsfeldwebel Marlow, Leutnant. Gehorsamst zu Diensten.«
»Marlow?«
»Jawohl, Leutnant.«
»Schon lange bei den Eisernen, Feldwebel?«
»Habe mich anno neunzehn einschreiben lassen.«
»Gleich zu den Sanitätern?«
»Die werden überall gebraucht. Und ich verfüge über medizinische Kenntnisse.«
»Wo erworben?«
»Studium der Medizin. Universität ... München.«
»München? Tatsächlich? Mit Abschluss?«
»Nein, Leutnant. Habe die Universität zu Kriegsbeginn verlassen und mich freiwillig gemeldet.«
»Soso.« Von Bülow nickt, als denke er nach. »Feldwebel Marlow also?«
»Jawohl, Leutnant.«
»Sagen Sie, Feldwebel, sagt Ihnen der Name Larsen etwas?«
»Wie bitte?«
»Feldwebel Larsen. Ebenfalls Sanitätsoffizier. Zuletzt in Pasewalk stationiert. Nicht weit von hier.«
»Nie gehört.«
»Sicher?«
»Sicher.«
»Dann waren Sie nie in Pasewalk?«
»Nein, Leutnant. Nie.«
»Komisch. Ihr Gesicht kommt mir bekannt vor.«
Bülow mustert dich so lange, dass du dem Blick kaum standhalten kannst. Du dankst Gott für deine starken Nerven.
»Sie könnten Larsens Bruder sein«, endet der Leutnant schließlich das Schweigen. »Larsen selbst, so wurde erzählt, soll bei einem Feuer in seinem Elternhaus ums Leben gekommen sein. Gut Altendorf in Mecklenburg.«
»So?«
»Aber daran habe ich nie geglaubt. Wenn Sie meine Meinung hören wollen: Er hat sich in den Wirren der Novembertage acht-

zehn einfach aus dem Staub gemacht. Hat sämtliche Morphiumvorräte mitgehen lassen und ist desertiert. Versucht bis heute, seiner gerechten Strafe zu entgehen.«

»Mit Verlaub, Leutnant: Warum erzählen Sie mir diese Geschichte?«

Von Bülow mustert dich. »Ich denke, das wissen Sie.«

»Ich fürchte, ich verstehe nicht ganz ...«

»Warten Sie ab, dann werden Sie verstehen.«

Sein Blick bleibt lauernd, doch du gibst dir keine Blöße. Du stehst stramm und salutierst.

»Mit Verlaub, Leutnant: Bitte um Erlaubnis, mich zurückziehen zu dürfen. Es ist schon spät. Und wir haben einen harten Tag hinter uns.«

Von Bülow nickt. Und schaut dich an. Unentwegt.

»Sicher. Ziehen Sie sich zurück. Aber ...«

»Ja, Leutnant?«

»... denken Sie nicht einmal im Traum daran zu desertieren. Ich werde Sie jagen.«

»Werde Herrn Leutnant bestimmt keinen Grund geben, mich zu jagen.«

»Wir werden sehen. Aber eines sollten Sie wissen, Feldwebel: Ich bin ein guter Jäger.«

Du salutierst ein letztes Mal. Es wird Zeit zu gehen.

»Wünsche dem Herrn Leutnant eine gute Nacht.«

Seit Stunden schon liegst du in deiner Schlafstube und lauschst mit offenen Augen auf die Geräusche draußen, auf das Lachen und die Flüche, auf die Stimmen, die nach und nach ersterben, bis schließlich alles verstummt und nur noch das Quaken der Frösche aus dem nahen Sumpf zu hören ist.

Der Moment ist gekommen, du stehst auf, noch vollständig angekleidet, hast auch sonst alles vorbereitet. Du musst nicht einmal über den Hof, Leutnant von Bülow nächtigt im Herrenhaus, wie alle Offiziere. Wachen gibt es nur vor dem Hauptportal und vor dem Hoftor, du begegnest niemandem, gelangst ohne Zwischenfälle an dein Ziel.

Die Tür knarrt ein wenig, dann stehst du auch schon vor dem Bett. Sein Gesicht wird vom Mond beschienen, der Brustkorb hebt und senkt sich langsam, leises, regelmäßiges Schnarchen, das plötzlich aufhört.

Von Bülow ist erwacht. Reißt erst die Augen auf, dann den Mund. Will schreien, doch du bist schon bei ihm, drückst ihm das Gesicht tief in die Kissen, drückst solange, bis das Zappeln aufhört und sein Körper schlaff auf die Matratze sinkt. Fünfzehn, zwanzig Sekunden, bis das Gehirn wieder genügend Sauerstoff hat und das Bewusstsein zurückkehrt.

Du setzt dich auf die Bettkante, schlägst die Wolldecke zurück und bindest den linken Knöchel ab, bis die Venen auf dem Fußrücken hervortreten. Die Spritze ist schon aufgezogen, alles vorbereitet, du setzt sie genau zwischen den großen Zeh und seinen Nachbarn. *Digitus pedis maximus* und *digitus pedis secundus*, aus irgendeinem Grund erinnerst du dich daran, wie ihr euch damals im Studium über die lateinischen Bezeichnungen lustig gemacht habt. Du lächelst und drückst den ganzen Inhalt des Kolbens zwischen die beiden Zehen, tupfst die Stelle mit einem Wattebausch ab, nachdem du die Nadel aus der Vene gezogen hast. Dann entfernst du die Staubinde.

Du könntest jetzt gehen, die Arbeit ist getan, doch du bleibst. Packst die Spritze ins Etui, steckst den Wattebausch ein und rollst die Tourniquetbinde wieder zusammen.

Nach genau einundzwanzig Sekunden kommt von Bülow wieder zu sich. Braucht einen Moment, um sich zu erinnern, um zu verstehen. Setzt sich auf und funkelt dich an.

»Was ist das? Kommst her, mich zu erwürgen, Bursche, aber dir fehlt der Mumm, was? Wird dich nicht retten, du Lump. Ich bringe dich vors Standgericht! Den nächsten Sonnenuntergang wirst du nicht mehr erleben.«

Du antwortest ganz ruhig. Wie ein Arzt, der mit seinem Patienten spricht.

»Sie sollten sich wieder hinlegen, Leutnant von Bülow. Ihnen bleibt nicht viel Zeit.«

Der Leutnant stutzt. Scheint zu merken, dass sein Gegenüber recht hat. Der Sanitäter. Den er als Larsen kennt und der hier Marlow heißt. Und für immer so heißen soll. Magnus Larsen ist tot. Johann Marlow aber lebt. Und wird auch den heutigen Tag überleben. Friedrich von Bülow nicht.

Der Leutnant legt sich tatsächlich wieder auf die Seite. Schmerzen dürfte er keine spüren, ganz im Gegenteil. Aber die Schwäche, die sich jetzt in seinem Körper ausbreitet, fordert ihren Tribut.

»Was hast du mit mir gemacht, Larsen?«, fragt er, seine Stimme klingt brüchig und heiser. »Was hast ... du mit mir gemacht?«

Und dann, so schnell hast du das noch nie erlebt, setzt die Atmung aus, mit einem Mal; kein Hecheln, kein Röcheln geht dem Exitus voraus. Die Dosis war reichlich bemessen, du musstest auf Nummer sicher gehen.

Du vergewisserst dich an des Leutnants Halsschlagader, dass wirklich alles vorbei ist, dann erst verlässt du das Zimmer. Gehst zurück in deine Kammer, wirfst den Wattebausch in den Ofen, packst Spritze und Tourniquetbinde zurück in deine Arzttasche und legst dich hin.

Du brauchst deinen Schlaf, denn morgen früh werden sie dich rufen. Werden dich rufen, sobald Bülows Bursche seinen Leutnant wecken will und merkt, dass er ihn nicht mehr wecken kann. Sie müssen dich rufen, denn du bist derjenige, der hier die Totenscheine ausstellt.

Deine letzte Amtshandlung, bevor du die Truppe verlassen wirst. Diesmal endgültig und für immer. Die einzigen Kriege, die du noch führen wirst, werden deine eigenen sein.

Dritter Teil

Sonntag, 15. September, bis Freitag, 11. Oktober 1935

58

Selbst auf dem Nürnberger Bahnhofsplatz, wo Hunderte Menschen wild durcheinanderwuselten, an diesem Tage sogar Tausende, weil die Züge, die sie vom Reichsparteitag wieder nach Hause brachten, nahezu im Minutentakt fuhren, hielt die Hitlerjugend ihre Marschordnung ein. In Achterreihen hatten sie sich unter einem der Lautsprecher versammelt, die überall an den Laternenmasten hingen und die wichtigsten Radioübertragungen für alle zugänglich machten. Ihr Sonderzug nach Berlin ging erst in anderthalb Stunden, aber Oberbannführer Rademann hatte ihnen befohlen, früher aufzubrechen, damit sie den Führer vor dem Reichstag sprechen hören konnten, der heute in der Luitpoldhalle tagte. Noch allerdings dudelte langsame Orgelmusik über den Platz, irgendso'n Kirchenzeug, nicht gerade die Musik, die Fritze mochte. Außer der Berliner HJ-Abordnung war auch noch niemand stehengeblieben, um zu lauschen, aber sie, sie standen. Weil Rademann es so befohlen hatte.

Stillstehen war immer das, was er am meisten hasste. Vorhin durch die Stadt zu marschieren, ein Lied auf den Lippen, so etwas mochte er. Alle hatten der HJ auf ihrem Weg von Fürth nach Nürnberg respektvoll Platz gemacht, nur einmal hatten sie stehenbleiben müssen, als ein großer Konvoi schwerer Tanks ihren Weg kreuzte, auf dem Weg zum Lagerplatz des Reichsheeres in Gebersdorf. Es war verdammt beeindruckend, diese lärmenden, stählernen Ungeheuer zu erleben, die schon Angst erzeugten, bevor sie überhaupt einen Schuss abgegeben hatten. Deutschlands neue Waffe. Morgen fand auf dem Zeppelinfeld die große Militärparade statt, angeblich die größte, die Deutschland je gesehen hatte. Während der Führer sich von Deutschlands neuer militärischer Stärke überzeugen konnte, würden seine Hitlerjungen schon wieder die Schulbank drücken. Das war der einzige Wermutstropfen, ansonsten freute Fritze sich auf Berlin, konnte es eigentlich kaum erwarten, endlich im Zug zu sitzen. Stattdessen standen sie hier herum, standen stramm und lauschten.

Die Orgel hatte aufgehört, der Führer sprach, und seine Stimme schaffte, was die feierliche Musik nicht vermocht hatte: Auf dem Platz wurde es still wie in einer Kirche. Hitler erklärte, dass der Reichstag deshalb in Nürnberg tage, weil die heute zu verabschiedenden Gesetze in einem engen Zusammenhang zur nationalsozialistischen Bewegung stünden. Alle lauschten andächtig, doch Fritze war nicht ganz bei der Sache.

Irgendwie war die Luft raus seit gestern, seit ihrem großen Tag im Stadion und der Führerrede. Er hatte sich gefreut, Gereon zu sehen, und sich dabei ertappt, dass er tatsächlich lieber mit ihm zurück nach Berlin gefahren wäre als mit Oberbannführer Rademann und den anderen im Sonderzug. Zunächst hatte er das für Heimweh gehalten und dagegen angekämpft, dann aber gemerkt, dass es etwas anderes war: Er hatte keine Lust mehr. Keine Lust auf die Nächte im Zelt, auf die Uniform, überhaupt auf die Hitlerjugend, es war einfach zuviel. Seit Wochen hieß es Strammstehen, Exerzieren, Appell; er wollte mal wieder ein normaler Junge sein. Wollte vor allen Dingen auch mal wieder allein sein und ein Buch lesen. Gerade jetzt, wo sie ihm den neuen Kästner geschenkt hatten. Über so etwas konnte er mit seinen Kameraden nicht sprechen. Mit Rademann, so verständnisvoll der sonst war, auch nicht.

Zusammen mit Max, dem Jungen aus Reinickendorf, den er auf dem Marsch kennengelernt hatte und mit dem er sich gut verstand, war Fritze nach dem Abschied von Gereon noch zwischen den Buden und Ständen über das Volksfest geschlendert, das sich zwischen den Zeppelinwiesen und dem Stadion ausbreitete. Wurst- und Lebkuchenbuden, Kletterbäume, Wurfbuden, Sackhüpfen, Haut den Lukas – auf nichts hatte er rechte Lust gehabt, nicht einmal auf das Freundschaftsspiel Schalke gegen Nürnberg, das den Höhepunkt der Sportwettkämpfe im Stadion darstellte; die beiden besten deutschen Fußballmannschaften im Duell.

Maxe und er hatten einen Blick in das riesige Bierzelt geworfen, lange Tischreihen, vollbesetzt mit rotgesichtigen Männern, die allesamt die Uniformen der Bewegung trugen und dicke Bierhumpen leerten. Dieser Anblick hatte Fritze endgültig ernüchtert. Hatten die alle nicht zugehört, was der Führer zum Idealbild des deutschen Mannes gesagt hatte, zu den *Bierspießern*, deren Zeit abgelaufen war? Dass die nationalsozialistische Jugend andere Ideale habe als das des trinkfesten Mannes. Fritze hatte mit dem Kopf geschüttelt und gemerkt, dass er diese Männer, obwohl es doch allesamt Nationalsozialisten waren, verachtete, wenn nicht sogar verabscheute.

Und dieses Gefühl hielt an. Der Zauber war verflogen, es war, als erblicke er hinter jeder schönen Fassade eine hässliche Wahrheit, selbst das Feuerwerk gestern Abend hatte seine Stimmung nicht aufhellen können. Wo die anderen bunte Feuerblumen am Himmel sahen, da war für ihn nur Blitz und Rauch, Lärm und Gestank.

Er kannte das. Er hatte sich auch früher schon so gefühlt, immer mal wieder, meist nach besonders schönen Zeiten in seinem Leben. Zum Glück hatte sein Leben so viele schöne Zeiten bislang nicht gekannt. Manchmal fragte er sich, ob er nicht doch auf der Straße am glücklichsten gewesen war. Damals die Zeit mit Hannah, trotz der schrecklichen Dinge, die sie erlebt hatten. Als sie dann weggegangen war, hatte Fritze sich ähnlich ernüchtert gefühlt wie jetzt. Obwohl er sich doch hätte freuen müssen, weil Charly und Gereon ihm ein neues Zuhause gegeben hatten. Hatte er ja auch, aber eben nicht so richtig.

Er vermisste Hannah bis heute. Fragte sich, wie es ihr wohl gehen mochte. Wusste, dass er das nie erfahren würde, dass sie ihm niemals sagen würden, wo sie jetzt lebte. Weil das niemand wissen durfte. Das einzige, was er wusste, war, dass sie sich jetzt Hannelore nannte. Aber sollte er ganz Deutschland nach einer Hannelore absuchen?

Ein kurzer Schmerz an den Rippen holte ihn in die Wirklichkeit zurück. Max, der neben ihm stand, hatte ihn in die Seite geboxt. Jetzt bemerkte Fritze auch den missbilligenden Blick von Oberbannführer Rademann und nahm wieder Haltung an. Er hatte sich gehen lassen, das durfte nicht passieren. »Träumer und Spinner können wir in der HJ nicht gebrauchen«, hatte Rademann einmal in irgendeiner seiner Reden gesagt, und deswegen wollte Fritze auch nicht für einen gehalten werden. Weder für einen Träumer noch für einen Spinner. Er stand wieder stramm und hörte zu.

»*Die deutsche Reichsregierung*«, tönte Hitlers Stimme aus dem Lautsprecher, »*ist dabei beherrscht von dem Gedanken, durch eine einmalige säkulare Lösung vielleicht doch eine Ebene schaffen zu können auf der es dem deutschen Volke möglich wird, ein erträgliches Verhältnis zum jüdischen Volke finden zu können. Sollte sich diese Hoffnung nicht erfüllen, die innerdeutsche und internationale jüdische Hetze ihren Fortgang nehmen, wird eine neue Überprüfung der Lage stattfinden. Ich schlage nun dem Reichstag die Annahme der Gesetze vor, die Ihnen Parteigenosse Reichstagspräsident Göring verlesen wird.*«

Nach einer Weile schnarrte Görings Stimme über den Platz, und die Andacht der Menge war längst nicht mehr so groß wie bei Hitler. Der Reichstagspräsident verlas die neuen Gesetze, das Reichsflaggengesetz, das die Hakenkreuzflagge zur offiziellen deutschen Nationalflagge machte, damit sie im Ausland nicht mehr beleidigt werden konnte, und das *Gesetz zum Schutze des deutschen Blutes und der deutschen Ehre*, das der Führer angekündigt hatte.

»*Reichsbürger ist nur der Staatsangehörige deutschen oder artverwandten Blutes*«, las Göring vor, »*der durch sein Verhalten beweist, dass er gewillt und geeignet ist, in Treue dem deutschen Volk und Reich zu dienen. Eheschließungen zwischen Juden und Staatsangehörigen deutschen oder artverwandten Blutes sind verboten.*«

Im Reichstag brach ungeheurer Jubel los, in den fast alle auf dem Bahnhofsvorplatz einstimmten. Fritze blieb stumm. Er hatte sich noch nie viel Gedanken zur Rassenfrage gemacht. Dass die Juden im In- und Ausland gegen das nationalsozialistische Deutschland hetzten, das hörte man ja immer wieder, und natürlich musste man dagegen etwas tun. Zum Beispiel mit dem Flaggengesetz.

Aber das andere? Es waren doch nicht alle Juden gleich, es hetzten doch nicht alle Juden gegen Deutschland.

Hannah war jüdisch, aber die hatte nie gegen Deutschland gehetzt. Die hatte auch niemanden ausgebeutet. Die war einfach eine arme Socke, die auf der Straße lebte, weil ihr Vater ohne Beine aus dem Krieg zurückgekehrt war. Ein Jude, der Deutschland seine Beine geopfert hatte.

Und so ein Mädchen, das tapferste und schönste Mädchen, das

er jemals kennengelernt hatte, sollte einer wie er nicht heiraten dürfen? Das verstehe, wer wolle, er verstand es nicht.

Er hatte alles mitgeschrieben und fleißig gepaukt, was Lehrer Krause seiner Klasse zur Rassenkunde gesagt hatte, und aus dessen Mund hörte es sich auch völlig logisch an, doch richtig verstanden hatte Fritze es, wenn er jetzt darüber nachdachte, eigentlich nie.

Die Kameraden machten Witze, nachdem Göring das ganze Gesetz verlesen hatte.

»Schade«, flüsterte einer, ein paar Reihen hinter Fritze, »ich kenn da eine Judenschlampe, der ich's gerne mal besorgen würde.«

Fritze spürte, wie er wütend wurde, am liebsten hätte er dem Kerl das Maul gestopft, mit den Fäusten. Und allen, die da kicherten. Aber das war nicht mehr nötig; Rademanns strenger Blick traf den vorlauten Kerl, und der verstummte.

»Das ist kein Anlass für Witze«, sagte der Oberbannführer. »Hier hat der Reichstag in Gesetzesform gegossen, was in der Bewegung und im deutschen Volk schon lange verlangt wurde. Es geht darum, die Reinheit des deutschen Blutes und damit den Fortbestand des deutschen Volkes zu sichern, das ist eine sehr ernste Sache.«

Wieder konnten sich einige des Kicherns nicht enthalten.

»Wenn ein Judenbengel einem deutschen Mädchen nachstellt«, fuhr Rademann fort, »so reicht schon ein einziger Fehltritt, und sie ist für immer rassisch verseucht!«

Das hatte Fritze schon öfter gehört, aber er konnte es einfach nicht glauben. *Rassisch verseucht!* Er konnte sowieso nicht glauben, dass man Menschen züchten konnte wie Hunde, und wenn man es doch konnte, sollte man es jedenfalls nicht tun. Ob ein Mensch gut oder schlecht war, das hatte doch nichts mit seiner Rasse zu tun, sondern allein mit seinem Charakter und seiner Einstellung. Warum konnte denn ein anständiger Jude nicht auch ein anständiger Deutscher, ja ein anständiger Hitlerjunge sein? In seiner Klasse waren einige jüdische Jungen gewesen, die hätte er sich prima in der HJ vorstellen können, und die meisten, mit denen er gesprochen hatte, hätten auch gerne mitgemacht, die waren glühende Patrioten. Dann aber war eines Morgens Lehrer Krause in die Klasse gekommen und hatte kundgetan, »dass eure mosaischen Mitschüler uns heute verlassen, um fortan in einer Schule zu lernen, die ihnen mehr entspricht«. Sie hatten nicht einmal mehr Abschied nehmen können.

All das hatte Fritze fast vergessen, doch jetzt merkte er, dass es ihm nicht gefiel, wenn Rademann von *Judenbengeln* sprach. Die jüdischen Jungen, die er gekannt hatte, waren keine Judenbengel. Und was, wenn er einem jüdischen Mädchen den Hof machte, wäre er dann ein Arierbengel?

Er hatte keine Zeit mehr, darüber nachzudenken; Rademann mahnte zum Aufbruch; ihr Zug fuhr in einer Viertelstunde ab. Ein, zwei Befehle aus Rademanns Mund, und die Berliner HJ-Abordnung marschierte in geschlossenen Zweierreihen in den Nürnberger Hauptbahnhof ein. Wie am Schnürchen. Besser, so dachte Fritze, würden es die Wehrmachtsoldaten morgen bei ihrer Parade auch nicht hinkriegen. Nur dass die ihr Publikum auch mit Tanks beeindrucken konnten und mit Flugzeugen. Naja. In ein paar Jahren würde auch er dazugehören.

Er und seine Kameraden sprachen oft davon: die Wehrmacht oder die SS, das war schon was, das war ihr Traum. Auch Fritze mochte das Militärische, ein großes Land wie Deutschland brauchte eine starke Armee, um sich wieder Respekt zu verschaffen. Die Kameraden allerdings, die davon träumten, in den Krieg zu ziehen, die konnte er nicht verstehen. Fritze wollte nicht in den Krieg. Krieg hieß töten, und er wollte nicht mehr töten. Niemals. Er wusste, wie schrecklich sich das anfühlte, er hatte schon zwei Menschen getötet, nur durfte das niemand wissen, obwohl es beides üble Gesellen und Verbrecher gewesen waren. Manchmal wünschte er sich, dass er wenigstens von dem Berufsverbrecher erzählen dürfte, den er zur Strecke gebracht hatte, damit die Kameraden ihn nicht für eine Memme hielten, wenn er davon sprach, lieber nicht in einen Krieg ziehen zu wollen. Aber das konnte er nicht, das hatte Gereon verhindert, der hatte die Lorbeeren eingeheimst, war für den toten Schwerverbrecher sogar befördert worden.

Vielleicht war es auch besser so. Jedenfalls wusste Friedrich Thormann, wovon er sprach, wenn es ums Töten ging. Die Kameraden, die damit prahlten, wie viele Franzosen oder Russen sie im Kriegsfall abstechen wollten, wussten das nicht.

Auch deswegen vermisste er das Alleinsein; manchmal hatte er einfach das Gefühl, es gebe niemanden auf der Welt, der ihn wirklich verstand. Bis auf seine Bücher.

In der Bahnhofshalle war es schön kühl. Bald wäre er wieder in Berlin. Bald könnte er wieder lesen.

59

Das Postamt in der Christianiastraße hatte Rath noch nie zuvor betreten. Dass es überhaupt existierte, wusste er von Erika Voss, die mal in der Nähe gewohnt hatte. Nun aber wohnte niemand mehr hier, der Gereon Rath auch nur im entferntesten kannte. So hoffte er jedenfalls.

Das Postamt lag weit weg vom Alex, weit weg vom Steinplatz, weit weg von der Prinz-Albrecht-Straße, weit weg von Kreuzberg und weit weg vom Rheingauviertel. Wenn der SD ihn hier beobachtete, müsste es schon mit dem Teufel zugehen. Oder es wäre ohnehin alles zu spät, weil sie ihn bereits lückenlos überwachten.

Aber das glaubte er nicht. Auf der Fahrt in den Berliner Norden hatte er aufgepasst. Einmal hatte er geglaubt, ein schwarzer Mercedes verfolge ihn, doch dann war der, ohne dass Rath irgendein Täuschungsmanöver hatte fahren müssen, an der Badstraße abgebogen. Seitdem hatte sich niemand mehr an ihn rangehängt.

Das Postamt war größer, als er erwartet hatte. Es war früh am Morgen, doch vor allen Schaltern hatten sich schon Warteschlangen gebildet. Rath suchte sich die vermeintlich schnellste und reihte sich ein. Bis Dienstbeginn war noch Zeit.

Während des Wartens dachte er an Charly. Fragte sich, wie es ihr wohl gerade gehen mochte. Dabei hatte er sie vor einer halben Stunde noch gesehen.

Obwohl es schon spät war in der Nacht auf Sonntag, hatten sie lange gebraucht, bis sie eingeschlafen waren. Weil sie geredet hatten, sich soviel erzählt hatten wie schon ewig nicht mehr. Sie hatte ihm zum ersten Mal von dem Tag erzählt, an dem ihr Vater gestorben war. Dass da eine Einladung gewesen sei, ein Brief von diesem Winkler, dem ihr Vater das Leben gerettet hatte. Dass Christian Ritter nicht hatte hingehen wollen, dass sie, Charly, ihren Vater aber überredet hatte hinzugehen. Weil man einem Menschen doch die Möglichkeit geben müsse, sich bei seinem Lebensretter zu bedanken, auch wenn es ein Verbrecher war. Sie gab sich und sich ganz allein die Schuld am Tod ihres Vaters. Rath hatte versucht, ihr das auszureden, aber er hatte nicht das Gefühl, damit erfolgreich gewesen zu sein.

Und er hatte ihr, weil sie immer noch darauf bestand, alles über Böhms Theorie erzählt. Dass der Tod ihres Vaters wahrscheinlich kein Unfall war, sondern nur wie einer aussehen sollte. Dass der todkranke Anton Bruck womöglich ein gedungener Mörder war. Wie auch der todkranke Taxifahrer Otto Lehmann. Dass es in Berlin also jemanden gebe, der Todkranke, die ohnehin nichts mehr zu verlieren haben, zu Auftragsmördern macht. Kurz: Er hatte ihr alles erzählt, nur das Geheimnis von Gerhard Brunner hatte er ihr verschwiegen.

Todmüde waren sie schließlich eingeschlafen und am Sonntag erst gegen Mittag wieder aufgewacht. So lang hatten sie beide ewig nicht mehr geschlafen. Am Frühstückstisch hatten sie kein Wort mehr über das Thema verloren, aber beide hatten gewusst, dass der andere daran dachte. Wie es Charly ging, hatte er nicht sagen können, aber dann war am Abend der Junge nach Hause gekommen, und sie hatte tatsächlich gestrahlt, obwohl Fritze in voller HJ-Montur auf der Matte stand. Zum ersten Mal hatte die Uniform sie nicht gestört, sie hatte den Jungen so fest umarmt, als wolle sie ihn nie wieder loslassen. Sie hatten Fritze erst einmal in die Wanne gesteckt, danach saßen sie beisammen am Abendbrottisch, und der Junge hatte erzählt und erzählt und erzählt. Kaum von Hitler, kaum von ihrem Auftritt im HJ-Stadion, überhaupt erstaunlich wenig Nazi-Zeug, vor allem von ihrem langen Marsch hatte er erzählt und vom Leben im Zeltlager und seinem neuen Freund Max aus Reinickendorf. Und dann war er, völlig erschöpft, schon am Tisch eingeschlafen, und sie hatten ihn ins Bett gebracht. Es hatte sich angefühlt wie eine richtige Familie, und es hatte sich gut angefühlt.

Und dann hatte Rath seine Familie heute Morgen gleich wieder belogen, als er früher als gewohnt vom Frühstückstisch aufgestanden war. Hatte einen dienstlichen Termin vorgeschoben, den es nicht gab. Hatte sich dafür nicht einmal geschämt. Weil das Leben sich eben nicht um gute Vorsätze scherte, sondern einem allzuoft keine andere Wahl ließ, als gegen diese Vorsätze und die eigenen Grundsätze, wenn man denn welche hatte, zu verstoßen.

»Sie wünschen?«, fragte der freundliche Herr am Schalter, und Rath war irritiert. Nicht nur, weil der Mann ihn aus seinen Gedanken gerissen hatte. Für einen Moment glaubte er, in der falschen Stadt zu sein; so freundlich war er bislang in noch keinem Berliner Postamt behandelt worden. Vielleicht sollte er nach Pankow ziehen. Vielleicht war es aber auch nur Zufall.

»Ich möchte einen postlagernden Brief abholen«, sagte er. »Auf den Namen Höfer, Georg Höfer.«

»Höfer, Höfer ... Dann woll'n wir doch mal sehen ...«

Der Beamte ging nach hinten und kam kurz darauf mit zwei großen Briefumschlägen zurück, die er auf den Schalter legte.

Georg Höfer
POSTLAGERND
Berlin N20
Christianiastraße 18/19

»Na, Sie sind mir vielleicht ein Glückspilz«, sagte der Schalterbeamte, »sogar gleich zwei Briefe. Und scheint ordentlich was drinne zu sein.«

»Manuskripte«, sagte Rath. »Ich bin Lektor.«

Dieser Beruf schien ihm am weitesten entfernt von allem, was den SD interessieren könnte. Und damit am unverdächtigsten.

»Na dann wünsche ich viel Spaß bei der Lektüre«, sagte der Beamte und überreichte die beiden schweren Umschläge. »Wenn Sie hier bitte noch unterschreiben und den Erhalt Ihrer Post bestätigen wollen ...«

Rath tat wie geheißen und hätte um ein Haar mit seinem richtigen Namen unterschrieben. Zum Glück waren die ersten beiden Buchstaben identisch.

Vor dem Postamt setzte er sich in sein Auto und warf die Umschläge auf den Beifahrersitz. Genau so hatten sie da schon einmal gelegen, fertig adressiert und frankiert.

Nur dass die Briefmarken da noch nicht mit dem Stempel des Postamtes Pegnitz/Franken entwertet waren.

Er hatte sie wieder zurück, ungeöffnet und wohlbehalten, der Reichspost und ihrer Verlässlichkeit sei Dank. Und nun? Im Auto konnten sie nicht bleiben, und mit nach Hause oder gar mit ins Büro nehmen konnte er sie auch nicht. Er zündete eine Zigarette an und dachte nach.

Seine größte Sorge, gleich beim Empfang der Akten in Berlin vom SD hochgenommen zu werden, hatte sich schon einmal nicht bestätigt. Die kochen auch nur mit Wasser, sagte er sich. Bangemachen gilt nicht.

Vorsicht war gleichwohl geboten. Früher oder später würde der SD bei ihm auf der Bildfläche erscheinen. Dieser dämliche Draxler! Auf den hätte er nicht mehr treffen dürfen. Natürlich würde der Hauptwachtmeister den SD-Leuten in Schwabach irgendwann von ihrer samstäglichen Begegnung erzählen und mit der pflichttreuen, wenn auch ergebnislosen Überprüfung jenes Berliner Oberkommissars angeben, den er zur Tatzeit beherbergt hatte. Wenn er das nicht schon längst getan hatte. Er müsste nicht einmal viel erzählen, die Erwähnung des Namens Gereon Rath würde völlig ausreichen, um Scharführer Wegener hellhörig zu machen.

Rath steckte die beiden Umschläge in seine Aktentasche und startete den Wagen. Am Stettiner Bahnhof machte er kurz Halt und packte die beiden Umschläge in ein Schließfach. So ein Schlüssel ließ sich leichter verstecken als dicke Akten.

Er musste sich sputen, wollte er rechtzeitig am Alex sein. Eigentlich hatte er gar nicht die nötige Ruhe, ganz normal seinen Dienst anzutreten, doch was sollte er tun? Wollte er seine neue Stelle bei Nebe nicht gleich wieder verlieren, musste er sich jetzt ins Zeug legen. Er war gespannt, mit was die Kollegen gerade beschäftigt waren.

Als er an der Georgenkirche vorüberfuhr, kam ihm eine Idee. Und plötzlich wusste er, wo er die Geheimakten verstecken konnte. Und vor allem: Wo er sie lesen konnte, ohne gestört zu werden.

60

Natürlich hatte sie ihm einen Zettel auf den demolierten Schreibtisch gelegt, damit er nicht aus allen Wolken fiel und womöglich das Einbruchsdezernat alarmierte, dennoch war es Charly, als sie Wilhelm Böhm nun in der Besucherecke der Detektei gegenübersaß, als beichte sie ihm ihre Sünden erst jetzt. Sie fühlte sich unbehaglich. Auch der Geldumschlag, den sie ihm reichte, um den Schaden am Schreibtisch wiedergutzumachen, konnte daran nichts ändern. Sie hatte sich benommen wie eine Wildsau, die nach Engerlingen wühlt, ohne Sinn und Verstand, hatte nur an diese Akten kommen wollen.

Böhm schob den Umschlag über die Tischplatte zurück.

»Lassen Se man gut sein, Charly. Das regeln wir anders.«

Er wirkte nicht gerade wie ein Chef, dem die eigene Mitarbeiterin den Schreibtisch aufgebrochen hatte – aufgebrochen im wahrsten Sinne des Wortes, wie die Holzsplitter auf dem Teppich immer noch bezeugten. Es hatte richtig gesplittert und gekracht, und Charly schämte sich, wenn sie daran dachte.

Aber Böhm saß ihr gegenüber und wirkte eher wie jemand, der selber ein schlechtes Gewissen hatte. Er räusperte sich.

»Sie müssen meine Heimlichtuerei entschuldigen. Ich dachte, ich hätte gute Gründe, diese Dinge vor Ihnen zu verbergen.«

»Aber sie gehen mich doch an, diese Dinge.«

»Das ist es ja gerade. Da kann ich Ihnen doch nicht mit meinen Hypothesen kommen, für die ich keinerlei Beweise habe.«

»Aber Sie hoffen, welche zu finden. Jetzt, nach all den Jahren. Bei Gereons Taxifahrer.«

»So ist es. Ihr Mann hat Ihnen ja alles erzählt. Leider kann er die Ermittlungsakte nicht herbeischaffen, die hat Gennat. Wir müssen uns also auf die alten Akten stützen und auf das, was Ihr Mann aus dem Gedächtnis referieren kann. Und dort nach Zusammenhängen suchen. Den wichtigsten haben wir schon gefunden.«

»Das Glioblastom.«

»Und den Namen des Arztes. Doktor Wrede.«

»Dann sollten wir dem doch mal auf den Zahn fühlen.«

»Nein, damit wecken wir nur schlafende Hunde. Schlimm genug, dass Ihr Mann den Doktor schon besucht hat. Kurz darauf macht Wrede die Praxis für eine Weile zu, das ist kein Zufall.«
»Meinen Sie, er ahnt etwas?«
Böhm schüttelte den Kopf. »Nein, das kann er eigentlich nicht. Ihr Mann war ahnungslos, als er Wrede befragt hat. Aber der Doktor ist offensichtlich vorsichtig. Wir müssen also aufpassen, dass wir ihn nicht misstrauisch machen. Denn nicht er ist derjenige, den wir suchen, wir suchen seinen Auftraggeber.«
»Und Sie meinen, es ist derselbe, der vor acht Jahren Anton Bruck auf Adolf Winkler angesetzt hat?«
Böhm nickte. »Und das heißt, es war nicht Hugo Lenz, der seinen Rivalen ausschalten wollte, es gab einen anderen Auftraggeber. Einen, der jetzt wieder einen Grund hatte, einen todkranken Menschen als Waffe einzusetzen.«
»Warum macht er das? Warum heuert er nicht einfach einen guten Scharfschützen an?«
»Weil es in beiden Fällen nicht aussehen durfte wie ein Mord.«
Charly betrachtete die Akten, die vor ihr auf dem Besuchertisch lagen.
»Lassen Sie *mich* die mal gründlich durchgehen«, sagte sie. »Bislang hab ich nur einen kurzen Blick hineinwerfen können.«
»Charly! Ich weiß nicht, ob das gut ist. Darin stehen Sachen, die Ihnen wehtun werden.«
»Ich weiß. Das haben sie schon. Na und? Dann tun sie mir eben weh! Aber wenn es ist, wie Sie vermuten, dass da draußen in dieser Stadt ein Mensch herumläuft, der meinen Vater auf dem Gewissen hat, dann möchte ich diesen Menschen finden.«
»Das möchte ich doch auch.«
»Lassen Sie mich die Akten durchgehen! Ich weiß, Sie kennen jedes einzelne Blatt inzwischen in- und auswendig. Aber ich bringe einen anderen Blickwinkel mit, vielleicht fällt mir etwas auf, das Ihnen entgangen ist.«
»Gut, Charly.« Böhm schob die Akten über den Tisch wie zuvor den Geldumschlag. »Tun Sie, was Sie nicht lassen können.« Er schaute über die Schulter, zu den Trümmern seines Schreibtischs. »Bevor Sie nochmal einen Schrank aufbrechen müssen.«

Sie musste ausblenden, dass es um ihren Vater ging, sie musste ausblenden, dass hier der größte Schmerz, den sie in ihrem Leben je hatte ertragen müssen, mit Wörtern zur Sprache kam, die beinahe mehr schmerzten als die Wirklichkeit.

Die Sachlichkeit, in der ein Gerichtsmediziner (es war Doktor Karthaus, den sie auch noch persönlich kannte, aber nie sonderlich hatte leiden können) den Zustand einer menschlichen Leiche beschrieb, die von den Auswirkungen einer Explosion und eines Feuers gleichermaßen entstellt war, grenzte schon an Zynismus.

Sie überflog diese Passagen, sie waren nicht wesentlich. So hoffte sie wenigstens.

Charly hatte sich in ihr altes Zimmer in der Spenerstraße verkrochen, das schien ihr der einzige Ort auf der Welt, wo sie überhaupt in diese Akten schauen konnte. Hier war sie allein und doch nicht allein. Greta saß gleich nebenan, doch so still, dass Charly gar nicht merkte, dass noch jemand in der Wohnung war.

Ja, die Spenerstraße schien ihr der richtige Ort für diese Arbeit. Hier war sie gelandet, als damals nicht nur ein Haus explodiert war, sondern ihr ganzes Leben. Hier, bei Greta, hatte sie Trost gefunden. Der vor allem darin bestanden hatte, sich vom Leben nichts gefallen zu lassen, wieder aufzustehen und weiterzumachen, trotz all der Schläge, die das Leben austeilt, gerade wegen der Schläge weiterzumachen. Was natürlich auch bedeutet hatte, dass sie alles, was im Mai und Juni 1927 passiert war, in ihrem Gedächtnis so weit nach hinten geschoben hatte, dass sie manchmal wirklich glaubte, es vergessen zu haben.

Doch es war nichts vergessen, gar nichts. Das merkte sie jetzt, als sie diese Dinge wieder an sich heranließ. Beschrieben in dem trockenen Bürokratendeutsch der preußischen Polizei.

Sie hatte schnell bemerkt, warum Böhm in all den Jahren nicht weitergekommen war, und warum ihn gleichzeitig ein ungutes Gefühl überkam bei diesen beiden Ermittlungen, die scheinbar abgeschlossen waren, seine eigene in der Haftanstalt Moabit wie die des Kriminalsekretärs Gehrke, der die Explosion am Lenzener Platz untersucht hatte.

Das Problem an der Akte Bruck war, dass alle Zeugen, die Licht ins Dunkle hätten bringen können, allen voran die korrupten Kollegen ihres Vaters, Kleinschmidt, Grunert, Gerlach und wie sie alle hießen, inzwischen verstorben waren. Böhm hatte der Akte eine handschriftliche Notiz beigefügt, auf der die Todesdaten und -ursachen vermerkt waren. Kleinschmidt war im Juni 1927 zum Opfer eines Verkehrsunfalles geworden, Gerlach, einer ihrer Nachbarn an der Lehrter Straße, zwei Wochen später in seiner Badewanne ertrunken, und Grunert hatte man Anfang Juli eines Morgens tot in seinem Bett gefunden – Herzversagen.

Das Problem der zweiten Akte, die nach den Ursachen der Gasexplosion forschte, war ein ganz anderes: Hier war einfach schlampig ermittelt worden. Der Beamte, der die Ermittlungen leitete, eben jener Kriminalsekretär Gehrke, derselbe, der Charly und ihrer Mutter die Todesnachricht überbrachte, hatte sich keine große Mühe gegeben, irgendwelchen Hinweisen nachzugehen, die gegen seine Unfalltheorie eines defekten Gashahns sprachen. Gehrke hatte sich allein auf das Gutachten des Brandschutzexperten verlassen, die Zeugenvernehmungen offensichtlich eher lustlos geführt, denn die strotzten nur so vor Lücken. An vielen Stellen hätte Charly gerne nachgehakt, doch saß sie den Zeugen nicht gegenüber, sie saß lediglich über den Protokollen.

Die Unfallakte jedenfalls war diejenige, aus der vielleicht noch etwas herauszuholen war, während die Akte Bruck wegen des Todes fast aller Beteiligten wie in Stein gemeißelt war und sich nicht mehr ändern würde.

So ging Charly also die Vernehmungen durch, die Kriminalsekretär Gehrke mit den Anwohnern des Lenzener Platzes geführt hatte. Die meisten hatten nicht viel gesehen, nur den lauten Knall gehört, waren dann ans Fenster geeilt oder auf die Straße gelaufen und hatten nur noch die rauchenden und staubenden Trümmer gesehen.

Am interessantesten erschien ihr die Aussage eines Bewohners des Unglückshauses, der dem Tod nur knapp entgangen war, weil er das Haus eine halbe Stunde vor der Explosion verlassen hatte. Walter Amelung hieß der Mann, und er hatte damals nicht nur jemanden zu *Mathilde* hineingehen sehen, er hatte auch jemanden aus dem Hauseingang kommen sehen. Gehrke hatte es allerdings unterlassen, aus Amelungs Aussage noch etwas mehr herauszuholen; auch hier: kein Nachhaken, keine Beschreibungen, es war nicht einmal klar, ob es sich bei dem Mann, der aus dem Haus gekommen war, um einen Hausbewohner gehandelt hatte oder um einen Fremden.

Da Amelung keinen Namen genannt hatte, ging Charly davon aus, dass es wohl ein Fremder gewesen sein musste. Doch anders als Kriminalsekretär Gehrke wollte sie sich nicht auf Mutmaßungen verlassen. Sie würde der Sache nachgehen, sie würde Herrn Amelung noch einmal befragen.

Das Schlimme war nur: Walter Amelung wohnte noch immer am Lenzener Platz. Sie würde dorthin zurückkehren müssen.

61

Mit diesem Besuch, der da zur Mittagszeit plötzlich in seinem Büro stand, hatte er nicht gerechnet. Wobei schon eine ganze Reihe ehemaliger Kollegen kurz vorbeigeschaut hatten, Lange etwa oder Czerwinski, den vor allem die Sehnsucht nach seinem Kumpel Henning trieb, ja sogar Erika Voss auf dem Weg zu ihrer Schwester Franziska, die oben im Personalbüro arbeitete.

»Reinhold!« Rath konnte seine Überraschung nicht verbergen. »Was machst du denn hier?«

»Hatte gerade zu tun am Alex.« Reinhold Gräf lächelte unsicher. »Dachte, ich schau bei der Gelegenheit mal bei den alten Kollegen in der Inspektion A vorbei. Und dann sagt mir die Voss, dass du jetzt ein Stockwerk höher arbeitest.«

»So sieht es aus.«

Gräf schaute sich um und nickte anerkennend. »Schön habt ihr's hier. Da hast du ja endlich mal ein großes Büro, Gereon.«

Henning, der die Anspielung verstand, lachte.

»Nebe tut eben was für seine Leute«, sagte er.

»Der Kollege Gräf«, erklärte Rath den Kollegen, »war mein langjähriger Mitarbeiter. Damals in der Mordinspektion.«

»Und nun arbeitest du in der Prinz-Albrecht-Straße, nicht wahr, Reinhold?«, sagte Henning, und Gräf lächelte, als habe er gerade in eine Zitrone gebissen.

Rath hegte den Verdacht, dass Henning das nur sagte, um sicherzugehen, dass niemand in Gräfs Anwesenheit Witze über die Gestapo riss. Das tat dann auch niemand, doch in den Augen von Lippoldt und Möller machte sich Misstrauen breit. Ein Gestapo-Mann in ihren Räumen, das schien den beiden nicht zu gefallen.

»Willkommen beim LKA«, sagte Rath und zeigte auf die Kollegen. »Henning kennst du ja noch von Gennat. Inzwischen Kommissar. Und das hier sind Kriminalsekretär Möller und Kriminalassistent Lippoldt ...«

»Angenehm.«

Gräf nickte zu den Kollegen hinüber. Henning nickte zurück, Lippoldt und Möller beließen es bei misstrauischen Blicken.

»... und unsere Sekretärinnen: Fräulein Lorenz und Fräulein Ringwald.«

Gräf tippte an die Hutkrempe, die Damen lächelten.

Rath hatte eigentlich nicht mehr viel zu tun mit seinem ehemaligen Kriminalsekretär: Seit Gräf vor zwei Jahren zum Geheimen Staatspolizeiamt gewechselt war, liefen sie sich nur noch selten über den Weg. Was Rath eigentlich ganz recht war. Ihre Freundschaft hatte damals einen Knacks bekommen; Rath hatte eine Zeitlang vermutet, Gräf sei homosexuell. Das hatte sich zwar als Irrtum erwiesen, dennoch hatte das unausgesprochene Misstrauen ihre Freundschaft verdorren lassen. Vielleicht aber hatte es auch an Gräfs beruflichem Werdegang gelegen, Rath hatte der Arbeit der politischen Polizei noch nie viel abgewinnen können.

»Wie ist es, Gereon«, fragte Gräf, »Zeit für eine Tasse Kaffee bei Aschinger?«

Rath spürte die Blicke der Kollegen auf sich ruhen.

»In zehn Minuten wollten wir in die Mittagspause«, sagte er. »Hast du nicht Lust, mit uns zu kommen? Die Alex-Kantine. Wie in alten Zeiten.«

Gräf winkte ab.

»Danke für die Einladung, aber ...«

»Na, so schlecht ist das Essen hier nun auch wieder nicht.«

»Naja«, sagte Gräf und grinste.

»Heute gibt's Löffelerbsen, die magst du doch.«

»Schon. Aber soviel Zeit hab ich nicht mitgebracht. Wollte nur mal kurz Hallo sagen.«

»Dann macht ihr keine Mittagspause in eurem Laden?«
»Die Umstände lassen das eben nicht immer zu.«
»Was sind denn das für Umstände?«
»Darüber darf ich nicht sprechen.«
»Tja, die Geheime Staatspolizei. Da ist aber auch alles geheim.«
Gräf ging nicht auf Raths Frotzeleien ein. »Wie wäre es denn mit einem Bierchen im Nassen Dreieck?«, fragte er. »Haben wir schon lange nicht mehr gemacht. Heute um sieben?«
»Heute geht's leider nicht.«
»Dann morgen!«
Rath überlegte einen Moment, dann nickte er. Diese Einladung konnte er nicht ausschlagen. War auf eine gewisse Weise sogar gerührt. Früher hatten sie viele Feierabende bei einem Bierchen ausklingen lassen. Meist im *Nassen Dreieck*.
»Gut«, sagte Gräf, »lass uns morgen weiterreden; ich muss wieder los. Heil Hitler!«
Die Kollegen rissen die Arme hoch und erwiderten den Deutschen Gruß; Rath beließ es beim Anwinkeln und seinem genuschelten »Hei'tler.«
Eine Viertelstunde später saßen sie alle zusammen in der Kantine, wie immer, seit Rath beim LKA arbeitete. Er mit den drei Kollegen an einem Vierertisch, die Sekretärinnen direkt daneben.
Sonst sprachen sie bei Tisch meist über ihre Arbeit, gestern hatte Rath auch ein wenig von Nürnberg erzählt, heute aber herrschte Schweigen. Lippoldt stocherte in seinen Löffelerbsen herum.
»Komischer Kauz«, meinte er schließlich und schaute Rath an. »Dein Kollege Gräf, meine ich.«
»Ex-Kollege.«
»Ist ja deine Sache, wenn du dich mit ihm auf ein Bierchen triffst, aber pass bloß auf, dass du dich nicht verplapperst. Woran wir hier gerade arbeiten, das geht die Geheimfritzen nichts an.«
»Natürlich nicht.«
»Ich meine ja nur. Der machte auf mich den Eindruck, als wollte er uns ausspionieren.«
»Ach, der Kollege Lippoldt!« Henning lachte. »Immer mit einem gesunden Misstrauen unterwegs.«
»Kann auch nichts schaden«, sagte Lippoldt. »Könnte dir auch nichts schaden, Gereon.«

»Keine Sorge, Fritz. Dienstgeheimnis bleibt Dienstgeheimnis.«
Sie aßen eine Weile schweigend. Rath wunderte sich über das Misstrauen, das Gräfs Besuch ausgelöst hatte. Dann wurden seine Gedanken in eine ganz andere Richtung gelenkt.

Ein paar Tische weiter hatte ein Mann Platz genommen, den er flüchtig kannte. Rudolf Gehrke arbeitete inzwischen bei den Rauschgiftfahndern und war, obwohl seine Schläfen bereits grau schimmerten, immer noch Kriminalsekretär. Offensichtlich ähnlich unambitioniert wie Paul Czerwinski. Allerdings trug Gehrke bessere Anzüge. Was ihm den Spitznamen *der schöne Rudi* eingebracht hatte.

Anders als der Name vermuten ließ, war Gehrke ein ziemlicher Einzelgänger. Ging immer allein in die Kantine, setzte sich zu niemandem, und niemand setzte sich zu ihm. Es war ein komisches Gefühl: Da saß der Mann, der den Unfall ermittelt hatte, bei dem Charlys Vater gestorben war.

Sie machten pünktlich Feierabend, und das kam ihm heute sehr zupass. Er musste vom Stettiner Bahnhof quer durch die ganze Stadt fahren, aber eine andere Lösung war ihm nicht eingefallen. Charly hatte er nicht erreichen können, also hatte er Fritze am Bahnhofstelefon etwas von Überstunden vorgelogen. Es war bestimmt nicht gut, dass der Junge schon wieder allein zuhause bleiben musste, aber was sollte man machen?

Rath parkte in der Elmshorner Straße, den Rest des Weges musste er zu Fuß gehen. Obwohl er schon ein paarmal hiergewesen war, dauerte es etwas, bis er die Laube gefunden hatte. Der Schlüssel, den Pastor Warszawski ihm mitgegeben hatte, passte.

In diesem schmucken Holzhäuschen hatte sich vor vier Jahren Abraham Goldstein versteckt gehalten. Und vor einem Jahr der untergetauchte Kommunist Walter Spindler. Warum sollte Rath die hübsche Laube nicht auch einmal für sich selbst nutzen?

Er packte die Aktentasche aus und setzte sich auf die Veranda, um die letzten Reste der Abendsonne noch genießen zu können. Warszawskis Schrebergarten war von hohen Hecken eingefriedet, so dass man keine Angst vor ungebetenen Zuschauern haben musste. Er fand, wie von Warszawski beschrieben, einen Bierkasten in dem Erdloch, das der Pastor eigens gebuddelt hatte, um seine Getränke kühl zu halten, und angelte sich eine Flasche.

Es ploppte, als der Bügelverschluss aufsprang. Rath trank einen Schluck, dann schlug er die erste Akte auf. Seit Franken hatte er nicht mehr hineingeschaut. Er konzentrierte sich auf die Stelle, die Hermann Göring Kontakt zur Berliner Unterwelt nachsagte. Nur eine kurze Notiz und so mager, dass nicht einmal der Name des Informanten vermerkt war, geschweige denn der irgendeiner Unterweltgröße. Da stand überhaupt kein Name außer dem von Hermann Göring.

Wollte sich da nur jemand wichtigmachen? Ein Informant aus dem inneren Zirkel des Reichsministers, wie es in der Notiz vermerkt war.

Brunner jedenfalls schien die Information ernstgenommen zu haben, er hatte ein Ausrufezeichen mit Bleistift an den Rand gemalt, kein Fragezeichen, wie er es sonst bei eher zweifelhaften Informationen zu tun pflegte.

Wie passte Hermann Göring verdammt nochmal mit Hugo Lenz zusammen? Was hatte der Reichsminister mit der Berliner Unterwelt zu tun? Außer dass er dieselbe als preußischer Innenminister rigoros bekämpft hatte? Diese Fragen hatte Rath sich schon in der Einsamkeit der fränkischen Schweiz gestellt und da –

Er stutzte. Weil ihm, wie schon an jenem Abend, ein Bild durch den Kopf schoss; ein Bild, an dem ein Gedanke hing, vielleicht auch nur eine Ahnung, doch fassen konnte er weder das eine noch das andere. Aber er hatte etwas gesehen vor seinem inneren Auge, irgendetwas dunkles, irgendetwas graues, irgendetwas schwarz-weißes ...

Die Fotos! Er musste die Fotos durchgehen, sofort!

Er musste auf den Fotos irgendetwas gesehen haben, dem sein Verstand keine Bedeutung beigemessen hatte, sein Instinkt jedoch umso mehr. Er hatte die Bilder im Auto ziemlich schnell und nur beiläufig durchgeschaut, weil er sie erst aus den Kuverts hatte klauben müssen und die allermeisten sowieso unscharf waren oder unterbelichtet – was wiederum kein Wunder war, weil sie des nachts und ohne Blitzlicht fotografiert worden waren.

Er holte die Fotoumschläge aus dem Ordner und kippte sie aus, legte alle Bilderstapel nebeneinander vor sich auf den Tisch und ging sie der Reihe nach durch, in beinahe fiebriger Hast und dennoch hochkonzentriert.

Und dann, noch bevor er hätte erklären können warum, wusste er, dass er gefunden hatte, was er suchte.

Es war eines der eher unscharfen und grobkörnigen Nachtaufnahmen. Das Foto zeigte Hermann Göring, der zu nächtlicher Zeit vor irgendeinem Restaurant oder Nachtclub, dessen Leuchtreklame den Hintergrund erhellte, in eine dunkle Limousine stieg. Der Mann, zu dem Göring in den Wagen stieg, war nicht zu sehen im Dunkel des Wagenschlags, wohl aber der, der die Tür aufhielt.

Wegen der Dunkelheit war das Gesicht so grobkörnig aufgenommen, dass außer den ungewöhnlich geformten Augen und den hohen Wangenknochen nicht viel zu erkennen war. Dennoch war Rath sich sicher, wen er hier vor sich sah, aufgenommen von einem Spion, der belastendes Material über Hermann Göring sammelte.

62

Charly stieg aus dem U-Bahnhof und ging über die Schönwalder Straße, und mit jedem Schritt wuchs die Beklemmung, die sie schon in der Bahn erfasst hatte. Sie würde wieder hingehen. Nein, sie war schon dabei: Sie ging wieder hin, war schon fast da. Steinbergplatz. So hieß er mittlerweile; die Nazis hatten den Lenzener Platz umgetauft, wie sie soviele Straßen und Plätze umtauften.

Der Name hatte sich geändert, an der Ecke stand ein Neubau, und dennoch war es derselbe verdammte Platz. Genau hier, wo jetzt drei Mädchen auf dem Gehweg Hüpfekästchen spielten, hatte Charly, über acht Jahre war das nun her, vor den rauchenden Trümmern des Eckhauses gestanden, hatte auf das Kneipenschild gestarrt, das mitsamt der halben Fassade auf einem parkenden Auto lag, das Schild genau jener Kneipe, in der ihr Vater verabredet gewesen war, hatte auf die Feuerwehr gestarrt, auf die Schaulustigen und auf die Leichenwagen.

Dabei hatte sie eigentlich nur nach ihrem Vater gesucht. Und ihn nicht mehr gefunden.

An diesem Tag war die Welt eine andere geworden. Alles hatte sich danach geändert. Mutter war zurück zu ihrer Familie aufs Land gezogen, Charly zu Greta in die Spenerstraße; sie hatte ihr Jurastudium begonnen und ihre Arbeit bei der Mordinspektion. Wieviel seither in ihrem Leben passiert war! Und trotzdem rissen, wenn sie an jenen Tag dachte, die Trauer und die Wut und der Selbsthass in einer Heftigkeit an ihr, dass es ihr geradezu körperliche Schmerzen bereitete.

Seit acht Jahren war sie nicht mehr hier gewesen, und auch jetzt noch fiel es ihr schwer, den Platz zu betreten. Das zerstörte Eckhaus war durch ein modernes Mietshaus ersetzt worden, doch Walter Amelung wohnte nicht mehr an dieser Adresse, er hatte auf der anderen Seite des Platzes eine neue Wohnung gefunden. Das alles hatte Böhm schon herausgefunden, er hatte die Adressen der Zeugen bei jeder Akteneinsicht auf den neuesten Stand gebracht, Todesfälle (von denen es bei den Zeugen der Akte Bruck einige gab) ebenso wie Adressänderungen.

Demnach war Walter Amelung schon im August 1927 in der Hochstraße 39 eingezogen, zwei Monate nach der Explosion. Ein altes Haus, die hölzerne Treppe knarzte, während Charly in die zweite Etage hinaufstieg.

Als sie an der Wohnungstür klingelte, hörte sie zunächst ein Schlurfen, dann öffnete ihr ein Mann in einer löchrigen Strickjacke, der die sechzig wahrscheinlich schon überschritten hatte, sie aber aus wachen, misstrauischen Augen anschaute.

»Hören Se, wenn Sie vom Winterhilfswerk sind – ick hab schon jespendet.«

»Ich möchte keine Spende. Nur ein paar Auskünfte.«

Der Mann schaute sie fragend an.

»Sie sind doch Walter Amelung?«

»Steht so an der Haustafel unten, also wer'ck det wohl sein. Und mit wem hab ick das Vergnügen?«

»Rath. Charlotte Rath. Herr Amelung, mein Vater kam vor acht Jahren bei der Gasexplosion am Lenzener Platz ums Leben, erinnern Sie sich daran?«

»Werd ick wohl. Hat mich obdachlos gemacht, die Scheiße.«

»Ich habe noch ein paar Fragen dazu. Ich weiß, es ist lange her, aber ...«

»Wo hab ick nur meine Manieren? Wollen Se nich rinkommen, Frollein? Hab jerade Tee jekocht.«

Kurz darauf saßen sie in seiner Wohnküche am Esstisch, der direkt vor dem Fenster stand. Von hier hatte man den besten Blick auf den Platz und den Neubau.

»Da is es passiert«, sagte er, nachdem er eingeschenkt hatte, und zeigte aus dem Fenster. »Hab noch monatelang uff die Trümmer jekiekt, wa? Und denn hat's nochmal zwee Jahre jedauert, bis der Neubau kam. Is aber leider keene Kneipe mehr drin.«

»Sie waren früher oft bei Mathilde?«

»Musste ja irjendwo essen, als mir meene Marianne wegjestorben is. Wollte ick ooch an dem Tach, musste aber noch um die Ecke, Zijaretten koofen. Als ick bei Loeser und Wolff am Tresen stand, hörte ick den Knall, obwohl det ne janze Ecke entfernt is. Bin dann sofort zurück. Tja, wat soll ick saaren? Da war keene Mathilde mehr und ooch keen Haus. Und icke wär beinah ooch nich mehr jewesen ...« Er zuckte die Achseln. »Det is allet, wat ick jesehen hab, Frollein. Mehr war nich.«

»Sie haben das Haus erst kurz vor der Explosion verlassen ...«

»Wat heeßt kurz vorher? Vielleicht so'ne halbe Stunde.«

»Ist Ihnen da etwas aufgefallen? Hat es vielleicht nach Gas gerochen?«

»Hören Se, Frollein, det is lang her. Woher soll ick det noch wissen?«

»Aber Sie haben zwei Männer gesehen. Einen, der die Kneipe betrat, und einen, der fast gleichzeitig mit Ihnen das Haus verließ. So steht es im Protokoll.«

»Wenn Sie det saaren. Erinnern kann ick mir aber nur noch an den Chinamann.«

Charly fühlte sich, als habe sie einen kleinen elektrischen Schlag bekommen. Sie war mit einem Mal hellwach.

»An wen?«, fragte sie.

»Na der, der aussem Haus kam, det war keiner von uns Mietern, det war'n Chinese. Hatte mich schon jefracht, wen der wohl besucht hat. Vielleicht'n Student uff Wohnungssuche. Jedenfalls 'n Chinamann, klare Sache.«

»Woher wissen Sie, dass das ein Chinese war?«

»Na, so nenn ick eenen mit Schlitzaugen, da jibtet keen Vertun!«

»Aber im Protokoll steht nichts davon. Warum haben Sie das dem Beamten damals denn nicht gesagt?«

»Weeß ick nich. Ha'ck vielleicht sojar. Hatter nur nich uffjeschrieben.« Er zuckte mit den Achseln. »War'n kurzer Besuch, det weeß ick noch. Der hatte wohl nich viel Lust.«

»Können Sie den Mann beschreiben?«

»Den Kriminaler?«

»Nein, den Chinesen.«

»Na, sehen doch alle jleich aus. Schlitzaugen halt, kleene Neese. Schmalet Jesicht. War noch jung, vielleicht 'n Student, ha'ck jedacht. Die olle Lankwitz hat damals doch untervermietet.«

»Können Sie sich an irgendwelche Besonderheiten erinnern?«

»Besonderheiten?«

»Na, ein Bart oder so?«

»Is wirklich lange her, Frollein.« Amelung zuckte die Achseln. »Ob Bart oder nich ... ick jloob, eher jlattrasiert.« Er hielt inne. »Aber, jetzt wo Sie so fraaren: Da war 'ne Besonderheit. 'n Zopp hat er jehabt.«

»Einen Zopf?«

Charly gab sich Mühe, weiterhin ruhig zu wirken, obwohl es in ihr alles andere als ruhig war.

»Keen' jeflochtenen Chinesenzopp, einfach so'n Pferdeschwanz. Von vorne sah die Frisur janz normal aus, eenfach nach hinten jekämmt. Aber da hinten, da hatte er dann diesen langen Zopp.« Er kicherte. »Det sind so die Sachen, die verjisst man nich, wa?«

Charly bedankte sich und verließ die Wohnung. Sie wäre auch nicht mehr in der Lage gewesen, sich weiter mit Herrn Amelung zu unterhalten. So ungenau die Beschreibung des Zeugen auch war und so schlecht er sich erinnerte, sie konnte sich nicht helfen: Vor ihren Augen sah sie klar und deutlich das gestochen scharfe Bild von Liang Kuen-Yao, der aus einem Eckhaus am Lenzener Platz trat. Aus einem Haus, das kurz danach in die Luft fliegen sollte.

Sie wusste es mit einer Bestimmtheit, als habe der Chinese ein

Geständnis abgelegt, und diese Erkenntnis, die sich unaufhaltsam Bahn brach, ließ ihre Knie weich werden, dass sie sich für einen Augenblick an einer Straßenlaterne abstützen musste: Liang Kuen-Yao war es, der vor acht Jahren ihren Vater ermordet hatte.

63

Wie lange hatte er diese Kneipe nicht mehr betreten? Der Besuch im *Nassen Dreieck* kam ihm vor wie die Reise in eine andere Zeit. Nichts hatte sich verändert, hier hing kein Hitler an der Wand und auch kein Hakenkreuz. Die enge Gaststube, die tatsächlich die Form eines Dreiecks hatte, war gedrängt voll, und hinter der Theke stand der Wirt und zapfte in stoischer Unerschütterlichkeit ein Bier nach dem anderen. Der mürrische Gesichtsausdruck täuschte: Schorsch Gerhard mochte seine Gäste und hatte genau im Blick, wer gerade eine neue Molle brauchte.

Gräf saß bereits an der Theke, als Rath das *Dreieck* betrat. Ohne dass er etwas sagen musste, stellte der Wirt ein frisches Bier neben das angetrunkene von Gräf, kaum hatte Rath Platz genommen. Wie in den alten Zeiten.

»Du hast schon ohne mich angefangen?«

»Konnte ja nicht ahnen, dass du beinahe pünktlich bist.«

Sie ließen die Gläser klirren und tranken.

»Mensch, wie lange ist das her?«, sagte Gräf. »Wann haben wir das letzte Mal hier gesessen?«

Rath zuckte die Achseln. »Keine Ahnung. Jedenfalls ne kleine Ewigkeit. Du wohnst immer noch hier?«

»Immer noch am Luisenufer.«

Draußen rumpelte eine Hochbahn über die Skalitzer Straße und machte ordentlich Lärm.

Gräf schüttelte den Kopf. »Dass du jetzt bei Nebe arbeitest! Schon ein irrer Zufall. Vor einem Jahr war der noch mein Chef im Gestapa.«

»Ja, und vor drei Jahren war er noch ein ganz normaler Kriminalkommissar, genau wie wir.«

»Na komm, du bist jetzt immerhin Oberkommissar.«
»Woher weißt du das denn?«
»Von wem wohl? Von deiner Sekretärin. Deiner ehemaligen Sekretärin.«
»Tja, die gute Erika. Für die waren Dienstgrade immer schon wichtig.«
Rath wollte gar nicht wissen, was Gräf inzwischen war. Vor einem Jahr Kommissar, und heute? Im Gestapa stieg man schneller auf als bei der Kripo. Und dieser Mann war vor zweieinhalb Jahren noch sein Kriminalsekretär gewesen. Reinhold Gräf hatte sich verändert, keine Frage, er war nicht mehr der offene, neugierige, vielleicht ein wenig konservative Polizist; seine Miene war verhärtet, selbst seine Stimme klang anders, fester als früher. Obwohl er sich bemühte, sich so zu geben wie zu den Zeiten ihrer Freundschaft.
»Dann hattest du also gestern am Alex zu tun«, sagte Rath und zündete sich eine Zigarette an.
Gräf nickte. »Kann dir natürlich nicht sagen, worum es geht.«
»Natürlich. Wir müssen ja auch nicht über die Arbeit sprechen.«
»Ne, müssen wir nicht.«
Schorsch stellte Gräf ein neues Bier hin, und sie stießen an.
»Auf die alten Zeiten«, sagte Gräf.
Rath wunderte sich. Er hätte gedacht, dass Reinhold Gräf eher auf die neuen Zeiten anstoßen würde, wenn er überhaupt auf irgendwelche Zeiten anstieß.
»Du warst in Nürnberg, erzählt Czerwinski?«
»Äh, ja. Unser Junge, Fritze, der war mit der HJ da. Hab ich mir natürlich anschauen müssen.«
»Die ganze Woche? Die HJ war doch erst Sonnabend dran, oder?«
»Hab meine Schwiegermutter hingefahren. Und mich auch so ein bisschen umgeschaut. Ist ja einiges los bei so einem Reichsparteitag.«
»Das kann man wohl sagen.«
»Warst du auch schon mal da?«
»Vor einem Jahr. Eindrucksvolles Erlebnis.«
»Oh ja«, sagte Rath, dem das Gesprächsthema nicht behagte.

Hernach wollte Gräf, der inzwischen ein strammer Nazi war, noch wissen, wie es denn um die weltanschauliche Ausrichtung von Gereon Rath mittlerweile bestellt war.

Zum Glück unterbrach Schorsch das Gespräch und stellte zwei volle Schnapsgläser neben die Mollen. Sie stießen an und kippten die Kurzen weg.

»Bin ganz froh, dass ich bei Gennat raus bin«, versuchte Rath einen Themenwechsel. »Da bewegte sich einfach nichts mehr.«

»Ja, der Buddha hängt mit seinen Methoden doch noch sehr in der Systemzeit. Nebe ist da anders, das ist ein Mann der neuen Zeit.«

So hatte Rath das nicht gemeint, aber er widersprach Gräf auch nicht. Bloß nicht über Politik reden.

»Na«, sagte er, »bei der Staatspolizei seid ihr ja auch ganz nah am Puls der neuen Zeit.«

»Oh«, sagte Gräf. »Ich bin gar nicht mehr beim Gestapa. Heydrich hat mich für den SD abgeworben.«

Rath, der gerade zum Trinken ansetzte, hielt inne. »Der SD? Aber das ist doch eine SS-Truppe.«

Gräf nickte. »Richtig. Auch wenn ich keine Uniform trage: Du sprichst mit SS-Untersturmführer Reinhold Gräf.«

»Respekt«, sagte Rath, und meinte das weniger anerkennend, als es klang. Es war eher ein Wort, um sein Erschrecken zu kaschieren.

»Eigentlich ist der Wechsel gar nicht so einschneidend«, fuhr Gräf fort, »wahrscheinlich weniger als der von der Mordinspektion zum Landeskriminalamt. SD und Gestapa arbeiten eng zusammen, seit Heydrich unser Chef ist. Schon damals, bei der Niederschlagung des SA-Putsches, war das so.«

Rath erinnerte sich. Ein einziges blutiges Gemetzel. Und Gräf hatte mitgemacht. Seitdem war die SA ein zahnloser Tiger. Und die SS die aufsteigende Macht in Deutschland.

»Aber lass uns nicht von unseren Karrieren sprechen«, sagte Gräf. »Erzähl mal ein bisschen von Nürnberg. Hast du den Führer gesehen?«

»Mehr als einmal.«

»In welchem Hotel warst du denn?«

»Gar keins. War alles ausgebucht. Habe bei einem Kollegen geschlafen.«

»Ach?«

»Ja. Ein Wachtmeister hat mich geweckt, als ich im Auto geschlafen habe, und wollte mich wegen Landstreicherei verhaften. Aber dann hat er mir Obdach gewährt, als er merkte, dass ich ein Kollege bin.«

»Schön, wenn man bei so einer Gelegenheit Land und Leute kennenlernt.«

Rath nickte und trank einen Schluck Bier.

»Ein Kollege von mir kommt auch aus der Ecke«, sagte Gräf. »Obersturmführer Brunner.«

Rath horchte auf.

»Ist leider vor zwei Wochen tödlich verunglückt. Du hast diesen Fall untersucht, erzählen die Kollegen?«

Rath nickte nur. Er trank noch einen Schluck und wartete mit der Antwort. Um Zeit zum Nachdenken zu haben. Immer mehr fühlte sich dieses Gespräch hier an wie ein Verhör, und immer mehr glaubte Rath, dass es auch eines war. Reinhold Gräf war nicht zufällig in der Burg aufgekreuzt. Und hatte seinen alten Chef nicht zufällig eingeladen.

Rath hatte damit gerechnet, dass sie irgendwann kommen würden, um ihn auszuhorchen. Er hätte jedoch nicht gedacht, dass es Gräf sein würde, den sie vorschicken. Er hatte ja nicht einmal gewusst, dass der inzwischen zum SD gewechselt war.

»Jaja«, sagte er schließlich, denn Gräf wartete immer noch auf eine Reaktion, »tragische Sache. Da setzt man sich in ein Taxi und ist kurz darauf tot.«

Er sah, wie es in Gräf arbeitete, wie er dabei war, die nächste Frage oder die nächste, scheinbar beiläufige Bemerkung zu formulieren. Rath beneidete ihn nicht um diese Aufgabe. Der frischgebackene Untersturmführer musste um den heißen Brei herumreden und nach Möglichkeit dennoch Informationen aus Oberkommissar Gereon Rath herauslocken. Tja, da würde er auf Granit beißen. Rath merkte, wie er anfing, die Situation zu genießen.

Eines jedenfalls machte ihm Gräfs misslungener Auftritt deutlich: Die Nachricht von Raths Aufenthalt in Schwabach war inzwischen in Berlin angekommen. Beim SD waren sie irritiert. Und ließen ganz unverbindlich schon einmal vorfühlen, was Gereon Rath denn in Franken so getrieben hatte.

64

Es war durchaus möglich, dass die Wohnung unter Beobachtung stand, aber dieses Risiko musste er eingehen. Während er sich dem Haus in der Deidesheimer Straße näherte, ließ Rath seinen Blick über die geparkten Autos wandern. Keines davon sah aus wie ein Observierungswagen des SD. In keinem saß überhaupt irgendein Mensch.

Er musste Irene Schmeling sprechen. Seine Entdeckung ließ ihm keine Ruhe. Der chinesische Chauffeur. Liang Kuen-Yao, die rechte Hand von Johann Marlow. Der Mann im Dunkel der Limousine. Er musste sichergehen, dass seine Vermutung stimmte, musste wissen, ob Marlow wirklich mit Hermann Göring zu tun hatte, musste es sicher wissen. Denn wenn, dann war Marlow, der langjährige Geschäftsfreund von Hugo Lenz, das Bindeglied, nach dem Böhm schon all die Jahre suchte. Der eigentliche Auftraggeber von Bruck und Lehmann. Für den Doktor Wrede die geeigneten todgeweihten Patienten rekrutierte.

Aber Göring und Marlow? Passte das wirklich? Ein Minister und ein Gangster? Wobei Johann Marlow es ja tatsächlich geschafft hatte, nach all den Jahren in der Berliner Unterwelt immer noch eine saubere Weste zu haben. Auf dem Papier war er ein unbescholtener Bürger und Geschäftsmann.

Irene Schmeling war Görings Sekretärin, die musste doch etwas dazu sagen können. Ob sie schon einmal einen chinesischen Chauffeur irgendwo bei einem der Besucher des Reichsministers gesehen hatte. Rath musste es vorsichtig angehen, sollte er ihr zu sehr auf die Pelle rücken, bestünde die Gefahr, dass die Schmeling ihrem Chef am Montag brühwarm vom Besuch dieses unangenehmen Kriminalkommissars erzählte. Und von all den Fragen, die er ihr gestellt hatte.

Er würde es mit Charme versuchen: Sie zum Reden bringen, ohne dass sie überhaupt merkte, dass sie ausgefragt wurde. Und sich dabei geschickter anstellen als Reinhold Gräf. Schon als er an der Wohnungstür klingelte, setzte Rath ein Lächeln auf, das charmanteste, zu dem er in der Lage war.

Doch er wartete und lächelte vergeblich. In der Wohnung

rührte sich nichts. Sollte die Sekretärin ausgerechnet heute Überstunden machen?

Er klingelte noch einmal, diesmal energischer. Und noch einmal. Das penetrante Klingeln widersprach zwar seiner Charme-Taktik, aber irgendwie musste er sich schließlich Gehör verschaffen. Und das Lächeln hatte er immer noch im Gesicht, für den Fall, dass sich die Tür öffnete.

Stattdessen öffnete sich die Wohnungstür gegenüber. Eine Frau stand da, vielleicht Mitte vierzig, die ihn über ihre Lesebrille hinweg von oben bis unten musterte, bevor sie etwas sagte.

»Da können Se lange klingeln, da passiert nüscht, da macht Ihnen keener uff.«

Rath schaute auf die Uhr.

»Aber Fräulein Schmeling müsste doch längst Feierabend haben.«

»Hatse ooch. Aber da oben.« Die Nachbarin zeigte zur Decke. »Beim lieben Herrjott.«

»Ich fürchte, ich kann Ihnen nicht ganz folgen.«

»Na, die Schmeling hatte letzte Woche 'nen Verkehrsunfall. Lag tot im Straßengraben, die Ärmste, ein Spazierjänger hat sie da jefunden.«

»Wie bitte?«

»Schrecklich, nicht wahr? Und der Fahrer über alle Berge, is einfach jetürmt und hat se da liejen und verbluten lassen.«

»Wo war denn das?«, fragte er. »Und wann genau?«

»Na, Donnerstach vor ner juten Woche oder so. Im Grunewald. Keene Ahnung, wat die Schmeling da jewollt hat. Vielleicht wohnt da ihr neuer Galan.« Sie schaute Rath an und tat betroffen. »Oder sind det etwa Sie? Tut mir leid, wollte nüscht jesacht haben.«

»Schon in Ordnung. Haben Sie Dank für die Auskunft.«

Rath lüftete seinen Hut und ging die Treppe wieder hinunter. Irgendwie klingelte er immer vergeblich an dieser Wohnungstür.

Die Nachricht hatte ihn erschreckt. Ein Unfall. Jotwede. Oder man hatte sie totgeschlagen und im Grunewald aus dem Auto geworfen. Jedenfalls glaubte er nicht an einen Zufall, in diesem Fall starben einfach zu viele Menschen durch Unfälle, als dass Rath auch nur einen davon glauben konnte.

Und der von Irene Schmeling, davon war er überzeugt, ging auf die Rechnung des SD. Sie war, ohne es zu wissen, Brunners Informantin gewesen, und Brunners Tod hatte dem SD gezeigt, dass diese Informantin aufgeflogen war. Sie war zu einem Sicherheitsrisiko und gleichzeitig nutzlos geworden. Vielleicht, dachte Rath, war es sogar ihr Besuch bei ihm im Polizeipräsidium gewesen, der Irene Schmelings Todesurteil besiegelt hatte.

Als er über die Deidesheimer Straße zurück zu seinem Auto ging, bemerkte er schon von weitem eine schwarze Limousine, die hinter dem Buick parkte, eine Limousine, die vorhin nicht da gestanden hatte. Im selben Moment, da die Alarmglocken bei ihm schrillten, stiegen auch schon zwei Männer aus dem Wagen. Sie trugen keine Uniformen, sie waren in Zivil. Dennoch war es Rath klar, mit wem er es zu tun hatte.

Nein, die Wohnung Schmeling hatten sie nicht überwacht, weil es da nichts mehr zu überwachen gab. Sie waren ihm einfach gefolgt. Und er hatte es nicht gemerkt, obwohl er immer wieder im Rückspiegel nach möglichen Verfolgern Ausschau gehalten hatte. Die schwarze Limousine hatte er da nicht gesehen und fragte sich, wie geschickt sie vorgegangen sein mochten.

Aber all diese Fragen waren ohnehin müßig, was zählte war: Sie hatten ihn. Sozusagen auf frischer Tat ertappt. Der LKA-Beamte Rath besucht eine Zeugin aus einem längst abgeschlossenen Fall. Er musste sich etwas einfallen lassen.

»Oberkommissar Rath?«

Der SD-Mann zeigte sogar seinen SS-Ausweis. Rath nickte. Was sollte er auch anderes tun?

»Sicherheitsdienst. Wir haben ein paar Fragen an Sie, Oberkommissar. Wir dürfen Sie bitten mitzukommen.«

»Können wir das nicht hier regeln?«

»Ich fürchte nein.«

»Ja, und was ist mit meinem Auto?« Rath zeigte auf den Buick.

»Wenn Sie uns den Schlüssel geben wollen. Wir haben Befehl, Ihren Wagen zu durchsuchen.«

Auch das noch. Rath rückte die Schlüssel raus. Was blieb ihm anderes übrig als zu kooperieren?

Der SD-Beamte hielt ihm die Tür auf, und Rath stieg in die schwarze Limousine. Ein Audi, wie er jetzt erst sah. Der andere

Mann schloss den Buick auf und begann, Raths Wagen zu durchsuchen. Dann fuhren sie los.

Wenigstens legten sie ihm keine Handschellen an, sie hatten ihn auf der Rückbank lediglich in ihre Mitte genommen. Als hätten sie Angst, er könne während der Fahrt aus dem Auto springen.

65

Er wusste, dass Charly den Deutschen Gruß nicht mochte, aber er war allein zuhause und deswegen erwiderte er das stramme »Heil Hitler« der Frau, die da vor der Wohnungstür stand, so zackig, wie er es bei Lehrer Krause in der Schule gelernt hatte.

»Du musst der kleine Friedrich sein«, sagte die Frau.

»Und wer sind Sie?«

War das irgend'ne Schwester von Gereon, die er noch nicht kannte? Eigentlich sollte Fritze die Tür nicht öffnen, wenn er allein zuhause war, aber manchmal war es eben Atze, der ihn zum Spielen rausholen wollte, also tat er es meistens doch. Sollte er nicht mit seinem Freund spielen, nur weil Charly mal wieder Überstunden schob?

»Ich bin Fräulein Peters vom Jugendamt Charlottenburg«, sagte die Frau und zeigte einen Ausweis.

Fritze zuckte innerlich zusammen. Was wollte denn die? Jugendamt, das bedeutete in seiner Welt selten etwas Gutes. Hatte eigentlich noch nie etwas Gutes bedeutet. Außer dass sie ihn vor zweieinhalb Jahren hier hatten einziehen lassen.

»Ich würde gern deine Mutter sprechen, Friedrich. Also: Deine Pflegemutter. Willst du mich nicht einlassen?«

»Charly is nich da.«

Fritze hielt sich an der Tür fest, bereit, sie jeden Moment zuzuschlagen, sollte die Jugendamtshippe hier ihm irgendwie querkommen.

»Und dein Pflegevater?«

»Ooch nich.«
»Du bist ganz allein?«
»Bin ja ooch keen Pimpf mehr. Bin schon in der Hitlerjugend.«
»Natürlich, weiß ich doch. Und du warst in Nürnberg, nicht wahr? Hast du den Führer gesehen?«
»Selbstredend.« Fritze schaute die Frau misstrauisch an. »Hören Se, ick muss noch Hausaufjaben machen. Wenn ick Gereon oder Charly wat ausrichten kann, denn saaren Se mir det jetze.«
»Ich will nichts ausrichten. Es geht mir darum zu sehen, ob man dich hier auch gut behandelt.«
»Tut man. Waret det?«
»Wann kommt denn Frau Rath nach Hause?«
»Kann man nie so jenau saaren. Wenn's zu spät wird, ruft se an. Denn mach ick Abendbrot für alle. Ick kann ooch schon Bratkartoffeln.«
»Prima. Tüchtiger Junge. Sag mal, willst du mich denn nicht reinlassen? Dann kann ich auf deine Eltern warten, und du machst deine Hausaufgaben.«
»Ick lass keenen rin, wenn ick alleen bin. Hat Charly mir verboten.«
»Hör mal ...« Sie beugte sich zu ihm hinunter und senkte ihre Stimme. »Ich bin aus einem ganz bestimmten Grund hier, aber das darfst du deinen Pflegeeltern nicht verraten. Dein Oberbannführer bei der HJ macht sich Sorgen um dich.«
»Herr Rademann!?«
Sie nickte. »Er fragt sich, ob Herr und Frau Rath den nationalsozialistischen Gedanken wirklich leben. Ob ein tüchtiger Hitlerjunge wie du in so einer Familie wirklich gut aufgehoben ist.«
Das war Fritze nicht fremd, er wusste, wie Herr Rademann über Gereon und Charly dachte. Aber dass diese Hippe nun hier vor der Tür stand, dass sein Oberbannführer ihm das Jugendamt auf den Hals hetzte, das hätte er nicht gedacht. Er spürte, wie sich sein Herz verkrampfte, wie die alte, längst vergessene Angst wieder begann, ein Loch in seine Seele zu brennen.
»Ich geh nicht zurück ins Heim«, sagte er. »Niemals!«
»Davon redet doch auch niemand! Wenn wir zu der Überzeugung gelangen, dass diese Pflegefamilie nicht die richtige für dich

ist, finden wir schon eine andere. Vielleicht ganz in der Nähe. Du müsstest nicht einmal die Schule wechseln.«

Bevor Fritze ausreichend darüber nachdenken konnte, was diese Worte bedeuten mochten, hörte er Schritte im Treppenhaus. Und betete, das möge Gereon oder Charly sein, jedenfalls irgendjemand, der ihn von dieser Frau erlöste. Die Sorte kannte er zur Genüge aus dem Heim. Taten fürsorglich und waren in Wirklichkeit die grausamsten Drachen, die man sich vorstellen konnte. Frauen, die alles kontrollieren wollten, die über die Kinder, die ihnen anvertraut waren, die absolute Macht haben wollten, schlimmer als der schlimmste Sklavenhalter. Er glaubte ihr kein Wort, da konnte sie noch so säuseln. Am liebsten sähe sie ihn im Heim, damit sie ihn richtig quälen könnte.

Die Schritte wurden langsamer, und tatsächlich erschien da Charly am Treppenabsatz. Fritze war selten so erleichtert gewesen, sie zu sehen. Ihre Miene erstarrte, als sie die Jugendamtshippe erblickte.

»Was wollen Sie denn schon wieder, Frau Peters?«, sagte sie und steckte den Schlüssel, den sie schon gezückt hatte, zurück in ihre Handtasche. »Melden Sie sich das nächste Mal doch einfach an.«

»Fräulein«, verbesserte die Hippe. »Heil Hitler, Frau Rath!«

Charly erwiderte den Deutschen Gruß nicht, auch vor der Jugendamtshippe nicht, und zum ersten Mal fand Fritze das nicht peinlich (wie bei Lehrer Krause), sondern richtiggehend knorke.

»Was wollen Sie denn noch wissen, was Sie bei Ihrem letzten Besuch nicht gefragt haben?«

»Oh, nichts Besonderes. Ich würde mich nur gern auch noch ein wenig mit Friedrich unterhalten.«

»Haben Sie das nicht schon getan? Gerade eben?«

Charly drängte sich an ihr und Fritze vorbei in die Wohnung, stellte die Handtasche ab und zog ihren Mantel aus.

»Hier zwischen Tür und Angel, meinen Sie?« Die Jugendamtshippe lachte, und es klang seltsam schrill. Ein bisschen wie eine Schulklingel. »Wir haben uns nur ein bisschen kennengelernt, nicht wahr, Friedrich? Es wäre schön, wenn Sie ein halbes Stündchen für mich hätten. Damit ich meine Überprüfung endgültig zum Abschluss bringen kann.«

»Na, dann kommen Sie doch rein. Sie kennen sich ja schon aus.

Fritze, willst du der Dame nicht einen Tee aufgießen? Den trinkt sie so gerne. Mit Zucker und Milch.«

Fritze nickte und ging in die Küche, während Charly die Hippe ins Wohnzimmer schickte. Er hatte gerade den Wasserkessel auf den Herd gestellt und das Gas entzündet, da kam Charly ebenfalls in die Küche.

»Was hat die Frau dich gefragt?«, wollte sie wissen. »Hast du ihr irgendwas erzählt?«

»Nur det ick mit der HJ in Nürnberg war. Det ick Bratkartoffeln kann. Det ick nich ins Heim will.«

»Hör zu ...« Charly beugte sich zu ihm und redete eindringlich auf ihn ein. »Irgendwer hier im Haus hat uns angeschwärzt. Diese Frau will dich uns wegnehmen. Wir müssen ihr beweisen, dass wir eine prima Familie sind, dass du dich hier wohlfühlst, dass du ganz im Sinne des neuen Deutschlands erzogen wirst, auch wenn Gereon und ich nicht in der Partei sind. Hast du das verstanden?«

Der Wasserkessel begann zu pfeifen. Fritze nickte.

»Gut. Dann setz jetzt den Tee auf und bring ihn ins Wohnzimmer. Ich kümmer mich um Tassen und den Rest. Und dann setz dich zu uns. Mal schauen, was die Frau wissen will.«

Sie schenkte ihm ein aufmunterndes Lächeln, und zum ersten Mal seit langer Zeit wusste Fritze wieder, warum er Charly so sehr mochte. Warum es ihm so wehtat, wenn sie nicht dabei war.

Die Jugendamtshippe saß kerzengerade in Gereons Lieblingssessel, als Fritze die Teekanne ins Wohnzimmer brachte, Charly war noch dabei, Tassen und Teelöffel zu sortieren.

»Muss noch zwei Minuten ziehen«, sagte Fritze und stellte die Kanne ab. Dann setzte er sich neben Charly auf das Sofa.

Eine Weile schwiegen sie vor sich hin, dann stellte Fräulein Peters ihre erste Frage.

»Hilfst du gerne im Haushalt?«, fragte sie. »Kochst Tee? Machst Bratkartoffeln?«

»Ick spüle ooch«, sagte Fritze. »Und mach mein Bette selber. Und jebügelt ha'ck ooch schon mal!«

»Na, da fehlt ja fast nur noch Wäsche waschen und Strümpfe stopfen«, sagte Fräulein Peters. Bei diesem Satz lächelte sie ein Porzellanlächeln und schaute seltsamerweise Charly an und nicht Fritze.

»Nicht gerade Männerarbeiten, was?«, sagte sie dann zu ihm.

Fritze wusste nicht, was er darauf sagen sollte. Er stand auf, nahm das Teesieb aus der Kanne und schenkte ein.

»Danke.« Fräulein Peters schaufelte drei Löffel Zucker in ihre Tasse. »Und mit deinem Pflegevater«, sagte sie, während sie noch rührte, »unternimmst du da auch Dinge?«

»Gereon war in Nürnberg. Hat uns marschieren sehen ... also die HJ, meen ick. War sogar bei uns im Zeltlager! Und ins Stadion jehn wer schon mal, zu Hertha. Alle dreie!«

»Alle drei?«

Wieder schaute die Hippe Charly an, als stimme mit der irgendwas nicht.

»Und sonst?«, fragte sie dann, »zeigt dein Pflegevater dir denn auch Dinge, die ein Junge so können muss?«

Fritze wusste nicht, ob er erzählen durfte, dass Gereon ihn mal ans Steuer seines Autos gelassen hatte. Ganz bestimmt nicht, dass er mit Gereon zusammen einen Berufsverbrecher zur Strecke gebracht hatte. Das durfte niemand wissen, dass er in jener Nacht auch dabeigewesen war.

»Weeß nich«, sagte er und zuckte die Achseln. »Muss er ja ooch nich. Det macht ja schon die HJ.«

Fräulein Peters machte eine Notiz und nippte von ihrem Tee.

»Du liest Erich Kästner?«, fragte sie dann aus heiterem Himmel.

Fritze wunderte sich. Woher wusste sie das denn? Und warum fragte sie das? Kästner war ein verbotener Schriftsteller, sein *Emil* aber war von den Verboten ausdrücklich ausgenommen, da hatte Fritze sich genau erkundigt. Und das sagte er auch. Und auch, dass es sein Lieblingsbuch war. Neben *Tom Sawyer*. Verdammt, man musste sich ja nicht verbiegen lassen! Und er tat doch nichts Verbotenes!

Wieder schrieb sie seine Antwort mit. Irgendwie machte es Fritze nervös, dass sich Fräulein Peters zu jedem Satz, den er sagte, Notizen machte. Er fühlte sich immer unbehaglicher, vor allem, weil er überhaupt nicht einschätzen konnte, ob er seine Sache nun gut machte oder nicht. Es war, als würde man ein Diktat schreiben. Aber in einer Sprache, die man gar nicht kannte.

Es klingelte an der Tür.

»Machst du bitte auf, Fritze«, sagte Charly. »Das ist bestimmt Gereon.«

Das konnte sein. Manchmal vergaß er den Schlüssel und musste klingeln. Und manchmal klingelte er auch, weil er zu faul war aufzuschließen.

Fritze ging in den Flur und fand, er habe die Situation bislang eigentlich doch ganz gut gemeistert. Wenn Gereon jetzt auch noch einen guten Eindruck hinterließ, dann sollte die Hippe doch zufrieden sein.

Er öffnete die Tür und wunderte sich. Denn da stand nicht Gereon. Da standen vier Männer in schwarzen Uniformen.

»Heil Hitler«, sagte der Mann, der ganz vorne stand, und Fritze erwiderte brav den Deutschen Gruß, »Scharführer Tetzlaff, Sicherheitsdienst des Reichsführers SS. Sag mal, Junge: Ist das hier die Wohnung von Herrn Gereon Rath?«

»Det is *unsere* Wohnung, um jenau zu sein. Aber ick muss Sie enttäuschen: Gereon is jerade nich da.«

»Das macht nichts.« Der Mann zeigte Fritze ein Papier, das ziemlich amtlich aussah. »Wir haben Order, diese Wohnung zu durchsuchen. Unverzüglich. Wenn du uns bitte reinlassen würdest ...«

66

Es war eine ganz normale Vernehmung. Rath saß auf einem unbequemen Stuhl, Sturmbannführer Sowa hinter dem Schreibtisch, und Scharführer Wegener lehnte mit verschränkten Armen an der Wand. Zudem standen noch zwei uniformierte SS-Männer an der Tür, das war's. Kein Bettgestell im Raum, und auch sonst nichts, was verdächtig oder unheildräuend aussah.

Der SD und die Gestapo kannten andere Methoden der Vernehmung, davon war Rath, ohne es zu wollen, vor einem Jahr selbst Zeuge geworden. Ein nacktes Bettgestell, eine Lederpeitsche und viel Prügel spielten dabei eine große Rolle.

Das wenigstens blieb ihm erspart.

Und so langsam ahnte er auch warum. Der SD konnte kein

allzu großes Fass aufmachen. Sie konnten einen Kriminaloberkommissar nicht einfach so des Diebstahls bezichtigen, vor allem nicht des Diebstahls von Geheimakten, die offiziell eigentlich gar nicht existierten.

»Oberkommissar Rath, so sehen wir uns also wieder«, war das erste, was Sowa sagte.

»So sieht es wohl aus.« Rath nickte. »Wobei mir noch keiner Ihrer liebenswerten Kollegen gesagt hat, warum ich eigentlich hier bin?«

»Können Sie sich das nicht denken?«

»Ich fürchte nein. Habe keine Ahnung, was Sie mir vorwerfen.«

»Wie kommen Sie darauf, dass wir Ihnen etwas vorwerfen«, fragte Sowa. »Wir wollen nur ein paar Dinge klären.«

»Ach? Und die wären?«

»Erinnern Sie sich noch an den Tag, als Sie zu dem Unfall gefahren sind, bei dem Obersturmführer Brunner ums Leben gekommen ist?«

»Natürlich. Ist ja gerade erst ein paar Wochen her.«

»Haben Sie da etwas bei Brunner gefunden, das nicht in der Asservatenkammer gelandet ist?«

»Sie wollen mir doch nicht unterstellen, ich hätte Geld an mich genommen! Oder Wertsachen?«

»Ich unterstelle Ihnen nichts, ich stelle nur Fragen. Also: Haben Sie etwas gefunden?«

»Bei Herrn Brunner?«

»Ja, in seiner Aktentasche vielleicht. In seinem Mantel. Auf dem Autositz.«

»Nur diese Pralinenschachtel und so'n Zeug. Der Verlobungsring, die Blumen. Das ist aber alles im Präsidium gelandet. Die Asservatenliste haben Sie doch schon eingesehen.«

»Hm«, machte Sowa und notierte etwas.

Alter Trick, dachte Rath. Soll dich nur nervös machen. Dummerweise war er schon nervös, auch ohne Sowas Psychospielchen.

»Dann wäre da noch die Frage, was Sie heute in der Deidesheimer Straße gewollt haben.«

Abrupter Themenwechsel. Auch so eine Taktik, die Rath kannte.

»Ich wollte Fräulein Schmeling besuchen«, sagte er, »das Opfer Ihres Heiratsschwindlers Brunner, Sie erinnern sich?«

Sowa ließ sich nicht provozieren. »Warum?«, fragte er nur. Die schlimmste Frage von allen.

»Warum?«, echote Rath.

»Ja. Warum haben Sie Fräulein Schmeling besuchen wollen?«

Rath zuckte die Achseln. »Ich war ihr noch einen Besuch schuldig, fand ich. Aber leider musste ich feststellen, dass sie letzte Woche tödlich verunglückt ist. Ein Verkehrsunfall, genau wie bei ihrem Geliebten. Irgendwie tragisch, finden Sie nicht?«

»Todesfälle sind immer tragisch.«

Rath konnte ein Grinsen nur mühsam unterdrücken. Sowa ließ sich also doch aus dem Konzept bringen. Vielleicht war er es nicht mehr gewohnt, jemanden zu vernehmen, der nicht auf ein Bettgestell geschnallt war und dem für jede nicht genehme Antwort Schmerzen zugefügt wurden. Rath hoffte nur, dass der Sturmbannführer nicht irgendwann auf diese Methode zurückgreifen würde.

»Was hat sie Ihnen erzählt? Bei ihrem Besuch im Polizeipräsidium?«

»Das wissen Sie? Dass sie bei mir war?«

»Der SD weiß mehr, als Sie auch nur ahnen, Oberkommissar.«

Rath zuckte die Achseln. »Sie hat mich nur um das Bild gebeten. Das Bild von Brunner, das sie dem Vermisstendezernat gegeben hatte. Da war eine Widmung drauf. Vom lieben Ferdi.«

»Sonst hat sie Ihnen nichts gesagt?«

»Was hätte sie mir denn sagen sollen?«

»Oberkommissar Rath, hören Sie auf, ständig auszuweichen! Wir stellen hier die Fragen? Antworten Sie gefälligst.«

»Gern. Ist aber schwierig, wenn Sie so ins Blaue fragen. Guten Tag hat sie mir gesagt und auf Wiedersehen. Und nach dem Bild gefragt. Den Rest hab ich vergessen. Ach so: Dass sie ihn trotz allem liebt, hat sie gesagt, ihren Ferdi – also: Obersturmführer Brunner.«

»Unterlassen Sie diese Spitzfindigkeiten! Sonst hat sie nichts gesagt?«

»Nichts, an das ich mich erinnern könnte.«

An der zunehmenden Spannung im Raum konnte Rath förmlich spüren, dass Sowa hinter seiner kontrollierten Fassade immer wütender wurde. Ein gutes Zeichen. Oder ein ganz schlechtes, je nachdem, auf welche Ideen der Sturmbannführer noch kam. Ob er irgendwann nach einem Bettgestell und einer Peitsche rufen ließ.

»Sie haben mir eine Kopie der Ermittlungsakte Brunner zugesichert«, sagte Sowa. »Die ist immer noch nicht bei uns eingetroffen.«

»Da darf ich Sie bitten, den Dienstweg einzuhalten. Die Akte ist bei Kriminaldirektor Gennat, und meine neue Dienststelle seit Monatsanfang ist das Landeskriminalamt unter Kriminaldirektor Nebe.« Er schaute Sowa neugierig an, als stelle er sich diese Frage wirklich: »Das ist aber nicht der Grund, warum Sie mich von Ihren Männern haben hierherbringen lassen, oder?«

»Wie ich schon sagte: Wir wollen ein paar Dinge klären.«

»Dann darf ich Sie vielleicht fragen, warum Sie mein Auto durchsuchen.«

»Weil wir etwas vermissen.« Sowa klang jetzt streng und zackig. Er hatte offenbar keine Lust mehr, mit seiner Wut hinter dem Berg zu halten. Er schlug mit der Faust auf den Tisch und stand auf, beugte sich über seinen Schreibtisch, als wolle er Rath fressen. »Spielen Sie hier doch nicht den Ahnungslosen, Oberkommissar!«

»Ich weiß nicht, was Sie meinen.«

»Sie waren vor einer Woche in Franken.«

»Stimmt.«

»Warum?«

»Habe meinen Jungen auf dem Reichsparteitag besucht. Der war mit der HJ dort.«

»Sie haben die Nächte von Montag bis Mittwoch aber nicht in Nürnberg verbracht, sondern beim Gendarmeriehauptwachtmeister Draxler, Johann, in Schwabach.«

»Richtig. In Nürnberg waren alle Hotels ausgebucht, und der Kollege war so nett, mir das Zimmer seines Sohnes anzubieten. Schorsch. Der ist jetzt bei der Wehrmacht.«

»Und warum ausgerechnet in Schwabach?«

»Na, weil der Hauptwachtmeister nunmal dort wohnt. Draxler hätte mich wegen Landstreicherei festgenommen. Weil ich mir ein Plätzchen vor den Toren von Nürnberg gesucht habe, wo ich im Auto schlafen wollte.«

»Erzählen Sie mir nichts, Sie waren nicht zufällig dort! Sie haben in Schwabach die Schwester von Obersturmführer Brunner besucht.«

»Wie bitte? Das muss ein Irrtum sein. Ich kenne Frau Brunner überhaupt nicht.«

»Seitz. Die Dame heißt jetzt Seitz.«

»Wie auch immer. Ich kenne die Dame nicht. Hätte ich gewusst, dass sie in Schwabach lebt, hätte ich ihr bestimmt einen Kondolenzbesuch abgestattet und mein Beileid ausgedrückt.«

»Das haben Sie auch getan. Sie haben sich jedoch als Scharführer Wegener ausgegeben und Frau Seitz nach der Post gefragt, die ihr Bruder aus Berlin schickt.«

»Tut mir leid, aber da muss Ihnen jemand einen Bären aufgebunden haben. Ich habe die Dame noch nie in meinem Leben gesehen.«

»Wir haben Frau Seitz ein Foto gezeigt, sie hat Sie erkannt.«

»Das kann nicht sein.«

Das war natürlich dreist, aber Rath wusste aus eigener Erfahrung, wie wenig zuverlässig es war, Zeugen ein Foto vorzulegen. Kaum ein Mensch prägte sich ein Gesicht, das er nur wenige Minuten gesehen hatte, so genau ein, dass er es eine Woche später auf einem Foto zweifelsfrei wiedererkannte.

»Dasselbe Foto haben wir Fräulein Fegelein gezeigt, der Sekretärin von Herrn Seitz. Auch sie hat in Ihrem Foto, Herr Rath, den vorgeblichen Scharführer Wegener erkannt.«

Sowa bluffte, das spürte Rath. Beide Zeuginnen hatten nicht so zweifelsfrei ausgesagt, wie er es darstellte.

»Hören Sie, ich weiß nicht, welcher Mensch sich da mit falschen Lorbeeren geschmückt hat ...« Bei diesen Worten schaute er Wegener an, der immer noch mit verschränkten Armen an der Wand stand. »... aber *ich*, ich war es nicht. Ich habe lediglich bei dem Kollegen Draxler in Schwabach gewohnt, ansonsten war ich die ganzen Tage beim Parteitag in Nürnberg. Ich bin morgens mit Draxler aus dem Haus und ins Auto gestiegen und war abends erst zum Abendbrot zurück!«

Rath war sich sicher, dass sich das mit Draxlers Aussagen decken musste. Zum Glück war er dem Wachtmeister bei seinen Spaziergängen durch Schwabach nie über den Weg gelaufen.

Er wusste nicht, welcher Teufel ihn ritt, vielleicht war es auch der Gedanke, dass Angriff immer noch die beste Verteidigung war, aber er musste die Frage einfach stellen:

»Geht es um diesen Einbruch in Schwabach?«

Sowas Augen blitzten auf, als glaube er, Rath jetzt in der Falle zu haben. »Was wissen Sie davon?«

»Das, was Wachtmeister Draxler mir erzählt hat. Ich habe ihn letzten Samstag zufällig in Nürnberg getroffen, auf dem Parkplatz vor dem Zeppelinfeld.«

Rath war davon überzeugt, dass Draxler dem SD diese Begegnung inzwischen bis ins Kleinste geschildert hatte.

»In eine Firma ist eingebrochen worden«, fuhr er fort. »Das ist alles, was ich weiß. Und dass Wachtmeister Draxler seine Pflicht so genau nimmt, dass er sogar mich und mein Gepäck durchsucht hat. Ich weiß nicht, was entwendet worden ist, aber bei mir hat er es nicht gefunden. In meinem Auto übrigens auch nicht. Hätte Ihr Mitarbeiter sich diese Arbeit auch sparen können, falls es das ist, was Sie suchen. Hat es denn etwas mit Obersturmführer Brunner zu tun?«

Sowa ignorierte Raths Frage. Er schaute Rath an, als wolle er ihm nicht glauben, werde aber gegen seinen Willen dazu gezwungen.

»Warum hat Draxler Sie überhaupt verdächtigt?«, fragte er.

»Das müssen Sie ihn fragen. Mir hat er das so erklärt, dass er mich eigentlich gar nicht verdächtige, dass er das aber der Gründlichkeit halber machen müsse. Er befürchtete andernfalls wohl Ärger mit dem SD. Also: mit Scharführer Wegener.«

Die beiden uniformierten SS-Männer an der Tür grinsten.

»Woher wissen Sie, dass Scharführer Wegener in Schwabach war?«

»Na, das hat Wachtmeister Draxler mir gesagt. Wie gesagt ...« Er schaute Wegener an. »... der Mann scheint einen Höllenrespekt vor Ihnen zu haben.«

Das Telefon auf Sowas Schreibtisch klingelte.

»Ja«, meldete er sich. »Ah, Tetzlaff! Endlich. Was haben Sie zu melden?« Der Sturmbannführer schien den Anruf erwartet zu haben und lauschte in den Hörer. »Sonst nichts?«, fragte er nach einer Weile und hörte dann wieder zu. »Nein, nein. Das ist ja Tinnef. Lassen Sie das alles da und kommen Sie zurück.«

Er legte auf. Schaute eine Weile auf seine Notizen. Dann auf Rath. Dann wieder auf seine Notizen.

»Also gut, Oberkommissar Rath«, sagte er schließlich. »Sie können gehen.«

Na endlich! Endlich hatte Sowa eingesehen, dass er hier nicht weiterkam. Rath stand auf.

»Und mein Auto?«, fragte er.

»Das bringt Ihnen ein Kollege morgen ins Präsidium.«

Sie schienen den Wagen wirklich gründlich zu untersuchen. Mussten ihn wohl erst wieder zusammensetzen. Hoffentlich vergaßen sie keine Schraube.

»Dann werde ich Ihnen das Fahrgeld aber in Rechnung stellen.«

»Da darf ich Sie bitten, den Dienstweg einzuhalten«, sagte Sowa. »Für solche Dinge ist ein Sturmbannführer nicht zuständig.«

»Natürlich.«

»Heil Hitler, Oberkommissar!«

»Heil Hitler, Sturmbannführer!«

Diesmal machte Rath seinen Hitlergruß nicht so schlampig wie sonst, sondern so zackig, als habe er sich bei der SS beworben. Er wollte den Kerlen hier keine Angriffsfläche bieten. Hernach würde Sturmbannführer Sowa wegen Verächtlichmachung des Deutschen Grußes oder eines ähnlichen Vergehens doch noch nach dem Bettgestell rufen.

67

Natürlich hatten sie es nicht bei seinem Auto belassen. Er hatte es geahnt, aber nicht gedacht, dass sie so rücksichtslos vorgehen würden. Als er nach Hause kam, mit der Bahn und viel zu spät, waren Charly und der Junge noch dabei aufzuräumen.

»Was ist denn hier passiert?«, fragte er, obwohl er es in dem Moment wusste, da er es sah.

Charly warf ihm einen bösen Blick zu, als sei das alles seine Schuld. Was es ja irgendwie auch war, aber wenn sie die Wohnung *ihret*wegen durchsucht hätten, hätte Charly die Schuld sicher allein auf die Nazis geschoben.

Statt ihrer antwortete der Junge. »SS-Männer«, sagte er. »Der Sicherheitsdienst. Hatten Befehl, unsere Wohnung zu durchsuchen.«

»Haben sie auch gesagt warum?«

Er stellte seine Tasche ab und zog den Mantel aus.

»Wir dachten eigentlich, diese Antwort könntest du uns geben«, sagte Charly.

»Was hassen du gemacht, Gereon?«, wollte der Junge wissen. Er klang wirklich verzweifelt. Als mache er sich Sorgen, Gereon Rath könne vom rechten Pfad abgewichen sein und stehe mit einem Bein im Konzentrationslager.

»Nichts«, sagte Rath. »Alles nur ein Missverständnis. Hat sich schon aufgeklärt.«

»Was denn für ein Missverständnis?«

Er zuckte die Achseln. »Da müsst ihr den SD fragen. Ich komme gerade aus dem Prinz-Albrecht-Palais. Die haben da was verwechselt. Haben ungefähr zwei Stunden gebraucht, um das festzustellen. Bei der Kripo sind wir da schneller.«

Er versuchte ein Lächeln.

»Du warst beim SD?«, fragte Charly, und es klang einigermaßen entsetzt.

»Nur eine Vernehmung. Die haben mich mitgenommen, dagegen macht man nichts.«

»Und? Haben die nicht gesagt, was sie suchen?«

»Denen sind wohl irgendwelche Papiere abhanden gekommen. Mehr weiß ich auch nicht. Du weißt ja, was für Geheimniskrämer das sind. Reinhold arbeitet jetzt übrigens auch bei denen.«

»Reinhold Gräf?«

Nun klang Charly beinah noch entsetzter. Sie und Gräf hatten sich einmal gut verstanden.

Rath nickte. »Genau der. Ist jetzt SS-Untersturmführer. Was immer das heißen mag.«

»Das is schon was«, meinte Fritze, der sich in solchen Dingen auskannte. »Wie'n Leutnant.« Er grinste. »Also Oberkommissar mindestens.«

»Ja, dann scheint der Gute bei der SS ja wirklich Karriere zu machen«, sagte Rath und zeigte auf das Durcheinander. »Aber Aufräumen gehört wohl nicht zur Grundausbildung der SS.«

»Offensichtlich nicht.« Charly räusperte sich. »Fritze, es wird Zeit, du hast morgen Schule. Gereon und ich räumen hier alleine weiter.«

Wie immer, wenn es ins Bett gehen sollte, maulte der Junge rum.

»Du hast Charly gehört«, sagte Rath. »Ab ins Bett.«

Kurz darauf hörten sie ihn im Bad rumoren.

»Verdammt, Gereon«, zischte Charly, »eine Hausdurchsuchung der SS! Vor den Augen des Jugendamtes!«

»Das Jugendamt?«

»Deine Freundin war hier. Fräulein Peters.«

Scheiße!

»Mal wieder einer ihrer Überraschungsbesuche. Und dann kommen vier SS-Männer und durchsuchen unsere Wohnung. Das sieht dann wirklich nach gefestigter nationalsozialistischer Weltanschauung aus. Hast du prima hingekriegt!«

»Ich? Willst du etwa mir alle Schuld in die Schuhe schieben, wenn das Jugendamt uns jetzt Ärger macht wegen des SD? Wer war denn von Anfang dagegen, dass der Junge überhaupt zur HJ geht? Wer liest denn verbotene Bücher? Wer verweigert sich sogar der Winterhilfe?«

»Verdammt noch mal, Gereon, wir hätten das schon geschafft, Fritze und ich. Wir hatten dieses Fräulein Peters am Wickel. Und dann platzt die SS in die Wohnung und stellt alles auf den Kopf.«

»Gute Nacht!«

Fritze stand in der Tür, schon im Schlafanzug.

»Gute Nacht«, sagte Charly.

»Gute Nacht«, sagte Rath. Er schaute auf die Uhr. »Und in zehn Minuten ist das Licht aus! Ich komm nachgucken.«

»Zehn Minuten und ein Kapitel.«

»Kein Gefeilsche, junger Mann! Wenn ich komme, schläfst du!«

Fritze trollte sich. Rath und Charly räumten eine Weile schweigend weiter auf. Die SS hatte wirklich kein einziges Buch zurück ins Regal gestellt, alles lag auf dem Fußboden. Ebenso seine Schallplatten. Er legte Duke Ellington auf und stellte den Rest

Stück für Stück in den Schrank zurück. Er überprüfte jede einzelne: Zum Glück waren sie alle noch heil.

»Haben sie irgendwas konfisziert?«, fragte Rath nach einer Weile.

»Nein. Haben nicht einmal meine Romane mitgenommen, Keun und Döblin und so.«

»Warum musst du auch so'n Zeug hier im Regal stehen haben.«

»So'n Zeug? Das ist Literatur!«

Er musste sich vorsehen. Ihre Bücher waren ihr heilig.

»Ich mein ja nur. Aus meinem Besitz haben sie jedenfalls nichts gefunden, was sie hätten beanstanden können, oder?«

»Naja, deine amerikanische Negermusik hat ihnen auch nicht gerade gefallen. Aber darum geht es nicht. Deinetwegen waren sie überhaupt erst hier.«

»Und finden dank Frau Charlotte Rath prompt auch ein paar Bücher, die nicht in gute deutsche Haushalte gehören, und sogar eine Ausgabe des Prager Tagblatts. Wundert mich wirklich, dass die nichts konfisziert haben.«

Er hob die Zeitung vom Boden auf. Charly ließ sich das Blatt, eine deutschsprachige Zeitung, eine der letzten demokratischen deutschsprachigen Zeitungen, manchmal von Freunden aus der Tschechoslowakei mitbringen. Heimlich natürlich, denn das Lesen ausländischer Zeitungen war in Deutschland inzwischen ebenso verpönt wie das Hören ausländischer Radiosender.

»Sei lieber froh, dass sie nicht eine deiner geliebten Platten konfisziert haben. Oder das gefunden haben, wonach sie suchten.«

»Was willst du damit sagen?«

»Na, was wohl? Dass ich dir kein Wort von dem glaube, was du dem Jungen erzählt hast. Ein *Missverständnis*!«

Sie sprach das letzte Wort voller Verachtung aus.

»Ja, es war ein Missverständnis. Sie haben mich wieder gehen lassen, wie du siehst.«

»Nach was haben sie gesucht? Was, verdammt nochmal, hast du in Nürnberg gemacht, Gereon?«

»Charly! Ich weiß nicht, was du dir vorstellst. Was soll ich deiner Meinung nach da gemacht haben? Eine Verschwörung angezettelt?« Er hielt das *Tagblatt* in die Höhe. »Wenn *du* solche Dinge nicht überall herumliegen lassen würdest, dann müssten wir uns auch keine Sorgen machen.«

»Wie bitte?« Sie stemmte die Hände in die Seite. Und sprach für Raths Geschmack etwas zu laut. »Wenn du nicht irgendwas angestellt hättest, Gereon Rath, irgendetwas, das du nicht einmal mir erzählen willst, dann wäre der SD gar nicht erst hier aufgekreuzt. Was zum Teufel hat dich geritten, dass du dich mit der SS anlegst?«

Er wedelte beschwichtigend mit den Händen, legte den Zeigefinger an die Lippen und deutete mit dem Kopf in Richtung Kinderzimmer.

»Ich lege mich doch nicht mit denen an«, sagte er dann, leise und ruhig, »ich ermittle in einem Kriminalfall. Und da spielen Geheimakten eine wichtige Rolle, die der SD, warum auch immer, bei mir vermutet.«

»Warum auch immer? Vermutlich, weil du sie auch hast.«

Er sagte nichts. Sie schaute ihn an. Durchschaute ihn. Es war manchmal auch von Nachteil, eine kluge Frau zu haben.

Sie schaute ihn an und schüttelte den Kopf, zögerlich zuerst, dann immer heftiger.

»Sag mal, Gereon Rath, bist du wahnsinnig?«, zischte sie. »Klaust der SS geheime Akten? Stammen die von diesem Toten im Taxi? Das war doch ein SS-Mann, oder?«

Er räusperte sich. »Ich weiß, ich habe da ein paar Dinge getan, die ich nicht hätte tun dürfen, aber sie sind nun einmal passiert. Warte ...«

Er stand auf und ging noch einmal in Fritzes Zimmer. Das Licht brannte, doch der Junge schlief bereits tief und fest. Rath nahm ihm behutsam das Buch ab, das er noch in der Hand hielt, und legte es auf den Nachttisch. *Das fliegende Klassenzimmer*. Rath löschte das Licht.

»Der Junge schläft«, sagte er, als er wieder bei ihr im Wohnzimmer saß. Sie räumte gerade die letzten Bücher ins Regal. Das hieß: Eigentlich räumte sie nur noch um, die Ordnung schien noch nicht wieder ganz die richtige zu sein.

Er holte die Cognacflasche und zwei Gläser aus dem Schrank. Dann drehte er die Platte um.

»Und jetzt setz dich hin und hör zu«, sagte er.

Charly ließ die Bücher stehen und setzte sich hin.

Rath schenkte ein. Trank einen Schluck. Wartete, bis auch sie getrunken hatte.

Und dann erzählte er ihr die ganze Geschichte. Machte zwischendurch nur zwei-, dreimal Pause, um die Platte zu wechseln.

»Ist es wirklich nötig, bei deiner Beichte Musik zu hören?«

Er nickte und zeigte in den Raum. »Nur für den Fall, dass unser SS-Besuch irgendwo ein paar Mikrophone zurückgelassen hat.«

Charly zog die Augenbrauen hoch und schwieg, unterbrach ihn danach kein einziges Mal, während er ihr alles so kompakt wie möglich erzählte und erst mit dem Foto endete, auf dem er Liang zu erkennen glaubte, der Göring den Wagenschlag öffnete.

»Marlow und Göring«, sagte er. »Kann man sich eigentlich nicht vorstellen, aber mein Gefühl sagt mir, dass ich auf der richtigen Fährte bin.«

»Bist du auch.« Sie nickte. »Marlow versorgt Göring mit Morphium.«

»Wie bitte?«

Jetzt war es an ihm, überrascht zu sein.

Charly senkte ihre Stimme. »Jedenfalls hat er das vor einem Jahr noch getan. Und Göring hat ihm dafür Hermann Lapke zum Fraß vorgeworfen. Scheint eine richtige Männerfreundschaft zu sein, mit Geben und Nehmen.«

»Was sind denn das für Räuberpistolen? Wer erzählt denn solche Geschichten?«

»Das muss mir niemand erzählen, das habe ich gesehen.«

»Charly!«

»Ich war im Sommer vierunddreißig unfreiwilliger Gast von Johann Marlow, schon vergessen? Da habe ich das mitbekommen. SA-Feldjäger haben ihm Lapke in seine Villa gebracht, als Geschenk Görings, das habe ich mit eigenen Ohren gehört. Lapke ist nicht von der SS erschossen worden, den haben Marlows Leute auf dem Gewissen.«

Rath war sprachlos.

»Aber warum erzählst du mir solche Dinge denn nicht?«, fragte er schließlich.

»Das fragt der Richtige! Was weiß ich? Weil wir ohnehin nie darüber gesprochen haben? Warum Marlow mich überhaupt festgehalten hat. Was du damit zu tun hattest. Wir haben seit über einem Jahr kein einziges Wort mehr über Johann Marlow verloren.«

»Ja, und das ist auch gut so. Weil wir mit dem Mann nichts mehr zu tun haben wollen. Mit ihm und seiner Welt. Weil er nur Unglück über uns bringt.«

Er wartete auf Charlys nächste Replik, auf ihren nächsten Vorwurf, doch da kam nichts. Sie schwieg.

»Oder schon immer gebracht hat«, sagte sie dann, so leise, dass er den Satz nur mit Mühe verstehen konnte.

»Wie meinst du das?«

Sie trank einen Schluck Cognac. Zündete sich eine Zigarette an. Erst dann antwortete sie.

»Gereon«, sagte sie und legte ihre Hand auf sein Knie, »dreh die Platte um. Ich muss dir auch etwas erzählen.«

68

Unter anderen Umständen hätte sie ihm vielleicht eine Szene gemacht, ihm seinen Leichtsinn vorgehalten, mit dem er nicht nur sein eigenes Leben, sondern die Existenz seiner ganzen Familie aufs Spiel setzte. Unter anderen Umständen. So aber trank sie nur einen Schluck Cognac. Zündete sich eine Zigarette an. Und erzählte.

Bei allem Kopfschütteln, das sein Verhalten immer mal wieder bei ihr auslöste – sie konnte ihn verstehen. Hätte sie anders gehandelt? Den Briefumschlag nicht aufgerissen? Die geheimen Akten nicht an ihren Bestimmungsort geschickt, um das eigene Fehlverhalten zu vertuschen? Das alles konnte sie verstehen. Dass Gereon aber den Tresor einer Firma knackte, um diese brisanten Unterlagen ein zweites Mal, und diesmal ganz bewusst, an sich zu nehmen, das hatte sie entsetzt, als er es erzählte, und sie hätte ihm bestimmt auch ihre Meinung dazu gesagt. Dann aber hatte er weitererzählt, hatte von einem Foto gesprochen, das er in diesen Akten, diesem Erpressungsmaterial, das aller Wahrscheinlichkeit nach der Grund für den Tod eines SS-Mannes war, gefunden hatte; von einem Foto, das Göring bei einem Treffen mit einer unbekannten Unterweltgröße zeigte. Und dass der Chauffeur, der Göring den Wagenschlag öffnet, ein Chinese sei. Bei dem es sich, es gebe keine andere Erklärung, um Liang Kuen-Yao handeln müsse. Dass er der Meinung war, das Todesurteil für Gerhard Brunner möge vielleicht von Hermann Göring ausgesprochen worden sein, vollstreckt aber habe es Johann Marlow mit seinen Kontakten zu einem korrupten Mediziner namens Alexander Wrede.

Und in diesem Moment hatte Charly gewusst, dass es richtig war, dass Gereon diese Akten gestohlen hatte, so selbstmörderisch riskant das auch sein mochte.

Also erzählte sie ihm von ihrem Zeugen. Der zwar keinen bestimmten Mann erkannt hatte, sich aber sicher war, am dritten Juni siebenundzwanzig, eine halbe Stunde bevor die Eckkneipe *Bei Mathilde* am Lenzener Platz wegen eines Gaslecks in die Luft geflogen sei, einen Chinesen gesehen zu haben, der aus eben jenem Haus gekommen sei.

»Verdammt, Charly!«

Er kam zu ihr, und sie konnte sehen, dass er gar nicht wusste, wohin mit seiner Wut.

»Dir ist klar, was das heißt?«, sagte er.

Natürlich wusste sie das. Deswegen hatte sie ihm die Geschichte doch erzählt.

Er nahm ihre Hände in seine. Sie spürte, dass er zitterte. »Liang hat die Gasleitung manipuliert! Böhm hat recht. Marlow hat deinen Vater und den Berolina-Chef in genau diese Kneipe gelockt, weil er sie dort in die Luft jagen wollte.«

Warum sagte er so etwas? Wusste er nicht, wie weh ihr das tat?

»Hör auf«, sagte sie, »lass mich weiterreden. Ich bin noch nicht fertig.«

Er schwieg und schaute sie fragend an, doch sie wusste nicht, wie sie beginnen sollte.

»Verdammt, verdammt«, sagte sie schließlich, »du wirst mich totschlagen, ich bin so ein naives, dummes Huhn!«

»Nun erzähl schon. Ich werde dich bestimmt nicht totschlagen.«

»Gereon, ich ... ich habe gerade noch für ihn gearbeitet!«

»Für wen? Für Marlow?«

»Gott bewahre! Nein.« Sie schluckte. »Aber für Liang.«

Er schaute sie an, als habe sie ihm gebeichtet, sich unsterblich in Adolf Hitler verliebt zu haben. Unglauben, gepaart mit Entsetzen.

»Was hast du noch mit diesen Leuten zu tun?«

Charly hätte nie gedacht, sich einmal Gereon gegenüber dafür rechtfertigen zu müssen, sich mit einem Mann aus dem Umfeld von Johann Marlow eingelassen zu haben. Sie erzählte ihm von Liangs aufdringlichen Besuchen, von dessen Auftrag und dem vielen Geld, mit dem er sie bezahlt hatte. Nach Abzug der Spesen waren immer noch weit über siebenhundert Mark übriggeblieben, doch sie hatte das Geld gestern tatsächlich schon in den Ascheimer geworfen. Und dann doch wieder herausgenommen.

»Warum hast du mir nichts davon erzählt, dass er dich bedrängt? Ich hätte dem Kerl schon die Meinung gegeigt!«

»Was heißt bedrängt? Er hat mich nicht bedrängt, er hatte einen Auftrag für mich.«

»Du arbeitest für Liang und erzählst mir nichts davon?«

Ihre Geheimniskrämerei schien Gereon plötzlich mehr aufzuregen als alles andere. Und das wiederum regte sie auf.

»Erzählst du mir etwa immer alles, was du auf der Arbeit machst?«, fuhr sie ihn an.

»Aber Liang! Der Mann ist ein Verbrecher.«

»Das weiß ich sehr wohl. Hat dich das jemals gestört, Johann Marlow einen Gefallen zu tun?«

»Ja, durchaus. Das hat mich immer gestört. Jedesmal, wenn ich gezwungen war, ihm einen sogenannten Gefallen zu tun!«

»Schön. Dann hat dich das Geld, das du dafür bekommen hast, ja bestimmt auch immer gestört. Was mich interessiert: War das nur beim Einnehmen oder auch noch beim Ausgeben?«

»Verdammt, darum geht es doch nicht. Seit über einem Jahr habe ich mit Marlow nichts mehr zu tun. Und dir fällt nichts Besseres ein, als dich mit Liang einzulassen. So ziehen sie uns immer wieder zurück in ihre Welt.«

»Ich habe mich mit niemandem eingelassen! Worüber reden wir hier überhaupt? Liang hat meinen Vater umgebracht, verdammt nochmal! Darum geht es! Dieses Arschloch hat meinen Vater getötet. Und ich will, dass er dafür bezahlt. Genau wie sein Herr und Meister und mutmaßlicher Erzeuger!«

Und dann merkte sie, dass ihr die allzu lang zurückgehaltenen Tränen kamen. Sie registrierte noch Gereons entsetztes Gesicht, dann spürte sie seine Arme, die sich um ihren Nacken schlangen, und ließ sich an seine Schulter sinken.

»Entschuldige«, sagte er, ganz leise. »Ich bin ja bei dir. Ich werde dir helfen. Wir werden diese Schweine kriegen. Sie werden bezahlen, das verspreche ich dir. Sie werden bezahlen. Koste es, was es wolle!«

69

Die Lichter des nächtlichen Kurfürstendamms zogen an ihnen vorüber, und eigentlich war alles wie immer; er saß im Fond, und im Rückspiegel konnte er Kuen-Yao sehen, der die Adler-Limousine sicher durch die Berliner Nacht steuerte. Den Adler nahmen sie jetzt wieder häufiger, solide deutsche Autos machten einen besseren Eindruck als – zum Beispiel – der viel zu auffällige Duesenberg, der in Pankow nun meist in der Garage verstaubte. Amerikanische Autos, zumal wenn sie derart protzend daherkamen, standen dieser Tage nicht hoch im Kurs.

Eigentlich also war alles wie immer. Allerdings trug Johann Marlow statt eines Abendanzuges – etwas, das in den letzten zehn Jahren zu so etwas wie seiner Berufskleidung geworden war –, wieder die schwarze Uniform mit der roten Armbinde. Weil er zu einem Empfang geladen war, bei dem so etwas erwartet wurde. Weil es immer mehr Empfänge gab, zu denen Uniform erwartet wurde. Und diese Kleinigkeit änderte alles.

Marlow wusste, dass Kuen-Yao die Uniform nicht mochte. Dass er sie richtiggehend hasste. Und so fühlte er sich unwohl unter den Blicken im Rückspiegel, als drückten sie einen Vorwurf aus – was sie nicht taten, die mandelförmigen Augen waren undurchschaubar wie immer; es war Marlows schlechtes Gewissen, das sich in ihnen spiegelte.

Das war auf eine gewisse Weise das Geheimnis von Kuen-Yaos Blick, vor dem die halbe Stadt zitterte: Jeder sah in diesen Augen das, was er gerade am meisten fürchtete, spürte in diesem Blick genau das, was ihm am unangenehmsten war. Als würden diese Augen die schlimmsten Ängste und Sorgen, die in einem lauerten, verstärken und an die Oberfläche bringen.

Johann Marlow hatte normalerweise kein schlechtes Gewissen, nie, dem Jungen gegenüber aber hatte er eines, seit Monaten schon, seit der ersten despektierlichen Bemerkung irgendeines Nazi-Affen, zu der er geschwiegen hatte, weil er Geschäftliches noch nie mit Persönlichem vermengt hatte. Doch Bemerkungen dieser Art, sei es über Schlitzaugen, gelbe Hautfarbe, rassische Reinheit oder was auch immer, hatten zugenommen, und je mehr sie zunahmen, desto größer wurde sein schlechtes Gewissen. Daran änderte auch nichts, dass er sich jeden einzelnen, der den Jungen beleidigte, gemerkt hatte. Sie würden alle noch für ihren Rassendünkel bezahlen.

Kuen-Yao war der einzige Mensch auf dieser Welt, der ihm am Herzen lag, der einzige lebende jedenfalls, und deshalb würde Marlow, trotz der rassistischen Bemerkungen, die in den Kreisen, in denen er neuerdings verkehrte, bei jeder Gelegenheit über seinen chinesischen Chauffeur und Assistenten fallengelassen wurden, immer an ihm festhalten, ganz gleich wie sehr die Meute sich die Mäuler zerriss. Selbst wenn sie ihm offiziell nahelegen sollten (was niemand wagte, nicht einmal Göring), sich doch von seinem Chinesen zu trennen, würde er dem niemals nachgeben.

Kuen-Yao jedoch schienen sie auf diese Weise zu vergraulen, längst vergrault zu haben, und diese Erkenntnis zerriss ihm das Herz. Immer häufiger hatte der Junge sich in letzter Zeit zurückgezogen, hatte Fred oder einen anderen Kollegen Fahrdienste übernehmen lassen. Wenigstens um die SD-Sache vor ein paar Wochen hatte er sich noch gekümmert, mit dieser armen Socke von Taxifahrer alles vereinbart, davon wusste auch – außer Doktor Wrede natürlich – niemand anders als Johann Marlow und Liang Kuen-Yao, damit hätte Marlow auch niemand anderen beauftragen können.

Solche Aufträge würde es in Zukunft nicht mehr geben. Es würde nur noch Geschäfte geben, keine Gewalt. So jedenfalls war der Plan. Also konnte er ihn beruhigt ziehen lassen, seinen treuesten Diener und engsten Vertrauten und besten Freund. Den eigenen Sohn. Der sich selbst allerdings für einen Waisen hielt. Was auch besser war. Besser als zu wissen, dass man ein Bastard war.

»Ich muss mit dir reden, Kuen-Yao.«

Die Augen im Rückspiegel fixierten ihn.

»Ich weiß, dass es dir schwerfällt, mit mir darüber zu sprechen, weil du nicht weißt, was ich dazu sagen werde, vielleicht fürchtest, mich zu enttäuschen, aber das musst du nicht. Du kannst mir alles sagen.«

Immer noch schwieg er. Schaute ihn nur an.

Also sprach Marlow die Worte aus, die Kuen-Yao nicht aussprechen konnte. »Du willst mich verlassen.«

Die Augen im Rückspiegel blieben unbeweglich. Es dauerte eine Weile, dann hatte Kuen-Yao die richtigen Worte gefunden.

»Ich möchte nicht *dich* verlassen. Aber ich muss Deutschland verlassen.«

Marlow schwieg. Obwohl er es geahnt hatte, tat es doch weh, den Satz aus dem Mund des Jungen zu hören.

»Gerade jetzt, wo wir am Ziel sind? Bald werden wir auch das letzte illegale Geschäft abgestoßen haben. Du musst mich nicht mehr chauffieren, ich brauche keinen Schutz mehr. Du kannst Geschäftsführer werden. Ich weiß, dass du Talent dafür hast.«

»Mag sein. Aber Deutschland hat sich verändert. Für mich ist hier kein Platz mehr.«

»Wenn du das Gerede unserer neuen Geschäftsfreunde meinst: Darauf gebe ich nichts, da kann einer ein noch so hohes Tier sein.«

»Ich weiß. Aber das hilft ja nichts. Ich stehe trotzdem im Weg.«

»Wem? Mir nicht.«

»Aber unseren sogenannten Geschäftsfreunden. Mit mir gibt es da kein Vorankommen.«

»Ich muss nicht weiter vorankommen.«

»Aber ich!«

So laut hatte er Kuen-Yao selten gehört.

»Ich will vorankommen«, fuhr der Junge fort, nun schon wieder ruhiger. »Und in diesem Land kann ich das nicht. Ich bin Chinese. Wie mir immer öfter unmissverständlich klargemacht wird. Und nach China gehe ich zurück. In die Stadt, in der ich geboren bin.«

»Was ist mit Margot?«

Es dauerte eine Weile, ehe Kuen-Yao antwortete. »Sie geht mit«, sagte er dann. »Wir werden heiraten.«

»Sie ist ein gutes Mädchen. Und wird dir eine gute Frau sein.«

»Du hast nichts dagegen?«

»Wie sollte ich? Du würdest mir eine Freude machen, eure Hochzeit auszurichten.«

»Wir werden erst in Tsingtau heiraten.«

»Warum das?«

»Weil die Berliner Standesämter uns nicht lassen. Eine Deutsche und ein Chinese, so ein Paar wird nicht mehr verheiratet. Ich habe alle Standesämter abgeklappert: Niemand möchte mich mit einem deutschen Mädchen verheiraten.«

»Warum hast du denn nichts gesagt? Ich hätte das längst geklärt!«

»Ich möchte nicht, dass es auf diese Weise geklärt wird. Ich habe ...« Er stockte. »Ich habe das schon geregelt. Mit juristischer Hilfe.«

»Doktor Kohn hat mir davon gar nichts erzählt.«

»Den habe ich auch nicht gefragt. Ich habe Charlotte Rath gefragt.«

»Die Rath? Warum ausgerechnet die?«

»Weil sie Juristin ist. Weil ich ihr vertraue.«

»Wir sollten solchen Leuten nicht vertrauen. Sie ist die Frau von Gereon Rath. War sogar selber mal Polizistin. Entweder sind Polizisten nützlich oder sie sind unsere Feinde, etwas anderes gibt es nicht.«

»Eben. Sie war nützlich. Hat mir geholfen. Mit einem Einbürgerungsantrag. Bald werde ich wieder dem Land meiner Väter gehören.«

Dieser Satz versetzte Marlow einen Stich.

»Wann willst du gehen?«

»Du hast dich um mich gekümmert, nach dem Tod meiner Mutter, und dafür bin ich dir auf ewig dankbar. Hast dich um einen Waisenjungen gekümmert, der ansonsten allein geblieben wäre auf der Welt. Aber ich bin nicht mehr allein. Und ich muss jetzt hinausgehen in die Welt.«

»Wann?«

»Sobald wie möglich. Sobald du Ersatz für mich gefunden hast.«

Marlow schwieg. Seit wie vielen Jahren stand Liang Kuen-Yao schon an seiner Seite? Der einzige Mensch, dem er voll und ganz vertraute. Der einzige, an dem ihm etwas lag.

Er machte sich nicht viel aus Menschen. Der einzige Mensch, zu dem er sich jemals wirklich hingezogen gefühlt hatte, lebte nicht mehr. Nur ihr Sohn lebte noch, und ihrem Sohn galt auch der letzte Rest Liebe, den er zu geben bereit war. Für andere Menschen war da nichts mehr übrig.

Es hatte Zeiten gegeben, da war er entsetzt über die eigene Gefühllosigkeit. Bis er gemerkt hatte, schon im Krieg, wie stark das macht. Und auf diese Stärke hatte er gebaut.

Seine einzige Schwäche hatte er immer verschwiegen. Dass er einen Sohn hatte, den er über alles liebte. Auf den er stolz war. Dem er alles hinterlassen wollte, wenn er einmal nicht mehr war.

Und dieser Sohn wollte ihn jetzt verlassen. Musste ihn verlassen. Weil er nicht in das Deutschland passte, das die Nazis geschaffen hatten.

Es würde ihm weh tun, den Jungen gehen zu lassen, aber es musste sein. Er würde sich einen deutschen Chauffeur zulegen, einen deutschen Leibwächter, blond und blauäugig, wie es die Zeiten erforderten.

Er hatte es schon viel zu lange verschwiegen. Hatte der Junge nicht ein Recht auf die Wahrheit? Kannte er sie womöglich schon? Oder nur die schmutzigen Gerüchte? Glaubte er womöglich, von Friedrich Larsen abzustammen?

»Kuen-Yao ...«

Die Augen des Jungen im Rückspiegel.

Marlow merkte, wie sich die Zunge verweigerte, die nötigen Worte auszusprechen. Es ging nicht. Es ging einfach nicht. Er konnte es ihm nicht sagen.

»Vier Wochen noch«, sagte er nur. »Vier Wochen noch, dann gebe ich dich frei. Dann kannst du gehen. Wohin auch immer du willst.«

70

Hier auf der Wannseeinsel waren sie schon lange nicht mehr spazieren gegangen. Vorbei an den neiderweckend schönen Anwesen der Villenkolonie Alsen, dann in den Wald eintauchen, vorbei an Kiefern und Birken, bis irgendwann das Seeufer wieder auftauchte und dann, kurz vor Nikolskoe, der Fähranleger zur Pfaueninsel. Schon lange waren sie hier nicht mehr gewesen, und noch nie waren sie dabei von einem Mann verfolgt worden. Er ließ sich nicht sehen, doch Rath wusste, dass er da war. Dass er vielleicht fünfzig Meter hinter ihnen ging, immer darauf achtend, eine Wegbiegung oder andere Spaziergänger als Deckung zu nutzen.

Schon als er seinen Buick auf der Königstraße geparkt hatte, war ihm der schwarze Audi *Dresden* aufgefallen, der sich seit der AVUS hinter ihnen hielt und, anstatt weiter Richtung Potsdam zu fahren, kurzerhand rechts in die Villenkolonie abbog, kaum hatte Rath den Winker gesetzt und geparkt. Dort stand der Wagen dann am Straßenrand, als Charly und er keine Minute später vorbeispazierten. Er konnte zwei Männer erkennen, die angestrengt unbeteiligt in die andere Richtung blickten. Kaum war er mit Charly um die nächste Kurve verschwunden, hörte er eine Autotür knallen. Er musste sich nicht umschauen, um zu wissen, dass einer der Männer ausgestiegen war. Und dass dieser Mann sein Geld im Prinz-Albrecht-Palais verdiente.

Sollten sie ihn doch in allen Lebenslagen beobachten, irgendwann würde sie das schon ermüden. Er würde ihnen kein Futter liefern. Gereon Rath spazierte mit seiner Frau durch den Düppeler Forst. Etwas, das Charlottenburger Ehepaare durchaus machten, wenn sonntags die Sonne schien.

Als sie auf der Fähre standen, bemerkte auch Charly den in unauffälligem Grau gekleideten Mann, der zwei Minuten nach ihnen als einer der letzten an Bord gekommen war. Rath nickte nur, als er ihren Blick auffing.

»Mach dir keine Sorgen«, sagte er, »der kann uns nur beobachten, der hört nicht, was wir sprechen.«

»Dann sollten wir uns vielleicht erstmal küssen«, sagte sie. »Um den Kerl ein bisschen neidisch zu machen.«

Und das taten sie dann auch. Standen an der Reling des kleinen Fährschiffs und küssten sich. So lange, bis die ersten Umstehenden murrten. Öffentliches Küssen wurde nicht gern gesehen. Jedenfalls nicht am hellichten Tag und abseits des Berliner Nachtlebens. Rath hatte in dieser Stadt schon so viele wilde Dinge erlebt, dass er immer mal wieder vergaß, dass der Berliner im Grunde seines Herzens doch ein ziemlicher Spießer war. In Berlin kam es entscheidend darauf an, wo und wann man gerade unterwegs war. Daran hatten selbst die Nazis nichts ändern können: dass es in dieser Stadt immer noch sündige Orte gab, die sich einen Teufel scherten um die herrschende Meinung und Moral. Nur gehörte die Pfaueninselfähre eben nicht dazu.

Den Rest der Überfahrt beschränkten sie sich darauf, einander im Arm zu halten und der sich langsam nähernden Insel entgegenzublicken. Ihr SD-Schatten hielt sich derweil diskret im Hintergrund.

Beim Verlassen der Fähre ließen sie sich Zeit, so dass der Mann gar nicht anders konnte, als sie zu überholen. Dann aber las er sich äußerst gründlich die Abfahrtszeiten durch. Rath fragte sich, ob ihr Schatten inzwischen ahnte, dass er durchschaut war, doch es sah nicht so aus.

Vom Fähranleger gingen sie zunächst einmal zum Schloss hinauf, das eigentlich eher wie eine Theaterkulisse wirkte, eine künstliche Ruine, in der sich ein Festsaal versteckte, unbewohnbar, einfach nur zum Feiern gebaut. Und zur Aufwertung der Landschaft. Pfauen sahen sie keine, die hielten sich eher im Inneren der Insel auf. Dafür einen Mann in Grau. Ihr Verfolger hielt sich jedoch etwas abseits und bewunderte die Ruinenarchitektur, sie konnten sprechen.

»Also«, fragte Charly, »was sollen wir tun?«

»Darüber haben wir doch schon geredet: Wir können nicht viel tun.«

»Wir müssen uns auf jeden Fall zusammensetzen, wir alle drei. Böhm muss wissen, was wir herausgefunden haben.«

Rath schüttelte den Kopf.

»Ich kann nicht mit dir zu Böhm gehen, das ist verdächtig. Da wird der SD sofort Lunte riechen. Und am Ende auch noch Böhm überwachen.«

»Dann muss ich ihm allein von unseren Entdeckungen berichten. Ihm alles sagen, was wir herausgefunden haben.«
»Musst du das wirklich?«
»Wie meinst du das?«
»Schau mich nicht so misstrauisch an«, sagte Rath. »Wir sind ein Ehepaar auf Sonntagsausflug, da guckt man nicht so.«
»Dann sag mir, wie du das gemeint hast.«
»Das versteht sich doch mehr oder weniger von selbst: Brunners Akte muss außen vor bleiben. Würde Böhm ja eh nichts nutzen; er sucht nach gerichtsverwertbaren Dingen, was soll ich ihm dann eine Geheimakte geben, die ich eigentlich gar nicht besitzen dürfte? Oder auch nur davon erzählen? Das macht ihn zu einem Mitwisser, bringt ihn in Gefahr, nützt uns aber nix. Wir müssen das allein mit deinem Zeugen machen.«
»Das allein wird vor Gericht auch nicht reichen. Das zerpflückt dir jeder Anwalt. Wieviel Chinesen gibt es in Berlin? Hundert? Tausend? Das kann jeder gewesen sein.«
»Aber mit einer Geheimakte können wir nicht an die Öffentlichkeit gehen. Das wäre lebensgefährlich. Es sind schon genügend Menschen wegen dieser Akte gestorben.«
»Genügend Menschen? Wer denn alles außer Brunner? Na gut: und Lehmann?«
»Irene Schmeling. Brunners Informantin. Die wahrscheinlich gar nicht wusste, dass sie eine Informantin war. Hatte einen Autounfall.«
Charly schaute entsetzter, als das einer Sonntagsausflüglerin zustand.
»Und das war auch Marlow?«, fragte sie. »Oder Göring selbst?«
Rath wunderte sich, was sie dem Minister alles zutraute. Aber wahrscheinlich zu Recht, wenn man an den Juli vierunddreißig dachte: Da hatte er wie ein Gangsterboss gewütet.
»Ich dachte eher an den SD.« Er zuckte die Achseln. »In diesem Fall scheuen sich alle Beteiligten nicht, über Leichen zu gehen. Und letzten Endes wäre es mir auch egal, wer für mein Ableben verantwortlich ist: Ich möchte noch ein paar Jahrzehnte leben. Und zwar zusammen mit dir.«
Sie schmiegte sich an ihn. »Du kannst ja manchmal in unerwarteten Momenten richtig romantisch sein.«

»*Nur* in unerwarteten Momenten.«

»Hilft uns jetzt aber auch nicht weiter, deine Romantik.«

»Ne. Dein Zeuge ist der einzige, der uns weiterhilft. Wenn der Liang belastet und wir darüber hinaus auch noch die Kontakte von Marlow zur Berolina, oder besser: die zum roten Hugo, nachweisen können, dann könnten wir die Schweine wegen des Dreifachmordes drankriegen.«

»Johann Marlow vor ein Gericht zu bringen, das hat in all den Jahren noch niemand geschafft. Und verurteilt ist er dann noch lange nicht.«

»Dann sind wir eben die ersten.«

Charly seufzte. »Selbst wenn wir Liang belasten könnten: Es ist so gut wie unmöglich, Marlow eine Verbindung zur Berolina nachzuweisen. Hugo Lenz ist tot, der sagt nüscht mehr.« Sie schaute ihn an. »Und seinen Nachfolger hast *du* getötet.«

»Das war Notwehr, das ...«

»Schon gut, du musst dich nicht wieder rechtfertigen, so meine ich das nicht.« Sie zuckte die Achseln. »Ich sage ja nur: Wir haben keine Zeugen. Außer einem alten Mann, der vor acht Jahren einen Chinesen gesehen hat. Und das ist ein bisschen dünn.«

»Die Brunnersache jedenfalls muss außen vor bleiben, die geht Böhm nichts an, die geht niemanden etwas an. Da sollten wir uns höchstens Gedanken machen, wie wir an die Akte kommen, ohne dass der SD das spitzkriegt.«

»Die liegen immer noch in der Laube?«

Rath nickte.

»Du kannst sie jedenfalls nicht abholen. Mit deiner Rund-um-die-Uhr-Begleitung.«

»So sieht es aus.«

Ihr Schatten war gerade dabei, die Büsche rund um die Ruine einer genaueren Betrachtung zu unterziehen. Vielleicht zählte er auch die Bienen. War jedenfalls immer noch außer Hörweite.

»Vielleicht«, sagte Charly nach einer Weile, »solltest du Pastor Warszawski beauftragen, dass er sie vernichtet, wenn er das nächste Mal rausfährt. Sie zusammen mit ein paar Gartenabfällen verbrennt.«

»Vernichten?«

»Ja, was denn sonst?«

Rath zuckte die Achseln. »Keine Ahnung. Darüber hab ich mir keine Gedanken gemacht. Aber verbrennen ... Vielleicht ist da noch etwas, das uns weiterhilft. So genau habe ich sie noch nicht durchgearbeitet.«

»Gereon, bist du wahnsinnig? Du hast doch selbst gesagt, dass es lebensgefährlich ist, sollten die Akten bei einem von uns gefunden werden. Willst du dieses Risiko eingehen? Nur weil du neugierig bist?«

»Nein: Weil es uns helfen könnte.«

»Du hast doch selbst gesagt: Wir können Geheimakten nicht als Beweismaterial in einem Prozess nutzen. Also können wir sie auch verbrennen.«

»Wir können das Ganze sowieso nicht auf die rechtsstaatliche Art lösen, das genau ist doch unser Problem.«

»Auf welche denn sonst?«

»Was weiß ich, Charly. Ich weiß nur eines: Es gibt keinen Rechtsstaat mehr.«

»Einen kleinen Rest gibt es noch. Wenn es politisch opportun ist, funktioniert der Rechtsstaat noch. Und dass Göring mit Unterweltgrößen gemeinsame Sache macht, dürfte auch nicht allen Nazis gefallen.«

»Natürlich nicht. Und genau deswegen taugt es ja auch als Erpressungsmaterial.«

»Du meinst, der SD wollte Göring mit dem Material erpressen?«

»Nicht unbedingt der SD als Behörde, vielleicht auch nur irgendjemand im SD. Würde mich aber nicht wundern, wenn Heydrich persönlich hinter dem Bespitzelungsauftrag steckt.«

»Und wie hilft uns diese Erkenntnis weiter?«

»Gar nicht. Außer dass wir wissen, dass sich Deutschlands neue Herren untereinander nicht grün sind.«

»Kein Wunder. Seit vierunddreißig.«

»Ja. Damals haben Heydrich und Göring noch an einem Strang gezogen. Seitdem wissen sie, wie skrupellos der andere sein kann, und trauen sich gegenseitig nicht mehr über den Weg.«

Charly schüttelte den Kopf, als wolle sie das alles nicht hören, als habe sie ganz andere Ideen, die nicht gestört werden durften.

»Nein, nein!«, sagte sie: »Wir sollten uns auf die Brandermittlung fokussieren, da ist vielleicht noch etwas zu holen. Die ist derartig schlampig geführt worden ... – du solltest diesem Kriminalsekretär Gehrke mal ein paar Fragen stellen! Behutsam. Vielleicht erinnert der sich noch. Erzählt dir ein paar Dinge, die nicht im Protokoll stehen. Mit denen wir vielleicht etwas anfangen können.«

»Wenn du meinst.« Rath zuckte die Achseln. »Einen Versuch ist es jedenfalls wert.«

»Gut.« Charly rieb sich die Hände. »Das wäre geklärt. Und was machen wir nun?«

»Na, was wohl? Wir sind auf der Pfaueninsel. Wir gehen erst mal zum Kavaliershaus und zum Luisentempel hinüber.«

»Und zur Voliére! Pfauen füttern.«

Rath nickte, legte seinen Arm um ihre Schulter, und sie spazierten los.

»Jedenfalls machen wir uns einen schönen Tag auf der Insel. Einen möglichst langen, bis zur letzten Fähre. Damit unser Schatten sich auch schön langweilt. Und den Tag verflucht, an dem er auf die Idee gekommen ist, sich beim SD zu bewerben.«

»Mit Küssen oder ohne?«

Er blieb stehen und schaute sie entrüstet an.

»Natürlich mit!«

71

Er stand am Ufer und warf einen letzten Blick auf den See. Sie hatten ein schönes Wochenende hier verbracht, keine Frage, und dennoch waren seine Gedanken wirr und trüb. Das lag an den Dingen, die Herr Rademann ihm heute unter vier Augen gesagt hatte und die nun in seinem Kopf herumschwirrten. Wobei das eigentlich nicht stimmte: Sie schwirrten nicht herum, sie lagen vielmehr in seinem Kopf wie ein zu schweres Essen im Magen liegt.

Er warf einen flachen Stein in den See und schaute ihm nach. Drei, vier, fünfmal titschte er über die Wasseroberfläche, bevor er versank.

Fritze liebte diese Wochenenden am Schwielowsee. Vor einem Jahr hatte ihn Wilhelm Rademann zum ersten Mal mitgenommen. Nur ihn und Atze. Die Hütte lag mitten im Wald, nur durch wenige Bäumen getrennt vom Seeufer, gar nicht mal so weit weg von Berlin, und dennoch eine andere Welt. Wo in der Reichshauptstadt alles Lärm und Dreck und Hektik war, gab es hier nur Wald, Wasser und Ruhe.

Seit jenem ersten Mal waren sie schon fünf-, sechsmal an den Wochenenden hier gewesen, immer nur sie drei: Fritze, sein Freund und dessen Vater. Hatten geangelt und die Fische dann selbst ausgenommen und gebraten, waren im See geschwommen und hatten im Wald Schießübungen gemacht. Die Hütte lag so einsam, dass die Schüsse niemanden störten.

Und der Hitlerjunge Thormann, das hatte sich schon bei den ersten Versuchen herausgestellt, war ein begabter Schütze. Begabter jedenfalls als Atze. Was dem Freund nicht gefiel, das hatte Fritze schnell gemerkt. Hatte deswegen auch immer mal absichtlich danebengeschossen, indem er ein Ziel neben der Zielscheibe anpeilte. Oder sich vornahm den fünften Ring oberhalb des Fadenkreuzes zu treffen. Dann war es für ihn selbst immer noch eine gute Übung, wenn er das anvisierte Ziel auch traf, und Atze hatte dennoch eine Chance, auch mal besser zu sein als sein Freund.

Man muss auch gönnen können, hatte Gereon ihm mal gesagt, eine alte kölsche Redensart. Und da war was dran.

Gönnen. Das konnten nicht viele in der HJ. Das hatte Fritze in der vergangenen Woche gemerkt, als er mit den anderen Nürnbergfahrern wieder in ihren Charlottenburger Stamm zurückgekehrt war. Er, Kopper und Neumann waren die einzigen, die mit Oberbannführer Rademann zum Reichsparteitag hatten marschieren dürfen, und die Bewunderung der anderen, das merkten die drei Nürnbergfahrer schnell, zeigte sich eher als Neid, und der äußerte sich in dämlichen Bemerkungen.

Fritzes bester Freund war da keine Ausnahme. Atze schien die Demütigung vergessen zu haben, die Schmach der nicht bestandenen Prüfung, seine Tränen vor aller Augen. Jedenfalls redete er mit seiner großen Klappe dagegen an, als habe es diesen Tag der Schande nie gegeben. Als sei er aus freien Stücken nicht mit nach Nürnberg marschiert.

»Habt ihr schon gehört? Die Reichsautobahn soll nicht mehr weitergebaut werden«, erzählte er. »Lohnt sich nicht: Die deutsche Jugend latscht ja eh überall zu Fuß hin.«

Ein lauer Witz, doch die anderen Jungen lachten. Alle außer Fritze, Kopper und Neumann.

Atzes Vater durfte solche Reden nicht hören, das stand fest. Der Oberbannführer verstand da keinen Spaß. Nicht in Sachen Hitlerjugend, nicht in Sachen Reichsautobahn.

Fritze war sich nicht sicher, was die Wochen der Abwesenheit für seine und Atzes Freundschaft bedeuteten, aber er hatte das Gefühl, dass der Junge, den er in Berlin wiedergetroffen hatte, ein anderer war als der, den er vor der Abreise gekannt hatte. Solange Herr Rademann dabei war, ging es, da riss Atze sich zusammen, aber in der letzten Woche hatten sie sich außerhalb der Schule kein einziges Mal getroffen, und auch auf dem Schulhof hatte Atze lieber mit Budach und den anderen Angebern heimlich hinter der Turnhalle geraucht, als mit seinem alten Freund zu reden oder Fußball zu spielen.

Fritze musste an Max denken, den er auf dem Deutschlandmarsch kennengelernt hatte. Mit dem hatte er sich gut verstanden, besser als jetzt mit Atze. Maxe wohnte zwar in Reinickendorf, am anderen Ende der Stadt, aber wozu gab es die BVG?

Und gerade jetzt, wo er sich all diese Gedanken zu Atze gemacht hatte, wo er sich beinah schon damit abgefunden hatte, dass ihre Freundschaft wenn nicht an ihrem Ende, so aber doch an einem Wendepunkt angelangt war, da hatte Herr Rademann ihn beiseite genommen. Hatte seinen Sohn zuvor in den Wald zum Holzholen geschickt, damit sie alleine waren.

»Na, mein Junge«, hatte er gesagt und seine Hand auf Fritzes Knie gelegt. »Wie hat es dir denn gefallen in Nürnberg?«

»Nürnberg war schon knorke.« Fritze schielte auf die Hand. Lieber wäre es ihm, wenn Rademann die da wegnehmen würde, doch das zu sagen traute er sich nicht. »Nürnberg war knorke, aber ick bin trotzdem froh, wieder in Berlin zu sein.«

»Ja, in der Heimat ist es doch am schönsten ...«

So schwärmerisch kannte Fritze seinen HJ-Führer gar nicht. Endlich nahm Rademann seine Hand weg.

»Du bist gerne bei uns in der Pestalozzistraße, nicht wahr?«

Fritze nickte. Das stimmte. Er war gerne bei Rademanns zu Besuch. Hatte oft mit ihnen zu Abend gegessen. Hatte ein paarmal sogar schon da übernachtet. Er war gerne in der Pestalozzistraße. Gewesen.

Ob das immer noch so war, jetzt wo Atze ihn mehr oder weniger kühl behandelte? Früher hatten sie sich immer noch etwas erzählt vorm Einschlafen, aber als sie gestern Abend nebeneinander in der Hütte in ihren Schlafsäcken gelegen hatten, war das einzige, was Atze gesagt hatte: »Sei stille, Mensch! Ick will schlafen!«

Nun fasste Herr Rademann ihn an der Schulter.

»Wir haben dich auch sehr gern um uns. Monika und ich.«

Monika, so hieß Frau Rademann. Die konnte tierisch gut kochen. War aber längst nicht so witzig wie Charly. Und so schön sowieso nicht.

»Und die Jungs natürlich auch«, fuhr Rademann fort, »Arthur und Jürgen.«

Jürgen, das war der kleine Bruder, mit dem Atze sich das Zimmer teilte.

»Sag mal, Friedrich ...«

So hatte der Oberbannführer ihn noch nie genannt. Bei der HJ sagte er immer nur Thormann. Nun rückte Rademann näher, rückte ihm so nah auf die Pelle, als sei er sein Vater. Und irgendwie sollte das wohl auch so wirken, dennoch hatte Fritze sich unbehaglich gefühlt. Gereon machte sowas nie.

»... Friedrich, ich muss dir eine ernste Frage stellen: Könntest du dir vorstellen, bei uns zu wohnen?«

»Aber ick *hab* doch ein Zuhause«, sagte Fritze, und in seiner Stimme lag mehr Protest, als er eigentlich hatte hineinlegen wollen.

»Ja, das hast du. Aber deine Pflegeeltern ...« Rademann stockte. »Weißt du ... ein Freund von mir arbeitet beim Jugendamt Charlottenburg. Und daher weiß ich, dass die Raths unter Beobachtung stehen.«

Fritze hatte nichts gesagt. Und doch alles verstanden.

»Im Jugendamt gibt es Zweifel, ob sie geeignet sind, im nationalsozialistischen Staat als Pflegeeltern ...«

»Natürlich sind sie geeignet!«

»Es ist gut, dass du sie verteidigst, das spricht für deinen Anstand und deinen Charakter.« Rademann lächelte. »Doch es geht hier nicht darum, wie gut deine Pflegemutter kocht oder wieviel Geld dein Pflegevater verdient. Es geht um ihre politische Zuverlässigkeit.«

»Aber Gereon ist doch Polizist«, sagte Fritze. Etwas anderes fiel ihm nicht ein.

»Das mag ja sein. Aber nicht jeder Polizist ist auch ein guter Nationalsozialist. Schau ...«, und wieder landete eine Hand auf Fritzes Knie, »... es geht hier einzig und allein um *dein* Wohl. Das Jugendamt kann es nicht verantworten, dass ein Junge wie du – ein so vielversprechender Junge – nicht im nationalsozialistischen Sinne erzogen wird. Du hast den Führer doch gehört in Nürnberg ...«

Fritze nickte.

»Die HJ tut alles dafür, aus euch genau die Jugend zu machen, die sich der Führer wünscht; die Jugend, die Deutschland braucht. Doch das geht nicht ohne Unterstützung aus dem Elternhaus.«

Wieder nickte Fritze. Einfach nur, weil er nicht wusste, was er sonst machen sollte. Außerdem spürte er einen Kloß in seinem Hals, der ihn am Sprechen hinderte.

»Ich habe mit meinem Freund darüber gesprochen«, fuhr Rademann fort, »ich habe ihm gesagt, dass du auf keinen Fall in ein Heim gehörst, dass du in eine gute nationalsozialistische Pflegefamilie gehörst. Und er hat mir zugestimmt. *Wir haben nur gerade keine solche Familie in Charlottenburg, Wilhelm*, hat er gesagt. Und weißt du, was ich ihm da geantwortet habe?«

Fritze schüttelte den Kopf. Obwohl er sich schon denken konnte, was Rademann geantwortet hatte.

»Ich habe ihm gesagt: *Doch, Helmut, ihr habt eine solche Familie. Die Familie Rademann in der Pestalozzistraße! Die kannst du eintragen in deine Pflegeelternliste!*«

Fritze wusste noch, dass er das Pathos in Rademanns Stimme, diese bewusst gesetzten Pausen, dieses rhetorische Fragen, dieses ganze Brimborium, komplett durchschaut hatte. Dinge, die ihm vor einem Jahr noch nicht aufgefallen wären.

Und dennoch wusste er, dass Rademanns Worte ernst zu nehmen waren. Weil sie bald ernst werden könnten.

Eine solche Lüge hätte er seinem HJ-Führer niemals zugetraut.

Dein Oberbannführer macht sich Sorgen um dich. So hatte die Jugendamtshippe doch neulich geraunt bei ihrem Besuch. Rademann hatte sich nicht ins Gespräch gebracht, um Fritze vor dem Heim zu bewahren, ihm und seinen Kontakten zum Jugendamt Charlottenburg hatten sie die Besuche dieses unsäglichen Fräulein Peters in der Carmerstraße überhaupt erst zu verdanken.

Aber letzten Endes war es auch gleichgültig, was hier Huhn war und was Ei, das einzige, was zählte, war: Herr Rademann wollte ihn, Friedrich Thormann, den armen Straßenjungen, in seine Familie holen, weg von Gereon und Charly, den politisch unzuverlässigen Zeitgenossen. Noch vor einem halben Jahr, ach was: noch vor einem Vierteljahr hätte Fritze es sich geradezu gewünscht, bei den Rademanns leben zu können, jetzt jedoch erfüllte ihn diese Aussicht nicht mehr mit Freude. Aber natürlich wollte er auch nicht ins Heim zurück, nie wieder wollte er ins Heim, das hatte er sich geschworen! Und wenn er bei Gereon und Charly nicht bleiben konnte, was blieb ihm anderes übrig?

Unter einem Dach mit Atze ...

Er warf noch einen Stein in den See, doch diesmal kam der nicht weit; nach drei Aufsetzern ging er unter.

Wie die Gedanken in seinem Kopf, die er nicht über Wasser halten konnte. Die sein Verstand nicht greifen konnte. Die in ihm die Sehnsucht wachriefen, endlich wieder allein in seinem Zimmer zu sein. Bei seinen Büchern. Die hatten ihm immer schon beim Denken geholfen.

Da hörte er seinen Namen durch den Wald schallen.

»Friedrich«, rief Rademann von der Lichtung her, »wo bleibst du denn, Friedrich, das Auto ist gepackt?«

»Bin am See«, antwortete er und wunderte sich, wie brüchig seine Stimme klang.

Die aus dem Wald hingegen klang markig und fest.

»Komm her und steig ein, es geht nach Hause!«

Und Fritze fragte sich, von welchem Zuhause der Oberbannführer wohl sprach.

72

Rudi Gehrke war einer der Kollegen, denen ihre Pause heilig war. Rath hielt sich nach dem Mittagessen mit den LKA-Kollegen noch eine Weile an einer Tasse Kaffee fest und passte den Mann in der Kantine ab. Der Kriminalsekretär saß etwas abseits an einem Tisch über einer Portion Schweinebraten mit Bohnensalat und Kartoffeln.

»Kollege Gehrke!« Rath machte auf alter Kumpel. »Kann man sich dazusetzen?«

Der Kriminalsekretär mit den grauen Schläfen schaute nicht gerade erfreut, er gehörte eher zu den Einzelgängern im Präsidium, aber er nickte. Und Rath stellte seine Kaffeetasse auf den Tisch und setzte sich.

»Wir kennen uns?«, fragte Gehrke.

»Ansehens. Oberkommissar Rath, früher Mordinspektion, jetzt Landeskriminalamt.«

»Angenehm«, sagte Gehrke, aber es hörte sich nach dem genauen Gegenteil an.

»Hören Sie, Kollege, ich will nicht um den heißen Brei herumreden«, begann Rath, »ich habe ein Anliegen.«

»Ach?«

Gehrke zog die Augenbrauen hoch und spießte ein Stück Braten auf die Gabel.

»Es ist auch eher privater Natur, deswegen möchte ich Sie damit nicht während Ihrer Dienstzeit behelligen.«

»Wenn Sie nicht drumherumreden wollen, warum tun Sie's dann?«, sagte Gehrke und steckte sich die Gabel in den Mund.

Rath räusperte sich. »Es geht um Folgendes: Sie haben vor acht Jahren in einem Unglücksfall ermittelt, eine Gasexplosion auf dem Lenzener Platz ...«

Gehrke kaute langsam und schluckte den Bissen hinunter, bevor er antwortete.

»Kann sein.«

»Jedenfalls ist am dritten Juni siebenundzwanzig am Lenzener Platz ein Haus ...«

»Das heißt jetzt Steinbergplatz.«

»Oh, natürlich. Aber das wissen die wenigsten.«
»Ich wohn da in der Gegend.«
»Ach? Auch damals schon?«
Gehrke nickte.
»Und dann können Sie sich nicht an den Fall erinnern?«
»Wer sagt denn das?«
»Na Sie!«
»Ich hab noch überhaupt nüscht gesagt! Weil Sie mir immer noch nicht gesagt haben, was Sie überhaupt wollen! Sie meinen das Eckhaus am Steinbergplatz, oder was? Bei Mathilde?«
»Genau das.«
»Klar kann ich mich daran erinnern.«
»Na prima!«
»Und was ist damit?«
»Ist Ihnen bei den Ermittlungen damals vielleicht irgendetwas ungewöhnlich erschienen?«
»Wie meinen Sie das denn?«
»Halten Sie es zum Beispiel für möglich, dass vor dem Eintreffen der Polizei jemand Spuren vernichtet oder unbrauchbar gemacht hat?«

Gehrke zuckte die Achseln. »Kann ich mir nicht vorstellen. Ich war zwei, drei Minuten später da.«
»So schnell?«
»Wie gesagt, ich wohne um die Ecke, da schaut man doch nach, wenn es in der Nachbarschaft so gewaltig rummst. Als ich die Bescherung dann sah, hab ich die Burg informiert und unverzüglich die Ermittlung aufgenommen, Feierabend hin oder her. Sie kennen das doch: Ein Polizeibeamter ist immer im Dienst ...«
»... und der Dienst immer im Polizeibeamten«, murmelte Rath.

Solch eine vorbildliche Dienstauffassung hätte er dem Mann gar nicht zugetraut. Er bekam immer mehr das Gefühl, dass es kein Zufall war, dass ausgerechnet Kriminalsekretär Rudolf Gehrke die Ermittlungen am Lenzener Platz aufgenommen hatte.
»Wie bitte?«
»Ach nichts.«
»Sie sprachen von einem privaten Anliegen. Um was geht es denn jetzt?«

»Um genau diesen Fall. Mit einem der Opfer verbinden mich ... ähh ... private ... Wie auch immer: Ich habe privates Interesse an diesem Fall und wollte Sie fragen, ob Sie ein Stündchen Zeit erübrigen könnten, damit wir uns mal zusammensetzen. Ich würde Ihnen gern weitere Fragen stellen. Und da es rein privat ist, wollte ich Sie da nicht dienstlich behelligen.«

Gehrke zog die Augenbrauen hoch.

»Schauen Sie doch einfach in die Ermittlungsakte. Die liegt in der Registratur.«

»Das habe ich bereits. Aber ein Gespräch wäre mir lieber. Vielleicht gibt es ja Einzelheiten, an die Sie sich noch erinnern, vermeintlich Unwichtiges, das keinen Eingang in die Akte gefunden hat.«

»Wollen Sie mir da irgendwas unterstellen, Kollege Rath?«

»Nichts läge mir ferner. Es geht mir nur darum, ob Sie vielleicht Beobachtungen gemacht haben, die darauf hindeuten, dass es – und wenn auch nur von verschwindend geringer Wahrscheinlichkeit – eventuell denkbar ist, dass das Leck in der Gasleitung unten im Keller nicht durch einen defekten Dichtungsring verursacht, sondern bewusst und absichtlich herbeigeführt worden ist.«

»Wenn dem so wäre, dann wäre ich dem wohl nachgegangen, meinen Sie nicht?«

»Natürlich. Ich möchte Ihnen in keinster Weise zu nahe treten, Kollege Gehrke, aber ...«

»Wenn Sie das nicht wollen, *Kollege*, dann tun Sie das auch nicht.« Gehrke ließ sein Besteck auf den Teller fallen, dass es schepperte. »So etwas muss ich mir nicht anhören, Oberkommissar Rath! Tun Sie mir einen Gefallen, und suchen Sie sich einen anderen Tisch für Ihre Kaffeetasse!«

»Haben Sie vielen Dank, Kollege. Sehr aufschlussreich.«

Rath stand auf, doch er suchte sich keinen anderen Tisch. Er ließ seine Kaffeetasse neben Gehrkes Teller stehen und verließ die Kantine auf dem schnellsten Wege.

73

Als er die Burg pünktlich zum Dienstschluss verließ, hatte er schlechte Laune, und das nicht nur wegen seines völlig danebengegangenen Gesprächs mit Rudi Gehrke. Je länger er beim LKA arbeitete, desto mehr haderte er mit seinem Wechsel. Wenigstens gab es heute kein Zwangsbierchen nach Feierabend oder sonst eine gemeinschaftliche Unternehmung, der man sich nicht entziehen konnte.

Das Landeskriminalamt war unter Arthur Nebe eine andere Behörde als jene, die Bernhard Weiß – ein Jude, der anno 33 dann vor den Nazis hatte fliehen müssen – zu Zeiten der Republik gegründet hatte. Vor einem Jahr war das LKA aus der Kriminalpolizei ausgegliedert worden und bildete nun als *fachliche Zentrale für die preußische Polizei*, wie es in den Bestimmungen hieß, eine eigenständige Abteilung im Polizeipräsidium. Und das merkte man auch: Nicht nur ein Stockwerk, sondern eine unsichtbare Wand trennte die Nebe-Leute von den Kripo-Leuten. Der einzige Kripobeamte, der sich ab und an einmal zu ihnen verirrte, das war Czerwinski, der seinen Kumpel Henning besuchte. Sonst ließ sich niemand auf ihrer Etage blicken, was auch kein Wunder war, denn die LKA-Beamten hatten ein elitäres Selbstverständnis und legten eine Arroganz an den Tag, die jeden normalen Kriminalbeamten auf Abstand hielt.

Was Rath aber eigentlich an seinem neuen Arbeitsplatz störte, war etwas anderes: Er arbeitete nun in einer größeren Gruppe. Mochten die neuen Kollegen ihn auch noch so freundlich aufgenommen haben, so fehlte ihm doch die Freiheit, die er in der Mordinspektion so geschätzt hatte. Er kam sich vor wie in einem goldenen Käfig, fühlte sich unter ständiger Beobachtung, hatte viel zu selten Gelegenheit, den Dingen nachzugehen, die ihn eigentlich umtrieben. Und kaum verließ er das Polizeipräsidium einmal, wenn ein dienstlicher Auftrag ihm das ermöglichte, setzte die Beschattung durch den SD ein. Meist konnten die Männer in der schwarzen Limousine ihren Vorgesetzten wenig berichten, außer dass Oberkommissar Rath morgens pünktlich zum Dienst erschien und abends pünktlich Feierabend machte.

Als er zu seinem Auto gehen wollte, das im Schatten der S-Bahn-bögen parkte, hinderte ihn eine Adler-Limousine am Überqueren der Straße. Rath hatte den Wagen schon lange nicht mehr gesehen. Wollte ihn eigentlich auch nicht mehr sehen. Aber irgendwie hatte er geahnt, dass etwas in der Art passieren würde. Seit seinem Gespräch mit Rudi Gehrke. Er hatte nur nicht geahnt, dass es so schnell gehen würde.

Die Tür zum Wagenfond öffnete sich, und bevor Rath wusste, wie ihm geschah, wurde er von hinten am Kragen gepackt und auf den Rücksitz geworfen wie ein Gepäckstück. Als er sich aufrichtete, fand er sich zwischen zwei Männern wieder, dem, der ihn ins Auto geworfen haben musste, und einem zweiten, der eine SS-Uniform trug.

Der Adler fuhr wieder an.

Rath schaute in den Rückspiegel. Der schwarze Audi, der zwei Autos hinter seinem Buick parkte, scherte nicht aus der Parklücke, hatte nicht einmal den Winker gesetzt. Seine Beschatter hatten die Entführung ihres Zielobjektes überhaupt nicht mitbekommen. Oder steckten mit seinem Entführer unter einer Decke. Demselben Verein gehörten sie jedenfalls an.

»Guten Tag, Kommissar«, sagte der Mann in der schwarzen Uniform. »Lange nicht gesehen.«

»Für Sie immer noch Oberkommissar, Herr Marlow. Und muss es nicht *Heil Hitler* heißen bei einem SS-Mann?«

»Wir wollen doch nicht so förmlich sein. Ich verlange von Ihnen ja auch nicht, dass Sie mich mit *Gruppenführer* anreden.«

»Was soll diese Entführung? Wollen Sie mich umbringen?«

»Sie denken manchmal zu primitiv, Kommissar. Wenn ich Sie umbringen wollte, wären Sie längst tot. Glauben Sie mir, das geht so schnell, das merken Sie gar nicht.«

»So schnell wie bei Christian Ritter?«

»Manchmal sterben Leute, die gar nicht sterben sollen. Weil sie sich in Dinge eingemischt haben, in die sie sich besser nicht eingemischt hätten.« Marlow schaute ihn an mit seinen kalten Augen. »Wissen Sie, warum Sie noch leben, Kommissar? Weil ich mir einbilde, Sie vielleicht noch brauchen zu können. Allein deshalb. Aber wenn ich Sie mir jetzt so anschaue, bin ich mir nicht mehr sicher, ob Sie überhaupt noch zu irgendetwas zu gebrauchen sind.«

»Offensichtlich doch so sehr, dass Sie sich herablassen, mit mir zu reden.«

»Ich rede nur deshalb mit Ihnen, weil Sie Ihre Nase in Dinge stecken, die Sie nichts angehen.«

»Ist das so?«

»Ich weiß nicht, was Sie umtreibt, Kommissar, ich kann es nur ahnen, aber ich rate Ihnen: Lassen Sie die Toten ruhen. Hernach wecken Sie noch schlafende Hunde. Und glauben Sie mir: Das sind Hunde, die wollen Sie nicht wecken.«

Hunde. Rath wusste nicht, ob Marlow diese Redewendung bewusst gewählt hatte, jedenfalls erinnerte es ihn an Kirie, an seinen Bouvierhund, dem Marlow vor einem Jahr kaltblütig das Genick gebrochen hatte, aus heiterem Himmel und ohne ersichtlichen Grund. Bis auf einen: ein Machtspielchen, das der Gangster gerade mit Rath ausfocht und dem das unschuldige Tier zum Opfer gefallen war. Charly und Fritze glaubten immer noch, Kirie sei bei einem Autounfall ums Leben gekommen, und Rath hatte nicht vor, ihnen jemals die Wahrheit zu erzählen.

Damals schon hätte er den Mann umbringen können, doch Johann Marlow war kein Mann, den man so einfach umbrachte. Und seine Wut, das spürte Rath jetzt, wo er neben dem Scheißkerl saß, war im Laufe dieses Jahres nicht kleiner geworden. Sie war gewachsen, gewaltig gewachsen.

»Ich weiß nicht, was Sie von mir wollen, Marlow? Mich an meiner Arbeit hindern?«

»Wie kommen Sie darauf, Kommissar? Im Gegenteil, ich möchte, dass Sie Ihre Arbeit *tun*. Nichts als Ihre Arbeit. Dass Sie die Privatschnüffeleien sein lassen.«

»Sie haben mit Kriminalsekretär Gehrke gesprochen, nicht wahr? Hätte ich mir denken können, dass er Sie gleich heute noch anruft. Wie lange arbeitet der schöne Rudi denn schon für Sie? War seine schlampige Brandermittlung die erste Gefälligkeit oder gab's da noch mehr? Das Rauschgiftdezernat ist ja geradezu ideal für Ihre Zwecke. Hat Gehrke sich auf Ihr Betreiben dorthin versetzen lassen?«

»Bilden Sie sich nicht allzuviel auf Ihre Kombinationsgabe ein. Ich kann mir auch ein paar Dinge zusammenreimen. Zum Beispiel, wie es kommt, dass Sie und dieser abgehalfterte Ex-Bulle zusammenarbeiten. Sie konnten Wilhelm Böhm doch noch nie leiden. Es ist wegen Ihrer Frau, nicht wahr? Ich kann Ihnen nur raten: Nehmen Sie diese Dinge nicht zu persönlich. Ihr Schwiegervater ist vor acht Jahren bei einer tragischen Gasexplosion ums Leben gekommen. So steht es in der Akte. Ende der Geschichte.«

»Sie können es leugnen, wie Sie wollen, Marlow, das ändert nichts an den Tatsachen: Sie haben den Mann auf dem Gewissen. Sie haben einen Unschuldigen umbringen lassen. Und das nur, um Winkler auszuschalten und Ihrem Geschäftsfreund, dem roten Hugo, den Weg an die Berolina-Spitze freizuräumen. Natürlich haben Sie sich nicht selbst die Hände schmutzig gemacht, für so etwas haben Sie schließlich Ihren Chinesen. Vielleicht wandert der für Sie ja sogar in den Knast.«

»Ich kann mich nur wiederholen, Kommissar: Nehmen Sie die Dinge nicht zu persönlich, sonst werden sie persönlich. Und das wollen Sie nicht, Kommissar, das sage ich Ihnen.«

»Wo ist Liang eigentlich?«, fragte Rath, denn der Mann am Steuer der Limousine war blond und blauäugig. »Darf sich ein SS-Mann keinen chinesischen Fahrer erlauben? Erfordert Ihre Uniform einen Arier am Steuer? Oder ist Liang gerade mit einem neuen Mordauftrag unterwegs?«

Marlow ließ sich nicht aus der Ruhe bringen.

»Ich frage mich, was Ihre Vorgesetzten davon halten, dass Sie in zwei alten Fällen herumschnüffeln«, sagte er. »Längst vergessene Vorfälle in Moabit aus dem Jahr siebenundzwanzig. Haben Sie nichts Besseres zu tun?«

»Sie können meine Vorgesetzten gerne informieren. Dann erzähle ich denen von Ihrem Freund Doktor Wrede. Dem Mann, der Ihnen die todgeweihten Patienten liefert, mit deren Hilfe Sie Auftragsmorde inszenieren, bei denen die Täter weder einen Bezug zu ihrem Opfer noch zu ihrem Auftraggeber haben. Morde, die nicht einmal wie Auftragsmorde aussehen.«

»Genauso werden das auch Ihre Vorgesetzten sehen. Dass die Todesfälle, von denen Sie reden, keine Morde sind. Dass noch viel weniger irgendetwas auf mich hindeutet.«

»Wie lange verfolgen Sie diese Masche schon? Wieviele Leute sind von der Hand irgendwelcher bettelarmer oder hoch verschuldeter Krebspatienten gestorben? Bruck und Lehmann waren doch sicher nicht die einzigen. Bruck war nur der einzige, bei dem es schiefgegangen ist. Hat seine Familie denn auch Geld gesehen? Oder fließt das nur im Erfolgsfall, wie bei der Familie Lehmann, die sich nun eine schicke Wohnung leisten kann, obwohl ihr Ernährer tot ist? – Oder gerade *weil* ihr Ernährer tot ist.«

»Sie haben eine lebhafte Phantasie, Kommissar.«

»Nein, Sie haben der Familie Bruck bestimmt nichts bezahlt. Bei dem Höllenaufwand, den Sie treiben mussten, um Brucks Versagen zu vertuschen. Die Geschäftsbeziehung zu Hugo Lenz und der Berolina muss Ihnen wirklich viel wert gewesen sein.«

»Sie leben in der Vergangenheit, Kommissar. Die Berolina gibt es nicht mehr. Ich mache längst andere Geschäfte.«

»Und verkaufen Morphium an Reichsminister Göring.«

»Da sind Sie falsch informiert.« Marlow lächelte amüsiert und schüttelte den Kopf. »Das ist ja genauso abstrus wie alles andere, was Sie da vorbringen. Wer soll Ihnen das denn glauben?«

»Das lassen Sie mal meine Sorge sein.«

»Sie schätzen Ihre Lage falsch ein, Kommissar. Und was ein noch größerer Fehler ist: Sie schätzen *meine* Lage falsch ein.«

»Meinen Sie die Uniform? So etwas beeindruckt mich nicht.«

»Scheiß auf die dämliche Uniform, die gehört nun mal dazu heutzutage. Ich habe Freunde im neuen Deutschland, Kommissar. Mächtige Freunde. Kein Staatsanwalt in Berlin wird den Mist, den Sie sich da zusammenbrauen, zur Anklage bringen, stellen Sie sich schon einmal darauf ein.«

»Aber vielleicht bringt es den ein oder anderen Ihrer mächtigen Freunde zum Nachdenken.«

»Ich wollte es eigentlich nicht mehr erwähnen, weil ich dachte, ich hätte meinen Standpunkt damals recht deutlich gemacht. Aber das, was ich Ihnen vergangenes Jahr gesagt habe über Ihre Frau und Ihren Jungen, das gilt selbstverständlich immer noch, das ist Ihnen doch klar, oder?«

Das saß.

Schmerzhaft schossen die Erinnerungen hoch, Rath sah die leblose Kirie vor sich im Gras liegen. Damals hatte Marlow gedroht, mit Fritze oder Charly genauso zu verfahren wie mit dem Hund, sollte Rath sich seinen Wünschen und Anordnungen verweigern. Rath hatte gespurt. Und sich geschworen, das nie wieder zu tun.

»Wollen Sie mir drohen?«

»Nennen Sie es, wie Sie wollen. Ich möchte Ihnen nur deutlich und nachhaltig klarmachen, dass es das Beste für alle Beteiligen ist, wenn gewisse alte Ermittlungsakten wieder in die Registratur zurückgebracht werden und dort ungestört verstauben, wie sie es die letzten Jahre schon getan haben.«

»Sie haben Böhm ja bereits erwähnt; er ist es, den diese alten Fälle nicht loslassen, er hat die Ungereimtheiten entdeckt. Den können Sie nicht so einfach einschüchtern wie mich.«

»Das muss ich auch nicht. Da verlasse ich mich ganz auf Sie. Ihnen wird schon etwas einfallen, um den Mann wieder in die Spur zu bringen. Zur Not schwärzen Sie ihn bei Gennat an. In so etwas haben Sie doch Übung.«

Rath schaute aus dem Fenster. Sie fuhren gerade durch eine unwirtliche Gegend in der Nähe des Osthafens. Hier in der Nähe war der rote Hugo erschossen worden. Auch dessen Nachfolger war inzwischen tot, nur Johann Marlow hatte alle überlebt, Freund wie Feind.

»Ich will Sie nicht mehr in meinem Leben haben, Marlow, Ihre Drohungen nicht und Ihr beschissenes Geld auch nicht. Ich wollte Sie eigentlich nie wiedersehen!«

»Glauben Sie mir, Kommissar: Ich Sie genausowenig. Letzten Endes liegt es ganz bei Ihnen, ob das so kommt. Ich kann Ihnen nur eines sagen: Sollte es ein nächstes Mal geben, werden Sie diese Begegnung nicht überleben.«

»Ich habe schon um *diese* Begegnung nicht gebeten. Lassen Sie mich also doch einfach in Ruhe!«

»Lassen *Sie* die Toten ruhen, dann werde ich auch Sie in Ruhe lassen, Kommissar, und Sie werden nichts mehr von mir hören. Erledigen Sie brav Ihre Arbeit für Kriminaldirektor Nebe, schauen Sie zu, dass Sie vorankommen, damit Papa Rath stolz auf seinen Jungen sein kann. Das ist alles, was ich von Ihnen verlange. Machen Sie Karriere. Wollten Sie das nicht immer?«

»Sie können sicher sein, dass ich keinen Wert darauf lege, Sie jemals wiederzusehen.«

»Dann sind wir uns ja einig.« Marlow gab dem blonden Fahrer ein Zeichen, und der fuhr rechts ran, so abrupt, dass der Wagen hinter ihnen hupte.

»Lassen Sie es uns kurz machen, Kommissar, ich hasse Abschiede.« Marlow wandte sich dem dritten Mann auf der Rückbank zu, der die ganze Zeit kein einziges Wort gesprochen hatte. »Fred, tu mir einen Gefallen und wirf den Scheißbullen hier aus dem Auto!«

Fred sagte immer noch kein Wort, als er seinem Chef diesen Gefallen tat.

74

Wilhelm Böhm saß da, die Kaffeetasse auf dem Schoß, in der er gedankenverloren rührte, und hörte, was Charly zu erzählen hatte. Ab und zu begleitete er ihre Ausführungen mit einem Nicken oder einem erstaunten Brummen. Rath hatte neben ihr auf dem Sofa Platz genommen und wartete auf seinen Einsatz. Er wusste nicht, ob Böhm das mit Absicht machte, aber schon wieder saß der Mann in seinem Lieblingssessel, zwischen Fenster und Telefunken-Musiktruhe.

Es war Charlys Idee gewesen, Böhm in die eigenen vier Wände einzuladen, und Rath hatte dem zugestimmt. Zähneknirschend. Was blieb ihm sonst auch übrig? Angesichts der Beschatter, die der SD ihm immer noch rund um die Uhr gönnte, war alles andere undenkbar. Aber dass Charlys jetziger und Raths früherer Chef ihnen in der Carmerstraße einen Besuch abstattete, das sollte – so hofften sie jedenfalls – nicht einmal den Verdacht notorisch misstrauischer SD-Schnüffler wecken. Alle anderen Möglichkeiten – ein Treffen zu dritt in irgendeinem Restaurant etwa oder ein Besuch Raths in Böhms Detektivbüro – hatten sie verworfen, das hätte zu konspirativ gewirkt.

So machte Wilhelm Böhm sich also wieder einmal in Raths Lieblingssessel breit. Das Radio dudelte politisch unverfängliche Schlager, während Charly von ihrem Zeugen erzählte und von dessen Beobachtung. Seitdem der SD ihre Wohnung durchsucht hatte, ließ er bei allen Gesprächen, die sie im Wohnzimmer führten, immer Musik laufen.

Nachdem Charly von dem Chinesen am Lenzener Platz erzählt hatte, übernahm Rath und schilderte seine Begegnung mit Kriminalsekretär Gehrke.

Böhm schüttelte den Kopf, als er alles gehört hatte.

»Und ich hab das immer nur auf Gehrkes Faulheit geschoben«, sagte er. »Auf die Idee, dass der Mann bewusst schlampig ermittelt hat, bin ich nie gekommen.«

Böhms Bass brummte so durchdringend, dass Rath befürchtete, dessen Stimme werde sich auch gegen die Radiomusik durchsetzen und vom SD wunderbar zu verstehen sein. Dass ihre Wohnung womöglich abgehört wurde, dass die SS hier alles auf den Kopf gestellt hatte, genau das konnten sie Böhm natürlich nicht auf die Nase binden. Genausowenig wie alles andere, was irgendwie mit dem SD zu tun hatte.

»Und Sie sind sicher, dass Kriminalsekretär Gehrke korrupt ist?«, fragte Böhm.

Rath nickte. »Auf jeden Fall war er es damals. Aber ich würde fast darauf wetten, dass er auch heute noch auf der Gehaltsliste einer Berliner Unterweltsgröße steht.«

»Na, soviele gibt es da ja nicht mehr«, brummte Böhm. »Wissen Sie denn ooch welche?«

»Alles deutet auf Johann Marlow hin.«

»Doktor M.?«

»Der Chinese, den der Zeuge am Lenzener Platz gesehen hat, das könnte Marlows rechte Hand gewesen sein. Liang Kuen-Yao.«

»Und das Motiv?«

»Solange Winkler im Knast saß, machte Marlow gute Geschäfte mit der Berolina unter Hugo Lenz. Das drohte die Rückkehr Winklers, der kurz vor der Haftentlassung stand, zu zerstören. Also musste er sterben, damit Lenz sein Nachfolger werden konnte.«

»Natürlich.« Böhm nickte nachdenklich. »Auch Marlow hatte ein Interesse daran, dass Hugo Lenz Berolina-Chef wurde, nicht nur Lenz selbst.« Er schaute auf. »Und was könnte das Motiv für den Mord an diesem SD-Mann sein?«

»Da tappen wir leider im Dunkeln«, log Rath. »Ich halte es jedoch für sehr wahrscheinlich, dass Brunner Informationen über Marlow gesammelt hatte, die nicht an die Öffentlichkeit gelangen sollten.«

»Aber der Sicherheitsdienst kümmert sich doch nicht um gewöhnliche Kriminelle, der überwacht politische Gegner und abtrünnige Parteigenossen.«

»Marlow ist Parteigenosse. Auf alle Fälle ist er SS-Mitglied. Wird seit neuestem immer mal wieder in Uniform gesehen.«

Böhm zog die Augenbrauen hoch. »Ach, tatsächlich? Will der Mann auf legalem Weg Karriere machen? Na, in einem Staat, der von Verbrechern regiert wird, ist das ja vielleicht sogar naheliegend.«

Rath täuschte einen Hustenanfall vor.

»Könnte also sein«, fuhr Böhm fort, »dass der SD irgendwelche alten Geschichten ausgegraben hat, die dem ehemaligen Gangster bei seinem Vorankommen schaden.«

»Jedenfalls alles Dinge, die wir niemals werden beweisen können«, sagte Rath. »Der Rechtsstaat, so fürchte ich, ist in diesem Fall machtlos.«

Charly schob Böhm die alten Ermittlungsakten über den Tisch. »Gereon und ich sind ratlos«, sagte sie. »Aber vielleicht fällt Ihnen ja etwas auf, wenn Sie die Protokolle im Lichte der neuen Erkenntnisse noch einmal durchgehen. Vielleicht finden wir doch noch etwas, wo wir ansetzen können.«

Böhm nahm die Mappen an sich. »Das werde ich tun«, sagte er und nickte entschlossen. Rath hoffte schon, der Besuch würde jetzt endlich gehen, doch er hatte sich zu früh gefreut.

»Eine Möglichkeit bleibt uns noch«, sagte Böhm. »Es gibt eine schwache Stelle in dieser Angelegenheit, um die wir uns bislang nicht gekümmert haben. Ich wollte den Mann nicht behelligen, um niemanden aufzuschrecken, den man lieber in Sicherheit wiegt, aber wenn es einen Menschen gibt, den wir unter Umständen weichkochen könnten, dann ist das der Arzt.«

»Doktor Wrede?«, fragte Charly.

»Genau der. Wenn wir beweisen könnten, dass er und Marlow sich kennen, dann hätten wir einen Ansatzpunkt.«

»Marlow hat Medizin studiert«, sagte Charly. »Zwar ohne Abschluss, aber vielleicht hat er Wrede schon im Studium kennengelernt.«

So redeten sie, und Rath hörte ihnen zu, doch er war nicht bei ihnen mit seinen Gedanken. Er sah nur zwei Menschen, die sich an den letzten Strohhalm klammerten, der ihnen noch blieb. Brave Detektive, die an den letzten Rest von Rechtsstaat glaubten, der Deutschland noch geblieben war. Er, Gereon Rath, glaubte nicht mehr daran. Spätestens seit seinem Gespräch mit Johann Marlow. Von dem er Charly natürlich nichts erzählt hatte.

Marlow hatte mächtige Freunde. Und mit seinem Hinweis auf die Ohnmacht des Rechtsstaates leider recht. Böhm und Charly mochten sich noch so abstrampeln, noch soviele Beweise sammeln und finden – letzten Endes waren sie machtlos, zahnlos und machtlos. Nicht einmal über die Presse konnte man die Wahrheit ans Licht bringen. Reichte es früher oft aus, irgendeine Meldung an eine auflagenstarke Zeitung zu lancieren, um etwas an die Öffentlichkeit gelangen zu lassen, das eigentlich vertuscht werden sollte, so gab es heute nicht einmal mehr Zeitungen, die solche Meldungen aufgriffen – es sei denn, eine solche Meldung wurde von Joseph Goebbels höchstpersönlich abgesegnet.

Nein, nein, das führte alles nicht zum Ziel. Sie wussten vieles, aber längst nicht alles. Und beweisen konnten sie gar nichts. Und Rath wollte das auch nicht mehr, er hatte keine Lust, sich darüber noch länger den Kopf zu zerbrechen. Sich in detektivischer Kleinarbeit zu verlieren, alles brav nach Vorschrift zu machen, während Marlow sich an keinerlei Vorschriften hielt und sich ins Fäustchen lachte, weil er wieder einmal ungeschoren davonkam, ganz gleich, wie sie sich abmühten.

Rath hörte überhaupt nicht mehr hin, was Böhm und Charly besprachen, über Marlow und Doktor Wrede und wie man den beiden auf die Schliche kommen könnte. Das war alles doch völlig witzlos, das interessierte ihn nicht, das würde zu nichts führen. Mit Recht war in diesem Land keine Gerechtigkeit mehr herzustellen, das musste man selbst in die Hand nehmen.

Es gab viele Möglichkeiten, jemandem in die Suppe zu spucken, und Rath wusste auch schon, wie er spucken wollte. Nur konnte er das weder Böhm noch Charly erzählen.

75

Johann Marlow also. Wilhelm Böhm war voller Tatendrang, als er die Treppen im Hause Rath hinunterstieg. Sie hatten nicht viele Möglichkeiten, aber sie hatten welche. Vielleicht auch nur eine. Doktor Wrede.

Gleich morgen früh würde er bei der Ärztekammer anrufen, über diesen Weg sollte doch herauszubekommen sein, wo und wann der Doktor studiert hatte. Dann müssten sie in den Immatrikulationslisten der entsprechenden Universität nur noch nach dem Namen Marlow suchen und hätten den Beweis, dass Johann Marlow und Alexander Wrede sich kannten. Wenn sie den Doktor damit konfrontierten, würde der sich nicht so leicht herausreden können, wie er es vor acht Jahren gemacht hatte. Hatte sich einfach dumm gestellt, als Böhm wissen wollte, wieviele Menschen denn überhaupt bezüglich der tödlichen Krankheit des Anton Bruck im Bilde seien. Hatte sich so offensichtlich dumm gestellt, dass dies Böhms Verdacht nur erhärtet, ihm jedoch gleichzeitig die Aussichtslosigkeit vor Augen geführt hatte, in diesem ungewöhnlichen Fall von Auftragsmord jemals etwas beweisen zu können.

Und jetzt hatten sie einen Anhaltspunkt. Wenn auch nur einen kleinen. Aber sie wussten immerhin, wer hinter den Anschlägen steckte. Denen von siebenundzwanzig und dem von fünfunddreißig. Und wer weiß wievielen in den Jahren dazwischen, die niemandem aufgefallen waren.

Erstaunlich, wie gefasst Charly darüber reden konnte. Wo es doch um den Mörder ihres Vaters ging. Doch sie war sachlich geblieben, hatte in aller Ruhe die Möglichkeiten erörtert, die ihnen noch blieben. Während Gereon Rath sich seltsam teilnahmslos gezeigt hatte. Böhm wurde aus seinem ehemaligen Mitarbeiter einfach nicht schlau. War es Unvermögen oder Absicht, dass Rath diesen Gehrke so plump befragt hatte? Und so einen möglichen Zeugen vergrault hatte?

Er war auf dem Weg zur Straßenbahnhaltestelle am Steinplatz, die der Carmerstraße am nächsten lag, als ihn zwei Männer überholten und ansprachen.

»Entschuldigung«, sagte der eine, »hätten Sie vielleicht einen Moment Zeit.«

»Heil Hitler!«, sagte der andere.

Unwillig machte Böhm den Hitlergruß und nuschelte ein *Heil*. Bloß keinen unnötigen Ärger riskieren.

»Wie kann ich Ihnen helfen, meine Herren?«, fragte er freundlich. »Den Weg zum Bahnhof Zoo? Ist nicht weit.«

»Wir kennen uns aus«, sagte der Größere der beiden Männer, der, der ihm auch den Hitlergruß aufgenötigt hatte. »Und Feuer brauchen wir auch keines. Sind beide Nichtraucher.«

»Schön. Dann kann ich ja weitergehen.«

»Moment! Warum denn so kurz angebunden? Sie kommen von Gereon Rath?«

»Ich wüsste nicht, was Sie das angeht?«

»Vielleicht eine ganze Menge. Vor rund einer Stunde haben Sie das Haus noch ohne irgendwelche Papiere unterm Arm betreten. Und nun ...« Er deutete auf die Aktenmappen unter Böhms Arm. »Hat Rath Ihnen etwas mitgegeben? Was haben wir denn da Schönes?«

Und ehe Böhm wusste, wie ihm geschah, hatte der Lange ihm die Ermittlungsakten entrissen.

Böhm protestierte. »Na, erlauben Sie mal!«

Der Mann hielt ihm einen SS-Ausweis unter die Nase. »Sicherheitsdienst«, sagte er. »Lassen Sie uns doch bitte kurz einen Blick in Ihre Schätzchen hier werfen.«

»Was nehmen Sie sich heraus? Der Sicherheitsdienst hat keinerlei polizeiliche Befugnisse!«

»Wie man's nimmt.« Der Lange nickte zu seinem Kollegen hinüber. »Egon, zeig ihm mal deine Marke.«

Und der kleine, schmächtige Mann, der Böhm irgendwie bekannt vorkam, was darauf schließen ließ, dass er ihn früher, vor Jahren, schon einmal im Präsidium gesehen haben musste, zückte eine Blechmarke.

»Geheime Staatspolizei«, sagte er. »Wir unterstützen den SD bei der Wiederbeschaffung wichtiger Akten.«

»Na, da muss ich Sie enttäuschen«, entgegnete Böhm. »Diese Akten da suchen Sie sicher nicht. Das sind Ermittlungsakten der Kriminalpolizei.«

»Das werden wir ja sehen«, sagte der Gestapobeamte.

Der Lange blätterte indessen in der Akte Bruck.

»Ich bin ehemaliger Kriminalbeamter«, schimpfte Böhm, »das muss ich mir nicht bieten lassen!«

Der Lange klappte die Akte Bruck zu und warf einen Blick in die andere.

»Er hat recht, Egon«, sagte er nach einer Weile. »Geht hier um eine Schlägerei im Knast. Und eine Gasexplosion. Mai und Juni siebenundzwanzig. Olle Kripo-Kamellen. Nüscht für uns.«

Er reichte Böhm die Akten zurück.

»Entschuldigen Sie vielmals«, sagte er. »Eine Verwechslung.«

»Das ist ja beruhigend. Nach was suchen Sie denn, wenn ich fragen darf?«

»Dienstgeheimnis.«

»Diese Akten jedenfalls«, sagte Böhm, »hat Oberkommissar Rath auf mein Bitten hin für mich besorgt. Wenn Sie irgendwelche anderen Akten suchen, sind Sie bei den Raths an der falschen Adresse.«

»Das zu entscheiden überlassen Sie lieber uns.«

»Wollte nur behilflich sein. Bin schließlich ein ehemaliger Kollege. Kripo, Inspektion A.«

»Und nun sind Sie Privatdetektiv. Wir wissen Bescheid, Herr Böhm. Oberkommissar a. D. ...«

Diese Angeber. Konnten es nicht lassen, mit ihrem Wissen zu prahlen. Wobei es Böhm tatsächlich ein wenig erschreckte, dass der SD und die Gestapo offensichtlich auch schon über ihn Erkundigungen eingezogen hatten.

Und er konnte sich auch vorstellen, was sie suchten: Die Akte, die Gerhard Brunner, sollte Raths Theorie stimmen, über Johann Marlow angelegt hatte. Ob sie den Gangster auch überwachten? Weil sie ahnten, dass Marlow hinter dem tödlichen Unfall steckte? Und die Akten womöglich direkt aus dem Unfallauto hatte stehlen lassen? Oder ob sie nur den armen Kriminalbeamten belästigten, der das Pech hatte, zu diesem Unfall gerufen worden zu sein?

Vielleicht war es aber auch ganz anders und es gab völlig andere Gründe dafür, dass der SD Gereon Rath überwachte, und Böhm fragte sich, welche das sein mochten. In Deutschland war heutzutage weiß Gott nicht allzuviel nötig, um den Unmut der Staatsgewalt auf sich zu ziehen. Jedenfalls war es seine Pflicht, die Raths zu warnen, dass sie überwacht wurden. Allein schon Charly zuliebe.

76

Die Sonntagsmesse in Sankt Norbert begann pünktlich um zehn, Rath parkte fünf Minuten früher in der Mühlenstraße und ging zusammen mit den anderen Gläubigen zum Kirchenportal hinüber. Das Glockengeläut übertönte jedes andere Geräusch, und Rath musste grinsen bei der Vorstellung, dass Pastor Warszawski sich persönlich mit seinem ganzen nicht unbeträchtlichen Körpergewicht ans Glockenseil hängte, um seine Gemeinde herbeizurufen.

Aus dem Augenwinkel konnte er sehen, dass seine Beschatter ein paar Meter weiter Richtung Schöneberger Rathaus geparkt hatten und in ihrem schwarzen Audi sitzenblieben. Wieder dieselben Leute, nicht einmal den Wagen tauschten sie; fast schien es Rath, als lege der SD es darauf an, bemerkt zu werden. Vielleicht hatte er aber auch nur ein gutes Auge dafür – es war ihm einfach schon zu oft passiert, dass er observiert wurde.

Während die anderen das Kirchenschiff betraten, wandte er sich in der Vorhalle nach rechts und schlüpfte durch eine unscheinbare Tür ins Treppenhaus, das im Südturm untergebracht war und zum Wohnungs- und Bürotrakt hinaufführte. Der lag direkt hinter der Fassade und trennte die eigentliche Kirche von der unheiligen Welt draußen. Das hier war das Reich von Johannes Warszawski, hier wohnte und arbeitete der Pfarrer von Sankt Norbert, hier war Rath vor ein paar Jahren auf den amerikanischen Gangster Goldstein gestoßen, den Warszawski versteckt gehalten hatte, hier, im Pfarrbüro, war er mit Charly zum Trauegespräch erschienen, hier hatte er sich auch schon ein paarmal privat mit dem Pfarrer getroffen, meist nach der Beichte. Johannes Warszawski war der einzige Mensch, der alle seine Sünden kannte. Na gut: fast alle.

Er hatte den Pastor nicht in alles eingeweiht, das musste er auch nicht. Warszawski reichte es zu wissen, dass Rath in Gefahr war, sollte die SS gewisse Dokumente finden. Wenn es gegen die Nazis ging, vor allem aber gegen die gottlose SS, hatte man den Pastor immer auf seiner Seite.

Dass Rath sich nun in sein Büro schlich, wusste Warszawski allerdings nicht. Der Pfarrer glaubte ihn in der Kirche, zusammen mit den anderen; erst nach der Messe sollte die Übergabe stattfinden, der Kirchbesuch sollte Raths Alibi sein. So weit so gut, doch Rath hatte etwas vor, von dem auch der Pastor nichts wissen durfte. Und dafür brauchte er eine Schreibmaschine und ein Stempelkissen. Im Pfarrbüro gab es beides.

Er war sich sicher, niemandem zu begegnen; der Pfarrer befand sich bereits in der Sakristei, und alle anderen, die hier arbeiteten oder zu tun hatten, saßen in den Kirchenbänken und warteten auf das *Kyrie eleison*.

Rath hatte die Sperrhaken griffbereit, doch die Tür war nicht einmal abgeschlossen. Das Büro sah aus, wie er es in Erinnerung hatte: Hinter dem Schreibtisch hing ein Ölbild des Heiligen Norbert, die Schreibmaschine stand auf einem kleinen Tisch am Fenster. Rath musste die Schutzhülle abnehmen, bevor er beginnen konnte. Wenn er sich ein wenig nach vorne beugte, konnte er tatsächlich den schwarzen Audi *Dresden* des SD am Straßenrand stehen sehen. Nicht zu erkennen, ob die Männer im Wagen sitzengeblieben waren. Aber selbst wenn einer sich überwunden und eine katholische Sonntagsmesse besucht hatte – die Kirche war so voll, dass er die Nichtanwesenheit von Gereon Rath unmöglich bemerken konnte.

Er spannte den ersten Bogen Papier ein und legte los. Den Text hatte er sich zuhause schon zurechtgelegt. Er musste die Geheimakte Göring gar nicht großartig ergänzen; vier maschinengeschriebene Protokolle, an die richtigen Stellen in die Aktenmappen geheftet, sollten ausreichen. Protokolle, aus denen der Informant hervorging, mit dessen Hilfe der Sicherheitsdienst Görings Kontakte zur Unterwelt und dessen anhaltende und sich zunehmend ins Uferlose steigernde Morphiumsucht hatte bloßlegen können.

Der SD nutzte keine Klarnamen, entweder Decknamen oder

Abkürzungen, und nichts anderes tat auch Rath. Den vermeintlichen Informanten führte er durchweg als Abkürzung auf: *Dr. M.* Mehr war nicht nötig.

Den Stempel *Geheime Reichssache* hatte er gestern Abend aus dem Büro mitgenommen; Montagmorgen würde er wieder an Ort und Stelle im Stempelhalter hängen. Rath musste nicht lange suchen, bis er das Stempelkissen im Schreibtisch des Pastors gefunden hatte. Jedes Protokoll bekam noch seinen Geheimstempel, dann war er auch schon fertig. Gerade mal vierzig Minuten hatte er gebraucht.

Er legte das Stempelkissen zurück, zog die Hülle wieder über die Schreibmaschine und warf einen letzten Blick aus dem Fenster. Der SD-Wagen stand immer noch am Straßenrand. Rath lochte die Papiere noch und steckte sie zu den Briefumschlägen unters Hemd in den Hosenbund, bevor er das Pfarrbüro verließ und wieder hinunterging. Die Vorhalle war leer, einige Leute, die im Kirchenschiff selbst keinen Platz mehr gefunden hatten, standen allerdings in der offenen Tür. Rath stellte sich unauffällig dazwischen. Er kam genau zur rechten Zeit, denn gerade ging es zur Kommunion. Rath ging mit, die Papiere unter seinem Hemd knisterten, als er sich hinkniete und aus der Hand von Pastor Warszawski die Hostie entgegennahm. Dem Blick des Pastors, der sich kurz mit dem seinen kreuzte, war nicht anzumerken, dass sie eine Verabredung hatten.

Rath ging zurück und stellte sich wieder an den Platz ganz hinten an der Tür, schloss die Augen und machte auf fromm. Schließlich spielte die Orgel das Postludium. Er und die anderen Männer, die am Eingang standen, mussten Platz machen, denn Pastor Warszawski und die Ministranten gingen mit gefalteten Händen den Mittelgang entlang. Warszawski entdeckte Rath, als er an ihm vorüberging, und gab ihm mit den Augen ein kaum wahrnehmbares Zeichen, das Rath so verstand, dass er nach oben gehen solle. Vielleicht war deswegen keine Tür abgeschlossen. Er wartete noch eine Weile, bis die Gemeinde dem Pastor und den Messdienern nach draußen folgte, dann ging er die Treppen hoch und zurück ins Pfarrbüro.

Gut fünf Minuten später erschien auch Warszawski, noch im vollen Ornat.

»Ich habe darauf verzichtet, mich umzuziehen«, sagte der Priester. »Wir haben ja nicht viel Zeit, wenn Sie sich nicht verdächtig machen wollen. Sie werden überwacht, haben Sie gesagt?«

Rath nickte. »Der SD. Wartet draußen in einer schwarzen Limousine. Ein Audi Dresden, nagelneu.«

Warszawski schüttelte den Kopf. »Sie werden recht häufig überwacht. Jedenfalls, wenn Sie zu mir kommen. Wie machen Sie das nur?«

Rath zuckte die Achseln. »Wahrscheinlich Naturbegabung.«

Der Pastor hatte inzwischen eine Klappe in der Holzvertäfelung geöffnet, hinter der sich ein kleiner Safe befand.

»Ich habe Ihre Papiere aus der Laube geholt. Waren noch unter dem Bierkasten, wie Sie gesagt haben.« Er holte die in schmutziges Segeltuch eingewickelten Mappen aus dem Tresor und legte sie auf den Schreibtisch. Rath wickelte sie aus. Genauso hatte er sie auch eingepackt, niemand hatte das Bündel geöffnet. Die Mappen sahen halbwegs sauber und akkurat aus, wenn man bedachte, dass sie anderthalb Wochen unter einer Bierkiste in einem Erdloch gelegen hatten. An einigen Stellen allerdings hatte sich die Pappe ein wenig gewellt, außerdem rochen sie ein wenig muffig.

»Was wollen Sie jetzt damit tun? Sie verbrennen?«, fragte der Pastor.

Warum wollten immer nur alle diese Akten vernichten?

Rath schüttelte den Kopf. »Nein«, sagte er. »Das sind Beweismittel. Die müssen an den richtigen Adressaten.«

»Hm. Wie wollen Sie das denn bewerkstelligen? Sie können die Akten jetzt nicht mitnehmen, wenn draußen der SD steht. Womöglich filzen die Sie.«

»Da haben Sie völlig recht, das habe ich auch nicht vor.« Rath räusperte sich. »Sie müssen mir noch einen Gefallen tun, Pastor.«

Warszawski hob die Augenbrauen.

Rath zog sein Hemd aus der Hose und holte erst die getürkten Protokolle aus dem Hosenbund und dann einen Packen großformatiger Briefumschläge.

»Haben Sie eine Schreibmaschine, Pastor?«, fragte er und hoffte, das sei jetzt nicht zu dick aufgetragen, denn die Maschine war kaum zu übersehen, auch wenn sie sich unter einer Schutzhülle versteckte.

Warszawski deutete auf das Ungetüm. »Dort drüben.«
»Können Sie damit umgehen?«
»Ich schreibe meine Predigten darauf.«
»Ach, prima! Würde es Ihnen etwas ausmachen, diese Umschläge zu beschriften? Frankiert habe ich sie bereits.«
Warszawski zuckte die Achseln, zog die Hülle von der Schreibmaschine und spannte den ersten Umschlag ein.
Während er dem Pastor die Adresse diktierte, sortierte Rath die vier Protokolle in die Akten ein. Warszawski zog den ersten Umschlag aus der Walze.
»Welcher Absender?«, fragte er.
»Brauchen wir keinen«, sagte Rath und tütete die erste Akte ein.
»Schreiben Sie dieselbe Anschrift auf die übrigen Umschläge und geben Sie das morgen auf die Post.«
Warszawski schaute auf die Adresse. »Wer zum Teufel ist denn das?«, fragte er.
»Ein Mann, dem ich vertraue«, sagte Rath. »Dort werden die Akten kein Unheil mehr anrichten können.«
Schon wieder eine Lüge. Eine von denen, die er dem Pastor nicht beichten würde.

77

Greifswald war eigentlich mehr ein Dorf als eine Stadt. Und beherbergte gleichwohl die älteste Universität Preußens. Dass man hier auf Tradition hielt, sah man schon am Hauptgebäude, das wie ein Residenzschloss am Rande der Altstadt lag und etwas Elitäres ausstrahlte. Und das ließ man die Besucher auch spüren: Obwohl Charly ihren Besuch telefonisch angemeldet hatte, musste sie warten.

Über vier Stunden hatte sie gebraucht, da kam es auf ein paar Minuten mehr jetzt auch nicht an. Sie war allein gefahren, Böhm hatte noch mit dem Vermisstenfall zu tun. Außerdem hatte er ja schon die Sache mit der Ärztekammer übernommen und herausbekommen, dass Doktor Alexander Wrede an der damals noch

Königlichen Universität zu Greifswald Medizin studiert hatte, wo er im Jahre 1914 kurz vor Ausbruch des Krieges auch promoviert worden war. Danach hatte Wrede als Sanitätsoffizier am Krieg teilgenommen und sich 1921 schließlich als Allgemeinmediziner in Berlin niedergelassen, zunächst in Friedrichshain, später in Kreuzberg.

Die Tür zum Sekretariat öffnete sich, und eine Frau unbestimmten Alters kam heraus, die Charly erst einmal von oben bis unten musterte, bevor sie sprach.

»Frau Rath?«

Charly stand auf. »Das bin ich.«

»Heil Hitler.«

Charly erwiderte den Deutschen Gruß notgedrungen.

»Sie wollen also die Immatrikulationsbücher einsehen. Darf ich fragen warum?«

»Es geht um einen Vermisstenfall«, log Charly. »Wie ich Ihnen das heute morgen ja schon am Telefon erklärt habe.«

»Ich fürchte nur, ich habe Ihre Erklärung nicht ganz verstanden.«

»Es ist auch ein wenig kompliziert. Ich bin Juristin und arbeite in einem Detektivbüro, und unser Auftraggeber sucht einen lange verschollenen Freund.«

»Und der hat hier studiert.«

»So ähnlich. Genaueres darf ich Ihnen nicht sagen, aus Gründen der Diskretion, Sie verstehen?«

»Natürlich.«

Die Sekretärin führte sie zu einem großen Regal. »Hier stehen die Immatrikulationsbücher. Welches wollen Sie denn einsehen?«

»Am liebsten gleich mehrere. Die Jahre vierzehn bis zehn rückwirkend vielleicht.«

»Wir sind nicht nach Jahren sortiert, sondern nach Semestern.«

»Natürlich. Dann fangen wir doch beim Sommersemester vierzehn an und gehen dann noch ein paar Semester zurück.«

»Gut. Raussuchen müssen Sie sich das aber alleine, dafür haben wir hier keine Zeit«, sagte die Sekretärin, und Charly fragte sich, ob sie das auch zu einem Mann gesagt hätte. Zu einem ihrer Professoren bestimmt nicht.

Die Frau holte sieben bis acht schwere schwarze Bücher aus

dem Regal, die nach Leder und nach Staub rochen, und legte sie Charly behutsam in die Arme.

»Da vorn an dem Tisch, da können Sie sich ausbreiten. Aber nur bis sechs, dann schließt das Sekretariat.«

Das waren keine zwei Stunden mehr. Charly hoffte, so schnell fündig zu werden. Sie setzte sich an den Tisch, den man ihr zugewiesen hatte, und schlug das erste Buch auf. Sie hatte das Gefühl, dass der Geruch dadurch noch intensiver wurde. Kein Wunder, diese Schätzchen staubten seit über zwanzig Jahren vor sich hin.

Die Daten waren in säuberlichster Handschrift eingetragen: Matrikelnummer, Tag der Immatrikulation, Name, Geburtsdatum und -ort. Den Namen Wrede, Alexander, hatte sie schnell gefunden. Geboren am 14. Februar 1889 in Stettin. In allen Büchern fand sie ihn mit derselben Matrikelnummer. Den Namen Marlow allerdings fand sie nicht, so weit sie auch zurückging, immerhin bis zum Wintersemester 1910/11. Die Suche gestaltete sich schwierig; dummerweise waren die Studenten nicht alphabetisch sortiert, sondern in der Reihenfolge registriert, in der sie in der Rückmeldeschlange gestanden hatten, also in jedem Semester anders.

Charly konnte nicht glauben, dass sie die ganzen zweihundert Kilometer umsonst gefahren war. Sie ging die Listen noch einmal durch, verweilte diesmal auch bei den Namen etwas länger, die sie zuvor nur überflogen hatte, um nichts zu übersehen.

Und dann stutzte sie.

Weil sie an einem Namen hängenblieb, der ihr bekannt vorkam. Auch wenn es nicht der war, den sie suchte.

Sie fuhr mit dem Finger noch einmal zurück in die Zeile, die sie gerade gelesen hatte. Und da stand der Name wieder: *Larsen, Magnus/17. August 1890/Marlow*.

Das durfte doch nicht wahr sein!

Aber so musste es sein.

Sie holte die Kamera aus der Handtasche und fotografierte die Seiten, bevor sie die Bücher zurückgab. Und schaffte es, sich ohne ein weiteres *Heil Hitler* aus dem Sekretariat zu verabschieden.

Als sie wieder draußen vor dem Universitätsgebäude stand, zündete sie sich erst einmal eine Zigarette an. Sie setzte sich in Gereons Buick und musste nicht lange überlegen. Es war zwar ein ziemlicher Umweg, aber sie würde ihn fahren: den Umweg über Marlow.

Sie schaffte die Strecke in eineinhalb Stunden, schneller als gedacht. Es war schon spät, als sie in Altendorf ankam, die Menschen in den Gesindehäusern saßen wohl beim Abendbrot, jedenfalls spielte kein einziges Kind auf dem Hof. Charly stieg aus dem Buick und ging hinüber zu den Gräbern unter der alten Ulme.

Der kleine Friedhof sah im Licht der Abendsonne richtiggehend idyllisch aus. Seit ihrem letzten Besuch vor drei Wochen hatte wieder jemand frische Blumen auf das Grab von Liang Chen-Lu gelegt.

Der Mann, der immer kommt. Mal so, mal so.
In einem Mercedes.
Manchmal.

Johann Marlow hatte, soweit sie wusste, einen Mercedes in seinem Fuhrpark stehen. Dazu einen Adler, einen Duesenberg, einen Audi, einen Horch. Jedenfalls war das vor einem Jahr so gewesen. Ob er den Mercedes nahm, wenn er sich nicht von Liang chauffieren ließ?

Warum nahm er den Chinesen nicht mit zum Grab seiner Mutter? Weil er allein sein wollte mit ihr?

Charly wunderte sich. Wie konnte es sein, dass ein derart skrupelloser Mensch wie Johann Marlow so sehr um eine ehemalige Geliebte trauerte?

Weil sie die Mutter seines Sohnes war!

Sie betrachtete die Ruine des Herrenhauses und fragte sich, was dieses Haus wohl alles gesehen haben mochte, bevor es niedergebrannt war. Vor allem, was es wohl in jener Nacht gesehen hatte, in der es niederbrannte. Was es gesehen hatte, kurz bevor es niederbrannte.

Häuser konnten nicht reden, Menschen schon. Charly ging zu den Gesindehäusern hinüber, in denen nun angeblich Gesindel hauste. Sie zögerte einen Moment, aber dann klopfte sie an die nächstbeste Tür. Irgendwo musste man ja anfangen.

Eine ältere Frau öffnete ihr und beäugte sie misstrauisch.

Charly lächelte gegen das Misstrauen an.

»Entschuldigen Sie die Störung«, sagte sie. »Aber können Sie mir vielleicht etwas über das Gut Altendorf erzählen? Warum es abgebrannt ist? Über die Familie Larsen? Über Magnus Larsen.«

»Bin nich von hier«, sagte die Frau.

»Aber Sie wohnen doch hier? Oder sind Sie nur zu Besuch?«

»Natürlich wohn ich hier. Bin aber erst zwejundzwanzich jekommen, da war hier schon alles abjebrannt.«

»Und die Gesindehäuser hier waren unbewohnt?«

»Standen leer. Da sind wer ebend ejnjezooren.«

»Wer ist *wir*?«

»Na, wir ebend. Die Familien Dahm und Priebe. Kommen aus Westpreußen. Haben hier neue Hejmat jefunden.«

Und wurden von den Mecklenburgern doch als Gesindel bezeichnet, dachte Charly. Wie lange es wohl brauchte, bis aus einem Flüchtling ein anerkanntes Mitglied der Gesellschaft wurde?

»Und als Sie kamen, wohnte schon niemand mehr hier?«

»Hier wohnte kejner mehr, de Häuser standen leer.«

Sie klang, als müsse sie sich dafür rechtfertigen.

»Das glaube ich Ihnen ja. Ich hatte nur gehofft, dass vielleicht doch noch der ein oder andere von den alten Gutshofangestellten hier wohnen geblieben ist.«

»Ejne is ja auch. Die Maria.«

»Ach! Und wissen Sie zufällig, wo ich die finden könnte? Lebt sie noch in Marlow?«

»Ne.« Die alte Westpreußin schüttelte den Kopf. »Wat soll die denn in Marlow, die Maria?«

Charly spürte, wie die Enttäuschung in ihr aufstieg.

»Die wohnt glejch nebenan«, fuhr die Frau fort. »Mejn Bruder hat se doch jehejratet.«

»Maria, sagten Sie? Und weiter?«

»Na, Priebe ebend!«

Sie sagte das so, als sei das doch eine Selbstverständlichkeit.

Kurz darauf saß Charly in der kleinen Wohnküche des Nachbarhauses einer blonden Frau gegenüber, die ähnlich misstrauisch wirkte wie ihre Schwägerin. Charly schätzte sie auf Anfang vierzig, die ersten Strähnen wurden bereits grau. Dann dürfte Maria Priebe bei Kriegsende etwa Mitte zwanzig gewesen sein. Alt genug jedenfalls, um sich zu erinnern.

»Sie haben anno achtzehn schon auf Altendorf gewohnt?«, fragte Charly.

Maria Priebe nickte.

»Hier auch gearbeitet?«

Erneutes Nicken.

»Ich habe nur ein paar Fragen zu dem großen Feuer hier, Frau Priebe. Damals nach dem Krieg, als das Herrenhaus abgebrannt ist.«

»War nich nachem Krieg. War kurz vor Kriegsende.«

»Sie wissen noch, welcher Tag?«

»War der Reformationstag.«

»An was können Sie sich denn erinnern?«

»War frühmorgens. Bin vom Rauchgeruch geweckt worden, dachte erst, da hat irgendeiner beim Ofenanfeuern Probleme, aber dann hab ich den Feuerschein gesehen und bin auf. Das Herrenhaus stand in Flammen. Ein paar Männer haben noch versucht zu löschen, war aber zu spät. War nix mehr zu machen.«

»Und es gab Tote?«

»Der alte Herr Larsen, Gott hab ihn selig. Der alte Engelke, sein Diener. Und der Sohn.«

»Magnus Larsen?«

Sie nickte. »Die anderen sind doch im Krieg gefallen.«

»Sind die Leichen denn identifiziert worden?«

Maria Priebe schaute, als verstehe sie nicht.

»Identifiziert. Ich meine: Hat irgendjemand sie erkannt?«

»Da war nix zu erkennen. Waren alle verbrannt.«

»Aber es war sicher, dass auch Magnus Larsen unter den Toten ist?«

Sie nickte. »Der junge Herr hatte eigentlich Streit mit seinem Vater. Wegen der Chinesenhure. Müssen sich aber wieder vertragen haben an jenem Abend.«

»Woraus schließen Sie das?«

»Na, weil er im Haus war. Hat der Doktor so erzählt, der hat die Totenscheine ausgestellt.«

»Und woher wusste er, dass es sich bei der dritten Leiche um Magnus Larsen handelt?«

»Na, weil sie doch seinen Wehrpass gefunden haben.«

»Wie hat denn der die Flammen überlebt?«

Maria Priebe zuckte die Achseln. »Lag draußen vor der Treppe, glaub ich. Oder so. Muss er verloren haben, was weiß ich? Der Doktor irrt sich ja wohl nicht. Hat ihn für tot erklärt.«

Charly nickte. Sie musste hier nicht weiter nachhaken. Für sie war klar, dass Magnus Larsen lebte.

»Was ist mit dem Mann, der die Blumen bringt?«, fragte sie. »Die Blumen ans Grab von Liang Chen-Lu?«

Maria Priebe zuckte die Achseln.

»Hat der Ähnlichkeiten mit Magnus Larsen?«

Erneutes Achselzucken. »Einer aus der Stadt. Von dem halten wir uns fern.«

»Der muss vor kurzem wieder hier gewesen sein.«

»Kann sein. Ich hab ihn nicht gesehen. Meistens erzählen die Kinder nur, dass er da war. Oder neue Blumen auf dem Grab liegen.«

Charly fragte sich, ob Maria Priebe ahnte, wer die Blumen brachte. Und es nicht wahrhaben wollte. Weil das ihr Weltbild zerstört hätte. Oder ob es sie wirklich nicht interessierte. Ob sie Scheu hatte vor dem Mann im Mercedes. Vielleicht schickte Marlow ja auch jemand anderen mit Blumen ans Grab. Aus Angst, in seiner alten Heimat erkannt zu werden. Vielleicht hatte Liang aus demselben Grund auch noch nie das Grab seiner Mutter besucht.

Sie klappte ihr Notizbuch zu und machte Anstalten aufzustehen.

»Der Chinesenbastard war's, sag ich Ihnen!«, brach es plötzlich aus Maria Priebe heraus. »Der Chinesenbengel hat unser aller Leben zerstört. Hat seine Mutter begraben und alles angezündet. Und am nächsten Morgen war er weg.«

»Haben Sie das gesehen?«

»Was heißt gesehen? Ich hab gesehen, wie das Haus brannte. Und die Chinesenhütte war leer. Die Hure lag unter der Erde, in einem frischen Grab, und der Junge war über alle Berge. Mit dem Auto des jungen Herrn Larsen, wenn Sie mich fragen. Da kann man doch eins und eins zusammenzählen.«

Ja, dachte Charly, das kann man. Und trotzdem zu einem falschen Ergebnis kommen. Sie stand auf und ging.

78

Es war spät, als er zuhause ankam und vor dem Haus parkte; er hatte seinem Chef weit nach Dienstschluss noch wichtige Papiere an dessen Privatadresse bringen müssen. Seinem zweiten Chef, wie er Reinhard Heydrich im Stillen nannte, denn sein erster Chef und der, dem er sich immer noch verpflichtet fühlte, das war Hermann Göring, auch wenn Kurt Pomme seit einem Jahr als Adjutant für Heydrich arbeitete.

Zum Glück wohnte Pomme nicht allzuweit von Heydrich entfernt, ebenfalls im grünen Südwesten Berlins in einem hübschen Häuschen. Allzuoft machte der Gruppenführer keinen Unterschied zwischen Arbeitszeit und Freizeit, zwischen beruflich und privat. Kurt Pomme kannte solch einen Alltag, war er doch Polizeibeamter durch und durch. Natürlich war ein Polizist immer im Dienst, wenn die Umstände dies erforderten, bei Heydrich jedoch hatte er immer wieder das Gefühl, reiner Schikane ausgesetzt zu sein. Es hatte schon Fälle gegeben, da hatte der Gestapo-Chef seinen Adjutanten mitten in der Nacht aus dem Bett geklingelt. Für Nichtigkeiten, wie sich dann oftmals herausstellte.

Reinhard Heydrich war einfach zu ehrgeizig. Er arbeitete lieber zu viel, als einen Fehler oder ein Versäumnis zu riskieren. Und er musste auch viel arbeiten, hatte er doch mit Gestapo und Sicherheitsdienst gleich zwei Apparate zu leiten, die es in sich hatten. Natürlich arbeitete der SD der Staatspolizei zu, aber Pomme wusste, dass er auch sein eigenes Süppchen kochte, Daten sammelte ohne konkreten Auftrag, Menschen bespitzelte, darunter hohe, ja höchste Parteigenossen, die eigentlich über jeden Zweifel erhaben sein sollten. Heydrich ließ dennoch Dossiers anlegen. Weil er wusste, wieviel Macht es bedeutete, Wissen über andere zu sammeln.

So gab es also einerseits das sozusagen offizielle Geheimwissen in der Gestapo, zu dem auch Pomme Zugang hatte, auf der anderen Seite aber das geheime Wissen des SD, das in irgendwelchen Aktenschränken lagerte, für die nur wenige Auserwählte – zu denen Kurt Pomme eben nicht gehörte – einen Schlüssel besaßen. SD-Wissen, das je nach Bedarf aus den Schubladen geholt wurde. Wie vor einem Jahr, als Röhm und die SA putschen wollten. Nur dank der Arbeit des Sicherheitsdienstes hatte das verhindert werden können. Wobei Pomme immer noch nicht glauben konnte, dass wirklich alle, die damals liquidiert worden waren, etwas mit den Putschplänen zu tun hatten. Da waren doch einige dabei, die mit der SA überhaupt nichts am Hut hatten, ihr im Gegenteil sogar feindlich gesinnt waren.

Sein erster und sein zweiter Chef hatten damals eng zusammengearbeitet, doch die Zeiten waren vorbei. Offiziell natürlich nicht, aber inoffiziell. Beide beäugten sich auf das Misstrauischste; die Macht Hermann Görings über den Polizeiapparat schmolz zusehends dahin, und Heydrich arbeitete mit viel Energie daran, aus der Gestapo durch die Verschmelzung mit SS und SD eine schlagkräftige Truppe zu machen, die sich dem Einfluss des preußischen und des Reichsinnenministers immer mehr entzog und allein SS-Chef Heinrich Himmler verpflichtet war.

Auch deshalb hatte Hermann Göring seinen Landespolizeileutnant Pomme vor einem Jahr als Adjutant zu Heydrich geschickt: um die Kontrolle über diesen Ehrgeizling und Himmler-Zögling zu behalten. Um rechtzeitig zu wissen, was der im Schilde führte.

Nur war das weitaus schwieriger als gedacht.

Denn ärgerlicherweise war Kurt Pomme nicht Heydrichs persönlicher Adjutant, sondern ihm nur in der Gestapo als solcher zugeteilt. Von sämtlichen SD-Aktivitäten war er also ausgeschlossen und abgeschnitten. Doch gerade dort lauerte die größte Gefahr.

Als Pomme die Haustür aufschloss, wunderte er sich, wie schwergängig die war. Bis er den Haufen Post sah, der sich vor dem Briefschlitz stapelte. Er war ein paar Tage nicht zuhause gewesen, und auch der Zugehfrau hatte er freigegeben. Ganz oben thronten vier dicke großformatige Briefe. Pomme bückte sich und nahm den ganzen Stapel mit an den Küchentisch, holte ein Bier aus dem Kühlschrank und nahm den ersten Brief zur Hand. Einen von den großen, schweren, die ihn am neugierigsten machten. *Kurt Pomme, PERSÖNLICH!*, so stand es in Schreibmaschinenschrift auf dem hellbraunen Umschlag, auf allen vier hellbraunen Umschlägen. Und darunter seine Privatadresse. Pomme wunderte sich. Soviel Post bekam er normalerweise nicht nach Hause. Alle vier Briefe sahen völlig gleich aus und waren völlig gleich beschriftet. Und auf allen vieren fehlte der Absender.

Er trank einen Schluck Bier und zog den Brieföffner durch das Papier des ersten Umschlags, als schlitze er einen Fisch auf. Was ihn daran erinnerte, dass er schon viel zu lange nicht mehr Angeln war. Aktenmappen purzelten heraus. Er öffnete alle Umschläge auf die gleiche Weise, bis schließlich sechs Akten vor ihm auf dem Tisch lagen.

Pomme blätterte sie durch und erkannte schnell, welch brisante Post er da bekommen hatte. Nicht nur brisant, geradezu widerlich. Wer schickte ihm so etwas? Akten, offensichtlich genau jene SD-Akten, nach denen er schon seit Wochen suchte. Von denen er ahnte, dass sie existierten, von denen sie ihn aber immer ferngehalten hatten, so gut wie jeder im SD, als trauten sie ihm, den Mann von der Gestapo, der keinen SS-Dienstrang besaß, sondern nur einen polizeilichen, nicht über den Weg.

Und nun bekam er das, wonach er seit Wochen gesucht hatte, einfach so frei Haus durch die Reichspost. Wer hatte das denn eingeworfen? Ein SD-Mann, den das Gewissen plagte? Oder war es schlicht und einfach eine Falle? Eine Finte, mit der Heydrich ihn testen wollte? Allerdings ging aus den Akten nirgends hervor, dass sie vom SD stammten, der einzige objektive Anhaltspunkt, der sich überhaupt aus ihnen herausfiltern ließ, war das Zielobjekt: Reichsminister Göring.

Und der Inhalt dieser Dossiers übertraf alles, was Pomme sich an Niedertracht und Schamlosigkeit beim Sicherheitsdienst hatte vorstellen können. Das hier war nichts anderes als schmutzige Wäsche. Keinerlei politische Informationen, nur Fehltritte und Verfehlungen und Gerüchte übelster Art. Solch ein Material sammelte nur jemand, der ein einziges unehrenhaftes Ziel hatte und kein anderes: Erpressung.

Pomme blätterte ein zweites Mal durch sämtliche Akten, bis er ganz sicher war, bis es keinerlei Zweifel mehr gab, erst dann griff er zum Telefon. Die Nummer, die er dem Fräulein vom Amt durchgab, kannten nur sehr wenige Menschen.

»Pomme hier«, sagte er. »Entschuldigen Sie die späte Störung, Reichsminister.«

79

Sie hatte niemandem von dem Treffen erzählt, nicht einmal Gereon. Natürlich nicht. Weil er sie mit allen Mitteln daran zu hindern versucht hätte dorthinzugehen, ihr vor Augen geführt hätte, wie gefährlich, ja lebensgefährlich das war. Und sinnlos obendrein. Kurz: Er hätte sie für wahnsinnig gehalten. Und vielleicht war sie das ja auch. Aber sie konnte nicht anders.

Liang saß schon am Tisch, als sie das *Nanking* betrat, an genau demselben Tisch, an dem sie schon vor ungefähr drei Wochen gesessen hatten.

Natürlich wäre es nicht zwingend nötig gewesen, sich noch einmal persönlich zu sehen, aber sie hatte ihm dieses Treffen nicht verweigern können. Sie wollte es auch gar nicht. Sie wollte den Mann sehen, der ihren Vater auf dem Gewissen hatte.

Sie behielt Hut und Mantel an und setzte sich zu ihm an den Tisch.

»Es ist alles geregelt«, sagte sie und legte einen Briefumschlag auf den Tisch, »hier ist eine Kopie des Schreibens, das an die chinesische Botschaft gegangen ist. Ich denke, Ihre Einbürgerung ist nur noch eine Formsache.«

Liang nahm den Umschlag entgegen.

»Danke«, sagte er.

Charly schob einen zweiten Umschlag über den Tisch, den der Chinese irritiert anschaute, einen prall gefüllten Umschlag, der knisterte, wenn man ihn anfasste.

»Was ist das?«

»Achthundert Mark.«

Er schaute irritiert.

»Das ist Ihr Honorar«, sagte er, »das haben Sie sich verdient.«

»Mag sein. Ich will es trotzdem nicht.«

»Aber ... warum?«

»Weil es von Ihnen ist. Ich will Ihr verdammtes Geld nicht!«

»Ich versichere Ihnen, auch wenn Sie mir vielleicht nicht glauben, aber das ist legal und ehrbar verdientes Geld. Die Geschäfte der Firma Marlow sind mittlerweile ...«

»Und selbst wenn Sie es dafür bekommen hätten, weil Sie alten

Mütterchen die Einkäufe getragen haben – ich will Ihr scheiß Geld nicht. Ich will es nicht, weil es von Ihnen ist!«

Er schaute sie bestürzt an. Charly merkte, dass es ihm weh tat zurückgewiesen zu werden und nicht einmal zu wissen warum. Gut so! Sollte es ihm weh tun!

»Ich ... ich verstehe nicht. Warum? Sie sind doch keine Rassistin ...«

»Nein, Sie verstehen nicht, Sie verstehen gar nichts! Sie glauben, dass Sie über dem Gesetz stehen, dass Sie machen können, was Sie wollen, dass Sie Leben nehmen können, wann immer es Ihnen oder Ihrem Herrn und Meister passt.«

»Aber ... das hat doch alles nichts mit Ihnen zu tun.«

»Oh doch, das hat es.« Und dann nannte sie ihm einfach das Datum: »Dritter Juni siebenundzwanzig.«

Er schaute sie verständnislos an.

»Das sagt Ihnen nichts, nicht wahr? Weil es nur ein Datum von vielen ist. Weil Sie seither soviel mehr gemordet haben.«

Er schaute sie immer noch an, doch sein Blick wurde ernster, fester, verschlossener. Es war wieder der Blick, vor dem sich Berlin fürchtete, und den er für die Gespräche mit Charly abgelegt hatte.

Sie hatte dennoch keine Angst vor ihm und wunderte sich selbst darüber. Die Wut war stärker.

»Der dritte Juni siebenundzwanzig«, sagte sie, »das ist der Tag, an dem Sie meinen Vater umgebracht haben.«

Liang sagte nichts, seine Augen blieben reglos und dunkel, doch sie wusste, dass er zu verstehen begann.

»Der Tag, an dem Sie im Keller des Eckhauses Lenzener Platz ein Leck in der Gasleitung verursachten, um eine Explosion herbeizuführen, in der Adolf Winkler ums Leben kommen sollte, der Chef der Berolina, der Ihrem Herrn und Gebieter Johann Marlow im Wege stand. Weil er längst mit Winklers Stellvertreter Geschäfte machte, dem roten Hugo. Also musste Winkler weg. Dass dabei ein unschuldiger Familienvater starb und eine Kneipenwirtin, das war Ihnen egal.«

Liang schaute sie an, als schaue er durch sie hindurch, nein: Er schaute, als wolle er ein Loch in sie hineinbrennen, durch das er hindurchschauen konnte.

»Musste mein Vater sterben, weil Sie Angst hatten, er könne zuviel wissen?«, fuhr Charly fort. »Die Aussage bei der Polizei habe ich damals gemacht, nicht er. Dann bringen Sie mich jetzt besser auch noch um.«
Liang schwieg.
»Oder brauchten Sie ihn nur als Lockvogel? Um Winkler in die Falle zu locken? Sein Leben jedenfalls war Ihnen scheißegal!«
Liangs Gesicht blieb unbeweglich.
»Ich weiß nicht, wovon Sie reden.«
Der einstudierte Text. Der vor Gericht funktionieren mochte, in polizeilichen Vernehmungen. Aber nicht hier.
»Ich weiß nicht, wieviele Menschen Sie seither umgebracht haben, und ob Sie sich dabei einreden müssen, diese hätten den Tod vielleicht sogar verdient gehabt, aber das ist alles eine Lüge. Niemand hat den Tod verdient. Nicht einmal Sie. Und mein Vater ganz bestimmt nicht. Ich weiß nicht, wie Sie mit dieser Last auf Ihrem Gewissen ein neues Leben anfangen wollen, ganz gleich ob hier oder in China oder wo auch immer. So weit weg können Sie gar nicht laufen; Ihre Vergangenheit wird Sie dennoch immer einholen.«
Er sagte nichts. Schaute sie weiter an, als könne er sie mit diesem Blick zum Schweigen bringen. Aber auch das funktionierte nicht.
»Ihre Vergangenheit wird Sie einholen«, sagte Charly. »Und die Lügen Ihres Lebens werden an den Tag gebracht werden, früher oder später. Und wissen Sie, wer Sie am meisten belogen hat? Johann Marlow. Verlassen Sie ihn, gehen Sie nach Tsingtau. Hören Sie, was die Leute sich dort erzählen. Heute noch, nach so vielen Jahren: Dass der Sohn der Dolmetscherin Chen-Lu ein Bastard ist.«
Die Schwärze in Liangs Augen begann Funken zu schlagen.
»Sie sind nicht der Sohn von Liang Tao. Der kaiserliche Forstinspektor hat Ihre Mutter geschwängert, vielleicht auch dessen Sohn, sie scheinen sich alle beide mit ihr vergnügt zu haben. Der Chauffeur war nichts anderes als ein Lückenbüßer, er musste lediglich die Ehre retten. Nicht die Ehre Ihrer Mutter, die war zweitrangig, nein: die Ehre der Familie Larsen. Und wissen Sie, wie Larsen junior sich heute nennt? Wahrscheinlich wissen Sie es, Sie

arbeiten ja für ihn. Aber ausgerechnet als Chauffeur? Also, wenn das kein Treppenwitz ist, dann ...«

Charly brach ab, denn Liang war aufgestanden.

»Halten Sie den Mund«, knurrte er.

Er stand direkt vor ihr und funkelte sie an mit seinen Augen, sie hörte ihn heftig durch die Nase atmen. Noch nie hatte Charly diesen beherrschten Mann so wütend gesehen. Dennoch spürte sie keinerlei Furcht und hielt seinem Blick stand. Zuckte nur kurz, als er mit seiner Faust ein Loch in die Holzvertäfelung direkt neben ihrem Kopf schlug.

Dann drehte er sich um, mit blutender Hand, und verließ das Lokal, ohne sich noch einmal umzuschauen. Kleine, runde Blutspritzer markierten den Weg, den er gegangen war.

80

Sie waren zusammen hingefahren, sie und Wilhelm Böhm, allerdings ohne Gereon. Der wurde immer noch vom SD beschattet, und den wollten sie nun nicht im Schlepptau haben, wenn sie in Kreuzberg vorstellig wurden. Charly hatte sich gewundert, wie wenig es ihm ausmachte, nicht dabei sein zu können, dabei wusste sie doch, wie sehr auch er darauf brannte, Marlow und Liang endlich hinter Gitter zu bringen und sie bezahlen zu lassen für das, was sie ihnen angetan hatten. Es schien ihm ganz recht zu sein, nicht mit hinauszufahren, und das nicht nur, weil er sich ansonsten ein paar Stunden hätte freinehmen oder wenigstens aus dem Büro hätte stehlen müssen. Denn natürlich hielten sie sich an die bei Ärzten üblichen Sprechzeiten: 9 bis 11 und 15 bis 17 Uhr. Alles Zeiten, zu denen ein normaler Polizeibeamter arbeitete.

Die Praxis von Doktor Alexander Wrede, dem Studienfreund von Magnus Larsen aka Johann Marlow, lag in der Wrangelstraße, wenige Minuten Fußweg entfernt vom Schlesischen Tor. Charly war nervös, als sie die Treppen des Hochbahnhofs hinabstiegen, und sie spürte, dass es Wilhelm Böhm ebenso erging. Sie wussten beide, dass sie nicht viel in der Hand hatten, dass es relativ mager war. Die Namen Marlow und Wrede auf einer Seite des Immatrikulationsbuches, wie sie sich das erhofft hatten, waren es jedenfalls nicht.

Ihnen blieb nichts anderes übrig, als den korrupten Mediziner mit dem Namen Larsen zu konfrontieren und klarzumachen, dass sie wussten, wie Magnus Larsen sich heute nannte, dann würden sie Doktor Wrede schon irgendwie aus der Reserve locken. So hofften sie jedenfalls. Eine andere Möglichkeit hatten sie nicht, es war die letzte, die ihnen blieb, um vielleicht doch noch für Gerechtigkeit zu sorgen.

Andernfalls könnten sie Marlow höchstens mit etwas Mühe nachweisen, dass er unter falschem Namen lebte, aber das war kaum ein Vorwurf, der sich mit einem geschickten Verteidiger nicht entkräften ließe und mit einem Freispruch oder einer Verfahrenseinstellung enden würde. Und Liang bliebe sowieso völlig unbehelligt. Alles Gedanken, die Charly schmerzten.

Es war kurz nach vier, als sie die Treppe zur Arztpraxis hinaufstiegen, und dennoch fanden sie die Praxistür verschlossen vor. An der Tür hing ein Schild.

PRAXIS FÜR ALLGEMEINMEDIZIN DR. WREDE BLEIBT FÜR DIE DAUER DES REICHSPARTEITAGES DER FREIHEIT GESCHLOSSEN.

»Hm«, machte Böhm, »was soll das denn? Der Reichsparteitag ist doch schon längst vorbei.«

Charly hatte ein mulmiges Gefühl. Irgendetwas, das ihr sagte, dass die Dinge nicht so laufen würden, wie sie sich das vorstellten.

»Vielleicht ist er länger geblieben als geplant«, sagte sie, obwohl sie selbst nicht daran glaubte.

»Ihr Mann hat Doktor Wrede besucht«, sagte Böhm. »Vor einem Monat ungefähr, im Rahmen seiner Ermittlungen. Vielleicht hat der ihn ja aufgescheucht.«

»Davon hat Gereon mir erzählt. Aber er hat ihm doch völlig harmlose Fragen gestellt. Und sich ganz einfach abwimmeln lassen. Weil er Ihre Theorie noch gar nicht kannte, Böhm.«

»Nein, die kannte er nicht. Aber vielleicht ist Wrede dennoch nervös geworden. Nachdem ich ihn damals besucht habe, nach dem Todesfall Bruck, da ist er kurz darauf mit seiner Praxis von Friedrichshain nach Kreuzberg umgezogen.«

»Nach einem Praxisumzug sieht das nicht aus.«

»Nein. Aber vielleicht hat er sich aus dem Staub gemacht. Und das Schild ist nur eine Finte.«

»Oder ...«

Charly musste es nicht aussprechen, sie sah Böhm an, dass er dasselbe dachte wie sie.

»Sollen wir die Kollegen holen?«, fragte sie.

Böhm schüttelte den Kopf. »Vielleicht erstmal den Hauswart.«

Und das taten sie dann auch.

Wilhelm Gosda war einer von der eher schlechtgelaunten Sorte. An seinem Revers trug der Hauswart das Parteiabzeichen, doch zum Blockleiter hatte er es dennoch nicht gebracht. Jedenfalls hing das obligatorische schwarz-weiße Emailschild, das an immer mehr Berliner Mietshäusern zu finden war, nicht neben seiner Tür. Vielleicht war genau das auch der Grund für seine schlechte Laune. Oder dass ihn zwei Fremde bei seinem Nachmittagsschlaf gestört hatten.

Jedenfalls reagierte Gosda unwirsch, als Böhm ihn auf das seltsame Schild oben an der Arztpraxis ansprach.

»Seh ick aus wie 'ne Sprechstundenhilfe?«

»Wir sind keine Patienten, wir haben andere Gründe, mit Doktor Wrede zu sprechen.«

»Ach! Und welche?«

Böhm gab ihm eine seiner Visitenkarten. »Ich bin Privatermittler. Über den Inhalt meiner Nachforschungen zu sprechen, verbietet mir die Diskretion.«

»Soso.«

Gosda sah immer noch so aus, als würde er ihnen die Tür am liebsten vor der Nase zuknallen.

»Es ist wirklich wichtig, dass wir uns davon überzeugen, dass Herrn Doktor Wrede nichts zugestoßen ist«, sagte Charly.

Sie hatte mehr Glück als der bärbeißige Böhm. Wilhelm Gosda zog sich die Hosenträger über die Schultern, griff zu einer Strickjacke und einem riesigen Schlüsselbund und verließ seine Wohnung.

»Wenn Se meinen, junge Frau«, sagte er.

»Hat sich denn noch niemand gewundert, dass der Doktor nicht vom Reichsparteitag zurückgekehrt ist?«, fragte Charly, als sie schon auf der Treppe waren.

»Da waren schon welche, die nachjefracht haben. Aber ick bin ja nich det Kindermädchen von Doktor Wrede. Solange der seine Miete pünktlich zahlt, muss ick mir keene Sorjen machen, wa?«

»Vielleicht schon«, sagte Charly.

Böhm grunzte nur etwas Unverständliches, und der Hauswart schloss auf.

In dem kleinen Vorraum, von dem zwei Glastüren abgingen – eine zur Praxis, eine zum Wartezimmer –, die aber beide geschlossen waren, hielt sich der Geruch noch in Grenzen, doch Charly kannte diesen Geruch so gut, dass sie bereits wusste, was sie hinter einer der Glastüren erwartete, bevor sie es sah. An der Garderobe hingen ein Herrenmantel, ein Damenmantel und ein Herrenhut.

Sie holte ihr Taschentuch aus der Handtasche, auch Böhm hielt sich ein Tuch vor die Nase.

Gosda wedelte mit der Hand in der Luft herum und machte ein angewidertes Gesicht. »Puh«, sagte er, »hier muss aber dringend mal jelüftet wer'n«, und zog sich mit seinem Schlüsselbund ins Treppenhaus zurück.

Böhm hielt derweil die Luft an und zog sich Handschuhe über, dann hielt er sich mit der Linken wieder das Tuch vor die Nase, legte die Rechte auf die Klinke der Tür, auf deren Glas in Großbuchstaben PRAXIS geschrieben stand, und schaute Charly an. Die nickte, und Böhm öffnete die Tür.

Es waren tatsächlich zwei Leichen, ein Mann und eine Frau, wie es die Mäntel an der Garderobe bereits nahegelegt hatten. Sie lagen nah beieinander direkt vor dem Schreibtisch im Behandlungszimmer, das noch hinter dem Raum mit dem Empfangstresen lag, der wiederum mit dem Wartezimmer verbunden war. Der Mann war deutlich dicker als die Frau, beide trugen sie weiße Kittel, die Frau zudem eine Art Schwesternhaube. Charly musste immer wieder ihren Blick abwenden, zu sehr hatte die Verwesung bereits gewütet. Maden krochen nicht nur über die beiden Leichen, sondern hatten sich schon über den ganzen Teppich, ja über den ganzen Raum verteilt, man musste aufpassen, dass man nicht hineintrat. Die Gesichter der Toten waren durch die freigelegten Zähne und die dunklen Augenhöhlen zu hässlichen Grimassen entstellt, dennoch war Charly sicher, dass es sich bei den beiden Leichen um Doktor Alexander Wrede und seine Sprechstundenhilfe handelte. Und dass die beiden seit mindestens vier Wochen tot waren.

»Ich glaube«, sagte sie zu Böhm, »jetzt können wir die Kollegen rufen.«

Und das taten sie dann auch.

81

Charly stand im Treppenhaus und rauchte gegen den Gestank an und gegen das Gefühl der Übelkeit, das seit dem Anblick der Leichen in ihr rumorte. Spurensicherer gingen ein und aus, der Gerichtsmediziner, ein junger Schnösel, den sie noch nicht kannte, stapfte mit blasiertem Gesicht an ihr vorüber, Schupos postierten sich an Haus- und Praxistür, und zuletzt kam schließlich Ernst Gennat, der Buddha persönlich, die Treppe hinauf, ein Unterfangen, das ihn sichtlich anstrengte.

»Guten Tag, Herr Kriminaldirektor«, sagte Charly, als Gennat, der langsam Stufe für Stufe nahm, auf ihrer Höhe angelangt war, und fing sich einen Blick ein, der irgendwo zwischen Freude, Verwunderung und ahnungsvollem Vorwurf angesiedelt war.

»Sie auch hier, Frau Rath? Ist das eine Versammlung meiner ehemaligen Mitarbeiter? Fehlt ja nur noch Ihr Mann?«

Charly versuchte ein Lächeln, das ihr misslang.

»Mein Mann ist im Präsidium«, sagte sie.

Gennat sagte nichts mehr, warf ihr nur einen weiteren Blick zu, der tief in ihre Seele zu reichen schien, dann schnaufte er weiter. Charly war froh, als er in der Praxis verschwunden war. Auch wenn sie ein schlechtes Gewissen hatte: Die Tatsache, dass Ernst Gennat vor Ort war, ließ in ihr wieder so etwas wie Hoffnung aufkeimen. Wenn der Buddha sich der Sache annahm, war nicht alles verloren, würden Johann Marlow und Liang Kuen-Yao sich vielleicht doch noch vor dem Gesetz zu verantworten haben.

Die Mordkommission war gleich mit dem ganz großen Besteck angerückt: das Mordauto, die Gerichtsmedizin und allein zwei Fahrzeuge von der Spurensicherung. Hingegen hielten sich erstaunlich wenige Schutzpolizisten am Tatort auf, weil Wilhelm Böhm nicht die Notrufnummer gewählt, sondern direkt im Präsidium angerufen hatte, genauer: sich gleich mit Ernst Gennat hatte verbinden lassen. Die wenigen Uniformierten, die nun den Tatort absicherten und die Kripo bei Zeugenbefragungen oder dem Aufnehmen von Personalien unterstützten, hatte der Buddha selbst vom Alex mitgebracht.

Nach dem Anruf war Böhm zurück in die Praxis gegangen, wo er nun wohl Ernst Gennat eine Erklärung dafür liefern musste, warum ausgerechnet er und Charlotte Ritter die Leiche von Doktor Alexander Wrede gefunden hatten, einem Mann, dessen Name auch an wenigen unbedeutenden Stellen irgendwo in der letzten Todesfallermittlung von Gereon Rath auftauchte.

Charly hatte zwei weitere Juno geraucht und noch ein paar Spurensicherer und zwei Bestatter an sich vorüberziehen lassen, da kam Böhm endlich die Treppe herunter.

»Lassen Sie uns rausgehen, Charly«, sagte er.

»Und?«

Ihre Frage war so unbestimmt, weil sie eigentlich alles wissen wollte – was Böhm Gennat erzählt hatte, ob die Spurensicherung schon etwas gefunden hatte, ob dem Gerichtsmediziner etwas aufgefallen war –, doch Böhms Antwort fiel denkbar knapp aus.

»Gennat möchte uns gleich vernehmen, lassen Sie uns schon mal zum Mordauto hinübergehen und dort auf ihn warten.«

»Vernehmen?«

»So ist das eben, wenn man eine Leiche findet.«

»Und was sollen wir ihm erzählen?«

Böhm seufzte. »Alles«, sagte er. »Auch wenn ihn das nicht erfreuen wird.«

Und so war es dann auch.

Gennat schüttelte den Kopf, als Böhm mit seiner Erzählung fertig war. Sie saßen zu viert im Mordauto: neben Gennat, Böhm und Charly noch Christel Temme, die Stenotypistin, auch sie eine frühere Kollegin von Charly.

»Warum haben Sie sich denn nicht an mich gewandt, Böhm?«

»Mit Verlaub, Herr Kriminaldirektor, aber Sie haben mich seinerzeit von genau jenem Fall abgezogen. Haben ihn ...«

»Na und?«

»Nun, ich dachte, wenn ich Ihnen nun meine Vermutung nahelegte, dass es sich bei dem vermeintlichen Unfall, den Oberkommissar Rath untersucht, ebenfalls um einen Auftragsmord handelt wie bei jenem durch Herrn Ritter verhinderten in Moabit, dann würden Sie ...« Böhm stockte. Er schaute seinen ehemaligen Chef an, als müsse er ihm die schlimmste Sünde beichten, die überhaupt denkbar sei. »... da habe ich es für sinnvoller erachtet, Gereon Rath einzuweihen, weil der den Fall ja bearbeitete, zumal seine Frau, also Frau Rath ...«

»Schon gut, Böhm.« Gennat schien es für angebracht zu halten, den hilflos herumstammelnden Oberkommissar a. D. endlich zu erlösen. »Ich mache Ihnen ja nicht wirklich einen Vorwurf. Es ist schlimm, wenn man sich allein auf weiter Flur wähnt. Wenn man einen Verdacht hat, denselben aber nicht beweisen kann.« Er räusperte sich. »Es tut mir leid, dass ich Sie damals abgezogen habe. Aber ich kann es nicht verantworten, dass sich meine Mitarbeiter in aussichtslose Fälle verrennen, während sich auf anderen Schreibtischen die Arbeit türmt.«

»Natürlich, Herr Kriminaldirektor.«

»Dann haben Sie Böhms Theorien also gar nicht für falsch gehalten?«, fragte Charly, und beide Männer schauten sie überrascht an. Christel Temme, die sonst alles mitschrieb, vergaß sogar für einen Moment mitzustenographieren.

Gennat räusperte sich.

»Fräulein Temme, lassen Sie uns doch bitte einen Moment allein«, sagte er. »Ich denke, wir haben so weit alles für das Protokoll.«

Der Stenotypistin schien das nicht zu gefallen, doch sie gehorchte.

»Was heißt falsch?«, sagte Gennat, als sie unter sich waren. »Theorien sind so lange weder falsch noch richtig, solange man sie nicht durch Beweise belegen oder widerlegen kann.«

»Das ist ja genau das, was wir versuchen«, sagte Charly, »Ermittlungen, die die Staatsanwaltschaft für abgeschlossen hält oder die ungeklärt eingestellt wurden, fortführen.«

»Sie sind aber, liebe Frau Rath, lieber Böhm, keine Kriminalbeamten mehr. Es reicht, dass die SS sich in diesem Land schon polizeiähnliche Befugnisse anmaßt, da müssen die Privatermittler jetzt nicht auch noch mitmischen.«

»Bei allem Respekt, Herr Kriminaldirektor, aber wir maßen uns nichts an!« Böhm war laut geworden. »Selbstverständlich hätte ich Sie aufgesucht und Ihnen von unseren neuen Erkenntnissen berichtet! Sobald wir genügend Beweise beisammen gehabt hätten, die Ihnen und der Staatsanwaltschaft die Wiederaufnahme der Ermittlungen nahegelegt hätten.«

»Oder, wie es jetzt der Fall ist, sobald Ihre privaten Ermittlungen endgültig aus dem Ruder gelaufen sind. Oder wie würden Sie diese zwei Leichen da oben in der Arztpraxis nennen?«

»Mit Verlaub, aber diese zwei Leichen sind nicht den privaten Ermittlungen von Frau Rath und mir zuzuschreiben. Wir haben Doktor Wrede, obwohl ich ihn schon lange in Verdacht habe, bewusst nicht aufgesucht, bevor wir genügend Beweise beisammen hatten, die belegen, dass er Johann Marlow – beziehungsweise Magnus Larsen – persönlich kennt. Es dürften vielmehr die Ermittlungen der Kriminalpolizei gewesen sein, die Doktor Wrede in Schwierigkeiten gebracht ...«

Böhm brach ab, weil er wohl gemerkt hatte, dass er dabei war, sich zu vergaloppieren. Aber es war schon zu spät.

»Sie meinen die Ermittlungen von Oberkommissar Rath, nicht wahr«, griff Gennat den Faden auf. »Rath hat Doktor Wrede einmal aufgesucht, wie ich den Protokollen im Fall Lehmann/Brunner entnehmen kann. Und Sie meinen, das ist das Motiv für diesen Mord?«

Böhm hüstelte und schaute Charly verlegen an.

»Nun ja«, sagte er, »das sind natürlich alles nur Vermutungen. Aber ich denke, das Naheliegendste ist, dass Wrede sich nach dem Besuch Raths an Marlow gewandt hat, und dass Marlow das Risiko zu groß schien. Sein alter Kommilitone war in den Fokus der Kriminalpolizei geraten und zum Sicherheitsrisiko geworden. Wie es aussieht, ist Marlow gerade dabei, seine illegalen Aktivitäten abzustoßen und eine legale Karriere einzuschlagen; er brauchte einen Mann wie Wrede also auch nicht mehr. Der Doktor war ein Komplize aus Marlows Vergangenheit, einer, der ihm keinerlei Nutzen mehr brachte, aber in vielerlei Hinsicht eine Gefahr darstellte.«

»Hm«, machte Gennat, »wenn Sie damit recht haben, Böhm, dann sitzt hier eine Person zu wenig. Und damit meine ich nicht Fräulein Temme. Ich denke, wir sollten diese Unterhaltung zu viert weiterführen.«

82

Das Wetter spiegelte seine Laune perfekt wieder. Rath steuerte den Buick durch graue Regenschleier, die der Wind gegen die Scheiben peitschte, über den nassglänzenden Asphalt der Gitschiner Straße, begleitet vom stählernen Band der Hochbahn.

Er hatte keinen blassen Schimmer, was ihn in der Wrangelstraße erwartete. Das heißt: Eigentlich schwirrten viel zu viele Gedanken in seinem Kopf herum, was alles passiert sein könnte, und bei einem, dem schlimmsten aller Gedanken, dass Charly etwas zugestoßen sein könnte, landete er immer wieder. Und deswegen trat er das Gaspedal durch und überholte alles und jeden, der ihm im Weg war.

Das einzige, was er wusste: Dass Charly und Böhm heute zu Doktor Wrede gefahren waren. Und dass Gennat ihn zu genau jener Adresse beordert hatte. Ohne auch nur im Ansatz zu verraten, warum und was dort passiert war.

Kurz vor Feierabend hatte der Buddha angerufen, und Rath hatte zunächst befürchtet, es ginge um irgendwelche Ungenauigkeiten oder Fehler in alten Ermittlungsakten, die Gennat ihm aufs Brot schmieren wollte.

Doch es war etwas anderes. Er solle sofort nach Kreuzberg rausfahren, in die Wrangelstraße. Ein Todesfall, der mit seiner letzten Mordermittlung im Zusammenhang stehe.

»Was für ein Todesfall?«, hatte Rath gefragt.

»Das erfahren Sie, wenn Sie hier sind. Und jetzt machen Sie sich auf die Socken, verdammt nochmal! Die Adresse kennen Sie ja.«

Und so hatte Rath sich ein paar Minuten früher als sonst von seinen Kollegen verabschiedet, hatte Nachfragen und vorwurfsvolle Blicke ignoriert und nur gesagt: »Gennat braucht mich.«

In der Wrangelstraße stand das ganze Aufgebot am Straßenrand: Das Mordauto, zwei Wagen der Spurensicherung, der BMW von Doktor Reincke, ein Überfallwagen und ein Leichenwagen, in den gerade ein Zinksarg geladen wurde, auf den der Regen prasselte. Die Bestatter hatten sich Tücher vor Mund und Nase gebunden – dann musste der Verwesungsgeruch wirklich unerträglich sein. Was Rath auf eine gewisse Weise beruhigte, denn das hieß, dass es sich um eine alte Leiche handelte. Charly konnte das schon mal nicht sein.

Er parkte ganz hinten in der Reihe. Die schwarze Limousine des SD, die ihm den ganzen Weg vom Präsidium her gefolgt war und die sich durch seine Fahrweise nicht hatte abhängen lassen, fuhr nun langsam an dem beeindruckenden Aufgebot an polizeilichen und sonstigen Einsatzfahrzeugen vorbei. Rath war es völlig gleichgültig, was seine Beschatter denken mochten, er wollte wissen, was hier passiert war; er stieg aus und flüchtete sich vor dem Regen erst einmal in den Hauseingang.

Dann stieg er die Treppe hinauf zur Arztpraxis. In den Räumen stand immer noch der Geruch der Verwesung, obwohl weit und breit keine Leiche mehr zu sehen war.

Im Wartezimmer, direkt unter der Rassekunde-Wandtafel, saß Ernst Gennat und paffte an einer Zigarre. Er stand auf, als er Rath erblickte. Überraschenderweise setzte der Buddha nicht zu einer Strafpredigt an, sondern gab ihm die Hand.

»Guten Abend, Oberkommissar. Das ging aber schnell.«

»Was ist denn passiert, Kriminaldirektor?«

»Machen Sie sich keine Sorgen, Ihrer Frau geht es gut. Und Ihrem früheren Vorgesetzten auch.« Er wies mit dem Kopf zum Behandlungsraum hinüber. »Doktor Wrede muss vor Wochen schon ermordet worden sein. Wahrscheinlich zusammen mit seiner Sprechstundenhilfe. Die Identifizierung der Leichen steht noch aus.«

»Schon irgendwelche Erkenntnisse zur Todesursache?«

Gennat schüttelte den Kopf. »Doktor Reincke hat keine Einwirkungen äußerer Gewalt feststellen können. Was einen Mord aber nicht ausschließt.«

»Natürlich nicht.« Rath räusperte sich. »Wen haben Sie im Verdacht?«

»Genau deswegen habe ich Sie hergebeten, Oberkommissar. Lassen Sie uns nach unten gehen, damit wir darüber reden können.«

Rath folgte Gennat, dem das Treppensteigen – selbst wenn es abwärts ging – hörbar Mühe machte, hinunter auf die Straße.

Charly und Böhm saßen wie zwei arme Sünder auf der Rückbank des Mordautos; Rath und Gennat, der mit einem Schnaufen ins Auto stieg, nahmen auf der anderen Seite Platz. Im Fond des Wagens konnte man sich gegenübersitzen, was für Vernehmungen vor Ort sehr praktisch war. Vor allem, wenn es derart regnete wie im Moment.

Er hätte Charly in den Arm nehmen können vor Erleichterung, sie unversehrt zu sehen, doch war das jetzt weder die richtige Zeit noch der richtige Ort. Sie sah so zerknirscht aus, dass er sie am liebsten getröstet hätte.

»So, dann haben wir ja alle beisammen«, sagte Gennat. »Dann wollen wir mal loslegen. Oberkommissar Rath, Sie haben Doktor Wrede am siebenundzwanzigsten August im Rahmen Ihrer letzten Ermittlungen für die Kriminalpolizei besucht. Was genau war der Grund Ihres Besuches?«

Rath räusperte sich. »Nun, die Gerichtsmedizin hatte bei dem toten Taxifahrer Otto Lehmann einen Hirntumor entdeckt, von dem dessen Witwe aber nichts wusste. Also habe ich den Arzt der Familie aufgesucht, um der Sache nachzugehen. Übrigens auf Ihre Anweisung hin, Kriminaldirektor.«

»Und dieser Arzt, das war Doktor Wrede.«

Rath nickte. »Er hat die Lungenentzündung der ältesten Tochter behandelt, aber abgestritten, Otto Lehmann überhaupt nur zu kennen. So steht es ja auch im Protokoll.«

»Können Sie sich noch an Einzelheiten erinnern? Haben Sie mit Wrede über den Grund Ihres Besuchs gesprochen? Den tödlichen Unfall erwähnt?«

»Kann sein. Ist lange her. So genau kann ich mich nicht erinnern. Alles, was mir relevant erschien, habe ich protokolliert.«

»Lehmann hat seine Krankheit weder seiner Frau offenbart, noch war er in ärztlicher Behandlung beim Hausarzt der Familie, Doktor A Punkt Wrede, Wrangelstraße siebenundvierzig«, las Gennat.

Rath zuckte die Achseln.

»Haben Sie damals schon einen Verdacht gehabt?«

»Was für einen Verdacht?«

»Hören Sie auf zu mauern, Oberkommissar! Böhm hat mir alles erzählt. Ich weiß, dass Sie Johann Marlow verdächtigen, mit Hilfe von Doktor Wrede todkranke Tumorpatienten zu Mordwaffen umfunktioniert zu haben.«

Rath räusperte sich und blickte Böhm und Charly an, bevor er antwortete.

»Nun, diesen Verdacht hatte ich damals nicht. Böhms Theorien waren mir beim Besuch von Doktor Wrede noch nicht bekannt.«

»Und dennoch scheint Ihr Besuch den Doktor aufgeschreckt zu haben.«

»Wie meinen Sie das?«

»Nun, eine Erklärung dafür, dass Wrede sterben musste, ist die, dass Marlow in ihm plötzlich ein Sicherheitsrisiko gesehen hat. Vermutlich hat Doktor Wrede seinem Freund Marlow von Ihrem Besuch erzählt. Und der hat daraus die Konsequenzen gezogen.«

»Weil er glaubte, ich sei seinem schmutzigen Pakt mit Wrede auf der Spur?«

»Genau.« Gennat nickte. »Hat Marlow vielleicht auch versucht, Sie zum Schweigen zu bringen? Hat er Ihnen gedroht?«

»Nein«, log Rath. Es war ihm zunehmend unangenehm, dass Charly und Böhm Zeugen dieses Gesprächs waren. Was hatten sie dem Buddha erzählt, was verschwiegen? Und was sollte er von seiner Beziehung zu Marlow preisgeben? Davon wusste niemand außer Charly. Und die hatte hoffentlich den Mund gehalten.

»Dann hat Böhm Sie in seinen Verdacht eingeweiht ...«

Rath schaute Böhm an, bevor er antwortete. Der nickte unmerklich.

»Oberkommissar a. D. Böhm hat mich zunächst gebeten, für ihn Ermittlungsakten aus der Registratur zu holen. Bei einem späteren Treffen hat er mir erklärt, warum er zwischen diesen Fällen und meinem aktuellen einen Zusammenhang sieht.«

»Wegen des Glioblastoms ...«

»Richtig.« Rath wunderte sich, dass Gennat den Namen unfallfrei aussprechen konnte.

»Warum sind Sie denn in drei Teufels Namen damit nicht zu mir gekommen?«

»Weil ich – entschuldigen Sie, Böhm! – diese Theorie zunächst für eine fixe Idee gehalten habe. Für Humbug.«

»Auch diese Einschätzung hätten Sie mir melden können.«

»Ich wollte doch einen ehemaligen Kollegen nicht anschwärzen.«

Darauf sagte Gennat nichts, er schaute Rath nur an mit diesem Blick, bei dem man das Gefühl hatte, da schaue jemand auf den Grund der Seele. Kein angenehmes Gefühl. Vor allem, wenn man soviel zu verbergen hatte wie Gereon Rath.

»Und dann war ich ja auch mehr und mehr der Überzeugung, dass Böhm recht hat. Dass wir aber erst einmal tragfähige Beweise sammeln müssen, bevor wir Sie damit belästigen, Kriminaldirektor.«

»Wie gesagt: Was ich glaube und was nicht, was mich belästigt und was nicht, das entscheide ich lieber selbst«, meinte der Buddha. »Was mir in der ganzen Geschichte immer noch nicht einleuchten will, das ist das Motiv für den Mord an Gerhard Brunner. Meinen Sie allen Ernstes, der Mann habe Marlow erpresst?«

»Ich habe keine andere Erklärung. Als SD-Mitarbeiter dürfte er jedenfalls in der Lage gewesen sein, Informationen über Marlow zu sammeln, die ein normaler Mensch niemals hätte zusammentragen können. Und da Marlow gerade ehrenhalber in die SS eingetreten ist ...«

»Woher wissen Sie das?«

»Das habe ich recherchiert. Er darf sich jetzt Gruppenführer nennen.«

»Wann sind Sie denn bei Ihren Ermittlungen überhaupt auf Marlow gestoßen?«

Nun hatte Rath das Gefühl, dass ihn sowohl Gennat als auch Böhm misstrauisch anschauten. Und vielleicht sogar Charly. Sie erwartete doch wohl nicht von ihm, dass er jetzt die Wahrheit sagte!

»Überhaupt nicht«, antwortete er. »Auf Marlow, das heißt: eigentlich auf dessen Leibwächter und Fahrer Liang, ist meine Frau gestoßen. Ich habe dann den Kollegen Gehrke, der damals schlampig ermittelt hat und vielen Spuren und Zeugenaussagen nicht nachgegangen ist, zur Rede gestellt und den Eindruck gewonnen, dass ... na, dass Kriminalsekretär Gehrke sich damals von Johann Marlow hat bezahlen lassen.«

»Den Eindruck gewonnen, sagen Sie. Aber Beweise haben Sie nicht.«

»Das ist ja überhaupt die Crux an dieser ganzen Geschichte, Kriminaldirektor. Ich weiß nicht, was die Kollegen Ihnen schon erzählt haben ...«

»... die ehemaligen Kollegen ...«

»... aber es ist außerordentlich schwer, für dieses Komplott zwischen einem Mediziner und einem Gangster – an dem ich keinerlei Zweifel hege – tragfähige Beweise zu finden. Als der Kollege Böhm – der ehemalige Kollege – damals ermittelte, hatten Marlow und sein Helfer Liang keinerlei Skrupel, jeden, der als möglicher Zeuge in Frage gekommen wäre, einfach aus dem Weg zu räumen.«

Er merkte, wie dieser Satz Charly einen Stich versetzte, doch er musste weitermachen. Gerade weil es auch etwas Persönliches war.

»Selbst mein Schwiegervater«, fuhr er also fort, »ein aufrechter Gefängniswärter und integrer Beamter des Freistaats Preußen, musste deswegen sterben. Und jetzt Doktor Wrede. Marlow ist dabei, sämtliche Spuren zu beseitigen.«

Da fiel ihm etwas ein.

»Haben Sie die Patientenakten eingesehen?«, fragte er den Buddha.

Der nickte. »Fehlanzeige. Kein Anton Bruck, kein Otto Lehmann.«

»Aber Lehmann war Patient bei Wrede, das weiß ich.«

Gennat zuckte die Achseln. »Wir halten es durchaus für möglich, dass Patientenakten entwendet wurden. Genausogut kann Doktor Wrede aber selbst dafür gesorgt haben, dass verfängliche Akten, wenn es denn überhaupt welche gegeben hat, nicht mehr in seiner Kartei zu finden sind. Jedenfalls ist da nichts.«

»Also keinerlei Beweise, nach wie vor.«

»So weit würde ich nicht gehen«, sagte Gennat. »Wir sammeln noch. Und wenn sich Ihre Geschichte, lieber Böhm, nicht als die Räuberpistole herausstellen sollte, nach der sie sich anhört, dann werden wir auch etwas finden.«

»Wir können nachweisen, dass Johann Marlow eigentlich Magnus Larsen heißt«, sagte Charly.

»Auch das wird schwierig, wenn irgendein Wald- und Wiesendoktor Larsen vor siebzehn Jahren bereits für tot erklärt hat.«

»Aber er ist es. Man müsste ihn Zeugen gegenüberstellen, die Larsen noch gekannt haben. Die gibt es in Marlow.«

»Frau Rath, das ist alles schön und gut, aber wohin führt das? Wir könnten ihn als Betrüger entlarven, vielleicht sogar als Deserteur, aber das ist alles verjährt. Und für das, um was es wirklich geht, hätten wir immer noch keine Beweise. Außer dass er mit dem verstorbenen Doktor Wrede zusammen Medizin studiert hat.«

»Und nun?«, fragte Charly. »Wir können doch nicht einfach aufgeben.«

»Das werden wir auch nicht«, sagte Gennat. »Wir werden hier so gründlich arbeiten wie immer, Spuren sammeln, Zeugen befragen. Vielleicht hat jemand im Haus den Eindringling beobachtet, der den Arzt und seine Mitarbeiterin getötet hat. Was auch immer wir finden, wir werden alles zusammentragen, werden die Beweiskette so dicht wie möglich schmieden, und dann, aber erst dann, Johann Marlow und Liang Kuen-Yao zu einer Vernehmung in die Burg holen.«

Charly schien dem Buddha tatsächlich zu glauben, mit einem derart hoffnungsvollen Blick himmelte sie ihn an, schien zu glauben, dass sich Gennat selbst von derart verzwackten Mordfällen seine Aufklärungsquote nicht verderben lassen würde. Rath war da durchaus skeptischer. Aber ihm ging es auch nicht um die Aufklärungsquote, ihm ging es um Gerechtigkeit. Und vielleicht, aber das mochte er sich nicht wirklich eingestehen, auch um Rache.

83

Sie parkten den Wagen vor dem Umspannwerk, direkt hinter dem Torbogen. Der Buchhändlerhof, eine versteckte Verbindungsgasse zwischen Mauer- und Wilhelmstraße, war um diese Uhrzeit menschenleer. Sie parkten nie auf der Wilhelmstraße, wenn sie sich hier trafen, und schon gar nicht auf der Leipziger. Kuen-Yao schloss den Wagen ab, und sie machten sich auf den Weg.

Auf der anderen Seite der Wilhelmstraße ragte der Koloss des halbfertigen Reichsluftfahrtministeriums in die Nacht. Berlins größte Baustelle, größer noch als der S-Bahntunnel. Der Rohbau war teils noch eingerüstet, viele Fenster rahmenlos und ohne Glas, die ganze Fassade wirkte wie eine einzige schwarze Wand, die sämtliches Licht verschluckte. Nur die Werbeschilder an der Baustelleneinfahrt waren beleuchtet: *Wiemer & Trachte Eisenbeton – Tiefbau, Berlin – Dortmund; Telephon-Apparat-Fabrik E. Zwietusch & Co. GmbH, Charlottenburg.* So ungefähr alle am Bau beteiligten Firmen hatten ihre Schilder irgendwo plaziert, und Marlow fragte sich, wieviel Geld der Dicke dafür wohl kassieren mochte. Denn dass er kassierte, stand außer Frage. Göring kassierte immer, überall, wo das irgend möglich war. Als Schutzgeldeintreiber hätte der Mann eine gute Figur gemacht.

Natürlich wurde die Baustelle bewacht, doch die Männer an der Einfahrt wussten Bescheid. Ein Nicken, und sie öffneten eine kleine Pforte in dem großen hölzernen Tor. Die Uniformierten gehörten zu Görings getreuesten Männern, seine Prätorianergarde seit den Tagen der nationalen Erhebung. Die einstige Polizeitruppe war – eingedenk des neuen Amtes ihres Chefs – kürzlich komplett in die Luftwaffe überführt worden, die Männer trugen nun einen Luftwaffenadler auf der Brust, obwohl keiner von ihnen jemals ein Flugzeug von innen gesehen hatte. Dazu gab es schwarze Manschettenbänder mit den aufgestickten Worten *General Göring*, um alle Zweifel zu beseitigen, wem diese Truppe treu bis in den Tod ergeben war.

Marlow erwiderte den Hitlergruß der Wachen, obwohl er heute keine SS-Uniform trug, Kuen-Yao jedoch nickte nicht einmal. Er konnte es dem Jungen nicht verdenken; die abschätzigen Blicke der Wachen waren ihm so oder so sicher.

Er konnte verstehen, dass Kuen-Yao wegwollte aus diesem Land. Viel zu wenige Menschen hatten ihm das Gefühl gegeben dazuzugehören, vielleicht eine Handvoll, und die meisten davon wahrscheinlich auch nur, weil sie wussten, wieviel Johann Marlow von seinem chinesischen Chauffeur hielt und wie wenig ratsam es war, schlecht über den Jungen zu reden. Und nun war das Nichtdazugehören zur Volksgemeinschaft für Menschen wie Kuen-Yao in Deutschland Staatsdoktrin.

Marlow hätte ihm trotzdem die Treue gehalten, immer, ganz gleich, wie sehr sich die Welt um sie herum verändert hätte. Gleichwohl konnte er auch verstehen, dass dies für Kuen-Yao zu wenig war. Dass er mehr Anerkennung brauchte, dass er in einem Land leben wollte, in dem er sich zuhause fühlte.

Die Papiere waren da. Zwei Wochen noch, dann wäre er chinesischer Staatsbürger, in vier Wochen ging der Dampfer nach Tsingtau, den er mit seiner Verlobten besteigen würde. Kuen-Yao ahnte noch nichts von der großzügigen Summe, die Marlow ihm mit auf den Weg geben würde. Vielleicht war es zuviel, aber er konnte nicht anders. Immerhin war es sein Junge, der da hinaus in die Welt zog.

Marlow ging voran. Er kannte den Weg, schließlich waren sie nicht zum ersten Mal hier, obwohl sich die Baustelle seit ihren letzten Besuchen deutlich verändert hatte. Die Arbeiten schritten mit einem enormen Tempo voran. Der Rohbau war inzwischen hochgezogen; morgen schon sollte Richtfest gefeiert werden. Dazu hatte der Dicke ihn nicht eingeladen, er vermied es nach wie vor, Johann Marlow in der Öffentlichkeit zu treffen, selbst jetzt, wo Marlow ihn nicht mehr mit Morphin versorgte, sondern dabei war, sich auf legalen Geschäftsfeldern zu etablieren. Kein Morphin, kein Heroin, kein Kokain, keine Nutten, keine Nachtclubs. Nichts dergleichen. Stattdessen Möbel und Herrenoberbekleidung, das hätte er sich auch niemals träumen lassen. Vor allem aber Immobilien. Da profitierte Marlow am meisten von seinen Kontakten. Mehr wissen als andere, das war im Immobiliengewerbe Gold wert. Vor allem zu wissen, welcher Immobilienbesitzer, der nicht so recht in die Volksgemeinschaft passen wollte, seinen Grundbesitz versilbern musste. Und da war die Gunst von Hermann Göring nicht mit Gold aufzuwiegen.

Also stapften sie wieder über die Baustelle, vorbei an Gerüsten, an Holzstapeln, Sandhaufen und Stahlstreben, um auf die andere Seite des Rohbaus zu gelangen, und mussten sich mit dem spärlichen Licht begnügen, das von ein paar funzligen Baustellenlampen am Bauzaun erzeugt wurde, und dem Rest, der von der Straßenbeleuchtung an Wilhelm- und Prinz-Albrecht-Straße bis zu ihnen reichte.

Nein, über den Treffpunkt, den er zur Genüge kannte, hatte Marlow sich weniger gewundert als über die Tatsache, dass Göring ihn überhaupt sehen wollte. Er hatte gehofft, dass solche Treffen der Vergangenheit angehörten. Sollte Sebald wieder Mist gebaut haben? Und Göring wollte ihn, Marlow, dafür verantwortlich machen? An diese Möglichkeit hatte er gedacht und deshalb auch heute Nachmittag bereits mit dem Mann telefoniert, sich beiläufig nach dem Stand der Dinge erkundigt. Laut Sebald jedoch lief alles bestens seit ihrem letzten Gespräch vor ein paar Wochen, und Marlow hatte keinen Anlass, daran zu zweifeln.

Der einzige andere mögliche Grund für ein Treffen, der ihm einfiel, war der, weswegen Göring ihn bereits im August hatte sprechen wollen, an derselben Stelle wie heute, ebenfalls auf der Baustelle, ebenfalls mitten in der Nacht. Wenn dem so wäre, würde er dem Dicken einen Korb geben müssen, so schwer das auch war. Aber der SD-Mann, den sie für den Minister aus dem Weg geräumt hatten, sollte der letzte gewesen sein, das hatte Marlow sich geschworen. Nicht nur, weil Kommissar Rath in dieser Sache herumgeschnüffelt hatte und Alex Wrede für solche Dinge nicht mehr zur Verfügung stand. Nein, es ging hier ums Prinzip. Die Zeiten, in denen ein Johann Marlow seinen Geschäftsfreunden solche Gefälligkeiten erwiesen hatte, gehörten endgültig der Vergangenheit an. Auch in solchen Angelegenheiten würde sich der Dicke nun an Sebald wenden müssen. Oder es von seinen eigenen Leuten erledigen lassen.

Letzten Endes war es auch völlig gleichgültig, worum es ging: Der Reichsminister hatte ihn heute noch einmal persönlich sehen wollen, und einem Hermann Göring schlug man eine solche Bitte nicht aus. Vielleicht war es ja etwas völlig Harmloses, und der Dicke wollte sich bei ihm für die langjährige erfolgreiche Geschäftsbeziehung bedanken. Vielleicht mit einem weiteren kleinen Hinweis? Von dem sie beide etwas hätten? Gewundert hätte Marlow das jedenfalls nicht. Für seine Freigiebigkeit war Göring ebenso bekannt wie für seine Brutalität. Und von beidem hatte ihre Geschäftsbeziehung profitiert.

Sie hatten die Gartenseite erreicht. An den Baugerüsten waren dicht an dicht Fahnen geflaggt, deren weiße Kreise und schwarze Hakenkreuze selbst in diesem matten Licht gut zu erkennen waren. In einigem Abstand stand ein Rednerpodest, das aus den gleichen Balken gezimmert war wie die Gerüste; am Fuße des Rohbaus lag eine riesige Richtkrone bereit, schon an das Drahtseil geklinkt, an dem sie morgen früh emporgezogen werden sollte.

Marlow kannte einige der Männer, die in der Nähe des Podests – das ebenfalls mit einer Hakenkreuzflagge geschmückt war – Wache schoben. Die waren immer dabei. Hatten sogar dabeigestanden, als Göring das Todesurteil über den SS-Oberscharführer Gerhard Brunner gesprochen hatte. Natürlich außer Hörweite. Wie immer.

Die Wachen standen schweigend. Es war kaum ein Geräusch zu hören, nur die Fahnen knatterten im Wind.

»'n Abend, Lieske«, sagte Marlow, um das Schweigen zu brechen, »steht Ihnen gut, die neue Uniform. Wie lebt es sich denn so als Luftwaffenangehöriger? Hoffe nur, Sie und Ihre Männer müssen jetzt nicht fliegen lernen.«

Lieske antwortete nicht. Auch keiner seiner Männer.

Marlow hatte sich auf einen Plausch eingestellt, um sich die Wartezeit zu verkürzen, bis Göring, der zu notorischer Unpünktlichkeit neigte, auf der Bildfläche erschien.

Doch nicht nur die Uniformen waren anders als sonst, auch das Verhalten der Männer. Lieske sagte immer noch nichts, dennoch schien es, als habe er einen Befehl erteilt, denn seine Männer nahmen rechts und links von ihm Aufstellung, in gleichmäßigen Abständen.

Irgendetwas stimmte hier nicht. Marlow warf Kuen-Yao einen Blick zu, der die Hand unauffällig in die Nähe seines Pistolenholsters brachte und die Lederschlaufe löste, die seine Waffe fixierte.

Und dann scholl Lieskes Stimme durch die Nacht.

»Im Namen des deutschen Volkes: Nehmen Sie die Hände hoch, Sie sind verhaftet!«

Verdammt, was sollte das? Wollte Göring ihn ernsthaft einbuchten, jetzt, wo er ihn nicht mehr als Morphinlieferanten benötigte? Das konnte er nicht wagen! Er, Johann Marlow, kannte soviele schmutzige Geheimnisse über den Dicken, da würden Heydrich und Himmler die Ohren klingeln!

Gleichwohl schien es ratsam, sich erst einmal zu fügen. Marlow hob die Hände, nach einem kurzen Zögern tat dies auch Kuen-Yao. Von Göring war immer noch nichts zu sehen. Ließ er sein Lieblingsregiment die Drecksarbeit machen? Hielt er es nicht einmal für nötig dabei zu sein?

»Ich warne Sie noch einmal«, sagte Lieske nun, mit unbeweglichem Gesicht. »Nehmen Sie die Hände hoch! Andernfalls zwingen Sie uns, von der Schusswaffe Gebrauch zu machen.«

War der Scheißkerl blind? War das Licht so schlecht, dass er nicht sehen konnte, dass sie beide doch brav die Arme oben hatten? Das war das erste, was Marlow dachte, dann aber verstand er, was hier gespielt wurde. Die Männer rechts und links von Lieske entsicherten ihre Gewehre. Es wirkte wie ein Exekutionskommando. Und nichts anderes war es auch.

Kuen-Yao verzog keine Miene, doch seine Augen und ein kurzes Zucken seines Kopfes machten ein unmissverständliches Zeichen: *nach links weg.*

Und er hatte recht. Links war völlige Dunkelheit, vielleicht eine Baugrube, es war nicht zu erkennen, aber wenn sie sich diesem Erschießungskommando nicht ausliefern wollten, dann mussten sie genau dorthin flüchten.

»Ich warne Sie ein letztes Mal. Wenn Sie die Hände jetzt nicht ...«

Weiter kam er nicht, denn ein Schuss zerriss die Stille der Nacht.

Marlow war so überrascht, dass er zunächst gar nicht verstand, was passiert war; reflexartig sprang er beiseite, hinein in die Dunkelheit zu seiner Linken. Es ging tatsächlich abwärts, aber nicht so tief, wie er befürchtet hatte. Und aus der Dunkelheit heraus sah er, was vor dem Richtpodest passierte: Lieske, der Verräter, fasste sich an die Brust, warf Kuen-Yao einen ungläubigen Blick zu. Der hielt seine Mauser in der Hand, aus der es rauchte. Und dann feuerte er noch einmal, und noch einmal. Der Junge war ein guter Schütze, bei jedem Schuss sackte einer der Uniformierten zusammen, doch dann eröffneten auch sie das Feuer, obwohl niemand den Befehl dazu erteilt hatte.

Kuen-Yao konnte noch vier Schüsse abfeuern, doch nur einer davon traf sein Ziel. Denn die Kugeln aus den Karabinern, die ihn im Abstand von Sekundenbruchteilen trafen, ließen ihn einen grotesken Tanz aufführen, als habe er die Kontrolle über seinen Körper verloren. Sein Gesicht jedoch blieb dabei so unbeweglich wie das eines Indianers am Marterpfahl. Er schoss noch einmal irgendwo in die Nacht, sackte auf die Knie und kippte dann nach vorne.

Keine Schüsse mehr, es war still. Nur noch das Stöhnen der Verwundeten und Sterbenden war zu hören.

»Wo ist der andere, verdammt«, rief eine Stimme. Es war nicht mehr die von Polizeihauptmann Lieske. »Findet den anderen, der darf nicht entkommen.«

Marlow hatte die ganze Zeit dagehockt wie erstarrt, nun aber machte er, dass er davonkam, tauchte ab in die dunkle, schlammige Grube. Die Männer feuerten hinter ihm her, Marlow hörte die Kugeln pfeifen, doch keine traf; die Männer feuerten blindlings in die Nacht, sie konnten ihn nicht sehen. Er dummerweise auch nicht. Nichts außer den Straßenlampen der Prinz-Albrecht-Straße, die hinter dem Bauzaun leuchteten. Marlow trat in schlammige Löcher, stieß sich das Schienbein an irgendwelchen Balken, die im Weg lagen, er griff in irgendwelche Dornen, als er wieder aus der Grube kletterte, doch er kam voran.

Dann stand er vor dem Bauzaun und wusste eines: Sobald er den Versuch unternahm, dort hinüberzusteigen, würde er das beste Ziel abgegeben, das sich ein Schütze wünschen konnte. Und er wusste, dass rund ein Dutzend guter Schützen nur darauf wartete, dass er ihnen diesen Gefallen tat.

Eine andere Geschichte

Lausanne, Schweiz
Montag, 13. Oktober 1924

Dasselbe Schweizer Internat. Dasselbe düstere Gebäude, ein wenig außerhalb und oberhalb der Stadt gelegen. Außerhalb und oberhalb – irgendwie passt das zu der Lehranstalt. Kaum etwas hat sich verändert, selbst die meisten Lehrer kennst du noch. Nur dass du ihnen diesmal nicht als Schüler gegenübertrittst.

»Es tut mir leid, Herr Larsen, aber wir können es mit den Prinzipien unseres Hauses nicht länger vereinbaren, dass der Primaner Liang Zögling unserer Lehranstalt bleibt.«

Professor Bauer mit dem Knebelbart. Der strenge Lateinlehrer. Jetzt Direktor.

»Die Taten, derer sich der Primaner schuldig gemacht hat, wiegen zu schwer, als dass ein längerer Verbleib noch zu verantworten wäre.«

Aus dem Knebelbart dringt ein Räuspern.

»Wir werden, um den Ruf unseres Hauses zu schützen, von einer Strafverfolgung absehen. Wenn Sie sich bereiterklären, die Summe, die wir Ihnen genannt haben, den Eltern der misshandelten Zöglinge als Schmerzensgeld und Wiedergutmachung zu zahlen.«

Wortlos legst du den Umschlag auf den Tisch. Ebenso wortlos öffnet Direktor Bauer ihn und quittiert den Anblick der Geldscheine mit einem zufriedenen Nicken. Kein deutsches Geld. Auch keine Franken. Aber Dollars. Dollars hast du im Überfluss.

Der Dollar ist die einzige Währung, die derzeit im *Venuskeller* akzeptiert wird. Ein illegales Lokal, das zahlungskräftige Kundschaft aus aller Herren Länder anlockt, kann sich solche Extravaganzen erlauben. Die Kunden wissen darum, und sie sind bereit dazu, auch die Berliner. Dafür können sie im *Venuskeller* alle Vergnügungen genießen, die sie sonst nirgends, oder jedenfalls nicht in dieser Qualität, serviert bekommen: ein erotisches Unterhaltungsprogramm ohne Tabus, exzellente Küche, beste Weine, Morphin und Kokain in unübertroffener Reinheit, die schönsten Mädchen Berlins. Wo sonst kann man Drogen und Mädchen ohne den Schmuddelgeruch der Straße erwerben? Und die Kunden, die genau dies wollen, zahlen dafür jeden Preis. In amerikanischer Währung. So hast du das Risiko des Wechselkurses, das in der galoppierenden Inflation immer größer geworden ist, auf deine Kundschaft abgewälzt. Eine Kundschaft, die es zu einem nicht geringen Teil durch genau diese Inflation zu ihrem Vermögen gebracht hat. Und du bist ihrem Vorbild gefolgt und hast dein Geld nach und nach in Immobilien investiert, in eine Lagerhalle am Ostbahnhof, in eine Villa in Niederschönhausen.

Und nun gibst du es dafür aus, deinen Jungen aus diesem Internat freizukaufen.

Professor Bauer blättert durch die Geldscheine, seine Finger scheinen geübt in dieser Tätigkeit. Er schaut zufrieden und steckt den Umschlag ein.

»Gut«, sagt er. »Dann können Sie den Jungen jetzt mitnehmen. Seine Sachen sind bereits gepackt.«

Der Schulleiter gibt dir nicht einmal die Hand zum Abschied. Du fragst dich, ob der Mann mit dem Knebelbart, der dir so streng und selbstgerecht gegenübersitzt, einer Versuchung wie dem *Venuskeller* gefeit wäre, sollte das Leben ihn jemals aus der Abgeschiedenheit seines Schweizer Internats nach Berlin führen.

Als du durch das Treppenhaus hinuntergehst, schwörst du dir, dieses Gemäuer nur noch ein einziges Mal zu betreten. Wenn du es niederfackelst.

Unten auf dem Hof wartet Kuen-Yao bereits neben dem Auto, einen kleinen Koffer in der Hand. Er wirkt zerknirscht und schuldbewusst, aber gleichzeitig drückt sein Blick einen Stolz aus, der sich nicht demütigen lassen will.

Wortlos nimmst du den Jungen in den Arm. Groß ist er geworden, seit du ihn das letzte Mal gesehen hast. Groß und drahtig und muskulös.

»Steig ein«, sagst du, »wir fahren nach Hause.«

Wie sehr du dir gewünscht hast, dass der Junge Abitur macht, doch an dieser Schule hat Kuen-Yao sich nie wohlgefühlt. Du hast es geahnt, anhand der wenigen Briefe, die er geschrieben hat. Obwohl er sich niemals beschwert hat, war aus seinen sparsamen Sätzen doch viel mehr zu lesen, als er hineingeschrieben hatte. Dass er keine Freunde gefunden hat. Dass er im Gegenteil mit andauernden Anfeindungen leben muss. Seitens der Schüler. Seitens der Lehrer. Sogar seitens des Personals.

Und das aus dem einfachen Grunde, dass er anders aussieht.

Du hättest es wissen müssen. Hättest ihn niemals hierhergeben dürfen. Aber hast du eine andere Wahl gehabt damals, als du auf der Flucht warst und den Jungen versorgen musstest? Das Internat war das einzige, das dir eingefallen ist, eine Schule in der Schweiz, weit weg von den düsteren Erinnerungen, die dem Jungen in Deutschland auflauern.

Lange Jahre scheint Kuen-Yao den Spott und die Gewalt der anderen ertragen zu haben, doch nun ist der ruhende Vulkan ausgebrochen. Sieben Verletzte hat es insgesamt gegeben, vier Schüler liegen im Krankenhaus, einer hat zwei Zähne verloren.

»Diese Jungen«, sagst du, als ihr im Auto sitzt, »die waren gemein zu dir ... all die Jahre schon?«

Es klingt wie eine Frage, aber es ist keine Frage.

Kuen-Yao schweigt.

»Du hast sie gewarnt, aber sie haben nicht aufgehört ...«

Der Junge schaut nach vorn. Ihr passiert gerade das schmiedeeiserne Tor, das die Schule von der Außenwelt trennt.

»Ich habe sie gewarnt«, sagt er. »Ich hätte das schon viel früher tun sollen. Sie hatten keinen Respekt.«

Du weißt, wovon der Junge spricht. Selbst einem mecklenburgischen Gutsbesitzersohn wie Magnus Larsen waren die hochnäsigen Zöglinge des Collège, junge Männer aus den besten europäischen Familien, mit Verachtung entgegengetreten.

»Sie kennen es nicht anders aus ihren Familien, deswegen halten sie sich für etwas Besseres.«

»Jetzt wissen sie, dass sie nichts Besseres sind.«

Der Junge ist erstaunlich klar in seinen Antworten.

»Ich verspreche dir, ich werde dich nie wieder auf solch eine Schule schicken.«

Kuen-Yao schweigt.

»Wir fahren nach Hause?«, fragt er nach einer Weile.

Du nickst.

»Was heißt das? Wo ist das?«

»Berlin. Berlin ist unser Zuhause. Ich habe da ein neues Leben angefangen.«

»Berlin.«

Er sagt das, als sei das Wort aus Stein.

Kuen-Yao war erst ein einziges Mal in Berlin. Für einen Tag, bevor er sich am Anhalter Bahnhof in den Zug gesetzt hat, mit einem Empfehlungsschreiben des ehemaligen Collège-Zöglings Magnus Larsen und einem Umschlag voller Geld. Euer letzter gemeinsamer Tag. Ein schöner Tag. Ein trauriger Tag.

»Berlin ist eine Stadt, in der sie dich nicht danach beurteilen, wie du aussiehst«, sagst du. »Berlin respektiert jeden, der sich zu wehren weiß.«

Der Junge nickt. Das gefällt ihm. Er weiß sich zu wehren.

»Ich möchte nicht mehr in die Schule«, sagt er. »Nicht auf so ein Collège, nicht auf irgendeine andere. Ich habe genug gelernt.«

»Du musst auf keine Schule mehr. Du kannst bei mir leben, kannst für mich arbeiten, wenn du willst.«

Der Junge nickt.

»Lernen solltest du aber trotzdem.«

Kuen-Yao schaut dich an, Widerwillen im Blick, Trotz und Missmut.

»Aber dazu musst du auf keine Schule«, fährst du fort. »Was du noch lernen musst, kann ich dir beibringen, alles, was du wissen willst. Und wenn ich es nicht weiß, finden wir jemand anderen, der es weiß.«

»Du kennst viele Leute in Berlin?«

Du nickst. Siehst, dass er neugierig ist, sich aber nicht zu fragen traut. Da wird dir klar, dass es noch viel zu erzählen gibt. Verdammt viel.

»Eines solltest du wissen, bevor wir dort ankommen«, sagst du nach einer Weile. »Ich habe meinen Namen geändert. In Berlin heiße ich Marlow. Johann Marlow. Das musst du dir merken. Magnus Larsen ist tot. Die ganze Familie Larsen ist tot. Altendorf ist abgebrannt.«

Kuen-Yao scheint diese Nachricht nicht zu überraschen.

»Ich habe deiner Mutter versprochen, dass ich mich um dich kümmere«, fährst du fort. »Und das werde ich tun, ganz gleich wie die Leute mich nennen.«

»Was«, fragt der Junge nach einer Weile, »kann ich denn für dich arbeiten?«

Du zuckst die Achseln.

»Wir werden sehen. Zu tun gibt es jedenfalls mehr als genug.«

VIERTER TEIL

Samstag, 12. Oktober, bis Dienstag, 15. Oktober 1935

84

Sie klingelten pünktlich. Fritze hätte es auch keine Sekunde länger ausgehalten da zu sitzen, gestiefelt und gespornt auf dem Sofa, alles sagen zu wollen und nichts sagen zu können, weil der Kloß im Hals viel zu dick war. Er fragte sich, ob es Gereon und Charly ähnlich ging. Auch sie saßen da und sagten nichts. Und wenn doch einmal, dann nur Belanglosigkeiten. Sie alle fühlten sich unwohl, wie sie da saßen, bei Kaffee und Kuchen (den Charly selbst gebacken hatte), weil sie alle wussten, dass es das letzte Mal sein würde, dass sie als Familie zusammensäßen.

Das Türklingeln löste sie aus ihrer Erstarrung, doch eine Erlösung war es nicht. Fritze fühlte, wie es ihm einen Stich versetzte, dieses simple Geräusch, weil es ihm unweigerlich klarmachte, dass es nun vorbei war mit seiner Zeit in der Familie Rath.

Vor der Tür stand Fräulein Peters vom Jugendamt, das Fräulein, das Fritze schon kannte. Und von Anfang an nicht hatte leiden können, die blöde Hippe. Die Peters hatte zwei Polizisten mitgebracht, keine Ahnung, was die hier erwartet hatte. Dass Gereon und Charly sich mit Gewalt dagegen wehren, dass man ihnen das Pflegekind wegnimmt? Bei Fritze bewirkten die beiden Uniformierten eher, dass er sich fühlte wie einer, der festgenommen werden sollte. Als gehe es nun in den Knast und nicht in die Pestalozzistraße zur Familie Rademann.

So standen sie alle drei im Flur, Gereon, Charly und er, und draußen im Treppenhaus stand die Jugendamtshippe mit zwei Schupos.

»Heil Hitler«, war das erste, was die Hippe sagte.

Charly und Gereon ignorierten den Deutschen Gruß, und auch Fritze hatte keine Lust, für diese Frau den Arm zu heben.

Die drückte ihren Unmut mit einem Räuspern aus, bei dem sie es dann aber auch bewenden ließ.

»Gereon und Charlotte Rath«, sagte sie, »wie wir Sie bereits schriftlich informiert haben, sind Sie aus Gründen politischer Unzuverlässigkeit nicht länger berechtigt, dem Magistrat der Stadt Berlin als Pflegeeltern zu dienen. Für den Waisenjungen Friedrich Thormann in Ihrer Obhut haben wir ein neues Pflegeelternpaar gefunden, zu dem wir ihn jetzt bringen werden. Haben Sie das alles verstanden?«

»Wir sind ja nicht blöd«, sagte Gereon, »und Ihren Brief haben wir auch gelesen. Ich frage mich nur, warum Sie zwei Polizisten brauchen, um einen Jungen drei Blocks weiter zu bringen. Ist es so gefährlich auf Berlins Straßen?«

»Der Jugendfürsorge steht es frei, in besonderen Fällen Amtshilfe zu erbitten.«

»Ich bin auch Polizist, wenn ich Sie daran erinnern darf. Warum haben Sie nicht mich gefragt, statt die armen Kollegen von der Arbeit abzuhalten? Ich bin sicher, die haben Wichtigeres zu tun.«

»Ich bin nicht hier, um solche Dinge mit Ihnen zu diskutieren, Herr Rath. Haben Sie die Sachen des Jungen?«

Wortlos holte Charly den Koffer, der neben der Garderobe stand. Fritze hatte ihn selbst gepackt. All sein Hab und Gut passte in einen einzigen Koffer. Der war aber ziemlich schwer, vor allem wegen der Bücher. Die meisten davon hatten ihm Charly und Gereon geschenkt. Als er hier eingezogen war vor zweieinhalb Jahren, da hatte er noch gar nichts gehabt.

Er nahm den Koffer entgegen.

»So, Friedrich«, sagte die Peters und machte Anstalten, ihn an die Hand zu nehmen, »dann können wir uns ja auf den Weg machen.«

Instinktiv zog Fritze seine Hand weg.

»Damit können wir auch noch einen Moment warten!«

Charlys Stimme. Er schaute sich um. Da stand sie, kampfeslustig, so wie er sie kannte.

»Wir werden uns ja wohl noch anständig von dem Jungen verabschieden dürfen«, sagte sie.

Fräulein Peters guckte schnippisch. »Wenn Sie das jetzt noch für nötig halten, Frau Rath. Hatten Sie dafür nicht genügend Zeit?«

Die hatten sie in der Tat gehabt. Wenn es für so etwas überhaupt genügend Zeit gab. Seit vier Tagen wussten Gereon und Charly, dass sie Fritze hergeben mussten. Sie hatten mit ihm darüber gesprochen, er hatte tapfer gesagt, das gehe schon in Ordnung, dass er sie natürlich liebhabe, immer liebhaben werde und nie vergessen werde, was sie für ihn getan hatten. Das stimmte ja auch alles. Und trotzdem - oder vielleicht gerade deswegen - waren die letzten Tage eine Qual für ihn gewesen. Für Gereon und Charly nicht weniger. Weil der Abschied feststand. Weil sie bei allem, was sie zusammen machten, das Gefühl hatten, dies nun zum letzten Mal zu machen. Und sie hatten verdammt viel gemacht, sie waren im Kino gewesen, hatten auf dem Wannsee eine Bötchentour gemacht, einen Ausflug ins Grüne mit dem Auto - Gereon hatte ihn sogar mal hinters Steuer gelassen -, und dann hatten sie vorhin, als die letzte halbe Stunde angebrochen war, schweigend bei Kaffee und Kuchen im Wohnzimmer gesessen und kaum einen Bissen hinunter und kaum ein Wort hinaus bekommen.

Umso größer war das Verlangen nach einem richtigen Abschied jetzt, in diesem Moment, Fritze wusste genau, was Charly meinte.

Einmal noch richtig drücken, sich zeigen, wie gern man sich hat, auch wenn man dabei beobachtet wurde von einer dürren Hippe und zwei Schupos.

Gereon nahm ihn in den Arm, nur kurz, wie es eben seine Art war.

»Mach's gut, mein Großer«, sagte er.

Und dann der Abschied von Charly, der ihm am allerschwersten fiel, auch wenn er sich mit ihr am meisten gezankt hatte. Sie schaute ihm in die Augen, Fritze war nun fast schon so groß wie sie, da fehlten nur wenige Zentimeter. Er konnte den Blick kaum ertragen, deswegen drückte er sie, damit er über ihre Schulter schauen konnte und nicht in ihre Augen sehen musste.

So traurig war er nicht mehr gewesen, seit er von Kiries Tod erfahren hatte.

»Du bist ja nicht weit weg«, sagte Charly, »wir können uns besuchen, wann immer wir wollen.«

Fritze nickte.

»Da muss ich Sie enttäuschen, aber das geht natürlich nicht.« Eine kalte Stimme, aufgekratzt und kalt. Nicht zu überhören, dass

Fräulein Peters Charly nicht leiden konnte. »Es würde den Jungen nur verwirren, wenn er zu seinen alten Pflegeeltern noch Kontakt hat.«

Fritze verstand überhaupt nichts mehr. Er sollte Charly nicht besuchen können? Und sie ihn ebensowenig?

»Det wer icke doch wohl noch entscheiden können, wat mich verwirrt und wat nich«, sagte er.

»Junger Mann, in deinem Alter kannst du noch gar nichts entscheiden. Deswegen hast du ja Pflegeeltern. Außerdem gibt es Regeln. Über die können sich weder die Familie Rath noch die Familie Rademann hinwegsetzen! Und du auch nicht. Es sei denn, du willst wieder ins Heim!«

Die Hippe wusste genau, wie sie ihn zum Schweigen bringen konnte. Fritze ärgerte sich darüber, dass sie in der Lage war, ihm derart Angst einzujagen. Und er ärgerte sich über seine Machtlosigkeit.

»Drohen Sie dem Jungen nicht!«, sagte Gereon. »Natürlich gehört er in eine Pflegefamilie und nicht ins Heim.«

»Wenn das so ist, Friedrich«, sagte die Peters und streckte abermals ihren Arm aus, »dann komm jetzt auch brav mit uns.«

Fritze nickte. Aber die Hand ergriff er nicht. Er trat über die Schwelle ins Treppenhaus.

Seit Tagen schon stand fest, dass sie ihn heute abholen würden, und dennoch überfiel ihn die Erkenntnis, dass es mit diesem einen Schritt nun vorbei war mit der Carmerstraße, mit dieser Wohnung, die ihm doch ein wunderschönes Zuhause gewesen war, so überraschend, dass sich sein Herz verkrampfte. Waren alles in allem doch die schönsten Jahre seines Lebens gewesen.

Er verstand selbst nicht, warum er so traurig war. Er würde es gut haben bei den Rademanns. Kein täglicher Streit mehr wegen der HJ-Uniform, kein Ärger in der Schule wegen einer Pflegemutter, die sich mit so gut wie jedem Lehrer anlegte. Nein, er würde jetzt zu einer vorbildlichen nationalsozialistischen Familie gehören. Wusste allerdings nicht, ob er das überhaupt noch wollte.

Fritze folgte der Jugendamtsfrau und den beiden Schupos zur Treppe. Als er sich noch einmal umdrehte, sah er, dass Charly tatsächlich Tränen in den Augen hatte. So hatte er sie noch nie gesehen. Und auch ihm selber wollte das Wasser emporsteigen, doch er nahm seine ganze Kraft zusammen, dachte an die Dinge, die er alle schon durchgestanden hatte, dachte an den harten Jungen, der er doch werden wollte, der er auch werden könnte, dachte an die Zukunft, die nur darauf wartete, dass er sie eroberte, und vor allem dachte er an den Satz, der ihm immer schon geholfen hatte, wenn er Gefahr lief, weich zu werden:

Ein deutscher Junge weint nicht!

Und mit diesem Satz, den er sich wie ein Mantra immer wieder vorsagte, stieg Friedrich Thormann ein letztes Mal diese Stufen hinunter, vorbei an Bergner, dem Portier, der verlegen grüßte, und trat hinaus auf die Carmerstraße.

85

Mit der Zeitung in der Hand stieg sie die Treppe empor und schloss auf. Seit der Junge weg war, lag eine Traurigkeit in der Wohnung, der sie sich kaum entziehen konnte. Dabei war es nicht einmal vierundzwanzig Stunden her, dass sie ihn abgeholt hatten. Doch das Zimmer mit dem leeren Bett und den leeren Regalen versetzte ihr einen Stich, jedesmal wenn sie daran vorbeikam.

Sie war dankbar für alles, was sie ablenkte. Charly hatte das *Berliner Tageblatt* schon ewig nicht mehr gelesen, doch nach Böhms Anruf war sie zu den Zeitungsjungen am Steinplatz gelaufen und hatte sich die aktuelle Sonntagsausgabe besorgt. Eigentlich lohnte sich Zeitunglesen nicht mehr in Deutschland.

Das *Prager Tagblatt*, das sie ab und zu einmal von Weinert zugeschickt bekamen, Gereons altem Journalistenfreund, führte ihr schmerzhaft vor Augen, was Zeitungen eigentlich sein sollten und was deutsche Zeitungen seit zweieinhalb Jahren nicht mehr waren: eine vierte Gewalt, die den Mächtigen auf die Finger schaut. Und haut, wenn es nötig ist. Die deutschen Zeitungen hauten nicht mehr auf die Mächtigen, die hauten auf die Schwachen.

Doch Böhm hatte darauf bestanden, dass sie sich eine Zeitung besorgte. »Am besten das Tageblatt, da steht es auf Seite drei.«

Und so saß sie nun im Wohnzimmer, bei Gereon, der in seinem Lieblingssessel neben der Musiktruhe Platten hörte, und blätterte in der Zeitung. Sie wusste sofort, was Böhm gemeint hatte, obwohl sich der Artikel unter vielen lobhudelnden Berichten zum Richtfest des neuen Reichsluftfahrtministeriums versteckte. Hätte Böhm ihr nicht gesagt, wo sie nachschauen sollte, sie hätte ihn womöglich übersehen. Obwohl die Redaktion der zweispaltigen Meldung sogar eine mittelgroße Schlagzeile gegönnt hatte:

Regiment General Göring verhindert perfiden Anschlag auf den Reichsminister
Ein Attentäter getötet, der zweite flüchtig

Berlin. Dem aus der Landespolizeigruppe Göring hervorgegangenen Luftwaffenregiment General Göring ist es gelungen, einen hinterhältigen Bombenanschlag zu verhindern, den die Berliner Unterwelt gegen den Reichsminister und früheren Polizeichef Hermann Göring geplant hat. Die Bombe sollte unmittelbar unter dem Podest, das für das gestrige Richtfest vorbereitet war, plaziert werden. Soldaten des Regiments General Göring, das mit der Bewachung der Baustelle beauftragt ist, gelang es aber, die Bombenleger auf frischer Tag zu ertappen und die feige Tat zu verhindern. Es entspann sich ein Schusswechsel, in dessen Folge einer der Täter ausgeschaltet werden konnte, dem anderen jedoch gelang die Flucht.

Zwei Wachmänner starben bei dem tapferen Einsatz, drei weitere wurden teils schwer verletzt.

Bei dem toten Attentäter handelt es sich um den Chinesen Liang, einen Berufsverbrecher, dem die harte Hand der neuen Polizeiarbeit es wohl immer schwerer machte, seinen »Brotberuf« auszuüben. Der flüchtige Täter nennt sich Johann Marlow, ein Rauschgifthändler, Zuhälter und Mörder, dessen richtiger Name Magnus Larsen lautet. Seine Festnahme steht, wie es aus Polizeikreisen verlautet, unmittelbar bevor.

Charly ging mit dem Artikel zu Gereon hinüber und legte die Zeitung vor ihm auf den Tisch.
Er schaute überrascht auf.
»Lies«, sagte sie.

Er runzelte die Stirn, aber er gehorchte.

»Was denn?«, fragte er.

»Den ganzen Mist über Görings Richtfest, vor allem aber dieser Artikel ...« Sie patschte auf das Papier. »... die beiden Spalten hier.«

Gereon wusste offensichtlich noch immer nicht, worum es ging, aber er tat wie geheißen.

Nach einer Weile schüttelte er den Kopf.

»Das ist ja ...«

»Glaubst du diesen Mist?«, fragte Charly.

»Wer glaubt heutzutage schon, was in der Zeitung steht?«

»Eben. Johann Marlow als Attentäter? Liang Kuen-Yao, der kurz davor stand, das Land zu verlassen? Warum sollte der ein Interesse daran haben, vor seiner Auswanderung schnell noch Göring in die Luft zu jagen.«

»Natürlich ist das vorgeschoben. Genau wie die Lüge vor einem Jahr, dass Röhm angeblich putschen wollte. Göring findet immer eine wohlklingende Rechtfertigung dafür, Leute umbringen zu lassen.«

»Aber warum Marlow?«

Gereon zuckte die Achseln. »Vielleicht ist Berlins Morphiumkönig ja bei seinem besten Kunden in Ungnade gefallen. Und dass Göring in solchen Fällen nicht lange fackelt, das hat er schon mehrfach bewiesen.«

»In Ungnade? Was soll denn das heißen?«

»Was weiß ich?«

»Er muss in Marlow eine Gefahr sehen, sonst würde er nicht eine derartige Jagd auf seinen ehemaligen Morphiumlieferanten veranstalten.«

»Wahrscheinlich.«

»Wenn du den Zeitungsartikel genau liest, dann siehst du, dass es denen wichtig ist, Johann Marlow als Görings Feind darzustellen. Eine Unterweltgröße, die unter der harten Hand von Hermann Göring leidet und ihn deshalb aus dem Weg räumen will.«

»Hm«, machte Gereon.

»Und das tun die nur, weil Göring Angst hat, dass das genaue Gegenteil ans Licht kommt«, fuhr sie fort, »nämlich dass Marlow sein Freund und Geschäftspartner war. So wie es die Akten nahelegen, die Brunner gesammelt hat.«

Gereon sagte nichts. Die Platte war an ihrem Ende angelangt, die Nadel ließ ein regelmäßiges Kratzen hören, wenn sie ans Ende der Rille stieß.

»Also hat Göring diese Akten gesehen ...«, sagte Charly.
Gereon zuckte die Achseln. »Was weiß ich?«
Charly schaute ihn an.
»Eine ganze Menge, fürchte ich«, sagte sie dann.
»Was soll das heißen?«
Wie sie es hasste, wenn er sich so dumm stellte!
»Was hast du mit den Brunner-Akten gemacht, Gereon?«
»Was interessiert dich das? Hauptsache, sie sind weg.«
»Weg. Hast du sie an Göring gegeben?«
»Nein! Natürlich nicht!«
»Aber du hast dafür gesorgt, dass sie in seine Hände geraten ...«
Gereon schwieg.
»Was hast du getan, Gereon?«
»Was meinst du?«
»Stell dich nicht dumm! Und vor allen Dingen: Verkauf mich nicht für dumm! Du hast damit zu tun, nicht wahr? Das ist dein Werk.«
»Wenn ich das richtig lese, war es Görings Elitetruppe, die hier auf Marlow und Liang geschossen hat.«
»Spiel nicht den Unschuldigen! Ohne dich wäre das alles nicht passiert. Du hast es angestoßen. Hast du eigentlich überhaupt kein Gewissen?«
»Moment mal - du redest hier von *meinem* Gewissen? Was ist denn mit dem Gewissen von Marlow? Oder dem von Liang? Schon vergessen, was die uns angetan haben? Die beiden haben deinen Vater umgebracht! Ohne jeden Skrupel. Nur weil er ihnen nützlich war. Weil sie Winkler so in die Falle locken konnten. Vielleicht auch, weil sie Angst hatten, dein Vater wüsste zuviel.«
»Genau. Und deswegen ermittelt gerade die Kriminalpolizei. Gennat persönlich hat sich vergangene Woche dieser ungeklärten Fälle angenommen, das ist jetzt alles offiziell.«
»Ach, Charly! Auch Gennat wird aus diesen mageren Fällen keine Anklage gegen Johann Marlow basteln.«

»Er hat schon vier weitere Todesfälle in den Akten gefunden, in die ebenfalls Patienten von Doktor Wrede verwickelt waren, ist das nichts? Und außerdem: Du hast selbst daran mitgebastelt, schon vergessen?«

»Warum wohl? Weil die Schweine deinen Vater auf dem Gewissen haben. Verdammt, Charly!« Er schüttelte den Kopf wie ein uneinsichtiges Kind. »Wenigstens Liang hat seine gerechte Strafe bekommen.«

»Das nennst du gerecht? Von Kugeln durchsiebt zu werden?«

»Ja, das nenne ich gerecht! Ich möchte nicht wissen, wieviele Menschen Liang Kuen-Yao auf dem Gewissen hat.«

»Das ist keine Gerechtigkeit, das ist Rache. Du kochst dein eigenes Süppchen und tust noch so, als tätest du das mir zuliebe. Und dann hast du nicht einmal den Mut, die Kerle selber zu stellen, sondern fädelst ganz heimtückisch eine Intrige ein, wie auch immer du das gemacht hast, und lässt andere für dich die Drecksarbeit machen. Dummerweise so dilettantisch, dass unser Hauptverdächtiger, der Drahtzieher, der hinter allem steckt, entkommen kann.«

Noch während sie redete, war er aufgestanden. Zitternd vor Wut stand er vor ihr.

»Weißt du was?«, sagte er. »Das muss ich mir nicht anhören! Ich wollte dir helfen. Wollte dir beistehen. Und du bewirfst mich mit Dreck und deinen Vorwürfen! Wo ich das alles nur für dich getan habe.«

»Um solche Hilfe und solchen Beistand habe ich niemals gebeten, Gereon Rath!« Sie war nicht weniger wütend als er. »Du gibst also zu, dass du da irgendwas gemaggelt hast, um Göring auf Marlow anzusetzen. Weißt du, was das ist? Das ist Selbstjustiz, damit bist du auch nicht besser als die Weiße Hand.«

Er wollte noch etwas sagen, doch ihm fiel wohl nichts mehr ein. Er wandte sich von ihr ab und rauschte an ihr vorbei. Mit einem Türenknallen verließ er das Wohnzimmer. Und kurz darauf hörte sie auch die Wohnungstür knallen. Charly zuckte nicht einmal.

86

Der SD schien kein Interesse mehr an dem Kerl zu haben. Hinter dem sandfarbenen Buick parkte ein kleiner grüner BMW, das war alles, ein schwarzer Audi war weit und breit nicht zu sehen. Der Sicherheitsdienst hatte offenbar seine Schlüsse aus den Ereignissen an der Ministeriumsbaustelle gezogen.

Er selbst saß hinter dem Steuer eines unscheinbaren Opels. Kein Wagen aus seiner Flotte. Die waren alle verloren, der Duesenberg, der Mercedes, der Horch, der Audi, die in der Garage in Niederschönhausen standen. Wo Görings Leute nur darauf warteten, dass er dort auftauchte. So gut wie jeder Bulle in der Stadt dürfte inzwischen sein Konterfei kennen, es war höchste Zeit, dass er verschwand, ihm blieb keine andere Wahl als das Land so schnell wie möglich zu verlassen.

Johann Marlow hatte keine Heimat mehr in dieser Stadt. All seine Wohnungen waren verbrannt, die Villa in Niederschönhausen ebenso wie das Haus in Freienwalde oder die diversen Firmengebäude, die er in den letzten Monaten gesammelt hatte. Nirgends dort durfte er sich blicken lassen; auch wenn sie ihm auf dem Papier noch gehörten, waren sie nun nichts mehr als tödliche Fallen.

Das hatte er schon an jenem Abend auf der Baustelle gewusst, als er sich durch ein loses Brett im Bauzaun zur Prinz-Albrecht-Straße hatte durchschlagen können: Dass er überall hingehen konnte, nur nicht nach Hause, nicht in seine Wohnungen, nicht zu seinen Leuten. Dort würden sie schon auf ihn warten. Überall würden sie warten.

Sein Leben, wie es gewesen war, war vorbei; sein Leben, wie er es sich erträumt hatte, war vorbei.

Er hatte Verstecke in der Stadt, von denen niemand wusste. Als der Bandenkrieg vor zwei Jahren losging, hatte er die eingerichtet und auch später beibehalten, als der Krieg längst vorbei und die Nordpiraten längst Geschichte waren. Aber er hatte sich besser gefühlt im Wissen um diese Verstecke; in Zeiten, in denen der Staat und die Polizei unberechenbar geworden waren, musste man auf alles, auch auf das Undenkbarste, vorbereitet sein. Kleine, unscheinbare Wohnungen, nur mit den nötigsten Möbeln eingerichtet, in denen man es ein paar Tage aushalten konnte. In denen größere Summen Bargeld deponiert waren, Waffen und falsche Papiere. Gute Papiere, Lembecks Fälschungen waren manchmal besser als die Originale. Damit würde es morgen bei der Passkontrolle in Bremerhaven keine Probleme geben.

Dass ihm tatsächlich die Flucht gelungen war, hatte Marlow zunächst für unverschämtes Glück gehalten, bis ihm klar wurde, dass er das allein Kuen-Yao zu verdanken hatte. Je länger er darüber nachdachte, desto klarer sah Marlow, dass Kuen-Yao Görings Leute ganz bewusst in eine Schießerei verwickelt hatte: um wenigstens einem von ihnen die Flucht zu ermöglichen. Dass er gegen so viele gut ausgebildete Männer nicht den Hauch einer Chance hatte, das musste ihm klar gewesen sein. Und so blieb nur eine Erklärung: Der Junge hatte sich für seinen Vater geopfert.

Sein Herz krampfte sich zusammen, wenn er daran dachte. Wie er durch den Schlamm der Baustelle und durch die Dunkelheit gelaufen war, das Bild des sterbenden, schießenden, zusammenbrechenden Kuen-Yao vor Augen. Die Karabinerkugeln mussten ihn völlig zerfetzt haben, dennoch hatte der Junge mit seiner Mauser dagegengehalten.

Den Adler hatte Marlow vor dem Umspannwerk stehengelassen, weil er sicher war, dass dort schon jemand auf ihn wartete; er hatte sich bis zum Potsdamer Platz durchgeschlagen und war dort in die U-Bahn gestiegen. Dann in Wohnung C gefahren, die lag am nächsten. Hatte sich umgezogen und noch am selben Abend alle anderen Verstecke abgeklappert und das Geld herausgeholt. Und einen Reisepass eingesteckt, der auf den Namen Hans Noack ausgestellt war.

Hatte Lembeck informiert, der seine Flucht aus Deutschland gegen Zahlung einer immensen Summe organisiert hatte. Eine Nacht-und-Nebel-Fahrt im Lieferwagen nach Bremerhaven stand ihm noch bevor, dann könnte Hans Noack den Luxus einer Erste-Klasse-Kabine des Norddeutschen Lloyd an Bord der SS *Europa* genießen.

Bis es so weit war, hatte Lembeck ihm geraten, sich versteckt zu halten, es sei äußerst gefährlich, die Nase überhaupt vor die Tür zu stecken. Das wusste Marlow. Und dennoch hatte er sich, nachdem alles geregelt war und er nur noch in Ruhe in Wohnung C hätte abwarten müssen, in aller Herrgottsfrühe auf den Weg gemacht.

Bevor er das Land verließ, hatte er noch etwas zu klären.

In seinem Rückspiegel hatte er sowohl den Hauseingang auf der anderen Straßenseite im Blick wie auch das Auto, das nur wenige Meter weiter die Carmerstraße hinunter parkte.

Er überprüfte die Pistole, sieben Projektile im Magazin, eines in der Kammer, und schraubte den Schalldämpfer auf. Es konnte nicht mehr lange dauern.

Johann Marlow war kein Mann, der viel von Sentimentalitäten hielt. Und Rache war für ihn die reinste Form von Sentimentalität. Rache war etwas für Menschen, die ihre Gefühle nicht im Griff hatten. Wie Leo Juretzka, sein Weggefährte, den er vor einem Jahr hatte ausschalten müssen, weil er mit seinem Rachefeldzug zu einem Sicherheitsrisiko geworden war.

Und nun hatte ihn dieses Gefühl selbst übermannt. Er hasste sich dafür, aber er spürte auch, dass er keine Ruhe fände, bevor er seinen Rachedurst nicht gestillt hätte. Nie hätte er gedacht, ein solches Gefühl jemals zu spüren – und noch weniger, einem solchen Gefühl nachzugeben.

Der Tod Kuen-Yaos aber hatte genau das bewirkt. Zunächst unbestimmt nur, von der Trauer und dem Schmerz, die ihn ebenfalls mehr heimgesucht hatten, als er das je für möglich gehalten hätte, nicht zu unterscheiden. Dann aber hatten sich die Rachegedanken aus dem Schmerz herausgeschält, umso deutlicher, je mehr er sich die Dinge zusammengereimt hatte, die der tödlichen Falle vorangegangen sein mussten.

Gereon Rath. Er hatte den Mann unterschätzt. Derart die Strippen zu ziehen. Das nicht vorhergesehen zu haben, dafür verfluchte er sich.

Er hätte den Scheißkerl vor Jahren schon erledigen sollen, aber aus irgendwelchen Gründen hatte er einen Narren an ihm gefressen. Ihn besser behandelt als alle anderen Bullen, die für ihn im Präsidium arbeiteten. Ihm sogar den ein oder anderen Gefallen getan, statt ihn nur mit Geld abzuspeisen. War ihm anfangs auch verdammt nützlich gewesen, der Kommissar. Hatte ihm beim Russengold geholfen. Ihm einen lukrativen Geschäftskontakt nach Übersee vermittelt. Spätestens danach hätte er ihn aus dem Verkehr ziehen sollen, da hatte Gereon Rath seine Schuldigkeit getan.

Aber dann hatten andere Dinge ihn und die Berolina über Gebühr beschäftigt, und Marlow hatte darauf reagieren müssen, wie schnell Deutschland sich veränderte. Gerade für einen wie ihn.

Und ausgerechnet jetzt, wo er kurz davor war, aus diesem Wandel den größtmöglichen Nutzen zu ziehen, musste Gereon Rath alles zerstören. Alles. Wenn es unter den nicht gerade wenigen Menschen, die Johann Marlow aus dem Weg hatte räumen müssen, einen gab, der den Tod wirklich verdiente, dann war es Gereon Rath. Er hatte das Schlimmste getan, was man einem Menschen antun konnte: Er hatte ihm seinen Sohn genommen, er hatte ihm die Zukunft genommen.

Marlow durfte den Hass nicht zu stark werden lassen, musste kaltes Blut bewahren. Sein Plan war einfach: Sobald der Scheißkerl herauskam und zu seinem Auto ging, würde er ihn, bevor er einsteigen konnte, mit einem einzigen Schuss erledigen. Auf der Carmerstraße waren kaum Passanten unterwegs, niemand würde etwas merken. Er würde die Leiche neben dem Wagen liegen lassen und einfach weitergehen zum Steinplatz, in die nächste Elektrische steigen und zur Wohnung C fahren, wo Lembeck ihn heute Abend um acht abholen sollte.

Und kein Mensch würde jemals erfahren, wer Oberkommissar Gereon Rath erschossen hatte.

Die Haustür öffnete sich. Da kam er. Allein. Marlow steckte die Pistole in die Manteltasche und stieg aus dem Opel.

87

Ob es der Junge war, der ihnen fehlte? Oder ihr jüngster Streit, der das Beisammensein in der Carmerstraße unerträglich machte? Rath wusste es nicht, er spürte nur die Erleichterung, die ihn erfasste, sobald er aus dem Haus und auf die Straße trat.

Dabei war es nicht so, dass er sich darauf freute, zur Arbeit zu fahren. Der Dienst in der Burg hatte ihm auch schon einmal mehr Spaß gemacht. Der fröhliche Eifer, mit dem sich die Kollegen dem Dienst widmeten, in der festen Überzeugung, einen wichtigen Beitrag zur Erneuerung des Vaterlandes zu leisten, dieser Eifer war ihm fremd. Er wollte das Vaterland nicht erneuern. Er wollte eigentlich, dass alles so blieb, wie es war. Oder besser: Wie es einmal gewesen war. Ohne Hakenkreuzfahnen und den ganzen Mist. Eine Welt, in der er sich zurechtfand, und in der es seine Aufgabe als Kriminalbeamter wäre, dafür zu sorgen, dass die Zahl der Bösewichte langsam aber stetig abnahm. Dass jedenfalls niemand, der mordete, hoffen konnte, diese Tat bliebe ungesühnt. Aber wie sollte das funktionieren in einem Land, in dem die Regierenden die fleißigsten Mörder waren?

Er wusste nicht, ob das Charlys Werk war, oder ob Böhm dahintersteckte, jedenfalls hatte Gennat ihn noch einmal zum Gespräch gebeten. Oder zur Vernehmung, wie er es ausgedrückt hatte, um Rath von Nebe und vom LKA für ein Stündchen loszueisen.

Aber natürlich war es keine Vernehmung. Es war auch keine Gardinenpredigt, wie Rath sie von früher kannte, dazu wäre Gennat auch gar nicht mehr befugt gewesen. Es war eher so, dass der Buddha herauszufinden versuchte, warum ihm die Hauptverdächtigen in seinem aktuellen Fall abhanden gekommen waren, einmal durch Tod, einmal durch Flucht. Und der Blick des Kriminaldirektors war so durchdringend gewesen wie eh und je, so sehr, dass Rath das Gefühl hatte, Gennat wisse schon alles über die Hintergründe, über die getürkten Geheimpapiere, über die Post an Kurt Pomme, über die Angst von Hermann Göring, die wieder einmal in rohe Gewalt umgeschlagen war.

Rath blieb standhaft. Am Ende ging er zwar mit dem Gefühl zurück ins LKA, dass Gennat ihm nicht traute, doch daran war er gewohnt. Er tröstete sich damit, dass er wenigstens noch einmal im Büro mit den grünen, durchgesessenen Polstermöbeln hatte sitzen dürfen. Nur Kuchen hatte es keinen gegeben, lediglich eine Tasse Tee.

Die zurückliegenden Tage mit Charly waren von einem ähnlichen Misstrauen durchwebt. Sie wusste, dass er für Liangs Tod und Marlows Flucht verantwortlich war, und irgendwie war es ihm auch recht, dass sie wusste, dass letzten Endes Gereon Rath ihren Vater gerächt hatte, doch Einzelheiten verriet er ihr natürlich nicht. Was er da getan hatte, um Marlow bei Göring in Misskredit zu bringen, sollte und musste für immer sein Geheimnis bleiben.

Er holte den Autoschlüssel aus der Tasche und schloss den Buick auf. Er hatte die Tür gerade geöffnet und wollte einsteigen, da hörte er jemanden rufen.

»Hey! Sie!«

Er drehte sich um, doch bevor er erkennen konnte, wer ihn da sprechen wollte, traf ihn ein harter Schlag gegen das Kinn, es blitzte kurz auf vor seinen Augen, und er ging zu Boden. Sein Kinn und seine Wange schmerzten, doch das Adrenalin, das seinen Körper durchflutete, ließ ihn den Schmerz kaum spüren, auch nicht den Tritt, der ihn nun in die Rippen traf. Rath wollte sich aufrichten, doch ein weiterer Tritt, diesmal gegen die Schulter, brachte ihn aus dem Gleichgewicht, und er fand sich ein zweites Mal auf dem Boden wieder. Und einen Mann über sich, der auf ihm hockte und zu einem weiteren Faustschlag ausholte, doch diesmal konnte Rath reagieren, er wich aus, und die Faust landete auf dem Pflaster.

Der Mann jaulte auf, und Rath rollte unter ihm weg. Rappelte sich auf. Fixierte den Mann, der neben dem Buick auf dem Gehweg hockte und sich die blutende rechte Hand hielt.

Er hatte den Kerl noch nie in seinem Leben gesehen. Ein kleiner Mann, gleichwohl kräftig, in einem Anzug von der Stange, das Parteiabzeichen am Revers. Typ mittlerer Beamter. Oder Buchhalter. Jedenfalls kein Verbrecher oder sonst irgendwer, der Grund hätte, auf Gereon Rath sauer zu sein.

Was wollte der von ihm? Vollidiot! Hatte sich wahrscheinlich die Hand gebrochen. Wirkte wie jemand, der sich zwar gerne prügelte, sich bislang aber noch nie mit jemand Gleichrangigem angelegt hatte. Wie einer, der lieber seine Frau schlägt.

»Sie haben einen Polizeibeamten angegriffen«, sagte Rath. »Besser, Sie nehmen Vernunft an!«

Es war, als habe der Mann die Worte gar nicht gehört. Wutentbrannt stürmte er wieder auf Rath zu, wie ein Rugbyspieler rammte er ihm den Kopf in die Magengrube, umklammerte ihn mit den Armen und brachte ihn zu Fall. Wieder landeten sie auf dem Pflaster. Ganz schön hartnäckig, dieser Terrier. Rath musste an die Schilderungen aus Moabit denken, an jenen Streit zwischen Strafgefangenen, in den Christian Ritter eingegriffen hatte. Anton Bruck, der Krebskranke, hatte sich ähnlich verhalten wie jetzt dieser Kerl. Ob der auch von Marlow geschickt worden war? Ein verzweifelter Todkranker mit einem Mordauftrag? Aber Doktor Wrede war doch tot!

Rath fragte sich, ob es nötig werden könnte, die Walther zu ziehen, doch der Mann schien keine Waffe zu haben, nicht einmal ein Messer oder einen Schlagring, der hatte nur seine Verzweiflung und seine blinde Wut. Mit der noch heilen linken Faust prügelte er blindlings auf Rath ein, doch der konnte die Schläge mit den Armen abwehren.

»Wo ist meine Frau, du Drecksack?«, hörte er den Kerl rufen, »was hast du mit meiner Frau gemacht? Wo ist sie? Wo hast du sie versteckt?«

Beinahe hätte Rath gelacht. Eine dämliche Verwechslung! Die Zeiten, da er mit irgendwelchen verheirateten Frauen angebandelt hatte, waren lange vorbei. Doch Lachen war hier nicht die angemessene Reaktion. Er wehrte die Schläge mit dem linken Unterarm ab und ballte die rechte Hand zur Faust. Ein gezielter Schwinger gegen die Schläfe ließ den Terrier zur Seite kippen. Rath rollte beiseite und rappelte sich auf.

Der Mann war immer noch nicht außer Gefecht gesetzt und machte Anstalten, erneut anzugreifen, bis ein schriller Pfiff ihn innehalten ließ, als habe jemand einen Eimer kalten Wassers über ihm ausgeleert. Rath schaute sich um. Da stand ein Schupo mit gezücktem Schlagstock, und der machte ein Gesicht, das besagte, dass man sich mit ihm besser nicht anlege. Ein weiterer Kollege trabte vom Steinplatz her bereits heran.

Rath zückte seine Dienstmarke.

»Kollege«, sagte er.

Der Blick des Schupos wanderte hin und her zwischen Raths Dienstausweis und dem Parteiabzeichen des Angreifers. Als müsse er abwägen, mit wem er es zu tun hatte und auf wessen Seite er sich schlagen sollte.

Er entschied sich, vorerst Neutralität zu wahren.

»Dann möchte ich die Herren Streithähne erstmal bitten, sich auszuweisen«, sagte er.

Rath kramte seinen Dienstausweis aus der Innentasche seines Jacketts, der Andere reichte dem Blauen einen grauen Lappen, der ihn als SA-Mitglied auswies.

Inzwischen war auch der zweite Schupo bei ihnen angelangt.

»Wat issen hier los?«, wollte er wissen.

»Kleene Meinungsverschiedenheit unter Männern«, sagte sein Kollege, ein Hauptwachtmeister.

»Was heißt hier Meinungsverschiedenheit?«, entgegnete Rath. »Ich kenne diesen Herrn überhaupt nicht. Er hat mich völlig grundlos und ohne Vorwarnung angegriffen.«

»Grundlos?« Der Mann blitzte Rath an, als wolle er gleich wieder losschlagen. »Der Kerl hat ein Verhältnis mit meiner Frau, Wachtmeister!«

»Wie kommen Sie darauf? Ich kenne weder Sie noch Ihre Frau.«

»Ach? Und warum steigt Martha dann zu Ihnen in den Wagen? Direkt vor dem Volksbad Wedding?«

Der Hauptwachtmeister versuchte zu beschwichtigen und hielt den Mann, der Rath wieder bedenklich nahe gekommen war, auf Abstand.

»Immer mit der Ruhe, die Herren, das klären wir alles auf der Wache.«

»Auf der Wache? Entschuldigen Sie, aber ich war auf dem Weg zur Arbeit, als dieser Herr mich aus heiterem Himmel angegriffen hat.«

»Als Kollege werden Sie ja wohl verstehen, dass wir diesen Zwischenfall erst einmal aufnehmen müssen. Immerhin hat sich der Herr hier ...«

»Döring ...«, soufflierte der Eifersüchtige.

»... Herr Döring an der Hand verletzt.«

»Ja, weil er statt meines Gesichts das Straßenpflaster getroffen hat.«

»Wie gesagt, das klären wir alles auf der Wache.«

Rath verdrehte die Augen. Das hatte ihm noch gefehlt.

Zu allem Überfluss sah er nun auch noch Charly aus dem Haus kommen. Sie riss die Augen auf, als sie die seltsame Szenerie erblickte, und kam zu ihnen herüber.

»Mein Gott, Gereon, was ist denn hier passiert?«, fragte sie, und Rath zuckte die Achseln.

»Sie kennen den Herrn Oberkommissar?«, fragte der Hauptwachtmeister.

»Natürlich. Das ist mein Mann.« Sie wandte sich dem Anderen zu. »Und was machen Sie hier, Herr Döring?«

Rath wunderte sich. Der Hauptwachtmeister nicht weniger.

»Sie kennen Herrn Döring ebenfalls?«, fragte er.

»Der war einmal mein Klient«, sagte sie. »Ich arbeite als Privatdetektivin.«

Der Schupo musterte sie skeptisch. Eine Frau mit diesem Beruf war ihm wohl noch nicht untergekommen.

»Ihr Klient?«

»Hat seine Frau überwachen lassen, weil er eifersüchtig war.«

»Eifersüchtig? Meine Frau hat mich betrogen! Und Sie waren unfähig, das herauszubekommen.«

»Und Sie glauben allen Ernstes, dass Ihre Frau Sie mit meinem Mann betrogen hat? Wie kommen Sie denn auf so was?«

»Detektei Grunert und Lahm«, sagte Döring. »Die haben besser gearbeitet als Sie und Ihr unfähiger Herr Böhm. Es ist unbestritten, dass meine Frau zu Ihrem Mann ins Auto gestiegen ist. Ich habe das Kennzeichen, schwarz auf weiß. Es ist genau dieses Auto, vor dem wir hier stehen.« Er sank in sich zusammen wie ein Häufchen Elend. »Und jetzt ist Martha weg. Sie ist einfach nicht mehr da, ihre Sachen, alles weg. Nur ein Brief auf dem Tisch, in dem sie schreibt, sie habe mich verlassen und ich solle bloß nicht nach ihr suchen lassen, ich würde sie sowieso nicht finden. Sie wolle mich nie wiedersehen. Und wer ist schuld daran?« Er funkelte Rath böse an, und der Schupo hielt ihn sicherheitshalber fest. »Dieser Kerl hier!«

»Da irren Sie, Herr Döring. Wenn Sie wissen wollen, wer Ihrer Frau den Rat gegeben hat, Sie zu verlassen: Das war ich.«

Döring glotzte sie verständnislos an.

»Zu *mir* ist sie ins Auto gestiegen«, fuhr Charly fort, »nicht meinem Mann. Ich kenne die Detektei Grunert und Lahm nicht, aber den besten Mitarbeiter scheinen die Ihnen nicht gegönnt zu haben. Notiert wahllos Autonummern und lässt völlig unschuldige Menschen in Verdacht geraten.«

So langsam begann Rath zu verstehen. Er schaute seinen Anzug an, der war vollkommen hinüber, verdreckt und zerrissen, Das also konnte passieren, wenn man seiner Frau das Auto lieh. Jedenfalls einer Frau wie Charly.

88

Er verstand überhaupt nichts. Welcher Vollidiot – und das war dieses kleinwüchsige cholerische Männlein ohne Zweifel – hatte ihm da gerade einen Strich durch die Rechnung gemacht? Hatte für soviel Aufmerksamkeit gesorgt, dass die Bullen vom 122. Revier auf der anderen Straßenseite bald eine Betriebsversammlung abhalten konnten?

Gerade als er die Straße hatte überqueren wollen, war dieser Kerl aufgetaucht, scheinbar aus dem Nirgendwo. Dabei war er nur aus dem BMW gestiegen, der hinter dem sandfarbenen Buick parkte.

SD, hatte Marlow zunächst gedacht, Rath wird doch noch vom SD überwacht, und du warst so dämlich, den grünen BMW nicht ernst zu nehmen. Aber der Mann hatte nicht ausgesehen wie ein SDler. Und dann hatte er Rath einfach zu Boden geschlagen. Sich auf ihn gestürzt, als wolle er ihm eine ordentliche Abreibung verpassen. Was danach passiert war, hatte Marlow nicht so genau erkennen können, weil sich das meiste hinter den parkenden Autos abspielte.

Er hatte gezögert, die Straße zu überqueren, und daran hatte er gut getan, denn kurz darauf waren vom Steinplatz her zwei Schupos gekommen und hatten die Streithähne getrennt, schließlich auch noch Raths Frau, und nun standen sie da und debattierten und gestikulierten wild.

Es war zum Verrücktwerden. Wer auch immer da noch ein Hühnchen mit Gereon Rath zu rupfen hatte, er hatte ihm das Leben gerettet. Jetzt noch abzudrücken, in Gegenwart zweier Schupos, wäre viel zu riskant. Dann müsste er gleich alle erledigen: Rath, dessen Frau, die beiden Bullen und den unbekannten Angreifer. Und womöglich noch mehr Bullen, die die Trillerpfeife ihres Kollegen angelockt hatte. Unmöglich, dann noch unauffällig zu fliehen. Innerhalb weniger Minuten würde es hier nur so wimmeln vor Uniformierten. Männer, die alle das Fahndungsfoto von Johann Marlow kannten, dem angeblichen Göring-Attentäter.

Nein, das Risiko war zu groß. Viel zu groß.

Marlow drehte um und ging zurück zu seinem Auto. Betrachtete die Szene auf der anderen Straßenseite noch eine Weile im Rückspiegel und startete dann den Motor. Langsam scherte er aus der Parklücke aus und fuhr in Richtung Savignyplatz.

Das Wichtigste war, sich morgen früh auf der *Europa* einzuschiffen. Sich außer Landes und in Sicherheit zu begeben. Alles andere konnte er später noch regeln.

Und vielleicht, so dachte er, als er am Savignyplatz auf die Kantstraße abbog, war es auch besser so. Wie hieß es noch gleich: Rache ist ein Gericht, das man am besten kalt serviert.

89

Es war alles beinahe so wie bei seinem ersten Besuch. Außer dass er sich beim Hitlergruß nicht mehr so viel Mühe gab. Wieder bedeutete ihm der Bürokrat am Empfang (ob es derselbe war wie vor ein paar Wochen, konnte Rath nicht sagen), auf der Holzbank Platz zu nehmen, und wieder ließ man ihn warten. Immer noch drang Baulärm aus dem Treppenhaus und herrschte reges Treiben in der Halle. Einmal meinte Rath auch, jenen Mann zu erkennen, der anonyme Post von ihm erhalten hatte, Kurt Pomme, Heydrichs Adjutanten, den er auf einigen von Brunners Fotos gesehen hatte. Aber bevor er sich ganz sicher war, war der Mann auch schon wieder verschwunden.

Rath fragte sich, was der SD von ihm wollte. Diesmal nämlich hatten die *ihn* sprechen wollen. Letzte Fragen im Zusammenhang mit dem Tod von SS-Oberscharführer Brunner seien zu klären, mehr hatte man ihm am Telefon nicht gesagt. Immerhin ein dienstliches Telefonat. Henning und die Kollegen wussten Bescheid, Rath hatte sich offiziell beim LKA frei genommen für diesen Termin, der ja eigentlich noch mit seiner früheren Tätigkeit in der Mordinspektion zu tun hatte. Deswegen war Rath auch bei Gennat vorstellig geworden, hatte um die Akte gebeten, auf die Sturmbannführer Sowa ja ohnehin wartete. Und auch aus einem anderen Grund wollte Rath, dass Gennat Bescheid wusste, wohin er ging: Sollten die ihn hier tatsächlich noch einmal in die Mangel nehmen wollen, diesmal vielleicht sogar mit Bettgestell, würden ihn die Kollegen am Alex schon wieder heraushauen.

Diesmal dauerte es nur zwei Zigarettenlängen, ehe er abgeholt wurde. Zu Raths Überraschung nicht von Scharführer Wegener, sondern von einem nicht minder drahtigen jungen SS-Mann, den Rath aber noch nicht kannte.

Er folgte dem Mann die Treppe hinauf, doch blieben sie nicht vor der Tür stehen, hinter der Sowas Büro lag, sondern gingen weiter den Gang hinunter.

»Ist Sturmbannführer Sowa umgezogen?«, fragte Rath.

Statt einer Antwort klopfte der SS-Mann an die übernächste Tür und bedeutete Rath stehenzubleiben. Nachdem er die Tür geöffnet hatte, riss er den rechten Arm hoch und machte Meldung.

»Oberkommissar Rath, Obersturmbannführer.«

Obersturmbannführer?

Rath wunderte sich. War er schon so wichtig geworden, dass sich nun Ranghöhere als Sturmbannführer Sowa mit ihm befassen mussten?

Der SS-Mann gab ihm einen Wink und hielt die Tür auf. Mit der Ledertasche unterm Arm, in der er die Akte Lehmann/Brunner verstaut hatte, betrat Rath das Büro. Der SS-Mann schloss die Tür, und Rath war mit dem Obersturmbannführer allein.

Der Mann saß hinter seinem Schreibtisch, und die frischgebügelte schwarze Uniform stand ihm perfekt; einzig der rechte Ärmel, der schlapp und schwarz herabhing, störte das Bild ein wenig. Die Hakenkreuzbinde aber saß straff über dem muskulösen linken Oberarm, das Lächeln war so charmant wie eh und je, an der Uniform saß jede Bügelfalte. Genauso hatte Rath den Mann in Erinnerung, nur dass die Uniform damals blau gewesen war.

»Heil Hitler, Oberkommissar Rath«, sagte Sebastian Tornow. »Wer hätte gedacht, dass wir uns einmal wiedersehen?«
»Ich jedenfalls nicht, Obersturmbannführer.«

Dass er Tornow jemals wiedersehen würde, damit hatte Rath tatsächlich nicht gerechnet, seit dem ehemaligen Kollegen die Flucht aus der Untersuchungshaft geglückt war. Vier Jahre lag das jetzt zurück. Sebastian Tornow war führendes Mitglied der *Weißen Hand* gewesen, jenem Geheimbund frustrierter Polizeibeamter, die Selbstjustiz übten an Verbrechern, die dem Rechtsstaat durch die Maschen geschlüpft waren. Rath hatte ihnen das Handwerk gelegt und Tornow persönlich gestellt. Der hatte sich seiner Verhaftung entziehen wollen und dabei seinen rechten Arm verloren.

Bevor die Republik ihn vor Gericht zur Verantwortung hatte ziehen können, war Tornow aus der Untersuchungshaft entflohen. Schon damals musste er Freunde gehabt haben, in und außerhalb der Polizei, die ihm geholfen hatten, sich ins Ausland abzusetzen und sich den deutschen Strafverfolgungsbehörden zu entziehen.

Nun war er also zurück. In der Position eines SS-Obersturmbannführers. Im nationalsozialistischen Deutschland schien man ihm seine Sünden nicht nur vergeben zu haben – sie schienen ihn für einen raschen Aufstieg in der SS geradezu empfohlen zu haben. Obersturmbannführer, das war schon ein hohes Tier. Rath fragte sich, wann Tornow in die SS eingetreten war. Erst als sie die neuen, schicken Uniformen bekommen hatte?

Jedenfalls war der Obersturmbannführer sich der Tatsache, dass ihm die Uniform stand, ganz offensichtlich bewusst. Sebastian Tornow war eben ein Typ für Uniformen, schon als Schutzpolizist war er das gewesen. Immer aus dem Ei gepellt.

»Schicke Uniform«, sagte Rath denn auch, weil ihm nichts Besseres einfiel.

»Und du hast es inzwischen immerhin zum Oberkommissar gebracht. Gratuliere.«

»Man tut, was man kann, Obersturmbannführer. Aber mit Ihrer rasanten Karriere kann ich, fürchte ich, nicht mithalten.«

»Es gibt eben Organisationen, die Leistung angemessener zu würdigen wissen als die preußische Kriminalpolizei.«

»Ich hoffe, das ist jetzt kein Anwerbegespräch, Obersturmbannführer. Ich habe nicht vor, in die Schutzstaffel einzutreten.«

»Keine Bange, Gereon, so weit kommt es nicht. Eine verkrachte Existenz von Kriminalkommissar, ein politisch unzuverlässiger Volksgenosse, gehört bestimmt nicht in die SS. Es reicht völlig aus, wenn du am Alex bleibst und dem Sicherheitsdienst ab und zu zuarbeitest. Mehr verlange ich nicht.«

»Ich fürchte, ich verstehe nicht ganz, Obersturmbannführer. Aber verlangen Sie da gerade von mir, dass ich für den SD meine Kollegen ausspioniere?«

»Du wirst gleich verstehen, warte ab.«

Tornow zeigte auf das monströse technische Gerät, das auf seinem Schreibtisch stand. Es sah ein bisschen aus wie ein auf die Seite gelegter Filmprojektor, nur dass auf die Spulen kein Film gewickelt war, sondern ein braunes, dünnes Band.

»Weißt du, was das ist?«, fragte er.

Rath verneinte.

»Ein Magnetophon. Ein herausragendes Produkt deutschen Erfindergeistes. Die Sensation auf der Funkausstellung. Leider sind fast alle Geräte mit dem großen Feuer in der Messehalle neulich abgebrannt. Aber für die SS hat die AEG noch ein paar Prototypen zusammengeschraubt.«

»Schön für die SS. Und warum erzählen Sie mir das, Obersturmbannführer?«

Statt einer Antwort drückte Tornow auf einen der Knöpfe, und die beiden Spulen begannen sich zu drehen. Aus dem Lautsprecher war ein Rauschen zu hören und ein regelmäßiges Kratzen, wie ein Plattenspieler, dessen Tonarm am Ende der Platte angelangt ist und ...

Dann plötzlich eine Stimme. Charlys Stimme.

Also hat Göring diese Akten gesehen ...

Was weiß ich?

Das musste seine eigene Stimme sein. Hörte sich seltsam fremd an. Dann wieder Charly.

Eine ganze Menge, fürchte ich.

Was soll das heißen?

Was hast du mit den Brunner-Akten gemacht, Gereon?

Was interessiert dich das? Hauptsache, sie sind weg.

Weg. Hast du sie an Göring gegeben?

Nein! Natürlich nicht!

Aber du hast dafür gesorgt, dass sie in seine Hände geraten ...
Pause.
Was hast du getan, Gereon?
Was meinst du?
Stell dich nicht dumm! Und vor allen Dingen: Verkauf mich nicht für dumm! Du hast damit zu tun, nicht wahr? Das ist dein Werk.
Tornow drückte einen anderen Knopf, und das Band stoppte.

»Das Gespräch geht noch ein wenig weiter«, sagte er, »aber das weißt du ja. Wir lassen unsere akustischen Überwachungen natürlich immer noch protokollieren, aber viel schöner als zu lesen ist es doch, sich die Gespräche im Original immer und immer wieder anhören zu können. Und auch viel überzeugender. Findest du nicht?«

Rath musste sich sehr zusammenreißen, aber er wollte Tornow nicht die Genugtuung geben und die Beherrschung verlieren. Obwohl er ihm am liebsten an die Gurgel gegangen wäre. Aber noch mehr ärgerte er sich über sich selbst: Immer hatte er daran gedacht, das Radio laufen zu lassen, nur nicht bei jenem Streit, den er wegen Liangs Tod mit Charly hatte. Weil er vor lauter Ärger über sie nicht daran gedacht hatte, die Platte umzudrehen.

»Ich weiß immer noch nicht, was Sie von mir wollen, Obersturmbannführer. Mich Ihren Kollegen zum Fraß vorwerfen? Die waren neulich schon so traurig, dass sie keinen Grund hatten, mich zu foltern.«

Tornow schüttelte den Kopf. »Aus dir spricht dein schlechtes Gewissen. Ist natürlich auch wirklich keine Kleinigkeit, SD-Geheimakten zurückzuhalten, auf die man zufällig gestoßen ist.«

»Ist auch keine Kleinigkeit, Hermann Göring auszuspionieren.«

»Göring spioniert doch auch. Was meinst du, wieviele Telefone seine Forschungsabteilung abhört? So ist das eben. Wissen ist Macht.«

Fast glaubte Rath, seinen Vater sprechen zu hören.

»Aber darum geht es auch nicht«, fuhr Tornow fort. »Es geht hier einzig und allein um *deine* Verfehlungen. Und da ist das Zurückhalten von Geheimakten noch die kleinste. Auch wenn wir dir daraus, wenn wir wollten, einen ziemlich dicken Strick drehen könnten. Wollen wir aber nicht, solange du dich kooperativ zeigst.«

Tornow ließ das Band ein Stück vorlaufen, ohne dass man etwas hörte, dann spielte er wieder einen Ausschnitt ab. Rath hörte seine eigene Stimme.

Warum wohl? Weil die Schweine deinen Vater auf dem Gewissen haben. Verdammt, Charly! Wenigstens Liang hat so seine gerechte Strafe bekommen.

»Das ist so etwas wie ein Geständnis, nicht wahr? Du hast Göring die gesammelten Beobachtungen des Kameraden Brunner zugespielt, damit er deinen Erzfeind Johann Marlow beseitigt. Und dessen Chinesenfreund.«

Rath sagte nichts.

»Du weißt, welches unschöne Wort es dafür gibt: Selbstjustiz.«

»Das muss ein ehemaliges Mitglied der *Weißen Hand* ja wissen.«

»Mit dieser Tat würdest du perfekt zur *Weißen Hand* passen, wenn es die noch gäbe. Auch wenn Marlow entkommen konnte, würde ich sagen: Aufnahmeprüfung bestanden. Der Mann kriegt in Deutschland kein Bein mehr auf die Erde. Gratuliere. Das deutsche Volk ist dir zu großem Dank verpflichtet.«

Rath schwieg.

»Ich denke, nun verstehst du mich auch ein wenig besser als damals. Nun weißt du endlich, wie es ist, wenn das Gesetz machtlos ist. Und es darum geht, dem Menschen, den du am meisten liebst, zu helfen. Dass man dann selbst nachhelfen muss. Das, was andere mit dem unschönen Wort Selbstjustiz bezeichnen.«

»Sie reden viel, Obersturmbannführer, aber ich weiß immer noch nicht, was Sie von mir wollen.«

»Da habe ich dich wohl für intelligenter gehalten als du bist. Ich dachte, das ist sonnenklar: Auch wenn dein Gehalt weiterhin vom Freistaat Preußen bezahlt wird, hast du von nun an einen Arbeitgeber, dem du zu größerer Loyalität verpflichtet bist. Der SS und ihrem Sicherheitsdienst.«

»Und warum sollte ich das tun?«

»Weil der Inhalt dieser Bänder sonst Männern zu Ohren kommt, die das nicht so amüsant finden wie ich.«

»Warum sagen Sie nicht gleich, dass Sie mich erpressen wollen, Obersturmbannführer?«

»Aber Gereon! Es geht hier doch nicht um Erpressung! Der Sicherheitsdienst hat die Aufgabe, Informationen zu sammeln, und das tut er. Und dann geht es darum, diese Informationen zum Nutzen des Vaterlandes möglichst effektiv einzusetzen. Und genau das tue ich hier.«

Tornow lächelte derart süffisant, dass er Rath tatsächlich, obwohl er viele Jahre jünger war, an seinen Vater erinnerte. Und denselben Wahlspruch hatten sie offensichtlich auch. Nur dass Sebastian Tornow das *Wissen ist Macht* auf eine Weise interpretierte, die Engelbert Rath mit Sicherheit nicht guthieß.

Als Rath wenige Minuten später das Prinz-Albrecht-Palais verließ, fragte er sich, was zum Teufel er verbrochen hatte, dass das Schicksal ihm derart übel mitspielte. Gerade hatte er sich den Klauen von Johann Marlow entwinden können, hatte sich endlich wieder frei gefühlt. Und nun hatten ihn Sebastian Tornow und die SS in der Hand.

Und er fragte sich, was zum Teufel wohl schlimmer sein mochte.

Eine andere Geschichte

Berlin-Friedrichshain
Samstag, 21. August 1926

Das Auto riecht immer noch neu, kein Wunder, ist vor wenigen Wochen erst aus Zwickau gekommen, frisch ab Werk. Ein Audi, Typ M, sechs Zylinder unter der Haube, viel Platz im Fahrgastraum, ein feiner Wagen, einer, der Eindruck schindet, einer für den man einen Chauffeur braucht. Seit sechs Wochen besitzt du diesen sündhaft teuren Wagen, seit sechs Wochen fährt ihn Kuen-Yao.

Der Junge fährt gerne Auto, das ist eine Aufgabe, die ihm Spaß macht. Mehr als die Botengänge und die anderen Dinge, die du ihn erledigen lässt, damit er das Geschäft langsam kennenlernt.

Wie er gestaunt hat, als du ihn in deine Welt eingeführt hast. Die wilde Musik, die bunten Lichter, die schönen Frauen, die Drogen, der Alkohol und nicht zuletzt: das viele Geld, das Tag für Tag zusammenkommt und gezählt werden muss. Von vertrauenswürdigen Leuten wie Kuen-Yao. Damit hatte er nicht gerechnet, das konntest du ihm ansehen, er hat dich immer für einen Arzt gehalten. Und dennoch hat es ihm gefallen.

Autofahren macht ihm mehr Spaß, als Geld zu zählen oder irgendwo Pakete abzuholen oder hinzubringen. Und während der Junge voller Stolz die schwere Limousine steuert, dich von Termin zu Termin chauffiert, kannst du dich auf dem Rücksitz deinen Geschäften widmen, kannst Verträge studieren, mit Geschäftspartnern reden. Seit du den Audi hast, taucht ihr fast überall zusammen auf. Immer ist Kuen-Yao an deiner Seite. Und manchmal hast du das Gefühl, die Geschäfte laufen besser seitdem; die Leute halten ihn für deinen Chauffeur, für eine Art Diener, und du merkst, wie ihr Respekt gewachsen ist.

Kuen-Yao fährt am nutzlos gewordenen Empfangsgebäude des stillgelegten Ostbahnhofs vorbei in die Posener Straße, wo er in einen unscheinbaren Hinterhof abbiegt. Keine Leuchtreklame, kein Werbeschild, nichts. Und doch kennt halb Berlin die Adresse. Und die, die es sich leisten können, strömen hierhin, in den wilden Osten Berlins, obwohl nichts ihnen den Weg weist, lassen sich von ihren Chauffeuren vorfahren und sind froh und dankbar, wenn ihnen Einlass gewährt wird.

Du hast schnell gemerkt, dass es sich lohnt, schon am Eingang darauf zu achten, dass nur die richtigen Leute deinen Nachtclub betreten. Geld ist eine Grundvoraussetzung, gutes Benehmen ebenfalls. Ein nutzlos gewordener Adliger mit Standesallüren kann noch so viel Geld haben – wenn er sich aufführt wie ein Landsknecht und glaubt, sich alles herausnehmen zu können, hat er im *Venuskeller* nichts verloren.

Das hat sich herumgesprochen in Berlins besseren Kreisen. Dass man, obwohl man sich in eine der verrufensten Ecken der Stadt begeben muss, im *Venuskeller* unter seinesgleichen ist. Dass man sicher ist, und dennoch den Kitzel genießen kann, in einer wilden Verbrechergegend eine noch wildere Nacht zu erleben.

Und natürlich, dass die Qualität stimmt. Das Morphin, das Heroin und das Kokain, das im *Venuskeller* serviert wird, ist das reinste der Stadt, reiner als das Zeug, das du auf den Straßen verkaufen lässt. Die Küche ist gut besetzt, ebenso die Bar, der Weinkeller gut bestückt, noch besser die Mädchen, die an der Show mitwirken, aber auch dem ein oder anderen Gast zu Diensten sind, so er denn bereit ist, ein halbes Vermögen auszugeben. Und dazu sind erstaunlich viele Gäste des *Venuskellers* bereit.

Gerade hat sich vor dem Eingang, zu dem eine Kellertreppe hinabführt, eine kleine Schlange gebildet. Du wartest, bis sie sich aufgelöst hat, dann steigst du aus. Gehst zu dem Mann hinüber, der am Fuß der Treppe wartet, einem Mann im Abendanzug, der zwar ein gutmütiges Gesicht hat, dessen Körperbau aber gleichwohl klarmacht, dass an ihm kein Vorbeikommen ist, wenn er nicht will. Und genau aus diesem Grund steht er da. Um die Richtigen hineinzulassen und die Falschen abzuweisen.

»'n Abend, Benno! Wie sieht's denn aus?«
»Schon gut was los, Chef.«

»Und sonst? Alles friedlich?«
»Keine besonderen Vorkommnisse.«
»Na, prima.«
»Ach, doch! Da war einer, der Sie sprechen wollte.«
Du bist irritiert. So etwas bedeutet meist nichts Gutes. Bullen oder Kriminelle. Obwohl du dich mit beiden Seiten arrangiert hast. Bei den Bullen hast du ein paar Leute, die du bezahlst, damit sie dich rechtzeitig vor Razzien warnen, und der *Berolina*, dem Ringverein, der das Revier rund um den Ostbahnhof beherrscht, zahlst du ein ordentliches Schutzgeld. Damit konnten in den vergangenen zweieinhalb Jahren, seit der *Venuskeller* seinen Betrieb aufgenommen hat, alle Beteiligten ganz gut leben.
»Wer war denn das?«
»Hat er nicht gesagt.«
»Hast ihn hoffentlich zur Hölle geschickt.«
»Natürlich. Hat aber gesagt, er kommt wieder.«
Hört sich schon mal nicht nach einem Bullen an.
»Wann?«
»Hat er nicht gesagt.«
Du überlegst. »Wenn der Kerl noch einmal kommt, dann filz ihn und lass ihn zu mir runterbringen. Unbewaffnet, klar?«
»Klar, Chef!«
Benno wirkt ein bisschen verunsichert. Richtig so. Der Mann ist Gold wert an der Tür, nur seine Gutmütigkeit ist manchmal ein wenig zu ausgeprägt.
Du gehst mit dem Jungen weiter hinten im Hof eine versteckte Kellertreppe hinab. Der Hintereingang führt ins Büro des *Venuskellers*. Das ist durch eine unscheinbare Tür direkt mit dem Lokal verbunden, doch du gehst ungern durch den Club, du ziehst es vor, deinen Gästen nicht persönlich zu begegnen.
An deinem Schreibtisch angekommen, gießt du dir erst einmal einen Whisky ein und zündest dir eine Zigarre an. Der Raum ist nicht sonderlich groß, du planst schon ein größeres Büro, das gerade in einer der leeren Lagerhallen des Ostbahnhofs eingerichtet wird. Nichts soll nach dem Umbau mehr an eine Lagerhalle erinnern, von diesem Büro aus, direkt an dem Güterbahnhof gelegen, über den du den Großteil deiner Geschäfte abwickelst, wirst du künftig über dein stetig wachsendes Reich an legalen und il-

legalen Geschäften wachen – wobei die illegalen das Geld bringen und die legalen – wie die Firma *Marlow Importe* – nur die Erklärung für deinen Reichtum liefern. Und aus schmutzigem Geld sauberes machen.

Durch die Tür, die zum *Venuskeller* führt, dringt dumpf und leise Musik. Kuen-Yao hat sich mit den Einnahmen, die ihr auf eurer Tour eingesammelt habt, an den kleineren Schreibtisch gesetzt und mit dem Geldzählen begonnen. Das Zählen der Straßeneinnahmen ist einfach, die Händler nehmen nur Reichsmark, während im Club immer noch erstaunlich viel mit Dollar bezahlt wird.

Es können höchstens zehn Minuten vergangen sein, du hast die Zigarre noch nicht einmal zur Hälfte geraucht und gerade deinen ersten Whisky getrunken, da klopft es an der Hintertür.

Kuen-Yao geht hinüber und öffnet. Dort steht Harry, einer der Türsteher, mit einem fremden Mann, der zwar einen Anzug trägt, aber dennoch niemals eine Chance hätte, als Gast in den *Venuskeller* zu gelangen.

»Benno sagt, ich soll den Kerl hierherbringen.«

»Dank dir, Harry. Geh wieder auf deinen Posten.«

Du gibst Kuen-Yao einen Wink, und der filzt den Besucher gründlich, bevor er ihn einlässt.

»Muss schon saaren, ihr seid janz schön übereifrich, ihr Kameraden. Is nu schon det dritte Mal, det eener meene Taschen durchsucht.«

»Kameraden? Ich kann mich nicht erinnern, dass wir uns kennen«, sagst du zu dem Fremden, und bleibst dabei so freundlich wie möglich. »Wie war noch gleich der werte Name?«

»Fritze Flink.«

Der Kerl macht sich nicht einmal die Mühe, einen Namen zu nennen, der einigermaßen glaubhaft wirkt. Du ärgerst dich, dass du ihn überhaupt empfängst und nicht gleich hast rauswerfen lassen. Andererseits möchtest du wissen, was er will. Der ist nicht auf eigene Rechnung hier, der hat andere, die hinter ihm stehen, sonst würde er sich besser benehmen.

»Sie wollen mich sprechen, Herr Flink?«

Du bleibst freundlich. Dann nennst du ihn eben bei dem dämlichen Namen, den er sich ausgedacht hat.

Der Kerl setzt sich ungefragt auf einen der Sessel, die vor dem Schreibtisch stehen. Schaut sich um. Nickt anerkennend.

»Ick muss schon saaren: Die Jeschäfte loofen, wa? Und ein Chinamann, der't Jeld zählen muss. Is wohl zu ville, um det alleene zu machen, wa?«

»Was wollen Sie, Mann? Schutzgeld? Haben wir letzte Woche schon bezahlt.«

»Ach, die Berolina kassiert fleißich mit? Hätte man sich ja denken können.«

Du überlegst, ob du den Kerl schon einmal irgendwo gesehen hast, doch in deinem Gedächtnis klingelt nichts.

»Die Berolina kassiert nicht nur«, sagst du, »der Venuskeller steht unter deren Schutz.«

»Meenen Se, ick hätte Angst vor so 'nem kopflosen Hühnerhaufen? Der Schränker sitzt im Kahn, ohne Chef wissen die Berolinesen doch jar nicht, wat se machen sollen.« Er dreht sich um und blafft Kuen-Yao an. »Wat glotzte'n du so blöd, Schlitzauge?«

Der Junge sitzt ruhig am Tisch, zählt weiter das Geld und trägt die Summen ein. Außer einem todesverachtenden Blick hat er nichts für die Ratte und deren Bemerkung übrig.

»Nun sagen Sie mir endlich, was Sie wollen oder verschwinden Sie.«

»Wat ick will? Eher wat wir wollen!«

»Wer ist wir?«

»Na wer wohl?« Der Mann krempelt seine Jacke hoch und zeigt eine Tätowierung auf seinem Unterarm. Eine Windrose, auf der das N größer ist als die anderen Buchstaben, darunter gekreuzte Knochen. »Nordpiraten. Schon ma jehört?«

Natürlich hast du das. Ein Rattenverein, der im Wedding und im Prenzlauer Berg unterwegs ist. Und an der Grenze zu Friedrichshain der große Konkurrent der Berolina.

Du ärgerst dich. Dafür, dass solche Kerle nicht bei dir aufkreuzen, zahlst du dem roten Hugo und seiner Truppe eine Menge Geld. Da ist ein ernstes Gespräch mit der *Berolina* fällig. Die Konditionen ein bisschen nachverhandeln. Hast ohnehin den Eindruck, dass der rote Hugo nicht abgeneigt wäre, mit seinen Leuten in den Straßenhandel einzusteigen, sich jedoch nicht traut, mit Rauschgifthandel einen Geschäftszweig zu betreten, von dem die *Berolina* sich bislang ferngehalten hat. Dummerweise ist Hugo Lenz nur der stellvertretende Vorsitzende, der eigentliche Chef sitzt im Knast, Adolf Winkler, genannt der Schränker. Und ohne dessen Zustimmung beschreitet der rote Hugo keine neuen Wege.

»Natürlich kenne ich die Nordpiraten«, sagst du der unverschämten Ratte. »Allerdings scheinen Sie Ihren Stadtplan auf dem Kopf gehalten zu haben: Sie befinden sich hier in Friedrichshain, nicht im Wedding. Da können Sie Ihr Schutzgeld kassieren, nicht hier.«

»Schlauberger, wa?« Der Kerl steht aus dem Besuchersessel auf und baut sich vor deinem Schreibtisch auf. »Pass mal uff, Meester: Wir wollen keen Schutzjeld! Wir wollen, det du hier die Biege machst. Deinen Laden dichtmachst und verschwindest. Wir wollen hier keinen Venuskeller. Nicht hier und nicht woanders in der Stadt. Der stört unsere Jeschäfte.«

Du weißt, was der Kerl meint. Der *Blaue Holunder* im Wedding, vor wenigen Jahren noch der angesagteste illegale Schuppen der Stadt. Bis der *Venuskeller* öffnete und dem *Holunder* mehr und mehr die Kundschaft abspenstig gemacht hat.

Du drückst den Knopf unter der Schreibtischplatte. Es reicht. Zeit, die Vorstellung zu beenden.

»Ich weiß nicht, wie Sie sich das vorstellen«, sagst du der Ratte. »Dass Sie hier so reinspazieren und mir sagen, ich soll mein Lokal schließen, und ich mache das?«

»Jenau det gloobe ick, Schlauberger. Wär ooch besser für uns alle.«

»Besser für Sie wäre es, zu verschwinden und in das Loch zurückzukriechen, aus dem Sie gekommen sind.«

Die Ratte verschränkt die Arme vor der Brust. Sieht so schon weniger bedrohlich aus. »Und wenn ick det nich tue?«, fragt er.

»Du wirst, Freundchen, du wirst«, sagst du, lehnst dich zurück in deinem Schreibtischsessel und ziehst an deiner Zigarre.

Für einen Moment dringen die Musik und das Stimmengewirr aus dem Lokal laut ins Büro, weil zwei Männer die Verbindungstür geöffnet haben und hereinkommen.

»Benno, Harry«, sagst du. »Zeigt dem unfreundlichen Zeitgenossen hier doch bitte den Weg zum Ausgang. Er hat sich verlaufen.«

Die beiden Türsteher packen den Nordpiraten rechts und links.

»Det kann ick leiden«, sagt der Pirat. »Eenen uff feiner Pinkel machen, aber dann andere vorschicken, wenn es ernst wird.«

Du stehst auf. »Hör mal zu, du ungehobelter Scheißkerl«, sagst du, eiskalt und leise. »Sag deinen Chefs, dass sie sich mit dem Falschen anlegen. Und lass dich hier nie wieder blicken.«

Der Nordpirat spuckt noch aus, bevor Benno und Harry ihn zur Hintertür hinausbugsieren. Harry sieht das und setzt zu einem erzieherischen Fausthieb an, aber du schüttelst den Kopf, und er lässt es bleiben. Morgen früh kommt sowieso die Putzfrau, kein Grund, die Gäste des *Venuskellers*, die vor dem Lokal Schlange stehen, mit einem blutig geschlagenen Mann zu erschrecken.

Als sie draußen sind, greifst du zum Telefon. »Zähl das Geld morgen weiter«, sagst du zu dem Jungen. »Wir müssen nochmal los.«

Und dann rufst du in der *Amordiele* an und lässt dem roten Hugo ausrichten, dass du ihn dringend sprechen musst und auf dem Weg zu ihm bist.

In solchen Situationen muss man schnell handeln. Du hast keine Lust, dass irgendwelche dahergelaufenen Gauner aus dem Norden dir den *Venuskeller* abfackeln, nur weil sie nicht genügend Respekt vor dir haben. Und für diesen Respekt muss die Berolina sorgen, noch heute Abend, dafür bezahlst du schließlich.

Keine zehn Minuten später seid ihr wieder auf dem Hof und geht zum Auto hinüber. Die Warteschlange vor dem Eingang ist inzwischen wirklich lang, der Laden brummt. Und so etwas sollst du dir kaputtmachen lassen? Niemals.

Ein lautes Donnern kracht durch die Nacht, als ihr am Wagen angekommen seid. Es scheint noch ein Gewitter zu geben. Du schickst den Jungen zur Tür.

»Sag Benno, er soll die Leute nicht zu lange warten lassen. Warteschlangen sind gut, aber nicht wenn sie zu lang sind. Schon gar nicht, wenn es bald regnet.«

Kuen-Yao nickt und geht quer über den Hof zum Haupteingang, du bleibst neben dem Wagen stehen und holst deine *Manoli* aus dem Mantel.

Du willst dir die Zigarette gerade anstecken, da packt dich irgendjemand von hinten und wirft dich zu Boden; dein Kopf knallt aufs Pflaster, für einen Moment siehst du Sterne.

»Na, jetze nich mehr so stark, wa? Keine große Klappe mehr ohne Gorillas an deiner Seite!«

Du erkennst die Stimme.

Die Ratte! Der Nordpirat!

Wie hat er es geschafft, nach dem Rausschmiss an allen vorbeizuschleichen? Waren Benno und Harry zu sehr mit dem Abfertigen der wirklich langen Warteschlange beschäftigt?

Alles wichtige Fragen, aber jetzt ist nicht die Zeit, über eine Antwort nachzudenken. Jetzt ist die Zeit, sich zu wehren.

Doch das ist gar nicht so einfach. Normalerweise wirst du mit Kerlen wie diesem hier fertig. Du weißt, wohin du schlagen musst, um jemanden außer Gefecht zu setzen, oder wohin du schlagen musst, um jemandem große Schmerzen zu bereiten, welche Adern du abdrücken musst, um eine schnelle Ohnmacht herbeizuführen. Aber all dieses Wissen nutzt dir gar nichts, denn der Pirat kniet auf deinen Oberarmen, und er ist zäher als gedacht. Seine Hände umklammern deinen Hals, auch er scheint zu wissen, wo und wie er drücken muss, du spürst, dass dir die Luft wegbleibt, weißt, dass es nicht mehr lange dauert, bis dir schwarz vor Augen wird.

Und du bekommst nicht einmal einen Ton raus, um Benno und die anderen zu Hilfe zu rufen. Dafür musst du dir anhören, was der Pirat dir erzählt.

»Ick sag's ja, du beschissener Abendanzug, der Kiez hier is nüscht für feine Pinkel wie dich. Hast dich in die falsche Jejend verirrt. Wohl 'n Stadtplan verkehrt rum jehalten, wa?«

Die Ratte ist auch noch nachtragend.

»Nu kannste schon mal lebewohl saaren, Schlauberger«, schnauft der Kerl, während er weiter zudrückt, »hast die wichtigste Lektion leider nich jelernt: Leg dich nie mit 'nem Nordpiraten an!«

Du merkst, wie dein Blick langsam wegklappt, hörst den Piraten nur noch, hörst und spürst ihn, siehst ihn schon nicht mehr. Hättest nie gedacht, so lächerlich zu sterben.

Er redet weiter, doch du verstehst ihn nicht. Bis du merkst, dass es gar kein Reden ist, das aus seinem Mund kommt, sondern ein Röcheln. Der Druck um deinen Hals lässt nach, die Hände verschwinden, das Gewicht auf deinen Oberarmen ist weg.

Du musst husten, saugst die Luft ein, als wärest du süchtig danach, das Licht kehrt langsam zurück, und du setzt dich auf.

Siehst den Nordpiraten vor dir hocken und dich anstarren, beide Hände nun an seinem eigenen Hals. Und hinter ihm steht Kuen-Yao, der irgendetwas in seiner blutigen Faust hält, einen harten, spitzen Gegenstand, mit dem er immer wieder auf den Hals des Nordpiraten einsticht, er muss die Schlagader schon mehrfach getroffen haben, hellrot sprudelt das Blut zwischen den Fingern des Nordpiraten hervor, der keinen Ton mehr hervorbringt außer einem hässlichen Gurgeln und Röcheln.

Der Junge lässt erst ab, als der Pirat verstummt und mit weit aufgerissenen Augen zur Seite kippt. Steht über dem sterbenden und blutenden Mann, auf den er voller Verachtung hinabblickt. Mit weit aufgerissenen Augen glotzt der Pirat in die Nacht. So wie jemand glotzt, der weiß, dass er bald sterben wird, in wenigen Sekunden schon das Bewusstsein verlieren wird, und nichts und niemand ihn noch retten kann.

Jetzt erst erkennst du, was Kuen-Yao in seiner Rechten hält: den Autoschlüssel, der kaum zu sehen ist vor lauter Blut, der eins geworden ist mit der ebenso blutigen Faust, von der es immer noch auf den Boden tropft.

Er steht da, völlig ruhig, reicht dir seine saubere Linke und hilft dir auf. Du staunst. Ahnst langsam, was sich vor anderthalb Jahren auf dem Collège in Lausanne abgespielt haben muss. Der Junge ist ein eiskalter Kämpfer. Und, wenn es sein muss, ein eiskalter Killer. Seine Augen sehen nicht aus wie die eines Zwanzigjährigen.

Jetzt erst kommen Benno und Harry herbeigelaufen. Machen bedröppelte Gesichter.

Du stehst auf und klopfst dir den Staub vom Anzug.

»Das nächste Mal, wenn ihr einen rauswerft«, sagst du und klingst noch ein wenig heiser, »achtet darauf, dass er auch wirklich draußen ist.«

Benno und Harry steht das schlechte Gewissen ins Gesicht gemeißelt. Wird ihnen hoffentlich eine Lehre sein.

»Benno«, sagst du, »hol ein paar Jungs und schau zu, dass die Sauerei hier verschwindet, bevor die Gäste das noch sehen.«

Benno nickt. Sein Blick wandert immer wieder von der Leiche zu Kuen-Yao und zurück.

»Alles klar. Was ist mit dem Jungen?«, fragt er.

Du schaust Kuen-Yao an. Dann Benno und Harry, die ein wenig ratlos in der Gegend herumstehen.

Das Gesicht des Jungen ist regungslos. Er weiß genau, was er gemacht hat. Und er bereut es kein bisschen, weil er weiß, dass es nötig war. Er ist kaltblütiger als alle anderen Männer, die du kennst. Und loyaler ist er sowieso, der einzige, auf den du dich wirklich verlassen kannst.

»Der Junge fährt mit mir«, sagst du. »Wir haben noch etwas zu erledigen.«

www.gereonrath.de

Mit gestohlener Identität in der deutschen Künstlerkolonie

Christian Schnalke
Römisches Fieber
Roman
Piper, 400 Seiten
€ 22,00 [D], € 22,70 [A]*
ISBN 978-3-492-05906-0

1818: Franz Wercker, dessen Traum es immer war, Schriftsteller zu sein, flieht vor einer unseligen Familiengeschichte. Die zufällige Begegnung mit dem jungen Dichter Cornelius Lohwaldt, der mit einem Stipendium des bayerischen Königs auf dem Weg nach Rom ist, ändert alles: Franz nimmt seine Identität an. In Rom taucht er ein in die Gemeinschaft deutscher Künstler. Franz findet Freunde und verliebt sich in eine junge Malerin. Doch als ein Mord geschieht, zieht sich die Schlinge um Franz zusammen...

Leseproben, E-Books und mehr unter www.piper.de

Arne Dahl in Höchstform – der neue Fall für Berger & Blom

Arne Dahl
Fünf plus drei
Kriminalroman

Aus dem Schwedischen von
Ursel Allenstein
Piper, 416 Seiten
€ 16,99 [D], € 17,50 [A]*
ISBN 978-3-492-05812-4

Der schwedische Geheimdienst bittet den ehemalige Polizist Sam Berger wird um Hilfe: Ein Ex-Geheimdienstler hält die siebzehnjährige Aisha in seiner Gewalt – und Sam Berger ist der Einzige, der sie finden kann. Nicht nur Berger und Molly Blom, seine letzte Vertraute, die nach einer Geiselnahme im Koma liegt, sind in Gefahr. Der Spion verfolgt einen perfiden Plan: Er will, dass Berger das Mädchen findet. Sie ist der Schlüssel zu einem terroristischen Verbrechen, das ganz Schweden bedroht…

Leseproben, E-Books und mehr unter www.piper.de

*Cover- und Preisänderungen vorbehalten

PIPER